RALPH KNOBELSDORF

Des Kummers Nacht

Über den Autor:

Ralph Knobelsdorf, Jahrgang 1967, wurde in Löbau/Sachsen geboren. Der Informatikkaufmann studierte in Halle an der Saale Philosophie, Jura und Geschichte mit dem Schwerpunkt Deutschland im 19. Jahrhundert. Nach Tätigkeiten in Werbe- und Internetagenturen arbeitet er gegenwärtig in einem Unternehmen der IT-Branche. Mit *Des Kummers Nacht* legt er sein Debüt als Autor historischer Kriminalromane vor. Der begeisterte Eishockeyanhänger und bekennende Liebhaber von *Downton Abbey* lebt mit Frau und zwei Kindern in Erfurt.

RALPH KNOBELSDORF

DES KUMMERS NACHT

VON DER HEYDENS
ERSTER FALL

lübbe

Dieser Titel ist auch als E-Book und Hörbuch-Download erschienen.

MIX
Papier aus verantwortungsvollen Quellen
FSC® C014496

Originalausgabe

Lektorat: Dr. Stefanie Heinen
Umschlaggestaltung: U1berlin/Patrizia Di Stefano unter Verwendung von Motiven von © getty-images: Colin Utz | EyeEm; © Arcangel: Derek Adams
Satz: hanseatenSatz-bremen, Bremen
Gesetzt aus der Minion Pro
Druck und Einband: GGP Media GmbH, Pößneck

Printed in Germany
ISBN 978-3-7857-2730-0

2 4 5 3 1

Sie finden uns im Internet unter
luebbe.de
Bitte beachten Sie auch: lesejury.de

Hier der Freude reiches Streben,
Dort des Kummers Nacht,
Das ist das Berliner Leben,
Wie es weint und lacht!

David Kalisch (1820–1872)

Für Petra, Henriette und Luise.

Berlin, Sommer 1855

I

Ein Traum. Es musste ein Traum sein. Nie sonst war das Licht an einem sonnigen Sommertag so diffus, niemals würde er keinen Windhauch spüren, obwohl sich die Wellen auf dem See kräuselten und die Blätter in den Bäumen bewegten. Und niemals konnte es so vollkommen still sein. Kein Geräusch war zu hören, wenn er seinen Fuß in den schlammigen Untergrund setzte, kein Rascheln kam vom Schilf, das er mit den Händen zerteilte. Doch wenn es ein Traum war, warum brannte dann die Sonne so heiß auf seiner unbedeckten Schulter? Warum schnitt das Schilf so schmerzhaft in seine nackten Beine? Und warum war er überhaupt in der Lage, darüber nachzudenken, ob er sich in einem Traum befand oder nicht? Warum wusste er, dass er das alles schon mehrmals erlebt hatte?

Der kahle Baum auf der Landzunge war nicht mehr weit weg. Er wusste, dass er eigentlich nur über einen langen schmalen Pfad, umgeben von dichten, hohen Brombeersträuchern, zu erreichen war, er aber näherte sich durch das dichte Schilf der Uferseite. Was er dort wollte, wusste er nicht mehr oder hatte es noch nie gewusst, aber er musste dorthin, unbedingt. Sah er dort Menschen? Undeutliche Bewegungen?

Er spürte, dass sich von hinten etwas näherte. Jetzt hörte er Schilf rascheln und etwas, das an Schritte in tiefem Morast erinnerte. Wasser plätscherte. Also nun doch Geräusche? Aber warum nur diese, nichts sonst? Rief da jemand?

Der Waldrand, von wo er gekommen sein musste, war schon ziemlich weit entfernt, und nichts war zu sehen, keine Bewegung, selbst das Schilf stand komplett still. Dennoch diese matschenden Schritte, noch entfernt, doch sich nähernd. Da rief doch jemand, oder nicht?

Er lauschte. War es sein Name? Nicht der richtige Vorname, eher eine Kurzform. Anglisiert natürlich, das war heutzutage modern. Hieß er so? Aber wer rief da? Und wo war der Rufer? Ein Mann, so viel war sicher. Stellte er eine Gefahr dar? Doch warum rief er ihn dann bei seinem Namen, wenn es denn sein Name war? Aber wen sollte der Unbekannte sonst meinen, hier in dieser sonnenbeschienenen Einsamkeit?

Vielleicht die Menschen unter dem riesigen abgestorbenen Baum vor ihm, die der Rufer möglicherweise gesehen hatte. Seltsamerweise schien der Baum nun weiter entfernt zu sein als noch vor einem Augenblick, obwohl er sich die ganze Zeit in diese Richtung bewegt hatte. Also doch ein Traum, in Wirklichkeit kam es nicht vor, dass man sich zu einem festen Punkt bewegte, der sich dennoch entfernte. War es Panik, die langsam in ihm aufstieg? War es Panik, die ihm das Atmen schwer machte und den Puls rasend? Seinen Herzschlag würde er noch eine Weile ignorieren können, aber diese Beklemmung … Warum fiel das Atmen immer schwerer, und warum wurde die rufende Stimme immer lauter?

Das Atmen hörte auf, der Druck auf der Brust war nicht mehr auszuhalten. Er –

»Hermann Friedrich Wilhelm von der Heyden!«

Er schlug die Augen auf. Weiß. Er sah nur weiß. Und hörte Geräusche. Und spürte einen Lufthauch, der über seinen schweißnassen Körper strich.

Mit einem Ruck setzte er sich auf. Sofort war der vertraute Kopfschmerz da. Er stöhnte in das Laken, das er sich über das Gesicht gezogen haben musste.

»Wieder unter den Lebenden, Willy?«

Kein Wunder, dass ihm die Stimme im Traum bekannt vorgekommen war. Johann Schmidt, anscheinend gut gelaunt und im Vollbesitz seiner Kräfte. Warum eigentlich? Hatte er ihn nicht erst gestern fast volltrunken nach Hause gebracht? Oder vielmehr vorhin? In der Nacht, vor viel zu kurzer Zeit?

Er räusperte sich. Er räusperte sich noch einmal. Erst dann war er in der Lage zu sprechen. »Um Himmels willen, Johann! Wie spät ist es zum Teufel?«

»Gleich halb zwölf. Und meine Großmutter sagte immer, man soll nicht vor Mittag fluchen und danach erst gar nicht anfangen.«

Wilhelm brummte. Der Schmerz war geradezu gigantisch. Wenn er sich nicht bewegte, würde er dann aus den Schläfen, dem Hinterkopf, dem Nacken, den Schultern verschwinden oder nachlassen, wenigstens für einen kurzen Moment? »Wie kann man nur so gut gelaunt sein? Nach einer solchen Nacht? Johann, wie machst du das?«

»Sonnenschein, frische Luft und drei rohe Eier im Glas. Deine Wirtin hat mich hereingelassen, wir wollten doch um drei Uhr unter die Linden.«

Wilhelm stöhnte.

»Wieder Kopfschmerzen?« Johanns Stimme klang nun leiser und sanfter. »Und wieder der Albtraum?«

»Ja und ja«, murmelte Wilhelm.

Johann lachte leise. »Dann hat es wohl wenig Sinn, heute Morgen deine Fähigkeiten zu prüfen, oder? Was könnte ich jetzt verändert haben?«

»Das wird schon gehen.« Wilhelm setzte sich langsam auf. Er öffnete die Augen, schloss sie wieder und öffnete sie nach einigen Augenblicken erneut. Langsam, sehr langsam sah er sich in dem kleinen Zimmer um. Das Fenster stand offen, Sonnenschein und eine Brise bewegten die dünne Gardine. Neben dem

Bett stand ein Eimer mit Wasser, Gott sei Dank unbenutzt. Sein Magen meldete sich. »Die Vase mit den Blumen stand auf der linken Seite des Tisches, außerdem waren es fünf und nicht vier Grasnelken. Frau Brenke zieht sie im Garten und achtet penibel auf die Anzahl. Das Bild von Anna hing schon gestern schief, allerdings nach rechts. Außerdem war der Waschtrog gestern nicht mit Wasser gefüllt.«

Johann pfiff leise durch die Zähne, nahm sich einen Stuhl und setzte sich ans Bett. Er blickte aus dem Fenster und sagte dann: »Nicht schlecht. Wirklich nicht schlecht. Drei von vier, und das in deinem, gelinde gesagt, jämmerlichen Zustand. An dir wird etwas verloren gehen, wenn ich auch noch nicht weiß, was genau.«

Wilhelm legte beide Hände in den Nacken und begann, sachte den Kopf hin- und herzudrehen. »Es ehrt dich, dass du an meiner beklagenswerten Situation Anteil nimmst. Es wundert mich immer wieder, dass dir anscheinend niemals Gleiches widerfährt. Rohe Eier, wie?«

»Mit etwas Inhalt«, antwortete Johann. »Pfeffer, Kräuter aus dem Garten und ein winziger Schuss Cognac.«

»Beneidenswert.« Wilhelm massierte vorsichtig seinen Nacken. »Wenn du mit Nummer vier die Jacke meinst, die hatte ich gestern auf den Boden geworfen, und du hast sie aufgehängt. Aber das war gestern oder vielmehr heute früh, und das zählt nicht. Es gibt einen Unterschied zwischen ›jetzt‹ und ›früher‹.«

Johann starrte ihn an. Langsam schüttelte er den Kopf und lächelte. »Du solltest damit auftreten, irgendein Varieté könnte dich gut gebrauchen.«

»Nicht ohne Kaffee. Hast du nicht von Kaffee gesprochen und, wenn nein, warum nicht?«

»Weil uns dieses teure Vergnügen erst heute Nachmittag zusteht und wir es uns Unter den Linden gönnen werden, jetzt, wo unser Studium zu Ende ist und wir gestandene Männer werden.«

Johann griff in seine Tasche und holte eines der neumodischen Rauchwerke heraus, die er Zigarette nannte und von einem deutschen Fabrikanten in Sankt Petersburg bezog. Bürgersohn einer Familie mit weitreichenden Handelsbeziehungen halt, was nutzte ihm da sein alter, armer Adel.

»Frau Brenke lässt dir übrigens ausrichten, dass sie dir unten ein umfangreiches Frühstück bereitet hat. Das soll – so ihre Worte – für den Tag genügen. Sie ist zu ihrer Schwester gegangen und wird erst spät am Abend zurückkehren.« Johann zog aus der anderen Tasche eine Schachtel mit Streichhölzern hervor, der letzte Schrei, mit rotem Phosphor, bei dem man nicht in Gefahr geriet, seine Kleidung und sich selbst spontan zu entzünden. Er bezog sie direkt vom Fabrikanten in Schweden – natürlich.

Wilhelm unterdrückte ein Seufzen. Er würde wohl bei einer gelegentlichen Zigarre und einer Kerze bleiben. Im nächsten Augenblick drangen ein Knall von splitterndem Glas, ein halber Schrei und ein undefinierbares dumpfes Geräusch in sein Ohr und mischten sich mit seinem Kopfschmerz.

Johanns Hand mit dem brennenden Streichholz erstarrte auf dem Weg zum Mund. Er fuhr mit weit aufgerissenen Augen auf, ließ das Streichholz fallen und wandte sich tonlos an Wilhelm: »Das wirst du jetzt nicht glauben.«

»Was ist geschehen?« Wilhelm wandte sich zum Fenster. Auf der gegenüberliegenden Straßenseite schien im zweiten Stock ein Fenster explodiert zu sein. Ein Rahmen fehlte komplett, der andere hing traurig in nur noch einer Angel.

Johann drehte sich zu ihm. »Zieh dich an, mein Freund. Wie es scheint, ist soeben eine Frau aus dem Fenster gestürzt.« Er ging eilig zur Tür und wandte sich noch einmal um. »Oder sie wurde gestoßen. Mach dich auf, Willy. Ich warte drüben auf dich.«

2

Sie lag ausgebreitet auf den lilienförmigen Dornen des gusseisernen Zauns. Zwei Spitzen ragten aus ihrem Rücken, Blut rann die Stäbe hinunter und verteilte sich auf dem Gehsteig. Schwarze Haare, lang und lockig, und ungewöhnlich langgliedrige Finger mit etwas, das wie Spritzer verschiedener Farben aussah, waren das Einzige, was Wilhelm auffiel, ehe er rasch den Blick abwandte.

»Ich habe eine Decke dabei«, sagte er, das Offensichtliche betonend, »und es wäre besser, wenn du die Zigarette ausmachst.«

»Natürlich«, sagte Johann, »wie unsensibel von mir.«

»Das meine ich nicht. Seit rund fünfzig Jahren gibt es Gasbeleuchtung und etwa zehntausend Anschlüsse in Berlin. Wir haben zwar keinen, aber da oben gibt es immerhin ein herausgeblasenes Fenster.«

Johann trat die Zigarette aus, nahm Wilhelm die Decke aus der Hand und legte sie behutsam über die Frau. »Keine Lebenszeichen mehr«, sagte er leise. »Ich habe einen Jungen auf die nächste Wache geschickt. Die Polizei sollte bald hier sein.«

Wilhelm nickte. »Ich denke, ich suche den Haupthahn. Es wäre fatal, wenn weiter Gas ausströmen sollte. Vielleicht bleibst du besser hier und passt auf, dass sich niemand der Lei…, dem Opfer … Du weißt schon, was ich meine?«

»Schon recht.« Johann sah die Straße entlang. »Zum Glück sind nicht viele Menschen unterwegs, einen Auflauf können wir nun wirklich nicht gebrauchen.«

Die Haustür war schwarz und ziemlich schwer. Wilhelm drückte sie auf und sah sich nach der Gasleitung um. Auf dem ersten Treppenabsatz sah er Rohre, die aus dem Keller zu kommen schienen. Er schnüffelte, aber kein ungewöhnlicher Geruch stieg in seine Nase. War Gas geruchlos? Er hatte keine Erfahrungen damit, weder zu Hause auf dem Gut noch bei seiner Vermieterin gab es einen Anschluss.

Die Tür zum Keller befand sich auf der rechten Seite und war nur angelehnt. Hatte jemand vergessen abzusperren, oder war es im Haus üblich, die Tür offen stehen zu lassen? Wilhelm wusste so gut wie nichts über das Haus, obwohl es dem Zimmer, in dem er seit zwei Jahren logierte, gegenüberlag. Er meinte, sich zu erinnern, dass Frau Brenke, gestandene Witwe und Vermieterin, auch über diese Nachbarn in langschweifigen, hektischen Monologen zu erzählen wusste, wie sie es über alle Bewohner der Straße den Block hinauf und hinunter mehrmals getan hatte. Und er erinnerte sich auch daran, dass er nie richtig zugehört und nur an strategisch möglicherweise wichtigen Stellen genickt oder eine belanglose Bemerkung gemacht hatte. Jetzt bedauerte er seine Versäumnisse und nahm sich vor, Frau Brenke am Abend ausführlich zu befragen – nachdem er ausgiebig Bericht erstattet hatte. Frau Brenke würde mit absoluter Sicherheit darauf bestehen.

Er konzentrierte sich. Hörte er oben einen Hund winseln?

Im Keller entdeckte er ein Rohr, das aus der Decke kam und auf halber Höhe in der Wand verschwand. Das musste die Gaszufuhr sein. Kurz über dem Knick befand sich ein Schieber, den er versuchsweise bewegte. Er glaubte, ein leichtes Zischen zu vernehmen, und schob den Hahn zurück. Das Zischen verstummte. Um sich zu vergewissern, wiederholte er die Prozedur: Schieben, Zischen, Schieben, Stille. Das Gas war offenbar abgestellt.

Wilhelm überlegte. Vielleicht wäre es angebracht, oben in der Wohnung nachzusehen. Ihm wurde heiß. Gab es womöglich weitere Opfer oder Verletzte?

Er rannte eilig nach oben, nahm mehrere Stufen auf einmal und schaute sich im Treppenhaus um. Er zählte drei Etagen, auf denen vermutlich jeweils zwei oder drei Wohnungen lagen. Er klopfte an die erste Tür. Als keine Reaktion erfolgte, wiederholte er die Prozedur an jeder Tür, bis er vor der Wohnung stand, in der die Explosion stattgefunden haben musste. Unschlüssig blieb er stehen. Bislang hatte niemand geöffnet. Die Explosion war nicht zu überhören gewesen, und er hielt es für sicher, dass die Bewohner auf die Straße gegangen wären oder zumindest nachgesehen hätten, was einen solchen Lärm verursachte. Es war also wahrscheinlich, dass sich niemand im Haus befand. Man könnte später bei den anderen Wohnungen noch einmal nachsehen, hinter dieser Tür lag aber womöglich ein Verletzter. Oder Schlimmeres.

Die Tür sah stabil aus. Kein Rauch drang aus den Ritzen, ein Feuer war also nicht zu vermuten. Sicherheitshalber prüfte Wilhelm den Türknauf. Kalt. Er drehte ihn, aber die Tür ließ sich nicht öffnen. »Hallo? Ist jemand in der Wohnung?« Wilhelm rief drei Mal und lauschte am Holz. Nichts. Wo blieb die Polizei?

Am Treppenabsatz befand sich ein Fenster. Es ging auf die Straße hinaus, und Wilhelm konnte Johann erblicken, der versuchte, der Toten ins Gesicht zu schauen, und dazu die langen Haare zur Seite schieben musste. Auf der anderen Straßenseite blieb ein offensichtlich gut situiertes Paar stehen. Der Mann hatte schützend den Arm um seine Begleiterin gelegt, die die Faust vor den Mund gepresst hatte. Angestrengt hinüberblickend sprachen sie miteinander. Davon abgesehen war die Straße leer, nichts bewegte sich.

Wilhelm ging zurück zur Tür und trat gegen das Schloss. Die Tür erbebte und gab schließlich dem dritten entschlossenen Stoß nach, flog herum und prallte gegen die Wand. Glas ging zu Bruch.

Er gelangte in einen kleinen Flur, dessen Mobiliar aus einer kleinen Garderobe, einem Schirmständer und einem Spiegel bestand, in dem sich ein Loch auf Höhe des Türknaufes befand. Zahlreiche Risse gingen von ihm aus. Ein Bild an der Wand zeigte die Skizze einer schönen jungen Frau mit offenen Haaren und einer Rose in der Hand. Ihre Bluse war geöffnet, doch das Bild endete, bevor mehr zu sehen war, als eintretenden Gästen zugemutet werden konnte.

Rechts führte eine halb geöffnete Tür in eine Badestube mit Holzzuber, Waschschüssel mit Krug und einem kleinen gusseisernen Ofen. Wilhelm warf nur einen kurzen Blick auf den Luxus – niemand. Er rief erneut und erhielt abermals keine Antwort.

Neben dem Bad führte der Flur weiter um die Ecke, zwei Türen schlossen sich an. Die eine führte zu einer kleinen Küche, die andere zu einem mondänen Schlafzimmer, das von einem riesigen Bett dominiert wurde. Anscheinend mochten die Bewohner riesige Tücher, die als Vorhänge drapiert waren. Ein großer Kamin beherrschte eine Wand, die andere wurde von einem dunklen Schrank eingenommen. Ein Paravent versperrte teilweise den Blick auf das Fenster. Auch hier war niemand.

Wilhelm kehrte um und öffnete den Zugang zum Zimmer links der Eingangstür. Hier ging es spartanisch zu: ein Bettkasten, ein Schrank, ein Nachtschränkchen mit Petroleumleuchte, ein Stuhl vor einem kleinen Schränkchen mit geöffnetem Deckel. Darin eine Wasserkaraffe und eine Schüssel, daneben ein sauberes Handtuch. Das Zimmer eines Dienstmädchens, nahm Wilhelm an und öffnete die Tür zum Salon.

Geld, dachte er als Erstes, hier hat jemand viel Geld hineingesteckt. Kostbare Läufer orientalischen Stils lagen auf dem ebenso kostbaren Parkett, Rosenholz vielleicht oder Palisander. Ein riesiger Kronleuchter hing über einem Tisch, locker umgeben von blau bespannten Sesseln und einem Sofa. Eine passende Ottomane stand vor einem der beiden Fenster, das andere war geöffnet. Die weiße Stuckdecke ging in ebenfalls weiße Wände über, die kostbare französische Wandbehänge zur Geltung brachten. Auf der rechten Seite rahmten sie einen gusseisernen Ofen, der von einer Siegesgöttin gekrönt war. Eine eingelassene Tür führte vermutlich ins Schlafzimmer. An der gegenüberliegenden Wand standen ein Aufsatzsekretär und eine weitere Sitzgruppe, die nah an einer weiteren Tür abschloss, die zu einem letzten Zimmer zur Straßenfront führen musste. Durch sie waren Stöße von Papier hereingeweht. Rechts der Eingangstür boten zwei verglaste Bücherschränke ihren augenscheinlich kostbaren Inhalt dar.

Der allgemeine Eindruck von Vornehmheit und Eleganz wurde nur in der linken Ecke des Zimmers gestört. Hier befanden sich eine zugehängte Staffelei, ein unaufgeräumter Sekretär, eine Decke mit zahllosen Farbspritzern und durcheinanderliegende Bildbände. Es roch leicht nach frischer Farbe. Wilhelm ging zur letzten Tür.

Kein Mensch war im Zimmer, das mit zwei Fenstern auf die Straße blickte. War das Schlafzimmer von weiblicher Hand geprägt, hatte hier offensichtlich ein Mann das Sagen. Die Decke war zwar in Pastelltönen gehalten, doch die Wände waren, von einem breiten Stucksims abgesehen, in moderner dunkelgrüner Farbe gehalten, die das Mobiliar dezent zur Geltung brachte. Rechter Hand standen zwei schwere Ledersessel vor einem Kamin und umrahmten einen kleinen Beistelltisch. Während die Explosion den Sesseln nichts hatte anhaben können, von einigen Brandlöchern abgesehen, war der elegante kleine Tisch umgeworfen und hatte ein Schachbrett samt Figuren teilweise unter sich begraben. Neben dem weißen, wieder mit Stuck verzierten Kamin standen ein Bücherregal und ein Regal mit zahlreichen Flaschen und Rauchutensilien. Einige Flaschen waren heruntergefallen, mindestens zwei zerbrochen. Der Duft von Hochprozentigem mischte sich mit einem leichten Brandgeruch und etwas, das Wilhelm an den Pulverdampf aus seiner Dienstzeit erinnerte. Was war hier nur geschehen?

Wilhelm blickte sich weiter um. Die Einzelteile einer Wasserpfeife lagen verstreut auf dem Boden. Gegenüber, auf der anderen Zimmerseite, stand ein wuchtiger Eichenschreibtisch vor einem Bücherregal, das die gesamte Breite der Wand einnahm. Bücher und Folianten standen, anscheinend säuberlich sortiert, in ordentlichen Reihen hinter gesprungenem Glas. Im unteren, offenen Teil waren Akten und ein eingelassener Safe untergebracht. Farblich aufeinander abgestimmte Läufer lagen unter beiden Tischen und ließen genügend Sicht auf das aufwendig verlegte zweifarbige Parkett. Zwischen den beiden Fenstern, die zur Straße hinauswiesen, wirkte ein kleiner Sekretär verloren, der als Ablage zu dienen schien. Sämtliche lose Papiere waren im Zimmer verteilt, ein Globus und eine Büste des österreichischen Kaisers waren auf den Boden gefallen. Der Globus war aus seiner Fassung gebrochen, dem Kaiser fehlte das rechte Ohr. Über dem Sekretär hing, nunmehr schief und angesengt, ein Ölporträt, das dieselbe Dame zeigte wie die Skizze im Flur. Das Fenster rechts neben ihr war komplett herausgerissen, die schweren Vorhänge mitsamt der Stange heruntergefallen. In halber Höhe war etwas zu sehen, das Wilhelm für einen Blutfleck hielt. Das linke Fenster hingegen war erstaunlicherweise völlig unversehrt. Vor dem Sekretär, dessen helles Holz versengt war, lag ein kleiner Amboss mit passendem Hammer. Daneben befanden sich kleine Teile, die zu einem Uhrwerk gehören mochten.

Wilhelm kniete sich nieder und nahm den seltsam anmutenden Amboss in die Hand. Von der kostbaren Wanduhr, die dem Porträt genau gegenüber hing und auf ein kleines Sofa herabsah, konnten er und die anderen Teile nicht stammen, denn sie hatte die Explosion intakt überstanden, sah man von ihrem Glas ab, das ebenfalls gesprungen war.

Lautes Trampeln genagelter Stiefel drang an sein Ohr, Stimmen, zunächst im Flur und gleich darauf im Salon.

»Wer sind Sie, und was machen Sie hier?«, ertönte gleich darauf eine scharfe Stimme, deren Autorität durch heftiges Schnaufen nur unwesentlich gemildert wurde. Sie gehörte zu einem grotesk dicken uniformierten Schutzmann, der schwitzend seinen Tschako vom hochroten Kopf nahm. Sein kurzer Schnauzbart war ebenso feucht wie seine Haare. Es machte den Eindruck, als seien er und sein Kollege, den Wilhelm im Hintergrund mit jemandem streiten sah, den ganzen Weg von der Wache bis hierher gerannt. Der Aufstieg zur Wohnung schien dem Mann den Rest gegeben zu haben.

»Mein Name ist von der Heyden, ich wohne im Haus gegenüber.« Wilhelm richtete sich auf. Ein Blick aus dem Fenster zeigte ihm, dass mittlerweile vier Uniformierte vor dem Haus standen und mit einem großen hageren Mann sprachen, der anscheinend Anweisungen erteilte. »Ich habe die Wohnung aufgebrochen, um zu sehen, ob sich hier vielleicht Verletzte aufhalten. Im ganzen Haus habe ich bisher niemanden angetroffen, es wäre daher –«

»Mir sieht das eher nach Schnüffeln aus«, unterbrach ihn der Schutzmann.

»Und Anweisungen erteilen hier nur wir«, ergänzte sein Kollege, der nun mit Johann das Zimmer betrat. War der eine Polizist einfach fett und ziemlich kurz geraten, war der zweite größer und stämmiger. Zusammen gaben sie ein eindrucksvolles Bild ab. Wilhelm fühlte sich an Karikaturen erinnert, die hier und da an den neuen Litfaßsäulen zu sehen waren, die in ganz Berlin binnen weniger Wochen aus dem Boden geschossen waren.

»Ich habe Ihnen doch bereits gesagt, dass mein Freund nach dem Gashahn gesehen hat.« Johann wirkte genervt. Unsichtbar für die Schutzmänner verdrehte er demonstrativ die Augen.

»Uns wird immer viel erzählt«, erwiderte der Mann ungerührt, schob die Daumen hinter das Koppel, trommelte mit den Fingern auf dem Schloss und richtete sich hoch auf. »Sie haben geschnüffelt! Haben Sie auch etwas an sich genommen?«

»Natürlich nicht.« Wilhelm war empört. »Ich bin, wie gesagt –«

»Dazu kommen wir später! Auf der Wache werden Sie genug Gelegenheit haben, uns Ihre Version der Geschichte zu erzählen.«

»Und Sie leeren auf der Stelle Ihre Taschen«, ergänzte der erste Polizist, der langsam wieder zu Atem kam. Sein Kopf nahm allmählich wieder eine normale Farbe an.

»Ich muss doch aber protestieren!«, mischte sich Johann erneut ein. »Immerhin haben wir die Polizei rufen lassen.«

3

»Das wird sich alles aufklären«, sagte eine ruhige Stimme an der Tür. Die Schutzmänner fuhren herum und nahmen augenblicklich Haltung an. Im Rahmen stand ein schlanker Mann mit kurzen dunklen Haaren und sorgfältig gekämmtem Schnurrbart. Ausgeprägte Geheimratsecken wiesen auf ein mittleres Alter hin. Ruhig blickte er umher und ließ seinen forschenden Blick schließlich auf dem Sekretär ruhen. Es machte den Eindruck, als würde seiner Aufmerksamkeit nur wenig entgehen.

Eben noch unten Anweisungen erteilt, jetzt bereits hier oben, dachte Wilhelm beeindruckt.

»Kriminalsekretär Vorweg«, stellte sich der Mann mit einem kurzen Nicken vor. »Und die Herren sind …«

»Ein Herr von der Heyden, nach eigener Aussage wohnhaft im Haus gegenüber«, beeilte sich der dicke Polizist mitzuteilen.

»Und ein gewisser Johann Schmidt, Adresse noch nicht festgestellt«, fügte der größere hinzu.

»Danke, Kwiatkowski. Danke, Grothe.« Vorweg sah sich um. »Schauen Sie nach, ob sich noch andere Personen im Haus befinden, und sorgen Sie dafür, dass niemand diese Wohnung betritt.«

Die Schutzmänner salutierten und stürmten eilig hinaus. Vorweg fuhr mit seiner Musterung des Raumes fort.

»Und Sie befinden sich an einem mutmaßlichen Tatort, weil …« Vorweg ließ den Satz als Frage ausklingen, ohne Wilhelm und Johann besonders zu beachten. Er schritt durch das Zimmer, hob ein Stück Papier auf, blieb kurz vor dem Porträt stehen und strich mit der Hand über den schwarzen Fleck auf dem Sekretär. Kurz roch er an den Fingern, dann entnahm er der Tasche seines Dreiteilers ein Tuch, säuberte sich die Hand und sah fragend auf.

»Wie wir bereits den Schutzmännern mitgeteilt haben, haben wir nach dem Gas und weiteren Personen gesehen, die möglicherweise noch im Haus waren«, sagte Wilhelm.

Vorweg nickte. »Und dazu mussten Sie die Tür eintreten, wie?« Er ging weiter umher. »Ich werde mich jetzt noch etwas umsehen. Wie wäre es, wenn Sie mir in der Zwischenzeit die Geschichte von Anfang an erzählen? Ich rechne in den nächsten Minuten mit dem Eintreffen meines vorgesetzten Kriminalinspektors und wäre dankbar, wenn ich ihm dann bereits einige Informationen zukommen lassen könnte. Das verstehen Sie doch sicher, meine Herren?«

Während Vorweg weiter umherging, hier etwas aufhob, dort etwas betrachtete, berichteten Wilhelm und Johann, was seit der Explosion geschehen war. Vorweg sah sie nicht an, unterbrach sie nicht, stellte keine Zwischenfragen, sondern fuhr unbeirrt mit der Inspektion des Tatorts fort. Eine unangenehme Stille breitete sich aus, als die beiden Freunde mit ihrer Erzählung zum Abschluss kamen und noch immer keine Reaktion des Kriminalbeamten folgte.

Schließlich räusperte sich Vorweg und fragte: »Der Gashahn war also bereits abgestellt, wie?«

Wilhelm nickte. Bevor Vorweg weitersprechen konnte, kam der dicke Polizist eilig ins Zimmer. »Kriminalinspektor Lüdenscheid ist eingetroffen. Er befindet sich in Begleitung des Herrn Kriminaldirektors. Sie kommen soeben die Treppe hoch«, verkündete er außer Atem, wandte sich in Richtung Tür und nahm Haltung an.

»Von Herford?«, murmelte Vorweg und richtete sich auf.

Zwei Männer betraten den Raum und quittierten das Salutieren des Schutzmannes mit einem kurzen Nicken. Der erste Mann trug einen Dreiteiler, hatte schütteres Haar und finstere Augen, die das bartlose Gesicht beherrschten. Der andere Mann mochte um die fünfzig Jahre alt sein. Halbglatze und grauer Schnurrbart vermochten nicht, den Eindruck von Stärke und Dynamik zu zerstreuen. Hellwache Augen nahmen das Chaos im Zimmer zur Kenntnis, registrierten die beiden Freunde und blieben auf Vorweg ruhen. Leutselig trat der Mann auf ihn zu und reichte ihm die Hand. »Vorweg, ich grüße Sie«, sagte er mit dröhnender Stimme. »Eine schöne Bescherung haben wir hier, was? Bin zufällig auf Lüdenscheid getroffen und gleich mitgekommen. Basisarbeit hautnah erleben, Sie wissen schon. Was gibt es zu berichten?«

Vorweg setzte zu einer Antwort an, doch Lüdenscheid kam ihm zuvor. »Herr Direktor«, schnarrte er mit einem tiefen Grollen, »ich denke nicht, dass wir diese Angelegenheit vor Zivilisten besprechen sollten.«

Der Kriminaldirektor lachte und zog seine Uniform glatt. »Keine Bange, Inspektor. Vor diesen Männern können wir offen reden. Wie geht es uns denn so, junger Mann?« Von Herford trat auf Wilhelm zu und schlug ihm auf die Schulter. »Bin eigentlich auf dem Weg ins Ministerium, daher das Lametta«, fuhr er fort und erwiderte den Gruß Wilhelms mit einem Nicken. Dann registrierte er die verwunderten Blicke seiner Untergebenen. »Lüdenscheid, nun schauen Sie nicht so! Das ist Wilhelm von der Heyden, der Sohn eines meiner ältesten Freunde. Habe ihn etwas unter meine Fittiche genommen, nicht dass es nötig gewesen wäre. Hat bei mir Kriminalwissenschaften belegt, und das zusätzlich zum Strafrecht. Könnte ein brillanter Kopf werden. Was hat Sie eigentlich hierher verschlagen?«

Während Lüdenscheid missgelaunt brummte, verfolgte Vorweg den Auftritt seines höchsten Vorgesetzten stumm und aufmerksam.

Wilhelm berichtete noch einmal, was geschehen war. Vorweg rührte sich ebenso wenig wie sein vorgesetzter Inspektor, während Herford nachdenklich an seinem Schnauzbart zog.

»Eine Bombe also?«, fasste er zusammen.

»Ganz recht, Herr Direktor«, sagte Vorweg ruhig. »Die Bombe stand vermutlich auf dem Sekretär, die Reste eines Uhrwerks könnten ein Zeitzünder gewesen sein. Und ich nehme an, dass der Täter selbst das Gas abgedreht hat, damit nicht das ganze Haus in die Luft fliegt.«

»Der Kamin dort drüben wird mit Gas betrieben«, ergänzte Wilhelm.

Während Lüdenscheid erneut brummte, sah Vorweg ihn finster an. »Das Opfer muss hier am Fenster gestanden haben, als die Bombe explodierte. Die Sprengwirkung war ziemlich stark, aber eine große Hitzeentwicklung ist nicht zu verzeichnen. Mir ist noch nicht ganz klar, wie so etwas geschehen kann.«

»Die Bombe war in einem Päckchen.« Wilhelm sah auf einige Fetzen Packpapier, die angekohlt auf dem Fußboden lagen. »Ich nehme an, dass die Dame hereinkam und das Fenster öffnete –«

»Sie nehmen an?« Lüdenscheid schob sich vor und hatte offensichtlich vor, den vorlauten jungen Mann in seine Schranken zu weisen. Vorweg beobachtete interessiert, wie Herford nur knapp den Arm hob und Lüdenscheid stehen blieb.

»Fahren Sie fort, Wilhelm«, sagte der Direktor.

»Als die Bombe explodierte, wurde das Opfer nach rechts geschleudert und stieß wohl mit dem Kopf gegen den Fensterrahmen.« Wilhelm wies auf den Blutfleck. »Der Explosionsdruck muss sie so weit angehoben haben, dass sie nach dem Aufprall zurück in Richtung Fensterbank und anschließend aus dem Fenster hinausfiel. Viel Sprengstoff kann aber nicht vorhanden gewesen sein. Es gibt hier viel brennbares Material, und das hätte bestimmt Feuer gefangen.«

»Knallzucker?«, ließ sich Johann vernehmen.

»Wie bitte?«, fragte Lüdenscheid, zunehmend ungehalten über die Anwesenheit der beiden Zivilisten.

»Es könnte Knallzucker gewesen sein«, fuhr Johann fort. »Das ist ein Gemisch aus sechzehn Teilen konzentrierter Schwefelsäure, acht Teilen Salpetersäure und einem Teil Rohrzucker. Der Teig wird geknetet und anschließend gekühlt. Irgendwann wird das Gemisch hart und explodiert bei harten Schlägen schnell und rückstandslos.«

»Auszulösen etwa mittels eines Ambosses«, schloss sich Wilhelm den Ausführungen an.

Sichtlich beeindruckt nickte Herford. »Ihr Freund scheint ebenso brillant wie Sie zu sein, mein lieber Wilhelm. Vielleicht sollten wir auch für ihn eine passende Verwendung suchen. Apropos, Wilhelm – haben Sie sich mein Angebot überlegt?«

Unsicher sah Wilhelm in die Runde. »Ich habe mit meinem Vater noch nicht im Detail über meine Zukunft gesprochen. Vom Polizeidienst ist er jedenfalls nicht begeistert.« Ihm entging nicht, wie Vorweg aufmerkte und ihn aufmerksam musterte.

»Darüber reden wir später. Nehmen Sie sich ein Beispiel an der Beobachtungsgabe der jungen Männer, meine Herren«, wandte Herford sich an seine Kollegen. »Was wissen wir über das Opfer?«

»Laut Pass eine Österreicherin. Beatrice Gräfin Wassilko von Kerecki«, sagte Vorweg und reichte Herford ein Dokument. »Sie wohnt hier mit einem Josef Baron Holly auf Mersdorf aus Schlesien. Er ist ebenfalls Österreicher.« Ein weiteres Dokument wurde Herford in die Hand gedrückt.

Lüdenscheid zog tief die Luft ein.

Herford starrte ungläubig auf die Pässe. »Meine Güte«, sagte er schließlich. »Das ändert die Sachlage natürlich.« Er reichte die Papiere an Lüdenscheid weiter.

»Unterzeichnet sind beide Pässe übrigens ebenfalls von einem Kerecki«, fügte Vorweg hinzu. »Die Namen sind mir unbekannt, dennoch muss ich von einer Verwandtschaft ausgehen.«

»Das stimmt. Die Kereckis sind ein uraltes Geschlecht mit Verbindung in die höchsten Kreise des Hofes in Wien.« Herford schüttelte unwirsch den Kopf. »Diesen Leuten gehört faktisch die Bukowina, und einer von ihnen ist Staatssekretär im Wiener Außenministerium.«

»Dann wird der wohl die Pässe unterschrieben haben«, meinte Vorweg.

»Davon ist auszugehen.« Herford nickte, überlegte lange und straffte sich schließlich. »Vorweg, durchsuchen Sie mit den Schutzmännern die Wohnung. Alles, was geschrieben ist, will ich auf meinem Schreibtisch haben. Notizbücher, Kalender und so weiter. Gedruckte Bücher fallen, wie ich ausdrücklich betonen möchte, nicht in diese Kategorie.« Herford musterte den dicken Schutzmann, der stramm salutierte. »Ich möchte nicht wieder ein Drama wie letztes Jahr erleben. Eintausendundfünfzig Bände! Als Beweismaterial! Mein Gott!«

Herford schien sich in Rage zu reden und bemerkte erst jetzt Wilhelms und Johanns Blicke. »Ein Fall aus dem letzten Jahr. Unsere Freunde von der Schutzwache haben doch tatsächlich Bücher als schriftliches Beweismaterial gesichert und auf die Wache geschleppt. Zwei Zimmer waren tagelang nicht zugänglich!«

Herford atmete durch. »Aber ich will mich nicht aufregen«, fuhr er ruhiger fort. »Jetzt stehen wir vor einem anderen Problem.«

Er sah sich im Zimmer um und fasste schließlich einen Entschluss. »Ich ziehe die Sache an mich. Vorweg, Sie sind für den Tatort verantwortlich. Die Wohnung bleibt gesperrt und wird bis auf Weiteres bewacht. Sie sammeln alle interessanten Hinweise und bringen sie direkt zu mir. Suchen und finden Sie diesen

Mersdorf. Rapport morgen neun Uhr in meinem Büro. Lüdenscheid, Sie übernehmen den Fall in der Neuenburger Straße, ich will Vorweg hier dabeihaben. Dieser Fall hat ab sofort oberste Priorität.«

Herford ging zur Tür und drehte sich noch einmal um, während Lüdenscheid einen finsteren Blick auf Vorweg warf. »Wilhelm, ich möchte Sie morgen in meinem Büro sehen, sagen wir gegen zehn Uhr? Und auch Sie, Johann. Ihre Fähigkeiten werden möglicherweise in einem höheren Interesse benötigt. Kommen Sie, Lüdenscheid, ich muss ins Ministerium.«

Die Männer verließen den Raum. Als ihre Schritte im Flur verklangen, sah Wilhelm Vorweg an. »Dürfen wir uns auch empfehlen?«

Vorweg nickte bedächtig. »Ihre Adressen habe ich. Und wir sehen uns augenscheinlich morgen früh wieder. Das könnte interessant werden, meinen Sie nicht?« Er wandte sich an den Polizisten und befahl ihm, seine Kollegen von der Straße zu holen. Dann drehte er sich zum Fenster. »Noch hier, meine Herren?«

4

Langsam brach der Abend herein, und die Sonne spielte mit den Schornsteinen auf den Dächern. Wilhelm und Johann saßen in der Küche bei einer Tasse Tee. Sie hatten eine dritte Tasse auf den Tisch gestellt, da sie jeden Moment mit der Rückkehr von Frau Brenke rechneten. Es gab nichts zu sagen, deshalb schwiegen sie fast die ganze Zeit. Beiden standen die schrecklichen Bilder der Explosion und vor allem der jungen Frau, aufgespießt von den Dornen des Straßenzauns, vor Augen.

Wie von Geisterhand öffnete sich die Tür. Die Männer rührten sich nicht. Sie hatten nichts an der Tür gehört, keine Schritte im Flur. Daher konnte es sich nicht um Frau Brenke handeln. Und tatsächlich schritt ein dicker rostbrauner Kater in die Küche und drehte eine gemächliche Runde um den Tisch, ohne die Männer zu beachten. Er inspizierte den Futternapf und ignorierte den Inhalt, den Wilhelm einige Minuten zuvor eingefüllt hatte. Futter nahm der Kater ausschließlich von Frau Brenke an. Er begab sich in die Mitte der Küche, hockte sich hin und betrachtete die Männer einen nach dem anderen. Dann streckte er ihnen das Hinterteil entgegen, hob eine Hinterpfote und begann, sich ausgiebig zu putzen.

Der Kater, dem sie den Namen Kuno gegeben hatte, war Frau Brenke vor einigen Jahren zugelaufen. Wilhelm hatte allerdings eher den Eindruck, dass Kuno das Haus der Witwe zu seinem Domizil gemacht hatte, um von diesem Stützpunkt aus die umgebenden Straßen als sein Reich zu beherrschen. Außer Frau Brenke, der er gestattete, für Nahrung und Obdach zu sorgen, ignorierte er alle Menschen und Tiere. Allenfalls ließ er sich zu einigen Gesten der Geringschätzung hinreißen, insbesondere Johann und Wilhelm gegenüber, deren Anwesenheit in seinem Haus er wohl oder übel hinnehmen musste.

Gewöhnlich reagierte wenigstens einer der beiden irgendwann auf seine Beleidigung mit dem Hinterteil und versuchte, den Kater mit Leckereien zu locken, die dieser stets hochmütig ignorierte, wodurch er klarstellte, wer der Herr im Haus war. Heute Abend aber war es anders. Die Männer schwiegen weiter. Kuno ließ seine Pfote in der Luft schweben und betrachtete sie nachdenklich. Dann stellte er die Ohren auf, als irgendwo ein Fensterladen gegen eine Wand schlug.

Es hatte sich zugezogen, sodass kaum noch Licht in die Küche gelangte und Johann zwei Petroleumleuchten entzünden musste. Dann frischte der Wind auf, und schließlich prasselte der Regen. Augenblicke später ging die Haustür und eine wenig amüsierte Frau Brenke stampfte in die Küche.

»Das hat mir gerade noch gefehlt. Wäre der Bus pünktlich gewesen, wäre ich trocken nach Hause gekommen. Aber er war es nicht, und das Ergebnis sehen Sie ja, meine Herren. Wenigstens haben Sie an den Tee gedacht, danke dafür.«

Sie griff nach unten und strich Kuno über den Kopf, der sich zur obligatorischen Begrüßung erhoben hatte. Frau Brenke mit schlechter Laune bedeutete für die abendliche Verpflegung wenig Gutes.

»Aber das ist nur die Krönung des Tages«, fuhr Frau Brenke fort, ohne die gedrückte Stimmung im Raum zu bemerken. Sie war noch immer aufgeregt, wie sie es stets war, wenn sie ihre Schwester draußen in Charlottenburg besucht hatte.

Wilhelm nickte zerstreut. Er hatte die Bilder des Zauns immer noch im Kopf, wusste aber, dass nichts Frau Brenkes Redeschwall unterbrechen konnte, es sei denn, er würde direkt mit der grauenvollen Neuigkeit herausplatzen. Aber er mochte Frau Brenke und wollte das Unangenehme lieber noch etwas herauszögern.

Aus zahlreichen Erzählungen wusste Wilhelm, dass Frau Brenkes Mann, seligen Angedenkens, Apotheker gewesen war und ihr, da beiden keine Nachkommen vergönnt waren, nicht nur die Apotheke, sondern auch das Haus hinterlassen hatte. Die Apotheke hatte sie schnell und zu einem guten Preis verkauft, denn sie war gut gelegen und durch ihren Mann exzellent geführt worden. Sie hatte einen Namen, nicht nur in der Straße, sondern im ganzen Viertel und eigentlich auch, wie Frau Brenke stets bescheiden hinzufügte, in der ganzen Stadt diesseits der Spree. Jedenfalls hatte sie sich vom Erlös zur Ruhe setzen können, und weil sie selbst sich aufs Parterre beschränkte, konnte sie drei weitere kleine Wohnungen im Haus vermieten. So ganz ohne Tätigkeit, nein, das war nichts für sie. Das hatte Wilhelm angesichts des stets geschäftigen Treibens seiner Vermieterin schnell erkannt.

Der Nebenverdienst deckte ihre Kosten reichlich ab. Frau Brenke konnte es sich leisten, ihre Mieter auszusuchen, und so unterzog sie jeden Kandidaten einer eingehenden und ausführlichen Prüfung – eine Kandidatin kam nie in Betracht, junge Damen sollten schließlich bei ihrer Familie wohnen. Diesen Standpunkt hatte Frau Brenke gleich bei ihrem ersten Gespräch mit Wilhelm deutlich gemacht.

Warum Wilhelm die Prüfung bestand, hatte er erst später und eher zufällig erfahren, als er ein Gespräch von Frau Brenke mit einer Nachbarin mitbekam. Frau Brenke hatte ihn als adretten und höflichen jungen Mann bezeichnet, noch dazu mit untadeliger Herkunft. Und so zuvorkommend, gar nicht typisch für diese Zeit und die vielen jungen Leute mit ihren neumodischen Ansichten. Er wusste, dass die agile Witwe ihn rasch in ihr weites Herz geschlossen hatte. Was Johann, der häufig zu Besuch kam, zum Anlass für zahlreiche spitze Bemerkungen nahm. Der Freund konnte sich das leisten, denn Frau Brenke hielt zwar viel vom Adel, mehr aber noch von Manieren, über die Johann reichlich verfügte.

»Stellen Sie sich vor! Gleich morgens bin ich zum Metzgermeister Ziolkowski, denn ich wollte den Schinken mitnehmen, den es nur dort gibt und der vorbestellt werden muss. Ziolkowski hat mir bereits vor drei Tagen hoch und heilig versprochen, dass der Schinken bereitliegen würde. Vor drei Tagen!«

Frau Brenke schüttelte angesichts dieser Ungeheuerlichkeit energisch den Kopf.

»Und wer war nicht da? Richtig, beide. Weder Ziolkowski noch Schinken. Der arme Geselle hat alles durchsucht und war völlig durch den Wind. Ich habe schon befürchtet, selbst tätig werden zu müssen, aber zum Glück hat er ihn dann doch gefunden. Den Schinken, nicht den Meister.«

Endlich nahm sie Platz und schenkte sich Tee ein.

»Kamille aus dem Garten? Und sogar mein selbst gemachter Kandiszucker. Meine Herren, Sie haben aber auch an alles gedacht.«

Frau Brenke schien sich langsam zu beruhigen, rührte in ihrer Tasse und fuhr fort: »Jedenfalls musste ich mich beeilen. Man kann nie wissen, wann der Pferdeomnibus fährt. Obwohl es mittlerweile fünf Linien gibt und obwohl die Fahrpläne festgeschrieben sind. Ich meine, warum hängt man die Pläne aus, wenn sich niemand daran hält? Unsere Concessionierte Berliner Omnibus Compagnie sollte ihre Anstrengungen eher in Pünktlichkeit als in das Finden hochtrabender Titel investieren. Aber vielleicht lehrt die aufkommende Konkurrenz die Compagnie etwas Demut, ich habe schon wieder einen der anderen Wagen gesehen. Na ja, jedenfalls muss der Omnibus pünktlich gewesen sein. Aber durch die Geschichte im Metzgerladen war ich zu spät! Und deshalb traf ich erst zehn Minuten nach der vereinbarten Zeit bei meiner Schwester ein. Das war schon etwas peinlich, meine Herren.«

Wilhelm stellte sich auf ein weiteres der zahlreichen Tischgespräche ein, die das Leben von Frau Brenkes Schwester und insbesondere ihres Gatten, eines Gymnasialprofessors, und dessen ungepflegtes Erscheinungsbild zum Thema hatten. Auch Kater Kuno war geläufig, dass Frau Brenkes Tischreden häufig zu umfangreichen Monologen ausarteten. Das verstimmte ihn, denn die Aufmerksamkeit im Haus sollte sich doch auf ihn konzentrieren. Ungehalten stupste er Frau Brenkes Knöchel an.

Sie strich ihm geistesabwesend nochmals über den Kopf. »Wie auch immer. Wir haben den ganzen Tag mit Kochen und Backen und Anrichten und Einräumen verbracht, denn es musste ja für den geplanten Empfang alles fertig sein. Gerade einmal eine Stunde konnten wir uns Zeit nehmen, um uns über wichtige Themen auszutauschen, von denen Männer nichts verstehen. Und der Herr Gymnasialprofessor, für dessen Kollegen wir die ganze Arbeit auf uns genommen haben, erst recht nicht. Habe ich schon erwähnt, dass er wieder außerordentlich nachlässig gekleidet erschien, als die Tafel gedeckt war? Meine diesbezüglichen Verbesserungsvorschläge scheinen bislang nicht gefruchtet zu haben. Meine Schwester bestand darauf, dass ich zum Empfang bliebe, aber ich war ja nun wirklich nicht dafür ausgestattet. Deshalb habe ich mich höflichst entschuldigt und bin vor einer geschlagenen Stunde aufgebrochen. Und was geschah? Natürlich war der Omnibus nicht nur über alle Maßen unpünktlich, sondern auch noch überfüllt, sodass ich den ganzen Weg hinten stehen musste. Und dann noch das Gewitter.«

Es blitzte grell, und Sekunden später grollte ein Donner tosend am Fenster vorbei. Das schreckte Kater Kuno keineswegs. Dennoch konnte er es offenbar nicht hinnehmen, von Frau

Brenke in dieser geradezu impertinenten Art und Weise ignoriert zu werden. Kuno sprang auf den freien Stuhl und deutete an, seinen Weg bis auf den Tisch fortsetzen zu wollen. Sofort nahm Frau Brenke ihn auf den Schoß und begann, seine Ohren zu kraulen. Kuno schloss die Augen, nicht ohne noch einen triumphierenden Blick auf Wilhelm zu werfen.

»Aber ich rede ja immer nur von mir. Wie war Ihr Tag?« Erst jetzt schien Frau Brenke die Stimmung der beiden Männer zu bemerken. »Ist etwas Unangenehmes passiert? Ihre Prüfungen vielleicht …«

Wilhelm schüttelte den Kopf. »Nein, damit scheint alles in Ordnung zu sein. Allerdings ist etwas geschehen.« Er berichtete kurz und knapp, was sich seit dem Morgen ereignet hatte.

Frau Brenke brach weder in Wehklagen aus, noch unterbrach sie seine Erzählung durch Kommentare. Sie war, trotz ihrer zierlichen Gestalt und des offenen, freundlichen Charakters, hart im Nehmen. Schicksalsschläge, so hatte sie bereits früh lernen müssen, gehörten zum Leben dazu. Der Tod ihres Gatten war nur der letzte Punkt in einer langen Verlustliste. Frau Brenke hatte Wilhelm einmal erzählt, dass sie etwa drei Jahre alt gewesen war, als die Liste mit einem alten Kater eröffnet wurde, den ein französischer Füsilier im Rausch erschlug. Schnell folgten zwei Geschwister, die im Kindbett starben, das letzte gemeinsam mit der ohnehin bereits kränkelnden Mutter. Der Vater ging zum Glück erst viel später, aber auch er ging. Und da sie ihn in ihren eigenen Vierzigern immer noch so liebte wie als kleines Kind, traf sie der Verlust, so absehbar er auch war, mit derselben Wucht wie die schreckliche Tat des Soldaten in der fremden Uniform. Fast ihr ganzes Leben wohnte sie nun schon in dieser Straße, und sie konnte all die Verwandten, Bekannten und Freunde, die mittlerweile dahingegangen waren, kaum noch zählen. Zum Glück wurde, so hatte ihr Vater es nach dem verlustreichen Befreiungskrieg einmal gesagt, in der Stadt und vor allem in ihrer Straße viel geboren. Es wurde aber auch, wie Frau Brenke erfahren musste, viel gestorben. Damit musste man umgehen, und so hatte Frau Brenke neben einigen anderen Prinzipien verinnerlicht, dass es häufig darauf ankam, Haltung zu bewahren. Nicht, um anderen etwas vorzumachen. Fremden vielleicht, aber nicht Vertrauten gegenüber. Wichtiger war ihr, dass man durch Haltung, so war es Frau Brenkes Überzeugung, andere stützen konnte. Vor allem konnte man selbst mit einem Verlust leben lernen.

Und so folgte Frau Brenke Wilhelms Bericht lediglich mit offenem Mund und ungläubigem Staunen. Schließlich schüttelte sie langsam den Kopf und wischte sich eine Träne aus dem Auge. Haltung bedeutete auch für sie nicht, Emotionen zu unterdrücken. »Mein Gott. In meinem Tran habe ich nicht einmal das zerstörte Fenster bemerkt. Und die Stadtwache habe ich auch nicht gesehen«, sagte sie schließlich.

»Soweit ich weiß, sind die Wachen im Haus.« Johann rutschte unbehaglich auf dem Stuhl herum.

»Und dann diese schöne junge Frau! Sie war so voller Leben, hatte immer ein freundliches Wort, sogar für die Bediensteten. Ganz anders als dieser … dieser *Mitbewohner*. Ein unangenehmer Mensch, und unhöflich noch dazu.«

Sie sprach das Wort »Mitbewohner« mit deutlichem Abscheu aus. In einer ordentlichen Welt, so sagte sie oft, sollten Mann und Frau nur dann zusammenleben, wenn sie sich vor Gott das Jawort gegeben hatten. Auch wenn es bei einem Aufenthalt im Ausland für Verlobte Zwänge geben mochte, Umstände, an die man sich anpassen musste – an Anstand und Regeln musste man sich dennoch halten.

»Aber wer kann schon hinter die Fassade schauen?«, sagte sie. »Die Annemarie meinte erst kürzlich zu mir, dass es mit der Dame noch einmal ein schlimmes Ende nehmen werde.«

»Annemarie ist die Bedienstete bei Notar Falkenberg?«, fragte Wilhelm.

»Nein, das ist Gertrud. Annemarie ist das Zugehmädchen bei Oberst von Bardeleben.«

»Ach, ist das nicht die Blonde mit dem leichten Silberblick?« Johann schenkte noch einmal Tee nach.

»Meine Herren, Sie wissen aber auch gar nichts!« Frau Brenke schüttelte verwundert den Kopf. Warum waren Männer nicht in der Lage, Namen und Gesichter den richtigen Anstellungen und Tätigkeiten zuzuordnen, vor allem dann, wenn sie diesen Personen andauernd über den Weg liefen? Man konnte von Männern wohl nicht erwarten, den kompletten Überblick über das Viertel zu haben, aber in der eigenen Straße?

»Die Blonde mit dem leichten Silberblick«, fuhr Frau Brenke nunmehr gefasster und mit tadelndem Blick auf Johann fort, »ist Magda, die Tochter des Schusters Fritz unten an der Ecke. Sie ist Wäscherin und mit einem jungen Mann verlobt, der gegenwärtig seinen Dienst ableistet. Ein Blick auf den Silberblick, Herr Johann, lohnt sich also nicht.«

»Ich …«

Frau Brenke winkte ab. »Gertrud ist das Mädchen mit den auffallend roten Haaren. Auch sie ist vergeben, gottlob verheiratet.«

»Gottlob?«

»Haben Sie nichts bemerkt, meine Herren? Gertrud ist guter Hoffnung. Um Weihnachten herum sollte es so weit sein.«

»Das ist mir in der Tat nicht aufgefallen«, sagte Wilhelm. »Was hat denn nun aber die Annemarie gesagt?«

Frau Brenke überlegte kurz. »Das muss so vor drei oder vier Wochen gewesen sein. Ich traf sie vor dem Bäcker Glaseck. Sie kam gerade heraus, als ich Ihnen Ihre Mohnbrötchen besorgen wollte. Die gibt es nur am Mittwoch, wenn Sie sich entsinnen?«

Wilhelm nickte und lehnte sich geduldig zurück. Er wusste, dass Frau Brenke dazu neigte, manche Dinge bis ins Detail zu erläutern, um sicherzugehen, dass ihr Gegenüber auch tatsächlich alles verstand.

»Jedenfalls hatte sie für den Oberst eingekauft, der, wie Sie wissen, im selben Gebäude wie die Unglückliche wohnt. Er hat die Wohnung oben gegenüber und wohnt dort mit seinem Hund. Der Arme hat ja keine Frau mehr.«

Wilhelm nickte. Vermutlich hatte er sich heute Morgen doch nicht verhört, was den jaulenden Hund anging.

»Wir kamen ins Gespräch, und Annemarie erzählte gerade, wie der Oberst sie mit seinen Kriegserinnerungen quälte, als eine Droschke vor dem Haus hielt und die Dame ausstieg. Wir sahen, wie sie heftig mit jemandem in der Kutsche sprach und schließlich ziemlich stürmisch ins Haus ging. Und da sagte Annemarie, dass sie befürchte, dass es mit der Dame noch einmal ein schlimmes Ende nehmen würde. Da horcht man doch auf, oder?«

»Ich nehme an, Sie haben Annemarie nach dem Anlass ihrer Befürchtungen gefragt?«

»Watt Se annehmen können.« War Frau Brenke aufgeregt, konnte es passieren, dass sie in den Berliner Dialekt verfiel, den sie ansonsten stets vermied. Als Apothekersgattin war es schließlich angezeigt, in einem verständlichen Hochdeutsch zu sprechen. »Natürlich habe ich sie gefragt. Annemarie erzählte, dass sie meist spät vom Oberst fortkommt, oft erst am späten Abend. Und häufig hat sie beobachtet, wie die junge Dame von teuren Kutschen abgeholt wurde. Bestimmt dreimal in der Woche und immer spät. Es waren unterschiedliche Kutschen, aber eine kam wohl öfter. Sie ist ihr aufgefallen, weil sie keinerlei Zeichen trug und der Kutscher nie zu erkennen war. Richtig unheimlich, meinte Annemarie, alles zugezogen und komplett in Schwarz. Die beiden Laternen hinter dem Kutscher brannten auch nie.

Und noch etwas: Die Kutsche hat wohl irgendeinen Fehler. Annemarie meinte, dass sie immer genau wusste, wann diese Kutsche gerade im Anmarsch war, denn sie ratterte immer so komisch.«

»Komisch?«

»Nun ja, Annemarie meinte, dass wohl eines dieser Dinger, die den Schmutz abhalten sollen, nur noch an einer Schraube hing und deswegen gegen das Rad klapperte.«

»War das auch die Kutsche, die Sie gesehen haben, Frau Brenke?«

»Wenn ich es recht bedenke, könnte sie es gewesen sein.« Frau Brenke trank nachdenklich einen Schluck Tee. »Unheimlich war es ja nicht, so mitten am Tag. Aber ich weiß noch, dass die großen Seitenscheiben schwarz verhangen waren und die Dame nur durch die halb geöffnete Tür sprach.«

»Und der Kutscher?«

»Ich bin mir nicht sicher. Aber er war wohl auch schwarz gekleidet … und ja, mit hochgezogenem Kragen. Dabei war es noch ziemlich warm. Er saß reglos auf seinem Bock und fuhr erst los, nachdem die Dame im Haus war.«

»Und er saß über der vorderen Achse?«

Frau Brenke hob ratlos die Augenbrauen.

»Über dem vorderen Rad, das womöglich etwas kleiner als das Hinterrad ist?«

»Stimmt! Jetzt, wo Sie es sagen.«

»Dann handelt es sich vermutlich um ein Coupé. Oder, Johann?«

»Mit solchen Dingen kennst du dich besser aus. Aber ein Coupé in Berlin zu finden? Hier fährt doch jeder Zweite damit. Und die meisten sind schwarz.«

Wilhelm nickte: »Aber komplett schwarz? Davon dürfte es nicht viele geben.«

Johann erhob sich. »Schon möglich. Ich sollte jetzt nach Hause gehen, morgen früh haben wir einen Termin.«

»Ganz recht.« Auch Wilhelm stand auf. Frau Brenke machte sich bereits an der Spüle zu schaffen. »Wir sehen uns kurz vor zehn am Molkenmarkt.«

5

Der Molkenmarkt war der älteste Platz von Berlin. Wilhelm würde es von seiner Wohnung in der Krausenstraße nicht weit haben. Dennoch brach er früher als erforderlich auf, hauptsächlich, um das schöne Wetter zu genießen. Er hatte ohne Albträume durchschlafen können und beschlossen, dieses seltene Geschenk durch einen Spaziergang zu krönen. Als er auf die Straße trat, war sie fast menschenleer. Das Fenster gegenüber war durch den Holzladen verschlossen, und nichts deutete mehr auf das Geschehen des gestrigen Tages hin.

Vermutlich würde es ein heißer Tag werden. Wilhelm blinzelte in die Sonne und wandte sich Richtung Osten. Am Lazarett vorbei überquerte er diagonal den Dönhoffplatz, von wo er über die Leipziger Straße den Spittelmarkt erreichte. Hier standen immer Straßenjungen, bei denen er häufig eine Zeitung erwarb. Auf der Gertraudenbrücke überquerte er den Spreekanal, von Petriplatz und Fischmarkt aus warf er einen kurzen Blick auf das königliche Schloss zu seiner Linken. Über den Mühlendamm mit seinen Kolonnaden und der Schleuse, an deren Pfeilern Mietkähne schaukelten, erreichte er wenig später die andere Spreeseite. In der Nähe der Nikolaikirche kannte er einen Bäcker, dessen Mohnbrötchen er schätzte, was er aber Frau Brenke besser nicht erzählte – sie waren schließlich von der falschen Spreeseite. Er ging zurück zum Mühlendamm, sah eine Weile auf die Spree und blätterte in der Zeitung. Nachdem er sein Brötchen aufgegessen hatte, war es Zeit für den wenige Schritte entfernten Molkenmarkt.

Als er gerade aufbrechen wollte, legte sich eine Hand auf seine Schulter. Johann!

Wilhelm begrüßte den Freund und ging mit ihm durch die inzwischen belebte Straße zur alten Stadtvogtei, in der sich neben dem Gefängnis und dem Kriminalgericht auch das Polizeipräsidium befand. An der Wand mit der geschwungenen Treppe lehnte eine bekannte Gestalt. Vorweg betrachtete ruhig das Treiben auf dem kleinen Platz und kam ihnen zwei Schritte entgegen.

»Pünktlich auf die Minute, meine Herren«, sagte er. »Polizeidirektor Herford lässt sich für eine Weile entschuldigen, er hat noch eine Besprechung. Bis er Zeit für Sie hat, soll ich Sie ein wenig im Haus herumführen.« Er schüttelte leicht den Kopf, und Wilhelm hatte nicht den Eindruck, dass Vorweg von dieser Aufgabe sonderlich erbaut war.

»Gegenüber«, Vorweg wies auf einen stattlichen Bau, an dessen Fassade der Putz abbröckelte, »befindet sich im alten Ephraim-Palais eine der wichtigsten Grundlagen unserer Arbeit. Es gibt einige Wohnungen für Polizeioffiziere, vor allem aber arbeitet dort seit etwa zwanzig Jahren das Einwohnermeldeamt. Hier werden alle Einwohner Berlins geführt … die offiziellen Einwohner jedenfalls. Kommen Sie, gehen wir hinein.« Er wandte sich die Treppe hoch und ließ sich von einer Wache die Tür öffnen.

Wilhelm registrierte, dass der Posten salutierte.

Im Inneren herrschte lautes Treiben. Hinter einer Schranke saßen mehrere uniformierte Polizisten und bearbeiteten Akten. Eine Frau versuchte offenbar, dem Beamten hinter dem Schalter einen Diebstahl zu melden, ein älterer, gut situierter Herr stritt sich leise mit seinem Begleiter, während er darauf wartete, an die Reihe zu kommen.

»Das hier«, Vorweg ließ nachlässig seinen Arm schweifen, »ist das erste Polizeirevier und gleichzeitig Sitz der ersten Polizeihauptmannschaft, die für die Reviere eins bis sieben zuständig ist. In ganz Berlin gibt es derzeit sechsunddreißig Reviere, und vermutlich kommen noch welche hinzu, sollte jemals Charlottenburg eingemeindet werden. Seit drei Jahren gibt es in jedem Revier zwei oder drei Kriminalbeamte, die durch einen Leutnant angeleitet werden. Nein, jetzt heißen sie Kriminalkommissare – bei den ganzen Änderungen kann man schon einmal den Überblick verlieren.«

Vorweg schüttelte wieder den Kopf. »Oben befindet sich das Präsidium mit seinen verschiedenen Abteilungen, also die Politische Polizei, die Sittenpolizei, die Marktpolizei und so fort. Seit letztem Jahr bilden wir Kriminalbeamten eine eigenständige Abteilung unter Polizeidirektor Herford, der eigentlich Dirigent genannt werden müsste. Jedenfalls gab es letzte Woche eine entsprechende Order.« Erneutes Kopfschütteln.

Vorweg wandte sich einer Tür zu, machte aber keine Anstalten hindurchzugehen. »Gegenwärtig haben wir zwei Hilfsdezernenten, einen Sekretär, zwei Kriminalinspektoren, zwölf Kriminalkommissare und fünfzig Kriminalschutzleute, die sich im Dienst abwechseln. Als Kriminalsekretär stehe ich zwischen den Kommissaren und den Schutzleuten.«

»Klingt ganz nach der Position, auf der die ganze Arbeit gemacht wird«, warf Johann ein.

Vorweg bedachte ihn mit einem langen Blick. Wilhelm war sich nicht sicher, glaubte aber, kurz ein halbes Lächeln auf dem ansonsten unbewegten Gesicht auszumachen.

»Seit Kurzem haben wir auch einen Leicheninspektor, aber mit diesem Detail möchte ich die Herren nicht langweilen«, fuhr Vorweg ungerührt fort. »Wir haben als Polizei drei Gebäude belegt. Hier am Molkenmarkt 1 ist, wie gesagt, das erste Revier, oben ebenso und auch nebenan im Molkenmarkt 2. Und schließlich gibt es noch, Sie werden es erraten haben, den Molkenmarkt 3. Während wir hier nur die Zellenräume der alten Stadtvogtei haben, befinden sich dort an der Spree drei Kriminalgefängnisse.«

»Die Riesenburg«, nickte Wilhelm.

»So sagt es der Volksmund.« Vorweg verschränkte die Arme und ließ seinen Blick durch den Raum schweifen. »Die Riesenburg ist eigentlich die mittlere der drei Stationen. Dort sitzen die ganz schweren Jungs ein. Es ist faktisch unmöglich, dort herauszukommen.«

»Habe ich nicht gelesen, dass ein viertes Gefängnis eröffnet wurde?« Johann zog die Schultern zusammen und schloss den Kragen. Trotz der vielen Menschen im Raum war es kühl, ein eklatanter Unterschied zu den sommerlichen Temperaturen draußen auf dem Platz.

»Das stimmt«, sagte Vorweg. »Gleich hinter Haus zwei gibt es ein dreistöckiges Gebäude, das seine Gäste als ›das Kühle‹ zu bezeichnen pflegen, was, wie Sie schon bemerkt haben, auf alle Gebäude zutreffen könnte. Überall ist es kühl und feucht, erst gegen Abend wird es wärmer, dafür aber auch stickiger.« Er ging zum Tresen und blätterte in einer Kladde. »Derzeit platzen wir aus allen Nähten. Zwar gibt es draußen in Moabit ein neues Zuchthaus, aber das hat nur Einzelzellen für Schwerverbrecher oder bessergestellte Strafgefangene. Hier bei uns sind zunächst alle anderen versammelt. Im Schnitt haben wir jeden Tag etwa fünfhundert Insassen in den Kriminalgefängnissen und zweihundertfünfzig Arrestanten, bei denen wir auch noch zwischen achtbaren Bürgern und Vagabunden unterscheiden müssen.«

Vorweg sah, wie Wilhelm die Augenbrauen hob. »Sie halten das für viel? Täuschen Sie sich nicht. Berlin hat derzeit fast eine halbe Million Einwohner, von denen etwa zwei Drittel im Einwohnermeldeamt und den Polizeiakten registriert sind. Davon sind«, Vorweg begann, an den Fingern abzuzählen, »etwa zehntausend Prostituierte, achtzehntausend angebliche oder tatsächliche Dienstmädchen, viertausend Bettler, zwölftausend Verbrecher unter Polizeiaufsicht, ebenso viele Illegale ohne Aufenthaltserlaubnis und zwanzigtausend Weber. Und die Aufzählung ist nicht vollständig, meine Herren.«

Johann stutzte: »Weber?«

»Weber«, nickte Vorweg. »Es sind in der Hauptsache tatsächlich Weber in Heimarbeit. Angesichts der Menge und der oft überschaubaren Auftragslage können Sie sich aber sicher vorstellen, dass diese Leute auch andere Einkommensquellen finden müssen, um ihre Familien durchzubringen. Wie viele davon dürften legal sein?«

Auf der gegenüberliegenden Seite entstand ein kurzer Tumult. Ein alter Mann, ungepflegt und mit verschlissenen Kleidern, brüllte etwas. Ein Polizist stand ihm ruhig gegenüber. Die Zivilisten hielten erschrocken in ihren Angelegenheiten inne, seitens der Beamten erfolgte aber, wie Wilhelm bemerkte, kaum eine Reaktion. Nur zwei Uniformierte erhoben sich und schlenderten langsam auf den Mann zu. Jetzt war auch etwas verständlicher, was er schrie.

»Jenau, den König, den wollt ick treffen … musste aber uffpassen … Dreimal hab ick's versucht und tu's wieder …«

Der Polizist legte dem Mann die Hand auf die Schulter, seine Kollegen nahmen ihn gemächlich in die Mitte.

»Hat der Mensch gerade einen Anschlag auf Seine Majestät gestanden?« Johann sah Vorweg fassungslos an. Dieser war eindeutig belustigt, und Wilhelm war sich sicher, dass es weniger die Situation an sich war, die ihn zu erheitern vermochte, als vielmehr die völlige Verständnislosigkeit Johanns.

»Hat er.« Vorweg grinste nun. »Wieder einmal.« Er ging zu den Männern hinüber und sprach leise auf den Mann ein. Nach kurzer Zeit schien ein Gewicht von den Schultern der schmächtigen Gestalt zu fallen, und sie ließ sich offensichtlich dankbar von einem der Polizisten zu einer Tür führen.

Vorweg kehrte zurück und rückte die Kladde auf dem Tresen zurecht. »Wir überführen ihn in den Polizeiarrest. Damit ist er in dieser Situation mehr als zufrieden.«

In Johanns Gesicht hatte die Ratlosigkeit keineswegs abgenommen. Vorweg seufzte. »Sehen Sie: Als Polizei haben wir eine gewisse Strafbefugnis. Bei bestimmten Vergehen können wir Delinquenten auch ohne Gerichtsverfahren eine Strafe erteilen oder sie ins Gefängnis bringen. Vagabunden wie jenen Mann überweisen wir normalerweise ins Arbeitshaus, oben im Ochsenkopf in der Alexanderstraße. Schwerwiegendere Delikte müssen wir aber hier behandeln. Und wenn Sie nun wissen, dass im Ochsenkopf bis zu zweitausend Menschen sitzen, die vierzehn Stunden am Tag ihr Leben beim Maschinendrehen riskieren, ihre Gesundheit beim Gipsstampfen ruinieren, stumpfsinnig spinnen oder in der Tretmühle laufen und dafür häufig nur eine warme Suppe und viel Prügel bekommen, während es hier im Kriminalgefängnis keinen Arbeitszwang, dafür aber klare Regeln gibt – was würden Sie tun?«

Johann hatte offenbar noch immer Klärungsbedarf. »Das würde von den Regeln abhängen.«

Vorweg nickte. »Eine Wolldecke, ein Strohsack. Ein Spucknapf, ein Essnapf, ein Holzlöffel, ein Handtuch und eine Wasserkanne«, zählte er auf. »Ein Klotz, tagsüber als Schemel, nachts als Kopfunterlage. Morgens Mehlsuppe, mittags Kutteln. Brot ausreichend. Sind Sie handwerklich geschickt, können Sie einen Überverdienst erhalten. Täglich ein Hofrundgang – theoretisch zumindest.« Er wandte sich zur Tür. »Wo würden Sie lieber einsitzen?«

»Aber ein Angriff auf den König …«

Vorweg lächelte und öffnete die Tür. »Eine Aussage, die man

später, wenn man an der Reihe ist, widerrufen kann. Und das kann ein paar Wochen dauern. Willkommen in der Welt der Polizeiarbeit. Folgen Sie mir zu meiner Abteilung?«

Sie stiegen in schummriger Beleuchtung zwei schmale Holztreppen empor und gelangten zu einer Tür, die sie über einen Gang in ein Hintergebäude führte, unter dem die Zellen des Gefängnisses der Stadtvogtei liegen mochten. Licht war auch hier ebenso Mangelware wie frische Luft. Es roch nach feucht gewordenem Papier und ebenso feuchter Kohle. Johann stieß sich an einer Kiste und fluchte leise.

»Vorsicht.« Vorweg wandte sich nicht um. »Hier steht einiges in der Gegend herum.«

Johann grummelte, und Wilhelm meinte im Gesicht des Polizisten ein leichtes Grinsen zu sehen.

»Hier draußen lagern die Kohle für die Öfen und einiges an Papier, das wir nirgendwo anders unterbekommen. Für die Feuerwehr ist das ein Albtraum.« Vorweg steuerte auf eine weitere Tür zu und betrat ein niedriges Zimmer, dessen einziges Fenster einen aussichtslosen Kampf gegen die Dunkelheit führte. Ein Beamter saß an einem Tisch und stellte Listen aus verschiedenen Kladden zusammen. Durch eine weitere Tür drang Stimmengewirr.

»Voll besetzt, wie?« Vorweg wies auf die Tür.

Der Beamte nickte. »Der Herr Kriminaldirektor ist vor wenigen Minuten eingetroffen. Sie mögen bitte gleich zu ihm durchgehen.«

Vorweg nickte und stieß die Tür auf. Sofort schwoll der Geräuschpegel an.

Wilhelm sah sich um. Hinter einer Schranke standen zehn Uniformierte und acht Männer in Zivil, die zeitgleich mit drei Gruppen von ebenso vielen Männern und einigen Frauen diskutierten. Auch hier war es kalt, die Menge der im Raum befindlichen Personen hatte es noch nicht vermocht, die Zimmertemperatur auf ein höheres Maß zu treiben.

Vorweg lehnte sich kurz an die Wand und betrachtete die Szene. »So ist es hier morgens häufig, wenn wir Publikumsverkehr haben. Dort hinten«, er wies auf die letzte Gruppe von fünf Personen, neben denen ein Wachmann stand, der eine kleine Gestalt am Arm hielt, »haben wir wahrscheinlich die Inhaber eines Geschäfts, in dem etwas gestohlen wurde. Jedenfalls meint das der Inhaber, wie wir hören. Der Kommissar spricht deshalb gleichzeitig mit ihm, mit den Zeugen und dem mutmaßlichen Delinquenten. Ich wünschte, wir würden über genügend Räumlichkeiten verfügen, um die Beteiligten getrennt voneinander befragen zu können.«

Mittlerweile waren die Besucher dazu übergegangen, sich gegenseitig anzuschreien. Der Inhaber brüllte eine Zeugin an, deren Darstellung wohl nicht mit der seinen übereinstimmte, der Verdächtige, der sich als vielleicht zwölfjähriger Knabe entpuppte, wand sich im Griff des Polizisten und leugnete, überhaupt in dem Geschäft gewesen zu sein.

»Wenigstens haben sie es frisch.« Johann verkroch sich wieder in seinem Mantel.

»Vorübergehend.« Vorweg winkte und forderte damit seine Begleiter auf, ihm zu folgen. »Am späten Nachmittag werden hier die Gaslampen entzündet, dann wird es binnen weniger Minuten warm wie in einer Bäckerei. Und wenn wir nicht aufpassen und die Leute zum regelmäßigen Lüften anhalten, kann es geschehen, dass wir am nächsten Morgen jemanden mit den Füßen voran aus dem Haus tragen.«

Vorweg durchquerte den Raum, öffnete eine Tür, ließ die beiden eintreten und schloss die Tür wieder. Die Geräusche klangen jetzt nur noch gedämpft durch das dicke Holz. Von dem kurzen Gang gingen links und rechts einige Zimmer ab, deren Türen aber verschlossen waren. Vorweg steuerte geradewegs auf die Tür am anderen Ende des Ganges zu. »Willkommen im Allerheiligsten.«

Durch ein weiteres Zimmer, das sichtlich einem Sekretär vorbehalten war, erreichten sie ein großzügig ausgestattetes Büro. Hinter einem riesigen Schreibtisch standen Regale voller Akten und Unterlagen, die Wand links war komplett von einer Karte Berlins eingenommen, gegenüber, unter einem lichten, geradezu freundlichen Fenster standen ein Sofa und drei Sessel an einem kleinen Tisch.

Hinter dem Tisch erhob sich Herford und kam auf sie zu. Mit einer knappen Geste wies er auf die Sitzecke. »Da sind Sie ja, meine Herren. Freut mich, freut mich. Lassen Sie uns einen Happen essen und gleich zur Sache kommen. Oertzen!«, rief er in Richtung Tür.

»Ihr Bürovorsteher ist anscheinend im Haus unterwegs.« Vorweg war vollkommen unbewegt. »Ich lasse etwas bringen und hole die Unterlagen.« Er verschwand nach draußen und kehrte keine Minute später mit einigen Akten zurück.

Er muss seinen Platz in einem der verschlossenen Räume haben, dachte Wilhelm und bemerkte jetzt auf einem Tisch unterhalb der Karte einige Gegenstände, die ihm bekannt vorkamen.

»Verpflegung ist auf dem Weg«, sagte Vorweg und legte die Akten auf den Schreibtisch.

»Nun denn, meine Herren.« Herford klatschte in die Hände. »Machen wir es uns bequem und fangen an.«

Die Männer nahmen auf dem Sofa und den Sesseln Platz. Herford sah fragend zu Vorweg, besann sich dann aber und stand noch einmal auf. Er ging zu seinem Schreibtisch, zog eine Schublade heraus und ließ zwei Marken auf den kleinen Tisch fallen.

»Bevor ich es vergesse, meine Herren.« Herford zeigte auf die

Marken. Auf der Vorderseite war ein auffliegender preußischer Adler zu sehen, auf der Rückseite fand sich der Schriftzug *Koenigl. Preuss. Polizeibeamter.* »Sie sind damit nach Ihren erfolgreich absolvierten Prüfungen vorläufig eingestellt. Jeder Bürger der Stadt hat Ihren Anweisungen unverzüglich Folge zu leisten, sobald Sie diese Marke vorweisen. Sie haben damit auch das Recht, eine Schusswaffe zu tragen, die Sie sich allerdings privat anschaffen müssen. Von uns können Sie einen guten Stock erhalten. Eine Uniform bekommen Sie erst, wenn Sie direkt in den Dienst eingetreten sind. Fragen?«

Vorweg blieb unbeweglich sitzen. Kein Muskel in seinem Gesicht zuckte, keine Bewegung verriet, was er von dem Angebot hielt.

Wilhelm und Johann sahen einander an. Schließlich ergriff Wilhelm das Wort. »Ich erkläre mich bereit, Ihnen bei diesem Fall zu helfen. Ob ich in den Polizeidienst eintrete, werde ich später sehen.« Er warf einen kurzen Blick auf Vorweg, der angelegentlich aus dem Fenster sah.

Auch Johann fasste sich ein Herz. »Lassen Sie uns doch bitte einmal etwas sortieren, ehrenwerte Exzellenz«, sagte er gemächlich. »Sie haben also schon unsere Examensergebnisse, der Termin meiner Disputation zum Dr. med. ist aber erst nächste Woche. Ich freue mich zwar, dass Sie so viel wissen, aber das dann doch nicht …«

Herford grinste und setzte sich. »Lieber Herr Schmidt, erstens kenne ich Ihre Prüfungsergebnisse, weil ich beim Dekan der medizinischen Fakultät nachgefragt habe. Zweitens lauten die Noten für Ihre Doktorarbeit mit dem etwas sperrigen Titel *Zwei Operationsmethoden zur Entfernung von Dünndarmgeschwüren und ihre Relevanz für die Weiterbehandlung von Verdauungsstörungen* durchweg *summa cum laude*, Sie können also nur durchfallen, wenn Sie sich außerordentlich dämlich anstellen. Übrigens sollten Sie danach das Amtsarztexamen anstreben, weil ich hier für Sie Verwendung habe. Ganz egal, was Ihr vermögender Vater sagt: Eine preußische Beamtenstellung ist nicht zu verachten, zumal Sie Ihren Interessen nachgehen können. Laut Besoldungsordnung verdienen Sie einiges über hundert Taler im Monat.« Herford hielt inne. »Zugegeben, das Geld dürfte für Sie keinen besonderen Anreiz darstellen. Soweit ich weiß, haben Sie davon mehr als wir alle zusammen, wie?«

Er winkte ab, als Johann etwas erwidern wollte.

»Nun ja, was bedeutet es, ein preußischer Amtsarzt zu sein? Es ist üblicherweise eine schreckliche Arbeit, zweifellos. Als Amtsarzt haben Sie sich vor allem um Seuchenvorsorge zu kümmern. Also Viehzeug und Arbeiter, Maul- und Klauenseuche und Keuchhusten. Und wenn Abwasserkanäle gebaut werden, müssen Sie Ihren Senf dazugeben, und zwar dergestalt, dass es den Vorgesetzten schmeckt. Keine rosigen Aussichten. Bei der Polizei hingegen«, Herford hob einen Finger, »haben Sie, den Amtsarzt vorausgesetzt, andere Möglichkeiten. Sie könnten gleichzeitig forschen und in der Praxis arbeiten und können, nebenbei bemerkt, etwas ganz Neues aufbauen. Wir brauchen den Einzug der Wissenschaften in die Arbeit der Kriminalpolizei.«

Johann schüttelte den Kopf und schob langsam die Marke zurück. »Das klingt in der Tat verlockend, aber mein Vater hat mit mir andere Pläne. Irgendwann werde ich wohl die Firma übernehmen müssen.«

Herford winkte ab. »Wie auch immer. Überlegen Sie sich das gut, mein lieber Schmidt. Mein Angebot steht, und die Marke wartet hier auf Sie.«

Die Tür öffnete sich, und eine kleine, gebeugte alte Gestalt erschien mit einem Tablett voller Tassen und Gebäck. Langsam verteilte der Mann die Sachen auf dem Tisch und verschwand mit einem kurzen Nicken durch die Tür.

Versonnen sah ihm Herford nach. »Das war Oertzen, mein Bürovorsteher. Wenn die preußische Pflichterfüllung nicht schon sprichwörtlich wäre – er hätte sie erfunden. Stets zuverlässig, loyal und unbestechlich. Ohne ihn ginge es hier im Haus drunter und drüber … Ich bin immer angetan und etwas bedrückt, weil ich fürchte, diesen Grad nie zu erreichen und ihn im Grunde nicht verdient zu haben … Kürzlich ist seine Frau gestorben, nach vierzig Jahren. Und er? Er dient.«

Die Männer schwiegen.

Herford seufzte vernehmlich und wies schließlich auf das Gebäck und den Kaffee. »Also, Vorweg. Was haben wir?«

6

Vorweg griff nach einer dünnen Akte und blätterte in ihr. »Bislang ist es nicht viel. Das Opfer ist eine Gräfin Beatrice Wassilko von Kerecki. Sie stammt aus Wien und war dort als angehende Malerin bekannt, die in Berlin ihre Ausbildung fortsetzen wollte. Es gibt Hinweise darauf, dass sie mit den Familien Schadow und Schinkel verkehrte, welche enge Beziehungen mit Seiner Majestät pflegen. Die Kereckis stammen ursprünglich aus der Bukowina und sind ein altes und sehr bedeutendes Adelsgeschlecht.«

Herford fuhr sich mit der Hand durch die Haare und schüttelte den Kopf. »Ich weiß, die Österreicherin. Vielen Dank auch. Das wird die Arbeit erheblich erschweren. Ist die Botschaft informiert?«

»Noch nicht.« Vorweg strich mit dem Zeigefinger über die Akte. »Das wollte ich erst mit Ihrem Einverständnis tun. Denn es kommt noch besser.«

»Noch besser?« Herfords Skepsis war nicht zu überhören.

»Die Wohnung ist von einem Josef Baron Holly auf Mersdorf gemietet. Er ist Industrieller und besitzt eine Zinkgrube in Österreich-Schlesien. Natürlich ebenfalls Spross einer angesehenen Adelsfamilie. Die Kerecki ist – war – seine Verlobte. Baron Mersdorf weilt in Berlin, um die Zweigstellen seines Familienunternehmens zu leiten.«

»Noch ein Österreicher. Uns bleibt auch nichts erspart.« Herford atmete tief durch. »Was sagt er?«

»Nichts«, erwiderte Vorweg. »Er ist gestern Abend nicht nach Hause gekommen. Die beiden Schutzmänner, die wir in der

Wohnung gelassen hatten, teilten mit, dass überhaupt niemand gekommen ist, auch nicht das Mädchen, das dort zugeht. Wir machen es gerade ausfindig.«

»Da könnte die Annemarie helfen«, warf Wilhelm ein.

Vorweg und Herford sahen fragend auf.

»Sie ist das Mädchen eines pensionierten Obersts, der im selben Haus wohnt. Sie sollte das andere Mädchen kennen«, erläuterte Johann. »Wilhelms Vermieterin weiß, wo sie zu finden ist.«

Vorweg nickte. »Wir sollten sie befragen. Ich habe nach der Firma des Barons gesandt und vorhin erfahren, dass er dort seit zwei Tagen nicht aufgetaucht ist.«

Herford biss in sein Brötchen. »Eine tote Österreicherin, ein verschwundener Österreicher. Das ist vermutlich der Beginn eines diplomatischen Albtraums. Was wissen wir über die Explosion? Und sind die sichergestellten Sachen untersucht worden?«

»Noch nicht vollständig. Wir gehen gerade die Briefe durch. Die Tote schrieb sich mit Künstlern, er bewahrte Geschäftskorrespondenz auf. Nichts Auffälliges bislang. Anscheinend bemühte er sich um Standorte in unserem Teil Schlesiens und warb um Aufträge. Die Explosion gibt uns noch Rätsel auf, ebenso die Todesursache.«

»Tatsächlich?« Herford beugte sich vor. »Die Zaunpfähle reichen wohl nicht?«

»Durchaus. Möglicherweise war sie aber auch bereits tot, als sie aus dem Fenster fiel. Splitter haben ihren Unterleib getroffen, das Genick sah auch nicht gut aus. Vielleicht wissen wir morgen mehr.«

»Also haben wir noch keine Spuren. Und auch keinen Hinweis auf ein mögliches Motiv?«

»Richtig. Wir gehen die beschlagnahmten Briefe und Unterlagen durch, doch wird dies Zeit brauchen.«

Herford schürzte die Lippen. »Dann sollten wir uns zunächst

Gedanken über die Bombe machen. Wer hat sie wann platziert? Hat jemand etwas beobachtet? Gibt es Hinweise über etwas Ungewöhnliches aus dem Umfeld? Vorweg, lassen Sie dort noch einmal die Türen abklappern.«

Herford sah Johann an. »Ich denke, es gibt niemanden, der solch ein Ungetüm einfach zusammenbaut, oder? Und ich glaube, hier kommen Sie ins Spiel.«

Johann war erstaunt. »Inwiefern?«

»Sie haben Medizin studiert. Ich nehme an, Sie kennen den ein oder anderen Professor, der uns in dieser Angelegenheit weiterhelfen könnte?«

Johann überlegte und meinte dann: »Einen Professor vielleicht nicht. Aber möglicherweise könnte uns Adolf helfen.«

»Adolf?« Wilhelm wandte sich Johann zu.

»Ich glaube nicht, dass du ihn kennst. Auch ich habe ihn schon geraume Zeit nicht mehr gesehen. Er soll aber wieder in der Stadt sein. Sein Name ist Adolf Baeyer. Er ist wirklich hochbegabt, und es sollte mich nicht wundern, wenn er aufgrund seiner zukünftigen Verdienste dereinst in den Adelsstand erhoben würde.«

»Stimmt, der Name sagt mir nichts.«

»Wie gesagt, wir haben uns etwas aus den Augen verloren. Er ist ein guter Freund, wie du ein Offizierssohn. In meinen Anfangsjahren haben wir gemeinsam Mathematik und Physik studiert, ehe ich zur Medizin umschwenkte. Er will zu Bunsen nach Heidelberg und dort Chemie belegen. Damit wird er bei der Koryphäe studieren. Das ist auch notwendig – ein brillanter Kopf wie er braucht die besten Köpfe. In Berlin war er wohl eher unterfordert. Ich könnte einmal bei ihm vorbeischauen.«

Herford nickte. »Dann tun Sie das. Nehmen Sie die Teile der Bombe mit, und finden Sie heraus, was es damit auf sich hat.«

Johann erhob sich, ging zu dem Tisch unter der Berlin-Karte, breitete ein Taschentuch aus, sammelte die verstreuten Teile der Bombe auf und steckte sich das Bündel in die Tasche. Als er sich umdrehte, flog die Tür auf.

Herford, der sich unwirsch erhob, blieb mitten in der Bewegung stehen. »Herr Polizeipräsident?«

»Ganz recht, mein lieber Herford. In voller Größe und Bedeutung. Und angetreten, um unserer Kriminalpolizei unter die Arme zu greifen.« Der Mann reichte Herford eine Akte.

Das ist er also, der berühmte Polizeipräsident Karl Ludwig Friedrich von Hinckeldey, dachte Wilhelm. Gesehen hatte er ihn noch nie, dafür umso mehr von ihm gelesen und gehört. Hinckeldey war ein großer, stattlicher Mann mit kurzen Haaren und hoher Stirn. Seine eher weichen Gesichtszüge standen in einem starken Kontrast zu scharfen und klaren blauen Augen. Wilhelm wusste aus einschlägigen Zeitungen, dass Hinckeldey im Revolutionsjahr 1848 Polizeipräsident von Berlin geworden und sehr stark von König Friedrich Wilhelm IV. protegiert worden war, der ihn schließlich zum Generaldirektor der Polizei in Preußen ernannt hatte.

Wenn man den Zeitungen trauen konnte, hatte Wilhelm einen Mann vor sich, der absolut unbestechlich war und sowohl die Konservativen von der *Kreuzzeitung* als auch die übrig gebliebenen Demokraten der Revolution beobachtete. Mittlerweile genoss Hinckeldey in der Bürgerschaft hohes Ansehen, unter anderem, weil er angeordnet hatte, dass die Männer der neu aufgestellten Schutzpolizei mit einer Nummer auf dem Zylinder gekennzeichnet werden mussten. Diese Schutzmannschaft hatte die Aufsicht über die Straßen übernommen und damit das Militär abgelöst, das bei den März-Unruhen scharf geschossen hatte, was zum Bau von Barrikaden führte. Die neue Polizei sollte nach Hinckeldeys Willen so zivil als möglich auftreten. Daher wurde eine Uniform nach Vorbild der

Londoner Polizei gewählt: dunkelblauer Gehrock, graue Hosen und ein schwarzer Zylinderhut. Die Männer besaßen lediglich einen Infanteriesäbel, nur die Berittenen verfügten zusätzlich über eine Steinschlosspistole.

Doch dabei hatte Hinckeldey es nicht belassen: Die Aufstellung der Berufsfeuerwehr, die Überwachung der Lebensmittelversorgung der Berliner Bevölkerung, die Einrichtung von Volksbade- und Waschanstalten, Volksküchen und Gesindeherbergen gingen ebenso auf ihn zurück wie der Bau von Trinkwasserleitungen oder die Organisation der Straßenreinigung. In letzter Zeit schien er allerdings Probleme mit dem Adel zu bekommen, denn er war bekannt dafür, in illegalen Spielclubs Razzien durchzuführen.

Herford blätterte in der Akte, die aus einigen angesengten Blättern zu bestehen schien. »Exzellenz, ich verstehe nicht ganz …«

»Lesen Sie es in Ruhe durch, Herford. Sie werden feststellen, dass in dem Dokument zwei Familiennamen vorkommen, die Ihnen bekannt sein dürften. Leider fehlt das meiste, und der Rest ist zum Großteil unleserlich.«

Herford überflog die Blätter und nickte dann. »In der Tat. Das scheint mir interessant zu sein. Darf ich fragen, wie Exzellenz zu diesen Blättern gekommen sind?«

»Kuriose Sache, das«, Hinckeldey ging zum Sofa und nahm sich ein Gebäckstück. »Heute Morgen hatte ich eine Besprechung mit dem Chef der Politischen Polizei. Ging um demokratische Umtriebe, für uns hier nicht von Belang. Nebenbei eröffnete er mir, dass ihm ein Angestellter des Innenministeriums, der ihm persönlich bekannt sei, Schriftstücke übergeben habe, die ihn an einen aktuellen Fall erinnerten. Auf meine Nachfrage nannte er die Namen und übergab mir die Blätter. Ich sah sie mir an, und voilà – da bin ich.«

Herford gab die Akte an Vorweg weiter, der nach einigen Sekunden des Lesens eine Augenbraue hob.

»Wie unhöflich von mir.« Herford schlug sich an die Stirn. »Exzellenz werden gestatten, dass ich die anwesenden Herren vorstelle?«

Hinckeldey wandte sich um und betrachtete Wilhelm und Johann.

»Die Herren Wilhelm von der Heyden und Johann Schmidt. Sie sind nicht nur Zeugen in diesem Fall, sondern auch bereit, der Polizei bei den Ermittlungen zu helfen. Aufgrund ihrer herausragenden Qualifikationen habe ich sie vorübergehend eingestellt.«

Hinckeldey nickte: »Gute Leute kann ich immer brauchen. Dann lesen Sie mal, und sagen Sie mir Ihre Meinung.« Der Polizeipräsident machte es sich in einem Sessel bequem, während die anderen Männer stehen blieben.

Vorweg reichte Wilhelm die Akte weiter und sah ihn scharf an.

Wilhelm versuchte, sich davon nicht beirren zu lassen, und öffnete sie. Die Mappe enthielt acht Blätter. Alle waren zerknüllt und verschmutzt, teilweise verbrannt und an vielen Stellen mit getrockneter Flüssigkeit bedeckt. Man hatte die Papiere vorsichtig entfaltet und weitgehend geglättet. Dennoch waren nur Bruchstücke zu lesen. Anscheinend handelte es sich um zwei Briefe und einen längeren Text. Wilhelm behielt die Briefe und reichte den Rest, der in einer fremden Sprache geschrieben war, an Johann weiter.

Viel konnte er auf den ersten Blick nicht entziffern:

Gräfin Kerecki aufgefordert … Spitze zu stellen … Heimat frei … Volk in Freiheit … ist als Warnung zu verstehen … gottgewollte Aufgaben nicht erfüllen … Bestrafung erforderlich …

Wilhelm schaute auf den zweiten Brief. »Ich fürchte, es dürfte kaum möglich sein, diese Briefe wiederherzustellen. Irgendeine Flüssigkeit hat große Teile unleserlich gemacht, hier ist ein kompletter Rand verkohlt. Es scheint fast, als hätte sie jemand ins Feuer geworfen und dann schnell wieder herausgeholt. Ich nehme an, dass wir einige Passagen noch retten können, wenn wir etwas mehr Zeit zur Verfügung haben.«

Hinckeldey nickte. »Das ist gut möglich und auch erforderlich. Es ist allen Spuren nachzugehen, so gut oder – wie in diesem Falle – so schlecht es eben geht. Können Sie mir einen ersten Eindruck vermitteln?«

Wilhelm sah Herford an, der aufmunternd nickte.

»Nach einem ersten Überblick würde ich sagen, dass jemand der Gräfin nahelegte, etwas zu tun oder vielleicht auch zu unterlassen, das mit ihrer Heimat zu tun hat. Anscheinend legt es der Schreiber darauf an, die Bukowina in die Freiheit zu führen, und fügt am Ende eine Warnung an. Ich nehme an, sie bezieht sich auf den Fall, dass die Gräfin das Erwünschte nicht erreicht.«

»Eine Bestrafung, ganz recht.« Herford nahm Wilhelm ein Blatt aus der Hand und studierte es. »Man könnte die Bombe glatt als eine solche verstehen, oder nicht? Was haben Sie, Johann?«

Johann war in sein Dokument vertieft und murmelte abwesend: »Schwierigkeiten mit meinem Rumänisch.«

Hinckeldey hob erstaunt den Kopf. »Haben wir ein Sprachgenie unter uns?«

Johann fuhr erschrocken empor. »Bitte um Verzeihung, Exzellenz. Ich war zu sehr in die Schrift vertieft.«

»Tatsächlich spricht Johann fünf Sprachen«, erläuterte Wilhelm etwas ungehalten über den Blick, mit dem Hinckeldey seinen Freund bedachte. »Ich wusste allerdings nicht, dass Rumänisch auch dazugehört.« Er ignorierte den warnenden Blick Herfords und sah Hinckeldey unverwandt an. Dieser lächelte kurz und hob entschuldigend die Hände.

Herford und Vorweg entspannten sich sichtlich.

»Kann ich auch nicht«, sagte Johann. »Allerdings habe ich das Wenige, das ich entziffern konnte, vor mir hergesagt. Und in meinen Ohren klingt es rumänisch. Der Umstand, dass das Dokument mit kyrillischen Buchstaben geschrieben wurde, bestärkt mich in meiner Hypothese. Nichts klingt hier slawisch, also etwa russisch, bulgarisch oder mazedonisch. Aber ich habe viele Anklänge an Latein gefunden. Und die einzige Sprache in der engeren und weiteren Umgebung der Bukowina, die kyrillisch geschrieben wird, aber romanisch oder italisch klingt, ist eben Rumänisch.«

Hinckeldey schürzte die Lippen. »Respekt, Herr Schmidt, für diese Analyse. Nebenbei, welche Sprachen sprechen Sie eigentlich?«

»Das Unternehmen meines Vaters hat Niederlassungen in England, Schweden, Russland, Frankreich und Italien. Es ist einer seiner Grundsätze, die Sprache seiner Geschäftspartner zu verstehen, häufig, ohne dass diese zu Beginn etwas davon wissen.«

Hinckeldey lachte. »Ein sehr vernünftiger Ansatz. Und ich nehme an, er hat Ihnen die dafür erforderliche Bildung angedeihen lassen?«

Johann nickte. »In einem absolut ausreichenden Maß. Besonders an den Schwedischunterricht erinnere ich mich deutlich.«

Hinckeldey erhob sich: »Und meinen Sie, Sie könnten das Dokument übersetzen?«

Johann nickte erneut. »Von dem Dokument ist etwas mehr als die Hälfte unleserlich, der Rest könnte rekonstruiert werden.

Und ich weiß auch schon, wer mir bei der Sprache helfen kann. In unserer Berliner Niederlassung gibt es jemanden, der in jungen Jahren diese Gegend bereiste.«

»Sehr gut«, mischte Herford sich ein, »dann schlage ich vor, dass Sie sich an diese Arbeit machen, Johann.« Er wandte sich an Hinckeldey: »Exzellenz gestatten, dass ich noch einmal auf die Umstände zurückkomme, unter denen Sie in den Besitz der Dokumente gelangt sind?«

»Wie ich bereits sagte: Der Chef der Politischen übergab sie mir. Er hat sie von einem ihm bekannten Mitarbeiter aus dem Innenministerium erhalten.« Hinckeldey zögerte einen Moment. »Wissen Sie was, meine Herren? Ich lasse den Mann rufen. Kann sich Ihr Sekretär darum kümmern?«

Oertzen wurde hereingerufen, und Herford erklärte ihm, was zu tun sei. Oertzen nickte stumm, machte vor dem Polizeipräsidenten einen Diener und verschwand wieder.

Hinckeldey lud die Männer ein, sich zu setzen. »Nun, was denken Sie über die neuen Vorschriften für die Feuerwehr?«

Herford räusperte sich. »Zum Glück betrifft diese Angelegenheit nicht meinen Bereich. Mir scheint aber, dass unsere Feuerwehr bereits zu beschäftigt ist, um auch noch den Sprengdienst auf den Straßen zu übernehmen.«

Hinckeldey lächelte. »Was die Auslastung betrifft, haben Sie nicht ganz unrecht. Allerdings begegnen wir ihr in den neuen Vorschriften durch einige Maßnahmen, von denen ich mir viel verspreche. So können die neuen Kommunikationswege zwischen den Revieren die Einsatzzeiten deutlich verkürzen.«

»Das stimmt«, erwiderte Herford, »und davon profitiert auch meine Abteilung. Wichtige Informationen erreichen dank der Telegrafie schneller ihren Bestimmungsort. Allerdings stelle ich fest, dass unsere Beamten in allen Abteilungen deutlich überlastet sind.«

»Das ist richtig. Leider.« Hinckeldey nippte an seiner Tasse. »Aber wir arbeiten daran. Das Hauptproblem besteht darin, dass sich die Polizei um alle städtischen Angelegenheiten kümmern muss, für die es keine expliziten Einrichtungen gibt. Die Gewerbeaufsicht oder die Straßenreinigung zum Beispiel. Wir führen das Einwohnermeldeamt und haben die Berufsfeuerwehr gegründet. Darum beneiden uns sogar europäische Großstädte wie Paris oder London. Außerdem müssen wir Eindruck bei der Bürgerschaft machen. Ich habe bereits mehrere gemeinnützige Einrichtungen geschaffen, aber wir müssen weiter das Ohr am Bürger haben, wenn Sie mir diesen Ausdruck gestatten. Deshalb habe ich etwas gegen das wilde Plakatieren in der Stadt unternommen und diesem … wie hieß er noch … Ernst Litfaß die Aufstellung seiner Werbesäulen gestattet. Wollen wir mal sehen, wie sich das macht.«

»Eine gute Idee«, pflichtete Herford bei. »Diese Einrichtung können auch wir nutzen.«

Hinckeldey nickte. »Absolut, meine Herren. Wir sind sozusagen der größte Auftraggeber. Aber wir dürfen auch unsere Männer nicht vergessen. Um die Moral der Truppe zu heben, möchte ich die Erlaubnis erlangen, die Schutzleute, die früher als Unteroffizier dienten, ihre silbernen Militärtressen weiter tragen zu lassen.«

Beifälliges Gemurmel erhob sich in der Runde. Alle begrüßten es, dass die Kleidervorschriften sich Schritt für Schritt wieder am Militär orientierten, was der Autorität auf den Straßen dienlich sein sollte.

Die Konversation plätscherte dahin. Eine knappe Stunde war vergangen, der Kaffee ging zur Neige, alle Brote waren gegessen. Nur etwas Gebäck war noch übrig. Dann endlich öffnete Oertzen nach einem kurzen Klopfen leise die Tür und meldete die Ankunft des Mitarbeiters aus dem Innenministerium.

Wilhelm blickte auf und erstarrte.

In der Schwelle stand Franz Karl. Sein Gutsnachbar. Maries Bruder. Der Spielgefährte seiner Kindheit. Und sein geschworener Feind.

7

Wilhelm war zehn Jahre alt gewesen, als sich sein Leben zum zweiten Mal, diesmal aber gravierend änderte. Beim ersten Mal – etwa fünf Jahre zuvor – hatten ihm seine Eltern eines Abends mitgeteilt, dass sein großer Bruder auf einer Reise im Orient verschwunden und vermutlich nicht mehr am Leben war. Der Bruder hatte einige Generalstabsoffiziere begleitet, die der König dem Sultan zur Ausbildung seiner Truppen gesandt hatte. Sein Vorgesetzter, der jetzige General Moltke, hatte in einem Brief mit warmen und mitfühlenden Worten berichtet, dass Ernst August von einem Erkundungsritt nicht zurückgekehrt und trotz einer umfassenden Suche nur sein Pferd gefunden worden sei. Wilhelm war mehr über die Trauer seines Vaters als über den Verlust des Bruders erschüttert gewesen, den er kaum gekannt und nur als starken Arm im roten Tuch der Gardehusaren in Erinnerung hatte.

Dieses Mal nun geschahen zwei Dinge gleichzeitig – zum einen starb Franz Karls Vater, und zum anderen hatte Wilhelm einen Unfall. Der Verwalter des Gutes fand Wilhelm halb ertrunken und ohne Bewusstsein am Ufer des Sees und brachte ihn nach Hause. Wilhelm benötigte mehrere Wochen, um das Fieber zu besiegen. Mehr als einmal stand es kritisch, mehr als einmal schüttelten die Ärzte die Köpfe und versuchten ungelenk, die Eltern zu trösten und Hoffnung zu spenden. Und als er sich endlich erholt hatte, konnte sich Wilhelm an nichts erinnern. Nicht, wie und warum er an den See gekommen war. Nicht, was dort geschehen war. Nur seine Albträume, die ihn seitdem regelmäßig heimsuchten, gestatteten ihm einen kleinen Blick in das Geschehen, ohne jedoch mehr zu verraten. Immer war es der See, immer war es die Baumgruppe, immer war es diese unheimliche Stille. Und am Ende stand immer das Ertrinken, aus dem Wilhelm schweißgebadet aufwachte. Die Albträume wurden mit der Zeit seltener, wurden diffuser und zeigten nur wenige Variationen.

Seit dem Unfall jedenfalls war nichts mehr wie zuvor, und vor allem war Franz Karl nicht mehr wie zuvor. Sie waren Spielgefährten gewesen: Wilhelm, Franz Karl, dessen Schwester Marie und die Kinder aus den nahe liegenden Dörfern. Franz Karl hatte ab und an durchblicken lassen, dass er aufgrund seiner Herkunft etwas Besseres war, aber im Wald, auf den Wiesen und den Feldern waren alle gleich.

Die Güter waren durch ein dicht bewaldetes Tal getrennt, durch das sich ein kleiner Fluss wand. Am Ausgang des Tales befand sich ein alter Hügel, den die Eingesessenen je nach Überzeugung die Slawenschanze oder die Schwedenschanze nannten. Es war ein uraltes Streitthema, ob die Befestigung durch Vorfahren in ferner Zeit, als die Deutschen noch nicht in der Gegend siedelten, oder erst später durch vorbeiziehende schwedische Truppen angelegt wurde, die im großen Krieg, den man bald den Dreißigjährigen nannte, in den Dörfern der Umgebung fürchterlich gehaust haben sollten. Das Tal lag zwischen den Feldern der beiden Güter, auf denen zumeist Getreide, Kartoffeln und Rüben angebaut wurden. Einige Felder waren dem Tabak vorbehalten, der an manchen Stellen prächtig gedieh. Wenn der Fluss die durch hohe Bäume beschattete und als solche kaum zu erkennende Schanze passiert hatte, schlängelte er sich zwischen einigen Hügeln hindurch, die den Schafen und Obstbäumen vorbehalten waren, und ergoss sich schließlich in den See.

Das war ihr Revier. Sogar Mädchen waren in der Bande, die

sie gegründet hatten. Inspiriert durch Bücher aus den Bibliotheken der Väter, vor allem von den Reiseberichten Alexander Humboldts, der zum Chimborasso eilte, spielten sie Entdecker. Meist war der ein Jahr ältere, größere und stärkere Franz Karl der Anführer der Expedition, die Schätze entdecken und die Mädchen aus den Fängen blutrünstiger Eingeborener oder finsterer Piraten befreien musste.

Dann aber geschah der Unfall. Und seitdem sprach Franz Karl nicht mehr mit Wilhelm, und der Kontakt in ihrer kleinen Welt zwischen den beiden Gütern und den fünf verstreut liegenden Dörfern brach so gut wie ab. Der Wald, der See, die Wiesen und die Felder waren ihre Welt gewesen, und für diejenigen von ihnen, die, falls sie nicht als Soldat in die Ferne zogen, nie über die Grenzen hinauskamen, blieb sie auch diese Welt. Aus einer Bande wurden zwei, und der Fluss bildete die Grenze.

Die Einzige, die weiter Kontakt hielt, war Marie. Häufig schlich sie sich heimlich über den Fluss und in das Lager der neuen Bande und spielte mit ihnen. Niemand verriet sie. Nicht die verbliebenen Mitglieder der Bande von Franz Karl, die sich nicht trauten, die Gutstochter anzuschwärzen, und schon gar nicht die wenigen Mitglieder der neuen Bande, die ihrem Freund und Anführer Wilhelm treu zur Seite standen.

Über Wilhelms Unfall wurde nie wieder gesprochen. Was genau passiert war, wusste niemand. Nur der alte Gutsverwalter Schulz, der ihn gefunden und ihm damit das Leben gerettet hatte, hätte vielleicht etwas sagen können, doch er schwieg.

Über den Tod von Franz Karls Vater wurde hingegen nicht geschwiegen. Gerüchte liefen durch die Dörfer und Schenken. Manche behaupteten, der alte Soldat hätte sich mit seiner Pistole das Leben genommen, andere sagten, er hätte sich am Baum am See erhängt. Wiederum andere wussten zu berichten, dass er eben an dieser Stelle einem Herzschlag erlegen sei. Wilhelm erfuhr von diesen Gerüchten, die zwar bei den Bauern und Tagelöhnern umhergingen, vor den Herrschaften aber tunlichst verschwiegen wurden, erst viel später und immer nur Bruchstücke.

Die beiden Jungen konnten sich nicht ständig aus dem Weg gehen. In der Kirche und in der Schule sahen sie sich regelmäßig, sprachen aber nicht miteinander. Offensichtlich gab Franz Karl ihm die Schuld am Tod seines Vaters, auch wenn er Wilhelm jegliche Erklärung schuldig blieb. Und so gingen die Jahre ins Land. Die Schule wurde durch Privatlehrer ersetzt, die die Jungen auf dem jeweiligen Gut mit wechselndem Gelingen unterrichteten. Zumindest bei Marie erzielten die Lehrer einen vollen Erfolg. Nach fünf Jahren beherrschte sie drei Sprachen, wusste einiges über die griechischen Philosophen und im Grunde genommen alles über die aktuelle Literatur und das Theater.

Jahre später schloss Franz Karl seine schulische Ausbildung ein Jahr vor Wilhelm ab, leistete seinen Wehrdienst als Einjährig-Freiwilliger und ging dann nach Berlin, wo er schließlich eine Stelle im Innenministerium fand. Die weit reichenden Beziehungen, über die seine Mutter Theresa noch aus ihrer Zeit als Hofdame verfügte, mochten ihren Teil dazu beigetragen haben, dass er sofort in einer exponierten Stellung beginnen konnte. All das wusste Wilhelm von Marie.

Auch das Verschwinden des ältesten Bruders hatte Auswirkungen. Der mittlere Bruder Maximilian Joseph, der nur Max genannt wurde und knapp fünf Jahre älter als Wilhelm war, war ursprünglich für eine geistliche Laufbahn vorgesehen gewesen. Nun musste er, da mit den Jahren die Rückkehr des Erben immer unwahrscheinlicher wurde, darauf vorbereitet werden, das Gut zu übernehmen. Er selbst aber hatte ganz andere Ambitionen. Er wollte Geograph werden, er wollte reisen, er wollte entdecken. Das war nicht mehr möglich. Er musste fortan den Platz eines künftigen Gutsbesitzers, eines lokalen Politikers, eines Herrn über dreitausend Seelen einnehmen. Und Wilhelm? Wilhelm sollte in seine Position nachrücken. Zwar bestanden seine Eltern nicht darauf, dass er den geistlichen Weg einschlug oder alternativ den Soldatenberuf ergriff, aber sie erwarteten ein Studium von ihm und eine anschließende Karriere im Staatsdienst. Und so ging auch er zunächst als Einjährig-Freiwilliger zur Armee, um dann als Landwehrleutnant einen einfacheren Zugang zum Studium der Rechtswissenschaften zu erhalten.

Unmittelbar nach Wilhelms Unfall veränderte sich auch das Klima zwischen den beiden Herrschaftsfamilien. Die beiden Frauen, beide ehemalige Hofdamen und freundschaftlich miteinander verbunden, sprachen nicht mehr miteinander und ignorierten einander auf den wenigen gesellschaftlichen Anlässen, die das Landleben zu bieten hatte und bei denen sie sich nicht aus dem Weg gehen konnten, demonstrativ. Franz Karls Mutter führte nach dem Tod ihres Mannes ihr Gut selbst und legte dabei viel Geschick an den Tag. Sie hatte das größere Gut, die ergiebigeren Böden, den besseren Wald, und sie ließ es ihre Nachbarn spüren. Mit der Zeit machte sie sich daran, ihr Gut zu erweitern. Das ging nur auf Kosten ihrer Nachbarn, Wilhelms Eltern, deren Gut durch einige unglückliche Spekulationen auf der Getreidebörse in wirtschaftliche Schieflage geriet. Theresa gelang es schließlich, ein besonders wertvolles Stück Land zu erwerben, was das Gut vorerst zwar vor dem Ruin bewahrte, das Verhältnis der Nachbarn aber auf einen neuen Tiefpunkt brachte. Seitdem hatten Wilhelms Eltern stets mit wirtschaftlichen Schwierigkeiten zu kämpfen, Theresas Hunger aber war noch immer nicht gestillt.

Marie und Wilhelm, die sich als Jugendliche immer mehr zueinander hingezogen fühlten und sich nur heimlich treffen konnten, versuchten mit den wenigen zur Verfügung stehenden Mitteln, das Verhältnis zwischen den beiden Häusern zu verbessern, wenn möglich, wieder auf den alten Stand zu bringen. Marie ging sogar so weit, Wilhelm einiges über die Pläne ihrer Mutter zu verraten. Doch alle Mühen waren vergebens.

Johann sah, wie die Starre langsam aus Wilhelms Blick wich. Sein Freund kehrte aus einem Land zurück, das geografisch nah sein mochte, aber in einer anderen Zeit lag. Johann wusste nicht viel über Wilhelms Vergangenheit, was daran liegen mochte, dass dieser kaum darüber sprach. Und so konnte er sich nur aus den Erzählungen über die Albträume das eine oder andere zusammenreimen. Irgendetwas Schlimmes war jedenfalls geschehen, und Johann wusste, wie sehr es Wilhelm belastete. Gern hätte er seinem Freund geholfen, er war aber machtlos und ärgerte sich über seine Hilflosigkeit. Nicht zum ersten Mal war er zudem zornig auf Franz Karl, den er nun erstmals sah: groß, mit breiten Schultern, fein gestutztem Backenbart. Der Mann musste viel Zeit beim Barbier verbringen.

Herford, der als Regimentskamerad von Wilhelms Vater zumindest ansatzweise über die Vorgänge informiert sein musste, war die Spannung ebenfalls nicht entgangen, und er beeilte sich, Wilhelm eine Gelegenheit zu geben, sich zu erholen. »Ich sehe, die Herren kennen sich?« Er stand auf. »Schön, schön, dann können wir ja gleich zur Sache kommen.«

»Sie sind?« Hinckeldey fixierte den Neuankömmling mit einem scharfen Blick.

»Franz Karl von Brenkendorff, Eure Exzellenz«, antwortete der junge Mann förmlich, ohne Wilhelm aus den Augen zu lassen. Eine Gemütsregung ließ er sich nicht anmerken. »Assessor in der ersten Abteilung des Innenministeriums.«

»Und Sie waren derjenige, der der Politischen Polizei die Unterlagen übergeben hat?«

»Ganz recht, Eure Exzellenz.« Franz Karl verbeugte sich leicht in Hinckeldeys Richtung. »Ich bin mit dem Leiter der Abteilung persönlich bekannt, und nachdem ich die Brisanz der Dokumente erkannte …«

Hinckeldey war es sichtlich gleichgültig, wen Franz Karl in der Hierarchie der Berliner Polizei kannte. »Womit sind Sie dienstlich beschäftigt? Und wie kamen Sie zu den Dokumenten?«

Franz Karl ließ sich nicht aus der Ruhe bringen. Lächelnd verbeugte er sich erneut und sagte: »Ich habe die Ehre, dem Staatssekretär das Büro zu führen, und habe unter anderem die Aufgabe, die aktuelle Presse zu verfolgen, was mich wiederum zur Politischen Polizei und Herrn von –«

»Geschenkt.« Herford winkte ab. »Es ist schön für Sie, die eine oder andere Persönlichkeit zu kennen. Die Dokumente! Wie kamen Sie zu diesen?«

Franz Karls Gesicht wurde völlig ausdruckslos. Er schwieg einen Moment und schien nachzudenken. »Das war eine seltsame Geschichte, Eure Exzellenz. Heute Morgen fand ich ein Päckchen auf der Schwelle meiner Wohnung. In dem schmutzigen Umschlag steckten die Papiere und ein Zettel mit der Aufschrift *Wichtig. Politischer Polizei übergeben.* Das habe ich umgehend getan.«

»Was für ein Zettel?« Hinckeldey war verwundert. »Ich kann mich an keinen Zettel erinnern.«

»Ich habe ihn mitgebracht, Eure Exzellenz, genau wie den Umschlag.« Franz Karl trat einen Schritt vor, griff in seine Rocktasche und legte beides auf den Tisch. »Mir ist klar, dass es unter Umständen wichtig sein könnte.«

Hinckeldey warf ihm einen finsteren Blick zu: »Mir wäre es lieber gewesen, wenn das … Fundstück … komplett übergeben worden wäre. Jedes Beweisstück ist wichtig und enthält vielleicht eine Spur.«

Vorweg, der sich wie die anderen über den Zettel gebeugt

hatte, sagte, ohne jemanden direkt anzusprechen: »Verstellte Schrift. Möglicherweise hat hier ein Rechtshänder mit links geschrieben.«

»Brenkendorff, was meinen Sie«, fragte Herford ruhig, »warum lag das Ganze ausgerechnet vor Ihrer Tür?«

»Darüber habe ich mir auch bereits Gedanken gemacht.« Franz Karl war sichtlich erleichtert, das Wort an jemand anderen als den Polizeipräsidenten richten zu können. »Ich wohne seit über drei Jahren in dem Haus. In der Straße dürfte bekannt sein, wo ich arbeite. Und wenn der Absender wollte, dass die Dokumente zur Politischen Polizei kommen, wäre es vielleicht der unauffälligste Weg gewesen. Hier vor dem Präsidium sind auch nachts immer Menschen. Und vielleicht hätte sich jemand an den Überbringer erinnert, wenn die Nachricht hier deponiert worden wäre. In meiner Straße hingegen ist es ruhig, und ab dem späten Abend begegnet man keinem Menschen mehr.«

»Denkbar«, meldete sich Vorweg erneut. »Dennoch stellt sich die Frage, in welcher Beziehung Sie zu dem Absender stehen –«

»In keiner, selbstverständlich!«, fuhr Franz Karl auf.

»Ob bewusst oder unbewusst«, fuhr Vorweg ungerührt fort. »Fakt ist doch, dass zumindest dem Absender bekannt war, wer Sie sind.«

»Und dass er davon ausgehen konnte, dass die Nachricht die Polizei auch erreicht. Das setzt tiefere Kenntnisse als beispielsweise eine bloße Bekanntschaft voraus«, warf Johann ein und registrierte erstaunt, dass sich die Aufmerksamkeit aller auf ihn richtete. »Herr von Brenkendorff hätte die Nachricht, auch angesichts ihres Zustandes, ja für Abfall halten und wegwerfen oder das Ganze für einen Scherz halten können.«

Hinckeldey nickte bedächtig. »In der Tat. Der Umstand, wie die Nachricht der Polizei zugespielt wurde, sowie die Tatsache, dass das gleich am Tag nach dem Vorfall geschah, lassen auf mehr als nur gewöhnliche Kenntnisse und Fähigkeiten schließen. Denkbar wäre, dass eine Organisation hinter der Sache steckt.«

»Was wir vielleicht wissen«, ergänzte Herford, »wenn wir die Schreiben ausgewertet haben.«

»Richtig, mein Lieber.« Der Präsident richtete sich auf. »Damit wird sich unser junger Freund befassen, und ich wäre ihm verbunden, wenn das so schnell wie möglich geschehen könnte.«

Johann nickte.

»Falls es sich um eine Organisation handelt und das Schreiben mit dem Todesfall in Verbindung steht«, fuhr Hinckeldey fort, »findet sich vielleicht etwas in den Archiven.«

»Zu denen die Kriminalpolizei keinen Zugang hat.« Herford lächelte knapp.

»Zu denen der Präsident ihr aber Zugang verschaffen kann. Und zufällig ist er gerade anwesend.« Hinckeldey lächelte ebenso knapp zurück. »Die Politische Polizei hat ja auch keinen Zugriff auf Ihr Archiv, oder?«

Herford schwieg, revanchierte sich aber mit einem zweiten Lächeln.

»Nun gut.« Hinckeldey erhob sich, und alle anderen schnellten in die Höhe. »Brenkendorff, da Sie über umfangreiche Beziehungen in meinem Polizeiapparat verfügen und vielleicht ja noch einmal Post erhalten, werden Sie helfen, das Archiv nach Hinweisen auf Aktivitäten in der Bukowina und hier in Berlin zu durchforsten.«

Franz Karl straffte sich, und es hatte den Anschein, als würde er gleich salutieren.

»Damit unterstützen Sie Vorweg und von der Heyden, die ihre Ergebnisse an Herford berichten. Ich werde die entsprechenden Instruktionen erteilen, damit Sie Zugang erhalten. Herford – ich möchte, dass Sie die Angelegenheit selbst übernehmen.« An der Tür wandte sich der Präsident noch einmal um. »Vielleicht trägt dieses Arrangement ja auch dazu bei, das offenbar etwas frostige Verhältnis der beiden jungen Herren auf eine angenehmere Temperatur zu bringen.«

8

Am Abend desselben Tags waren im dritten Obergeschoss des Berliner Schlosses, zwei Stockwerke über der Wohnung des Königs, die sich in einer Zimmerflucht mit Blick auf die Spree und den Schlossplatz befand, drei Männer zusammengekommen. Zwei von ihnen, korpulent, sich ähnlich sehend, vielleicht Brüder, vielleicht Cousins, saßen in Sesseln einem Kamin zugewandt. Der dritte, wesentlich jüngere Mann – offensichtlich ein Besucher – musste mit einem Stuhl vorliebnehmen, den ein Diener hereingetragen hatte.

Der ältere der beiden Gastgeber mochte auf siebzig Jahre zugehen und trug die Uniform eines Generals der Infanterie. Dichtes weißes Haar über einem pausbäckigen Gesicht. Seine Hängebacken fielen herab, seit sie nicht mehr vom steifen roten Kragen gestützt wurden, den der Mann angesichts der fortgeschrittenen Stunde geöffnet hatte. Eine nachlässig gehaltene Zigarre trug dazu bei, dass immer mehr Aschef lecken seinen Ärmel besudelten. Der zweite Mann hatte den weißen Kragen über seinem Anzug geschlossen. Ebenso tadellos wie seine Kleidung und seine gerade Haltung war seine streng gescheitelte Frisur. Wie sein Nachbar hielt er ein Glas Sherry in der Hand. Er hatte allerdings auf eine Zigarre verzichtet und betrachtete schweigend, aber aufmerksam den Gast.

Der Gast indes war eine Augenweide. Hochgewachsen, schlank und mit breiten Schultern verriet seine Haltung trotz seiner zivilen Kleidung den Reiteroffizier, der er war. Kurze schwarze Haare, ein eleganter kleiner Schnurrbart nach neuester

Mode, ein markantes Kinn und Grübchen an den Wangen waren dafür geschaffen, seine auffallend blauen Augen zur Geltung zu bringen. Bestens geeignet für einen stechenden Blick konnten sie bei Bedarf ebenso schnell feucht werden, wodurch die Härte und Kraft seines Äußeren blitzschnell mit einem melancholischen Charakter überdeckt wurden. Besonders bei der Damenwelt machte er damit Eindruck, und so war es nicht verwunderlich, dass er – als einer der begehrtesten Berliner Junggesellen – bereits mehreren Damen das Herz gebrochen hatte. Gekleidet mit Frack und Zylinder hatte er eigentlich die Absicht gehabt, in die Oper zu gehen, wo bei der Premiere des Stückes *Die Nixe* von Johann Baptist Klerr mit der Anwesenheit eines guten Teils der besseren Berliner Gesellschaft zu rechnen war. Doch kurz vor seinem Aufbruch war ein Bote mit einem Billet erschienen, das ihn aufforderte, umgehend im Schloss zu erscheinen. Ihm war klar, worum es gehen würde, und er war entschlossen, das Gespräch möglichst gut zu überstehen.

»Was ist da passiert?«, fragte der jüngere der beiden Gastgeber, nachdem der Diener sich entfernt hatte. Ebenso wie der General hatte er dem jungen Mann nichts angeboten.

»General Ge–«, wollte er antworten, wurde aber sogleich unterbrochen.

»Keine Namen!« Der General hatte den Blick gehoben und sah missbilligend auf den jungen Mann.

Der jüngere Gastgeber fuhr fort: »Sie kennen die Regeln. Man muss stets davon ausgehen, dass es ungewollte Zuhörer gibt. Und in diesem Schloss haben die Wände immer Ohren!«

Der General nickte langsam. »Wir können am Hof keine Unruhe brauchen, jetzt schon gar nicht. Seine Majestät kränkelt wieder, und es ist nicht absehbar, wie es in den nächsten Wochen und Monaten weitergehen wird. Von den nächsten Jahren ganz zu schweigen.« Er nahm einen Zug und sah den Rauchkringeln hinterher. »Vor diesem Hintergrund ist Stabilität das Wichtigste für unser Land. Und nichts darf daran etwas ändern.«

Der Jüngere ergänzte: »Das betrifft auch Aktionen, die in eine bestimmte Richtung deuten könnten. Diese Richtung darf auf keinen Fall eingeschlagen werden, vor allem nicht von Hinckeldey und seiner Kriminalpolizei. Wie ich erfahren habe, ermitteln sie bereits.« Er trank einen Schluck aus seinem Glas und fragte erneut: »Also – was ist passiert?«

Der gut aussehende Mann räusperte sich. »Das ist ... jedenfalls zum gegenwärtigen Zeitpunkt ... noch nicht ganz klar.«

Sicher, die beiden Alten waren einflussreiche Männer. Sie waren sogar in mancher Hinsicht sehr entscheidend, was die Ausrichtung der Politik und die Entscheidungen des Königs betraf. Und so verspürte der Mann ihnen gegenüber eine gewisse Verpflichtung, allerdings in Maßen. Loyalität war so eine Sache, und wenn er überhaupt zu diesem Gefühl fähig war – das gestand er sich gern ein –, dann zunächst und vor allem sich selbst gegenüber. Darüber hinaus gehörte seine Loyalität nur einer anderen Person, und die war nicht in diesem Raum. Daher brauchten die Alten nicht alles zu wissen, durften auch nicht alles wissen, und er musste überlegen, welche Informationen er preisgeben konnte und welche er besser für sich behielt.

»Es gab eine Explosion und bedauerlicherweise eine Tote«, wich er auf das ohnehin Bekannte aus.

»Haben Sie etwas damit zu tun?« Der General beugte sich vor. »Und was ist mit diesem ... Wie hieß er noch?«

»Baron von Mersdorf«, warf der andere ein.

»Ganz recht. Wo ist dieser Mersdorf?«

»Der Baron ist verschwunden.« Der Gast war über die Wendung des Gesprächs froh. Weiterreden, sagte er sich und fuhr sogleich fort: »Jedenfalls ist er seit zwei Tagen nicht in seiner Wohnung gewesen. Wir sind dabei, ihn ausfindig zu machen.«

»Unschön, diese Sache. Sehr unschön.« Der General legte die erloschene Zigarre auf den Tisch. »Sie wissen, dass nichts, aber auch gar nichts in unsere Richtung deuten darf? Die Bestrebungen dieses Mersdorf in Schlesien und seine impertinenten Andeutungen sind Gift für unsere Vorhaben. Haben Sie etwas mit dem Vorfall zu tun?«

Zu früh gefreut, dachte der junge Mann, ließ sich aber nichts anmerken. »Selbstverständlich nicht. Ich hatte eigentlich gehofft, dass die Begegnung einige Tage zuvor Warnung genug gewesen sei. Sie war erforderlich geworden, nachdem das Angebot staatlicher Aufträge nicht den gewünschten Erfolg brachte.«

»Sie meinen den kleinen … Unfall, den Mersdorf erlitt?« Der Mann mit dem weißen Kragen lächelte kurz.

»Ganz recht. Ich bin davon ausgegangen, dass er seine Ambitionen nun aufgeben würde.«

»Hat er aber nicht, oder?«

Im Gesicht des Gastes zuckte kein Muskel. Er nickte lediglich leicht. »Ich habe von ihm weiter keine Nachricht erhalten und bin daher über seine Absichten im Unklaren. Dennoch habe ich gleich gehandelt, als ich von dem Vorfall erfuhr.«

»Aus Ihren Quellen bei der Polizei?«

»So ist es.« Er bewegte sich wieder auf vorbereitetem Terrain. »Wie ich erfahren habe, könnte es sein, dass Mersdorf noch andere Schwierigkeiten, diesmal in der Heimat, hatte. Anscheinend gibt es in der Bukowina eine lokale Bewegung, die eine Art Unabhängigkeit anstrebt und die derzeitigen Kriegswirren auf der Krim ausnutzen möchte. Die Familie Mersdorf ist ein altes und einflussreiches Geschlecht und soll in diesen Plänen eine gewisse Rolle spielen.«

Der General zündete sich eine neue Zigarre an und wies auf den Sherry. »Nehmen Sie sich ein Glas.«

»Mit Verlaub, ich werde noch erwartet.«

Der General sah ihn über die Rauchschwaden an. »Wie Sie meinen. Darf ich also davon ausgehen, dass, was immer auch vorgefallen sein mag, nichts mit unseren Auseinandersetzungen zu tun hat?«

»Selbstverständlich, meine Herren. Ich werde die Sache im Auge behalten und Sie über die weitere Entwicklung in Kenntnis setzen.«

Die Brüder nickten. »Nun gut, wir möchten Sie nicht weiter aufhalten.«

Geschafft. Der junge Mann erhob sich und verbeugte sich vor den beiden Männern. Er hatte noch viel zu erledigen und würde kaum die Gesellschaft nach der Oper genießen können. Ein weiteres Opfer, das zu bringen war. Eines hatte er bereits bringen müssen: Die Gräfin war eine wunderbare Geliebte gewesen. Gefährlich, aber wunderbar.

9

Als Wilhelm endlich in der Krausenstraße anlangte, erwartete ihn Frau Brenke mit einem strahlenden Lächeln bereits an der Haustür. Sie legte eine Hand auf seinen Arm und führte ihn Richtung Küche.

»Für den jungen Herrn ist ein Brief angekommen«, erläuterte sie. »Ich habe ihn in die Küche gelegt, falls Sie ihn gleich beim Abendessen lesen wollen. Ich bin ja keineswegs neugierig, aber die Schreibweise der Adresse deutet auf eine Dame hin, eine sehr junge obendrein.«

Wilhelm wusste, dass Frau Brenke wie anscheinend alle Berlinerinnen eine neugierige Person war, hatte aber festgestellt, dass sie nie etwas über ihre Gäste ausplauderte und sich zurückhielt, wenn die Gefahr bestand, dass einem Menschen geschadet werden könnte, wenn sie über ihn sprach. Seiner Erfahrung nach war diese Ansicht in dieser Stadt nicht weit verbreitet.

Er warf einen Blick auf den Brief, den Frau Brenke auffällig an sein Trinkglas gelehnt hatte, sodass er beim besten Willen nicht übersehen werden konnte. Augenblicklich wurde ihm heiß, und seine Knie schienen den Dienst zu versagen. Rasch stützte er sich am Tisch ab, glitt, möglichst beiläufig und elegant, wie er hoffte, auf seinen Stuhl und nahm den Brief zur Hand.

Er räusperte sich. »Wenn Sie erlauben, werde ich den Brief oben in meinem Zimmer lesen. Dort habe ich etwas mehr Ruhe und kann mich gleich an die Antwort setzen.«

Frau Brenke hatte ihn aufmerksam beobachtet und nickte freundlich. Auch beim Essen kam sie auf die Angelegenheit nicht zu sprechen, vielmehr schenkte sie ihm ein wissendes Lächeln, als er sich so schnell verabschiedete, wie es die Höflichkeit erlaubte. Von den Kartoffeln und dem Gemüse blieb der größte Teil auf dem Teller zurück, selbst das Bier hatte er kaum angerührt. Auf dem Weg nach oben hörte Wilhelm seine Wirtin noch mit dem Geschirr klappern und dazu einen bekannten Gassenhauer trällern – ein Zeichen für äußerst gute Laune.

Wilhelm hatte die Absenderin sofort an der Handschrift erkannt. Und so war kein Blick auf das Siegel erforderlich gewesen, den Abdruck eines alten Knopfes, von dem jeder einen seit der Kindheit besaß. Es zeigte ein Fantasiewappen mit Einhörnern und bildete ihr geheimes Erkennungszeichen. Da Marie seine Adresse dieses Mal eigenhändig geschrieben hatte, war es ihr wohl möglich gewesen, den Brief direkt an den treuen Schulz zu übergeben und auf den Umweg über das Versteck im Torhaus zu verzichten. Der alte Gutsverwalter hatte den Brief dann wie immer mit der anderen Post in die Stadt gebracht. Wollte Wilhelm antworten, müsste er den Brief an Schulz adressieren und das besondere Siegel verwenden. Es war wenig wahrscheinlich, dass irgendjemand den Brief vor Schulz zu Gesicht bekommen würde, denn der Bote brachte Nachrichten und Zeitungen in aller Regel direkt zu ihm.

Wilhelm trat ins Zimmer, zündete die Lampe an und setzte sich, ohne seinen Rock abzulegen. Er riss den Brief auf und stellte mit einem Schmunzeln fest, dass Marie ihre aus liberalen Adelskreisen übernommene Gewohnheit, Vornamen und Begriffe ins Englische zu übertragen, beibehalten hatte.

Mein liebster Bill,
ich schreibe Dir in aller Eile diese Zeilen, denn ich muss mich sputen. Ich habe eine riesen-, riesengroße Neuigkeit und eine, die weniger gut ist. Lass mich damit beginnen.
Gestern hatte Mama Besuch von einem dieser undurchsich-

tigen advocates aus der Stadt. Er hatte ein ekliges Furunkel im Gesicht und sah auch sonst ganz suspekt aus. Sie wollte mir nicht sagen, worum es ging, und schickte mich hinaus. Ich konnte aber sehen, dass der Mann einen Plan dabeihatte, und der sah ganz nach der Gegend bei den Weiden aus. Ein Teil war markiert, und ich bin mir fast sicher, dass es eure Wiesen am Fluss waren. Mama ist ja schon lange Zeit erpicht darauf. Vielleicht bedeutet es ja nichts, aber es wäre dennoch sinnvoll, vorsichtig zu sein. Vielleicht informierst Du Deinen Vater, der doch auch in Berlin ist? Auch wenn ich mir Deine Antwort nicht denken kann, wenn er nach der Quelle Deiner Information fragt. Wann nur ist die Zeit der Heimlichkeit vorbei …
Apropos Berlin – und das ist die riesengroße wunderbare Neuigkeit. Ich komme nach Berlin!!! Und das bereits in drei oder vier Tagen. Ich werde bei Tante Mathilde unterkommen, deren Tochter Sophie meine beste Freundin ist. (Wir können Deine Frau Brenke ja nicht in Verlegenheit bringen – oh, wie gern würde ich sie einmal sehen!)
Du wirst beide kennenlernen. Sophie weiß über uns Bescheid und wird uns hilfreich zur Seite stehen. Tante Mathilde führt einen sehr angesagten Salon mit vielen Gästen. Da fällst Du kaum auf, und es wäre unsere erste Gesellschaft. Ist das nicht herrlich? Dennoch müssen wir vorsichtig sein, Tante Mathilde ist doch die Schwester meiner Mama, auch wenn sie sich nicht sehr gut vertragen.
Und warum komme ich nach Berlin? Es ist gut möglich, dass ich in die Fußstapfen unserer Mütter trete. Prinz Friedrich Wilhelm will die englische Prinzessin Victoria heiraten und richtet seinen Hausstand ein. Dazu benötigt er eine Hofdame – und die bin ich!!! Jedenfalls, wenn ich die erforderliche Vorstellung in seinem Haushalt gut überstehe. Aber ich habe gute Hoffnung, denn der Prinz hat meiner Mama, die über Umwege

am Hof irgendwie auf mich aufmerksam machte, eigenhändig geschrieben. Er habe bereits von mir gehört und freue sich darauf, mich kennenzulernen.
Und so muss ich jetzt packen und alles für den Aufenthalt in Berlin vorbereiten. Vermutlich werde ich ganze zwei Wochen bleiben können, denn Mama besteht darauf, dass ich die Salons und die höfischen Kreise richtig kennenlerne. Da bleibt hoffentlich einiges an Zeit für uns.
Ich vermisse Dich und denke jeden Tag an unsere letzte Begegnung und den Kuss und das andere, und ich wünsche nichts sehnlicher als Deine Umarmung.
Ich küsse Dich innig
Deine frohe Mary

PS. Ich habe heute Gelegenheit, den alten Schulz zu sehen und ihm den Brief direkt zu geben. Er kränkelt etwas, und ich glaube, er würde sich über einige warme Worte von Dir freuen. Antworte mir nicht, ich fürchte, der Brief würde mich nicht mehr erreichen.

Wilhelm lehnte sich zurück. Marie würde nach Berlin kommen, schon bald und für ganze zwei Wochen!

Er zog sich aus, wusch sich und legte sich im sanften Schein der Petroleumlampe ins Bett, um den Brief noch einige Male zu lesen. Auch er erinnerte sich lebhaft an ihre letzte heimliche Begegnung im Wald bei der Schanze. Sie hatten sich bereits mehrmals geküsst, dieses Mal aber war es Marie, die immer fordernder wurde. Als er, zögernd und wie unabsichtlich, seine Hand auf ihren Busen legte, schob sie diese erst nach einer Zeitspanne zurück, die Frau Brenke kaum schicklich genannt hätte. War diese Begegnung tatsächlich bereits sechs Wochen her?

Am nächsten Morgen ging Wilhelm aufgeräumt nach langem und traumlosem Schlaf gut gelaunt zum Frühstück. Frau Brenke verzichtete darauf, ihm Fragen zum Brief zu stellen, und genoss die gute Stimmung ihres Untermieters. Johann, der wenig später klopfte und von der Wirtin wie so häufig in die Küche geführt wurde, war hingegen unrasiert und unausgeschlafen und mochte erst reden, nachdem er zwei Tassen Tee getrunken hatte.

»Ich habe uns mit Adolf Baeyer verabredet«, sagte er schließlich müde. »Wir sollen gegen Mittag in der Universität sein.« Er streckte sich. »Mein Gott, das war eine lange Nacht.«

»Wie das?« Wilhelm nahm sich noch eine weitere Scheibe Weißbrot, mit der er die Reste seines Bauernfrühstücks auftunkte.

»Ich habe, wie gestern besprochen, in unserem Kontor einen Mitarbeiter aufgesucht, der in früheren Zeiten in der Bukowina reiste. Es war nicht ganz einfach, aber wir haben einiges übersetzen können.« Johann griff in die Tasche seines Rocks, holte zwei gefaltete Blatt Papier hervor und reichte sie Wilhelm: »Mehr war nicht herauszubekommen.«

Wilhelm las den Text, der mehrere Auslassungen enthielt.

Das Volk der Bukowina ist ein stolzes Volk. Es ist der Zeit der Fremdherrschaft überdrüssig. Nach dem Untergang des glorreichen Hauses Moldau musste es wechselnde Herrschaften ertragen. Türken und Russen überrannten das Land und knechteten die Menschen. Wir sanken so tief, dass Habsburg unser Land von den Türken für ein paar Taler kaufen konnte. Unzählige Trecks deutscher Bauern und zahllose Juden strömten an unseren heiligen Fluss und nahmen unser Land, das unsere Väter und Vorväter bestellt und verteidigt hatten. Damit muss es nun ein Ende haben … Heute hat Gott uns die Gnade eines Neuanfangs geschenkt … Habsburg und Russland stehen einander in Waffen gegenüber … Das Herzogtum von

Habsburgs Gnaden ist ein dunkler Schatten, sein Wappen nur ein Verweis auf einstige Größe … die Wiederherstellung des glorreichen Fürstentums Moldau … niemandem Untertan und eigenständig unter einem eigenen Fürstenhaus … Wie Dragos den Auerochs jagte und das Reich erschuf, werden wir das Fürstentum neu errichten … Wie Stephan werden wir das Land verteidigen, frei und souverän …

»Das ist alles?«

Johann nickte. »Mehr konnten wir nicht entziffern. Aber es wird deutlich, dass es sich um eine Art Manifest handelt.«

»Hast du die Originale dabei?«

Johann griff in seinen Rock und reichte Wilhelm die zusammengerollte Akte und die Briefe. Wilhelm legte die beiden Briefe zunächst zur Seite und schaute sich die fünf Blätter an, die das Manifest bildeten. Bereits gestern hatte ihn etwas gestört, jetzt wusste er, was es war. »Die Seiten sind gedruckt, im Gegensatz zu den handschriftlichen Briefen.«

Johann nickte erneut. »Die der Schreiber mit verstellter Handschrift geschrieben hat. Das ist ziemlich deutlich zu sehen. Ich glaube aber, würde uns Vergleichsmaterial vorliegen, könnten wir den Autor identifizieren.«

»Stimmt. Ich habe vor einiger Zeit eine Arbeit von Jean-Hippolyte Michon gelesen, die sich mit diesem Thema befasste.«

»Im französischen Original, nehme ich an?«

»Was soll ich tun? Seine Schrift ist noch nicht auf Deutsch erschienen. Er nennt seine Wissenschaft Graphologie und meint, dass man beim Schreiben Eigenarten entwickelt, die man nur schwer verstellen kann. So kann man untersuchen, wie bestimmte Buchstaben geschrieben oder Wortendungen gestaltet werden, und dadurch den Urheber eines Schreibens ziemlich genau bestimmen.«

Frau Brenke sah verständnislos von Johann zu Wilhelm.

Wilhelm trank einen weiteren Schluck Tee. »Zurück zum Manifest, wie du es nennst. Es ist gedruckt, und zwar auf ziemlich gutem Papier, soweit das erkennbar ist. Allerdings lässt sich nirgendwo ein Wasserzeichen oder ein anderes Merkmal erkennen, anhand dessen man die Herkunft des Papiers oder gar die Druckerei identifizieren könnte.«

»Warum sollte das wichtig sein?« Johann gähnte, streckte sich und ging zum Ofen, wo die Teekanne stand.

»Das weiß ich im Moment nicht«, gab Wilhelm zu. »Es scheint mir nur von gewisser Bedeutung zu sein, zumal die Briefe darauf Bezug nehmen. Wenn jemand ein solches Manifest schreibt und drucken lässt, hat er es doch sicher für die Öffentlichkeit bestimmt.«

Johann verstand. »Und der Politischen Polizei sollte es nicht schwerfallen, weitere Exemplare zu finden, vielleicht sogar die Personen, die es mit einem bestimmten Ziel in Umlauf gebracht haben.«

»Ganz recht, Herr Geheimagent. Und wenn wir das Manifest mit den Briefen in Verbindung bringen, könnte das bedeuten, dass der oder die Schreiber wünschen, dass die Familie Kerecki an die Spitze einer Bewegung zur Wiederherstellung des Fürstentums Moldau tritt. Immerhin ist sie dort eine alteingesessene Familie, wie mir ein Blick in den *Gotha* verriet.«

»Ihr Adligen und euer Kalender.« Johann pustete auf seinen Tee und schlürfte dann ungeniert. Frau Brenke sah tadelnd auf.

Wilhelm grinste. »Eine Fundgrube ohnegleichen. Hier ist so ziemlich jeder aufgeführt, der ein Von im Namen trägt. Daher weiß ich jetzt, dass die Kereckis seit über vierhundert Jahren in der Bukowina ansässig sind und demzufolge schon Zeugen der Staatsgründung waren.«

»Und deshalb liegt es nahe, dass die Familie nun eine gewisse Rolle spielen soll«, ergänzte Johann.

»Ganz recht.«

»Aber warum dann die Briefe an die Gräfin? Immerhin ist sie nur eine Frau und wohl kaum wichtig.«

Frau Brenke runzelte die Stirn.

»Dein Chauvinismus in allen Ehren, mein Freund, aber vor allem ist sie eine Tochter. Und eine Tochter kann schon etwas bei ihrem Vater bewirken. Leider können wir beiden Briefen nichts in dieser Hinsicht entnehmen. Es wird aber deutlich, dass mit Konsequenzen gerechnet werden müsste, sollten die Kereckis nichts in der gewünschten Richtung unternehmen.«

Johann kratzte sich am Kinn. »Und die Bombe war diese Konsequenz?«

»Dafür, dass du müde bist, ist dein Kopf hellwach. Ich halte das zumindest für denkbar.« Wilhelm stand auf. »Aber etwas bereitet mir Kopfschmerzen.«

Johann stöhnte und atmete tief durch. »Und das wäre?«

»Die Bombe war im Arbeitszimmer platziert, wo ein Uhrwerk sie wohl zu einer bestimmten Zeit, oder besser: nach Ablauf einer bestimmten Zeit, zur Explosion bringen sollte. So weit richtig?«

Johann nickte. Er wusste, wenn sein Freund einmal seine Ansichten auf diese Weise darzulegen begann, hatte es keinen Sinn, ihn zu unterbrechen oder auf kürzere Darlegungen zu dringen.

»Nun.« Wilhelm begann, in der Küche umherzulaufen, und zählte an den Fingern auf: »Erstens. Die Bombe war im Arbeitszimmer, das dem Baron gehört. Sie sollte zweitens zu einem bestimmten Zeitpunkt detonieren, was sie ja auch tat, wenn dem Täter kein Fehler unterlaufen ist. Drittens sind mir Farbspritzer an der Hand der Toten aufgefallen. Außerdem roch es …«

»Viertens«, half Johann aus.

»... viertens leicht nach Farbe, und das Fenster im Salon stand offen. Ich schließe daraus, dass die Gräfin gemalt hatte und den Farbgeruch vertreiben wollte. Dazu öffnete sie das Fenster im Salon, und dasselbe wollte sie mit dem Fenster im Arbeitszimmer machen. Nur dieses Fenster hätte für Durchzug gesorgt. Welche Fragen müssen wir uns also stellen, und was werden uns die Antworten sagen?« Wilhelm sah seinen Freund auffordernd an.

Dieser schüttelte den Kopf. »Du wirst es mir mit Sicherheit gleich mitteilen. Ich bin zu müde, um zu denken.«

Wilhelm nickte und nahm seine Wanderung wieder auf. »Warum stellten der oder die Täter die Bombe ins Arbeitszimmer? Wie sind sie – nebenbei bemerkt – überhaupt ins Haus gekommen? Hat sie jemand gesehen? Hätten sie das Haus nicht für eine Weile beobachten müssen?« Er blieb kurz stehen, sah Johann prüfend an und sprach dann weiter. »Wie auch immer. Wenn die Gräfin das Ziel war – warum wurde das Paket nicht zum Beispiel unter der Staffelei versteckt? Woher wussten der oder die –«

Johann hob die Hand. »Du musst es nicht so ausführlich machen. Sprich der Einfachheit halber im Plural. Das halte ich ohnehin für naheliegend.«

Auch Frau Brenke, die aufmerksam gelauscht hatte, nickte nachdrücklich.

»Einverstanden. Woher also wussten die Täter, dass sich die Gräfin im Haus aufhalten würde? Sie hätte doch genauso gut spazieren gehen oder in einem Kaffeehaus sitzen können. Und vor allem: Wie haben es der ... die Täter geschafft, dass die Gräfin genau zum richtigen Zeitpunkt im Arbeitszimmer – ich wiederhole: im Arbeitszimmer – war?«

»Woher soll ich das wissen? Vielleicht haben sie einen Stein ans Fenster geworfen?«

»Das ist nicht dein Ernst, oder? Sie haben also mit einer Uhr unten gestanden, auf den rechten Zeitpunkt gewartet und dann die Gräfin aus der Ferne in das richtige Zimmer gelockt? Wie unwahrscheinlich ist das denn?«

»Vollkommen unwahrscheinlich. Ich wollte damit lediglich zum Ausdruck bringen, dass du endlich zu den Schlussfolgerungen kommen solltest, denn wir haben nur noch etwa eine Stunde bis zu unserem Treffen in der Universität. Und ich bin nach wie vor hundemüde. Wenn wir nicht bald loskommen, schlafe ich hier auf diesem Stuhl ein, und du kannst Frau Brenke heute Abend erklären, was der schnarchende Mann in ihrer Küche macht.«

»Bitte entschuldige, mein Freund. In meinem Kopf gehen gerade die Gedanken durch.«

Johann winkte ab. »Fahr einfach fort, und mach es jetzt bitte kurz. Ich brauche wirklich Auslauf.«

Wilhelm nickte. »Also. Es ist extrem unwahrscheinlich, dass die Gräfin vorsätzlich getötet wurde. Die Bombe war im Arbeitszimmer, könnte also auch dem Baron selbst gegolten haben. Falls dem so ist, müssten wir herausfinden, warum er zu diesem Zeitpunkt nicht zu Hause war und wo er sich stattdessen aufhielt. Wenn die Bombe aber für die Gräfin bestimmt war, und das legen Briefe und Manifest nahe, aber im Arbeitszimmer platziert wurde, wo sie sich nicht oft aufgehalten haben dürfte, schließen wir daraus –«

»Dass die Gräfin gar nicht umgebracht, sondern nur in Angst versetzt werden sollte.« Johann nickte. »Ja, da ist etwas dran. Dann handelt es sich also eher um ein Unglück?«

»Nein.« Wilhelm schüttelte den Kopf. »Paragraf 175 des Preußischen Strafgesetzbuches: ›Wer vorsätzlich und mit Überlegung einen Menschen tötet, begeht einen Mord und wird mit dem Tode bestraft.‹ Unsere Täter haben mit voller Überlegung in Kauf genommen, dass jemand zu Schaden oder gar zu Tode kommen könnte.«

Auch Johann stand jetzt auf und verbeugte sich vor Frau Brenke. »Dann haben wir noch einiges herauszufinden. Lass uns also zur Universität gehen.«

Wilhelm zog seinen Rock an. Als sie die Haustür öffneten, stand ein staubiger kleiner Bursche mit großen Augen und zum Klopfen bereiter Faust vor ihnen. Sie starrten einander an.

»Na dett is ja wohl Jedankenübertrajung, watt? Jemand von Ihnen ein Heide?«

Johann und Wilhelm schmunzelten. »Als wir beim letzten Mal nachgesehen haben, waren wir beide noch gut evangelisch.«

Die Augen des Burschen wurden noch größer. »Watt hat denn det mit der Kirche zu tun?«

»Du suchst vermutlich den Herrn von der Heyden«, sagte Johann.

»Na, det saach ich doch.« Unter seiner Schiebermütze musterte der Junge die Männer argwöhnisch.

»Du hast ihn gefunden«, fuhr Johann freundlich fort und zeigte auf Wilhelm.

»Denn hab ick watt für Sie.« Der Junge reichte Wilhelm ein Billet.

Wilhelm öffnete den Brief und sah wieder zu dem Jungen. »Noch etwas?«

»Na, dett hoff ick doch. Bin schließlich den janzen Weg jelofen, wa?« Der Junge richtete sich auffordernd zu ganzer Größe auf und reichte damit knapp zum obersten Knopf von Wilhelms Rock.

Die Männer grinsten. »Das muss belohnt werden«, sagte Johann und legte dem Jungen zwei Groschen in die schmutzige Hand.

»Na, denn dank ich doch dem Herrn …«, der Junge sah Wilhelm an, der ihm ebenfalls zwei Groschen reichte, »und och dem anderen Herrn. Stets zu Diensten, die Herrn.« Er verbeugte sich mehrmals theatralisch. »Und wenn Se mal was brochen, frachen Se eenfach nach Alex am Pariser Platz. Bin da immer zu finden, wa?«

Er wandte sich zum Gehen. »Ach – und noch watt. Se solln sich beehlen, soll ick ausrichten tun.«

Pfeifend schritt er die Straße entlang.

»Ein aufgeweckter Bursche«, meinte Johann, »auf der Straße sicher gut zu brauchen.«

»Das scheint Vorweg auch zu glauben«, antwortete Wilhelm. »Unser Gespräch in der Universität muss warten. Vorweg erwartet uns in der Charité. Er hat Baron von Mersdorf gefunden.«

10

»Farbspritzer, wie?« Vorweg schüttelte leicht den Kopf, als ihm Wilhelm und Johann von ihren Überlegungen berichteten. »Allerdings sind Ihre Schlussfolgerungen richtig. Lagen doch wohl klar auf der Hand, Farbspritzer hin oder her. Ich für meinen Teil dachte bereits gestern daran, dass die Bombe eher dem Baron galt und ihn lediglich erschrecken sollte. Wir werden ihn also vor allem nach seinem gewöhnlichen Tagesablauf fragen, so er denn einen hat.«

Um zur Charité zu gelangen, war nur ein Fußmarsch von einer halben Stunde notwendig gewesen. Von der Krausenstraße waren sie über die Friedrichstraße bis Unter die Linden gegangen und dann dem Boulevard zum Pariser Platz gefolgt, von dem sie das Brandenburger Tor mit seiner Siegesgöttin grüßte. Hier bogen sie rechts in die Luisenstraße ab, überquerten die Spree und waren wenige Augenblicke später an ihrem Ziel angelangt.

Vorweg hatte sie wie angekündigt am Eingang der Charité erwartet. Das ehemalige Pestgebäude und Garnisonslazarett war bereits seit Jahrhundertbeginn ein reines Krankenhaus, in dem die Angestellten im Erdgeschoss und die Kranken, nach Männern und Frauen getrennt, im Obergeschoss untergebracht waren. Seit Langem bildete die Charité gemeinsam mit der medizinischen Fakultät der Universität den medizinischen Nachwuchs aus, seit einigen Jahren befanden sich große Teile der beiden Kliniken zudem auf demselben Gelände. Die Berliner wussten es zu schätzen, dass die Ausbildung für Militärärzte an der Charité direkt am Krankenbett vonstattenging, und ließen sich, wenn möglich, bevorzugt von diesen behandeln. Allerdings musste das gut bezahlt werden, sodass mittellose Patienten oft unversorgt blieben, was immer wieder zu Unmut in der Bevölkerung führte, die den Namen des »Hauses Barmherzigkeit« mit Leben erfüllt sehen wollte.

Vorweg winkte den beiden, ihm zu folgen, und betrat das Gebäude. Der Empfangsbereich war wenig gepflegt, die Wände hätten schon seit geraumer Zeit einen neuen Putz vertragen können, und ein Arbeiter versuchte mit geringem Erfolg, Schmutz vom Fußboden zu entfernen. Auf dem Gang standen wartende Patienten und hoben nur die Augen, wenn jemand an ihnen vorüberging. Dann keimte in ihrem Blick Hoffnung auf, an einen Arzt vermittelt zu werden. Einige, deren Leiden zu stark war, saßen auf dem Fußboden und harrten geduldig der Dinge oder litten still vor sich hin. Ab und an lief eine abgehetzte junge Pflegerin mit einer Kanne Wasser vorbei und gab den Bedürftigsten einen Schluck.

Vorweg ging direkt an den Empfangstresen und zeigte seine Marke. »Zu Dr. Herwagen. Wir werden erwartet.«

Der Mann am Empfang nickte, ohne von seinen Papieren aufzusehen, und hob den Arm. Die Pflegerin mit der Wasserkanne trat hinzu. Sie wechselten einige geflüsterte Worte, dann ging die Pflegerin nach einer einladenden Geste voran.

Nach der nächsten Ecke blieb sie stehen.

»Die Herren werden entschuldigen«, sagte sie müde, aber resolut. »Die Polizei ist am Eingang nicht gern gesehen, manche der Patienten könnten Schwierigkeiten machen. Dr. Herrenvagen erwartet die Herren im ersten Stock, dritte Tür links. Nehmen Sie die Treppe dort vorn.« Sie drehte sich um und kehrte mit der Wasserkanne zu den Wartenden zurück.

»Wir haben routinemäßig die Krankenhäuser und Arztpraxen abgefragt«, erläuterte Vorweg, als er Wilhelm und Johann die

Treppe voranstieg. »Schließlich hat sich die Charité gemeldet und mitgeteilt, dass sich hier seit gestern Mittag eine Person aufhält, auf die die Beschreibung zutrifft und die außerdem entsprechende Ausweispapiere mitführt. Mehr weiß ich auch noch nicht, aber ich denke, dass wir gleich mehr vom Arzt erfahren werden … Und da sind wir auch schon, Tür Nummer drei.« Er legte die Hand auf die Klinke. »Eines noch, meine Herren. Sowohl das Gespräch mit dem Doktor als auch nachher das mit dem Baron führe ausschließlich ich. Ich möchte Sie ersuchen, lediglich zuzuhören. Verstehen Sie mich nicht falsch, aber zumindest aus meiner Sicht ist man nicht bereits Polizist, wenn man eine Marke bekommen hat. Dazu gehört schon etwas mehr, Erfahrung zum Beispiel wäre ein guter Anfang. Die erhält man aber nicht an der Universität, sondern nur auf der Straße und in der täglichen Arbeit.«

Er klopfte an und öffnete sofort die Tür.

Wilhelm und Johann sahen einander an. Johann hob fragend die Augenbrauen, während Wilhelm mit den Schultern zuckte.

Im Zimmer befanden sich ein Bücherregal, ein Tisch mit Petroleumlampe sowie ein Sofa, das halb von einem Paravent verdeckt war. Hinter dem Tisch saß ein etwa dreißigjähriger Mann mit kurzem lockig-blonden Haar. Er blies Rauchringe aus dem halb geöffneten Fenster und betrachtete kritisch den Bügel einer Brille in seiner linken Hand.

Als sie eintraten, sah er auf, nahm gelassen die Füße vom Tisch und setzte die Brille auf. »Die Polizei, nehme ich an?«, fragte er mit unbestimmbarem Akzent und beantwortete sich die Frage gleich selbst. »Niemand sonst betritt so aufgeräumt ein Arztzimmer. Für gewöhnlich neigen die Eintretenden zu mehr Respekt, was wohl an unseren einschüchternden weißen Kitteln liegt.«

»Geht mir auch so«, sagte Vorweg ebenso gelassen. »Allerdings benötige ich für den erforderlichen Respekt lediglich diese Marke. Sie sind Dr. Herwagen?«

»Fast richtig. Heerenvagen, mein Name. Meine Vorfahren stammen aus Utrecht und Leiden. Und Sie sind?«

»Kriminalsekretär Vorweg nebst Begleitung. Wir suchen einen Baron von Mersdorf. Man teilte uns mit, dass er auf Ihrer Station zu finden sei. Entspricht das den Tatsachen?«

Heerenvagen entnahm der Schreibtischlade ein Schriftstück, stand auf und reichte es Vorweg, der es nach kurzem Betrachten an Johann weiterreichte. Dieser drehte es hin und her und betrachtete Vorder- und Rückseite.

»Tatsächlich, ein österreichischer Reisepass«, sagte er und las vor: »›Ausgestellt für das Ausland im Namen seiner Kaiserlich-Königlich Apostolischen Majestät Franz Joseph I., Kaiser von Österreich, König von Ungarn und Böhmen, der Lombardei und Venedigs, von Galizien, Lodomerien und Illyrien, Erzherzog von Österreich‹ et cetera et cetera ›für Josef Baron Holly auf Mersdorf, Industrieller und Zinkgrubenbesitzer in Österreich-Schlesien. Derselbe reiset von Mersdorf über Glatz nach Berlin. Dieser Pass ist gültig auf zwei Jahre.‹«

Johann ging zum Fenster. »Diese Beamtenschrift ist äußerst schwer zu lesen. Man sollte doch meinen, dass es gerade bei solchen Dokumenten auf eine deutliche Schrift ankommen sollte. Der Passinhaber ist zweiunddreißig Jahre alt und katholisch, was bei einem Österreicher kaum verwundert. Er verfügt über eine mittelgroße und kräftige Statur, ein rundliches Gesicht, schwarze kurze Haare, einen kleinen, fülligen Mund und eine ebenfalls kleine, unauffällige Nase. Als besonderes Kennzeichen wird eine Narbe unter dem linken Auge erwähnt. Eine eigenhändige Unterschrift ist ebenfalls vorhanden. Die Angaben sollten es ermöglichen, den Inhaber des Passes hinreichend zu identifizieren.«

»Er befindet sich tatsächlich hier auf Station, so scheint es zumindest«, erwiderte Heerenvagen trocken.

»Scheint?« Vorweg schaute den Doktor erstaunt an.

»Man wird sich gedulden müssen, um einige Passmerkmale in natura vergleichen zu können.« Heerenvagen lächelte. »Unser Mann hat einige Blessuren davongetragen, die eine entsprechende Identifizierung vorübergehend erschweren könnten. Ich habe Sie doch nicht verwirrt?« Er lächelte weiter und zog an seiner Zigarre.

Vorweg atmete tief durch. »Ich bewundere die Konsequenz, mit der Sie sich bei mir unbeliebt zu machen suchen.«

Sie starrten einander an.

Schließlich lachte der Arzt. »Sie sind mir ein Kaliber! Ein Kriminalpolizist, der sich auszudrücken weiß. Ich weiß das zu schätzen, wirklich. Und geben Sie es ruhig zu: Viele Ihrer Kollegen können es nicht. Meine allerdings auch nicht, wenn man es recht bedenkt. Sie können ja nicht einmal meinen Namen behalten. Was ich da schon erlebt habe! Ein Genever gefällig?« Heerenvagen setzte sich und beugte sich nach unten. Er öffnete eine Schreibtischtür und entnahm ihr eine Flasche mit klarer Flüssigkeit und nach und nach vier kleine, nicht unbedingt saubere Gläser.

Vorweg setzte sich auf die Tischkante. »Für gewöhnlich betreiben meine Kollegen keine Konservation. Es wird von ihnen erwartet, Türen zu öffnen und Fragen zu stellen. Ich möchte aber die Gelegenheit nutzen, mich für meinen allzu forschen Auftritt zu entschuldigen.«

Johann und Wilhelm tauschten einen raschen Blick. So freundlich hatten sie Vorweg bisher noch nicht erlebt.

Heerenvagen schob seinen Gästen die Gläser zu und hob sein eigenes. Alle tranken. Johann hustete, Wilhelm schüttelte es. Vorweg hingegen verzog keine Miene. »Ein ungewöhnlich starker Wacholderschnaps, wie ich finde.«

»Ein altes Familienrezept, weckt angeblich Tote auf – nicht dass ich es jemals probiert hätte. Wie kann ich der Polizei helfen?«

»Was ist geschehen? Seit wann ist der Baron Ihr Patient, und wie schwer sind seine Verletzungen?«

»Lassen Sie mich sortieren, Herr Kriminalsekretär. Der Baron wurde vorgestern am frühen Nachmittag hier eingeliefert, er hatte einen Unfall an der Spandauer Brücke. Soll wohl gegen eine Kutsche gelaufen sein. Durchaus möglich, seine Verletzungen passen dazu.«

»Durchaus möglich?« Wilhelm setzte eine vollkommen unschuldige Miene auf, kassierte aber dennoch einen warnenden Blick von Vorweg.

»Nun ja.« Heerenvagen sah Wilhelm an. »Wenn Verletzte eingeliefert werden, liegt angesichts der – mit Verlaub, Herr Kriminalsekretär – grassierenden Kriminalität auf unseren Straßen der Verdacht einer Straftat nicht im Bereich des Unmöglichen. Ein schiefgegangener Taschendiebstahl etwa oder eine Auseinandersetzung mit einem Betrunkenen. Sie würden staunen, wie viele derartige Fälle auf unseren Tischen landen. Oder nebenan bei Virchow, dem Pathologen.«

Der Arzt lehnte sich nach hinten und zog eine schmale Akte aus einem Stapel. »Lassen Sie mich nachsehen … Luxation an Scapula und Brachium superius links, leichte Commotio cerebri, leichte distale Radiusfraktur links, Exkoriation an Kopf und Extremitäten …« Heerenvagen sah auf und in zwei verständnislose Gesichter.

Johann hingegen grinste und nickte leicht. »Es funktioniert doch immer wieder. Unsere Geheimsprache macht uns ziemlich bedeutungsvoll, nicht wahr? Übersetzt heißt das: Prellungen an Hüfte, linkem Schultergelenk und Oberarm, leichte Gehirnerschütterung, ein kleiner Bruch in der Nähe des linken Handgelenks, Hautabschürfungen an Kopf, Armen und Beinen, oder anders gesagt: Glück gehabt.«

»Was bedeutet?« Vorweg zog das Gespräch wieder an sich.

»Offensichtlich wurde der Baron von einer ziemlich schnellen Kutsche erfasst und ein ganzes Stück die Straße entlanggeschleudert, wo er mit etwas kollidierte, einem Lampenpfahl etwa. Das würde die Prellung an der Hüfte erklären.«

»Hinweise darauf, dass er mit Absicht angefahren oder vor die Kutsche gestoßen wurde?«

»Gestoßen wurde er nicht. Dann würde sein Oberkörper mehr Verletzungen aufweisen. Die Hände hätten zudem weniger abbekommen, da sie bei einem Stoß in den Rücken eher weiter hinten gewesen wären. Trägheit, Sie wissen schon. Die Verletzungen deuten eher darauf hin, dass er sich im letzten Moment seitlich eingedreht hat, um Oberkörper und Kopf zu schützen, was ein normaler Reflex in einem solchen Fall wäre. Und absichtlich angefahren? Offen gestanden, da kann ich Ihnen nicht weiterhelfen. Jedenfalls ist er angesichts der Umstände glimpflich davongekommen. Allerdings …«

»Allerdings?«

Heerenvagen schüttelte leicht den Kopf. »Bei meiner Untersuchung bin ich auf Spuren älterer Verletzungen gestoßen. Sie mögen vielleicht eine Woche her sein. Prellungen am Oberkörper, den Armen und Beinen. Nichts im Gesicht, innere Organe wurden nicht beschädigt. Wenn ich raten müsste –«

»Sie müssen nicht, aber versuchen Sie es doch einfach probehalber.«

Heerenvagen grinste. »Dann würde ich vermuten, dass der Mann fachmännisch zusammengeschlagen wurde. Systematisch und ohne bleibende oder sichtbare Schäden zu verursachen.«

»Interessant.« Vorweg dachte nach. »Können wir Ihren Patienten sprechen?«

»Aber natürlich.« Heerenvagen stand auf. »Der Baron ist erstaunlich … Wie sagt man? … *fidel* für die Umstände. Wenn die Herren mir folgen mögen?«

11

Heerenvagen führte seine Gäste an den großen Krankensälen vorbei, in denen jeweils etwa dreißig Patienten versorgt wurden, und ging zu einem kleineren Raum. Auch hier standen jedem Patienten ein bezogenes Bett und ein Stuhl zur Verfügung, auch hier hatte das Geld offensichtlich nicht gereicht, um zu streichen oder den abfallenden Putz zu ersetzen. Fußboden und Wände waren jedoch sauber geschrubbt, die Bettwäsche wirkte frisch, und ein Fenster ließ ausreichend Sonnenlicht herein. Als Besonderheit befanden sich im Zimmer noch ein Schrank und ein Tisch mit Sitzgelegenheit, wohl für die Gäste der beiden Patienten, die hier untergebracht werden konnten.

Im Moment war nur ein Bett belegt. Ein untersetzter Mann sah überrascht vom Wirtschaftsteil der *Vossischen Zeitung* auf, die er vor sich auf dem Bettzeug aufgeschlagen hatte. Ein Arm steckte in einer Schlinge, der Kopf war bandagiert. Trotz der blau angelaufenen Blutergüsse an den Jochbeinen waren eine Narbe unter dem linken Auge und Rötungen im leicht aufgedunsenen Gesicht zu erkennen, die darauf hinweisen mochten, dass der Mann gern gutem Essen und Alkohol zusprach. Er mochte um die fünfunddreißig Jahre alt sein, und sein kleiner Mund und die Stupsnase verliehen dem Gesicht einen etwas verlebten Eindruck. Es konnte für Vorweg und die beiden Freunde kaum ein Zweifel bestehen, dass sie den gesuchten Josef Baron Holly auf Mersdorf vor sich hatten.

»Guten Tag, Baron Mersdorf«, sagte Vorweg verbindlich, nahm sich einen Stuhl und setzte sich zwischen die beiden Betten, nah ans Kopfende des Österreichers. »Ich bedaure zutiefst die Umstände, unter denen wir uns kennenlernen müssen. Ich bin Kriminalsekretär Vorweg, und meine Begleiter hier unterstützen mich bei einigen delikaten, aber notwendigen Ermittlungen. Erlauben Sie mir zu bemerken, dass ich angesichts der Umstände froh bin, Sie in einem Zustand vorzufinden, der es mir gestatten könnte, Ihnen einige Fragen zu stellen.«

Sein Ton war ruhig und zuvorkommend. War dies der Tatsache geschuldet, dass Mersdorf nicht nur von hohem Adel, sondern auch Staatsangehöriger eines anderen Landes war? Oder bediente sich Vorweg eines Tricks, um das Vertrauen des Österreichers zu erlangen?

»Sehr freundlich von Ihnen, Herr Kriminalsekretär.« Mersdorfs Stimme klang leise. Er nuschelte etwas, was durchaus an den erlittenen Verletzungen liegen mochte. Alles an ihm wirkte schlaff: die Gestalt, die Haltung, das Gesicht. »Gern beantworte ich Ihnen Fragen. Mir scheint es aber ungewöhnlich zu sein, dass sich die Kriminalpolizei bemüht. Immerhin handelte es sich um einen bedauerlichen Unfall, an dem der Kutscher keinerlei Schuld trägt. Diese ist vielmehr mir und meiner Verträumtheit anzulasten, mit der ich die Straße betrat. Ich bedaure sehr, den Ärzten und Pflegern der Charité dadurch zur Last zu fallen.«

Vorweg nickte. »Deswegen bin ich auch nicht hier. Ich bitte um Ihr Verständnis, dass ich Ihnen einige Fragen stelle, die für Sie im Moment möglicherweise ohne Belang sein könnten.«

»Wenn ich der Polizei damit helfen kann …« Mersdorf machte es sich bequem, verzog aber sofort das Gesicht, als er seine Schulter bewegte.

Vorweg ignorierte das, blieb jedoch weiter ruhig und freundlich. »Könnten Sie mir etwas darüber erzählen, wie Sie den bewussten Tag verbracht haben? Kann man davon ausgehen, dass Ihre Tage geregelt ablaufen?«

»Das ist in der Tat so.« Mersdorf nickte zerstreut. »In der Regel stehe ich in der achten Stunde auf und lese beim Frühstück die Börsennachrichten und natürlich andere Beiträge in Ihren interessanten Zeitungen.« Er lächelte knapp. »Gegen zehn Uhr lasse ich mir eine Mietdroschke kommen und fahre in die hiesige Dépendance unseres Unternehmens. Ich führe dort die Geschäfte und sichte zunächst –«

»Die Niederlassung befindet sich wo?« Vorweg holte ein Notizbuch aus der Tasche, zückte einen Bleistift und sah Mersdorf erwartungsvoll an.

»In der Gartenstraße 3, nahe am Stettiner Bahnhof.«

Vorweg notierte die Angaben, was Mersdorf zu irritieren schien.

»Wie gesagt, sichte ich zunächst die Post und spreche dann mit den Angestellten über die erledigten und anstehenden Aufgaben.«

»Sie sind Zinkfabrikant?«

»Ganz recht. Und Kohlengrubenbesitzer. Das sind die beiden Standbeine unseres internationalen Unternehmens.«

Vorweg nickte. »Kohle wird in unseren Fabriken und auch in der Stadt sehr nachgefragt. Aber wofür, entschuldigen Sie meine Unwissenheit, benötigt man Zink?«

Mersdorf lächelte überlegen. »Sie würden staunen. Gegenwärtig kommen wir mit der Lieferung kaum nach. Zink wird unter anderem für Dächer benötigt. Seit Schinkel damit vor dreißig Jahren begonnen hat, werden immer mehr Dächer mit Zink verkleidet. Die Pariser Dächer zum Beispiel sind bereits fast zur Hälfte damit belegt. Zink kann auch in vielen Bereichen Blei und Kupfer ablösen. Wir beliefern hauptsächlich Firmen, die Zink für die verschiedensten Verwendungen walzen und entsprechende Produkte herstellen. Aber auch Künstler und Architekten zählen zu unseren Kunden. Die einen schaffen zum Beispiel vollplastische Figuren oder Kronleuchter, die anderen verwenden es für Ornamente oder Verkleidungen. Waren Sie schon einmal in Potsdam, in der Nikolaikirche? Dort finden Sie am Altar ein Zinkgussrelief, eines der ersten Projekte unseres noch recht jungen Unternehmens, leider vor meiner Zeit.« Mersdorf geriet ins Dozieren.

Vorweg unterbrach sanft. »Beeindruckend. Und nach der Aufgabenverteilung?«

»Der Aufgabenverteilung? … Ach ja. Meist prüfe ich dann Angebote, die zu erstellen sind, und Abrechnungen. Gegen Mittag lasse ich mich in die Stadt fahren, um in dem einen oder anderen Café Kunden zu treffen.«

»So auch am bewussten Tag?«

»Ganz recht. Ich wollte zu einem Künstler, der mit mir Entwürfe und Kostenvoranschläge besprechen wollte. Kein großer Gewinn in finanzieller Hinsicht, allerdings ein Prestigeobjekt.«

»Und was geschah?«

Mersdorf sah erstaunt auf. »Gar nichts. Ich war einige Minuten zu früh und sah mir die Auslagen an. Als ich die Straße überqueren wollte, geschah der Unfall.«

»Was hätten Sie getan, wenn der Tag normal verlaufen wäre?«

»Nun, manchmal fahre ich noch einmal in die Firma, manchmal direkt nach Hause. Das hängt ganz davon ab, wie spät es ist oder ob etwas Wichtiges anliegt. Manchmal, offen gestanden, auch davon, welche Lust ich gerade habe.« Mersdorf bat mit einem kleinen Lächeln um Verständnis.

Vorweg lächelte zurück, Wilhelm und Johann schlossen sich an.

»Und dann?«

»Zu Hause lese ich Zeitung oder ein Buch oder erledige private Korrespondenz. Und ein oder zwei Abende in der Woche gehe ich aus. In den Club oder in einen Salon zu Lesungen oder

Vorträgen. Es ist wichtig, sich sehen zu lassen und Kontakte zu knüpfen.«

»Das kann ich verstehen. Darf ich also davon ausgehen, dass Ihre Tage relativ gleichmäßig verlaufen?«

»Die Uhr können Sie nicht danach stellen, aber ja, in der Regel laufen alle Tage mehr oder weniger gleich ab. An den Wochenenden sieht es natürlich anders aus: Fahrten ins Grüne, Flanieren unter den Linden oder Theater- und Opernbesuche. Das Übliche eben.« Mittlerweile schien Mersdorf gelangweilt zu sein.

»Kommen wir zum Unfalltag zurück. Das Unglück geschah also um die Mittagszeit?«

»Ja, gegen ein Uhr. Zu diesem Zeitpunkt war ich verabredet.«

»Wie sind Sie in die Charité gelangt?«

»Das war einfach. Es waren viele Menschen auf der Straße, die mir zu Hilfe geeilt sind. Ein Schutzmann erschien auch recht schnell, brauchte aber nicht einzugreifen. Der Besitzer der Kutsche, die mich angefahren hatte, hatte mich bereits eingeladen. Der Schutzmann sagte nur, wir sollen in die Charité fahren, nachdem ihm Umstehende das Geschehen erklärt hatten.«

»Was geschah dann?«

»Der Besitzer, wenn ich mich recht erinnere, ein pensionierter Offizier der Dragoner, schickte seinen Kutscher hinein, der mit zwei Helfern zurückkehrte. Die trugen mich direkt zu Dr. Heerenvagen, der mich untersuchte und versorgte. Freundlicherweise stellte er mir anschließend dieses Zimmer zur Verfügung.«

Heerenvagen deutete eine Verbeugung an.

»Was können Sie mir sonst noch erzählen?«

»Nichts. Die Aufregung hat mir so zugesetzt, dass ich gleich eingeschlafen bin.«

Heerenvagen schaltete sich ein: »Das wird auch an dem Beruhigungsmittel gelegen haben, das ich gegen die Schmerzen gegeben habe.«

Vorweg überging den Einwurf. »Und haben Sie eine Nachricht nach Hause gesandt über Ihren Verbleib und Ihr Befinden?«

»Natürlich. Aber erst gestern Vormittag, gleich nachdem ich aufgewacht bin. Meine Verlobte wird sich Sorgen machen, und ich bin etwas verlegen, dass ich die Nachricht erst gestern gesandt habe. Eigentlich hatte ich gehofft, dass sie gestern Abend kommen könnte oder wenigstens jetzt jeden Augenblick. Wissen Sie, ich habe keine Sachen und …« Er sah auf und betrachtete die ernsten Mienen. Er richtete sich auf und verzog wieder das Gesicht vor Schmerz. Ein leichter Anflug von Panik erschien um seine Augen. »Meine Herren … ist etwas vorgefallen?«

Vorweg richtete sich ebenfalls auf und legte seine Hand auf den Unterarm des Patienten. »Baron …« Er brachte Mersdorf dazu, ihm in die Augen zu schauen. »Ich habe leider die Pflicht, Ihnen eine traurige Nachricht zu überbringen.«

»Aber …« Mersdorf sah die Männer der Reihe nach an und wandte sich schließlich wieder an Vorweg, der seinen Arm leicht drückte.

»Es hat gestern Vormittag in Ihrer Wohnung eine Explosion gegeben. Leider ist Ihre Verlobte dabei ums Leben gekommen.«

Stille herrschte im Zimmer. Mersdorf sah erst langsam, dann immer schneller von einem zum anderen, begann zu zittern und den Kopf zu schütteln. Tränen liefen ihm über die Wangen, sein Mund verzog sich zu einer Grimasse.

Wilhelm kam es vor, als säße vor ihm ein Kind, dem Süßigkeiten vorenthalten wurden. Er wusste nicht, woher die Assoziation kam, und schämte sich ein wenig. Immerhin musste der Mann einen schrecklichen Verlust verkraften, aber dennoch war da etwas, das ihn unsympathisch machte.

»Aber … mein Gott … wie … was ist …« Mersdorf ergriff Vorwegs Hand und sah ihn flehentlich an.

Vorweg atmete durch. »Die Gräfin hat nicht gelitten, sie war sofort tot. Ich weiß, dass der Verlust für Sie sehr schmerzlich ist, aber ich hoffe, dass Sie aus diesem Umstand etwas Trost ziehen können.«

Mersdorf schluckte und sah um sich. Heerenvagen reichte ihm wortlos ein Glas Wasser, das er mit zitternden Händen und großen Schlucken austrank. »Aber was ist passiert? War denn der Gashahn nicht geschlossen? Und wo ist das Mädchen? War es etwa nachlässig?« Mersdorf schien wütend zu werden.

Vorweg schüttelte den Kopf. »Wo Ihr Zugehmädchen ist, entzieht sich momentan unserer Kenntnis. Die Gasleitung jedenfalls war intakt.«

Mersdorf sank in die Kissen zurück. »Das Mädchen ist die Tage nicht da«, murmelte er leise. »Es hat ein paar Tage Urlaub, um seine Mutter zu pflegen. Das hatte ich vergessen.« Er blieb einige Augenblicke still und atmete dann tief durch. »Aber sie war nicht sonderlich zuverlässig, und da dachte ich …«

Vorweg beugte sich über ihn. »Das ist verständlich, Baron. Wissen Sie, wo wir sie finden können?«

Mersdorf fuhr ungehalten auf. »Woher soll ich das wissen, zum Teufel! Sie kommt irgendwo aus Mecklenburg, der Hausverwalter wird mehr wissen. Erzählen Sie mir lieber, was meiner Verlobten …« Er sank zusammen und begann zu schluchzen.

Vorweg ließ ihm einige Augenblicke. Dann lehnte er sich zurück, schlug die Beine übereinander und sagte in verändertem, beinahe kaltem Tonfall: »Die Explosion ist nicht auf die Gasleitung zurückzuführen. Vielmehr befand sich eine Bombe in Ihrem Arbeitszimmer, bei deren Explosion die Gräfin ums Leben kam. Sie können sich vorstellen, dass sich dadurch für uns eine Menge Fragen ergeben. In diesem Zusammenhang – können Sie mir sagen, was Ihnen vor etwa einer Woche zugestoßen ist?«

Mersdorf erstarrte und sah ungläubig zu dem Mann, der mit ihm vor einem Augenblick noch so zurückhaltend und einfühlsam gesprochen hatte. »Was hat das damit zu tun?«, fragte er nach einigem Zögern. »Und wie kommen Sie darauf, dass eine Bombe –«

»Alle Spuren weisen darauf hin, Baron«, unterbrach Vorweg ihn. »Wir sind durchaus in der Lage, diese Spuren zu deuten, und arbeiten an den Schlussfolgerungen.« Er beugte sich vor und sah Mersdorf in die Augen. »Ihren Worten entnehme ich, dass vor einer Woche tatsächlich etwas geschehen ist. Was war das?«

Übergangslos funkelte ihn Mersdorf an. Sein Gesicht verzerrte sich, als er fauchte: »Ich verstehe wirklich nicht, was dieser kleine Vorfall mit … mit meinem Verlust zu tun hat! Sie kommen zu mir, teilen mir diese schlimme Nachricht mit und insistieren hier … Ich muss schon sagen, dass ich das ziemlich impertinent finde, mein Herr!«

»Baron«, ließ sich Vorweg nicht abbringen, »Sie hatten vorige Woche einen Vorfall – wie Sie es zu benennen belieben. Wenige Tage darauf explodiert in Ihrem Arbeitszimmer eine Bombe. Was, glauben Sie, denken wir uns dazu? Liegt ein Zusammenhang nicht vielleicht auf der Hand?«

»Sie können doch gar nicht wissen, ob hier ein Zusammenhang besteht!« Mersdorf schrie geradezu, und Wilhelm hatte den Eindruck, dass sich in die Wut eine Spur Angst mischte.

»Deshalb gebe ich Ihnen Gelegenheit, sich dazu zu äußern, Baron. Was geschah also vor einer Woche?«

»Absolut nichts. Was soll passiert sein? … Gut, ich hatte eines Abends eine kleine Auseinandersetzung mit … einer betrunkenen Person. Das war alles, was in der letzten Woche als ungewöhnlich bezeichnet werden könnte.« Mersdorf schien auf festerem Boden angelangt zu sein, eine gewisse Unsicherheit war ihm dennoch anzumerken. Er starrte auf die Bettdecke.

»*Ich* weiß es nicht.« Vorwegs Stimme wurde wieder ruhiger, und er schien mit den nächsten Worten Mersdorf eine Brücke bauen zu wollen. »Vielleicht handelt es sich um einen Racheakt? Vielleicht hat es mit dem Vorfall auch überhaupt nichts zu tun?«

»Wohl das Letztere«, antwortete Mersdorf entschieden und sah wieder zu Vorweg auf. »Ich kam am Sonntag aus einer Spelunke und stieß mit einem Herrn zusammen. Wir wurden uns nicht darüber einig, wer denn nun den Vortritt hatte, und da der Herr ziemlich angetrunken und unnachgiebig war, konnte ich einer kurzen Rangelei nicht aus dem Weg gehen. Es wurde dann doch recht schnell geklärt und bildet wohl kaum einen Grund, in meinem Appartement eine Bombe zu deponieren. Der Mann wusste doch nicht einmal, wer ich bin!« Mersdorf war offensichtlich mit seiner Erklärung zufrieden.

Vorweg nickte leicht und sagte dann wieder im früheren höflichen Tonfall: »Danke, Baron. Sie werden verstehen, dass wir jedem Hinweis und jeder Spur nachgehen müssen.«

»Selbstverständlich.« Mersdorf hatte seine Selbstsicherheit wiedergewonnen. »Ich muss aber darauf bestehen, dass wir angesichts dieser Katastrophe nur noch über wesentliche Dinge sprechen sollten. Ich bin wie betäubt, mein Kopf schmerzt, und –«

»In der Tat, Baron. Erlauben Sie mir nur noch einige wenige Fragen, um unser Bild von den Ereignissen zu vervollständigen.«

Mersdorf atmete tief durch, nickte matt und trank einen weiteren Schluck.

»Was können Sie uns über Ihre Beziehung zur Gräfin sagen? Seit wann sind Sie verlobt? Wie lange leben Sie bereits in der Wohnung zusammen? Was hat die Gräfin gewöhnlich unternommen – allein und mit Ihnen?«

»Wir sind seit zwei Jahren verlobt«, sagte Mersdorf müde. »Seit drei Jahren lebe ich in Berlin. Letztes Jahr, als ich die Prokura übernahm, zog sie hierher. Nächsten Sommer sollte die Hochzeit stattfinden.« Mersdorf fuhr sich mit der Hand über die Augen.

Vorweg ließ ihm Zeit.

»Sie ist … sie war eine wunderbare Frau«, fuhr er schließlich fort. »Lebhaft, charmant, kreativ, unglaublich kreativ. Sie konnte ausgezeichnet malen und zeichnen, verstand viel von Theater und Architektur. Sie ist hierhergekommen, um ihre Ausbildung an der Akademie zu vervollkommnen.«

Wilhelm sah auf den Mann im Bett hinunter. Mersdorf wäre auch in gesundem Zustand, rasiert und teuer gekleidet nicht sonderlich attraktiv gewesen. Vielmehr erschien er wie ein langweiliger und gleichzeitig von sich eingenommener Mann, dessen Entwicklung zu einem feisten Mann in späteren Jahren bereits deutlich vorgezeichnet war. Daher hatte er Schwierigkeiten, sich diesen Mann an der Seite der attraktiven jungen Frau vorzustellen, an deren Bild in der Wohnung er sich deutlich erinnern konnte. Die langen dunklen Haare, die stolze Haltung, der herausfordernde Blick aus grünen Augen und die Art, wie sie die langstielige Rose gehalten hatte – all das konnte er sich neben dieser farblosen Gestalt nicht vorstellen.

»Da war sie sicher oft unterwegs und kannte viele Menschen in Berlin? Hatten Sie gemeinsame Bekannte?«

Mersdorf nickte abwesend. »Natürlich. Über die Akademie kam sie in Kontakt mit der Familie Schadow. Besonders Felix und Lida hatten sie unter ihre Fittiche genommen, malten mit ihr zusammen und unternahmen Ausflüge. Über sie lernte Beatrice auch viele andere Künstler kennen. Einmal hatte sie sogar ein Zusammentreffen mit Seiner Majestät, der ihr einige seiner Entwürfe zeigte.«

»Und Sie waren auch dabei?«

»Sehr selten. Ich habe ein Unternehmen zu führen und hatte zumeist andere Termine, wie Sie sicher verstehen werden. Beatrice ging ganz in ihrer Kunst auf. Ich wünschte, sie hätte sich etwas mehr für meine Arbeit interessiert, aber das war nur der

Fall, wenn sie im Zusammenhang mit Architektur oder Skulpturen stand.« Mersdorf starrte einen Augenblick vor sich hin.

»Aber«, er straffte sich und sah die Männer an, »natürlich haben wir gemeinsam auch das ein oder andere unternommen. Meist Theaterbesuche oder Salonabende, wenn es meine Verpflichtungen zuließen. Unser Verhältnis war vortrefflich, ja, ganz vortrefflich.« Mersdorf nickte nachdrücklich.

»Gehe ich recht in der Annahme, dass die Gräfin häufig ohne Sie unterwegs war?«

»Die Woche über schon. Immerhin bin ich in der Firma oder bei Kunden und sie in der Akademie oder bei Künstlern. Es kam auch vor, dass sie bei ihnen übernachtete.«

»Und da hatten Sie nichts gegen?«

»Warum sollte ich?«

Wilhelm war sich nicht sicher, ob die Selbstverständlichkeit, mit der Mersdorf antwortete, ehrlich oder gespielt war. Oder war es im Grunde Gleichgültigkeit?

»Beatrice ist … *war* eine sehr eigenständige und resolute Frau. Da sie dermaßen begabt war, habe ich ihr gern die Freiheit gelassen. Hätten wir geheiratet, hätte ich selbstverständlich dafür gesorgt, dass ihr diese Freiheiten neben ihren Verpflichtungen für unser Haus erhalten geblieben wären.«

»Diese Freiheiten waren doch sicher Anlass für die eine oder andere Spekulation.« Vorweg betrachtete sein Notizbuch.

»Wie meinen Sie das?« Mersdorf richtete sich weiter auf und zuckte erneut zusammen.

Vorweg überhörte den Einwand. »Das ist immer so. Aber bei der Kriminalpolizei sind wir mittlerweile sehr gut darin, Spekulation und Wahrheit auseinanderzuhalten. Deshalb geben wir auch nicht viel auf die Gerüchte über einen Liebhaber …«, sagte er und wandte seine Aufmerksamkeit der Bleistiftspitze zu.

»Das sind übelste Verleumdungen, meine Herren!« Mersdorf

war rot angelaufen. »Nur weil Beatrice einmal spätabends heimgebracht … Jedenfalls ist daran nichts, aber auch gar nichts!« Er keuchte und sank zurück.

Eine Weile war es still im Zimmer. Schließlich brach Mersdorf das Schweigen. »Meine Herren, ich bin erschöpft. Und Ihre Fragen, deren Sinn sich mir nicht erschließt, deren Umfang mir aber deutlich zu weitgehend ist – um nicht erneut das Wort impertinent zu benutzen –, Ihre Fragen habe ich nun beantwortet.«

Seine Stimme gewann an Festigkeit: »Und noch etwas … Ich bin Ihnen als Untertan Seiner Majestät des Kaisers und Gast in Ihrem Land ohnehin keine Rechenschaft schuldig. Ich habe Ihnen, trotz meines schweren Verlustes, bereits in mehr als ausreichendem Maße zur Verfügung gestanden. Mehr kann ich nicht für Sie tun. Daher möchte ich Sie bitten, mich nun zu verlassen. Bitte respektieren Sie meine Trauer. Sollten Sie noch weitere Fragen haben, möchte ich zunächst unseren Anwalt konsultieren und die Botschaft in Kenntnis gesetzt sehen. Ich wünsche den Herren einen guten Tag.«

Vorweg stand wortlos auf, deutete eine Verbeugung an und verließ das Zimmer. Heerenvagen ging als Letzter und schloss leise die Tür.

Auf dem Weg nach unten wandte sich Johann an den Doktor. »Ihr Patient hat wohl ganz schön etwas abbekommen? Jedenfalls scheint er starke Schmerzen zu haben.«

Heerenvagen schüttelte den Kopf. »Von einem Brummschädel und Schmerzen bei unglücklichen Bewegungen abgesehen, die man im Bett nicht so gut kontrollieren kann wie etwa beim Gehen, sollte er eigentlich kaum Beschwerden haben. Er ist glimpflich davongekommen.«

»Dennoch scheint er sehr mitgenommen. Sicher spielen nun auch die seelischen Leiden eine Rolle«, erwiderte Johann.

Heerenvagen blieb stehen. »Möchten Sie meine private und ganz und gar unwissenschaftliche Meinung hören?«

Johann nickte, Wilhelm und Vorweg wandten sich interessiert um.

»Der Mann hat keine schweren Verletzungen. Er ist einfach eine jämmerliche, auf sich selbst bezogene Gestalt, der jegliches Interesse an anderen Menschen abgeht. Wie er überhaupt jemals eine Verlobte abbekommen hat, ist mir ein Rätsel. Das stärkt mein vielleicht typisch holländisches Vorurteil, dass in solch einem Fall nur Familie, Geld und Titel dahinterstecken können. Menschliche Qualitäten sind es jedenfalls nicht.« Heerenvagen öffnete seine Tür. »Darüber hinaus ist er ein erbärmlicher Feigling und hat vor irgendetwas höllische Angst. Aber zitieren Sie mich nicht, meine Herren. Sie finden den Weg?« Nach einem kurzen Winken schloss er hinter sich die Tür.

Die drei Männer verließen die Charité wieder durch den Haupteingang. Vorweg steuerte zielgerichtet durch das Tor, bog um eine Ecke und führte seine beiden Begleiter in eine Trinkhalle. Nachdem er sein Leichtbier zur Hälfte ausgetrunken hatte, wandte er sich an Johann und Wilhelm, ohne viel Tadel, aber doch mit Schärfe in der Stimme. »Wenn ich sage, dass ich ein Gespräch allein führe, dann meine ich das auch so. Ich bitte darum, das in Zukunft streng zu beachten.« Er nahm einen weiteren Schluck. »Nun, die Herren? Ihnen ist doch sicher einiges aufgefallen, oder?«

Wilhelm nickte. Er und Johann hatten ebenfalls ein Leichtbier bestellt und gleich gezahlt. »Ich war, offen gestanden, sehr verwundert, wie zurückhaltend Sie den Baron angesprochen haben.«

Johann sah erstaunt zu seinem Freund: »Das wundert mich nicht. Musste er ihm doch eine schlimme Nachricht überbringen.«

»Das meine ich nicht, Johann. Herr Vorweg hat zunächst nur über den Unfall gesprochen, und das in einer für einen Polizisten, nun ja, nicht gerade üblichen Höflichkeit.«

Vorweg grinste in sein Bier. »Ihr Eindruck täuscht nicht. Ich wollte ihn zum Reden bringen, und dafür empfiehlt es sich, Belanglosigkeiten zu nutzen.«

»Der Unfall belanglos?« Johann vergaß das Bier in seiner Hand.

»Belanglos, allerdings.« Vorweg nickte. »Wir haben doch von Dr. Heerenvagen bereits alles Wissenswerte über den Vorfall erfahren. So habe ich die Gelegenheit genutzt, den Baron dabei zu beobachten, wie er die Wahrheit sagen würde. Denn ob er das tat, würden wir ja bereits wissen.«

»Zu welchem Zweck?« Wilhelm war interessiert. Dieser Vorweg verfügte offensichtlich über weitaus mehr Fähigkeiten, als er ihm ohnehin zugetraut hatte.

»Zum Zwecke des Vergleichs.« Vorweg bestellte sich noch ein Leichtbier. »So fallen mir die Veränderungen leichter auf, wenn er etwa die Unwahrheit sagt oder etwas verschweigt. Es ist ein Irrglaube, dass man die Lüge selbst erkennt. Starrt Ihnen jemand direkt in die Augen, heißt das nicht, dass er lügt. Vielleicht starrt er immer so? Jemand rutscht auf dem Stuhl herum, schaut immer woandershin, greift sich an die Nase – all das sind Zeichen von Anspannung. Diese Zeichen treten natürlich auch dann auf, wenn jemand lügt. Lügen ist eine geistige Höchstleistung. Der Lügner muss sich eine Geschichte ausdenken und dabei bleiben. Das Risiko, etwas zu vergessen oder falsch zu wiederholen, ist groß und führt wieder zu mehr Anspannung. Und diese Anspannung können wir sehen. Insbesondere dann, wenn sie nach einer Phase der Ruhe auftritt. Ich muss aber den Grund finden und daher das Gespräch ab und an variieren. Jemand erzählt eine langweilige Geschichte und ist dabei angespannt? Jemand schildert aufregende Ereignisse und ist dabei kalt wie ein Fisch? Hier werde ich hellhörig.«

Vorweg hob die Hand. »Ich weiß, was Sie sagen wollen, Herr Schmidt. Man kann immer alles falsch deuten. Jemand presst die Beine aneinander: Nervös? Oder muss er mal pissen? Ich frage also weiter und beobachte. Ich achte auf Gestik und Mimik. Ich stelle sicher, dass ich jede Reaktion beobachten kann. Die Hände zum Beispiel sind sehr interessant. Fuchtelt er damit herum? Legt er sie ineinander, oder ballt er sie zu Fäusten? Jeder Mensch verhält sich anders, jeder hat sich Körperhaltungen angewöhnt. Aber wenn jemand sein Verhalten ändert, fällt das auf. Das betrifft den Inhalt des Gesagten natürlich auch.«

»Den Inhalt?« Johann war sich nicht sicher, ob er Vorweg folgen konnte.

»Ich achte nicht nur darauf, *wie* jemand etwas sagt. Im Vordergrund steht natürlich, *was* er sagt. Und Lügen ist sehr anstrengend. Man muss sich auf die Fragen konzentrieren, eine gelogene Antwort geben und seine Geschichte darauf aufbauen und immer wieder abgleichen. Darüber vergisst man zwangsläufig die Kontrolle über den Körper, wodurch man sich wiederum verraten kann.« Vorweg stellte sein Glas ab und warf einen Blick auf die ausgestellten Tageszeitungen.

»Mir war, offen gestanden, nicht bewusst, dass die Kriminalpolizei sich dermaßen tiefgreifende Gedanken macht.« Wilhelm war tatsächlich beeindruckt. Was wusste er sonst noch alles nicht über die Tätigkeit, der er gerade nachging?

Vorweg sah ihn kurz an. »Kriminaldirektor Herford legt Wert auf eine fachlich umfassende Ausbildung der Kriminalbeamten. Es soll in Zukunft nicht mehr reichen, von Adel zu sein und studiert zu haben, um eine hohe Position zu erreichen.«

Wilhelm schluckte. Der Wink war überdeutlich. Natürlich hatte Vorweg ihm in der praktischen Arbeit einiges voraus. Wilhelm kannte sich in den meisten juristischen Fragen, insbesondere beim Strafrecht, bestens aus. Ebenso waren ihm Aufgaben und Struktur der Polizei geläufig. Aber die eigentliche Polizeiarbeit, jenseits der gesetzlich fixierten Vorschriften, war ihm neu.

»Wir stehen mit der Ausbildung unserer Beamten noch am Anfang«, räumte Vorweg ein, »aber seit einiger Zeit gibt es Lehrgänge und Bücher. Wir lernen, wie man Hausdurchsuchungen durchführt, wie man observiert, was Begriffe der Gaunersprache bedeuten oder wie man einen Zeugen vernimmt. Der Unterschied zur Schutzpolizei ist bereits erkennbar. Die hält sich nicht mit solchen Feinheiten auf. Da wird der Verdächtige kurz durchgeschüttelt und gesteht dann schon.«

»Aber hier war ja nichts zu gestehen.« Johann starrte auf sein leeres Glas.

»Vielleicht nicht.« Wilhelm dachte nach. »Aber darum ging es auch nicht. Es war eher notwendig, Informationen zu sammeln und dabei einen Eindruck vom Baron zu bekommen.«

Vorweg nickte. »Und welchen Eindruck hatten Sie?«

»Er hat Angst, und er hat gelogen.«

»In welchem Zusammenhang?«

»Als er über den Vorfall letzte Woche sprach. Er spielte alles als Missverständnis herunter, während wir doch wissen, dass er mit voller Absicht zusammengeschlagen wurde.«

»Das sehe ich auch so.« Vorweg nickte. »Und was schlussfolgern Sie daraus?«

»Dass er vor diesen Leuten Angst hat.« Johann rang sich zu einer weiteren Bestellung durch.

»Und dass er damit rechnet, dass sich ein solcher Vorfall erneut ereignen kann«, ergänzte Wilhelm. »Oder sich vielmehr mit der Bombe bereits ereignet hat.«

»Die aber eher eine Warnung darstellen sollte, wie wir bereits übereingekommen sind. Erst zusammengeschlagen, dann eine Bombe, dann …« Vorweg sah fragend in die Runde.

»Doch aus welchem Grund?«, fragte Johann.

»Das wissen wir nicht. Wettschulden, Spielschulden? Eine Streitigkeit mit einem Geschäftspartner oder Konkurrenten? Den möglichen Liebhaber der Gräfin sollten wir auch nicht außer Acht lassen. Wir haben noch viel zu tun.« Vorweg stand auf und legte einige Münzen auf den Tresen.

»Die politischen Verwicklungen nicht zu vergessen«, sagte Wilhelm.

»Ja.« Vorweg schüttelte verstimmt den Kopf. »Man wird schon dafür sorgen, dass wir die nicht vergessen. Und das bereitet mir bereits jetzt Kopfschmerzen.«

Sie betraten die Straße. Die Sonne schien ihnen direkt in die Augen. Die Kühle der Trinkhalle erschien mit jeder Sekunde attraktiver.

»Nun. Die Herren haben noch einen Termin in der Universität?«

Wilhelm und Johann nickten.

»Dann sehe ich mir noch einmal die sichergestellten Beweisstücke an. Wir sehen uns morgen Vormittag im Büro. Gegen zehn Uhr werden wir bei den Politischen erwartet.« Vorweg setzte die Hand an den Hut, beugte sich kurz vor, drehte sich um und verschwand in der Menschenmenge, die in Richtung Innenstadt strebte.

12

»Akkurat« war der Begriff, der Wilhelm sofort einfiel, als er sich in dem blitzsauberen und aufgeräumten Labor umsah, in dem Johanns Bekannter Adolf Baeyer sie empfing. An den Wänden reihten sich Regale mit penibel gespülten Gläsern aller Größen. Zwei Tafeln waren über und über mit Formeln und Gleichungen beschrieben, aber offensichtlich nicht mit eiliger Hand, sondern sorgfältig und methodisch formuliert.

Zwar roch es in dem großen Raum anfangs geradezu penetrant, weshalb die beiden Besucher dankbar für die geöffneten Fenster waren, die nicht nur reichlich Licht, sondern auch frische Luft in den Raum ließen. Der Gestank verwandelte sich aber erst in einen üblen Geruch und verzog sich wenig später.

Baeyers weißer Kittel war zerknittert, angesengt und bekleckert und verstärkte doch den Eindruck einer zutiefst konzentrierten und fokussierten Person. Der kleine Querbinder war ebenso ordentlich gebunden, wie der kurze Kinnbart gestutzt und das Haar streng gescheitelt war. Die hellwachen blauen Augen mit den Lachfalten verrieten, dass sich hinter der peinlichen Ordnung kein geistloser Pedant, sondern ein aufgeräumter Charakter verbarg.

»Wenn Baeyer einen Fehler hat«, so hatte Johann Wilhelm auf dem Weg zur Universität gewarnt, »dann den, nicht mehr aufhören zu können, wenn er einmal eine Rede begonnen hat. Bisweilen fällt er in dem Bestreben, seinem Gegenüber immer mehr Wissenswertes und Bedenkenswertes zu übermitteln, von einem Thema ins nächste und kommt nur mit gutem Glück auf das eigentliche Anliegen zurück.«

»Ich werde wohl zu Bunsen nach Heidelberg gehen«, hatte Baeyer nach einer kurzen Begrüßung dann auch gleich gesagt. »Mathematik und Physik hatte ich bereits, mit Chemie aber sieht es derzeit in Berlin nicht besonders gut aus. Bunsen ist der Beste in ganz Deutschland. Er hat schon vor Jahren eine salpetersäurehaltige Zink-Kohle-Zelle erfunden, die eine elektrische Spannung erzeugt, mit der man zum Beispiel einen Raum beleuchten kann. Sehr bemerkenswert.«

»Hat er nicht auch einen Brenner entwickelt?« Johann fürchtete, dass Baeyer sich in Rage reden und in seinem Vortrag nicht mehr aufhören würde. »Wie ich gehört habe, soll er jetzt überall in den Laboren eingesetzt werden.«

»Nicht ganz.« Baeyer schüttelte den Kopf. »Erfunden wurde der Brenner von Michael Faraday, dem Mann mit dem Käfig. Interessant übrigens: Im Januar 1836 baute Faraday einen Würfel mit zwölf Fuß Seitenlänge aus leichten Holzrahmen auf. Die Seitenflächen waren netzartig mit Kupferdraht bespannt und mit Papier verkleidet. Um ihn vom Untergrund zu isolieren, stand er auf Glasfüßen. Faraday verband den Würfel mit einer Elektrisiermaschine, um ihn elektrisch zu laden. Anschließend begab er sich mit einem Goldblatt-Elektrometer in das Innere des Würfels und konnte nachweisen, dass es komplett frei von Elektrizität war. Bemerkenswert … Wie auch immer. Der von ihm konstruierte Brenner wurde von Peter Desaga, dem Laborassistenten von Bunsen, verbessert und nach dessen Herrn und Meister benannt.«

Wilhelm war in der Zwischenzeit im Labor umhergegangen und hatte einige aufgeschlagene Bücher inspiziert. Jetzt drehte er sich um und meinte freundlich: »Dann haben wir Glück, dass Sie noch nicht abgereist sind, denn wir könnten Ihre Hilfe brauchen. Zum Beispiel bei diesen Stücken, die wir für Teile einer Taschenuhr halten.« Er ging zu einem halbwegs freien Tisch und breitete die Fundstücke aus.

Baeyer unterbrach augenblicklich seinen Vortrag und kam interessiert näher. Zunächst nahm er einige Stücke in die Hand, dann schnüffelte er an ihnen. »Ist das alles, was ihr gefunden habt?«

Johann nickte, und Baeyer fuhr mit bedauerndem Stirnrunzeln fort: »Das ist schade. Hättet ihr mehr gefunden, zum Beispiel die Rückseite der Taschenuhr, könntet ihr vielleicht den Hersteller und vielleicht sogar den Käufer der Uhr finden.«

»Also doch eine Taschenuhr?«

»Möglich. Falls ja, eines der neueren Modelle mit Silbergehäuse und industriell gefertigt. Im Gegensatz zu den älteren Modellen, von denen nur die beste Qualität signiert war, also einen Firmennamen trug oder ein Zeichen aufwies, könnte hier eine Seriennummer eingraviert gewesen sein. Wüssten wir deren Hersteller, könnten wir den Uhrmachermeister ermitteln, der die Uhr verkauft hat. Das Fabrikat ist nicht gerade billig, aber doch weit verbreitet. Ein Unteroffizier etwa, ein Bürger oder auch ein wohlhabender Bauer auf dem Land könnten sich das Modell ohne Weiteres leisten. Es handelt sich mit ziemlicher Sicherheit um eine gewöhnliche Savonnette mit Aufsprungdeckel und seitlicher Aufzugskrone. Das Uhrwerk wurde entnommen und als Zünder verwendet. Würde ich auch so machen, wenn ich etwas in die Luft sprengen wollte.«

»Tatsächlich? Wieso?«

Baeyer grinste. »Nun, zunächst möchte ich, wenn der Sprengsatz explodiert, vor allem woanders sein. Das setzt voraus, dass er erst zur Explosion gebracht wird, wenn ich weg bin – wodurch wir einen Zeitzünder benötigen. Der einfachste und bekannteste ist die Zündschnur. Allerdings ist ihre Verwendung unsicher, vieles kann dazwischenkommen. Folglich ist sie meist kurz, wie die Zeitspanne, in der ich mich in Sicherheit bringen kann. Das wäre die pyrotechnische Möglichkeit.«

Baeyer ging zu einer der Tafeln, suchte sich eine freie Stelle und skizzierte einige Dinge. »Als Nächstes hätten wir chemische Zeitzünder. Sie funktionieren auf Basis zweier chemischer Substanzen, die langsam miteinander reagieren und eine Initialzündung auslösen. Allerdings ist deren Eintritt nicht genau bestimmbar. Hier ist die Temperatur ein wesentlicher Faktor. Bei niedrigen Temperaturen verläuft die chemische Reaktion langsamer, bei hoher entsprechend schneller ab. Man stellt also eine solche Bombe besser nicht auf einen Kaminsims.« Er wies auf die zweite Zeichnung. »Am zuverlässigsten sind mechanische Zünder. Sie arbeiten meist mit einem Federmechanismus, vergleichbar einer Taschenuhr. Zu einem vorbestimmten Zeitpunkt nach Start des Mechanismus wird die Zündung des Sprengsatzes ausgelöst. Hier gibt es auch materialbedingte Schwankungen, sie sind aber in der Regel vernachlässigbar. Moment.«

Er zögerte und nahm ein verbogenes und angeschmolzenes Metallstück in die Hand. »Mir scheint das Uhrwerk recht groß zu sein, möglicherweise zu groß für eine Taschenuhr, und dieses Teil hier … das passt nicht in eine handelsübliche Taschenuhr. Vielleicht ist es ja doch älter.«

Baeyer ging nachdenklich umher und drehte sich nach einigen Augenblicken herum. Ein stolzes Lächeln erschien auf seinem Gesicht. »Ich hab's! Mein Vater war Offizier, und als solcher hatte er einen Offizierswecker. Sie wurden angeschafft, damit Offiziere, die außerhalb der Kasernen schlafen, pünktlich zum Morgenappell erscheinen. In wohlhabenden Kreisen werden sie auch als Reisebegleiter genutzt. Sehr dekorativ, diese Dinger. Sie bestehen aus einem metallenen Kasten mit Seitenwänden aus Glas, sodass das Werk zu sehen ist. Es ist ziemlich einfach herauszunehmen. Ja, das könnte es sein.«

Auf der Tafel war mittlerweile die Skizze einer kleinen Standuhr erschienen. Wilhelm nickte. »Mein Vater besitzt auch so eine

Uhr. An dem Knopf oben zieht man das Werk auf. Um den Wecker zu nutzen, öffnet man das Deckglas und stellt den kleinen Zeiger auf die gewünschte Zeit ein. Wenn der Stundenzeiger den kleinen Zeiger erreicht hat, wird im Inneren ein Hebel umgestellt, und eine Walze beginnt, ein Lied zu spielen. In unserem Fall war es der *Grenadiermarsch* von 1791.«

Baeyer war gedanklich bereits einige Schritte weiter und hatte sich dem nächsten Problem zugewandt. »Ich habe keinen Sprengstoff gefunden. Aber ihr habt den Knallzucker richtig gerochen. Eigenartiges Zeug. Irgendwo hier habe ich eine Abhandlung darüber …« Er trat an einen Schrank und blätterte in mehreren Unterlagen. »Ich bitte, die Unordnung zu entschuldigen. Ach ja, hier. Aus dem *Journal de Pharmacie*, Februar 1849. Mal sehen, was der Herr Kollege so schreibt. Soll ich vorlesen?«

Baeyer wartete keine Antwort ab, sondern übersetzte, während er las:

»Wenn man Zucker mit einer Mischung von konzentrierter Schwefelsäure und Salpetersäure behandelt, entsteht ein eigentümlicher Körper, welcher dem gewöhnlichen Harz sehr ähnlich ist, nicht nur in seinen physischen Eigenschaften, sondern auch durch seine Auflöslichkeit in Alkohol, Äther und flüchtigen Ölen und durch seine Unauflöslichkeit in Wasser. Diese Substanz ist aber sehr entzündbar und explodierbar und besitzt mehrere Eigenschaften des berühmten griechischen Feuers. Ich habe sie zur Verfertigung von Bombenzündern benutzt, ferner, um Schießpulver und Feuerwerksstücke gegen Feuchtigkeit zu schützen. Als Zünder angewandt, entzündet sie sich leicht, verbrennt sehr regelmäßig und scheint auf keine Weise ausgelöscht werden zu können.«

Er hob den Zeigefinger und las sogleich weiter:

»Besonders schätzbar ist aber diese Substanz, um das Pulver gegen Feuchtigkeit und deren Folgen zu schützen; das beste Verfahren, sie hierzu anzuwenden, besteht darin, das Pulver einige Sekunden in eine Auflösung von Knallzucker in Alkohol zu tauchen, es dann herauszunehmen und bei gelinder Wärme, nämlich 39° Reaumur, trocknen zu lassen; übrigens kann man auch ohne Gefahr eine Temperatur von 80° Reaumur anwenden. Auf diese Art wird das Pulver mit einer Schicht von sehr entzündbarem Firnis überzogen, welcher in Wasser unauflöslich ist; derselbe kann deshalb das Pulver nicht durchdringen, dessen Explodierbarkeit durch diese Behandlung eher erhöht als vermindert wird.«

Er sah auf. »Und so weiter und so fort. Noch eines ist für euch sicherlich interessant:

Nach folgendem Verfahren gelang mir die Bereitung dieses Körpers am besten. Man macht eine Mischung von sechzehn Teilen konzentrierter Schwefelsäure und acht Teilen Salpetersäure; man stellt dieselbe in kaltes Wasser, und wenn die Temperatur auf 12° Reaumur herabgesunken ist, setzt man unter Umrühren einen Teil feingepulverten Zucker zu, welcher in einigen Sekunden teigig wird; diesen Teig nimmt man heraus und wirft ihn in kaltes Wasser; man kann dann der Säurenmischung mehr Zucker zusetzen und sie auf dieselbe Art behandeln. Man wäscht hierauf das Produkt in Wasser und löst es in Alkohol auf; die Flüssigkeit versetzt man in Überschuss mit einer Auflösung von kohlensaurem Kali, welche die fragliche Substanz ausfällt und die nicht mit ihr verbundene Säure neutralisiert. Nachdem man sie sorgfältig mit Wasser ausgewaschen hat, löst man sie in Alkohol auf und lässt die Flüssigkeit bis zur Trockenheit verdampfen. Der Rückstand muss die Durchsichtigkeit und allgemeinen Eigenschaften des Kolophoniums besitzen.«

Baeyer legte das Journal zur Seite. »Ein schlauer Kopf, dieser Kollege. Das Militär wird sich gefreut haben, sein Pulver fortan einfacher trocken halten zu können. Ich glaube, die Artillerie hat eine Zeit lang mit diesem Zünder experimentiert. Da ich weiter nichts davon gehört habe, gehe ich aber davon aus, dass dieser Weg nicht weiter verfolgt wurde. Eurer Schilderung nach zu urteilen, wurde eine ziemlich große Menge eingesetzt, zu viel für einen Zünder jedenfalls.«

»Wie ist der Täter dabei vorgegangen?«, fragte Johann, obwohl er die Antwort bereits ahnte.

Baeyer zuckte mit den Schultern. »Das ist nicht weiter schwierig. Man verbindet das Uhrwerk mit einem Zündhütchen, das auf dem Knallzuckergemisch platziert wird. Die Uhr wird auf die Weckzeit eingestellt. Der Zeiger löst eine Feder aus, die diesmal nicht auf die Spielwalze, sondern auf das Zündhütchen schlägt. Der minimale Funke genügt, um das Gemisch zum Brennen zu bringen. Oder zur Explosion.«

»Die Täter wussten also, was sie taten?«

»Allerdings. Nur wundert es mich, dass kein Pulver benutzt wurde. Wenn ich es ordentlich krachen lassen wollte, würde ich jedenfalls auch Pulver verwenden. Und wenn es nur ein wenig Lärm machen sollte, würde auch weniger Knallzucker reichen. Ich schließe daraus, dass unser Bombenbastler zwar grundsätzlich wusste, was er tat, aber nicht über viel Erfahrung mit Knallzucker verfügte. Ich schätze, er hat sich bei der Menge vertan, was zu einer größeren Explosion geführt haben dürfte.«

»Stimmt.« Wilhelm nickte. »Das Zimmer war ziemlich verwüstet, hauptsächlich durch umherfliegende Teile. Allerdings war eines der Fenster komplett unbeschädigt.«

»Die Dame befand sich wohl an einem Fenster? Liegen sie nebeneinander?«

Wilhelm dachte nach. »Sie muss an dem Fenster gestanden haben, das fast komplett zerstört wurde. Sie wurde herausgeschleudert. Das andere Fenster befindet sich vielleicht sieben Fuß links daneben, dazwischen stand ein Sekretär.«

»Herausgeschleudert? Meine Güte. Wie Sie sagten – sie wird wohl am Fenster gestanden haben, als die Bombe explodierte. Durchaus möglich, dass sie hinausfiel, wenn sie zum Beispiel an der Brüstung gelehnt hat. Was die Schäden betrifft: Eine Explosion breitet sich normalerweise nach allen Seiten gleichmäßig aus. Befindet sich auf dem Weg ein Hindernis, zum Beispiel eine Wand, sucht sie sich einen anderen Weg. Es mag erstaunlich sein, aber nicht selten bleiben manche Körper in unmittelbarer Nähe der Explosion unversehrt, während andere, weiter entfernte, komplett zerstört sind.«

Johann schaltete sich ein. »Und wer ist in der Lage, eine solche Maschine zu konstruieren?«

Baeyer sah in die Luft. »Uhrmacher, Werkzeugmacher, Bergleute, jede Menge Leute. Und natürlich Soldaten, die ihren Dienst bei den Sappeuren verrichtet haben. Eine große Auswahl, meine Herren.«

Wenig später kehrte Wilhelm ein wenig müde, aber erfüllt von den Ereignissen des Tages nach Hause zurück. In der Küche fand er eine Kanne Tee vor, die auf dem Herd warm gehalten wurde. Neben der Tasse auf dem Tisch, an das Zuckerglas gelehnt, entdeckte er zwei an ihn adressierte Billets und neben einem Teller mit frischem Kuchen einen Zettel von Frau Brenke. Auf diesem teilte seine Hauswirtin ihm mit, dass sie noch einmal zu ihrer

Schwester müsse und spät zurückkehren werde. Das Abendessen werde daher leider kalt ausfallen, sie hoffe aber, dass der Kuchen eine kleine Entschädigung darstelle.

Wilhelm legte den Rock ab, füllte eine Tasse mit Tee und setzte sich an den Tisch. Er biss in eines der beiden Stücke Kuchen und öffnete das erste Billet. Vorweg teilte ihm darin mit, dass Mersdorf aus der Charité verschwunden, aber am Bahnhof aufgegriffen worden sei, als er den Zug nach Köthen besteigen wollte. Wilhelm wusste, dass routinemäßig alle Bahnhöfe informiert wurden, wenn Personen die Stadt nicht verlassen sollten. Auch die Angestellten der Berlin-Anhaltischen Eisenbahn-Gesellschaft am Anhalter Bahnhof hatten also Bescheid gewusst und die angegebene Polizeidienststelle benachrichtigt. Mersdorf saß laut Billet nun in der Stadtvogtei, und Vorweg beabsichtigte, ihn am nächsten Tag noch einmal zu verhören. Wilhelm solle am Nachmittag gegen drei Uhr an der Vernehmung teilnehmen.

Nachdenklich lehnte er sich zurück und rührte mit dem Löffel in der Tasse. Warum wollte Mersdorf so überstürzt abreisen? Die Berlin-Anhaltische war in den letzten Jahren immer mehr ausgebaut worden. Mittlerweile konnte man in südliche Richtung bis nach Köthen und Riesa fahren. Von Köthen gelangte man nach Halle und Leipzig, von Riesa aus konnte man Dresden erreichen, wenn auch vorerst nur mit der Postkutsche. Von Leipzig allerdings konnte man einen Zug der Leipzig-Dresdner Eisenbahn-Compagnie nach Dresden nehmen. Von dort kam man ohne Schwierigkeiten nach Prag und weiter nach Wien. Hatte Mersdorf also nach Hause fliehen wollen? Er würde ihn morgen danach fragen müssen.

Wilhelm nahm das zweite Billet. Es stammte von seinem Vater.

Mein lieber Junge. Ich würde mich freuen, Dich heute Abend um neun Uhr im hinteren Zimmer der Marchia zu treffen. Wir haben einige Dinge zu besprechen, die mir auf der Seele liegen. Dein Vater

Sein Vater war zur Session des Herrenhauses bereits seit zwei Wochen in der Stadt, es hatte sich bislang aber noch keine Gelegenheit zu einem Treffen ergeben.

Wilhelm seufzte. Es würde also nichts werden mit einer gemütlichen Stunde bei einem Buch im sommerlichen Garten. Und er würde sich beeilen müssen, denn das Corps Marchia, in dem sowohl Vater als auch Sohn Mitglied waren, hatte seinen Sitz in der Englischen Straße, weit hinter dem Tiergarten in der unmittelbaren Nachbarschaft der königlichen Porzellanmanufaktur. Um dorthin zu laufen, war es zu weit, und er würde den Pferdeomnibus oder eine der Mietdroschken nehmen müssen. Das allerdings konnte abenteuerlich werden. In den letzten Jahren hatte sich die Anzahl der Droschken in Berlin verzehnfacht. Der freie Wettbewerb hatte zahlreiche Einsparmaßnahmen zur Folge, und so waren viele Wagen schlecht gepflegt und die Pferde so abgemagert, dass die Kinder Berlins das Zählen an ihren Rippen lernen konnten. Und nicht selten kam es vor, dass die Polizei eine Droschke anhielt und auf der Stelle aus dem Verkehr zog, ganz gleichgültig, ob die Fahrt beendet war oder nicht. Es war wohl besser, gleich aufzubrechen.

13

Marchia war das älteste Corps in Berlin. Wilhelm hatte sich ein wenig mit seiner Geschichte beschäftigt und wusste daher, dass sich in ihm und seinen Vorläufern zunächst Studenten aus der Provinz Brandenburg versammelt hatten. Zum Zeitpunkt seines eigenen Eintritts hatte sich das Corps aber auch für Studenten aus anderen Ländern geöffnet. Wie andere Verbindungen, deren Tätigkeit nach dem Attentat eines Burschenschaftlers auf einen russischen Diplomaten verboten worden war, musste auch die Marchia sich einer Tarnung bedienen und als geselliges Bierkönigreich die Verbotszeit überdauern. Erst seit 1838 war das Corps wieder offiziell tätig, es kämpfte aber beständig gegen enormen Mitgliedermangel – und das, obwohl seinen Kreisen zahlreiche Persönlichkeiten des öffentlichen Lebens, darunter der amtierende Bürgermeister von Berlin, Heinrich Wilhelm Krausnick, und der ehemalige Finanzminister Graf Albrecht von Alvensleben entstammten, der – so wurde in der Stadt gemunkelt – vielleicht den derzeitigen Ministerpräsidenten Otto von Manteuffel beerben sollte.

Bis vor wenigen Tagen war Wilhelm noch Student gewesen und als Fuchsmajor regelmäßig ins Corpshaus gekommen. Ihm war klar gewesen, dass er nur mangels anderer Kandidaten in diese Position gewählt worden war, denn er hatte sich nicht gerade durch herausragendes Engagement im Corpsleben ausgezeichnet, obwohl er die Zeit mit den Brüdern für gewöhnlich genossen hatte. Insbesondere der Mensur war er möglichst aus dem Weg gegangen. Zwar hatte er wenig Angst davor, sich nach den Regeln zu schlagen und vielleicht eine Verletzung davonzutragen, dennoch machte er sich bei diesen Gelegenheiten rar, denn seiner Ansicht nach gehörte das Trainieren und Kämpfen in die Armee.

Heute waren nur zwei Corpsbrüder anwesend, die mit ihrer orange-weißen Mütze und dem orange-weiß-goldenen Couleurband vor zwei Gläsern Bier saßen und ihm freundlich zunickten. Einer von ihnen wies mit dem Daumen über die Schulter. »Dein alter Herr erwartet dich im Kaminzimmer.«

Orange gemusterte Wände mit dunklen Bücherregalen auf der einen und einer stattlichen Anzahl von Porträts und Gruppenbildern auf der anderen Seite umgaben einen weiß eingefassten Kamin, in dem ein Feuer sacht loderte. Ein Sofa und mehrere Sessel an kleinen Tischen standen im Raum, der vor allem gemütlich erscheinen wollte.

Wilhelms Vater sah von einem Buch auf, legte es zur Seite neben ein Glas, erhob sich und kam lächelnd auf ihn zu. »Lieber Wilhelm, ich grüße dich«, sagte er leise und umarmte seinen Sohn. Dieser besah seinen Vater und stellte mit Freude fest, dass die Erkältung, die ihn noch vor drei Wochen bei ihrem letzten Treffen in Neugutzow gequält hatte, keine Spuren zurückgelassen hatte.

Wie immer sahen ihn klare blaue Augen aus einem glatten und straffen Gesicht an. Nur die kurzen weißen Haare mit den größer gewordenen Geheimratsecken verrieten das Alter von fünfundsechzig Jahren. Friedrich Wilhelm Freiherr von der Heyden hielt sich kerzengerade, wie er es als Offizier erlernt und verinnerlicht hatte. Sein zurückhaltendes und allseits als zuvorkommend gepriesenes Wesen hatte seinen Ursprung aber nicht nur in der militärischen Disziplin, sondern auch in der Bildung, die er, nicht gerade gewöhnlich für seine Herkunft als Junker vom flachen Lande, in seiner Jugendzeit hatte genießen dürfen. Er war bewandert in Geschichte, insbesondere der römischen und griechischen, kannte die Schriften von Winckelmann, Lessing, Schiller und Goethe und hatte auch in seiner Dienstzeit nicht mit dem Lernen aufgehört, sondern sich mit Geografie, Geologie und Altertumswissenschaften beschäftigt. Auf die Übernahme des väterlichen Gutes – nunmehr in der vierzehnten Generation – war er durch das Studium zahlreicher Bücher und Zeitschriften weitgehend vorbereitet. Erst kürzlich hatte er, wie Wilhelm wusste, die neuen *Pomologischen Monatshefte* von Oberdieck und Lucas in Stuttgart abonniert, um seine Kenntnisse in Züchtung und Anbau verschiedenster Obstsorten zu erweitern.

Dennoch blieb Wilhelm der Schatten um die Augen seines Vaters ebenso wenig verborgen wie die Falten, die in den Winkeln nun doch deutlich zu sehen waren.

»Komm, setzen wir uns an den Kamin und gönnen uns ein Glas des bayerischen Importbiers. Kannst du noch etwas Holz nachlegen?«

Während Wilhelm der Bitte nachkam, schenkte sein Vater Bier in zwei Krüge, ließ sich in einen Sessel sinken und prostete ihm zu. Eine Zeit lang starrte er ins Feuer und schwieg. »Ich habe gehört, dass ich dir zu einem guten Examen gratulieren darf«, sagte er schließlich. »Das freut mich sehr, und deine Mutter wird es umso mehr freuen. Sie kann es gar nicht erwarten, bald mit einem Referendar in der Gesellschaft reüssieren zu können. Weißt du schon, wie es weitergeht?«

Wilhelm nickte. »Ich nehme an, dass ich in zwei Monaten Auskultator werden könnte, eine Bestätigung habe ich aber noch nicht.«

»Wohin wird es gehen?«

»Das ist ebenfalls noch nicht klar. Es könnte die Rheinprovinz werden, wo dann auch Stellen für ein Referendariat vorhanden sein sollen.«

»Anschließend Ernennung zum Assessor, nicht wahr? Und dann? Staatsanwalt, Richter oder anderweitig im Staatsdienst?«

Wilhelm lachte. »Aber Vater, ehe ich Assessor werde, gehen vier Jahre ins Land! Wer weiß, was bis dahin geschieht.«

Der Vater lächelte. »Ich habe mit August gesprochen. Er sagte mir, dass er dich für ein kleines Unternehmen angeheuert hat?«

Berlin ist wirklich klein, dachte Wilhelm. Obwohl hier bereits fast eine halbe Million Menschen lebten, schien man sich andauernd über den Weg zu laufen. »Ja, Vater, das stimmt«, bestätigte er und erzählte, wie er unvermutet mit Johann Zeuge der Explosion geworden und was danach passiert war. Er berichtete von der Erkundung der Wohnung, von seinem Gespräch mit Vorweg und vom Eintreffen Herfords. Sein Vater trank ruhig sein Bier und hörte weiter zu, als er vom heutigen Tag und den gewonnenen Erkenntnissen berichtete.

»Und Franz Karl ist mit von der Partie?«, fragte der Vater zwischendurch. »Ich glaube nicht, dass dir das viel Freude bereiten wird.«

Wilhelm stimmte zu, wollte aber weder über diesen unerfreulichen Umstand und dessen mögliche Folgen nachdenken, noch diese Thematik mit seinem Vater erörtern. Deshalb erwähnte er schnell, dass das Opfer ebenso wie sein Verlobter aus Österreich stammte.

Von der Heyden senior dachte einen Augenblick nach. »Mir ist weder die eine noch die andere Familie bekannt. Aber wenn diesem Mersdorf und seiner Sippschaft Betriebe und Bergwerke in Schlesien gehören, er in unserer Hauptstadt eine Niederlassung führt und anscheinend gute Geschäfte macht, ist er keine kleine Nummer. Deshalb glaube ich, dass euch recht bald Ärger in Gestalt des österreichischen Gesandten ins Haus stehen dürfte.«

»Ich bezweifle, dass sich die Gesandtschaft so viele Gedanken um eine zwar talentierte, aber noch unbekannte Künstlerin machen dürfte«, sagte Wilhelm.

»Um eine Künstlerin vielleicht nicht. Um einen Industriemagnaten und seine Interessen in unserem Land schon eher«, gab sein Vater zu bedenken. »Und du darfst auch nicht die Familie des Opfers vergessen: Je bedeutender sie ist, desto mehr Unruhe wird dieses Vorkommnis in die Diplomatie bringen. Es ist jedenfalls ein willkommener Anlass für bestimmte Kreise, bestimmte Dinge zu forcieren.«

Wilhelm trank einen Schluck. »Du sprichst in Rätseln, Vater.«

»Keineswegs. Ich habe nur Möglichkeiten angedeutet. Diese müssen überhaupt nichts mit der Sache zu tun haben. Der Umstand, dass dieses, nun ja, Vorkommnis überhaupt stattgefunden hat, kann in diplomatischen Kreisen genutzt werden, um ganz andere Dinge aufs Tapet zu bringen.«

»Es könnte sich also um einen Anlass für was auch immer handeln?«

»Ganz genau, mein Junge.« Der Vater nickte. »Und, wie gesagt, je bedeutender die Familie, desto gewichtiger der Anlass für was auch immer.« Er sah sich um. »Was meinst du – ob sich in diesem Haus vielleicht etwas Kaffee auftreiben lässt?«

»Zu solch später Stunde wohl kaum, aber ich sehe einmal zu, was ich machen kann.«

Eine Minute später kehrte Wilhelm mit einer angebrochenen Flasche Cognac zurück, die er mit Hilfe der beiden Verbindungsbrüder hatte auftreiben können, und fand einen nachdenklichen Vater vor.

»Weißt du«, sinnierte er, nachdem Wilhelm zwei kleine Gläser mehr als üblich gefüllt hatte, »von diesen Bukowina-Dingen verstehe ich nichts. Mir ist auch nicht ganz klar, was die junge Dame hier in Berlin eigentlich gemacht hat.«

»Wie meinst du das?« Wilhelm war erstaunt. »Was soll eine

junge Frau schon machen, die ihren Verlobten in eine fremde Stadt begleitet? Sie besucht Empfänge, Salons und geht ihren Vorlieben mit neuen Freunden nach. Also genau das, was unser Opfer hier getan hat. Sie studierte weiter Malerei und war in die Gesellschaft eingeführt. Einmal hat sie es wohl bis zu Seiner Majestät geschafft.«

Der Vater strich sich zweifelnd über das Kinn. »Es ist schon ungewöhnlich, dass die beiden bereits als Verlobte und nicht erst als Verheiratete diesen Schritt unternommen haben. Und der Umstand, dass die österreichische Etikette deutlich strenger als die unsrige ist, macht aus diesem *Ungewöhnlich* bereits ein *Erstaunlich*. Und dann ist sie auch noch häufig allein unterwegs, jedenfalls ohne ihren Verlobten. Ist bei den Schadows zu finden, über sie mit dem König in Kontakt gekommen … Gehe ich recht in der Annahme, dass sie in ausgesuchten Salons verkehrte? Salons, in denen ab und an Vertreter aus dem Schloss anzutreffen sind?«

Wilhelm schüttelte den Kopf und grinste. »Das weiß ich nicht. Aber du wirst doch aus der jungen Dame nicht eine Spionin machen wollen?«

Sein Vater hob beide Hände. »Über die erforderliche Abenteuerlust dazu scheint sie jedenfalls verfügt zu haben. Und auch über das Geschick, die notwendigen Kontakte zu knüpfen. Aber natürlich will ich ihr da nichts unterstellen.« Er beugte sich vor, sah seinen Sohn fragend an und goss schließlich einige Tropfen Cognac in sein Glas. »Schließlich verfüge ich nicht über die erforderlichen Informationen dafür«, ergänzte er und lehnte sich zurück. »Wie auch immer. August hat es also geschafft, dich zur Mitarbeit zu bewegen? Wie um alles in der Welt, ist ihm das gelungen?«

»Damit.« Wilhelm steckte eine Hand in seine Tasche und legte die Dienstmarke auf den Tisch. »Ich bin jetzt offiziell königlich preußischer Polizeibeamter. Alle Bürger sind verpflichtet, meinen Anweisungen umgehend Folge zu leisten.« Er lächelte. »Dem konnte ich einfach nicht widerstehen.«

Sein Vater lächelte zurück. Er hatte die Ironie verstanden. Er zündete sich eine Zigarre an und betrachtete die Marke, die er langsam in den Fingern drehte. »Mein alter Freund August kann sehr überzeugend und gewinnend sein.« Er hielt Wilhelm die Marke hin und seine Hand fest, als dieser sie nehmen wollte. Er sah seinem Sohn in die Augen. »Gefällt es dir?«

Wilhelm zögerte mit der Antwort. »Es ist interessant«, sagte er schließlich. »Es ist im Grunde eine völlig andere Welt, eine Sammlung komplett neuer Erfahrungen. Und auch eine Herausforderung. Herford möchte etwas ganz Neues aufbauen, und daran mitzuwirken …«

»Ich verstehe.« Der Vater zog an der Zigarre und blies einen perfekten Ring in Richtung Decke. »Und ich hoffe, du glaubst mir, wenn ich dir sage, dass ich dir diese Erfahrung absolut gönne. Mehr noch, ich bin überzeugt, dass dir die Affäre bei einigem Geschick in deiner weiteren Laufbahn sehr zugutekommen wird. Wird sie erfolgreich zu Ende gebracht, ergibt sich vielleicht die eine oder andere Abkürzungsmöglichkeit. Männer mit deiner Ausbildung haben es schon zum Regierungspräsidenten gebracht, manche sind Richter geworden, viele im gut dotierten Staatsdienst. Deshalb glaube ich, dass du diese Sache zu Ende führen solltest.«

Wilhelm war bereits zum zweiten Mal während dieses Gesprächs überrascht.

Sein Vater sah ihm fest in die Augen. »Was man einmal begonnen hat, sollte man auch abschließen. Ich denke, dass ich dir diese Lebensweisheit schon lange beigebracht habe.« Er nickte nachdrücklich. »Dann sollte das Intermezzo aber auch beendet werden. Wenn du Glück hast, hast du dir bereits zu Beginn deiner Laufbahn im Staatsdienst einen Namen gemacht. Eigeninitiative, Engagement sowie die eine Fähigkeit hier und die eine Bekanntschaft da sind immer gern gesehen und nützlich. Auch wenn du zunächst in die Rheinprovinz gehen solltest, wird man sich deinen Namen hier in Berlin merken.«

Er betrachtete seinen Sohn aufmerksam. »Ich sehe dir an, dass meine Rede nicht deinen Beifall findet.« Er hob abwehrend die Hand, um Wilhelms pflichtschuldigen Protest zu unterbinden. »Ich merke doch, dass dich die Sache interessiert, und ich ahne, dass es nicht nur der Fall, sondern die Arbeit bei der Kriminalpolizei insgesamt ist. Nein, warte, und unterbrich mich nicht.«

Er zog erneut an der Zigarre und goss die Krüge noch einmal mit Bier voll. »Ich weiß, dass es bei der Polizei viel zu tun gibt. Und ich weiß, dass insbesondere bei der Kriminalpolizei jeden Tag Neues entdeckt und in die Arbeit eingebunden werden muss. Neue Möglichkeiten bei der Spurensuche, Systematisierung von Steckbriefen, eine ordnende Hand, die das alles anleiten und steuern muss … Ich weiß über vieles Bescheid.«

Er tupfte sich mit einem Taschentuch den Bierschaum von der Oberlippe. »Ich bin dabei, wenn Gesetze gemacht werden. Daher weiß ich um den Ausbau der Kriminalpolizei hier in Berlin und wie dringend gute Männer gesucht werden. Ich weiß aber auch, dass Institutionen geschaffen wurden und werden, in der Polizei und außerhalb in der Justiz, die miteinander in Konkurrenz treten. Du bist sicher über das leidliche Verhältnis informiert, in dem sich die Polizei und die noch junge Staatsanwaltschaft befinden. Jeder versucht, über den anderen die Oberhand zu gewinnen. Und wenn ich jetzt wetten müsste, würde ich nicht auf die Polizei wetten.«

Der Vater stand auf und begann im Zimmer umherzugehen. »Solche Auseinandersetzungen können heftig werden. Und wie in der Schlacht auch gibt es Plätze, die gefährlicher sind als andere. Vor allem die subalternen Offiziere sind in Gefahr. Sie marschieren vorn bei der Truppe mit und sind durch ihre Abzeichen besonders gut auszumachen. Sicherer leben die Kameraden des gleichen Dienstgrads, wenn sie im Stab arbeiten, denn der steht in der Regel einige Hundert Meter hinter den Linien. Ich gehe davon aus, dass du verstehst, worauf ich hinauswill?«

»Natürlich, Vater«, sagte Wilhelm leise. »Aber muss man nicht auch einmal ein Risiko eingehen?«

»Um was zu erreichen?« Der Vater setzte seinen Rundgang fort.

»Den Aufbau von etwas gänzlich Neuem in unserem Land? Eine effektive Verbrechensbekämpfung nach neuestem wissenschaftlichen Standard?«

Der Vater sah ihn prüfend an und nickte schließlich. »Zweifellos ein großes Ziel. Und ein ehrenwertes dazu. Aber wirst du das als Polizeileutnant erreichen? Mit, wie ich hinzufügen muss, nur äußerst bescheidenen Aufstiegsmöglichkeiten? Eine Karriere in der Polizei erfordert sehr viel mehr Zeit als der Weg über die Referendariate, der den Einsatz in viele Gebiete der Verwaltung, der Gerichtsbarkeit oder auch der Politik ebnet und damit – letzten Endes – bares Geld bedeutet. Veränderungen werden nur in Spitzenpositionen durchgesetzt und, wenn es erforderlich sein sollte, auch überstanden.«

Der Vater ging zu seinem Sessel und setzte sich wieder. »Ich kenne einen Richter, der verdient dreitausend Taler im Jahr, ist Abgeordneter im Provinzlandtag und hat die Muße, nebenbei einige bemerkenswerte Bücher über lokale Archäologie zu verfassen. Er hat genau diesen Weg genommen. Wenn du ebenfalls diesen Weg beschreitest und deine Fähigkeit voll ausschöpfst – wer weiß, vielleicht kommst du dereinst als Polizeipräsident zurück. Dann bist du wie dieser Richter in der beneidenswerten

Lage, das zu tun, was du gern tun möchtest, und verfügst dennoch über ein ausreichend hohes Einkommen … denn das wirst du brauchen.«

Draußen ertönte immer lauter werdender Gesang. Den Stimmen nach zu urteilen, mussten mindestens fünf weitere Verbindungsbrüder eingetroffen sein.

Marchia, dir gehör ich
Mit Herz und auch mit Hand.
Auf deine Farben schwör ich,
Das Orange-Weiß-Güldene Band.
Marchia soll's beweisen,
Beweisen durch die Tat,
Des Brandenburger Herz und Eisen
Stets brav geschlagen hat.

Die Farbenstrophe, die alle Verbindungen mit individuellem Text nach derselben Melodie sangen, ging nahtlos ins *Gaudeamus igitur*, eines der ältesten und immer noch beliebten Studentenlieder, über.

»Wie meinst du das?«, fragte Wilhelm beunruhigt.

»Ich habe wohl eine große Dummheit begangen.« Der Vater räusperte sich. »Vor einigen Wochen habe ich in der Börse ein Gespräch zweier Herren nicht überhören können, da sie unmittelbar in meiner Nähe aufeinandertrafen. Nach einer kurzen Begrüßung kamen sie sofort zum Geschäft. Der eine, ein großer und ziemlich bulliger Mann, fragte seinen Gesprächspartner, ob dieser denn bereits alle erforderlichen Mittel beisammenhabe. Dieser Partner, wohl ein Anwalt oder Ähnliches, jedenfalls mit einem leicht missgestalteten Gesicht, verneinte und meinte, ihm fehlten noch etwa dreitausend Taler und er könne sie bislang nicht auftreiben. Der große Mann machte ihm daraufhin Vorhaltungen. Das Geld müsse rasch beschafft werden, spätestens Ende der Woche müsse der Wechsel ausgestellt sein, sonst sei das Geschäft geplatzt. Die Geschäftspartner im Badischen würden nicht mehr lange warten können. Jetzt seien die Preise noch niedrig, aber in zwei Wochen, wenn die Missernte absehbar wäre, müsse für das übrige Getreide viel mehr bezahlt werden. Würde man jetzt die Option ziehen, könne man das Getreide zum niedrigen Preis erwerben und woanders, zum Beispiel in Berlin, zum ortsüblichen Tarif, der jedenfalls höher liege, wieder verkaufen.«

»Moment.« Wilhelm steckte sich eine Zigarre an. »Im Badischen sind also derzeit die Getreidepreise niedrig. Man kann jetzt eine Option auf die Ernte kaufen. Da eine Missernte ins Haus steht, werden die Preise bei der Ernte aber wesentlich höher sein, höher als hier jedenfalls. Da man das Getreide bereits vorher zu einem geringeren Preis erworben hat, kann man es woanders, wo das Angebot ohnehin knapp und die Preise höher sind, mit höherem Gewinn verkaufen. Habe ich das so richtig verstanden?«

»Ganz recht, mein Junge. So ein Optionsgeschäft ist im Grunde immer eine Wette auf den Getreidepreis zum Zeitpunkt des Verkaufs. Ich habe so viel mitbekommen, dass die Leute im Badischen eine bestimmte Menge Getreide auf den Markt werfen wollten. Dieses Getreide wollten nun die beiden Männer in der Börse vorab erwerben und dann in Berlin verkaufen. Um das Geschäft zu tätigen, fehlten ihnen aber noch dreitausend Taler.«

»Lass mich raten –«

»Das brauchst du nicht. Was du dir denkst, ist genau so passiert. Ich bin an die Herren herangetreten und teilte ihnen mit, dass ich unabsichtlich Zeuge ihres Gesprächs und ihres Dilemmas geworden sei. Sie sind zunächst erschrocken und sagten mir, nachdem ich ihre Bedenken über meine Person zerstreuen konnte, dass es sich um ein sehr lukratives Geschäft handele und sie daher eigentlich größtes Stillschweigen wahren wollten. Allerdings gaben sie zu, in Schwierigkeiten zu stecken. Sie hatten ihre engsten Freunde bereits beteiligt, aber das erforderliche Geld war nicht zusammengekommen. Sie schienen ziemlich verzweifelt zu sein.«

»Ach, du meine Güte!« Wilhelm schüttelte den Kopf. Er konnte einfach nicht glauben, dass sein Vater auf diesen Trick hatte hereinfallen können.

»Ich weiß, ich weiß.« Seinem Vater war es nicht schwergefallen, seine Gedanken zu erraten. »Aber ein erster Überschlag ergab, dass bei diesem Geschäft bis zu dreißig Prozent Gewinn möglich wären. Und die Herren gaben mir auch ausreichend Zeit, mich zu informieren, ja, sie drängten mich geradezu dazu. Und so verabredeten wir uns auf den nächsten Abend. Bis dahin las ich alle Zeitungen, die mir in die Hände fielen, und telegrafierte sogar einige Börsen ab. Und es stimmte: Die Preise waren niedrig. Das mit der Ernteprognose war schon schwieriger, aber auch hier hieß es, dass mit großer Wahrscheinlichkeit die Ernte nicht gut ausfallen würde.«

»Aber dann wäre doch alles gut, oder?«

»Nein. Denn das Problem war das Datum.«

»Welches Datum?«

»Das Datum auf dem Kontrakt. Der Tag, an dem der Vorkauf geschehen sollte.«

Wilhelm verstand. Optionsgeschäfte waren nicht unüblich. Risikovoll, aber nicht unüblich. Es konnte funktionieren, wenn alle Annahmen im Wesentlichen eintraten und alle Geschäftspartner redlich miteinander umgingen. Der Produzent würde sein Getreide zu einem annehmbaren Garantiepreis verkaufen, sein Abnehmer würde seinen Profit an anderer Stelle erzielen. Wenn aber der Termin für einen Zeitpunkt vereinbart wurde, an dem die Getreidepreise gestiegen waren, erhielt der Abnehmer weniger Getreide. »Und du hast es nicht geprüft?«

»Nun …« Der Vater zögerte. Dann straffte er sich. »Wir haben uns in einem Café getroffen. Sie hatten die Papiere und ich das Geld, oder besser: den Wechsel. Es war ziemlich laut, ein ständiges Kommen und Gehen. Außerdem hat der Mann mit dem auffälligen Gesicht, ein gewisser Freier von Harthausen, in einer Tour gesprochen. Wie froh sie wären, einen geschätzten Geschäftspartner gefunden zu haben, wie gut die Aussichten auf einen formidablen Gewinn sind … Ja, ich weiß. All das hätte mich nicht abhalten sollen, die Papiere genauer zu prüfen. Langer Rede kurzer Sinn: Das Datum lag viel zu weit in der Zukunft. Ich habe letzten Endes viel zu wenig Getreide erworben und einen Verlust von bald zweitausend Talern gemacht.«

Wilhelm nickte langsam. »Das ist zweifellos ein schwerer Verlust. Aber er stellt doch sicher keinen tödlichen Schlag für Neugutzow dar.« Ihm wurde kalt bei dem Gedanken, eines Tages das Gut zu verlieren. Maries Brief kam ihm in den Sinn, in dem sie ihm vom Besuch eines Mannes mit auffälligem Furunkel bei ihrer Mutter berichtet hatte.

»Der Verlust würde uns zurückwerfen, wäre aber zu verschmerzen.« Der Vater schüttelte den Kopf und sah nachdenklich die Flüssigkeit an, die er langsam in seinem Glas kreisen ließ. »Aber dein Bruder hat ohnehin große Not, das Gut wirtschaftlich zu führen. Und vor zwei Wochen kam zu allem Überfluss zunächst ein Hagelschlag, und dann brannte auch noch die Scheune unten am Werder. Alles in allem verlieren wir dieses Jahr fast fünftausend Taler.«

»Was bedeutet das?«

»Der Tisch könnte zerschlagen werden, wir stehen kurz vor dem Bankrott. Wenn wir nicht Geld zur Deckung der nächsten Ausgaben auftreiben, werden wir wohl Teile des Gutes verkaufen müssen. Die Obstbäume etwa oder einige der Wiesen. Aber dann produzieren und verkaufen wir in Zukunft auch weniger, was die Situation alles andere als entschärft und uns anfälliger macht für die Unbilden der Natur und der Geschäftswelt.«

»Gibt es schon Angebote?«

»Nein, wir haben ja noch nichts in der Hinsicht unternommen. Dein Bruder verhandelt mit einigen Banken, und ich tue mein Bestes hier bei meinen Verbindungen im Herrenhaus. Bislang hatten wir noch kein Glück. Allerdings hat unsere liebe Nachbarin beim letzten Kirchgang gewisse Andeutungen gemacht.«

Wilhelm kannte es von Kindesbeinen an nicht anders, als dass sein Vater grundsätzlich nicht über die Nachbarin Theresa Martha von Brenkendorff – Maries und Franz Karls Mutter – sprach. Und wenn er es doch nicht vermeiden konnte, dann sprach er ausschließlich von der »lieben Nachbarin«, für die er nichts übrighatte.

»Andeutungen?«

»Sie äußerte beiläufig ihre Zweifel, ob wir überhaupt in der Lage seien, die Wiesen an unseren Grenzen zu bewirtschaften. Unter ihrer Regie sei da weitaus mehr herauszuholen, behauptete sie.«

Die Vereinsbrüder draußen hatten schließlich ein letztes Lied angestimmt. Wilhelms Vater hielt inne, um den Versen zu lauschen.

Hier sind wir versammelt zu löblichem Tun,
Drum Brüderchen, ergo bibamus!
Die Gläser, sie klingen, Gespräche, sie ruh'n,
Beherziget: Ergo bibamus!
Das heißt noch ein altes, ein tüchtiges Wort
Und passet zum ersten und passet so fort
Und schallet ein Echo, vom festlichen Ort,
Ein herrliches: Ergo bibamus!

»Immerhin«, sagte er dann mit wehmütigem Lächeln, »kennen die Burschen ihren Goethe.«

»Wie war das noch einmal mit diesem Harthausen?«, fragte Wilhelm schließlich nach einigem Schweigen. »So war doch der Name?«

Der Vater nickte und gab ihm auf seine Bitte eine präzise Beschreibung des Mannes. »Aber was willst du damit anfangen, mein Junge?«

»Das weiß ich noch nicht, Vater. Aber in meiner derzeitigen Stellung könnten mir einige Möglichkeiten zur Verfügung stehen. Ich möchte dich jedenfalls bitten, hinsichtlich eines möglichen Verkaufs noch nichts zu unternehmen. Wer weiß, vielleicht gelingt mir ja eine Lösung.«

14

Wilhelm erwachte durch einen lauten Schlag. Benommen versuchte er, sich im stockdunklen Zimmer zu orientieren. Erst als er das leichte Licht der Gaslaterne durch das offene Fenster bemerkte, wusste er, wo er war. Der Fensterladen klapperte im heftigen Wind, starker Regen war zu hören. Er stand auf und schloss Laden und Fenster, vor dem sich eine kleine Lache Wasser gebildet hatte, zündete eine Kerze an und setzte sich an den Tisch, den Traum noch deutlich vor Augen. Dieses Mal war etwas Neues hinzugekommen: Unter dem abgestorbenen Baum auf der Landzunge im See hatte er deutlich zwei Gestalten gesehen. Eine Frau und einen Mann, da war er sich sicher. Völlig unklar aber war, was sie dort getan hatten. Möglicherweise hätte er mehr erfahren, wenn ihn nicht der an die Wand krachende Fensterladen geweckt hätte.

Er sah auf die Uhr, fünf Minuten vor sechs. Draußen war der Morgen bereits angebrochen, obwohl davon wegen Sturm und Regen und Wolken nicht viel zu sehen war. Die emsige Frau Brenke war sicherlich schon auf, und er beschloss, sich zu waschen, anzuziehen und in der Küche vorbeizuschauen. Vielleicht war der Tee schon aufgesetzt, und es war durchaus denkbar, dass Frau Brenke bereits dabei war, das Frühstück vorzubereiten. Er musste gegen zehn Uhr im Molkenmarkt sein, wo er mit Vorweg und Johann zum ersten Mal das Archiv der Politischen Polizei würde nutzen können. Dass Franz Karl dabei sein und mit Sicherheit ein sehr wachsames Auge auf sie werfen würde, passte ihm ganz und gar nicht. Es wäre ihm lieber gewesen, den ehemaligen Freund und Nachbarn weit weg zu wissen.

Zehn Minuten später betrat er die Küche. Überrascht sah Frau Brenke von der gestrigen Zeitung auf. Sie stellte ihre Teetasse zur Seite und ging an die Anrichte, um Geschirr für den frühen Gast zu holen. Wenige Augenblicke später standen eine dampfende Tasse Tee, ein Glas Honig, zwei Gläser Marmelade und ein Korb mit dem übrig gebliebenen Weißbrot vom Vortag vor ihm.

»Die Anna von gegenüber kommt erst gegen sieben mit frischem Brot. Sie war so nett, mir den Weg bei diesem scheußlichen Wetter abzunehmen«, sagte sie entschuldigend.

Wilhelm nickte. »Danke, das reicht auch so fürs Erste.« Er wusste, dass Anna, ein Mädchen vom Land mit einer schweren Vergangenheit, Frau Brenke mehr als nur verpflichtet war. Seine Hauswirtin hatte ihr nicht nur die Anstellung verschafft, sondern auch ein gutes Wort für sie eingelegt, als sie des Diebstahls bezichtigt worden war. Glücklicherweise hatte sich das Medaillon, um das es wohl gegangen war, wenig später wieder bei der Kleidung der Hausherrin gefunden. Eine Entschuldigung gab es natürlich nicht, aber wenigstens wurde die angedrohte Entlassung zurückgenommen. Anna hätte mit einem negativen Zeugnis in ihrem Arbeitsbuch nie wieder eine Anstellung gefunden. Und so war sie Frau Brenke auf ewig dankbar und half ihr, wo sie nur konnte. Seit dem Vorfall war das lebenslustige und freundliche Mädchen aber auch still und zurückhaltend, manchmal geradezu ängstlich geworden.

Das warme Feuer im Herd und die Stille in der spärlich beleuchteten Küche, die nur durch das Umblättern der Zeitung unterbrochen wurde, machten Wilhelm wieder schläfrig, und so döste er eine Weile vor sich hin, ohne an irgendetwas zu denken.

Er schrak auf, als es an der Tür klopfte. Frau Brenke legte die Zeitung zur Seite und ging zur Tür. Wilhelm sah zur Uhr. Es war kurz vor halb acht. Hatte er geschlafen? Er hörte einen kurzen

Wortwechsel durch die offene Küchentür, und kurz darauf kehrte Frau Brenke mit einem Korb zurück.

»Frische Schrippen und etwas Kuchen«, verkündete sie und nötigte ihn, wenigstens ein Stück Kuchen zu essen und dabei über die gestrigen Erlebnisse zu berichten.

Er tat es, ohne in Einzelheiten zu den Ermittlungen zu gehen. Dafür schilderte er umso detaillierter die Menschen und ihre Eigenarten.

»Eine seltsame Person«, befand Frau Brenke, als er die Reaktion von Mersdorf auf die Todesnachricht beschrieb.

Als er über den Wortwechsel von Vorweg und Dr. Heerenvagen berichtete, lächelte die Wirtin, und sie lachte lauthals über seine Imitation des wuseligen Chemikers Adolf Baeyer. »Also, wenn Sie mich fragen«, verkündete sie schließlich entschieden, »kann ich kaum glauben, dass dieser von Mersdorf seine Verlobte wirklich geliebt hat. Ich vermute, dass er entweder aus Gründen des Geldes oder eines Titels oder aus beiden Gründen die Verlobung mit ihr eingegangen ist. Vielleicht wollte er sich auch nur mit einer attraktiven Gräfin schmücken.«

So ging die Zeit dahin, bis Frau Brenke auf die Uhr schaute. »Meine Güte, gleich neun!« Hektisch stand sie auf. »Ich muss noch den Hof machen – obwohl ich bei diesem Wetter wohl besser warten werde. Auch die Wäsche ist zu machen, und dann muss ich noch einige Besorgungen erledigen. Wo habe ich denn bloß den Zettel gelassen …« Sie scheuchte ihn aufgeregt aus der Küche. »Nun aber los, junger Mann!«

Wilhelm lächelte und ging nach oben. Er vervollständigte seine Garderobe und betrat wenig später die Straße. Reste der Wolken verzogen sich über dem Schloss nach Osten und machten einer strahlenden Sonne Platz.

15

Über alle Maßen verärgert stürmte der gut aussehende Mann die Treppe des Schlosses hinauf. Bereits gegen acht Uhr hatte ihn ein Bote aus dem Schlaf gerissen und ihm ein Billet überreicht, das sein sofortiges Erscheinen forderte. Er hatte schon nach dem Besuch der Oper nur wenig Schlaf gefunden, und in der letzten Nacht war es nicht besser gewesen. Warum hatte auch der Verlobte der Tänzerin so plötzlich auftauchen und ihrem Stelldichein ein jähes Ende bereiten müssen? Beinahe wäre es gar zu einem Eklat gekommen.

Der General und sein Bruder erwarteten ihn im selben Zimmer wie zuletzt, doch heute waren die Gardinen zurückgezogen, und helles Sonnenlicht flutete den Raum.

»Es freut mich, dass Sie so schnell erscheinen konnten«, sagte der Bruder. »Mir scheint, Sie könnten einen Kaffee brauchen?« Er ging zur Anrichte und goss drei Tassen aus einer Kanne voll.

Der Besucher war erstaunt. So viel Freundlichkeit hatte er nicht erwartet, und er nahm sich vor, sehr vorsichtig zu sein. Freundlichkeit war in diesem Raum gewöhnlich nicht an der Tagesordnung, und er ahnte, dass ihm eine schwierige Aufgabe übertragen werden sollte.

»Setzen Sie sich, junger Mann.« Der General wies auf einen Sessel, nahm selbst auf einer Chaiselongue Platz, schlug die Beine übereinander und trank einen Schluck aus der fein verzierten Tasse. »Wir haben uns seit dem letzten Treffen noch einige Gedanken über die Situation gemacht«, sagte er dann. »Und wir glauben, dass wir aus ihr einigen Nutzen ziehen können. Mit etwas Glück verwandeln wir eine missliche Lage in eine vorteilhafte Position.«

Der junge Mann nickte und wartete. Er würde den Teufel tun, irgendwelche Ansichten zu äußern oder Fragen zu stellen. Ohnehin war die Situation kritisch. Er war sich alles andere als sicher, dass das Manöver mit den bukowinischen Terroristen die Polizei bei ihren Nachforschungen ausreichend ablenken würde. Der Gedanke war ihm beim Lesen ähnlicher Dokumente aus Italien gekommen, bekanntermaßen ein Hort von Geheimgesellschaften und Intrigen und damit ein unendlicher Quell von Ideen. Aber es lag in der Natur plötzlicher Eingebungen, dass sie nur selten ausreichend durchdacht werden konnten, und so hatte er alle Hände voll zu tun, die Spur überzeugend auszubauen. Was also konnten die beiden Männer noch von ihm wollen?

Ohne Umstände kam der Bruder des Generals zur Sache. »Wie Sie wissen, ist Seine Majestät in letzter Zeit etwas kränklich …«

Das ist wie immer sehr vorsichtig ausgedrückt, dachte der junge Mann. In diesen Kreisen redete man nur ungern Klartext. Dabei wusste er wie praktisch alle Bewohner des Schlosses und wer weiß, wie viele Interessierte noch, dass es um den Gesundheitszustand des Königs nicht gut bestellt war. Andere Kreise – Menschen, die nicht öffentlich zitiert werden wollten oder eine Verbreitung ihrer Ansichten nicht sonderlich zu fürchten brauchten – sprachen hinter vorgehaltener Hand immer deutlicher von geistiger Verwirrung, die den König in zunehmend kürzeren Zeitabständen befiel.

»… und wir müssen diesem Umstand Rechnung tragen. Im Thronrat ist bereits der Gedanke an eine Stellvertretung aufgekommen, und aus unserer Sicht gibt es Zweifel an den offensichtlichen Kandidaten. Sind Sie über die Reihenfolge im Bilde?«

Der junge Mann schüttelte leicht den Kopf. »Offen gestanden nur in groben Umrissen.«

Der Bruder des Generals lächelte. »Dann lassen Sie mich Sie auf den aktuellen Stand bringen. Sollte Seine Majestät nicht mehr in der Lage sein, sein gottgegebenes Amt auszuüben, würde sein Bruder Wilhelm, Prinz von Preußen, diese Aufgabe übernehmen. Zunächst als Stellvertreter. Mehr werden wir wohl verhindern können.«

»Soweit ich weiß, steht Prinz Wilhelm Ihren politischen Ansichten doch recht nahe«, wagte der junge Mann einzuwerfen. »Seine Haltung in der Revolutionszeit hat dies zumindest deutlich werden lassen.« Er nickte, als könne er damit seiner Aussage mehr Gewicht verleihen. Die sogenannte öffentliche Meinung hatte Prinz Wilhelm die Schüsse auf die Demonstranten am 18. März 1848 angelastet, obwohl später bekannt geworden war, dass das Militär eine Weisung des Königs eigenmächtig etwas weit ausgelegt hatte. Das hatte dem Prinzen zum damaligen Zeitpunkt jedoch wenig genutzt, und er hatte mit Hilfe eines Majors zunächst aus Berlin und dann nach London fliehen müssen. Ein Jahr später hatte er die Armee gegen die Aufständischen in Baden und der Pfalz geführt, inzwischen war er Generalgouverneur in den Rheinprovinzen.

Der General nickte. »Prinz Wilhelm hat sich aber auch gleich nach seiner Rückkehr zur neuen konstitutionellen Regierungsform bekannt. Mittlerweile sind sieben Jahre vergangen, und in seinem Haus in Koblenz gehen liberale Politiker ein und aus. Das verstimmt seine Majestät, und uns ebenfalls. Mittlerweile müssen wir davon ausgehen, dass Prinz Wilhelm nicht mehr in vollem Umfang hinter unserer Politik steht.«

»Sein Sohn Friedrich Wilhelm hat in Bonn Recht studiert und ist damit der erste Prinz mit einer akademischen Ausbildung«, fügte sein Bruder hinzu. »Und jetzt will er auch noch eine englische Prinzessin heiraten. Ausgerechnet! Uns ist bekannt, dass er für das englische System einiges übrighat.«

»Was gegen den Willen seiner Mutter Augusta geschieht. Wäre die Familie in Berlin, könnten wir den einen oder anderen korrigierenden Einfluss ausüben.« Der General zündete sich eine Zigarre an. »Dennoch: Insgesamt betrachtet würden wir eine Übernahme der Regentschaft durch den Prinzen nicht für erstrebenswert halten. Wir haben in den letzten Jahren zu hart daran gearbeitet, die gottgegebene Ordnung wiederherzustellen, und wir sind mit dieser Aufgabe noch lange nicht fertig.«

»Welche anderen Optionen sollte es geben?« Dem jungen Mann war nicht verborgen geblieben, wie sich die Brüder die Bälle zuspielten. Hatten sie ihren Vortrag geübt?

»Gesetzt den Fall, dass Seiner Majestät gewichtige Zweifel an der Eignung seines Bruders kommen würden, könnte im Thronrat vielleicht eine andere Lösung gefunden werden«, sagte der Bruder des Generals.

»Diese Lösung könnte zum Beispiel im anderen Bruder Seiner Majestät bestehen«, setzte der General fort. »Wir haben ein ausgezeichnetes Verhältnis zu Prinz Carl, und es wäre durchaus denkbar, dass er nach einer angemessenen Zeit und entsprechenden Umständen zu Gunsten seines Sohnes verzichten könnte.«

»Welcher absolut Ihre politischen Überzeugungen vertritt«, sagte der Besucher. Da lag also der Hase im Pfeffer. Würde der junge Prinz Friedrich Karl einst an die Spitze des Staates gelangen, wäre sein eigener Aufstieg geradezu schwindelerregend. Dies also war das Zuckerbrot. Jetzt musste er nur noch herausfinden, wo der Haken war.

»Wie gesagt bin ich über die Feinheiten der Thronfolge nicht im Bilde.« Er schlug die Beine übereinander und machte es sich bequem. Sollten die Herren am besten gleich akzeptieren, dass er im Falle einer Thronbesteigung Friedrich Karls kein unbedeutender Offizier mehr sein würde. »Allerdings gibt es noch einen Bruder, der bei einem Verzicht des Prinzen Carl über eine Anwartschaft verfügt.«

Der Bruder des Generals lächelte erneut. »Sie meinen Prinz Albrecht? Der hochgeschätzte General hat sich durch seine Scheidung und eine unstandesgemäße Heirat bereits vor zehn Jahren aus der Thronfolge verabschiedet und ist ausgerechnet nach Dresden ausgewandert.«

Der Besucher wunderte sich, dass er nicht den leisesten Anflug von Ironie hören konnte. »Immerhin hat er die Tochter des damaligen Kriegsministers geheiratet –«

»Rosalie von Rauch, ganz richtig. Eine aparte Person. Gleichwohl unstandesgemäß für einen königlichen Prinzen …«

»… und hatte ihn seine erste Frau nicht mit dem Kutscher betrogen und sogar ein Kind –«

»Junger Mann.« Der General schaltete sich wieder ein. »Bei allem Verständnis für Ihr Interesse an delikaten Verwicklungen – wir reden hier über die königliche Familie, der wir alle unsere Treue geschworen haben!«

Der junge Offizier setzte sich wieder gerade hin. Offensichtlich würde er auf eine respektvollere Behandlung noch etwas warten müssen. Pflichtschuldig zog er eine bedauernde Miene und neigte den Kopf, was durchaus als Bitte um Entschuldigung durchgehen könnte. »Prinz Albrecht ist nach wie vor ein tüchtiger General unserer Kavallerie. Der Umstand, dass er in seinem Schloss bei Dresden sitzt, ändert daran nicht das Geringste.«

»Es müsste also etwas geschehen«, zog der Bruder des Generals das Gespräch wieder an sich. »Etwas, das das Misstrauen Seiner Majestät gegenüber seinem präsumtiven Nachfolger verstärken könnte. Sein Sohn Friedrich wird möglicherweise englisch heiraten. Wie wir wissen, ist England ein Hort der Freimaurerei. Praktisch alle Politiker dort sind praktizierende Freimaurer. Und wie wir ebenfalls wissen, ist der Prinz von Preußen nicht nur ein sehr aktiver Freimaurer, sondern hat sogar den Vorsitz im Großmeisterverein inne und soll in die höheren Grade eingeweiht sein. Friedrich ist seit mindestens zwei Jahren ebenfalls in die Riten eingeführt. Können Sie mir folgen?«

Der junge Offizier schüttelte den Kopf. »Mir ist noch nicht klar, worauf Sie hinauswollen.«

Der Zivilist nickte erneut und griff zu seiner Kaffeetasse. »Nun – stellen wir uns doch einmal vor ...« Er nahm einen Schluck, den er sichtlich genoss und mit dessen Hilfe er die Zeit gewann, um seine Gedanken zu formulieren. »Stellen wir uns vor, dass bei unserem österreichischen Freund Unterlagen gefunden werden, die auf eine freimaurerische Verschwörung hindeuten würden, deren Ziel in der zeitigen Übernahme der Regentschaft und der außenpolitischen Hinwendung zu England besteht. In diesen Unterlagen würde etwa stehen, dass der König aufgrund seines Gesundheitszustands zum Rücktritt bewogen werden müsse. Nach ihm solle Prinz Wilhelm König werden, dessen Sohn Friedrich Wilhelm wiederum solle eine einflussreiche Position erhalten, nachdem er mit einer Prinzessin des englischen Könighauses zurückgekehrt ist. Eine englandfreundliche Politik solle betrieben, ein Eintritt in den Krimkrieg bedacht werden. Im Inneren solle ein parlamentarisches System nach englischem Vorbild durchgesetzt werden. Das Dokument wäre so brisant, dass es über die Polizei direkt an den König gehen würde. Seine Majestät würde sich mit uns beraten, und wir könnten das ohnehin bereits vorhandene Misstrauen seinem Bruder Wilhelm gegenüber verstärken und durchsetzen, dass Prinz Carl als Nachfolger oder Vertreter in Betracht gezogen wird.«

Der junge Mann sah den Bruder des Generals nachdenklich an. Obwohl er dezente Farben gewählt und auf jeglichen Schmuck oder andere Verzierungen verzichtet hatte, war er doch nach der neuesten Mode gekleidet und frisiert. Es war nicht zu übersehen, dass der Bruder des Generals trotz des zur Schau gestellten zurückhaltenden Wesens nicht immer auf affektierte Posen verzichten mochte. Der Abgeordnete, Publizist und Richter war im Grunde genommen ein Geck. Ein Geck im Habitus, aber gesegnet mit einem messerscharfen Verstand und zweifellos trotz des hohen Ranges des Generals am Hof der Kopf des Brüdergespanns.

»Mir ist noch einiges unklar«, wiederholte er. »Sicher, Prinz Friedrich Wilhelm ist Freimaurer und wird vielleicht eine englische Prinzessin heiraten. Was aber sollen solche Dokumente im Besitz eines Österreichers in dieser Angelegenheit helfen? Prinz Friedrich Wilhelm ist für seine Englandliebe bekannt, nicht für freundliche Gefühle gegenüber Österreich.«

»Darin besteht ja der Clou«, schaltete sich der General ein. »Man kann diesen Umstand in mancherlei Hinsicht glaubhaft machen und damit für unser Ziel nutzen. Zum einen helfen sich Freimaurer stets gegenseitig. Dabei ist die Nationalität meist unerheblich. Die Verbindungen gehen quer durch Europa, und es ist durchaus denkbar, dass österreichischen Freimaurern aus ganz eigenen Gründen an einem Konflikt mit Preußen gelegen ist. So könnte die deutsche Frage ein für alle Mal im Sinne des Kaisers gelöst werden.«

»Das klingt kompliziert«, warf der junge Mann ein und war sich sicher, dass der Bruder des Generals den größten Teil der Urheberschaft an diesem Konstrukt beanspruchen durfte.

»Umso besser.« Der Mann hatte seine Tasse ausgetrunken und steckte sich eine Zigarre an. »Dann klingt es umso einleuchtender. Vergessen Sie nicht, dass unser Ziel darin besteht, das Misstrauen Seiner Majestät zu verstärken. Komplexe Sachverhalte sind nicht die Sache des Königs, und er wird auf seine engsten Berater angewiesen sein, die ihm den Knoten entwirren.«

»Also auf Sie.«

Der General nickte. »Es gibt aber noch einen möglichen anderen Aspekt. Im gegenwärtigen Krieg auf der Krim steht Österreich an der Seite Englands, auch wenn es noch nicht zu den Waffen gegriffen hat. Ein Waffengang ist aber nicht ausgeschlossen. Falls dem König die erste Variante nicht einleuchtet, könnte dem Österreicher ja ein Dokument zugespielt worden sein, das die Zuwendung einer künftigen preußischen Regierung zu England und einem parlamentarischen System darstellt, was zwangsläufig Auswirkungen auf die Politik in Wien hätte. Der habsburgische Kaiser müsste seine Haltung zu England überdenken und in Zukunft mit einem feindlichen Preußen rechnen.«

»Wie auch immer«, sagte der Besucher. »In jedem Fall würde es Seine Majestät extrem beunruhigen.«

»Darin besteht der Sinn dieser Unternehmung.« Der Bruder des Generals stand auf. »Ich denke, wir haben Ihnen unser Anliegen deutlich machen können. Die Umsetzung überlassen wir ganz allein Ihrem Geschick. Machen Sie es ruhig kompliziert, aber handeln Sie schnell und umsichtig.« Er trat auf den Gast zu. »Lassen Sie sich durch uns nicht aufhalten.«

Der junge Offizier stand auf, verbeugte sich knapp und ging zur Tür. Offenbar gaben ihm die Brüder auch diesmal nichts Schriftliches mit.

»Und noch etwas, junger Mann …«

Junger Mann! Wie er das hasste! Der General hätte ihn mit seinem Titel oder wenigstens seinem Dienstgrad anreden können. Das hätte ihm eine andere, eine bedeutendere Stellung zukommen lassen, doch in diesem Raum würde er vorerst immer der »junge Mann« sein. Und er wusste, dass dies eine Zurechtweisung war. Eine Zurechtweisung auf einen Platz, der momentan weit unten war, aber in naher Zukunft weit oben sein könnte. Er schluckte seinen Ärger herunter, wieder einmal.

»… wenn unsere Sache Erfolg hat, haben auch Sie eine große Zukunft.«

Er verbeugte sich nochmals denkbar knapp und schloss die Tür von außen. Er hatte bereits einen Plan vor Augen.

16

Der flüchtige Zusammenstoß mit einem Dragoneroffizier riss Wilhelm aus seinen Gedanken. Das unausweichliche Treffen mit Franz Karl ging ihm einfach nicht aus dem Kopf. Der ehemalige Freund hatte ihm viele Jahre lang das Leben erschwert, wo er nur konnte, hatte ihn mit seinem Hass die ganze Schulzeit hindurch verfolgt. Obwohl sie nun schon jahrelang beide in Berlin lebten, war es ihnen bisher gelungen, einander aus dem Weg zu gehen. Franz Karls Arbeitsort im Ministerium und Wilhelms Fakultät an der Universität waren nicht weit voneinander entfernt, hätten aber ebenso gut in anderen Städten liegen können. In den letzten drei Jahren hatte er Franz Karl genau drei Mal gesehen – ein Mal auf der Straße und zwei Mal im Theater.

Nun aber ließ sich ein Treffen nicht mehr vermeiden, schlimmer noch: Sie mussten zusammenarbeiten, und Wilhelm hatte keine Idee, wie er damit umgehen sollte.

Höflich entschuldigte er sich bei dem Offizier und eilte gleich darauf die wenigen Stufen zum Polizeipräsidium hinauf.

Vorweg und Oertzen erwarteten ihn bereits im Vorzimmer des Kriminaldirektors. Der Bürovorsteher hatte Kaffee und etwas Gebäck auf den Tisch gestellt, von dem sich Vorweg bediente, der lässig auf dem Stuhl vor dem Schreibtisch saß. Als Wilhelm eintrat, sah er zur Uhr.

»Fünf Minuten über der Zeit, Maurer sind pünktlicher«, sagte er mit vollem Mund und klopfte Krümel von seiner Jacke. »Das Vorrecht der Jugend, denke ich. Und wir haben ja auch noch einige Augenblicke Zeit. Setzen Sie sich, und nehmen Sie einen Kaffee.«

Vorweg hatte mit ruhiger Stimme gesprochen, sein Blick verriet aber, dass er sein Urteil über den jungen Mann, der ihm so unverhofft vor die Nase gesetzt worden war, zwar vielleicht noch nicht getroffen haben mochte, nun aber einen weiteren Strich auf der Minusseite der Tabelle vermerkte.

Wilhelm ging die reservierte und leicht herabwürdigende Haltung des älteren Polizisten mit einem Mal auf die Nerven. »Soweit ich weiß, bezieht sich diese Redewendung auf den Umstand, dass Maurer dazu neigen, ihre Arbeit überpünktlich zu *beenden*, nicht aber darauf, dass sie immer pünktlich erscheinen«, sagte er mit leicht scharfem Unterton. »Darüber hinaus möchte ich darauf hinweisen, dass Ihre Uhr anscheinend nicht richtig geht. Es ist nur eine Minute nach der vollen Stunde, und diese Minute könnte durchaus in diesem Wortwechsel verstrichen sein.«

Oertzen, der über Papieren saß und eine Liste ausfüllte, zuckte leicht zusammen, sah rasch zu Wilhelm, anschließend zu Vorweg und wandte sich dann noch konzentrierter als zuvor seiner Arbeit zu.

Vorweg wandte sich an ihn. »Mein lieber Herr Oertzen, bitte greifen Sie doch auch zu. Ich käme mir sonst ziemlich schäbig vor, hier Kaffee zu trinken und Ihnen bei der Arbeit zuzusehen.«

Wilhelm war überrascht. Vorweg hatte mit Wärme in der Stimme gesprochen, und diese Freundlichkeit wirkte aufrichtig. Dann war er verwundert über seine Verwunderung, denn warum sollte Vorweg, den er bislang zumeist reserviert kennengelernt hatte, nicht zu derartigen Gefühlen fähig sein?

Oertzen murmelte einen Dank, legte den Stift zur Seite und schenkte sich ein. Vorweg selbst hatte in seine Tasse etwas Milch und reichlich Zucker gegeben. »Nun, Herr von der Heyden«, sagte er und rührte bedächtig in seiner Tasse. »Wir scheinen jetzt aneinander gebunden zu sein, zumindest was diesen Fall betrifft.

Wäre es da nicht an der Zeit, mich über Ihr Verhältnis zu dem jungen Mann aus dem Ministerium ins Bild zu setzen?«

»Ist das erforderlich, Herr Kriminalsekretär?«, fragte Wilhelm so freundlich wie möglich zurück.

»Das weiß ich nicht.« Vorweg sah ihn nachdenklich an. »Wir haben jetzt mit ihm zu tun und sind auf seine Hilfe angewiesen. Ich würde es für problematisch halten, wenn unsere Arbeit durch persönliche Animositäten, wie auch immer sie geartet sein mögen, beeinträchtigt wird. Mir ist aufgefallen, dass Sie beide sich nicht gerade freundschaftlich gesonnen sind …«

Er hob die Hand, als Wilhelm etwas sagen wollte. »Um das klarzustellen: Auch ich kann diesen Laffen nicht ausstehen. Von denen laufen genug in den Ministerien herum. Sie sind ausschließlich auf ihre Karriere bedacht und leisten recht wenig. Aber ich habe mich gefragt, warum *Sie* ihn nicht leiden können.«

Wilhelm nickte. Vorweg hatte recht. Er kannte Franz Karl sehr gut und wusste, dass dieser seinen Hass auf ihn über kurz oder lang kaum im Interesse der notwendigen Zusammenarbeit zurückhalten könnte. Und er musste damit rechnen, dass Franz Karl eine Gelegenheit, ihm zu schaden, nutzen würde, sobald sie sich bot. Zusammenarbeit hin oder her. So schien es nur logisch, Vorweg zumindest in Grundzügen einzuweihen.

»Wir sind auf benachbarten Gütern aufgewachsen, unsere Familien waren befreundet. Dann starb sein Vater, und Franz Karl gab mir die Schuld. Seitdem schadet er mir, wo er kann, und ich kann Auswirkungen auf unsere Arbeit tatsächlich nicht ausschließen.«

Vorweg zog tief die Luft ein. »Tatsächlich … Und? Hatten Sie Schuld?«

Er stellte die Frage in einem sachlichen Tonfall, und Wilhelm verzichtete auf eine gespielte Empörung. Er wusste, dass Vorweg wenig beeindruckt wäre und außerdem das Recht hatte, diese

Frage zu stellen. »Herr Kriminalsekretär, ich war damals etwa sieben Jahre alt. Es ist mir vollkommen unklar, wie Franz Karl auf diese verrückte Idee gekommen ist und warum die gute Beziehung unserer Familien zu jener Zeit in die Brüche gegangen ist.«

Er nahm einen Schluck vom nur noch lauwarmen Kaffee und fügte hinzu: »Es muss wohl etwas passiert sein, das unsere Eltern veranlasst hat, den Umgang miteinander abzubrechen. Mit mir wird das wohl aber nichts zu tun haben.«

»Aber Sie müssen doch Erinnerungen haben, selbst wenn Sie erst sieben Jahre alt waren! Ein solch einschneidendes Erlebnis bleibt doch im Gedächtnis, oder nicht?«

»Zur selben Zeit hatte ich einen Unfall, weshalb mir jegliche Erinnerung an das damalige Geschehen fehlt.« Wilhelm verzichtete darauf, Vorweg über seine häufigen Albträume zu informieren. »Als ich nach geraumer Zeit zur Schule zurückkehrte, ist er sofort auf mich los und hat mich niedergeschlagen. Wer weiß, was passiert wäre, wenn nicht der Lehrer in der Nähe gewesen wäre und eingegriffen hätte. Sie können mir glauben, dass ich viele Jahre versucht habe, Franz Karl zu verstehen. Ein Gespräch mit ihm war nicht möglich, und andere Kinder wussten von nichts. Kurz darauf trennten sich unsere Wege, und ich habe, offen gestanden, das Interesse verloren.«

Vorweg nickte. »Bis jetzt.«

»Bis jetzt«, bestätigte Wilhelm.

Sie schwiegen eine Weile. Schließlich erhob sich Vorweg. »Nun gut. Ich gehe davon aus, dass Sie mich informieren, wenn es zu Problemen kommt?«

»Das werde ich tun«, versprach Wilhelm.

»Dann lassen Sie uns aufbrechen, die Arbeit ruft. Mein lieber Herr Oertzen, ich bedanke mich für den Kaffee. Denken Sie auch bitte an die Unterlagen für heute Nachmittag?«

»Sehr wohl, Herr Kriminalsekretär. Sie liegen heute Nachmittag auf Ihrem Tisch«, erwiderte der alte Mann und wandte sich sogleich wieder seinen Akten zu.

17

Das Archiv der Politischen Polizei befand sich in einem anderen Gebäudeteil, den sie über zahllose Gänge und mehrere Treppen erreichten. Als sie endlich an der Tür angelangt waren, fanden sie diese verschlossen. Erst nach mehrmaligem Klopfen wurde sie von einem uniformierten Beamten geöffnet.

»Herr von der Heyden und Kriminalsekretär Vorweg, nehme ich an?«, fragte der junge Polizist höflich.

Vorweg und Wilhelm nickten. Beiden war nicht entgangen, dass Vorwegs Name nicht als Erster genannt worden war. Wilhelm sah kurz zu ihm hinüber, konnte aber keine Regung erkennen.

»Bitte treten Sie ein und folgen Sie mir.« Der hoch aufgeschossene, etwas linkisch wirkende Mann ging voran. »Ich bin der Assessor von Dr. Stieber, der Sie sprechen möchte, bevor Sie Zugang zum Archiv erhalten.«

»Oha«, kommentierte Vorweg kaum hörbar.

Eine Tür wurde geöffnet, die in ein Vorzimmer führte, von dem nur eine weitere Tür abging.

»Wenn Sie hier bitte warten würden? Ich werde Dr. Stieber über Ihre Ankunft informieren.« Der Assistent wies auf zwei Sessel, die abseits des Schreibtisches unter einem Bild des Königs standen. Offensichtlich war es nicht ungewöhnlich, dass Besucher hier warten mussten.

Wilhelm zermarterte sich den Kopf. In den Vorlesungen hatte er einiges über die Struktur der Polizei und ihre andauernde Umgestaltung erfahren. Fast jedes Jahr gab es eine Reorganisation, die stets mit neuen Kompetenzzuweisungen verbunden war, was nicht nur die Verwaltung und Gerichte, sondern vor allem die Polizisten selbst verwirrte. Und auch er hatte den Überblick darüber verloren, welche Abteilung welche Kompetenzen besaß und wie weit der Einfluss der Politischen Polizei ging.

So viel wusste er: Die Politische Polizei war zuständig für die Überwachung des politischen Lebens sowie die Verfolgung politischer Straftaten in Preußen. Dazu gehörten auch die Kontrolle der Presse und die faktische Herrschaft über die Universitäten. So mussten zum Beispiel sämtliche Lehrangebote und außerordentliche Vorträge genehmigt werden. Missliebiges oder verdächtiges Verhalten von Studenten konnte einfach und wirkungsvoll über die Verweigerung von Stipendien und Freitischen sanktioniert werden. Außerdem konnten sie bei Bedarf ohne förmliches Verfahren von der Universität verwiesen werden. Auch Disziplinarmaßnahmen gegen Professoren konnte die Politische Polizei einleiten, und durch Mitspracherechte bei Berufungen auf Lehrstellen gab es ausreichend Möglichkeiten, Druck auf den wissenschaftlichen Nachwuchs auszuüben. Es war mittlerweile ein offenes Geheimnis, dass das Sicherheitsbüro seine Tätigkeit inzwischen bis ins Ausland ausgedehnt hatte und nicht immer mit rechtlich gedeckten Mitteln operierte.

Eine dieser Aktionen war Wilhelm gut in Erinnerung. In Köln hatte vor ein paar Jahren ein Prozess gegen sogenannte Kommunisten stattgefunden, die einen Umsturz geplant haben sollten. Wilhelm wusste über diesen Bund kaum etwas, die Regierung war aber der Ansicht gewesen, dass er verantwortlich für die Umtriebe in Köln im Revolutionsjahr gewesen sein sollte. Der Prozess war mit einigen Freisprüchen, meist aber langjährigen Haftstrafen für die Angeklagten zu Ende gegangen. Sie waren aufgrund von Dokumenten verurteilt worden, die ein gewisser Polizeirat Stieber zusammengetragen hatte. Hinter vorgehaltener

Hand wurde gemunkelt, dass manches dabei nicht mit rechten Dingen zugegangen, einige Dokumente schlicht gefälscht gewesen sein sollten. Für Wilhelms juristische Ausbildung war der Prozess deshalb so wichtig gewesen, weil die erst 1848 geschaffenen Schwurgerichte ihre Zuständigkeit für Pressevergehen und politische Verfahren verloren und an ihrer statt eigens der Staatsgerichtshof am Berliner Kammergericht eingerichtet wurde, der von nun an Hochverratssachen für das gesamte Königreich verhandelte.

Die Kriminalpolizei war vor nicht allzu langer Zeit als eigenständige siebte Abteilung aus dem Sicherheitsbüro ausgegliedert worden. Diesem Sicherheitsbüro, der Politischen Polizei oder der Abteilung vier, wie sie im offiziellen Staatskalender hieß, unterstand das geheime Archiv. Und der Chef dieses Sicherheitsbüros war niemand anderes als Dr. Stieber.

»Hören Sie zu«, sagte Vorweg im Flüsterton. »Ich habe Dr. Stieber noch nicht persönlich kennengelernt. Ich weiß aber, dass der Mann sehr von sich eingenommen ist. Allerdings ist er auch äußerst fähig und extrem umtriebig, hat Verbindungen in die allerhöchsten Kreise. Sehen Sie also einfach hübsch aus, hören Sie zu, und sagen Sie so wenig wie möglich. Sagen Sie am besten überhaupt nichts. Dr. Stieber ist nicht umsonst der Chef dieser Abteilung, sehr mächtig und – für alle, die ihm missfallen – sehr gefährlich.«

Wilhelm nickte.

Bevor er etwas erwidern konnte, trat der Assessor wieder ins Zimmer und bat sie nach nebenan. »Dr. Stieber empfängt Sie jetzt.«

Vorweg und Wilhelm traten ein. Das Büro des Polizeidirektors wurde von einem monumentalen Schreibtisch beherrscht, hinter dem Stieber zwischen Dokumenten und Akten schier versank. Die Wände waren vollgestellt mit Regalen voller Ordner,

Zeitungen und Bücher. Auch hier hing ein Bild des Königs, der aus seinem Rahmen auf Stiebers Rücken zu schauen schien. Der Polizeidirektor blätterte in einem Ordner, unterschrieb eine Seite, schob den Ordner beiseite, nahm einen Brief zur Hand, den er überflog, bevor er zwei Sätze strich, einen weiteren markierte und das Papier dann in eine Ablage legte, in der bereits ein Stapel bedrohliche Ausmaße angenommen hatte.

Den beiden Besuchern blieb nichts anderes übrig, als stehend vor dem Schreibtisch auszuharren und darauf zu warten, dass der Direktor sich ihnen zuwandte. Wilhelm betrachtete das schwarze lockige Haar, das bereits aus der Stirn des Mannes gewichen war. Ein dunkler Schnauzer saß unter der Nase, auf der eine runde Nickelbrille thronte. Er hatte seine Jacke ausgezogen, aber den Binder über der tadellos sitzenden Weste nicht gelockert. Erneut blätterte er in einem Schriftstück, ohne von seinen Besuchern Notiz zu nehmen. Die Jacke war so drapiert, dass der rote Adlerorden und der Verdienstorden des Herzogs von Braunschweig deutlich zu sehen waren.

Wilhelm fiel auf, dass die Spitze der Feder, mit der gerade eine weitere Unterschrift gesetzt wurde, fast frei von Tinte war. Stieber musste erst vor Kurzem mit der Arbeit begonnen haben. Auf den Blättern, die er in der Ablage sehen konnte, gab es kaum Anmerkungen oder nur solche, bei denen die Tinte bereits lange getrocknet war. Er warf einen Blick zu Vorweg, konnte aber in dessen ausdruckslosem Gesicht nicht erkennen, was der Polizist dachte.

Eine Machtdemonstration, vermutete Wilhelm. Stieber lässt uns stehen und warten. Er zeigt uns, dass er eine wichtige Person ist, mit einer Unmenge wichtiger Aufgaben betraut und – wenn überhaupt – nur wenig Zeit für uns erübrigen kann.

Seine Gedanken fanden sich sogleich bestätigt. Stieber hob den Kopf und starrte sie mit zusammengezogenen Brauen an.

Die dunklen, stechenden Augen wirkten durch die Brille eigentümlich groß. »Meine Herren«, sagte er mit hoher, leiser Stimme. »Sie haben fünf Minuten.«

Er wies auf die beiden Stühle, die nebeneinander vor seinem Tisch standen. Auch das schien Absicht zu sein. Hatte Stieber zwei Besucher, so mussten sie nahe beieinandersitzen, ohne die Möglichkeit zu haben, einen Blick zu wechseln, ohne dass es Stieber bemerken musste.

Vorweg nahm die Lehne seines Stuhls, schob ihn einige Zentimeter zur Seite und setzte sich schräg zu Wilhelm, der anschließend Platz nahm und seinen Stuhl ebenfalls etwas verschob. Stieber sah beide nacheinander an und hob kurz eine Augenbraue. Es schien Wilhelm, als nehme er an einem komplizierten Spiel teil und habe möglicherweise gerade einen Punkt gemacht.

»Präsident Hinckeldey hat mich angewiesen, Ihnen Zugang zum Archiv zu gewähren. Äußerst eingeschränkten Zugang, wie ich betonen möchte. Außerdem soll Ihnen ein Beamter des Innenministeriums zur Hand gehen. Ist das so weit richtig?«

Vorweg nickte ruhig. »Das ist so weit richtig.«

Stieber sah seine Gäste eindringlich an, lehnte sich zurück und legte die Fingerspitzen aneinander. »Nun ... Es ist ungewöhnlich, dass ein solches Anliegen an mich herangetragen wird, selbst wenn es vom Polizeipräsidenten kommt.«

Ein Anliegen, nicht etwa eine Anordnung, registrierte Wilhelm. Stieber schien wirklich sehr von seiner Bedeutung überzeugt zu sein.

»Seine Majestät höchstselbst hat mich vor fünf Jahren als Assessor bei der Sicherheitspolizei angefordert. Ich kann nur vermuten, gehe aber davon aus, dass ihm meine Erfolge als Anwalt und Journalist bekannt waren. Mein Buch *Die Prostitution in Berlin und ihre Opfer* mag daran seinen bescheidenen Anteil haben. In den letzten Jahren habe ich mich auf diesen Posten vorgearbeitet, was vor allem daran lag, dass ich umfangreiche Informationen zusammengetragen und ausgewertet habe. Ein Teil ist Ihnen sicher aus meinem Werk *Die Communisten-Verschwörungen des neunzehnten Jahrhunderts* in Erinnerung, das ich vor Kurzem veröffentlicht habe. Meine Informationen haben wesentlich dazu beigetragen, einige der schlimmsten Subjekte, die hinter internationalen Verschwörungen gegen die Regierungen Europas steckten, hinter Gitter zu bringen. Warum erzähle ich Ihnen das?«

Weil du dich gern reden hörst, dachte Wilhelm, dem ein rascher Seitenblick verriet, dass Vorweg Ähnliches denken mochte. Und außerdem machst du gleich eindrucksvoll klar, wie wichtig du und deine Arbeit sind.

Stieber enttäuschte Wilhelms Erwartungen auch dieses Mal nicht. Er beugte sich vor, legte die gefalteten Hände auf der Tischplatte ab und sagte im nach wie vor leisen, aber dennoch schneidenden Tonfall: »In den Räumen des hauptsächlich von mir konzipierten und aufgebauten Archivs befinden sich einige der wichtigsten geheimen Informationen des Königreichs. Es dürfte klar sein, dass nur ein beschränkter und streng kontrollierter Zugang gestattet werden kann. Oder sind Sie anderer Ansicht?«

Wilhelm rührte sich nicht. Vorweg schüttelte den Kopf. »Keineswegs, Herr Polizeidirektor.«

Stieber lehnte sich wieder zurück, zog eine Uhr aus der Westentasche und warf einen Blick darauf. »Es freut mich, dass wir hier Übereinstimmung erzielt haben.«

Er nahm einen Schluck aus einer Tasse, die er zwischen den Aktenstapeln zu seiner Linken zog. Wilhelm war nicht verwundert darüber, dass ihnen nichts angeboten wurde. Eine weitere kleine Machtdemonstration.

»Mir ist zu Ohren gekommen«, fuhr Stieber fort, nachdem

er die Tasse abgestellt und sich genüsslich über die Lippen geleckt hatte, »dass Sie Informationen aus dem Ausland benötigen. Ich selbst habe bereits in London, Paris und Warschau ermittelt - welche Informationen benötigen Sie? Mir ist diesbezüglich nichts mitgeteilt worden.«

»Wir sind nicht auf der Suche nach einer bestimmten Information.« Vorweg schlug die Beine übereinander und legte einen Ellenbogen auf den Schreibtisch.

Stieber zog die Augenbrauen zusammen und funkelte Vorweg an, sagte aber nichts. Wilhelm fragte sich unwillkürlich, ob Stieber jetzt überlegte, die Stühle künftig festschrauben zu lassen. Er hatte mehr als genug Männer dieses Typs an der Universität kennengelernt: Kommilitonen, die den sicheren Staatsdienst anstrebten, um wenig tun zu müssen, aber stets eine wichtige Rolle in Amt und Gesellschaft zu spielen. Und wenn möglich, sollte die Stelle sicher vor einer immer möglichen Einberufung sein. Er hatte Professoren und Privatdozenten kennengelernt, die aus Furcht vor Nichtbeförderung oder Entlassung niemals Stellung zu brisanten Themen bezogen und dazu neigten, ihre Fahne nach dem Wind zu drehen, dessen Richtung im Stadtschloss bestimmt wurde und sich jederzeit ändern konnte. Ein Professor, den er sehr schätzte und bei dem er oft zu Tisch geladen war, hatte ihm geraten, nicht nur auf das zu hören, *was* gesagt wurde, sondern auch darauf, *wie* es gesagt wurde und welchen Vorteil sich der Redner erhoffte. Das würde Wilhelm, davon war der Professor überzeugt, nicht nur vor Gericht, sondern auch im privaten wie gesellschaftlichen Leben, vor allem aber im Staatsdienst, von Nutzen sein.

Zweifellos war Stieber jemand, der genau wusste, dass er sein Licht nicht unter den Scheffel zu stellen hatte. Er zeigte anderen genau, was er konnte, wozu er fähig war und welchen Rang in der Hierarchie er innehatte. Bescheidenheit war nicht seine herausragendste Eigenschaft.

Allerdings hatte Stieber offenbar auch ausreichend Grund, unbescheiden aufzutreten. Wenn Wilhelm Vorwegs hastig hingeworfenen Worten glauben konnte, trafen hinter der hohen Stirn des Polizeidirektors enorme Intelligenz, Entschlusskraft und Ehrgeiz aufeinander. Das konnte eine gefährliche Mischung ergeben, vor allem für jemanden, der sich diesen Mann zum Feind machte und selbst über keinerlei Hausmacht verfügte.

»Vielmehr haben wir einen Fall, bei dem eine Gräfin aus Österreich zu Tode gekommen ist«, durchbrach Vorweg das Schweigen und rieb sich die Nase. »Es deutet einiges darauf hin, dass Kreise in ihrer Heimat, der Bukowina, darin verwickelt sein könnten. Wir möchten herausfinden, welche Informationen über die Bukowina, die Familie Kerecki und eventuelle politische Verbindungen im Archiv gesammelt sein könnten. Jeder Hinweis würde uns helfen.«

»Bukowina, sagten Sie?« Stieber lehnte sich zurück und stützte den Kopf in eine Hand. Einige Augenblicke starrte er an eine Stelle über der Eingangstür und schien zu überlegen. »Das ist eine Gegend, in der wir wenig zu tun haben«, sagte er dann. »Eigentlich haben wir dort überhaupt nichts zu tun.«

Er überlegte weiter. »Natürlich habe ich im Archiv auch eine Abteilung Ost und eine Abteilung Balkan eingerichtet. Immerhin ist es jede Information wert, aufbewahrt und bei Bedarf mit anderen Informationen in Beziehung gebracht zu werden. Es ist oft erstaunlich, welche Ergebnisse zutage treten, wenn man das erst einmal getan hat. Es war ein Glück, dass Seine Majestät mir die Gelegenheit bot, meine Kenntnisse und Fähigkeiten in den Aufbau dieses Archivs zu investieren. Zwar liegt mein Augenmerk, was andere Länder betrifft, in anderen Regionen des Kontinents. England und Frankreich, die deutschen Staaten selbst und natürlich Russland. Gerade angesichts des gegenwärtigen Krieges und der denkbaren Entwicklungen habe ich veranlasst, dass verstärkt nach Informationen aus den Grenzgebieten zwischen Russland, Österreich und dem Osmanischen Reich geforscht wird. Da ist es natürlich möglich, dass auch die eine oder andere Erkenntnis über die Bukowina dabei ist.«

Stieber stand auf, strich den Rock glatt und drapierte die beiden Orden. »Ja, meine Herren, ich denke, dass ich Ihnen den Zugang zu den Abteilungen Ost und Balkan gestatten werde. Assessor!«

Sofort wurde die Tür geöffnet.

»Holen Sie mir die Zugangsgenehmigung!«

Der Assessor verschwand und erschien einen Augenblick später mit einem Formular. Als es auf dem Tisch lag, sah Wilhelm, dass Datum und Namen bereits eingetragen waren. Stieber schrieb noch die Bezeichnung der zugänglichen Abteilungen dazu und zeichnete ab.

»Merken Sie sich folgende Regeln: Sie stehen erstens unter ständiger Beobachtung. Zweitens dürfen keinerlei Papiere mitgenommen werden. Drittens dürfen Sie zwar Notizen machen, diese aber nicht mitnehmen, ohne dass diese vorher von mir persönlich geprüft worden sind. Ist das klar?«

Vorweg und Wilhelm verbeugten sich leicht.

»Gut. Dann gebe ich Ihnen hiermit Ihre Zugangsberechtigung. Sie gilt für einen Tag und muss bei Bedarf bei meinem Assessor, der vorher mit mir Rücksprache hält, erneuert werden. Er bringt Sie jetzt zum Archiv. Ich wünsche Ihnen einen guten Tag.«

18

Die Politische Polizei hatte sich in mehreren Etagen im Molkenmarkt 1 ausgebreitet. Erneut mussten Vorweg und Wilhelm daher durch zahllose Gänge laufen, bis sie am Archiv anlangten. Erneut dauerte es, bis ihnen ein uniformierter Beamter öffnete und ihnen bedeutete zu warten, bis der Archivar eintreffen würde, der sich noch in einer Konferenz befand.

»Nun?« Vorweg hatte sich an die Wand gelehnt und sah Wilhelm an. »Was halten Sie von unserem Dr. Stieber?«

»Ich habe während meines Studiums einige Vorlesungen über das Polizeiwesen besucht. Dabei kamen wir um die Tätigkeiten von Dr. Stieber nicht herum. Er hat die aktuellen Gesetze gesammelt und herausgegeben und war auch sonst schriftstellerisch tätig. Hat er nicht auch mehrere Zeitschriften herausgegeben?« Wilhelm drückte sich vage aus, weil er unsicher war, worauf Vorweg hinauswollte.

»Das macht er noch immer. In seinem früheren Leben war er Gerichtsassessor, dann kurze Zeit Polizist und dann Anwalt. Um seine Kasse aufzubessern, hat er verschiedene Zeitschriften wie den *Volks-Kalender* herausgegeben und Bücher geschrieben. Recht erfolgreich, wie ich gehört habe. Was haben Sie an Ihrer Universität über seine Arbeit als Polizist erfahren?«

»In der Rheinprovinz hat er einen kompletten Fälscherring ausgehoben. Und auf einer Verlobungsfeier hat er den Bräutigam verhaftet. Wie sich herausstellte, war dieser ein Dieb und Betrüger und hatte sich in die Familie eingeschlichen. Und da war noch die Sache mit den Offizieren.«

»Welche Sache?«

»Viele Offiziere der Garde sind in Schwierigkeiten geraten, weil sie Wechsel ausgestellt hatten, um Spielschulden zu begleichen oder das Leben bei den teuren Garderegimentern zu finanzieren. Viele adlige Familien können sich aufgrund der prekären Lage ihrer Landwirtschaft einen Sohn bei der Garde eigentlich nicht leisten, was aber im Widerspruch zur Familientradition steht.«

Vorweg sah ihn prüfend an. »Sie sprechen aus Erfahrung?«

»Mein ältester Bruder war bei den Gardehusaren, lange vor meiner Zeit. Für mich war eine solche Karriere nicht vorgesehen.« Wilhelm wollte Erörterungen über seine Familie vermeiden und Vorweg keinen tieferen Einblick gewähren. Also kam er sofort zur Sache zurück. »Dummerweise haben es die jungen Offiziere häufig übertrieben und zahlreiche Wechsel ausgestellt, obwohl sie wussten, dass sie diese kaum begleichen konnten. Außerdem waren sie häufig minderjährig, also eigentlich nicht geschäftsfähig. Daher stellten sie Ehrenscheine aus und verpflichteten sich bei ihrer Offiziersehre, die Wechsel einzulösen. Ein Offizier, der seine Schulden nicht begleichen konnte, musste in der Folge den Dienst quittieren. Es kam zu Selbstmorden und Desertionen, und als das System der Schuldscheine immer mehr überhandnahm und zu einem regelrechten Markt wurde, griff der König höchstselbst ein.«

»Inwiefern?«

»Er hat die Polizei angewiesen, sich um die Sache zu kümmern. Stieber setzte sich mit den Gläubigern – oder besser: den Wucherern – in Verbindung und erreichte häufig einen Vergleich. Dabei soll manchmal Zwang im Spiel gewesen sein.«

»Eher hauptsächlich. Ich war bei einigen *Gesprächen* mit den Gläubigern dabei.«

Wilhelm sah Vorweg erstaunt an.

»Wir sind zu ihnen in die Wohnung marschiert«, fuhr Vorweg fort, »und haben sie unter Druck gesetzt. Bei den meisten ließ sich etwas finden, schließlich hatten sie aus diesem System ein Geschäft gemacht. Die renitentesten von ihnen sperrten wir in die Stadtvogtei. So konnten wir häufig eine Reduzierung der Forderungen erreichen. Was übrig blieb und von den Offizieren nicht aufgebracht werden konnte, hat Seine Majestät aus eigener Tasche bezahlt. Das bleibt aber unter uns.«

Wilhelm nickte. War das eine Art Vertrauensbeweis? Er beschloss, dieser Frage auszuweichen. »Bei unseren Lehrveranstaltungen ging es natürlich um rechtliche Fragen. Immerhin handelt es sich bei Wucher um eine Straftat, die Polizei hat die Vorgänge aber offiziell nicht als solche behandelt.«

»Ganz recht. Aber warum?«

»Sicher hätte das Einschreiten von Polizei und Justiz die Sache schnell beendet. Allerdings hätte eine Verhandlung gegen die Wucherer die Vorgänge öffentlich gemacht, ein Eklat wäre nicht mehr zu vermeiden gewesen. Die Offiziere hätten zumeist ihren Dienst quittieren müssen, und die Auswirkungen auf die Familien und das Ansehen der Armee wären unkalkulierbar gewesen.«

»So ist es.« Vorweg nickte. »Und bedenken Sie auch das Bild, das der Adel in der Öffentlichkeit abgegeben hätte, so kurz nach der Revolution. Also haben wir es unter der Hand erledigt. Der Erfolg dürfte aber nur vorübergehend sein.« Er blickte den Gang hinunter. Noch immer ließ sich niemand sehen. »Und was haben Sie noch gehört?«

»Eigentlich besteht nach der neuen Gesetzgebung die Verpflichtung seitens der Polizei, binnen vierundzwanzig Stunden die Staatsanwaltschaft zu informieren und den Festgenommenen einem Gericht vorzuführen.«

»Was ziemlich unpraktisch ist.« Vorweg sah ihn aufmerksam an.

Wilhelm hatte nicht die Absicht, an dieser Stelle klein beizugeben. »Aber geltendes Recht. Polizei, Staatsanwaltschaft und Justizministerium sind übereingekommen, diese Frist auf achtundvierzig Stunden auszudehnen –«

»Was für die Ermittlungsarbeit auch nicht gerade viel ist –«

»Was aber an der Universität skeptisch gesehen wurde. Immerhin verstößt diese Vereinbarung gegen das Gesetz.« Wilhelm ließ sich nicht beirren. Wenn Vorweg über seine Kenntnisse Bescheid wissen wollte, sollte er bitte schön auch seine Meinung akzeptieren.

»Nun«, sagte Vorweg leichthin, »hier sehen wir ein Paradebeispiel, wie Gesetze und Lebenswirklichkeit in Konflikt geraten können. Wenn wir jeden Verdächtigen zum Gericht gebracht hätten, ohne den Fall weitgehend ausermittelt zu haben, hätten wir ihn gleich laufen lassen können. Sein Anwalt wäre zum Beispiel in der Lage gewesen, Spuren zu verwischen oder Beweise verschwinden zu lassen.«

»Das mag sein.« Wilhelm schüttelte dennoch den Kopf. »Aber irgendeine Frist muss gelten, gerade weil sich auch Polizei und Justiz an die Vorschriften halten müssen.«

Vorweg hob eine Augenbraue. Skepsis und Belustigung waren nicht zu übersehen.

»Ich stimme Ihnen ja zu, dass achtundvierzig Stunden eine bessere Frist wären«, beeilte sich Wilhelm zu sagen. »Und die Professoren an der Universität hätten damit wohl auch kein Problem gehabt, wenn wenigstens diese Frist eingehalten worden wäre. Aber in vielen Fällen wurden Verdächtige mitunter wochenlang festgehalten, ohne einem Richter vorgeführt zu werden und ohne dass wenigstens die Staatsanwaltschaft informiert worden wäre.«

Vorweg lächelte. »Schon einmal darüber nachgedacht, dass eine Information an die Staatsanwaltschaft zur Anklage oder sofortigen Freilassung geführt hätte? Je nachdem, ob der jeweilige Staatsanwalt die Polizei oder einzelne Beamte leiden kann oder nicht?«

Wilhelm lächelte zurück. »Schon einmal darüber nachgedacht, dass ein Fehlverhalten der Polizei zu einem Platzen des Prozesses führen könnte? Je nach Richter und den Fähigkeiten des Verteidigers natürlich.«

Vorweg lächelte nicht mehr. Er drehte sich um und sah aus dem Fenster. »Wenn Sie länger bei uns bleiben, werden Sie sich mit diesem Thema weiter befassen und Entscheidungen treffen müssen.«

Er drehte sich um und sah Wilhelm an. »Diese Entscheidungen müssen Sie bei jedem Fall treffen, der etwas komplizierter werden oder politische Auswirkungen haben könnte. Und es kann sein, dass Sie die Folgen ganz allein zu tragen haben, denn der Corpsgeist in der Truppe hat seine Grenzen, und Sie können sich vielleicht nicht vorstellen, wie schwer unterschiedliche Bestrebungen, Vorurteile und Karriereplanungen innerhalb der Polizei und im Verkehr mit der Staatsanwaltschaft einem einfachen Polizisten das Leben machen können.«

Wilhelm stand auf, als er am anderen Ende des Flurs eine Bewegung wahrnahm. »Ein einfacher Polizist sind Sie nicht gerade, Herr Vorweg.«

»Was das Fällen von Entscheidungen umso schwerer macht.«

19

Sie drehten sich zu den beiden Männern um, die über den Flur kamen und sie fast erreicht hatten. Der untersetzte ältere Mann mochte der Archivar sein, der andere, der sich kerzengerade hielt und keine Miene verzog, war Franz Karl.

»Guten Morgen, die Herren.«

Der untersetzte Mann, der ihnen in ziviler Kleidung gegenübertrat, hatte eine erstaunlich tiefe Stimme. Er war akkurat gekleidet, doch Wilhelm entging nicht, dass sein Anzug schon bessere Tage gesehen hatte. Ein Knopf saß lose, und die Ellenbogen waren abgewetzt. Wilhelm wusste nicht, was ein Archivar verdiente, aber es mochte nicht nur das fehlende Geld sein, das es dem Mann nicht erlaubte, mehrere Anzüge zu besitzen. Die Wangen des vielleicht sechzigjährigen Mannes waren von roten Adern durchzogen, was darauf schließen ließ, dass er gern einem Glas Wein zusprach. Wilhelm kannte diese Gesichter. Nicht nur von den Landarbeitern daheim auf dem Gut, sondern auch aus Berlin selbst. Alkohol war ein Problem aller Schichten.

»Mein Name ist Müller. Ich bin der Archivar im Haus. Bitte entschuldigen Sie die Verspätung, aber ich war noch zu einer Konferenz im Ministerium. Herrn von Brenkendorff kennen Sie bereits?« Müllers übertrieben fester Händedruck war feucht.

Franz Karl deutete eine Verbeugung an, die eher ein kurzes Nicken war.

»Wir hatten bereits miteinander zu tun.« Vorweg war wieder die Ruhe selbst.

»Das ist gut.« Müller trat näher heran. »Sie waren bereits bei Herrn Stieber?«

Wilhelm sah auf. Hier im Haus war es anscheinend üblich, bei der Nennung abwesender Personen auf den entsprechenden Titel zu verzichten. Das war ungewöhnlich, denn normalerweise verzichtete man eher auf den Namen selbst als auf den Titel, der die Stellung der Person in der gesellschaftlichen Hierarchie beschrieb. Wilhelm erinnerte sich daran, dass es ein halbes Jahr gedauert hatte, bis er den Namen des pensionierten Offiziers erfahren hatte, der im Haus gegenüber wohnte und stets als »der Herr Oberst« bezeichnet wurde. War diese Eigenart hier ein Zeichen besonderer Kollegialität, oder steckte etwas anderes dahinter?

»Allerdings«, sagte Vorweg und griff in seine Rocktasche.

»Dann haben Sie sicher die Zugangsgenehmigung dabei.« Mit einem Nicken nahm Müller den Zettel entgegen, den Vorweg ihm reichte. Er studierte ihn ausgiebig und betrachtete lange die Unterschrift. »Das geht in Ordnung. Sie wissen, dass die Genehmigung nur heute –«

»Wir wissen, dass sie nur heute gilt und täglich erneuert werden muss.« Vorweg blieb äußerlich ruhig, doch Wilhelm konnte eine gewisse Ungeduld aus der Stimme heraushören.

»Dann folgen Sie mir bitte, meine Herren.« Müller drehte sich zur Tür, nestelte einen kleinen Schlüsselbund aus der Jackentasche und schloss die Tür auf. »Bitte treten Sie ein.«

Die Männer betraten einen Flur, von dem auf jeder Seite fünf Zimmer abgingen. Müller wies auf die erste Tür zu seiner Linken. »Hier befindet sich die Registratur. Herr Stieber hat mich vor einigen Monaten angewiesen, alle Dokumente zu erfassen und zu registrieren. Wir haben dazu verschiedene Abteilungen eingerichtet, die Sie in den anderen Räumen finden. Wie Sie sich vorstellen können, handelt es sich um einen enormen Aufwand, denn wir haben derzeit etwa fünfzehntausend Dokumente, die gesichtet, verschlagwortet und einsortiert werden müssen.«

Der Raum war relativ groß. Zwei Fenster wiesen auf den Innenhof. Davor stand ein Schreibtisch, offensichtlich neu, den eine Barriere vom Rest des Raumes trennte. Links und rechts davon befanden sich hohe dunkle Regale mit säuberlich sortierten und beschrifteten Kladden. Einige Fächer waren mit Schubkästen versehen, in denen offensichtlich kleine Karteikarten aufbewahrt wurden. Vor der Barriere befand sich ein großer, fast quadratischer Tisch, an dem acht Besucher Platz finden konnten. Offensichtlich konnten sie die Kladden aus den Regalen nehmen und am Tisch studieren.

Während Müller hinter den Schreibtisch ging, zog Vorweg eine Kladde aus dem Regal und schlug sie auf. »›Österreich, Januar bis März 1851, Nummer 1276‹«, las er vor.

Falls es Müller störte, dass Vorweg einfach die Initiative ergriff, ließ er es sich nicht anmerken. Er setzte sich und schob einige Papiere auf dem ansonsten penibel aufgeräumten Schreibtisch zur Seite. »Wenn Sie die Kladden öffnen, die den wesentlichen Bestandteil unserer Repertorien ausmachen«, sagte er gleichmütig und betrachtete die Spitze seines einstmals manikürten Zeigefingers, »werden Sie eine Tabelle sehen, die sich über alle Seiten zieht. Jeder Eintrag ist mit einem Eingangsdatum, einem Kürzel für die Quelle, einem Kürzel für die Dokumentenart, einer kurzen Beschreibung des Inhalts und einer Ordnungsnummer versehen. Schauen Sie ruhig hinein, es handelt sich nicht um ein Geheimnis.«

Vorweg blätterte eine Seite etwa in der Mitte der Kladde auf. »›Salzburg, 25. Januar 1851. 28. März 1854. KN25. B2. Bericht über ergiebige Warenlieferungen an Glockengießerei Oberascher. 5N328.‹« Er runzelte die Stirn.

Müller erhob sich, kam um die Barriere herum und trat neben den Polizisten. Er lächelte und stemmte eine Hand in die Hüfte. »Das Prinzip ist relativ einfach. Sie sehen auf dieser Seite die kleinen Schubkästen. Dort befindet sich ein Stichwortkatalog und gegenüber«, Müller wies auf die andere Seite, »ein Schlagwortkatalog. Damit können Sie eine bestimmte Kladde finden, wie die, deren Nummer Sie eben vorgelesen haben. Wenn Sie, angenommen, etwas über die Glockengießerei Oberascher finden möchten, nutzen Sie den Schlagwortkatalog. Dort finden Sie eine oder mehrere Karteikarten, die auf verschiedene Kladden verweisen. Sind Sie hingegen an wirtschaftlichen Meldungen aus dem Salzburger Land interessiert, nutzen Sie den Stichwortkatalog. Sie könnten zunächst die Karteikarte ›Österreich‹ suchen. Auf dieser finden Sie Verweise, unter anderem zur Karteikarte ›Österreich/Wirtschaftsmeldungen‹. Diese könnte wiederum zur Karte ›Wirtschaftsmeldungen/Salzburg‹ verweisen. Auf dieser finden Sie dann eine Auflistung von Kladden und deren Nummern. Die Kunst besteht darin, diese Verzeichnisse so aufzubauen, dass alle Eventualitäten einer Anfrage bereits berücksichtigt sind. Das erfordert Einfühlungsvermögen und Geschick und auch etwas Zeit. Um etwa einen Brief umfassend zu verzeichnen, benötigen wir schon einmal eine halbe Stunde. Meine vier Kollegen und ich sind in der Sache ziemlich gut, wie ich anmerken darf.«

Müller nickte kurz, um seinen Stolz zu überspielen, und trat an den großen Tisch. »Wenn Sie also die Kladde gefunden haben, die Sie interessiert, können Sie sich die einzelnen Einträge anschauen. In dieser hier«, er pochte mit dem Zeigefinger auf die aufgeschlagene Seite, »finden Sie einen Teil der Dokumente, die mit Österreich im besagten Zeitraum zu tun haben. Gut, was haben wir hier also?«

Müller griff in seine Tasche und holte an einer feinen goldenen Kette eine Lorgnette hervor, klappte die Gläser auseinander und hielt sie sich vor die Augen. Die Gläser, so fiel Wilhelm auf, waren dick und blank poliert. Vorweg und er tauschten einen überraschten Blick. Lorgnetten waren selten und eher den Damen vorbehalten. Männer, die nicht ständig eine Bügelbrille benötigten, bevorzugten in der Regel einen Zwicker, den sie sich auf die Nase setzten.

»Das Dokument stammt aus Salzburg und ist datiert auf den 25. Januar 1851. Erfasst und registriert wurde es hier am 28. März 1854. Dieses *B8* bedeutet, dass es sich um einen Bericht der achten Kategorie handelt, also eher um einen Routinebericht. Würde er als wichtig eingeschätzt, würde er mindestens als *B4* bezeichnet. Wir haben zehn Kategorien, wobei Dokumente mit der Einstufung *B10* als eher unwichtig angesehen werden. Jedenfalls wurde der Bericht von KN25 verfasst. Es ist nur über eine Sonderregistratur herauszufinden, um wen es sich tatsächlich handelt. Diese Registratur befindet sich aber nicht in diesen Räumen, sondern direkt bei Herrn Stieber. Was haben wir noch?« Er sah kurz auf, als wolle er sich der Aufmerksamkeit seiner Zuhörer versichern, blickte dann aber wieder in das Dokument. »Offensichtlich geht es in diesem Brief um Warenlieferungen an die Glockengießerei Oberascher. Wenn man weiß, dass in dieser Firma nicht nur Glocken, sondern auch Kanonenrohre gegossen werden, könnte man davon ausgehen, dass es sich um eine entsprechende Meldung handelt, und sich das Dokument näher ansehen. Und wo finden wir es? Natürlich in Raum 5, Regal N, unter der laufenden Nummer 328.«

»Und dann gehe ich in den Raum und nehme mir das Dokument vor?«

»Wo denken Sie hin? Ganz und gar nicht.« Müller lachte grollend. »Das Archiv dürfen in aller Regel nur Archivare betreten. Sie kommen also an den Tresen, nennen uns die Nummer, und wir holen das Dokument, welches Sie dann an diesem Tisch studieren dürfen. Heute machen wir eine Ausnahme. Folgen Sie mir bitte.«

Er ging auf den Flur zurück und wies auf den Gang. Wilhelm bemerkte, dass über allen Türen römische Ziffern angebracht waren. Müller tat einige Schritte, holte einen Schlüssel hervor und öffnete eine Tür auf der gegenüberliegenden Seite.

Sie betraten einen dunklen Raum, nur wenig Licht schien durch kleine Fenster, die sich im oberen Bereich auf der anderen Seite erahnen ließen.

»Wir legen hier großen Wert auf Sicherheit. Gerade ein Brand wäre verheerend für unser Archiv. Daher gibt es kaum Fenster und scharfe Sicherheitsmaßnahmen.« Müller trat an einen Tisch neben der Tür und drehte an einem Schalter. Schummriges Licht erhellte den Raum und gab den Blick auf vielleicht zwanzig Regale frei, die quer zur Türseite standen.

»Gaslicht«, erläuterte der Archivar. »Sie bemerken vielleicht, dass die Leuchten draußen im Gang angebracht sind und ihr Licht durch gläserne Öffnungen in den Raum leiten.« Er wies unbestimmt die Wand entlang. »So reduzieren wir die Brandgefahr ganz erheblich. Für den Fall, dass doch einmal etwas passieren sollte, sind überall Kisten mit Sand und Schaufeln verteilt, außerdem verfügt jeder Archivraum über einen Wasseranschluss und einen langen Schlauch.«

Wilhelm sah einen Tisch und einen Schrank neben der Tür. Hier schienen diese Utensilien versammelt zu sein. Vorweg murmelte eine Bemerkung, die durchaus als Anerkennung verstanden werden konnte.

Müller war sichtlich erfreut. »Ja, meine Herren, wir machen uns einige Gedanken um die Sicherheit. Immerhin handelt es sich hier, und ich übertreibe nicht, um das Gehirn unseres Königreiches oder zumindest einen wesentlichen Teil davon.«

Mittlerweile hatten sich die Männer an das schummrige

Licht gewöhnt. Müller ging die Regalreihen entlang und tippte mit dem Zeigefinger auf jede Stirnseite, an der mehrere Blätter angebracht waren, auf denen große, fett gedruckte Zeichen deutlich zu sehen waren. »Da haben wir es, Regal N.« Müller bog in einen Gang ein und griff nach einem Karton. Er stellte ihn schräg und blätterte mit geübten Fingern in dem enthaltenen Stoß Papiere.

»Dokument 328.« Er zog drei zusammengeheftete Seiten heraus und warf einen Blick darauf. »Lassen Sie mich schauen … Wie wir es uns gedacht haben: KN25 berichtet, dass in den letzten zwei Wochen auffällig viel Kohle angeliefert wurde, was auf einen großen Auftrag hindeutet. Darüber hinaus wurde mehr Erz als gewöhnlich angeliefert. Der Schreiber vermutet, dass hier in kurzer Zeit eine größere Anzahl von Geschützen angefertigt werden soll. Das schließt er unter anderem daraus, dass für die Belegschaft auch Nachtschichten angeordnet wurden, wie er in der Gaststätte Goldener Krug erfahren konnte.«

Vorweg steckte die Hände in die Hosentaschen, ließ den Blick über die Regale streifen und sagte nachdenklich: »Wenn wir hier noch weiter stöbern könnten und ausreichend Berichte vorrätig sind, würden wir einen guten Eindruck über die artilleristischen Rüstungen unserer Nachbarn erhalten.«

Müller schürzte die Lippen und nickte. »Das wäre möglich. Es hat aber immer Sinn, alle möglichen Quellen zu prüfen. Hilfreich ist hierbei oft die Presse. In einem anderen Bereich des Archivs haben wir Ausgaben vieler Zeitungen aus ganz Europa versammelt. Die Sammlung ist alles andere als vollständig, wird aber ständig ausgebaut. In unserem Beispiel wäre das Studium einer Lokalzeitung im fraglichen Zeitraum anzuraten, da man hier unter anderem Angaben zu Märkten, Straßensperren, ungewöhnlichen Vorkommnissen oder Mitteilungen der Börse findet, die der örtlichen Zensur entgangen sind. Daraus könnten sich

Verdachtsmomente ergeben, die eine genauere Untersuchung angeraten erscheinen lassen. Woraus sich vielleicht ein Auftrag an unseren Freund KN25 ergeben könnte.«

»Die Hauptarbeit dürfte aber im Repertorium geleistet werden«, meinte Wilhelm.

»Ganz recht. Dort müssen Sie sich überlegen, was Sie suchen. Gehen wir also wieder zurück.«

Müller legte das Dokument in den Karton zurück und stellte diesen in das Regal. Er wies mit der Hand zum Ausgang. Im Flur löschte er das Licht, dann sperrte er die Tür mit zwei Drehungen des Schlüssels ab, den er anschließend zurück in die Tasche steckte.

»Dann lassen Sie mal hören.« Müller saß wieder hinter seinem Schreibtisch und spielte mit seiner Taschenuhr. Seinen Gästen hatte er mit einer weit ausladenden Geste Platz am großen Studiertisch angeboten. Vorweg und Wilhelm saßen auf der einen Seite nebeneinander, Franz Karl hatte den am weitesten entfernten Stuhl auf der anderen Seite gewählt. Er hatte bislang keinen Ton von sich gegeben und Wilhelm nicht ein Mal angesehen. Wollte er damit etwas demonstrieren, war es Wilhelm gleichgültig. Er hatte kein Bedürfnis nach einem Wortwechsel, gleich welcher Art, war sich aber im Klaren darüber, dass dieser Zustand unmöglich weitere Stunden oder gar Tage aufrechterhalten werden konnte.

Vorweg zog einige Papiere aus der Tasche, wie Wilhelm erkannte, das gedruckte Manifest, vielmehr die Reste davon, und den Brief. Er schob die Blätter über den Tisch.

Müller musste sich erheben und über die Barriere langen, um mit einem unterdrückten Ächzen den kleinen Stapel an sich zu nehmen. Er ließ sich in seinen Stuhl fallen und begann interessiert zu blättern. »Hm. Meine Sprachkenntnisse sind etwas unterentwickelt. Leider gilt das für so ziemlich jede Sprache.« Müller lächelte bedauernd. »Um was geht es hier?«

»Das möchten wir mit Ihrer Hilfe herausfinden.« Vorweg schob seinen Stuhl nach hinten, schlug die Beine übereinander, legte einen Arm auf das Regal hinter ihm und schaute aus dem Fenster. Die Sonne schien nun mit voller Stärke in den Raum und ließ einige Staubkörner tanzen. Wilhelm fiel auf, dass außer dem Gesang und Gezwitscher zahlreicher Vögel kein Laut von der Straße hereindrang. Schatten vor dem Fenster ließen auf einen großen Baum schließen, in dem sich der halbe Vogelbestand Berlins niedergelassen zu haben schien. Es war friedlich und geradezu anheimelnd.

»Im Zuge der Ermittlungen zum Tod einer jungen Dame …«, begann Vorweg.

»Sie meinen die Gasexplosion?« Müller schaute von den Papieren auf. »Es stand in der Zeitung. War sie nicht eine junge Adlige?«

»Es steht viel in den Zeitungen.« Vorweg schien entschlossen, sich nicht aus der Ruhe bringen zu lassen. »In diesem Fall stimmt aber die Information. Die junge Dame ist … war … eine Kerecki, also die Angehörige eines alten und ziemlich bedeutenden Geschlechts in unserem Nachbarland.«

Müller stützte sein Kinn in die Hände und sagte zu niemand Bestimmtem: »Ich sehe die diplomatischen Verwicklungen bereits vor Augen. Mein Archiv wird sich über zahlreiche neue Dokumente freuen dürfen.«

Vorweg ging nicht darauf ein. »Im Zuge der Ermittlungen also gelangten diese Dokumente über diesen jungen Herrn zu uns.« Vorweg nickte in Franz Karls Richtung, der sich nicht einen Zentimeter bewegte, sondern weiter die Akten auf der anderen Seite des Zimmers zu studieren schien. »Es handelt sich um eine Art Manifest und einen Drohbrief. Inhaltlich geht es wohl darum, dass die Bukowina, das Heimatland der Kereckis, von der russischen und österreichischen Herrschaft befreit werden soll und eine nicht näher bezeichnete Gruppierung von der Familie erwartet, in diesem Prozess eine entscheidende Rolle zu spielen.«

Wilhelm war beeindruckt. Vorweg konnte bei Bedarf wie eine offizielle Mitteilung oder eine Aktennotiz reden.

»Bukowina?« Müller zog die Augenbrauen in die Höhe. Sein Blick fiel auf die Wand neben der Tür, und Wilhelm drehte sich unwillkürlich in diese Richtung. Hier hing eine große Karte Berlins und eine noch größere von Europa. Von Müllers Platz aus konnte zwar unmöglich etwas zu lesen sein, als Gedächtnisstütze würde der Blick aber allemal ausreichen.

»Das Grenzgebiet von Österreich und Russland.« Müller faltete die Hände und legte die Zeigefinger an die Lippen. »Angesichts des Krieges auf der Krim und der nicht gerade freundlichen Haltung Wiens gegenüber dem Zaren erscheint mir die Angelegenheit von einiger Brisanz –«

»Das ist sie offensichtlich«, unterbrach Vorweg immer noch mit ruhiger Stimme.

»Und Sie möchten jetzt herausfinden, was an der Sache dran ist.«

Vorwegs Hand schnellte hervor und fing eine große Staubfluse, die vor ihm schwebte. Er ließ sie zwischen seinen Fingern hin und her gleiten und betrachtete sie interessiert. »Wir möchten wissen, ob es eine solche Gruppierung gibt, was sie vorhat und ob sie vielleicht auch in Berlin tätig ist. Darüber hinaus möchten wir alles über die Familie des Opfers wissen.« Er rollte die Fluse zusammen und ließ sie zu Boden fallen.

Müller atmete tief durch, strich über den Schreibtisch und beobachtete den aufsteigenden Staub, der im Sonnschein einen glitzernden Tanz aufführte. Er seufzte und sah Vorweg an. »In der zweiten Frage kann ich Ihnen vielleicht sofort helfen. Wir haben vor einiger Zeit begonnen, ein Personenregister aufzubauen. Momentan befindet es sich noch hinter dieser Tür.« Er zeigte unbestimmt an Vorweg vorbei. »Möglicherweise haben wir da bereits etwas. Natürlich sind noch nicht alle erfassten Dokumente mit diesem Register verbunden, das holen wir derzeit nach. Aber alle Dokumente, die seit einem halben Jahr erfasst wurden, sind meines Wissens abgeglichen. Das wäre also schon einmal eine Möglichkeit.«

»Und hinsichtlich der Gruppierung?« Die Ruhe des Raumes, das Vogelgezwitscher, der tanzende Staub hatten Wilhelm müde gemacht. Er setzte sich auf und beschloss, am Gespräch teilzunehmen.

Müller wiegte den Kopf nachdenklich hin und her, rieb über die Bartstoppeln an seinem Hals und faltete erneut die Hände. In seinen Augen lag Skepsis. »Wir sind bei unserer Tätigkeit prioritär vorgegangen. Wir haben also die Dokumente, über die wir eine Übersicht haben, nach Wichtigkeit eingeteilt. Deshalb haben wir zunächst mit inneren Angelegenheiten begonnen: die Opposition, mögliche terroristische Gruppen, Presseorgane mit abweichenden Meinungen und so weiter.«

»Diese Kommunisten, zum Beispiel?«

Müller nickte. »Ganz recht. Herr Stieber hat damit vor einiger Zeit zu tun gehabt.« Er lächelte. Dem Lächeln war nichts zu entnehmen. »Alle diesbezüglichen Dokumente sind erschöpfend erfasst. Auch das Personenregister ist in dieser Hinsicht auf dem aktuellsten Stand.« Er stand auf und trat zum Fenster. »Angesichts der außenpolitischen Geschehnisse und der Bedeutung bestimmter Nachbarn für die Sicherheit des Staats haben wir natürlich auf die Erfassung der Unterlagen besonders großen Wert gelegt, die Russland, Frankreich, England und Habsburg betreffen. Dabei haben wir uns auf politische Parteien oder Richtungen ebenso konzentriert wie auf wirtschaftliche und militärische Aspekte.«

Er drehte sich um und schritt das Register ab. Nachdenklich betrachtete er die Rücken der Kladden. »Aber natürlich haben wir auch auf die wissenschaftliche und technische Entwicklung geachtet. Immerhin wäre es für unsere Truppen eine böse Überraschung, im Feld etwa von einer neuen Waffe bedroht zu werden.«

»Wie unserem Zündnadelgewehr?« Vorweg lächelte bei der Frage.

Müller lächelte zurück. »Eines der großen Staatsgeheimnisse, das keines mehr ist. Sie können sich vorstellen, dass Spione anderer Länder brennend an Informationen zu unserer neuen Wunderwaffe interessiert sind. Wir haben zahlreiche Akten darüber.« Er ging zum Schreibtisch zurück und setzte sich. »Zurück zu Österreich. Wie gesagt, haben wir bereits eine Menge Unterlagen archiviert. Dabei ist auch viel Regionales. Ob wir aber etwas über die Bukowina haben, vermag ich nicht zu sagen. Dieser Teil Europas stand auf der Liste nicht gerade weit oben.«

»Wie können wir jetzt also vorgehen?«

»Nun, ich schlage vor, dass Sie sich aufteilen. Zunächst könnte das Personenregister durchgesehen werden, außerdem können Sie sich am Schlagwort- und am Stichwortkatalog versuchen.«

20

Informationen über die Familien Kerecki und Mersdorf waren schnell zusammengetragen. Der *Gothaische Hofkalender*, ein Verzeichnis aller deutschen Adelsfamilien, war die erste und ergiebigste Quelle. Er bestätigte und ergänzte, was sie schon wussten. Sie erfuhren, dass beide Familien nicht nur auf eine lange Geschichte und weit ausufernde Stammbäume blicken konnten, sondern durch Verbindungen mit zahlreichen weiteren bedeutenden Häusern über einen großen Einfluss in Politik, Wirtschaft und Militär verfügten. Zahlreiche Familienmitglieder waren Offiziere und nahmen anscheinend mit Vorliebe Töchter aus Familien mit umfangreichem Grundbesitz zur Frau. Ein Kerecki war aktuell Minister in der Wiener Hofburg, ein anderer in Budapest. Zwei Botschafter, drei Generäle und sogar ein Admiral der österreichischen Marine waren aufgeführt. Die Mersdorfs fanden sich in weniger prominenten Positionen, allerdings hatten auch sie zwei Generäle und einen Botschafter vorzuweisen. Hauptsächlich schien sich die Familie Mersdorf aber auf den Erwerb von Wäldern und Bergwerken zu konzentrieren und in der lokalen Politik aktiv zu sein. In den letzten vierzig Jahren hatte sich ein wichtiger Zweig im österreichischen Teil von Schlesien angesiedelt, betrieb Minen für Kohle und Zink und baute eine verarbeitende Industrie auf.

Während die Mersdorfs aus Niederösterreich kamen, stammten die Kereckis ursprünglich tatsächlich aus der Bukowina und waren stark mit ungarischen Adelshäusern verwoben. Allerdings hatte sich ihr Schwerpunkt nach Österreich selbst, Böhmen und

Schlesien verlagert; nur ein kleiner Familienzweig, allerdings der älteste, saß noch auf Gütern, die man im weitesten Sinne der Bukowina zuordnen konnte. In zwei Verwaltungsbezirken, Radautz und Kotzmann, stellten sie den Bezirkshauptmann, und auch die Hauptstadt Czernowitz wurde von ihnen verwaltet. Verfolgte man den Stammbaum zurück, ergaben sich in der Frühzeit zahlreiche und enge Verbindungen zur Familie Stephans des Großen, des Fürsten von Moldau. Die Familie Kerecki hatte also Bedeutung für die Bukowina, woraus Vorweg schloss, dass die Drohungen aus den Briefen und den Rudimenten des Manifests durchaus plausibel sein konnten.

Franz Karl hielt sich bei der Suche zurück und verbrachte seine Zeit abseits am Stichwortkatalog. Nur selten schrieb er etwas auf einen Zettel, den er schließlich Müller brachte.

»Da könnte ich Hilfe gebrauchen.« Der untersetzte Mann erhob sich ächzend aus seinem Stuhl. »Wenn Sie so freundlich wären, mir beim Zusammenstellen und Tragen zu helfen? Ein Mitarbeiter des Ministeriums dürfte ja über jeden Zweifel erhaben sein, sodass wir die Zugangsbeschränkungen für einen Moment außer Acht lassen dürfen.«

Franz Karl schenkte Vorweg nur ein kurzes Nicken und ignorierte Wilhelm komplett. Sein stolzes Grinsen aber war kaum zu übersehen, als er Müller in die Tiefen des Archivs folgte.

»Was uns die Gelegenheit gibt, über unser weiteres Vorgehen zu sprechen«, sagte Vorweg mit einem Kopfschütteln, als sich die Tür geschlossen hatte. »Ein ziemlicher Schnösel dieser Bursche, wie?«

Wilhelm wollte nicht darauf eingehen. »Ich denke, wir sollten herausfinden, was uns das Archiv über die Bukowina sagen kann. Vielleicht finden wir auch Hinweise auf die ominösen Patrioten.«

»Oder Terroristen.«

»Ist das nicht das Gleiche?«

»Oder dasselbe?«

»Oder ist es zwar das Gleiche, wird aber später als ›dieses‹ oder ›jenes‹ bezeichnet?«

Vorweg schmunzelte. »Je nachdem, ob sich das Anliegen durchgesetzt hat, denke ich. Sind sie gescheitert, erscheinen sie in Büchern als Aufwiegler und Rebellen, haben sie gewonnen, sind sie Patrioten. Soll auch bei uns vorgekommen sein. Gehen wir doch die Kataloge durch.«

Zwei Stunden später, die Sonne schien nun direkt auf den Tisch und heizte ihn dermaßen auf, dass die Männer es vermieden, die bloßen Hände daraufzulegen, waren sie nicht wirklich weitergekommen. Anscheinend gab es nicht viele Berichte über diese Region, weder in politischer noch in militärischer Hinsicht. Nur zwei wirtschaftliche Meldungen und ein Verzeichnis lokaler Zeitungen waren zu finden. Diese selbst schienen nicht vorrätig zu sein.

»Scheint ein sehr armes Land zu sein«, fasste Vorweg zusammen.

»Über das wir so gut wie keine Informationen haben.« Wilhelm war unzufrieden. Er hatte nicht gedacht, dass im berühmten Archiv der preußischen Polizei, von dem er schon so viel gehört hatte, über diese Region Europas genau genommen überhaupt keine Erkenntnisse vorlagen. Dabei war es ein offenes Geheimnis, dass in diesem Archiv die intimsten Geheimnisse Europas lagen.

»Sie sehen nicht gerade glücklich aus.« Vorweg erhob sich aus seinem Stuhl, trat ans Fenster und streckte seine Arme. Anschließend begann er, den anscheinend verspannten Nacken zu massieren.

»Ich hatte mir mehr erhofft«, gestand Wilhelm ein. »An der Universität hat das Archiv der Politischen Polizei geradezu einen legendären Ruf. Hier sollen auch Informationen über die Liebschaften Napoleons oder Verfehlungen des Papstes zu finden sein … habe ich gehört.« Er kratzte sich verlegen am Kopf.

»Vielleicht stimmt das ja auch.« Vorweg hatte sich umgedreht und lehnte nun mit verschränkten Armen am Fenster. »Allerdings halte ich den, wie sagten Sie, legendären Ruf für übertrieben.«

»Tatsächlich?« Wilhelm sah auf. Hier ergab sich möglicherweise wieder eine Gelegenheit, etwas dazuzulernen. »Wie kommen Sie darauf?«

»Nun«, sagte Vorweg langsam und strich sich übers Kinn, »das Archiv ist das Steckenpferd unseres Dr. Stieber. Wenn Sie seine Karriere verfolgt haben, werden Sie feststellen, dass Klappern bei ihm zum Handwerk gehört. Enormes Klappern, und ich glaube, dass dieser Lärm häufig die Ergebnisse der Arbeit übertönt. Jede Verhaftung, jede Vernehmung vor Gericht wurde bislang groß aufgezogen. Und wenn die Gazetten keinen Korrespondenten vor Ort hatten, wurde schnell einmal einer bestellt. Sie verstehen?«

Wilhelm nickte. »Mehr Schein als Sein also?«

Vorweg schüttelte den Kopf. »Das habe ich nicht gemeint. Stieber ist tatsächlich ein guter Ermittler, fachlich, nicht unbedingt im Sinne der Moral. Er hat viel geleistet und einiges vorangebracht. Allerdings stammt er aus einer kleinbürgerlichen Familie und hat sich hochgedient. Das hat er geschafft, indem er seine Leistungen bei seinen Gönnern immer ins rechte Licht zu setzen wusste. Der vielleicht wichtigste Gönner ist im Übrigen unser Herr Polizeipräsident.«

»Hinckeldey?«

»Höchstselbst. Man munkelt aber auch, dass Stieber zum Beichtvater Seiner Majestät engen Kontakt pflegt. Mittlerweile hat er sich ein Netz aus Verbindungen aufgebaut. Da muss er natürlich auch liefern, und wenn es einmal etwas nicht zu liefern gibt –«

»Muss geklappert werden.«

Es klopfte an der Tür. Für einen Moment wusste keiner der Männer, wie darauf zu reagieren sei. Müller würde wohl kaum an seiner eigenen Tür klopfen, von Franz Karl war das ebenfalls nicht zu erwarten. Schließlich stieß sich Vorweg von der Fensterbank ab, durchquerte den Raum und öffnete die Tür. Ein Schutzmann, der die Hand zum erneuten Klopfen gehoben hatte, führte sie nach einem kurzen Zögern weiter an den Tschako und salutierte.

»Herr Vorweg, eine Nachricht.« Der Uniformierte reichte Vorweg einen einfach gefalteten Zettel, salutierte erneut und drehte sich um.

»Danke, Georg.« Vorweg schloss die Tür, drehte sich um und faltete den Zettel auseinander. »Sieh einer an. Das nenne ich eine neue Entwicklung.«

Wilhelm hob die Augenbrauen und sah Vorweg fragend an.

»Unser Freund Mersdorf hat es offenbar geschafft, seine Botschaft zu informieren. Von dort ist ein Schreiben im Präsidium mit der Bitte um Aufklärung eingetroffen. Wir müssen jetzt schnell handeln. Ich hatte ohnehin vor, Mersdorf heute nochmals zu verhören, vorher aber sollten wir noch einmal seine Wohnung aufsuchen. Hier können wir morgen weitermachen. Den Schlagwortkatalog habe ich noch nicht geprüft. Also?«

Vor der Tür trafen sie auf Müller, der mit Franz Karl endlich aus einem der hinteren Räume zurückkehrte und mehrere Kladden trug.

»Sind das weitere Erkenntnisse?« Wilhelm war erstaunt.

»Leider nicht.« Müller lächelte schief und trat dichter an ihn heran. »Jedenfalls nichts, was Ihren Fall betrifft.«

»Es handelt sich um eine Angelegenheit des Ministeriums.« Franz Karls Gesicht blieb ausdruckslos, seine Augen, die über sie hinwegsahen, vermittelten aber eine deutliche Botschaft. Wilhelm verstand sofort: *Ich bin der Vertreter des Ministeriums und befasse mich mit wichtigen Angelegenheiten. Und diese Angelegenheit übersteigt die Kompetenzen eines kleinen Polizisten, wie du einer bist.*

Vorweg schürzte die Lippen und nickte zweimal. »Was auch immer.« Er wandte sich zu Müller und drehte Franz Karl achtlos den Rücken zu. Dieser verengte die Augen zu einem schmalen Schlitz. Ganz kurz nur, aber Wilhelm hatte es bemerkt.

»Herr Müller, dringende Geschäfte erfordern unseren sofortigen Aufbruch. Über die Natur dieser Geschäfte kann ich hier natürlich nichts sagen, ich bin aber sicher, dass die Herren Verständnis aufbringen werden.« Vorweg hatte drei Worte betont: dringend, nichts und Verständnis.

Wilhelm musste ein Grinsen unterdrücken. Was du kannst, mein Freund und Kupferstecher, dachte er, können wir auch.

»Ich wäre Ihnen dankbar«, fuhr Vorweg fort, »wenn Sie unsere Wiederkehr morgen früh so organisieren könnten, dass wir sofort mit unserer Arbeit fortfahren könnten.«

Müller nickte. »Ich werde alles vorbereiten. Ich freue mich darauf, Sie und den jungen Herrn morgen wieder hier begrüßen zu können. Und machen Sie sich keine Mühe – ich werde Herrn Stieber informieren.« Er lächelte und nickte leicht in Wilhelms Richtung.

Sie verabschiedeten sich und traten wenige Augenblicke später in die pralle Sonne, die das Leben auf dem Molkenmarkt fast zum Erliegen gebracht hatte. Nur wenige Menschen gingen langsam über die Straße, die meisten hatten sich unter die Markisen von Marktständen oder Geschäftsauslagen zurückgezogen.

»Ein komischer Mensch, dieser Müller«, bemerkte Wilhelm.

»Tatsächlich?«, gab Vorweg zerstreut zurück.

»Ist Ihnen nichts aufgefallen? Er hat sich manchmal etwas merkwürdig benommen. Jedenfalls hatte ich diesen Eindruck.«

Sie gingen nebeneinander in Richtung Brücke. In der schmaler werdenden Straße mussten sie einem Karren ausweichen, und so dauerte es einen Moment, bis Wilhelm wieder zu Vorweg aufschloss.

»Ach, das meinen Sie.« Vorweg klang gleichmütig. »Er mag Sie einfach, denke ich. Das sollte nicht von Nachteil sein. Es ist nützlich, gute Beziehungen zu haben – je mehr, desto besser.«

»Das mag stimmen, aber dennoch hatte ich ein Gefühl, dass –«

»Hören Sie.« Vorweg blieb stehen, kratzte sich am Hinterkopf, fuhr sich mit dem Daumen über die Augenbraue und schaute angelegentlich zum Giebel eines Hauses auf. »Es gibt Menschen, die in ihren Beziehungen ... oder in ihrem Verhalten ... jedenfalls sich lieber mit Menschen eines bestimmten Geschlechts umgeben. So weit klar?«

»Meinen Sie, Herr Müller sei ...« Wilhelms Gedanken ließen Szenen der letzten Stunden wie von selbst Revue passieren, und er konnte nicht anders, als diese Szenen auf Anzeichen zu prüfen, die den nicht ausgesprochenen Verdacht erhärten könnten.

»Ich meine gar nichts, junger Mann.« Vorwegs Stimme klang jetzt streng. »Und ich meine schon gar nichts, was unter Umständen oder gewissen Auslegungen in eine Richtung gehen könnte, in der ich tätig werden müsste. Gewisse Dinge, von denen wir ausdrücklich nicht gesprochen haben, sind nach unserem Recht strafbar.«

Wilhelm dachte nach. »Das mag sein. Aber ich habe mir über diese Privatdinge noch nie Gedanken gemacht.«

Vorweg wandte sich zum Gehen. »Dann schlage ich vor, dass Sie es dabei auch belassen.«

Er verwendete wieder seinen gleichmütigen Tonfall, und Wilhelm hatte das Gefühl, an einer Prüfung teilgenommen zu haben. Er hoffte, dass er das Ergebnis irgendwann erfahren würde.

»Und verhalten Sie sich weiter ganz normal, wenn ich Ihnen diesen Rat geben darf.«

Schweigend überquerten sie die Brücke.

»Mir erscheint es nicht ganz einfach, gerade in dieser Position – wie soll ich sagen – unscheinbar zu bleiben, vor allem dann, wenn es möglicherweise leicht auffällt«, sagte Wilhelm nach einer Weile.

Sie hatten den Spittelmarkt erreicht, und Vorweg sah sich um. »Sie meinen, etwas zu verbergen, wenn es etwas zu verbergen gäbe?«

Wilhelm nickte unbehaglich. Das Thema war heikel.

»Herr Müller ist äußerst zuvorkommend und hat zahlreichen Polizisten oder anderen Beamten Dienste erwiesen, für die sie ihm Dankbarkeit schulden. Das hat zur Folge, dass über eine Vorliebe für guten Wein ebenso hinweggesehen wird wie über andere … Dinge. Und das ist alles, was ich wissen muss.«

Am Dönhoffplatz schnitt Wilhelm das Thema ein letztes Mal an. »Ahnung und Wissen sind zwei verschiedene Dinge, nicht wahr?«

Vorweg sah geradeaus und beschleunigte seinen Schritt fast unmerklich. »Als Polizist interessieren mich nur Fakten zu einem Fall.«

»Und alles andere geht uns nichts an.«

Vorweg blieb wieder stehen. »War das eine Frage?«

»Nein.«

Wilhelm sah Vorweg in die Augen. Der Polizist musterte ihn schweigend und nickte dann. »Ganz recht. Alles andere geht uns nichts an.«

21

In Mersdorfs Wohnung stießen sie auf die beiden Schutzleute, die Wilhelm bereits kannte: den kleinen Dicken und den großen Langen. Letzterer hieß Grothe, daran erinnerte sich Wilhelm, der Name des kleinen Polizisten war ihm jedoch entfallen. Die Polizisten hatten es sich im Salon bequem gemacht und schauten jetzt etwas betreten.

»Keine Vorkommnisse, Herr Kriminalsekretär«, schmetterte Grothe, als Vorweg und Wilhelm den Raum betraten. Der Schutzpolizist warf einen scheelen Blick auf Wilhelm und fuhr fort: »Es ist niemand aufgetaucht, und auch die Nachbarn haben niemanden gesehen.«

»Das Dienstmädchen ist übrigens auch nicht aufgetaucht«, fügte der kleine Polizist hinzu.

»Dieser Verbleib ist geklärt, Kwiatkowski«, erwiderte Vorweg knapp.

Kwiatkowski und Grothe also, dachte Wilhelm, ein nettes Gespann.

»Wie ich sehe, haben Sie es sich gemütlich gemacht und es dabei geschafft, nichts durcheinanderzubringen oder irgendwelche Spuren zu verwischen.« Vorweg ging durchs Zimmer und betrachtete alle Ecken.

»Jawohl, Herr Kriminalsekretär. Wir haben uns nur hier am Tisch aufgehalten und uns ansonsten abwechselnd die Beine vertreten oder die Hausbewohner wie angewiesen befragt.« Grothe stand weiter stramm, und Kwiatkowski nickte eifrig, während ihm das Strammstehen durchaus schwerfiel.

»Was nichts ergeben hat, nehme ich an?«

»Jawohl, Herr Kriminalsekretär. Zum Zeitpunkt der Explosion war niemand im Haus, und besondere Vorkommnisse scheint es in der letzten Zeit nicht gegeben zu haben.«

»Wie ich sehe«, Vorweg wies auf den Tisch, »ist es Ihnen immerhin gelungen, Kaffee zu machen.«

»Jawohl, Herr Kriminalsekretär.«

»Von den Vorräten des Wohnungsbesitzers, wie ich annehme?«

»Jawohl, Herr Kriminalsekretär ... Äh, wir hatten eigentlich ...« Der dicke Polizist suchte verzweifelt nach den richtigen Worten. Sein Gesicht lief sofort rot an.

»Geschenkt, Kwiatkowski. Der Herr wird es kaum bemerken. Seien Sie doch so gut und machen Sie uns auch zwei Tassen. Sie sind doch im ersten Revier bekannt für Ihr diesbezügliches Geschick.«

Kwiatkowskis Gesichtsröte vertiefte sich weiter. »Jawohl, Herr Kriminalsekretär. Allerdings möchte ich hinzufügen, dass mir hier weitaus besserer Kaffee zur Verfügung steht. In ganzen Bohnen!«

Vorweg setzte sich und schlug die Beine übereinander. »In ganzen Bohnen? Mein Gott, ich brenne darauf, das Ergebnis Ihrer Anstrengungen zu kosten. Grothe, Sie können sich doch sicher ebenfalls in der Küche nützlich machen?«

»Jawohl, Herr Kriminalsekretär.« Grothe sah neidisch auf seinen strahlenden Kollegen und folgte ihm in die Küche.

»Ach ja, die gute alte Schutzpolizei.« Vorweg seufzte und streckte sich. »Wir werden Mersdorf bald entlassen müssen. Die kaiserliche Botschaft dürfte sonst äußerst ungehalten werden. Daher möchte ich ihn heute Abend vernehmen, vielleicht zum letzten Mal. Und in diesem Zusammenhang wäre es gut, hier noch einmal nach Hinweisen zu suchen. Ich schlage vor, dass ich mir das Arbeitszimmer vornehme und in den Geschäftspapieren und der Korrespondenz suche. Sie hingegen könnten sich die Sachen der jungen Dame genauer ansehen. Vielleicht haben wir ja etwas übersehen, das sich im Lichte der wenigen Erkenntnisse, die wir im Archiv gewinnen konnten, nun doch als bedeutsam herausstellen könnte. Achten Sie auch auf mögliche Verstecke, von Tagebüchern oder dergleichen. Beliebt sind lockere Dielenbretter, Räume hinter den Schränken, Geheimfächer in Möbeln und dergleichen.«

Wilhelm nickte. »Ich glaube, dass es allgemein nicht schaden kann, so viel wie möglich über das Opfer herauszufinden.«

»Dann machen wir das so.« Vorweg stand auf und legte seine Jacke ordentlich über eine Stuhllehne. Bevor er sich setzte, lockerte er seinen Kragen. »Aber zunächst freue ich mich auf eine Tasse echten Kaffee. Wir Polizisten haben nicht oft diese Gelegenheit. Und wie sieht es bei Ihnen aus?«

»Wir trinken morgens in der Regel Malzkaffee oder Tee und abends Tee. Um einen guten Kaffee zu bekommen, muss auch ich in ein Kaffeehaus gehen – wenn ich es mir leisten kann.«

Vorweg schmunzelte. »Und zu Hause auf dem Gut?«

»Sieht es ähnlich aus.«

Wilhelm wusste, dass Vorweg ihn aus der Reserve locken wollte, und beschloss, gelassen zu bleiben. Dem Kriminalsekretär mochte es nicht gefallen, mit einem jungen Spund wie ihm zusammenarbeiten zu müssen. Zumal dieser Spund womöglich bald eine Stufe über ihm in der Hierarchie stehen könnte, und das nur, weil er von Adel war und studiert hatte. Wilhelm gestand sich ein, dass er kaum ermessen konnte, wie tief eine solche Kränkung für den altgedienten Polizisten gehen konnte, aber andererseits konnte er nichts für diese Umstände. »Guten Kaffee gibt es, aber nur am Sonntagnachmittag«, setzte er knapp hinzu.

»Ein hartes Schicksal«, erwiderte Vorweg ungerührt und blickte zur Tür. »Wie ich höre, naht aber Rettung. Lassen Sie uns also den Kaffee genießen und anschließend noch eine Stunde arbeiten. Einverstanden?«

Wilhelm nickte zustimmend und erhob sich, um den beiden Schutzpolizisten, die mit einem Tablett mit einer Kaffeekanne und zwei Tassen den Salon betreten hatten, den Tisch freizuräumen.

»Milch haben wir in diesem kleinen Kännchen«, sagte Kwiatkowski.

»Sie ist halbwegs frisch, das haben wir geprüft«, ergänzte Grothe.

»Fein. Jetzt fehlt nur noch der Zucker.« Vorweg lehnte sich vor. »Grothe, bitte kümmern Sie sich darum, während Kwiatkowski einschenkt. Und vergessen Sie Ihre eigenen Tassen nicht.«

»Verbindlichsten Dank«, murmelte Kwiatkowski, der sich auf das Eingießen konzentrierte und dabei auf seine Zungenspitze biss.

»Verbindlichsten Dank«, sagte Grothe zackig, während er erneut in die Küche eilte. Wenige Augenblicke später kehrte er mit leeren Händen zurück.

»Anscheinend ist der Zucker ausgegangen. Ich werde mich einmal hier im Zimmer umsehen.«

»Tun Sie das, Grothe, tun Sie das«, erwiderte Vorweg, der bereits Milch in seine Tasse gab.

Grothe trat an eine Anrichte, ging in die Hocke und öffnete nacheinander die Türen. Es polterte und klirrte. Anscheinend schob er Geschirr von einer Seite zur anderen, dann stand er auf und schloss die Türen wieder. Oberhalb der Anrichte befand sich ein verglastes Regal, in dem weitere Porzellansachen zu sehen waren. Grothe stieß einen befriedigten Grunzer aus, als er eine Kristalldose herausnahm. Er kehrte zurück und stellte die mit einem goldenen Rand und goldenem Fuß verzierte Dose auf den Tisch.

»Böhmisch, nehme ich an. Man traut sich kaum, den Deckel zu heben, vor lauter Angst, Schaden anzurichten.« Vorweg griff ungeachtet seiner Worte nach dem geschmackvoll verzierten Deckel und legte ihn beiseite. Ein kleiner Löffel steckte in der Dose, und Vorweg beförderte rasch mit seiner Hilfe zwei Portionen in den Kaffee. »Sie auch?«

Wilhelm schüttelte den Kopf. »Ich trinke Kaffee nur mit Milch.«

Vorweg zuckte mit den Schultern und deutete auf die beiden Schutzpolizisten, die sich ebenfalls bedienten, wenn auch deutlich zurückhaltender. »Puh! Was ist mit dem Zucker los?« Er runzelte die Stirn und kostete noch einmal. »Schmeckt eher bitter. Bei Ihnen auch?«

Die beiden Schutzpolizisten nickten.

»Hm, sieht eher nach einem Pulver als nach Zucker aus«, sagte Vorweg, nachdem er die Kristalldose in die Hand genommen und den Inhalt studiert hatte. »Merkwürdig.«

»Darf ich einmal sehen?« Wilhelm streckte die Hand aus, und Vorweg überließ ihm die Dose. Wilhelm befeuchtete seinen rechten Zeigefinger und kostete ein wenig von der Substanz. »Tatsächlich. Schmeckt bitter. Und ich merke, dass meine Zungenspitze taub wird. Wo haben Sie doch gleich die Dose gefunden, Herr Grothe?«

Der Polizist war sichtlich angetan von der respektvollen Anrede. »Im oberen Glasregal, dort.« Grothe wies in die Richtung. »Die Dose stand hinter einigen Porzellantassen.«

Wilhelm nickte. »Es handelt sich in der Tat nicht um Zucker. Ich halte es eher für eine Art Medikament, wobei es mich wundert, dass man es an diesem ungewöhnlichen Ort aufbewahrt.«

»Oder versteckt«, warf Vorweg ein.

»Warum sollte man ein Medikament verstecken?« Kwiatkowski fühlte sich bemüßigt, auch einen Teil zur Unterhaltung beizutragen.

»Gute Frage«, erwiderte Vorweg, »wir sollten herausfinden, um was genau es sich hier handelt. Es mag zwar mit der Sache nichts zu tun haben, aber dennoch ist es immer von Vorteil, so viele Informationen wie möglich zu sammeln.«

»Wir könnten es Johann mitgeben. Soweit ich weiß, hat er ohnehin morgen in der Universität zu tun und kann bei der Gelegenheit noch einmal bei Baeyer vorbeischauen. Ich werde eine Probe zurechtmachen.« Wilhelm stand auf, sah sich um und ging dann in Richtung Arbeitszimmer. »In der Zwischenzeit können Sie, Grothe, vielleicht doch noch einmal in der Küche nach Zucker fahnden. Und falls Sie dort nicht fündig werden, gibt es, wenn ich mich recht entsinne, nebenan eine kleine Vorratskammer. Vielleicht haben Sie dort Glück.«

Während Grothe den Salon durch die eine Tür verließ, betrat Wilhelm das Arbeitszimmer. Die Spuren der Explosion waren noch immer zu sehen, und die erste Durchsuchung durch die Polizei hatte das Chaos um einige Grade vergrößert. Wilhelm nahm einen starken Bogen Papier, vergewisserte sich, dass er nicht beschrieben war, und begann, einen kleinen Umschlag zu falten. Als er wieder in den Salon trat, war der Bogen fertig. Er füllte die Hälfte des Doseninhalts in das Couvert und faltete es zusammen. Er sah sich um und bemerkte auf einem kleinen Sekretär Petschaft, Streichhölzer und eine Stange Siegellack. Er entzündete ein Streichholz und träufelte Wachs über die Trennstelle des Couverts. Auf das Petschaft verzichtete er, stattdessen nahm er seine Polizeimarke aus der Tasche und drückte sie in das weiche Wachs.

Vorweg hatte ihn stumm beobachtet und nickte dann beifällig. »Gut gemacht. Und wie geht es weiter?«

Anscheinend eine weitere Prüfung, dachte Wilhelm. Das wird wohl so schnell kein Ende nehmen. »Ich schlage vor, dass die Dose mit ihrem Inhalt zu den anderen Beweismitteln im Präsidium gebracht wird«, sagte er. »Die Probe könnte ich Johann übergeben. Vielleicht weiß er bereits, um was es sich handelt. Falls nicht, kann er, wie gesagt, in der Universität nachfragen.«

Vorweg nickte. »So machen wir das. Kwiatkowski, Sie liefern die Dose nach Dienstschluss im Präsidium ab. Geben Sie sie Herrn Oertzen, er wird wissen, was weiter zu tun ist. Nebenbei, wo wohnt eigentlich dieser Johann?«

»Nicht weit von hier, auf halbem Weg zum Präsidium in der Commandantenstraße 38«, erwiderte Wilhelm.

»Die kenne ich«, sagte Vorweg und streckte nach kurzem Überlegen die Hand aus. »Geben Sie her, ich werde es auf meinem Weg ins Präsidium selbst vorbeibringen.«

Er steckte den Umschlag in die Tasche und sah zur Tür, in der soeben Grothe erschien. »Und, Grothe, fündig geworden?«

»Jawohl, Herr Polizeisekretär.« Grothe war sichtlich zufrieden. »Ich habe eine ganze Tüte gefunden.« Er stellte eine große Tasse auf den Tisch und fügte kleinlaut hinzu: »Allerdings kein passendes Behältnis.«

»Wohlgetan, Grothe«, erwiderte Vorweg gut gelaunt. »Die Verpackung ist mir schnuppe, auf den Inhalt kommt es an. Lassen Sie uns eine Tasse trinken, und machen wir uns dann an die Arbeit. Ich platze geradezu vor Tatendrang.«

Wilhelm beschloss, sich zunächst das Schlafzimmer vorzunehmen. Er vermutete, dass die Gräfin Dinge, die niemand sehen sollte, eher dort aufbewahren würde als im Salon, wo Gäste zufällig darauf stoßen könnten. Er vergewisserte sich zunächst, dass sich in der Zwischenzeit nichts verändert hatte. Dann hob er die Matratzen des riesigen Bettes an, untersuchte einen kleinen Tisch auf verborgene Fächer und inspizierte den Fußboden. Die Dielen unterschieden sich nicht voneinander, kein loser Nagel war zu finden. Auch die Scheuerleisten ließen sich nicht lösen. Mehrere Minuten verbrachte er mit dem großen Kleiderschrank. Er öffnete die Türen und verglich die Außenmaße des Schrankes mit den Maßen der Fächer und Einschübe. Es bestand kein ersichtlicher Unterschied, sodass vermutlich kein Geheimfach vorhanden war. Anscheinend hatten die Bewohner den vorhandenen Stauraum gerecht untereinander aufgeteilt, denn auf der linken Seite befanden sich Anzüge, Hemden und andere Wäsche des Unternehmers, während auf der rechten Seite die Sachen der Gräfin aufbewahrt wurden. Alles war penibel gefaltet, gestapelt und aufgeräumt, das Dienstmädchen schien ganze Arbeit geleistet zu haben. In einigen Schubladen lagen nicht unerhebliche Mengen an Schmuck: Ketten, Ringe, Broschen. Einzig die beiden Fächer mit der Unterwäsche der Gräfin stellten ein heilloses Durcheinander dar.

Nach einigem Zögern räumte Wilhelm sie mit zwei kräftigen Bewegungen aus, sah in ein leeres Fach und befühlte rasch den Haufen Wäsche. Auch hier verbarg sich nichts Ungewöhnliches. Was sollte er nun mit dem Durcheinander machen? Wilhelm überlegte kurz und stopfte dann die Wäsche kurzentschlossen zurück. Zufrieden stellte er fest, dass seine Unordnung nicht viel größer als die der Gräfin war. Er fuhr mit der Hand unter die Türen und stellte sich auf das Bett, um auf den Schrank sehen zu können, fand aber nichts außer zwei großen Reisekoffern und jeder Menge Staub.

Kurz entschlossen holte er die Reisekoffer herunter. Auch hier: keine doppelten Böden. Hinter dem Schrank war ebenso wenig zu finden.

Was nun? Wilhelm blickte sich um. Neben dem Kamin auf der gegenüberliegenden Seite stand ein Sofa. Er untersuchte es bis auf die Sprungfedern und tastete auch das Polster sorgfältig ab. Bei dem gemauerten Kamin waren keine losen Steine zu erkennen, und auch im Inneren ließ sich nichts ertasten. Bevor er den Raum verließ, sah er noch hinter dem Spiegel und einem Bild nach, das eine Ausgrabungsstätte zeigte, Griechenland oder, wahrscheinlicher, Italien. Schaulustige tummelten sich im Sonntagsstaat unter den Ruinen und sahen den Arbeitern bei ihrer Tätigkeit zu.

Er ging zurück in den Salon, nicht ohne auf dem Flur Bildern, Spiegeln und dem Fußboden sowie einer kleinen Kommode die gleiche Aufmerksamkeit zu schenken. Das Zimmer des Dienstmädchens ließ er aus. Wie er seine Standesgenossen kannte, war es für sie undenkbar, irgendwelche Dinge, erst recht möglicherweise kompromittierende, in den Kammern des Personals zu deponieren.

Im Salon wiederholte er die Prozedur: Polster und Sprungfedern bei den Sofas, Dielen und Scheuerleisten, Bilder und Spiegel, Abstände von Möbeln zu den Wänden. Auch hier gab der Kamin ebenso wenig her wie die Möbel selbst. Einige Minuten verbrachte Wilhelm mit dem großen Tisch, dessen dicke Beine ihm ins Auge sprangen. Während eines sehr kurzweiligen Seminars im Garten eines seiner Professoren hatte er einiges über Verstecke erfahren, weshalb er wusste, dass starke Tischbeine ausgebohrt sein konnten. In den so entstandenen Hohlräumen konnten leicht Unterlagen versteckt werden. Die Bohrlöcher hatte der Professor in seinem Vorzeigestück mit Wachs überstrichen, das sich nicht von Holz unterschied und dennoch leicht gelöst werden konnte.

Wilhelm seufzte. Auch hier war nichts zu finden. Er klopfte zur Sicherheit noch einmal einige Stellen der Möbel ab, um vielleicht Hinweise auf Hohlräume zu erhalten. Ergebnislos. Schließlich wandte er sich der Ecke des Zimmers zu, die augenscheinlich das Reich der Gräfin gewesen war: die verhängte Staffelei, der unaufgeräumte Sekretär, die Decke mit den Farbspritzern und den verteilten Bildbänden. Wenn er sich recht erinnerte – und er wusste, dass er in dieser Beziehung niemals falschlag –, hatte sich kein Polizist an dieser Stelle zu schaffen gemacht.

Er nahm das Tuch von der Staffelei und betrachtete das Bild. Anscheinend hatte die Gräfin vorgehabt, nach Vorlagen aus verschiedenen Bildbänden eine Fantasielandschaft zu entwickeln. Wilhelm verstand nicht viel von Malerei, war aber von dem handwerklichen Geschick und dem kompositorischen Geschmack beeindruckt. Auf der Rückseite und dem Rahmen des Bildes fiel ihm nichts ins Auge, auch die Staffelei und die Palette sowie mehrere Becher mit Pinseln und Farbtuben gaben nichts her. Also wandte er sich dem Sekretär zu und untersuchte auch hier zunächst die Außenmaße. Als er eine Tür öffnete, fiel ihm augenblicklich ein unordentlich gestapelter Haufen Papiere entgegen. Es handelte sich um Dutzende Briefe, die die Empfängerin erhalten und hier deponiert hatte.

»Und? Fündig geworden?« Vorweg war hinter Wilhelm aufgetaucht.

»Nein.« Wilhelm schüttelte den Kopf und versuchte, die Papiere zu sammeln und ordentlicher zu stapeln. »Weder im Flur noch im Schlafzimmer war etwas zu finden, keine Geheimfächer, keine Papiere.«

»Schmuck?«

»Eine ansehnliche Menge im Schlafzimmerschrank.«

»Auch ich war nicht sehr erfolgreich.« Vorweg wirkte angespannt und strich sich über die Stirn. »Die wenigen Papiere und Geschäftsbücher, die sich noch nicht im Präsidium befinden, weisen keine Ungewöhnlichkeiten auf. Nicht auf den ersten Blick jedenfalls.« Er massierte sich die Schläfen. »Die ganze Sache bereitet mir doch tatsächlich richtige Kopfschmerzen.«

»Das könnte auch das Wetter sein oder der Kaffee«, sagte Wilhelm.

Vorweg betrachtete ihn nachdenklich. »Wie auch immer«, sagte er schließlich. »Ich mache mich jetzt auf den Weg ins Präsidium und gehe unterwegs bei einer Apotheke vorbei, um etwas gegen diese grässlichen Kopfschmerzen zu finden. Machen sich nicht gut bei einer Vernehmung, diese Kopfschmerzen, jedenfalls nicht auf meiner Seite des Tisches. Hoffentlich hat Oertzen in den Briefen und anderen Papieren von Mersdorf etwas Hilfreiches gefunden. Wie lange werden Sie noch brauchen?«

Wilhelm wiegte den Kopf. »Ich möchte noch gern den Inhalt dieses Sekretärs durchgehen. Hier gibt es zahlreiche Briefe und andere Unterlagen. Das wird wohl noch einige Zeit in Anspruch nehmen.«

Vorweg ging in die Hocke, öffnete eine weitere Tür und sah hinein. Zahllose Hefte, mehrere Bücher und zwei lose Papierstapel füllten den Raum fast komplett aus. »Da haben Sie noch einiges zu tun. Ist ein Tagebuch dabei? Junge Damen dieses Schlages führen doch bestimmt ein Tagebuch?«

»Falls ja, habe ich es noch nicht gefunden.«

»Nun gut.« Vorweg erhob sich ächzend. »Meine Güte, mein Kopf macht mir ganz schön zu schaffen. Wir sehen uns dann heute Abend gegen sieben?«

Wilhelm nickte zustimmend. »Bis dahin sollte ich hier fertig werden.«

»Bringen Sie es mit, wenn Sie etwas Interessantes gefunden haben. Den Rest können Sie, falls Sie es für erforderlich halten, Grothe und Kwiatkowski mitgeben. Ich werde schauen, ob ich zwischenzeitlich noch einmal mit Mersdorf reden kann.«

Vorweg verschwand durch die Tür, und Sekunden später erschienen die beiden Schutzpolizisten aus der Küche. Während Kwiatkowski stumm blieb und ihn abschätzig musterte, fragte Grothe in einem fast freundlichen Tonfall: »Können wir Ihnen behilflich sein, junger Herr?«

Wilhelm wollte nicht, dass Grothe und Kwiatkowski ihm über die Schultern schauten und dabei vermutlich gehörig auf die Nerven gingen. »Vielen Dank für das Angebot«, sagte er daher förmlich. »Im Moment ist das nicht erforderlich. Vielleicht wäre es angebracht, dass Sie in der Küche eine Pause machen. Sie hatten bestimmt einen langen und anstrengenden Tag, nicht wahr? Ich werde mich melden, wenn ich Sie brauche«, fügte er möglichst freundlich hinzu. Es brachte schließlich nichts, sich jemanden durch unbedachte Bemerkungen zum Feind zu machen.

»So machen wir das.« Die Polizisten schienen zufrieden. »Sie finden uns in der Küche.«

Wilhelm begann damit, die Papiere aus den einzelnen Türen und Fächern thematisch zu sortieren. Eine halbe Stunde später hatte er mehrere Stapel vor sich aufgereiht: Notizbücher mit Skizzen von Bauwerken, Landschaften und einigen Personen; Aufzeichnungen, die augenscheinlich beim Studium von Büchern entstanden waren, die sich mit Architektur und Malerei befassten; Briefe von Verwandten und schließlich Briefe von Freunden oder anderen Bekannten. Außerdem gab es einen Stapel Einladungen zu Empfängen und Soireen.

Die Notizbücher und Aufzeichnungen ließ Wilhelm außer Acht. Nach einigen Stichproben und flüchtigem Blättern glaubte er nicht, dass sich hier Hinweise zum Tod der jungen Frau finden ließen. Auch in den Einladungen fiel ihm nichts weiter auf, außer einer Einladung aus dem Frühjahr, die vom Salon der Tante seiner Marie stammte. Er steckte die Einladung in die Tasche. Sicher würde sich eine Gelegenheit ergeben, dem Salon einen Besuch abzustatten. Er würde diese Tante Mathilde kennenlernen und vielleicht auch deren Tochter Sophie. Wenn er auch keine Erkenntnisse zu seinem Fall gewinnen mochte, so hatte er doch einen guten Vorwand, um etwas Zeit mit Marie zu verbringen, und war es in Gesellschaft anderer.

Schließlich nahm er sich die Briefe vor. Der Sitte, eigene Briefe zu kopieren und mit den empfangenen Briefen zu sammeln, schien die Gräfin nicht zu frönen – vermutlich war es ihr zu aufwendig. Daher musste sich Wilhelm das Bild, das er sich von ihr machen wollte, mühselig aus den Texten von Vater, Mutter und Schwester bilden. Auch eine Freundin aus Wien hatte oft geschrieben. Letztere schien durchweg erfreut zu sein über die Berliner Abenteuer, über die die Gräfin berichtet haben musste. Auch einen Anflug von Neid glaubte Wilhelm zu bemerken, insbesondere in einigen Passagen, in denen die Freundin vor schmucken Gardeoffizieren und anderen Galanen warnte. Die Gräfin schien nicht wenige Bekanntschaften gemacht zu haben.

Ganz anders gestaltete sich der Inhalt der Korrespondenz mit Mutter und Schwester. Hier ging es hauptsächlich um Kunst und die Bekanntschaft der jungen Wienerin mit den Familien Schadow und Schinkel und darum, welche Möglichkeiten sich daraus ergaben. Offensichtlich hatte es Beatrice geschafft, über die Kinder des berühmten Bildhauers nicht nur in die breite Künstlerszene, sondern auch in die bessere Gesellschaft Berlins eingeführt zu werden. Die Mutter riet ihr, die Besuche in einschlägigen Salons zu intensivieren, um sich darüber einen Namen zu machen, und die Schwester ermunterte Beatrice zu weiteren Arbeiten und Ausflügen mit den Künstlerkindern Felix und Lida. Großes Lob konnte die Gräfin einstreichen, nachdem es ihr gelungen war, dem kunstsinnigen preußischen König bei einem – wie es schien – nicht ganz zufälligen Treffen im Hause Schadow eine Auswahl ihrer Zeichnungen zu zeigen. Er hatte es ihr daraufhin offenbar gestattet, über einige seiner eigenen Entwürfe zu debattieren. Offensichtlich hatte sie beim König Eindruck hinterlassen, denn es war geplant, im Herbst ein weiteres Treffen in einem nicht näher bezeichneten Rahmen zu arrangieren.

Die wenigen Briefe des Vaters waren kurz und beschränkten

sich zumeist auf Ratschläge zur Ausbildung und Ermahnungen, ihr Auftreten und Verhalten stets im Hinblick auf ihren Stand und den guten Ruf der Familie zu überprüfen.

Als Wilhelm den letzten Brief zur Seite legte, hatte er einen ersten Eindruck vom Wesen und den Aktivitäten der verstorbenen Gräfin gewonnen. Ihm war klar, dass sie ihrer Familie nur das übermittelte, was diese zu hören wünschte und was sie selbst in ein möglichst vorteilhaftes Licht rückte. Die Familie musste glauben, dass sich Beatrice in Literatur und Malerei bildete und in diesem Metier beachtliche Fortschritte erreicht hatte. Sie würde eine gute Hausherrin und Gastgeberin für die gehobenen österreichischen Kreise abgeben, wenn sie Mersdorf erst einmal geheiratet hätte, was nicht unerheblich zur Verbesserung der Stellung der Familie an der Wiener Hofburg beitragen würde. Dass sie darüber hinaus auch noch den Vergnügungen einer lebenslustigen jungen Dame nachging, erfuhr allenfalls ihre Freundin, und auch das vermutlich nur in wohldosierten Details.

Wilhelm hatte genug gesehen. Gerade als Grothe wieder den Salon betrat, bemerkte er, dass der Tag langsam in den Abend überging. Das Licht war weniger grell, und er hörte, wie draußen eine Brise aufkam.

»Junger Herr, wir werden jetzt bald abgelöst«, teilte ihm Grothe mit.

Wilhelm erhob sich und streckte den schmerzenden Rücken. Auch die Knie protestierten, und ein Fuß war eingeschlafen. »Das geht in Ordnung, Herr Grothe. Ich bin hier ohnehin fertig. Gehen Sie auch noch ins Präsidium?«

Grothe schüttelte den Kopf. »Kwiatkowski ist bereits dorthin unterwegs, um die Dose abzugeben. Ich warte hier noch auf die Ablösung und gehe dann nach Hause.«

Wilhelm streckte sich erneut und schlug dann auf seine Oberschenkel, um den Blutfluss wieder in Gang zu bringen. »Ich kann die wenigen interessanten Schriftstücke selbst mitnehmen. Ich packe hier nur noch zusammen und werde dann auch gehen.«

»Nicht vielleicht doch noch einen Kaffee auf den Weg, der junge Herr?« Es war Grothe anzusehen, dass er die Ruhe, die mit seinem gegenwärtigen Auftrag verbunden war, zwar durchaus genoss, sich aber mittlerweile auch fürchterlich langweilte.

»Um Gottes willen, nein, Herr Grothe. Dann kann ich heute Abend überhaupt nicht einschlafen. Außerdem haben Sie bestimmt nicht vergessen, dass ich gleich gegenüber wohne. Dort werde ich mir noch ein Glas Limonade gönnen, bevor ich zum Präsidium aufbreche. Schauen Sie doch bei Gelegenheit einmal vorbei, und berufen Sie sich gern auf mich – die Limonade von Frau Brenke ist legendär.«

Grothe strahlte. »Das Angebot werde ich gern annehmen. Bei unseren Streifen in den Straßen, zumal bei diesem heißen Wetter, tut eine Erfrischung immer gut.«

Wilhelm nickte und dachte, dass es eigentlich erstaunlich war, wie schnell man sich jemanden durch ein wenig erwiesene Freundlichkeit gewogen machen konnte. Grothe erfuhr innerhalb der Polizei und ihren teils harschen Umgangsformen mit Sicherheit wenig Anerkennung, und auch die Arbeit auf der Straße mit streitenden Handwerkern, zankenden Marktweibern oder hinterlistigen Taschendieben und cleveren Prostituierten war alles andere als leicht zu ertragen.

Er beugte sich hinunter, um den ersten Stapel aufzunehmen.

»Junger Herr, das kann ich doch übernehmen.« Grothe trat einen Schritt vor. »Ich kann die Stapel einsammeln und Ihnen reichen.«

Wilhelm nickte und hockte sich hin. Als er die ersten Papiere in den Schrank zurücklegen wollte, zögerte er. »Moment, was ist das?«

Er legte die Briefe beiseite und griff in den Schrank. Hinten an der Wand stand aufrecht ein Stück starker Pappe, auf die ein Papier aufgeklebt war. »Was haben wir denn hier? Schauen Sie mal, Herr Grothe.« Er stand auf und reichte dem Polizisten die Pappe.

Grothe starrte zunehmend verständnislos auf eine große Tabelle mit Buchstaben in den einzelnen Feldern. »Ich muss gestehen, dass ich keine Ahnung habe, was das sein könnte.«

»Aber ich«, erwiderte Wilhelm, »ich weiß sogar ganz genau, um was es sich hier handelt. Es ist eine Vigenère-Chiffre.«

»Wieschenär…?«

»Vigenère-Chiffre. Ich kenne das aus meiner Kindheit.«

Als Wilhelm den Ausdruck auf Grothes Gesicht sah, musste er sich anstrengen, um nicht zu lachen. »Mein Vater hat eine ziemlich umfangreiche Bibliothek mit Büchern aus allen nur denkbaren Wissensgebieten. Als Kind durfte ich sie zwar benutzen, aber nur unter Aufsicht. Natürlich habe ich mich ab und an heimlich hineingeschlichen und nach Büchern Ausschau gehalten, die nach Ansicht meiner Eltern noch nichts für mein Alter waren, Sie verstehen?«

Grothe nickte zögernd.

»Als ich etwa elf oder zwölf Jahre alt war, stieß ich auf ein Buch, das sich mit Chiffren und Verschlüsselungen befasste.«

Grothe sah ihn fragend an.

»Geheimschriften, wenn Sie so wollen«, erläuterte Wilhelm.

Grothe nickte wieder.

»Wenn Sie nicht möchten, dass ein Fremder eine Nachricht liest, die Sie zum Beispiel an einen Freund senden, müssen Sie verhindern, dass der Fremde diesen Brief, falls er ihn doch in die Hand bekommt, zumindest nicht entziffern kann, weil er in seinen Augen aus reinem Kauderwelsch besteht. So weit klar?«

Grothe nickte erneut.

»Wie stellen Sie aber sicher, dass Ihr Freund dieses Kauderwelsch lesen kann?«

Grothe schüttelte den Kopf.

»Da hilft Ihrem Freund das hier«, sagte Wilhelm und zeigte auf die Tabelle. »Das hier – und ein leicht zu merkendes Erkennungswort.«

»Tatsächlich?« Grothe schaute ungläubig.

Wilhelm lächelte. »Holen Sie doch bitte ein Blatt Papier und etwas zum Schreiben. Wir setzen uns an den Tisch, und ich zeige es Ihnen. Es ist wirklich ganz einfach, wenn man einmal das Prinzip verstanden hat. Als Kinder haben wir uns pausenlos solche Nachrichten gesandt. Das Lösungswort haben wir mit Schlamm an eine bestimmte Stelle einer Scheune geschrieben. Später haben wir das System, nun ja, auch für Nachrichten an junge Damen, die wir nicht kompromittieren wollten, genutzt.«

In diesem Moment klopfte es energisch an die Tür. Grothe sprang auf. »Das wird die Ablösung sein.« Er ging hinaus und kam Augenblicke später mit zwei Polizisten zurück, die Wilhelm unbekannt waren.

»Nun gut, wir hatten ohnehin vor zu gehen.«

Sie verabschiedeten sich und traten auf die Straße.

»Herr Grothe, das wäre die Gelegenheit zu einem Glas selbst gemachter Limonade. Ich habe noch etwas Zeit für Sie. Wie wäre es?«

Grothe nickte zögernd. »Wenn es dem jungen Herrn nichts ausmacht. Ich möchte aber auf keinen Fall Ihrer werten Frau Wirtin zur Last fallen.« Verlegen wischte er sich den Schweiß von der Stirn.

»Das geht schon in Ordnung.«

22

Tatsächlich schien Frau Brenke erfreut über den Besuch zu sein und stellte sofort drei Gläser auf den Tisch, als Wilhelm verkündete, dass er dem Polizisten, den er zu einer kleinen Fortbildungsmaßnahme eingeladen hatte, bereits den Mund wässrig gemacht habe. Frau Brenke erstrahlte vor Stolz, während sich Grothes Gesichtsfarbe in ein tiefes Rot verwandelte. Er dankte für den Sitzplatz, nahm den Helm vom Kopf und wischte sich erneut über die Stirn.

»Eine Fortbildungsmaßnahme, sagten Sie? Was lernt denn unser werter Herr Grothe?« Frau Brenke warf einen neugierigen Blick auf die Papiere, die Wilhelm auf dem Tisch ausbreitete.

»Unser heutiges Seminar«, verkündete Wilhelm im Tone eines Professors, »beschäftigt sich mit der Übertragung geheimer Botschaften und deren Verschlüsselung.« Er trank einen großen Schluck Limonade, verschränkte die Hände hinter dem Rücken und begann, theatralisch um den Tisch zu gehen. »Nun, mein lieber Herr Grothe, sagen Sie uns einen beliebigen Satz.«

Grothe zögerte und sah zu Frau Brenke hinüber, die ihm aufmunternd zulächelte. »Ähm, nun ja … Heute Abend wird es bestimmt regnen?«

»Ausgezeichnet. Schreiben Sie bitte den Satz Buchstabe für Buchstabe auf das Blatt Papier vor Ihnen. Frau Brenke, möchten Sie mitmachen?«

Seine Hauswirtin sah ihn mit großen Augen an und nickte dann. »Warum nicht, scheint mir ein großer Spaß zu werden.«

Eifrig beugten sich die beiden über ihre Blätter und schrieben sorgfältig nacheinander die Buchstaben.

»Gut gemacht.« Wilhelm schritt weiter um den Tisch und beugte sich über die Schultern seiner beiden Schüler. »Jetzt benötigen wir ein Lösungswort, sagen wir mit sechs Buchstaben. Frau Brenke, haben Sie eine Idee?«

»Wir haben einen Gast im Haus. Wir wäre es mit seinem Namen?«

»In Ordnung. Setzen Sie jetzt den Namen unseres Gastes Buchstabe für Buchstabe über den Satz, den Sie verschlüsseln möchten, also das G über das H, das R über das E, das O über das U und so weiter. Wenn der Name unseres Gastes aufgebraucht ist, fangen Sie einfach wieder von vorn an. »Ich mache zur Sicherheit einmal mit.«

Wilhelm setzte sich auf einen Stuhl, nahm ein weiteres Blatt Papier und holte schnell seinen Rückstand auf. Einige Minuten arbeiteten sie schweigend.

»Ich wäre dann so weit«, sagte Wilhelm schließlich. »Bei mir schließt das Erkennungswort zufällig genau mit dem letzten Wort unseres Satzes ab, bei Ihnen auch?«

»Ja«, bestätigte Frau Brenke, während Grothe nickte, »bei mir auch. Und wie weiter?«

»Jetzt nehmen wir unsere Tabelle. Wie wir sehen, ist in jeder Zeile das Alphabet aufgeführt, und zwar in jeder Zeile um einen Buchstaben verschoben. Die erste Reihe beginnt mit einem A und endet mit einem Z, während die zweite Reihe mit einem B beginnt und einem A endet. Das geht so weiter, bis das Z in der letzten Reihe die erste Stelle erreicht hat und an der letzten Stelle das Y zu finden ist. So weit klar?«

Frau Brenke und Grothe nickten eifrig. Offenbar hatten sie Gefallen an der Sache gefunden.

»Dann sehen wir links eine zusätzliche Spalte, ebenfalls mit dem Alphabet. Diese Spalte steht für das Lösungswort, also Ihren Namen, Herr Grothe. Über der Tabelle finden wir nochmals das Alphabet, das hier für den Text steht, den wir verschlüsseln möchten. Und jetzt gehen wir Buchstabe für Buchstabe vor: Wir suchen in der linken Zusatzspalte den ersten Buchstaben des Lösungswortes, also das G von Grothe. Dann fahren wir mit unserem Finger so lange die Reihe entlang, bis wir in der Zusatzreihe oben auf den ersten Buchstaben unserer Nachricht stoßen, also das H von *Heute*. Und was finden wir in der Tabelle?«

Frau Brenke beugte sich über die Tabelle. »Ein N, oder?«, sagte sie unsicher.

Wilhelm lächelte. »Was meinen Sie, Herr Grothe?«

Der Polizist kratzte sich am Kopf. »Ich glaube, dass Frau Brenke recht hat …«

»Stimmt, sie hat recht. Und was wäre unser nächster Buchstabe?«

Grothe sagte zögernd: »Müssen wir links jetzt das R nehmen und oben das E?«

»Richtig, Herr Grothe.«

»Da erhalte ich ein V!« Frau Brenke war sichtlich stolz auf sich und strahlte die Männer an.

»Sie haben wiederum recht. Und so gehen wir Schritt für Schritt vor. Und um es einem unliebsamen Leser noch schwerer zu machen, schreiben wir unsere Lösungsbuchstaben in Fünfergruppen auf.«

Grothe setzte sich auf. »Um keinen Hinweis auf die Länge der Wörter zu hinterlassen?«

»Ganz genau. Sie lernen schnell, Herr Grothe.«

Eifrig nahmen alle die Arbeit auf. Wilhelm war relativ schnell fertig und wartete, bis Frau Brenke und ihr Gast bereit waren. Dann legte er die drei Blätter nebeneinander, sodass sie ihre

Ergebnisse vergleichen konnten. Alle hatten dieselbe Zeichenfolge aufgeschrieben: NEJML EHVBW DMXUS LIIYK WFTXX VUGLR.

»Voilà, meine Dame und mein Herr, wir haben den Text verschlüsselt. Was haben wir erhalten? Reinstes Kauderwelsch, das niemand lesen kann.«

»Aber wie soll der Empfänger die Nachricht lesen?« Grothe schüttelte verwundert den Kopf.

»Auf fast genau demselben Weg. Dem Empfänger ist das Lösungswort schließlich bekannt. Er sucht also in der linken Zusatzspalte den ersten Buchstaben, also Ihr G, und folgt dieser Reihe, bis er den ersten Buchstaben der verschlüsselten Nachricht erreicht, das N also.«

»Und anschließend schaut er oben nach, welcher Buchstabe dort steht. Und das ist das H von Heute«, fügte Frau Brenke hinzu und rieb sich die Hände.

Wilhelm nickte. »Nachrichten, die mit diesem System verschlüsselt werden, konnten bislang noch nicht entschlüsselt werden, wenn das Erkennungswort unbekannt war. Eine totsichere Angelegenheit.«

»Fragt sich nur«, sagte Grothe nach einigem Zögern, »was eine junge Dame wie die Gräfin damit vorhatte?«

»Das ist richtig, Herr Grothe.« Wilhelm stand auf und knöpfte die Jacke zu. »Das ist ein Rätsel, das wir erst noch lösen müssen. Wenn Sie mich entschuldigen, ich muss mich sputen, um noch rechtzeitig ins Präsidium zu kommen. Darf ich Herrn Grothe in Ihrer Obhut lassen, Frau Brenke?«

»Aber gern, wir haben immerhin noch einiges an Limonade zu trinken.«

Grothe sah verlegen von Frau Brenke zu Wilhelm und zurück. »Ich bin mir nicht sicher, ob es schicklich ist, allein …«

Frau Brenke lachte, legte ihre Hand auf Grothes Arm und tätschelte ihn kurz. »Mein lieber Herr Grothe, ich habe doch die Polizei im Haus und fühle mich so sicher wie in Abrahams Schoß.«

Während sie Wilhelm zuzwinkerte, wurde Grothe zum fünften oder sechsten Mal feuerrot im Gesicht. »Wenn der junge Herr nichts dagegen hat …«

»Keineswegs, Herr Grothe, keineswegs.«

»Sie könnten mir helfen, noch einige Nachrichten zu verschlüsseln«, schlug Frau Brenke vor. »Wir haben doch bisher ganz gut zusammengepasst, nicht wahr?« Sekunden später schlug sie sich die Hand vor den Mund, ging ihr doch auf, dass ihre Bemerkung durchaus mehrdeutig verstanden werden konnte.

»Ich sehe, dass Sie blendend miteinander auskommen werden«, sagte Wilhelm und wandte sich zum Gehen. »Ich weiß noch nicht, wann ich zurückkehren werde.«

Es war ein schöner lauer Sommerabend geworden, ein leichter Wind wehte sanft und erfrischend durch die Straßen, auf denen zunehmend Ruhe einkehrte. Wilhelm benötigte nur zwanzig Minuten, um den Molkenmarkt zu erreichen. Auch hier hatte der Publikumsverkehr aufgehört, erst spät am Abend und in der Nacht, wenn die ersten Betrunkenen die Stadt unsicher machten, würde es wieder Arbeit geben, und so nutzten die wenigen Uniformierten, die zu dieser Stunde die zentrale Revierstube besetzten, die Zeit, um liegengebliebene Papiere zu bearbeiten. Wilhelm ging direkt in den ersten Stock zu den Räumen des Leiters der Kriminalpolizei und klopfte. Als keine Reaktion erfolgte, öffnete er leise die Tür.

Oertzens Zimmer war verlassen, nur die Öllampe verteilte halbherzig Licht. Die Tür zum Chefbüro stand einige Zentimeter weit offen, und Wilhelm konnte Stimmen vernehmen. Er trat näher, klopfte erneut und trat nach einem kräftigen »Herein« ins Zimmer.

Herford saß hinter seinem Schreibtisch, Vorweg und Oertzen hatten auf dem Sofa Platz genommen. Verwundert und leicht verärgert bemerkte Wilhelm, dass auch Franz Karl anwesend war. Er hatte seinen Stuhl an die Wand geschoben, um anscheinend so weit wie möglich abseits von den anderen sitzen zu können.

»Mein lieber Wilhelm, schön, dass Sie es einrichten konnten.« Herford hatte seine Uniformjacke ausgezogen und über den Stuhl gehängt. Die oberen Knöpfe seines Hemdes waren geöffnet, die Ärmel hochgekrempelt. Herford schien der aufkommenden Mode der Hosenträger in besonderem Maß zu frönen, denn er trug sie in auffälligem Rot mit weißen und blauen Streifen und vergoldeten Knöpfen. Er setzte soeben ein Glas Rotwein ab und hielt in der anderen Hand eine gerade erst angezündete Zigarre. »Wie Sie, wie ich hoffe, bald selbst entdecken werden, sind unsere Arbeitszeiten leider oft über alle Maßen unchristlich. Auch jetzt ist es fast neun Uhr abends, und so habe ich etwas Marscherleichterung angeordnet. Allerdings scheine ich der Einzige zu sein, der dieser Anordnung halbwegs Folge leistet.«

Mit der Zigarre wies er auf die Männer in der Sitzecke. Vorweg hatte sich zwar ebenfalls eine Zigarre angesteckt, verzichtete aber wie Franz Karl darauf, die Jacke abzulegen. Und bei Oertzen war es praktisch unvorstellbar, ihn jemals anders als tadellos und korrekt gekleidet anzutreffen, sei es in Gesellschaft oder allein.

»Auch einen Schluck Wein, Wilhelm?« Herford wies auf eine Flasche, die gefährlich nah am Rand des Schreibtisches balancierte.

»Danke, ich verzichte. Wenn Sie gestatten?« Wilhelm wies auf den letzten freien Stuhl.

Herford nickte und zog an seiner Zigarre. »Bevor wir zum gemütlichen Teil des Abends übergehen, sollten wir unsere bisherigen Erkenntnisse zum Fall rekapitulieren und das weitere Vorgehen in den nächsten Tagen besprechen.«

Vorweg legte die Zigarre beiseite und rieb sich mit beiden Fäusten die Schläfen. Die Kopfschmerzen waren wohl noch nicht verschwunden, registrierte Wilhelm.

»Nein, warten Sie, Vorweg. Lassen Sie unseren jungen Freund beginnen. Wir sollten jede Gelegenheit nutzen, ihn auf den späteren Dienst für die Sicherheit von König und Vaterland vorzubereiten.« Herford grinste.

Wilhelm dachte an das letzte Jahr. Damals hatte ein junger Polizeibeamter an der Universität drei Vorlesungen zur aktuellen Polizeiarbeit gehalten und ausgeführt, wie wichtig das Anfertigen und Verteilen von Berichten war. Im Grunde genommen, so hatte er zugegeben, bestand darin der Hauptteil der polizeilichen Arbeit. Aber auch Vorträge vor Vorgesetzten waren wichtig, und es gab bestimmte Regeln, an die man sich halten sollte. Kurz und prägnant, hatte der Beamte wiederholt betont, sollte man sich fassen, nur die Fakten präsentieren und Spekulationen einer anschließenden Diskussion überlassen.

Er holte tief Luft und begann dann: »Vor drei Tagen, also am Montag, am späten Vormittag, kam Beatrice Gräfin Wassilko von Kerecki in der Wohnung ihres Verlobten, Josef Baron Holly auf Mersdorf, beide österreichische Staatsangehörige, in der Krausenstraße 38 zu Tode. Sie starb durch die Explosion einer Bombe, die im Arbeitszimmer des Barons detonierte. Einige Anzeichen deuten darauf hin, dass die Gräfin ihrer künstlerischen Tätigkeit nachging und sich eher zufällig im Zimmer befand, vielleicht, um die Fenster zu öffnen und dadurch den intensiven Farbgeruch zu vertreiben. Der Baron und auch das Dienstmädchen waren nicht in der Wohnung. Das Dienstmädchen hatte nach Aussage des Barons einige Tage frei, um die kranke Mutter in Mecklenburg zu pflegen. Er selbst befand sich zum Zeitpunkt der Explosion nachweislich in der Charité, in die er einen Tag zuvor am Nachmittag aufgrund eines Unfalls eingeliefert wurde. Johann Schmidt und ich waren die Ersten, die am Tatort eintrafen. Wir konnten nur den Tod der Gräfin feststellen. Außerdem fanden wir den zentralen Gashahn im Keller geschlossen vor. Weitere Zeugen gab es nicht, alle Bewohner waren zu diesem Zeitpunkt nicht im Haus. Ich drang in die Wohnung ein, um eventuellen weiteren Opfern erste Hilfe zu leisten, fand sie aber leer vor. Einige Minuten später kamen die Schutzpolizisten Grothe und Kwiatkowski und kurz darauf Kriminalsekretär Vorweg. Nachdem auch der Herr Polizeidirektor erschien und einige … Unklarheiten ausgeräumt werden konnten, wurden eine erste Durchsuchung vorgenommen und Unterlagen in das Polizeipräsidium am Molkenmarkt gebracht.«

»Gut gemacht, Wilhelm.« Herford nickte beifällig. »Stichwort Unterlagen: Oertzen?«

Der alte Mann straffte sich. »Das sichergestellte Material umfasst hauptsächlich Notizhefte und Arbeitsmappen sowie dazu passende Korrespondenzen mit Künstlern, Handwerkern und Lieferanten. Inhaltlich geht es oft um Entwürfe für Dächer, Rohre, Zierplatten und dergleichen. Anscheinend wollte sich der Baron einen Namen machen, indem er Denkmäler, Grabplatten, Dachverzierungen und dergleichen der geneigten Öffentlichkeit präsentieren wollte, um darüber sein eigentliches Geschäft zu fördern. Geschäftspapiere tauchen selten auf, und abgesehen von einigen Notizen eher intimen Inhalts war nichts zu finden, was mit dem Vorgang in Verbindung stehen könnte. Ich gehe davon aus, dass sich der größte Teil der Geschäftspapiere im Kontor befinden dürfte.«

»Ich kann das bestätigen. Bei meiner heutigen Durchsuchung ist mir nichts aufgefallen.« Vorweg hatte mit leiser Stimme gesprochen und massierte sich die Nasenwurzel.

»Danke, Oertzen. Danke, Vorweg.« Herford wandte sich wieder um. »Fahren Sie fort, Wilhelm!«

»Es konnte schnell festgestellt werden, dass es sich bei dem verwendeten Sprengstoff nicht um Schwarzpulver oder Ähnliches, sondern um Knallzucker handelte, der vermutlich mittels eines Zeitzünders zur Explosion gebracht wurde. Diesbezügliche Beweisstücke wurden sichergestellt, damit sie für eine spätere Untersuchung an der Universität zur Verfügung stehen. Außerdem wurde eine – wenn auch vergebliche – Befragung in den umliegenden Häusern durchgeführt und eine Wache hinterlassen, um den Baron in Empfang zu nehmen und zurückkehrende Hausbewohner zu vernehmen. Beides ohne Ergebnis. Auch in diesem Moment befinden sich noch Beamte in der Wohnung. Meine Wirtin teilte mir am Abend mit, dass die Gräfin mehrmals in der Woche gesehen wurde, als sie von teuren Kutschen abgeholt oder abgesetzt wurde. Dabei soll es einmal zu einem heftigen Wortwechsel gekommen sein. Auffällig war eine komplett schwarze Kutsche, die häufiger gesehen wurde, vermutlich ein Coupé.«

»Hat das Ihre Wirtin gesehen?«

»Nein, es wurde ihr von einer gewissen Annemarie berichtet. Sie ist das Zugehmädchen eines pensionierten Obersts, der im selben Haus wie der Baron und die Gräfin wohnt.«

»Ist sie befragt worden?«

Die Männer sahen sich an. Oertzen blätterte in Berichten und Notizbüchern, auch Vorweg zückte sein Notizbuch. Schließlich schüttelten beide den Kopf.

»Dann sollte das so schnell wie möglich nachgeholt werden«, sagte Herford ruhig. »Dienstmädchen sind –«

»Die Augen der Stadt«, ergänzte Vorweg. »Ich kümmere mich darum.«

Herford lächelte. »Ich und meine Sprüche … Was haben wir noch, Wilhelm?«

»In der Besprechung am Dienstag wurde durch den Polizeipräsidenten höchstselbst eine weitere Entwicklung angestoßen, indem er Drohbriefe und Teile eines Manifests in die Untersuchung einbrachte, die auf noch nicht geklärte Weise in den Besitz des Regierungsassessors im Innenministerium, Franz Karl von Brenkendorff, gelangt und von diesem den Behörden übergeben wurden.«

Wilhelm hatte darauf geachtet, absolut neutral zu klingen, aber dennoch funkelte ihn Franz Karl sofort an. »Ich habe bereits erklärt –«

»Das wissen wir, Herr von Brenkendorff.« Herford winkte ab. »Das Zeug haben Sie auf Ihrer Türschwelle gefunden. Weiter.«

Wilhelm dachte kurz nach und fuhr dann fort: »Es wurde festgelegt, dass der Spur der Dokumente und des Zündmechanismus nachgegangen werden sollte. Dazu sollte sowohl nach Hinweisen im Archiv der Politischen Polizei gesucht wie auch die Hilfe der Universität in Anspruch genommen werden. Zwischenzeitlich wurde bekannt, dass sich Baron Mersdorf in der Charité befindet. Kriminalsekretär Vorweg, Herr Schmidt und ich suchten den Baron sofort auf und überbrachten die Todesnachricht. Der behandelnde Arzt, ein Dr. Heerenvagen, teilte mit, dass der Baron am Tag zuvor aufgrund eines Unfalls eingeliefert worden sei. Interessant ist der Umstand, dass der Baron neben seinen Verletzungen aus dem Unfall selbst auch Spuren einer Auseinandersetzung aufweist, die einige Tage zurückliegen.«

»Wie reagierte Mersdorf auf die Nachricht?«

»Er war sichtlich geschockt vom Tod seiner Verlobten«, mischte Vorweg sich ein. »Und er wurde fast panisch, als er von der Bombe hörte. Außerdem habe ich den Eindruck, dass er uns nicht die Wahrheit über die Auseinandersetzung einige Tage zuvor erzählt hat.«

»Er hat vor irgendetwas höllische Angst«, ergänzte Wilhelm. »Oder irgendwem.«

Vorweg nickte. »Kurz darauf wurde uns per Draht mitgeteilt, dass Mersdorf die Charité verlassen habe, aber am Bahnhof aufgegriffen worden sei, als er den Zug nach Köthen besteigen wollte. Er wurde in der Stadtvogtei festgesetzt.«

Herford trank sein Glas aus, nahm die angebrochene Weinflasche und hielt sie in die Runde. Niemand reagierte, und so zuckte er mit den Schultern und genehmigte sich einen großzügigen Schuss.

Franz Karl saß weiter starr an die Wand gelehnt, Vorweg hatte die Beine überschlagen und den Kopf in die Hand gelegt. Wilhelm nahm eine etwas bequemere Position auf seinem Stuhl ein. »Herr Schmidt und ich haben anschließend den Chemiker und Physiker Adolf Baeyer in der Universität besucht«, führte er seinen Bericht fort. »Er bestätigte im Wesentlichen unseren Verdacht auf Knallzucker und Zeitzünder. Seiner Auffassung nach kann die Konstruktion durch berufene Personen hergestellt worden sein, wie Uhrmacher, Werkzeugmacher, Bergleute oder Soldaten, die ihren Dienst bei den Sappeuren verrichtet haben. Es besteht demnach wenig Aussicht, auf diesem Weg an den oder die Täter zu gelangen.«

»Und das Archiv?«

»Unsere heutigen Recherchen haben nicht viel ergeben. Allerdings wurden wir auch von der Nachricht unterbrochen, dass die österreichische Botschaft Auskunft über den Verbleib von Baron Mersdorf verlange. Daraufhin wurde die Wohnung in Vorbereitung auf die geplante und vielleicht letztmögliche Vernehmung des Barons noch einmal gründlich durchsucht.«

»Was hat die Vernehmung des Barons ergeben?«

Vorweg seufzte. »Eigentlich wenig bis gar nichts. Zunächst hat er lauthals protestiert über die schäbige Behandlung, der er sich ausgesetzt sah, und verlangt, die Botschaft in Kenntnis setzen zu können. Auf die Frage, warum er denn so überstürzt abreisen wollte, meinte er, dass er ein freier Mann sei und es niemanden angehe, warum er was mache, und dass er überdies dringende Termine in Schlesien und Wien habe.« Er trank einen Schluck Wasser. »Ich habe ihn etwas unter Druck gesetzt, indem ich andeutete, dass er durchaus als Verdächtiger betrachtet und seine Abreise als Fluchtversuch gewertet werden könnte. Jetzt wurde er kleinlaut und rückte dann schließlich damit heraus, dass er Angst um sein Leben habe. Schließlich sei in seinem Arbeitszimmer eine Bombe explodiert. Allerdings könne er sich niemanden aus seinem geschäftlichen wie privaten Umfeld vorstellen, der zu solch einer Tat fähig wäre oder auch nur Anlass dazu hätte. Dummerweise hat die Durchsuchung seines Zimmers keine weiteren Anhaltspunkte ergeben. Wenn wir nicht bald etwas finden, werden wir ihn wohl entlassen müssen. Spätestens übermorgen wird der Botschafter persönlich an unsere Tür klopfen.«

Wilhelm räusperte sich. »Ich habe doch noch etwas gefunden – im Schrank der Gräfin.« Er griff in seine Tasche, holte das Stück Pappe hervor und legte es auf den Schreibtisch. Vorweg und Oertzen setzten sich vor und sahen zu, wie Herford danach griff und es nachdenklich betrachtete.

»Sieh an, eine Vigenère-Chiffre«, murmelte er. »Ich frage mich, was eine junge Gräfin damit anstellen wollte.« Herford sah in die Runde. »Ich nehme an, ich brauche Ihnen nicht zu erklären, was eine Vigenère-Chiffre ist?«

Oertzen und Vorweg schüttelten den Kopf.

Franz Karl fühlte sich zu einer Bemerkung veranlasst. »Auch ich habe meinen Dienst bei den Truppen geleistet –«

»›Und kenne daher diese Chiffre.‹ Danke sehr«, unterbrach Herford.

Das Gesicht des jungen Mannes versteinerte. Er lehnte sich zurück und schlug die Beine übereinander.

»Wo haben Sie das gefunden, Wilhelm?«

Wilhelm rief sich den Anblick des Schrankes zu dem Zeitpunkt, als er ihn geöffnet hatte, vor sein geistiges Auge und rekapitulierte die Lage der Bücher, Hefte und Papiere. »Die Pappe mit dem Code war hinter den Stapel der Briefe geschoben worden, konnte aber ohne Mühe mit einem Griff erreicht werden. Zwar hat Gräfin Beatrice dazu sicher auf die Knie gehen müssen, sie konnte aber schnell hinter die Briefe greifen und die Pappe herausziehen.«

»Die Angelegenheit bereitet mir langsam Kopfschmerzen, meine Herren.« Herford trank erneut einen großen Schluck aus dem sich stetig leerenden Weinglas. »Nicht nur sitzen mir der Polizeipräsident und die kaiserliche Botschaft im Nacken, wir sind mit unseren Ermittlungen auch noch keinen Schritt weitergekommen, und jede neue Information verkompliziert die Situation noch. Lassen Sie mich einmal resümieren.«

Herford stand auf und begann, im Zimmer auf und ab zu gehen. »Wir haben eine junge Dame, die bei einer Explosion ums Leben gekommen ist. Wir wissen nicht, ob es sich um einen gezielten Anschlag oder eine aus dem Ruder gelaufene Warnung handelte. Immerhin wurde der Gashahn im Keller abgedreht, vielleicht, um nicht noch mehr Schaden anzurichten. Ebenso wenig wissen wir, wer von den beiden das Ziel war. So weit richtig?«

Die Männer nickten, bis auf Franz Karl, der sich nicht rührte und keine Regung erkennen ließ.

»Es könnte sein, dass der Anschlag oder die Warnung Mersdorf galt, aber wir haben bisher keinen Grund für eine solche Tat ausfindig machen können. Die Auseinandersetzung vor einigen Tagen und vielleicht auch der Unfall sind Indizien für eine mögliche Eskalation. Aber wovon? Sind die Hintergründe geschäftlicher oder privater Natur?« Herford ging um den Tisch und nahm aus der Schublade eine weitere Zigarre und ein kleines Messer. Er setzte seinen Weg fort, schnitt unterwegs die Zigarrenspitze ab und nahm sich an einem Kerzenhalter Feuer.

Paffend fuhr er fort: »Die Tatsache, dass die Bombe in seinem Arbeitszimmer platziert war, spricht dafür, dass er das Ziel der Aktion war. Und der Umstand, dass der oder die Täter wussten, wann der Sprengsatz hochgehen würde, und außerdem lediglich Knallzucker benutzten, lässt mich vermuten, dass es sich um eine letzte Warnung handelte.«

Wilhelm hob die Hand. Herford nickte ihm aufmunternd zu.

»Ich bin mir nicht sicher, ob es eine Tatsache ist, dass sich die Bombe im Arbeitszimmer befand. Wir haben keine Einbruchsspuren gefunden, sodass wir nicht wissen, ob die Bombe tatsächlich dort deponiert wurde.«

Vorweg sah ihn tadelnd an: »Wenn es Spuren an der Eingangstür gegeben hat, sind sie durch das Auftreten der Tür jedenfalls vernichtet worden.«

»Mir blieb zu diesem Zeitpunkt keine andere Wahl, es hätten Menschleben auf dem Spiel stehen können.«

Vorweg nickte. »Schade ist es trotzdem.« Er wandte sich an Herford. »Ich muss Herrn von der Heyden zustimmen. Es wäre auch denkbar, dass die Gräfin das Paket – wenn es eines war – selbst ins Arbeitszimmer gebracht hat. Es kommt häufig vor, dass die Post eine Sendung einfach vor der Tür abstellt. Da das Paket –«

»Wenn es eins war …« Herford schien Gefallen an den Spekulationen zu finden.

»Da es also komplett bei der Explosion zerstört wurde, haben wir auch keine Informationen über den Empfänger. Es könnte ebenso gut an die Gräfin adressiert gewesen sein, die es vielleicht in der Hand hatte, als sie das Bedürfnis hatte, die Fenster zu öffnen oder eine Schere zu holen – hier ist vieles denkbar.«

»Ich denke, wir können auf jeden Fall ausschließen, dass unser ominöses Paket mit der Post geliefert wurde«, dachte Herford laut.

»Warum? Wenn ich mir die Frage erlauben darf«, schaltete sich Oertzen in das Gespräch ein.

Herford grinste. »Wilhelm, übernehmen Sie.«

»Herr Oertzen, die Bombe war mit einem Zeitzünder versehen, und zwar auf Basis einer kleinen Tischuhr, wie sie reisende Offiziere nutzen. Es gab also maximal zwölf Stunden Vorlaufzeit. Die Postzustellung in der Stadt kann gut und gern mehr als zwölf Stunden dauern, je nachdem, wann und wo man eine Sendung aufgibt. Die Bombe sollte um die Mittagszeit detonieren, und zwar genau in dieser Wohnung. Daher müssen die Täter das selbst übernommen haben. Ob sie das Paket vor die Tür gestellt oder es selbst hereingebracht haben, entzieht sich meiner Kenntnis. Auch wissen wir nicht, wo sie es abgestellt haben – einige Ideen haben wir ja gerade aufgeworfen.«

»Nebenbei, meine Herren«, warf Herford ein. »Gehen wir von einem oder mehreren Tätern aus?«

»Mehrere«, sagten Vorweg und Wilhelm gleichzeitig.

»Und Sie sagen mir auch gleich, warum Sie das denken?« Herford lächelte.

»Die Bombe und der Zeitzünder sind recht einfach herzustellen«, sagte Vorweg, »dennoch muss diese Operation von einem Spezialisten durchgeführt werden oder wenigstens von jemandem, der mit diesen Dingen bereits in Berührung gekommen ist. Spontan fällt mir da etwa ein ehemaliger Soldat der Pioniertruppen ein.«

»Ein solcher Soldat hat aber wohl kaum Umgang mit einem Baron oder einer Gräfin«, ergänzte Wilhelm. »Das muss eine andere Person sein, ein verschmähter Liebhaber oder ein geprellter Geschäftspartner etwa, in dessen Auftrag der Spezialist gearbeitet hat. Auch kann es gut sein, dass es eine weitere Person gab, die die Bombe schließlich platzierte. Außerdem müssen die Gewohnheiten des Barons und der Gräfin ausgekundschaftet worden sein, wenn wir von einer Warnung ausgehen, die unmissverständlich sein, aber niemanden verletzen sollte. Dazu bedurfte es mehr als einer Person.«

»Gut«, sagte Herford, »zurück zu unseren möglichen Opfern. Die erste Möglichkeit ist Mersdorf, der vermutlich erschreckt werden sollte. Hier können wir ansetzen. Allerdings könnte auch die Gräfin das Ziel gewesen sein, was Ihre letzte Entdeckung nahelegt. Wozu brauchte sie die Vigenère-Chiffre?«

»Das wissen wir nicht«, sagte Vorweg. »Von einer Art Zeitvertreib bis zur Spionage ist aus meiner Sicht alles denkbar. In manchen Kreisen mag es zum guten Ton gehören, sich verschlüsselte Botschaften zu senden, auch wenn sie nichts Besonderes zu bedeuten haben. Vielleicht hat sie sich mit Freundinnen über den einen oder anderen Herrn ausgetauscht? Haben Sie sonst noch etwas gefunden, Wilhelm?«

Wilhelm schüttelte den Kopf. »Jetzt, wo Sie es sagen, Herr Vorweg, mutet es schon seltsam an, nichts Passendes zu finden, keine Notizen, keine Tabellen. Schließlich muss man die Buchstaben des Lösungsworts mit denen der Botschaft in Verbindung bringen und eine Reinschrift anfertigen. Dazu habe ich aber nichts gefunden. Entweder hat sie die Chiffre nie benutzt –«

»Was angesichts des Aufbewahrungsortes wenig wahrscheinlich ist«, brummte Vorweg und rieb sich die Stirn.

»Oder sie hat alle Notizen vernichtet«, schloss Wilhelm.

Herford setzte sich gerade und schob zerstreut einige Papiere auf seinem Schreibtisch hin und her. »Ich möchte mir nicht ausmalen, was Letzteres zu bedeuten hätte. Eine österreichische Spionin mit Zugang zu den besten Kreisen und sogar zu Seiner Majestät.« Der Polizeidirektor schüttelte den Kopf und rang sich zu einer Entscheidung durch. »Wir müssen allen Spuren nachgehen und sehen, wohin uns das führt. Oertzen.«

»Zu Diensten.« Der alte Mann sah erwartungsvoll zu seinem Chef.

»Unser Zeichner soll sich gleich morgen früh zum Leicheninspektor begeben und ein Porträt unseres Opfers anfertigen. Anschließend wird es an die Reviere, die Bahnhöfe und an die Postämter verteilt mit der Bitte um sachdienliche Hinweise.«

»An die Zeitungen auch?«

»Gott bewahre. Natürlich wollen wir kein Aufsehen erregen, von möglichen diplomatischen Verwicklungen ganz zu schweigen. In diesem Zusammenhang wäre es gut, die angefragten Dienststellen zu absoluter Vertraulichkeit anzuregen.«

»Es wird nicht erforderlich sein, dass sich Ihr Zeichner zum Leicheninspektor begibt«, wandte Wilhelm ein und schlug vor: »Er kann in die Wohnung des Opfers gehen. Im Flur hängt ein Bild, ein Selbstporträt, wie ich annehme. Der Gräfin war anscheinend sehr begabt.«

»Gut, dann soll er das machen«, stimmte Herford zu. »Dennoch sollten Sie beide«, er wies mit dem Finger vage in Richtung Vorweg und Wilhelm, »sich mit dem Inspektor ins Benehmen setzen. Ich lege Wert auf medizinische Kenntnisse, denn sie haben uns schon nützliche Dienste erwiesen. Und für Ihre Ausbildung ist ein Gespräch mit unserem besonderen Inspektor sicher auch von Vorteil, Wilhelm.«

Wilhelm verzichtete angesichts des Themas auf den erneuten Hinweis, dass er sich zu einem Dienst in der Berliner Polizei noch keineswegs entschlossen hatte, und nickte daher nur kurz.

Herford kratzte sich hinter dem Ohr. »Da fällt mir ein: Was ist eigentlich mit diesem ominösen Pulver, von dem Vorweg eingangs unseres Treffens berichtete?«

Wilhelm sah, wie Vorweg erstarrte.

»Ich wollte eigentlich die angesprochene Probe bei Herrn Schmidt vorbeibringen …«, begann der Kriminalsekretär.

Wilhelm sprang kurzentschlossen ein. »Herr Schmidt war sicher nicht zu Hause. Wenn ich mich recht entsinne, wollte er bis zum späten Abend bei seinem Professor weilen. Herr Vorweg hat gut daran getan, die Probe nicht bei der Wirtin zu deponieren. Sie ist eine ziemlich neugierige Person«, fügte er im Plauderton hinzu.

Während Herford nur nickte, registrierte Wilhelm einen verwunderten Blick von Vorweg. Zweifellos war er dankbar für die schnelle Hilfe, denn ebenso zweifellos hatte er vergessen, bei Johann vorbeizuschauen. Ein Eingeständnis dieses Versäumnisses wäre in dieser großen Runde allerdings peinlich gewesen und hätte seinem Ruf als zuverlässiger Kriminalsekretär Schaden zufügen können.

So wie Vorweg mich anschaut, dachte Wilhelm, ist er nicht nur dankbar, sondern macht vermutlich in seinem geistigen Notizbuch auch einen Eintrag, wie locker mir eine Lüge über die Lippen kommt.

»Schutzmann Kwiatkowski sollte mittlerweile die Dose abgeliefert haben«, schloss Wilhelm das Thema ab und blickte zu Oertzen.

Dieser nickte. »Sie befindet sich bei den anderen Beweismitteln.«

Herford sah zu Wilhelm: »Halten Sie uns auf dem Laufenden, falls Ihr Freund in der Universität etwas in Erfahrung bringen sollte.«

Von der Wand kam ein dezentes, aber nicht zu überhörendes Räuspern. »Wenn der Herr Polizeidirektor gestattet?« Franz Karl hatte einen Finger gehoben. Als Herford ihn stumm betrachtete, fuhr er fort: »Ich schlage vor, die Spur den Herrn Baron betreffend nicht außer Acht zu lassen. Vielleicht finden sich im Kontor doch noch Hinweise, die einen längeren Aufenthalt im Polizeigewahrsam rechtfertigen könnten.«

»Ganz recht.« Herford nickte. »Allerdings könnten wir im Keller mehrere Leichen finden und den Baron trotzdem freigeben müssen, wenn seine Botschaft darauf besteht. Dennoch werden Sie, Vorweg, mit Wilhelm morgen früh als Erstes das Kontor durchsuchen, aber bitte unauffällig. Oertzen? Sie sorgen dafür, dass sofort zwei Beamte das Gebäude unter Beobachtung halten.«

»Sehr wohl, Herr Direktor.«

Vorweg schaltete sich ein. »Wenn wir so wenig Aufsehen wie möglich erregen sollen, wäre es von Vorteil, wenn die Mitarbeiter nicht vor Ort wären.«

»Mir scheint«, erwiderte Oertzen gelassen, »dass ich gerade erst vor wenigen Minuten eine Notiz gelesen habe, dass die Feuerwehr in der Gegend nach einem möglichen Gasleck sucht.«

Vorweg grinste. »Und dass sie aus Sicherheitsgründen die Gebäude bereits heute Abend sperren muss.«

Herford nickte. »Was für ein Zufall. So machen wir das. Oertzen, bitte geben Sie doch der zuständigen Feuerwache Bescheid, sie soll mit ihren Leiterwagen allerhand Aufhebens machen.«

»Sehr wohl, Herr Direktor.«

»In der Zwischenzeit könnte ich im Archiv noch einmal gezielt nach möglichen Geschäftsverbindungen der Familie Mersdorf suchen.« Franz Karl blieb äußerlich von der Euphorie unbeeindruckt.

»Tun Sie das. Vorweg und Wilhelm werden dann am Nachmittag zu Ihnen stoßen.« Herford stand auf. »Nun, meine Herren, es ist spät, und der Plan für morgen ist sehr umfangreich. Ich wünsche gutes Gelingen.«

Franz Karl sprang auf, murmelte eine leise Empfehlung, verbeugte sich knapp und verschwand ohne ein weiteres Wort oder einen Blick in Wilhelms Richtung. Oertzen ging in sein Zimmer, um die beschlossenen Anweisungen aufzuschreiben und weiterzugeben. Auch Vorweg und Wilhelm verabschiedeten sich von Herford und machten sich gemeinsam auf den Weg.

Als sie die Treppen auf den fast menschenleeren Molkenmarkt hinuntergingen, war der Himmel dunkel, und nur die städtischen Gaslaternenanzünder waren noch unterwegs.

»Ich muss mich bei Ihnen bedanken«, brummte Vorweg und ließ seinen Blick über die verlassenen Marktbuden schweifen. »Ich habe doch tatsächlich vergessen, Ihren Freund aufzusuchen.«

»Das kann schon einmal passieren, bei allem, was Ihnen durch den Kopf gehen muss«, sagte Wilhelm neutral.

Vorweg schüttelte den Kopf. »Eine solche Nachlässigkeit darf nicht passieren. Schon gar nicht mir, schließlich muss ich nicht nur Schutzpolizisten, sondern oft genug auch gestandenen Kriminalkollegen sagen, was sie zu tun haben. Da sollte mir kein Fehler unterlaufen.«

Wilhelm erwiderte nichts. Schweigend standen sie einige Augenblicke in der lauen Sommernacht.

»Jedenfalls danke ich Ihnen. Sie haben mich trotz unseres holprigen Starts vor einer peinlichen Situation bewahrt.«

Wilhelm schüttelte den Kopf. Es war nicht erforderlich, die Angelegenheit zu vertiefen, und eine Erwiderung hätte womöglich nur zu weiteren Peinlichkeiten geführt. »Wie geht es Ihren Kopfschmerzen?«

»Mittlerweile sind sie verschwunden. Gott sei Dank. Ich hatte schon befürchtet, einen Apotheker aufsuchen zu müssen. Aber seltsam ist es schon.«

Wilhelm sah fragend zum Kriminalsekretär hinüber.

»Noch heute Nachmittag sprühte ich vor Energie wie schon lange nicht mehr. Kurze Zeit darauf war ich völlig schlapp, und es kamen die Kopfschmerzen … Nun ja, ich hoffe, ich habe mir keine Sommergrippe oder dergleichen eingefangen.« Vorweg wandte sich zum Gehen. »Wir sehen uns morgen um acht Uhr vorm Kontor.«

Wilhelm nickte und lächelte freundlich. »Acht Uhr.«

Vorweg hob eine Hand zum Gruß. »Also dann, gute Nacht, Herr von der Heyden.«

»Gute Nacht, Herr Vorweg.«

Nachdenklich sah Wilhelm der Gestalt hinterher, die langsam davonschritt, und wandte sich schließlich selbst in die andere Richtung.

In der Küche empfing ihn lediglich der Kater, der ihn wie gewohnt demonstrativ ignorierte. Frau Brenke hatte ihm eine Kanne Tee warmgestellt und eine kurze Notiz neben die Tasse gelegt. Auf ihr befanden sich ein kurzer Code und die Frage, ob er das Rätsel lösen könne.

Wilhelm lächelte und probierte es mit einigen naheliegenden Lösungsworten: Wilhelm, Johann, Berlin, aber eine Lösung zeichnete sich nicht ab. Er lehnte sich zurück und ließ die Gedanken schweifen. Die Schwierigkeiten, in denen sein Vater und bei genauer Betrachtung die gesamte Familie steckten, der Fall, der ins Uferlose auszuarten drohte – all das konnte nur durch den Umstand gemildert werden, dass er bald Marie sehen würde. Durch diesen Gedanken milde gestimmt, betrachtete er über den Rand der Teetasse den Kater, dem die Aufmerksamkeit nach einer Weile auf die Nerven zu gehen schien. Sonst war Kuno einem Blickduell nicht abgeneigt, dieses Mal aber stand er auf, reckte den Schwanz in die Höhe und verließ stolz die Küche. Wilhelm grinste, nahm sich noch einmal die Notiz hervor, löste die Aufgabe und schrieb darunter: »Das habe ich nicht wirklich gut gemacht, denn ich war auf die Hilfe eines vierbeinigen Kameraden angewiesen.« Er fügte die Bitte hinzu, am nächsten Morgen gegen halb sieben Uhr geweckt zu werden, und ging hinauf auf sein Zimmer.

Die Uhr schlug Mitternacht, als er das Licht löschte, und er wusste, dass er zu erschöpft war, um in dieser Nacht von Albträumen belästigt zu werden.

23

Der nächste Morgen verhieß wieder einen schönen Sommertag, schön jedenfalls, wenn man nichts auf dem Markt, in den Werkstätten oder Fabriken zu tun hatte. Binnen weniger Stunden würde die Luft flirren, die Schutzpolizisten würden den Schweiß unter ihren Helmen im Minutentakt abwischen müssen und die Trinkhallen Hochkonjunktur haben.

Frau Brenke hatte ihn rechtzeitig geweckt, und trotz des wenigen Schlafs erwachte Wilhelm frisch und ausgeruht. Wie erhofft, war der Albtraum in dieser Nacht ausgeblieben. Beim Frühstück erzählte ihm Frau Brenke, dass Grothe (»Ein wirklich netter Mann und so zurückhaltend, fast schüchtern!«) noch bis nach neun geblieben war und sich beide die Zeit mit der Chiffre und allerhand Neuigkeiten aus den umliegenden Straßen vertrieben hatten. Grothe schien einiges zu diesem Thema beigetragen (»Erstaunlich, was Polizisten während ihres Dienstes so alles erfahren!«), aber auch manch Neues gehört zu haben (»Natürlich wissen die Frauen in der Straße immer mehr.«), was für seine Stellung bestimmt nicht von Nachteil wäre.

Nebenbei machte Frau Brenke die Ankündigung, Grothe am übernächsten Sonntag zu Kaffee und Kuchen eingeladen zu haben (»Der kommende Sonntag wäre doch etwas unschicklich, meinen Sie nicht?«). Offensichtlich hatte es der Schutzmann Frau Brenke angetan, zumal sie einige Schicksalsschläge gemeinsam trugen, wie Wilhelm sogleich erfuhr. Auch Grothe war verwitwet.

»Stellen Sie sich vor, er hat vor drei Jahren in einer Woche seinen Vater, seinen Bruder und dann auch noch seine Frau an die Cholera verloren und lebt seitdem allein«, berichtete Frau Brenke sichtlich bewegt. »Man muss ja schon fast dankbar sein, dass keine Kinder vorhanden waren, die das Elend miterleben mussten.«

Wilhelm erinnerte sich, dass bei einem großen Ausbruch der Seuche, die vermutlich die Soldaten seines Vaters einst vom Feldzug gegen die polnischen Aufständischen mitgebracht hatten, binnen weniger Monate fast zweitausend Berliner gestorben waren. Er dachte an den kurzzeitigen Ausbruch vor einigen Wochen, als ein widerlicher Geruch nach Desinfektionsmitteln fast die gesamte Stadt durchzogen hatte und Sanitätspolizei und die in schwarzes Glanzleder gekleideten Kranken- und Totenträger mit den Unheil verheißenden Klingeln durch die Straßen gezogen waren und Tafeln an den betroffenen Häusern angebracht hatten. In den Zeitungen waren die mittelalterlichen hygienischen Verhältnisse vor allem in den überfüllten Elendsquartieren kritisiert worden, ohne dass die Zensur eingriff. Und er entsann sich des geflügelten Worts, das der Universitätsprofessor Friedrich Hufeland in Umlauf gebracht hatte, nach dem die Cholera bei ihrem Abschied aus Berlin gesagt haben sollte, sie könne unmöglich länger an einem Orte bleiben, wo sie so schlecht behandelt werde.

Schnell stimmte er Frau Brenkes Einschätzung zu, dass es in Grothes Leben durchaus eine nette Abwechslung sein könnte, einmal einen Nachmittag in angenehmer Gesellschaft zu verbringen (»Er hat ja sonst nur mit Halunken, Spitzbuben und haufenweise Betrunkenen zu tun!«).

Dass Grothes Besuch auch willkommene Abwechslung in Frau Brenkes Leben bringen könnte, dachte Wilhelm zwar, sprach es aber nicht aus. Einerseits hätte es eine unziemliche Einmischung in die privaten Angelegenheiten seiner Wirtin bedeutet, andererseits wäre Frau Brenke beim gewohnt schnellen Nachdenken über die Konsequenzen sehr rasch zu der Frage gekommen, was denn die Frauen in der Straße dazu sagen würden, dass sie am Sonntagnachmittag, der auch im quirligen Berlin zumeist der Familie vorbehalten war, Besuch und noch dazu von einem Mann erhalten würde, selbst wenn mit Wilhelm und Johann genügend Hausstand anwesend sein würde.

Um das in der zu erwartenden Ausführlichkeit auszudiskutieren, fehlte Wilhelm die Zeit, und so verabschiedete er sich mit dem Hinweis, dass er hoffe, rechtzeitig zum Abendbrot wieder zu Hause zu sein.

Er beschloss, den Pferdeomnibus zu nehmen, der ihn in die Nähe des Kontors bringen würde. Zwar wäre ein Spaziergang vermutlich ganz angenehm gewesen und hätte es ihm erlaubt, noch einmal die nächsten Schritte im Fall der Gräfin, aber auch der Schwierigkeiten, in denen das elterliche Gut steckte, zu durchdenken, aber er wollte nicht erschöpft und verschwitzt zum Treffen erscheinen. Schließlich konnte er auch nicht ermessen, wie lang der heutige Tag noch werden würde.

Die nahe Kirchturmuhr schlug gerade die achte Stunde, als er an der Tür des Kontors ankam. Von der anderen Seite näherte sich Vorweg, der wieder voller Energie zu sein schien und seine Sicherheit zurückgewonnen hatte. Nachdem sie sich begrüßt hatten, machte ihn Vorweg auf einige Feuerwehrleute aufmerksam, die die Straße abgesperrt hatten und von Haus zu Haus gingen.

»Das scheint gut zu funktionieren«, meinte Wilhelm, der zwei Schutzpolizisten dabei beobachtete, wie sie einigen Männern die Passage verweigerten und sie zurückschickten. Grummelnd wandten sich die Männer, die sichtlich für eine Bürotätigkeit gekleidet waren, ab und reagierten dann doch erfreut, als einer der Polizisten auf eine Trinkhalle wies, die einige Bänke und Tische unter weit ausladenden Bäumen zu bieten hatte und darüber hinaus gerade zu öffnen schien. Offensichtlich würden die Männer ihre aufgezwungene Wartezeit höchst angenehm verbringen können.

Vorweg nickte den beiden Polizisten unauffällig zu, die nur kurz und unbemerkt die Hand an die Mütze legten. Dann öffnete er die Tür, und sie betraten einen angenehm kühlen Hausflur, von dem eine halbe Treppe aufwärts drei Türen abgingen.

Während sie die Schilder inspizierten, sagte der Kriminalsekretär: »Ich habe Ihrem Freund Johann heute Morgen die Probe vorbeigebracht. Er wirkte noch etwas verschlafen, versprach aber, sich heute Nachmittag darum zu kümmern. Übrigens hatten Sie mit Ihrer Einschätzung recht.«

»Mit welcher Einschätzung?«

»Die Wirtin ist nicht nur extrem neugierig, sondern geradezu impertinent.« Vorweg betrachtete das Schild an der linken Tür. Dort bot eine Zweigstelle der Silberfabrik Henniger & Comp. ihre Dienste in Sachen galvanisch stark versilberter Artikel in den neuesten Flacons zu günstigen Konditionen in der Zeit von neun bis zwölf Uhr vormittags und von ein bis vier Uhr nachmittags an und verwies außerdem auf ihren Hauptsitz in der Friedrichstraße 66. »Sie wollte mich nicht zu Ihrem Freund lassen, ohne ganz genau zu wissen, worum es bei meinem Anliegen gehen würde. Ich sah mich genötigt, meine Polizeimarke hervorzuholen.«

Wilhelm, der das Schild an der rechten Tür betrachtete, nickte abwesend. Hier war die alleinige Niederlassung der Contobücher-Fabrik zu finden, die die in ganz Deutschland berühmten Contobücher von J. C. Koenig & Ebhardt aus Hannover für alle Branchen vertrieb und in einem längeren Nebensatz vor Nachahmern warnte. Auch sämtlicher Bürobedarf – Kopierpressen, Stempelapparate und Großlager von Stahlfedern, Couverts und Siegellack – stand zur Disposition. Allerdings nicht in dieser

Woche, denn ein weiterer Zettel verkündete, dass die Niederlassung aufgrund einer Messereise noch in den nächsten zwei Tagen geschlossen sei, der Inhaber sich aber freuen würde, wenn Interessenten ihre Nachrichten unter die Tür schieben würden.

Auf der mittleren Tür war ein einfaches Emaille-Schild angebracht. Unter dem österreichischen Doppeladler und dem Wappen Österreich-Schlesiens, einem einfachen schwarzen Adler, belegt mit einem silbernen Halbmond, stand in geschmackvollem Schriftzug »Schlesische Kohle- und Zinkfabrik Mersdorf. Dépendance Berlin«.

»Also dann«, sagte Vorweg, »verschaffen wir uns Zutritt.«

Er steckte die Hand in die Tasche, holte einen Ring mit zahlreichen Schlüsseln hervor, betrachtete das Schloss und entschied sich für einen Schlüssel aus dem Bund. Sekunden später war die Tür geöffnet.

Sie betraten ein Zimmer, in dem vor einem Schreibtisch zwei Stehpulte einander gegenüberstanden. Drei Fenster im Rücken des Schreibtischs ließen ausreichend Licht in den Raum, der darüber hinaus lediglich Aktenschränke an der einen Wand und gegenüber eine Glasfront aufwies. Neben der Eingangstür befand sich eine geschmackvolle Sitzecke, anscheinend für Besucher gedacht, die nicht sofort bedient werden konnten. Auf der linken Seite führte eine Tür in den Nebenraum, der durch die Glasfront einen großen Schreibtisch und mehrere Schränke erahnen ließ. Das musste das Privatkabinett des Prinzipals sein.

Vorweg und Wilhelm gingen zunächst durch die Räume, um sich einen Überblick zu verschaffen. Wie sich herausstellte, gab es hinter dem geräumigen Kabinett des Prinzipals noch einen Raum, eine Art Salon, der von einem großen Tisch beherrscht wurde, der offensichtlich für das Betrachten von Zeichnungen gedacht war, denn es waren einige Entwürfe und maßstabsgerechte Skizzen ausgelegt. In jedem der drei Räume herrschten peinliche Ordnung und makellose Sauberkeit. Kein Zettel, keine Akte lag herum, die Skizzen lagen auf Kante, und die Schreibutensilien befanden sich an ihren vorgesehenen Plätzen.

»Ich schlage vor, dass Sie sich das Kontor vornehmen, während ich das Kabinett durchsuche. Achten Sie dabei auf mögliche Verstecke«, meinte Vorweg, nachdem er sich umgesehen hatte. »Zum Schluss können wir uns des kleinen Salons annehmen. Was meinen Sie?«

Wilhelm war einverstanden. Es hatte nach seiner Überzeugung wenig Sinn, sich zu überlegen, wie die Angestellten im Kontor zu arbeiten pflegten und wie sie daher ihre Akten und Schriftstücke ablegten, zumal alles gründlich aufgeräumt war. Daher beschloss er, zunächst in die Ablagefächer zu schauen und anschließend das Zimmer von links nach rechts zu untersuchen.

Er verbrachte die nächste Stunde damit, Schränke, Schubladen, Ablagetische und Regale freizuräumen und die aufgefundenen Unterlagen nach Auffälligkeiten zu durchforsten. Angesichts der Menge der Dokumente musste er bald stichprobenartig vorgehen. Die Sonne stieg immer höher, und ihre Strahlen wanderten über die Pulte. Wilhelm vergaß auch nicht, jedes einzelne Möbelstück, nachdem er es halbwegs ausgeräumt hatte, nach verborgenen Fächern zu untersuchen, wurde aber nicht fündig. In einigen Ablagen fand er Geschäftspost jüngeren Datums, die vermutlich noch nicht in Ordner sortiert war. Ihnen zufolge florierte das Geschäft, und es schien bis auf einige Außenstände keine Probleme zu geben.

In der Korrespondenzablage der eingehenden Post befand sich nur ein Brief. Der Verwalter der schlesischen Werke teilte in ihm dem Baron mit, dass er sich wegen dessen Wunsches nach einer erhöhten Produktion umgehend mit dem Vater ins Benehmen setzen werde, angesichts der bereits bis an die Grenzen genutzten Kapazitäten aber nichts versprechen könne.

Als Wilhelm einen Blick durch die Glasfront warf, sah er, dass Vorweg es sich auf dem Sessel des Prinzipals gemütlich gemacht, eine Schublade herausgezogen und seine Beine bequem daraufgelegt hatte. Mit offenbar großem Interesse sah er ein in edles Leder gebundenes Buch durch, zwei weitere ähnlicher Machart lagen aufgeschlagen auf dem Tisch vor ihm. Wilhelm ging hinüber.

»Ich habe die Hauptbücher gefunden. Eine interessante Lektüre, auch wenn ich nicht viel von Buchhaltung verstehe.«

Wilhelm sah sich um. Das Privatkabinett war geschmackvoll und teuer eingerichtet. Wenn das Ziel darin bestand, Besucher zu beeindrucken, war die Mühe vermutlich nicht vergebens gewesen. Der Hauptteil der Wände wurde durch Bücherschränke mit Glasfronten eingenommen, hinter denen kostbar aussehende Werke versammelt waren. Wilhelm legte den Kopf schief und betrachtete einige Titel hauptsächlich technischer Provenienz. In einem anderen Schrank waren mehrere Exemplare aufgeschlagen aufgestellt und luden dazu ein, Kunstdrucke von Altären und Grabmälern zu betrachten. Wilhelm untersuchte die Schränke auf Verstecke, zog probehalber einige Bücher hervor und blätterte in ihnen. Eine dunkle Anrichte an der einen Zimmerwand, möglicherweise spanischer Herkunft, auf jeden Fall aber aus Kastanie, entpuppte sich als Bar mit einigen Flaschen Hochprozentigem: Gin, Whisky und Portwein. Über der Bar waren mehrere Bilder aufgehängt, die zweifellos die Familie Mersdorf darstellten. Alle abgebildeten Personen – vermutlich Vater (dreimal), Mutter (zweimal, davon einmal gemeinsam mit ihrem Mann), Schwester und Bruder – sahen dem Baron so verblüffend ähnlich, wie es auch in einer Familie nicht selbstverständlich war.

»Anscheinend laufen die Geschäfte gut.« Vorweg blätterte eine Seite um und verglich sie mit einem der Bücher auf dem Tisch.

Vor dem Schreibtisch standen zwei elegante Sessel aus dunklem Holz, bezogen mit einem goldenen Blumenmuster auf rotem Grund. Wilhelm setzte sich auf denjenigen, der noch im Schatten stand, und zog ein Buch zu sich herüber. »Es war wohl kein schlechter Schachzug des Barons, sich über einige ausgewählte künstlerische Projekte wie Verzierungen von Altären oder Grabplastiken einen Namen zu machen und darüber an große Aufträge zu gelangen.«

Vorweg blätterte weiter durch die Seiten. »Jedenfalls ist die Anzahl der Aufträge in den letzten beiden Jahren deutlich gestiegen, meiner Schätzung nach auf das Fünf- bis Sechsfache.« Er runzelte die Stirn, blätterte einige Seiten zurück und zog noch einmal einige der Bücher auf dem Tisch zurate. »Allerdings habe ich den Eindruck, dass die Materiallieferungen aus Schlesien mit den Anforderungen nicht Schritt gehalten haben. Sie haben sich im selben Zeitraum anscheinend nur etwas mehr als verdoppelt. Hoffentlich hat der Baron ein ausreichend großes Lager.«

»Der Baron hat wohl bereits die Steigerung der Produktion angemahnt.« Wilhelm lehnte sich zurück und berichtete vom Schreiben des schlesischen Verwalters.

Vorweg nickte nachdenklich. »Die weitaus meisten Dächer in der Stadt sind noch in altem Zustand und nicht mit Zink belegt. Angesichts der Nachfrage, die nach dem Vorbild von Paris zu erwarten ist, dürfte es sich um ein Millionengeschäft handeln, für das sich der Baron umsichtig in Stellung gebracht hat. Lieferschwierigkeiten kann er da wohl kaum brauchen, denn die inländische Konkurrenz dürfte nicht schlafen. Zink gibt es auch im preußischen Teil Schlesiens in ausreichendem Maß.«

»Wäre Herr Oertzen nicht in der Lage, etwas Licht in die Angelegenheit zu bringen?«

»Das ist gut möglich«, stimmte Vorweg zu. »Nur werden wir wohl keine Zeit haben, Herrn Oertzen hierherzubringen und gemeinsam mit ihm alles durchzuarbeiten. Ich denke, wir nehmen einfach die Hauptbücher der letzten beiden Jahre mit und suchen in der Korrespondenz nach dazu passenden Schriftstücken. Ach, und auch das Kontokorrentbuch könnte von Nutzen sein, werden hier doch die Konten der Lieferanten und Kunden mit den jeweiligen Kontoständen vermerkt. Ich kümmere mich am besten gleich darum.«

Vorweg klappte das Buch auf seinem Schoß zu und sprang auf. Er sammelte die Hauptbücher auf und eilte damit ins Kontor, steckte aber noch einmal den Kopf ins Privatkabinett. »Während ich nach der Korrespondenz sehe und alles den Schutzpolizisten übergebe, könnten Sie sich vielleicht noch den letzten Raum vornehmen?«

»Selbstverständlich.« Nun stand auch Wilhelm auf und ging in das hintere Zimmer. Auch hier herrschten Ordnung und fast penible Sauberkeit. Wilhelm drehte zunächst eine Runde um den großen Tisch in der Mitte des Raumes, der ihn an einen Salon erinnerte. Er betrachtete die Skizzen auf dem Tisch und zog aus den Regalen ab und an eine zusammengerollte Zeichnung oder einen Plan hervor. Offenbar war nicht nur die Serienfertigung ein lukratives Geschäft. Auch bei Auftragsarbeiten konnte wohl neben Prestige eine ansehnliche Menge Taler verdient werden. Nachdem er kurz auf einer Sitzgruppe Platz genommen und den Blick prüfend durch den Raum streifen lassen hatte, machte er sich daran, den Salon systematisch von einer Ecke zur anderen zu durchsuchen. Sofort wurde er fündig.

Hinter einem Regal an der Fensterfront fand er zwei zusammengefaltete Bogen Papier, die mit der flüssigen, aber kantigen Schrift eines energischen Mannes beschrieben waren. Sie waren leicht verschmutzt und eingerissen, aber gut lesbar. Anscheinend handelte es sich um einen Entwurf für ein längeres Schriftstück, denn es gab allerhand Streichungen und Korrekturen, die zwischen den Zeilen und links neben dem Text zu lesen waren. Es fehlten mindestens drei Seiten, denn der Autor hatte die Blätter nummeriert, und Wilhelm hielt die dritte und fünfte Seite in den Händen. Er warf einen Blick hinter das Regal, rückte es sogar mit einigen Mühen etwas ab und sah schließlich darunter. Kein weiteres Blatt war zu entdecken.

Er nahm die Bogen wieder auf, die er zwischenzeitlich auf dem Tisch deponiert hatte, ging zum Sofa zurück und begann zu lesen.

der vorgenannten Umstände ist es erforderlich, die Brüder zur Tat aufzurufen. Es scheint wenig wahrscheinlich, dass Seine Majestät die Regierungsgeschäfte weiter in der erforderlichen Unabhängigkeit führen kann, und es steht zu befürchten, dass der Einfluss der Hofkamarilla weiter wächst und die eingeleiteten Reformen nach dem Umsturzversuch von 1848 zurückgesetzt werden. Angesichts der komplizierten Lage, der sich Preußen im Verhältnis zu den anderen Mächten in Europa gerade im Zusammenhang mit dem Krieg auf der Krim ausgesetzt sieht, ist eine energische, fortschrittliche Führung erforderlich. Diese Führung ist unter dem gegenwärtigen Regime kaum zu erwarten, und die Regelung der Thronfolge ist nicht dazu angetan, den notwendigen Wechsel im Regierungshandeln einzuleiten. Worin besteht aber der notwendige Wechsel? Preußen muss sich an die Spitze der fortschrittlichen Kräfte gemäß der Ziele der Weltbruderkette unseres Bundes setzen:

- *Freiheit von Unterdrückung und Ausbeutung als Grundvoraussetzung der Freiheit des Geistes und der individuellen Verwirklichung,*
- *Gleichheit der Menschen ohne Klassenunterschiede und Gleichheit vor dem Gesetz,*
- *Brüderlichkeit durch Sicherheit, Vertrauen, Fürsorge,*

Mitverantwortung und die Verständigung mit- und untereinander,

- *Toleranz durch aktives Zuhören und Verständnis anderer Meinungen.*

Diese Ziele können nicht nur durch Reden und den Gedankenaustausch in unseren Logen erreicht werden, sondern auch durch aktives Handeln an den Stellen, die der große Baumeister jedem Einzelnen unserer Brüder zugedacht hat.
Zwar ist in unseren Diskussionen Streit über politische und religiöse Gegenstände verpönt. Ebenso sind wir Freimaurer zum Respekt vor den Gesetzen des eigenen Landes verpflichtet. Doch sind wir nicht auch politisch und wirtschaftlich handelnde Menschen, die nicht nur die Fähigkeit, sondern auch – je nach Stellung in unserer Gesellschaft – die Möglichkeit haben, eine politische Entwicklung in die gewünschte, der Humanität dienenden Richtung zu lenken?
Preußen ist in wirtschaftlicher Hinsicht viel weiter entwickelt als die umliegenden deutschen Staaten und wird nur gehemmt durch die starke Stellung des österreichischen Kaisertums. Der deutsche Zollverein zeigt, dass die deutschen Staaten sich der preußischen Führung anschließen würden, wenn Preußen energisch vorangeht. Die gegenwärtige Regierung und insbesondere der Einfluss der Hofkamarilla lassen diese Erfordernis aber nicht erwarten.

Wilhelm nahm das zweite Blatt zur Hand.

Jetzt besteht die Möglichkeit und die Pflicht zum Handeln, wobei folgende Punkte zu beachten sind:

- *Angesichts der Erkrankung Seiner Majestät, deren Ursache und Umfang auch uns unbekannt ist, besteht wenig Aussicht auf eine Kurskorrektur. Daher muss alle Ener-*

gie darauf verwandt werden, dass Seine Majestät dem Thron entsagt.

- *Auf jeden Fall muss verhindert werden, dass ein Kandidat der Hofkamarilla, deren Ziele den unseren so diametral entgegenstehen, die Nachfolge antritt.*
- *Der Bruder Seiner Majestät, unser Bundesbruder Prinz Wilhelm, ist nach dem Gesetz der legitime Nachfolger. Allerdings konnte er das Vertrauen besonders unserer bürgerlichen Bundesbrüder nach seinen Handlungen in der Revolutionszeit noch nicht vollständig wiedererlangen.*
- *Sein Sohn hingegen, unser Bundesbruder Friedrich Wilhelm, hat in allen Logen einen ausgezeichneten Ruf. Seine Brautschaureise nach England war unseren Zielen ebenfalls förderlich. Eine Verbindung mit der derzeit stärksten Industriemacht der Welt kann für Preußen nur förderlich sein. Falls in diesem Zusammenhang ein Eintritt in den gegenwärtigen Krieg erforderlich sein sollte, muss diese traurige Pflicht auch dann erfüllt werden, wenn Österreich auf derselben Seite die Waffen aufnehmen würde.*

Daher sollte darauf gewirkt werden, dass Prinz Friedrich Wilhelm nach einer angemessenen Übergangsphase

Hier endete die letzte Seite. Der Inhalt aber war klar und deutlich und war, so viel war Wilhelm sofort klar, extrem starker Tobak. Hier wurde nichts weniger als ein Staatsstreich geplant.

Von draußen erklangen Schritte, und Sekunden später stand Vorweg in der Tür. »Ich habe einen Mann zu Oertzen geschickt, der die Unterlagen sicher schnell auswerten wird. Allerdings glaube ich nicht, dass er zu Erkenntnissen gelangen wird, die unserem ersten Eindruck widersprechen werden. Haben Sie noch etwas gefunden?«

Wilhelm nickte stumm und reichte Vorweg die beiden Blätter. Dieser überflog die erste Seite, runzelte die Stirn und lehnte sich gegen den Tisch. Zwei oder drei Minuten vergingen in konzentriertem Schweigen. Schließlich legte Vorweg die Blätter zur Seite und sah Wilhelm an. »Wo haben Sie das Papier gefunden?«

Wilhelm stand auf und wies auf das Regal, das noch immer etwas verschoben neben dem Fenster stand.

»Hm.« Vorweg strich sich über das Kinn. »Scheint mir nicht gerade ein ausgeklügeltes Versteck zu sein. Man könnte eher auf den Gedanken kommen, dass jemand – zum Beispiel unser Baron – hier am Fenster stand und die Seiten las. Dann ging die Tür auf, und er musste, bevor er überrascht werden konnte, die Seiten schnell verschwinden lassen und schob sie hinter das Regal.«

»Und hat sie dann dort vergessen?« Der Zweifel in Wilhelms Stimme war nicht zu überhören.

»Ja, das ist in der Tat merkwürdig.« Vorweg nahm die beiden Blätter wieder zur Hand. »Man sollte meinen, dass die Papiere angesichts des brisanten Inhalts schnellstens außer Haus geschafft, wenn nicht besser vernichtet worden wären.«

Wilhelm und Vorweg schwiegen und hingen ihren Gedanken nach. Schließlich raffte sich Vorweg auf. »Damit ändert sich alles. Das riecht nach Hochverrat und Spionage. Sie sind doch Jurist. Welche Straftaten kommen in Betracht?«

Wilhelm antwortete, ohne zu zögern. »Es kommt Paragraf 61 in Betracht: ›Ein Unternehmen, welches darauf abzielt, den König zu töten, gefangen zu nehmen, in Feindes Gewalt zu liefern oder die Regierung unfähig zu machen oder die Thronfolge oder die Staatsverfassung gewaltsam zu ändern, ist Hochverrat und soll mit dem Tode bestraft werden.‹«

Vorweg nickte. »Noch etwas?«

»Paragraf 63. Verabredung zum Hochverrat: ›Haben zwei oder mehrere Personen die Ausführung eines hochverräterischen Unternehmens verabredet, so soll sie die Strafe von fünfjährigem bis lebenslänglichem Zuchthaus treffen.‹ Auch die Paragrafen 64 und 65, also ›Vorbereitung des Hochverrats mit einer auswärtigen Regierung‹ oder ›Aufforderung zum Hochverrat durch öffentliche Rede oder Schrift‹, kommen in Betracht.«

»Was uns definitiv die Gelegenheit gibt, unseren Baron weiter in Haft zu behalten.«

»Rechtlich gesehen schon.« Wilhelm ging etwas anderes durch den Kopf. »Was sagen wir der Botschaft, wenn wir den Baron weiter in Haft behalten? Der Hochverrat betrifft ja eigentlich nur preußische Bürger.«

»Mersdorf hatte aber Kenntnis von dieser Straftat.«

»Schon richtig, wenn Mersdorf die Papiere gekannt hat, was erst einmal nachgewiesen werden muss. Mir geht es um etwas anderes.«

Vorweg sah ihn fragend an.

Wilhelm erklärte: »Wenn wir einen österreichischen Staatsbürger wegen dieser Angelegenheit in Haft behalten, müssen wir das der Botschaft erklären. Und dann verwandelt sich unser Kriminalfall in eine politische Angelegenheit mit Konsequenzen, die ich mir nicht ausmalen möchte.«

Vorweg spann den Gedanken weiter: »Selbst wenn uns etwas anderes einfallen würde, womit wir die Botschaft wenigstens vorübergehend zufriedenstellen könnten, würde die Angelegenheit bis zum König gehen. Und der ist dafür bekannt, hinter jeder Ecke eine Verschwörung zu wittern. Nicht umsonst hat Stieber bei ihm einen guten Stand.«

Wilhelm schwieg, was Vorweg nicht zu stören schien.

»Allerdings bin ich schon etwas überrascht, derartige Gedanken aus der Feder eines Freimaurers zu lesen. Praktisch jeder in den einflussreichen Positionen bis ins Königshaus hinein ist Freimaurer, und ich habe die Logen immer für Orte gehalten, an denen es eher um Kontakte ging, die dem eigenen Fortkommen oder wirtschaftlichen Interessen dienlich sind.«

»Sie kennen sich gut aus?« Wilhelm bemühte sich, seine Stimme neutral klingen zu lassen.

Vorweg sah ihn an und grinste. »Wenn Sie damit fragen wollten, ob auch ich Freimaurer bin, lautet die Antwort Nein. Wie sieht es bei Ihnen aus?«

Wilhelm schüttelte den Kopf. »Weder ich noch mein Vater sind Freimaurer.«

Vorweg schien das Thema nicht weiter vertiefen zu wollen. »Allerdings weiß ich, dass unser Direktor Herford Freimaurer ist. Und da wir ihn ohnehin informieren müssen ...«

»... kann er uns zu diesem Thema vielleicht etwas sagen«, ergänzte Wilhelm.

»Darüber hinaus kann er die Entscheidung treffen, wie angesichts der neuen Erkenntnisse und der möglichen Verwicklungen weiter zu verfahren ist.« Vorweg ging Richtung Tür. »Was auch immer passieren wird, dieser Brief bietet uns auf jeden Fall einen Anlass, das Kontor auf den Kopf zu stellen. Ich rufe die Polizisten herein, auch die Feuerwehrleute können helfen.«

In den nächsten beiden Stunden durchsuchten acht Männer die drei Zimmer erneut. Die Feuerwehrleute, bekleidet mit Uniform und Helm, räumten Akten und andere Schriftstücke aus den Regalen und stapelten sie auf den Tischen, wo sie von den Polizisten durchgesehen wurden. Das geschäftige Treiben, das in konzentrierter Stille vonstattenging, wurde nur kurz unterbrochen, als ein stämmiger Mann mit schütterem grauen Haar zur Tür hereinkam. Auf seiner tadellosen Uniform prangten einige Orden und die Epauletten des königlich preußischen Branddirektors. Sofort standen die Feuerwehrmänner stramm, aber der Mann winkte ab.

»Wollte einmal sehen, was die Untersuchungen hinsichtlich des Gaslecks ergeben haben und wie sich meine Männer schlagen«, sagte er und zwinkerte Vorweg zu. »Wie ich sehe, machen sie sich nützlich.«

»Effizient wie immer, Herr Branddirektor.« Vorweg lächelte.

Wilhelm staunte, dass der Chef der Berliner Feuerwehr den weiten Weg auf sich genommen hatte. Das war also der berühmte Ludwig Scabell, der das Direktorium der Feuerwehr und Straßenreinigung im Berliner Polizeipräsidium leitete. Gemeinsam mit Hinckeldey hatte er dafür gesorgt, dass jedes Polizeirevier und jede der vierundzwanzig Feuerwachen an das Telegrafennetz von Siemens & Halske angeschlossen wurden und dass ein System von mehr als tausendfünfhundert Hydranten errichtet wurde, was die Berliner Feuerwehr zur effektivsten Einrichtung ihrer Art in ganz Europa machte. Seit Scabell an der Spitze von fast eintausend Hauptberuflichen stand, war die Zeit verheerender Großbrände und schmutziger Straßen vorbei. Selbst in den engen Gassen der Altstadt stand nichts im Weg herum, was einem Feuer hätte Nahrung geben und die per Telegraf benachrichtigten Feuerwehrmänner an ihrer Arbeit hätte hindern können.

Scabell sah sich um und nickte zufrieden. »Wir helfen immer wieder gern«, antwortete er. »Ich will auch nicht weiter stören und sehe draußen nach, wie weit die Installation der letzten Hydranten gediehen ist. Meine Herren, ich wünsche gutes Gelingen.«

24

Zur selben Zeit machte sich Johann nach einem kläglichen Frühstück auf den Weg zur Universität. Er beneidete Wilhelm um seine fürsorgliche Wirtin, denn seine eigene war zwar unangemessen neugierig und schwatzhaft, dafür aber recht zurückhaltend, was Versorgungsfragen anging. Sie machte nur das vertraglich Nötigste und auch das nur äußerst oberflächlich. Nicht zum ersten Mal dachte er darüber nach, wie viel schöner es wäre, wenn das Unternehmen seines Vaters bereits eine Niederlassung in Berlin eingerichtet hätte, statt die Angelegenheit erst im nächsten Jahr anzugehen. Die damit sicher verbundene Dienstwohnung hätte Johann liebend gern schon jetzt genutzt.

Obwohl noch genügend Zeit war, beschloss er, sofort aufzubrechen. Er musste erst um zwei Uhr bei seinem Professor sein, um die letzten Details seiner Abschlussprüfung zu besprechen, und konnte vorher gewiss auf eine Stunde bei Baeyer vorbeischauen, um mehr über das ominöse Pulver zu erfahren, das ihm Vorweg in aller Herrgottsfrühe vorbeigebracht hatte. Vorher würde er an einer Trinkhalle und bei einem Bäcker haltmachen – was er dort bekommen würde, war allemal frischer und liebevoller angerichtet als das, was ihm seine Wirtin vorzusetzen pflegte.

Gestärkt und mit der Welt zufrieden schlenderte er schließlich die Stufen zum Institut hinauf und begab sich ins Labor, wo er Baeyer anzutreffen hoffte. Hätte er dort kein Glück, müsste er sich im Institut durchfragen und darauf hoffen, dass Baeyer nicht nur im Haus, sondern auch irgendein dienstbarer Geist über seinen Aufenthaltsort informiert war.

Wie sich herausstellte, hatte Johann sich umsonst Gedanken gemacht, denn als er die Labortür öffnete, fiel sein Blick sofort auf Baeyer, der auf dem Labortisch saß und abwesend die Beine baumeln ließ. Der Raum war nicht nur penibel sauber wie beim letzten Mal, sondern geradezu ausgeräumt. Die Tafeln waren leer und sauber gewischt, die Formeln und Skizzen verschwunden. Auch die Tische waren geräumt und blank gewischt, die Bücher lagen nicht mehr umher, sondern standen sauber aufgereiht in den Regalen.

»Du wirkst etwas melancholisch«, sagte Johann zur Begrüßung. »Wie kommt's?«

Baeyer nickte Johann nur einen kurzen Gruß zu und sah dann wieder auf seine Beine, die abwechselnd vor und zurück pendelten. »Das sind meine letzten Stunden hier«, sagte er schließlich. »Morgen fahre ich nach Heidelberg, und ob ich jemals nach Berlin zurückkomme, steht in den Sternen.«

»Aber das ist doch schön! In Heidelberg findest du angesehene Wissenschaftler, guten Wein und schöne Mädchen. Und Heidelberg selbst ist ein wunderschönes kleines Städtchen.«

»Ja, klein ist es.« Baeyer seufzte. »Da hilft *wunderschön* nicht viel weiter. Berlin ist eben Berlin.«

Sie schwiegen einen Moment. Schließlich raffte sich Baeyer auf, ging zu einem kleinen Apothekerschrank an der hinteren Wand des Labors und kam mit einer Flasche und zwei Reagenzgläsern zurück. »Du hast Glück, dass du mich noch antriffst, eigentlich wollte ich gerade den Laden hier abschließen. Wir sollten die unverhoffte Gelegenheit nutzen und mit meinem selbst gemachten Gin auf eine gute Wiederkehr anstoßen.«

Wehmütig ließ der Chemiker seinen Blick über die aufgereihten Instrumente gleiten und goss schließlich beide Reagenzgläser fast bis an den Rand voll.

Johann fühlte sich verpflichtet, seinen Gastgeber aufzubauen.

»Wenn du bei Bunsen deinen Abschluss gemacht hast – und ich zweifle nicht daran, dass dieser Abschluss *summa cum laude* sein wird –, kannst du dir eine Anstellung in ganz Deutschland, ja, in ganz Europa aussuchen. Und wenn du wieder nach Berlin willst, wird man dich hier mit Kusshand nehmen. Wer weiß, vielleicht ist ein eigener Lehrstuhl oder gar ein eigenes Institut möglich. Darauf trinke ich.«

»Nun übertreibe nicht.« Baeyers Laune hatte sich trotz seines Einwands merklich gebessert. »Man weiß nie, wie es kommt, aber ein guter Grund zum Trinken ist es allemal.«

Sie prosteten einander zu und leerten ihre Gläser mit einem Zug.

»Puh, was für ein Zeug!« Johann hustete.

Baeyer rieb sich Tränen aus den Augen. »Vermutlich habe ich es mit dem Alkoholgehalt etwas übertrieben, aber auf jeden Fall weckt mein kleines Privatrezept die Lebensgeister.« Er ging um den Tisch herum und sah Johann fragend an. »Das ist doch nicht nur ein Abschiedsbesuch, Johann. Wenn du jetzt schon unterwegs bist, liegt dir etwas auf dem Herzen. Was hast du mir Schönes mitgebracht?«

Johann legte die Probe auf den Tisch. »Wir haben dieses Pulver gefunden und würden gern wissen, worum es sich handelt. Ein Polizist hat etwas davon in seinen Kaffee getan und fühlte sich anschließend etwas blümerant.«

»Blümerant, wie?« Baeyer roch an der Probe, befeuchtete seinen Zeigefinger und leckte ihn ab. Als er Johanns Blick bemerkte, sagte er trocken: »*Experientia est optima rerum magistra.*«

Johann kramte in seinem Gedächtnis nach seinen verschütteten Lateinkenntnissen. »Erfahrung ist die beste Lehrmeisterin?«

»Oder auch: ›Probieren geht über Studieren.‹ Du kennst doch den inoffiziellen Wahlspruch der Chemikergilde?«

Johann schüttelte den Kopf. »Scheint mir jedenfalls ein riskantes Motto zu sein.«

Baeyer lachte. »In diesem Fall wohl kaum. Wenn der Polizist das Pulver in seinem Kaffee hatte und ihm lediglich – wie hast du es formuliert? – *blümerant* wurde, wird mich die kleine Probe wohl kaum umbringen. Hat es wohl für Zucker gehalten, wie?«

»Ich war nicht dabei.«

Baeyer achtete nicht auf die Antwort. »Weißt du übrigens, woher dieser Ausdruck kommt?«

»Welcher Ausdruck?«

»Blümerant, natürlich. Kannst du dich nicht an deine eigenen Worte erinnern?« Baeyer grinste. »Ich weiß, es ist noch zu früh für dich. Aber ich kann es dir gern erklären.«

»Kann ich es verhindern?« Johann wusste, dass das kaum möglich war.

»Nein. Der Begriff hat natürlich nichts mit Blumen zu tun, sondern stammt vom französischen *bleumourant* und wurde im letzten Jahrhundert übernommen. Wörtlich bedeutet es *sterbendes Blau*, und es spielt auf die leicht bläuliche Gesichtsfarbe von Personen mit Schwindelsyndrom an. Was aber in Wirklichkeit auf Blutmangel zurückzuführen ist. Interessant, wie?«

»Zweifellos«, seufzte Johann. »Wenn wir uns wieder dem Pulver zuwenden würden …«

»Lass mich überlegen. Die Zunge wird taub, es könnte sich also um ein Anästhetikum handeln. Und wie ich gerade merke, hat es auch einen gewissen aufputschenden Effekt. Moment …«

Baeyer ging an die Regale, schritt eine Reihe Bücher ab und fuhr mit dem Finger über die Titel, bis er das Gesuchte gefunden hatte, nahm anschließend mehrere gebundene Zeitschriften heraus und blätterte in ihnen. Johann wusste, dass er nun warten musste. Hatte Baeyer erst einmal eine Fährte aufgenommen, würde er nicht ruhen, bis er zu einem zufriedenstellenden Ergebnis gelangt war.

Schließlich legte der Chemiker das Buch und ein aufgeschlagenes Heft nebeneinander und drehte sich um. »Ich bin mir zwar nicht sicher, aber das könnte es sein. Was weißt du über den Kokastrauch?«

Johann hob nachdenklich eine Augenbraue. »Stammt er nicht aus Südamerika?«

»Ganz recht. Er wurde und wird dort von den Indios angebaut, die seine Blätter kauen. Hier«, er zeigte auf eine Seite, »beschreibt der Botaniker Poeppig aus Leipzig in seiner *Reise in Chile, Peru und auf dem Amazonenstrome* die Wirkung. Bevor du fragst: Poeppig ist einer der bedeutendsten Forschungsreisenden in Mittel- und Südamerika. Nach seiner Darstellung steigert das Kauen von Kokablättern die Aktivität, unterdrückt Hunger und Durst und verleiht allgemein ein euphorisches Gefühl, was ich bestätigen kann.«

Johann blickte zweifelnd auf die Probe und die Zeitschrift. »Mir schaut das aber nicht nach zerstoßenen Blättern aus.«

»Stimmt. Aus diesem Grund habe ich das hier gesucht.« Baeyer zeigte auf das Heft. Wie Johann erkennen konnte, handelte es sich um eine Ausgabe des *Archivs der Pharmacie*. Eifrig fuhr Baeyer fort. »Ich habe mich daran erinnert, diesen Beitrag vor einigen Monaten gelesen zu haben. Danach hat ein Apotheker in Rostock, ein gewisser Friedrich Gaedcke, aus ebendiesem Kokastrauch einen Stoff isoliert, den er Erythroxylin nannte. Er meinte, dass das Mittel schmerzlindernd sei und kurzzeitig intensive Hochgefühle verursacht.«

»Also ist es eine Arznei?«

Baeyer sah ihn an. »Keineswegs. Man könnte es zwar vielleicht als Schmerzmittel einsetzen, vielleicht auch als lokales Betäubungsmittel.«

»Dafür, dass du ein studierter Physiker bist, kennst du dich ziemlich gut aus.«

»Ich habe mich in den letzten Monaten verstärkt auf Pharmazie und Chemie konzentriert.« Baeyer wechselte in einen Plaudermodus. »Ich denke, hier liegt die Zukunft der Wissenschaft.«

»Weil?«

»Cholera, Pocken, Schwindsucht – die Menschen sterben wie die Fliegen. Und es gibt keinerlei Gegenmittel. Wenn es gelingt, auch nur für einige dieser Krankheiten ein Heilmittel zu finden, ist der Menschheit geholfen und der Erfinder ein gemachter Mann.«

»Ah! Dir geht es also auch nur ums Geld.«

Baeyer ließ sich durch Johanns Neckerei nicht verleiten. »Ich bin Wissenschaftler und kein Industriellensohn, der auf den Profit seines Unternehmens achten muss. Geld ist nur wichtig, wenn ich dadurch meiner Forschung nachgehen kann. Obwohl natürlich ein Lehrstuhl, ein Haus mit Garten und eine umfangreiche Bibliothek nicht zu verachten wären. Apropos – noch ein Schluck?« Baeyer hielt sein leeres Reagenzglas in die Höhe.

Johann nickte.

Während Baeyer die Gläser wieder füllte, fuhr er fort: »Diese Unabhängigkeit kann ich zum Beispiel dadurch erreichen, dass ich etwas entdecke, was dem gesamten Land nutzt. Denke nur an Syphilis, oder wie wäre es mit einem Mittel gegen unerwünschte Schwangerschaften?«

»Ein wahrhaft riesiger Markt«, stimmte Johann zu und hob sein Glas. »Sag mir Bescheid, wenn du so weit bist, vielleicht ergibt sich eine Möglichkeit, das Mittelchen gemeinsam zu vertreiben.«

Sie tranken und schüttelten sich, und Baeyer wies wieder auf die Probe. »Das dort aber kann sich als Teufelszeug erweisen.«

»Warum?«

Baeyer sprang vom Tisch und begann auf und ab zu gehen.

Johann seufzte und stellte sich auf einen längeren Monolog ein.

»Wie gesagt, kauen die Indios die Blätter. Die Spanier haben diese Sitte mit nach Europa gebracht, wie den Tabak oder die Kartoffel, nachdem sie das Inkareich erobert hatten. Allerdings hat es sich in Europa kaum eingebürgert, wohl auch deshalb, weil es hier nicht angebaut oder seine medizinische Wirkung nicht erkannt wurde.«

Johann wollte den Redefluss abkürzen und warf ein: »Was ist falsch an einer medizinischen Wirkung?«

»Gar nichts, wenn sie ausreichend erforscht ist. Es kommt immer auf die Dosis an. Du nimmst ein Mittel, und die Zahnschmerzen sind verschwunden. Du nimmst es noch einmal und landest auf dem Friedhof. Oder es macht abhängig. Denk nur an Alkohol oder Opium. Praktisch jeder trinkt, und wer es sich leisten kann, konsumiert Opium.«

»Das ist nicht illegal.«

Baeyer nickte, diesmal grimmig. »Noch nicht. Aber du weißt selbst, dass Staat und Kirche immer wieder versuchen, die Trinkgewohnheiten der Menschen zu beeinflussen. Bereits Kinder trinken Leichtbier –«

»Angesichts der Wasserqualität eine vernünftige Maßnahme.«

»Wie?« Baeyer mochte es nicht, aus dem Konzept gebracht zu werden. In seinem Kopf waren bereits weitere Sätze formuliert, und jetzt musste er einen Schritt zurückgehen. »Ja, geschenkt. Worum es mir geht, ist die Tatsache, dass alle trinken, und zwar in erheblichen Mengen. Insbesondere Bier, an das bereits Kinder gewöhnt sind, aber auch Branntwein. Und die reichen Leute machen es genauso, nur sind ihre Getränke teurer. Im Rausch sind alle.«

Baeyer füllte die Reagenzgläser neu. »Beim Opium ist es ähnlich. Die Engländer haben ganz China damit überschwemmt und schlafen gelegt. Es wurde deswegen sogar Krieg geführt. Man kann Opium als Schmerzmittel oder Schlafmittel einsetzen – du kennst es unter der Bezeichnung ›Laudanum‹. Und will man der schrecklichen Gegenwart entfliehen, gibt es nichts Besseres, denn es führt dich in ein Land der Ruhe und des Friedens. Aber das hat seinen Preis: Man wird davon abhängig und steht irgendwann nicht mehr auf. London ist voll von Opiumhöhlen, und auch hier in Berlin soll es einige geben.«

»Und du fürchtest, so kann es sich auch mit dem Erythroxylin verhalten?«

»Ganz recht. Als Mittel in den Händen von Wissenschaftlern oder Ärzten mag es ganz sinnvoll sein. Allein, es gibt ein Problem.«

»Problem?«

Baeyer nickte. »Außer einigen Männern in der Fachwelt ist der Stoff niemandem bekannt. Er ist auch, soweit ich weiß, nicht weiter erforscht, geschweige denn auf irgendeine Weise eingesetzt worden. Mit anderen Worten –«

»Er dürfte überhaupt nicht existieren«, vervollständigte Johann den Gedankengang.

»So ist es.« Baeyer schwang sich wieder auf den Labortisch. »Was die Frage aufkommen lässt, wie das Pulver hier in Berlin auftauchen kann und wer es hergestellt hat.«

»Und wozu.« Johann nahm nachdenklich das Buch zur Hand.

»Das kann ich dir sagen.« Baeyer lächelte traurig. »Wenn ich eine Vermutung äußern sollte, so möchte hier jemand eine Menge Taler scheffeln, indem er unter der Hand ein neues Mittel gegen allerlei Leiden und Wehwehchen verkauft.«

»Das ist doch aber bestimmt ein großer Aufwand, oder nicht? Man muss es herstellen und irgendwie unter die Leute bringen.«

»Die Herstellung selbst ist nach Gaedke recht einfach. Man

braucht nur ein kleines Labor dafür. Man muss die Blätter zerkleinern und einweichen, ein Lösungsmittel zugeben und den entstandenen Auszug verseifen. Dann wird das Ganze zum Beispiel mit Methanol verestert, und das war es dann auch schon. Gibt man noch Salzsäure hinzu, erhält man dieses Pulver. Interessant scheinen mir daher zwei Aspekte zu sein.«

»Lass mich raten!«, warf Johann ein. »Woher kommen die benötigten Blätter, und wie wird das Endprodukt verteilt?«

»Respekt. Eine intellektuelle Glanzleistung am frühen Morgen!«

Aber auch Johann ließ sich nicht necken. »Die Lieferung der Blätter könnte mit der Eisenbahn aus Hamburg erfolgen, das wäre unkompliziert«, überlegte er. »Und wenn man damit ein kleines Vermögen verdienen möchte, muss man sich nur in den entsprechenden Kreisen bewegen.«

Baeyer nickte: »Herrenklubs oder Salons, beispielsweise. Nicht zu vergessen unsere Theaterszene.«

»Und geheime Kaschemmen in irgendwelchen Hinterhöfen?«

Baeyer schüttelte den Kopf. »Eher nicht. Diese Kaschemmen dürften der Polizei zumeist bekannt sein und daher immer in Gefahr schweben, bei einer Razzia ausgehoben zu werden. Auch dürfte das dortige Publikum nicht finanzkräftig genug sein.«

»Bleibt nur noch die Frage, wo das Pulver hergestellt wird.«

»Natürlich kommt hier eine der vielen Apotheken in Betracht, die man gar nicht alle kontrollieren könnte. Ich glaube aber eher, dass es im Umfeld der Universität geschieht. Hier gibt es genügend unkonventionelle und abenteuerlustige Geister, die immer einen Taler brauchen können.«

»In der Universität?«

»Im Umfeld, Johann. Die Leute werden nicht so dumm sein, ihr Labor hier im Institut zu betreiben, aber ich würde darauf wetten, dass sie selbst in Verbindung zur Universität stehen.«

»Studenten also?«

»Der Gedanke liegt nahe.«

Johann blickte grübelnd auf die Probe. Kaum vorstellbar, dachte er, dass dieses unscheinbare Pulver, das man für Zucker oder Salz halten konnte, derartige Wirkung zeigen kann. Aber sehr wohl vorstellbar, aus dieser Wirkung, segensreich oder gefährlich, enormen Profit zu schlagen. Nachdenklich nahm er die Probe wieder an sich und verstaute sie in der Tasche. Vielleicht ergab sich ja eine neue Spur, der Wilhelm und Vorweg würden nachgehen können.

25

Die Zeit im Gewahrsam der Stadtvogtei hatte Mersdorf übel mitgespielt. Sein Hemd war durchgeschwitzt, seine gesamte Kleidung wirkte derangiert. Auf seinen Wangen lag mehr als nur ein Schatten eines Barts.

Nachdem aufmerksame Bahnbeamte ihn am späten Mittwochabend aufgegriffen hatten, hatte Mersdorf einige Stunden in einer Sammelunterkunft verbringen müssen, gemeinsam mit festgenommenen Landstreichern, gefassten Dieben, verdächtigen Bettlern und betrunkenen Kneipengängern, denen Spuren einer Schlägerei anzusehen waren. Dabei hatte der Baron noch Glück gehabt, denn die Nacht war relativ ruhig geblieben und die Sammelzelle nur zur Hälfte gefüllt. Es gab genügend Nächte, in denen das nicht so war und späten Ankömmlingen nichts anderes übrig blieb, als unter den Bänken zu nächtigen, falls nicht in irgendeiner Ecke noch ein Platz frei war. Die Sitten waren rau, und nicht selten mussten Polizisten eingreifen, um Streithähne voneinander zu trennen oder Erbrochenes zu beseitigen. In der Zelle war es entweder bitterkalt oder drückend heiß, in jedem Fall aber stank es fürchterlich. Die Wärter in der Stadtvogtei unternahmen dagegen nichts. Nur im schärfsten Winter gab es einige Decken und etwas Tee, und gesäubert wurde die Zelle wöchentlich – falls nichts dazwischenkam, und es kam häufig etwas dazwischen. Das war Absicht, sollten doch erstmalig Festgenommene dazu angehalten werden, nicht wieder mit dem Gesetz in Konflikt zu geraten. Die gefährlicheren und der Polizei bereits einschlägig bekannten Festgenommenen wurden ohnehin in anderen Bereichen der weitläufigen Stadtvogtei untergebracht, und sollte die Polizei eines besonders gefährlichen oder gewaltbereiten Verdächtigen habhaft werden, wich man auch einmal auf die benachbarten Gefängnisse aus.

Doch selbst wenn man einen Platz gefunden hatte, war in der Zelle an Ruhe nicht zu denken. Das ständige Kommen und Gehen und der damit verbundene Lärm ließen niemanden, abgesehen vielleicht von den Betrunkenen, schlafen. Laufend führte man Bettler und Landstreicher wieder hinaus, um sie in einem nahe gelegenen Amtszimmer abzuurteilen und umgehend ins Arbeitshaus zu überführen. Der frei werdende Platz wurde sofort von Neuankömmlingen belegt, die die ganze Nacht über im kleinen Hof abgeliefert wurden und nur über eine schmale Steintreppe, deren halsbrecherischer Zustand nicht selten zu Unfällen geführt hatte, in die Zelle gelangen konnten.

Mersdorf war diesen Zuständen erst spät in der Nacht entgangen, als Vorweg ihn in eine Einzelzelle hatte bringen lassen. Auch nach der ersten Vernehmung am Donnerstag hatte man ihn dorthin zurückgeführt.

Nach der zweiten Nacht und einem weiteren kargen Frühstück saß Vorweg und Wilhelm daher ein sehr ramponierter, übermüdeter, dafür aber umso zornigerer Mann gegenüber. Ihm war sein Äußeres ebenso bewusst wie der Umstand, dass er streng roch. »Ich protestiere auf das Entschiedenste gegen diese Behandlung, meine Herren. Ich bin Angehöriger eines bedeutenden Hauses und lehne es ab, wie ein gewöhnlicher Landstreicher behandelt zu werden!«, tönte er.

Gleichmütig blätterte Vorweg in einer Akte, machte sich einige Notizen, die Mersdorf nicht einsehen konnte, nahm seine Taschenuhr hervor, warf einen Blick darauf und steckte sie wieder zurück. Er schob die Akte bündig an die Tischkante, griff dann in eine Tasche, die er neben seinen Stuhl gestellt hatte, und zog eine weitere Akte hervor. Er lehnte sich zurück und begann zu lesen.

Wilhelm beobachtete, wie Mersdorf bleich vor Wut wurde. Seine Fäuste ballten sich, und er musste sich offensichtlich zwingen, auf seinem Platz sitzen zu bleiben.

Schließlich schloss Vorweg die Akte und legte sie säuberlich neben die andere. »Baron von Mersdorf«, sagte er leise, »wie ich in unserem gestrigen Gespräch andeutete –«

»Gespräch?« Mersdorf fuhr auf und hob die Faust, besann sich aber und legte sie wieder auf den Tisch. »Ein Verhör mit kruden Anschuldigungen und Drohungen war das!«

»Wie ich in unserem gestrigen *Gespräch* andeutete«, begann Vorweg ungerührt von vorn, »könnte Ihre etwas überstürzt anmutende Abreise als Fluchtversuch angesehen und Sie aus diesem Grund als Verdächtiger betrachtet werden.«

»Ich habe Ihnen bereits erklärt, dass ich dringende geschäftliche Verpflichtungen habe«, zischte Mersdorf. »Und ja, natürlich habe ich auch Angst um mein Leben, immerhin ist eine Bombe in meinem Arbeitszimmer explodiert, auch wenn ich mir nicht vorstellen kann –«

»Wer zu einer solchen Tat fähig wäre oder welchen Anlass es geben sollte«, zitierte Vorweg aus dem Gedächtnis und tippte auf die erste Akte. »So weit waren wir bereits.« Er beugte sich vor, legte die Arme auf den Tisch, verschränkte die Finger und sah Mersdorf direkt in die Augen. »Haben Sie darüber noch einmal nachgedacht, und ist Ihnen etwas eingefallen? Ein Konkurrent vielleicht?«

»Nein!« Mersdorf starrte trotzig zurück.

Vorweg nickte, lehnte sich zurück, ohne den Blickkontakt zu unterbrechen, und verschränkte die Arme. »Das ist bedauerlich, Baron, denn das könnte Sie vielleicht entlasten.«

Er ließ den Gedanken wirken. Erst nach einigen Augenblicken zog der Österreicher die Augenbrauen zusammen, dann flackerten die Augen, und er brach den Blickkontakt ab. »Ich verstehe nicht: wovon entlasten?«

Vorweg antwortete nicht und schlug die zweite Akte auf, in der er wieder zu lesen begann.

»Wessen werde ich eigentlich verdächtigt? Und sollte meine Botschaft nicht informiert werden?« Auch Mersdorf lehnte sich zurück und verschränkte die Arme.

»Eins nach dem anderen.« Vorweg blieb weiter ruhig und gelassen. »Die Bombe explodierte in Ihrem Arbeitszimmer, es liegt also der Gedanke nahe, dass Sie das Ziel waren. Ist das so weit nachvollziehbar?«

Mersdorf atmete tief durch. »Ja, das kann den Anschein haben. Aber wie ich bereits –«

»Ganz recht. Sie wissen angeblich nicht, wer Ihnen das angetan haben könnte.«

»Nicht nur angeblich!« Mersdorf fuhr wieder auf. »Ich weiß es tatsächlich nicht!«

Vorweg sah auf und lächelte Mersdorf an. »Aber Baron, bitte beruhigen Sie sich.« Er schloss die Akte wieder und legte sie auf den Tisch. Während er sie sorgfältig an ihren Platz schob und an den Tischkanten ausrichtete, fuhr er fort: »Sehen Sie, die Sache ist die: Vor einigen Tagen geraten Sie in eine Schlägerei.«

Vorweg hob einen Finger.

»Dann haben Sie einen Unfall, der Sie in die Charité bringt.«

Vorweg hob einen zweiten Finger.

»Und dann explodiert Ihr Arbeitszimmer.« Ein dritter Finger.

»Das habe ich doch alles bereits erklärt.«

»Ja, das stimmt.« Vorweg nickte und hob die Hand, um Mersdorf am Weitersprechen zu hindern. »All Ihre Erklärungen scheinen für die einzelnen Fälle schlüssig zu sein. Eine Auseinandersetzung in einer Kaschemme, wie sie nicht selten vorkommt, besonders bei einem Wetter, bei dem die Nerven blanker liegen als sonst. Ein Unfall, der eben ein Unfall und nichts anderes war. Und ein Anschlag, den Sie sich beim besten Willen nicht erklären können. Aber wissen Sie, wie das für uns aussieht?«

Mersdorf antwortete nicht.

»Natürlich wissen Sie das. Einem hochgebildeten Geschäftsmann springt der mögliche Zusammenhang ebenso ins Auge wie einem kleinen Polizisten. Es hat den Anschein, dass jemand auf Sie einen immer stärker werdenden Druck ausübt. Warum? Damit Sie etwas tun oder unterlassen. Und wir stellen uns die Frage, was das sein mag.«

Mersdorf antwortete noch immer nicht, sondern zuckte mit den Schultern.

»Keine Idee, Baron? Das ist aber schade.« Vorweg griff zu einem Krug Wasser, schüttete drei Becher voll und trank einen Schluck. »Sehen Sie, wenn Sie jemanden in Verdacht hätten, sagen wir einen missliebigen Konkurrenten, der Sie vielleicht mit der Bombe letztmalig warnen wollte, könnten wir dieser Angelegenheit nachgehen, vielleicht den bedauernswerten Tod Ihrer Verlobten aufklären und den Schuldigen zur Rechenschaft ziehen. Da Sie uns aber keinen Hinweis geben konnten … oder wollten …, haben wir uns selbst Gedanken machen müssen, was hinter dieser ganzen Sache steckt. Und sind wir fündig geworden? Was glauben Sie?«

Wilhelm sah deutlich, dass Mersdorf für einen Moment blass wurde. Eilig senkte der Österreicher den Blick auf seine Hände. Ja, Mersdorf wusste etwas, da war sich Wilhelm sicher.

»Ja, wir sind fündig geworden.« Vorweg schlug die zweite Akte auf, drehte sie um und schob sie über den Tisch.

Mersdorf hob den Kopf und starrte auf die beiden Blätter, die Wilhelm gefunden hatte.

»Das, Baron, ist in unseren Augen ein denkbarer Grund für die Vorkommnisse der letzten Tage. Und es ist übrigens auch ein Grund, Sie noch lange hier in unseren Räumlichkeiten zu beherbergen, ganz gleich, was Ihre Botschaft fordert.« Vorwegs Stimme war lauter und schärfer geworden. »Denn hier haben wir einen eindeutigen Hinweis auf Spionage und Hochverrat. Was das bedeutet, ist Ihnen sicher bekannt.«

Vorweg lehnte sich wieder zurück und blickte Mersdorf an, der ihn entgeistert anstarrte.

»Aber … aber … Ich verstehe nicht!« Der Baron stockte. Vorweg wartete, und Wilhelm griff zu seinem Glas. Auch als er trank, ließ er Mersdorf nicht aus den Augen.

Hektisch schossen dessen Augen über das Dokument. »Wo haben Sie das gefunden? Was ist das überhaupt?«

»Wenn Sie Ihr Gedächtnis auffrischen möchten, lesen Sie ruhig zu Ende«, sagte Vorweg freundlich. »Es sollte Ihnen bekannt vorkommen. Schließlich haben wir es in Ihrem Kontor gefunden.« Er stand auf und beugte sich über den Tisch. Erschrocken sah Mersdorf auf.

Langsam und deutlich sagte Vorweg: »Gefunden im kleinen Zimmer, versteckt zwischen Regal und Fensterwand.« Er sah Mersdorf noch einen Moment lächelnd in die Augen und setzte sich auf seinen Stuhl zurück. »Seit wann sind Sie Freimaurer, Baron?«

Mersdorf riss die Augen auf und schaute mehrmals von Vorweg zu Wilhelm und wieder zurück. Wilhelm bemühte sich, eine ebenso ausdruckslose Miene wie Vorweg aufzusetzen.

Schließlich breitete Mersdorf die Arme aus, sein Kopf hatte eine ungesunde hochrote Farbe angenommen, und Schweiß trat auf seine Stirn. »Meine Herren, Sie müssen mir glauben. Ich kenne das Schreiben nicht, und ich bin auch kein Freimaurer. Ich habe mit den Logen nichts zu tun.«

Vorweg und Wilhelm sahen sich an und lehnten sich entspannt zurück. Sichtlich gelangweilt stieß der Kriminalsekretär langsam Luft aus, trank einen weiteren Schluck Wasser und strich einige Staubkörner von der Tischplatte. »Das ist nicht sonderlich glaubhaft, Baron.«

Mersdorf starrte ihn an und sah dann zu Wilhelm. Dieser verschränkte die Arme und schüttelte langsam den Kopf. Er hoffte, dass Vorweg etwas in dieser Art von ihm erwartete.

Vorweg lehnte sich vor, stellte die Ellenbogen nebeneinander und verschränkte die Finger vor seinem Mund. Dennoch war seine leise Stimme deutlich zu vernehmen. »Sie wollen hier zu Protokoll geben, dass Ihnen dieses Schreiben unbekannt ist? Obwohl wir es in einem Versteck in Ihrem Kontor gefunden haben? Obwohl Ihnen, wie es den Anschein hat, mehrfach handfest gedroht wurde? Obwohl wir den Eindruck gewinnen müssen, dass Sie mehr als deutlich gewarnt wurden, beispielsweise von Mitverschwörern, die Ihr Schweigen sicherstellen möchten?«

Vorweg schnalzte dreimal mit der Zunge und schüttelte verständnislos den Kopf. Dann tippte er auf die aufgeschlagene Akte. »Das hier, Baron, ist der Plan zu einem Umsturz der preußischen Regierung. Geplant, wie es scheint, von einer oder mehreren Freimaurergruppierungen, womöglich aus dem Inland wie auch aus dem Ausland. So etwas ist Hochverrat und wird nach unserem Gesetz wie auch bei Ihnen mit dem Tode bestraft.«

Mit den letzten Worten hieb er seine Faust auf den Tisch. Mersdorf zuckte zusammen, und Wilhelm musste an sich halten, es ihm nicht gleichzutun.

»Reden Sie, Baron! Das ist womöglich Ihre letzte Chance.« Vorweg lehnte sich zurück und wartete.

Mersdorf rutschte unruhig auf seinem Stuhl umher und rang die Hände. Der Schweiß lief ihm mittlerweile über die Wangen, und Wilhelm sah, dass der Glanz in seinen Augen von Tränen stammte. »Meine Herren …«

»Reden Sie, Baron«, sagte Vorweg wieder freundlicher. »Reden Sie, und wir werden sehen, was wir für Sie tun können.«

»Aber ich weiß wirklich nichts. Meine Herren, so glauben Sie mir doch!« Mersdorfs Stimme überschlug sich. »Ich bin kein Freimaurer, ich habe das Schreiben nie gesehen, und ich würde mich nie an einer Verschwörung beteiligen.«

Vorweg wartete weiter.

Mersdorf beruhigte sich ein wenig und setzte hinzu: »Außerdem bin ich Österreicher, kann also überhaupt keinen Hochverrat begehen.«

Vorweg wiegte den Kopf hin und her und lächelte schließlich. »Das stimmt. Allerdings kennt unser Gesetz auch Bestimmungen für Ihren Fall. Wilhelm, wären Sie vielleicht so freundlich, den Baron aufzuklären?«

Wilhelm war überrascht, in das Verhör einbezogen zu werden. Rasch überlegte er, was er sagen sollte. Schließlich entschloss er sich, die nackten Fakten darzulegen. »Paragraf 67 des Strafgesetzbuches besagt, dass ein Preuße, welcher mit einer fremden Regierung in Verbindung tritt, um dieselbe zu einem Kriege gegen Preußen zu veranlassen, sich des Landesverrats schuldig macht. Bricht der Krieg tatsächlich aus, wird er mit dem Tod bestraft.«

Mersdorf wollte etwas erwidern, doch Wilhelm hob die Hand. »Paragraf 69 führt aus, dass eine Unterstützung feindlicher Staaten unter anderem dann vorliegt, wenn ein Preuße dem Feinde als Spion dient.«

»Aber ich bin doch kein Preuße!«, rief Mersdorf dazwischen.

Wilhelm nickte und zitierte wortwörtlich aus dem Gedächtnis: »›Paragraf 70: Gegen Ausländer ist wegen der in den Paragrafen 67 und 69 erwähnten Handlungen nach dem Kriegsgebrauche zu verfahren.‹«

Mersdorf wurde bleich. Er begann zu zittern.

Vorweg beugte sich vor. »›Kriegsgebrauch‹ – Sie wissen, was das bedeutet?«

Das Zittern verstärkte sich.

Vorweg lehnte sich wieder zurück. »Wenn Sie uns jetzt nicht weiterhelfen, sehe ich mich zu meinem Bedauern veranlasst, Sie der Politischen Polizei zu übergeben. Was dann passiert, steht außerhalb meines Einflussbereichs. Vielleicht kommt es zu einer Anklage, vielleicht auch nicht. Ich könnte mir vorstellen, dass es der Politischen Polizei lieber ist, einen Weg zu finden, der außenpolitische Verwicklungen vermeidet.«

Mersdorf starrte ihn verständnislos an.

»Was voraussetzt, dass das Problem oder sein Verursacher irgendwie aus der Welt geschafft ist. Das soll schon vorgekommen sein, wie ich gehört habe. Vielleicht habe ich da aber auch etwas falsch verstanden, wer weiß das schon.«

Mersdorf begann zu schluchzen. Er schlug sich die Hände vors Gesicht und weinte still vor sich hin. Vorweg und Wilhelm warteten, bis sich die zuckenden Schultern beruhigt hatten und Mersdorf die Hände nebeneinander auf den Tisch legte. Aschfahl starrte er auf den Tisch.

»Nun, Baron? Können Sie uns nicht doch etwas sagen?«, fragte Vorweg fast sanft.

Mersdorf schüttelte langsam den Kopf. »Ich kann Ihnen beim besten Willen nicht weiterhelfen«, antwortete er mit leiser, brüchiger Stimme.

Vorweg stand auf und ging zur Tür. »Ihre Botschaft wird sich gedulden müssen, bis das Polizeipräsidium eine Entscheidung getroffen hat.«

Er klopfte an die Tür, die von einem Wachmann geöffnet wurde. »Bringen Sie den Gefangenen in seine Zelle. Sorgen Sie dafür, dass er sich waschen kann und Wechselkleidung erhält …

Und besorgen Sie ihm doch bitte etwas Vernünftiges zu essen. Das Geld dazu können Sie aus meiner Kasse entnehmen.«

Der Wachmann nickte wortlos und ergriff Mersdorfs Ellenbogen. Mit hängenden Schultern schlurfte der Baron aus dem Vernehmungsraum.

Vorweg kehrte an den Tisch zurück, sammelte die beiden Akten ein und wandte sich an Wilhelm. »Kommen Sie, wir müssen Herford Bericht erstatten und überlegen, was weiter zu tun ist.«

Auf dem Weg zum Büro des Chefs der Kriminalpolizei sprach Wilhelm Vorweg an. Zeit genug war dazu, denn sie mussten die Stadtvogtei über eine Stiege verlassen, durch mehrere Gänge das Polizeirevier durchqueren und auf der anderen Seite des Komplexes wieder einige Stufen emporsteigen.

»Ihre Verhörtaktik war beeindruckend«, sagte Wilhelm.

»So?« Vorweg wirkte nachdenklich und war kurz angebunden.

»Sie erschienen zu Beginn desinteressiert, als wäre das Verhör eine lästige Pflicht, und haben ihn dann freundlich angesprochen oder unter Druck gesetzt. Sie haben ständig das Tempo gewechselt.«

Vorweg sah ihn von der Seite an. »So etwas lernt man nicht auf der Universität, sondern in der täglichen Arbeit. Ich bin bei einigen guten Polizisten in die Lehre gegangen und habe mir diese Erfahrungen erarbeitet.«

Schweigend stiegen sie eine Treppe empor. Oben blieb Vorweg stehen und sah auf Wilhelm herunter. »Verstehen Sie mich nicht falsch. Sie haben einige bemerkenswerte Fähigkeiten, wie ich zugeben muss. Dass Sie überhaupt die Taktik erkannt haben, spricht durchaus für Sie. Ich bin nicht glücklich darüber, dass junge Männer frisch von der Universität kommen, sich in den Gesetzen gut auskennen mögen, aber nicht die leiseste Ahnung davon haben, was auf den Straßen passiert oder was genau die

Arbeit der Polizei umfasst. Und doch sind diese Absolventen plötzlich Vorgesetzte von altgedienten Polizisten, die ihr Handwerk mühsam erlernt und trotzdem keine Chance auf eine weitere Beförderung haben. Ganz ehrlich? Das stinkt mir gewaltig.«

Wilhelm nickte. »Es gibt leider keine Ausbildung für Kriminalpolizisten.«

»Nein, die gibt es nicht. Ebenso wenig wie eine leistungsgerechte Beförderungspolitik.«

»Das ist nicht meine Schuld.« Wilhelm hatte mehr Nachdruck in die Worte gelegt, als er eigentlich beabsichtigt hatte.

»Nein, das ist nicht Ihre Schuld. Aber vielleicht denken Sie daran, wenn Sie tatsächlich in den Dienst eintreten.«

26

Herford begrüßte sie und ließ sie Platz nehmen. Auch Oertzen war erschienen und saß kerzengerade auf einem Stuhl. Er hatte mehrere Unterlagen in der Hand und schaute erwartungsvoll zu seinem Chef. Diesmal gab es keine Getränke oder Gebäck, und Herford thronte tadellos gekleidet hinter seinem Schreibtisch. »Nun, meine Herren, wie ist das Verhör gelaufen?«

Vorweg war zum Fenster gegangen und lehnte sich mit verschränkten Beinen an die Fensterbank. »Ich bin mir nicht sicher, aber ich hatte den Eindruck, dass er tatsächlich überrascht war, als wir ihm das Dokument gezeigt haben.«

Vorweg musste nicht sagen, um welches Dokument es sich handelte. Er wusste ebenso wie Wilhelm, dass Herford von Oertzen bereits ins Bild gesetzt worden war. »Allerdings bin ich mir nicht sicher, ob er überrascht war, weil wir es gefunden haben oder weil er es tatsächlich nicht kannte«, fuhr er fort. »Wie auch immer, jedenfalls hat er kategorisch abgestritten, Freimaurer zu sein oder das Dokument zu kennen.«

»Was meinen Sie, Wilhelm?«

Wilhelm hatte auf dem Sofa Platz genommen und rutschte jetzt vor an den Rand. »Ich hatte denselben Eindruck«, sagte er nachdenklich. »Ich glaube fast, dass dem Baron das Dokument wirklich nicht bekannt war und ihm die Konsequenzen erst im Verlauf des Verhörs richtig bewusst wurden. Ich bin mir ziemlich sicher, dass er uns etwas verschweigt, etwas, vor dem er noch mehr Angst hat als vor einem Spionageverdacht, aus dem er sich herauswinden könnte.«

»So? Könnte er das?« Herford kratzte sich am Kopf.

»Ich denke, schon«, antwortete Wilhelm. »Ein guter Anwalt könnte argumentieren, dass jeder das Dokument bei ihm deponiert haben könnte, zum Beispiel, um ihn zu kompromittieren. Solange wir nichts über den Verfasser und seine Beziehung zum Baron wissen, haben wir eigentlich nichts in der Hand. Außerdem könnte er darauf hoffen, dass die Angelegenheit stillschweigend auf diplomatischem Weg beigelegt werden könnte.«

Herford nickte. »Es wäre überhaupt nicht gut, wenn diese Angelegenheit in offizielle Kanäle gelangen oder gar vor Gericht landen würde. Die außenpolitischen Konsequenzen möchte ich mir nicht ausmalen.« Er faltete die Hände vor seiner Nase wie zum Gebet und dachte angestrengt nach. »Sie haben recht: Um den Baron mit dem Dokument in Verbindung bringen zu können, benötigen wir mehr Beweise. Hat die Durchsicht der Geschäftsunterlagen etwas ergeben, Oertzen?«

Der alte Mann straffte sich noch ein Stück mehr und beugte sich vor. »Ja, tatsächlich, wenn auch nicht in Richtung dieses Dokuments.«

»Sondern?«

»Der Baron scheint ein sehr tüchtiger Geschäftsmann zu sein. Seit er die Niederlassung in Berlin übernommen hat, sind die Umsätze auf das Dreifache gestiegen. Die Auftragsbücher sind voll, und viele weitere Anfragen waren im Posteingang zu finden. Nun aber steht er vor einem Problem.«

Die Männer beugten sich interessiert vor.

»Ein Problem?«

»In der Tat. Der Baron hat so viele Aufträge an Land gezogen, dass deren Umfang seine Lagerkapazität übersteigt. Er hat Lieferschwierigkeiten. In seiner Korrespondenz mit dem Stammhaus und dem Verwalter hat er bereits vor geraumer Zeit auf eine Erhöhung der Produktion gedrängt. Und obwohl in Schlesien die Produktion um etwa ein Drittel gesteigert wurde, musste das Stammhaus Zink zukaufen, um wenigstens den dringendsten Bedarf zu befriedigen. Der Baron ist folglich darauf angewiesen, neue Quellen zu erschließen, will er seine Verträge einhalten und nicht Aufträge an die Konkurrenz verlieren.«

»Und welche Quellen sollten das sein?« Vorweg verschränkte die Arme.

»Nun, bedeutende Lagerstätten befinden sich in Schlesien. Das Unternehmen baut dort ein riesiges Vorkommen ab, kommt aber an seine Grenzen. Das liegt zum Teil an einer mangelhaften Ausstattung – das Stammhaus hat wohl in den letzten Jahren nicht so investiert, wie sich das der Baron gewünscht hat –, vor allem aber am Umstand, dass der größere und bislang nur wenig erschlossene Teil der Lagerstätten auf preußischem Gebiet liegt.«

»Dann bräuchte der Baron eine Konzession?«

»Richtig. Diese Konzession hat er beim zuständigen Amt beantragt, er ist aber gleich zweimal abschlägig beschieden worden. Daher würde es mich nicht wundern, wenn er hier in Berlin direkt bei einflussreichen Persönlichkeiten vorstellig geworden wäre.«

»Wie haben Sie das so schnell herausgefunden?« Wilhelm war so verwundert, dass er die Frage einfach stellen musste. Er sah Herford und Vorweg grinsen.

Oertzen reagierte ebenfalls verwundert und antwortete dann schlicht: »Das ist meine Aufgabe.«

Herford lachte. »Meinen Mitarbeitern sieht man es vielleicht nicht immer an, aber sie haben allesamt Qualitäten, mit denen sie freilich nicht hausieren gehen. Oertzen ist unser wandelndes Lexikon. In seinem Büro stehen alle Ausgaben der einschlägigen Börsenzeitungen, alle Gerichtsblätter, und das statistische Jahrbuch kennt er anscheinend auswendig. Und damit meine ich jeden Jahrgang.«

Oertzen hob bescheiden die Hand.

Herford winkte ab. »Nein, nein, mein lieber Oertzen! Hier unter uns müssen Sie Ihr Licht nicht unter den Scheffel stellen. Wilhelm, wenn Sie etwas über die Fahrpläne der diversen Bahnen, über die Gebühren und Steuern in der Stadt oder über aktuelle Weltmarktpreise von Kaffee wissen möchten, fragen Sie Oertzen. Er weiß alles.«

Oertzen senkte den Blick. »Die meisten Informationen finden sich tatsächlich in der Presse oder in den Amtsblättern, die ebenfalls alle in meinem Zimmer stehen. Es ist keine besondere Kunst, sie zu finden, wenn man weiß, wonach man sucht.«

»Nun gut.« Herford klatschte in die Hände. »Wir wissen nun, dass der Baron in wirtschaftlichen Schwierigkeiten steckt. Aber das dürfte ihn kaum in Panik versetzen, oder?«

Vorweg und Wilhelm schüttelten einhellig den Kopf.

»Behalten wir diese Situation dennoch im Hinterkopf. Hier geht es immerhin um Geld, um viel Geld möglicherweise, und wo Geld ist –«

»Ist das Verbrechen nicht weit«, ergänzte Vorweg.

»Ich sollte aus meinen Sprüchen ein Lehrbuch zur Unterweisung des angehenden Polizeinachwuchses verfassen«, sagte Herford und wurde gleich wieder ernst. »Wir werden Folgendes machen: Erstens begeben Sie, Vorweg, und Sie, Wilhelm, sich gleich zu unserem Leichendoktor. Gehen Sie direkt dorthin, und verschieben Sie den geplanten Archivbesuch auf morgen Vormittag. Ich möchte wissen, ob er Erkenntnisse für uns hat. Berichten Sie mir morgen darüber, wenn Sie Ihre Arbeit im Archiv unserer politischen Kollegen abgeschlossen haben. Zweitens prüfen Sie, Oertzen, ob der Polizeizeichner schon seine Arbeit getan hat –«

»Hat er, Herr Direktor«, bestätigte Oertzen. »Der Zeichner war in der Wohnung und hat ein Porträt nach dem Bild im Flur angefertigt, wie es Herr von der Heyden vorgeschlagen hat. Ich habe veranlasst, dass das Porträt kopiert und an alle Reviere, Bahnhöfe und Postämter versandt wurde. Die Kopien sollten mittlerweile eingetroffen sein.«

»Prächtig«, freute sich Herford. »Ziehen Sie, falls Sie nichts hören, morgen noch einmal Erkundigungen ein.«

Oertzen nickte, holte aus der Innentasche seines schwarzen Rocks ein ebenso schwarzes Büchlein und einen Bleistift hervor, machte sich eine Notiz und steckte alles zurück.

»Den Hauptteil der Arbeit werde ausnahmsweise ich erledigen.« Herford tippte sich an die Brust. »Ich werde dieses seltsame Dokument nicht weiterleiten, vorerst jedenfalls. Es wäre doch äußerst peinlich, wenn wir die Pferde scheu machen, vielleicht eine politische Krise heraufbeschwören und sich anschließend auf den rauchenden Trümmern herausstellt, dass an der ganzen Sache nichts dran war.«

»Dann werden wir aber den Baron freilassen müssen«, wandte Wilhelm ein.

»Nur, wenn die Botschaft erneut insistiert«, erwiderte Herford. »Das werde ich, zumindest für die nächsten Tage, verhindern. Freiherr von Lederer ist der gegenwärtige Geschäftsträger Österreichs am Hof. Er ist zwar kein Freund von mir, aber wir sind hinlänglich über einige Ecken miteinander verwandt, sodass ich ein vertrauliches Wort mit ihm reden kann. Außerdem ist er ein Logenbruder.«

Vorweg hob eine Augenbraue. »Der Gesandte ist Freimaurer?«

»Wie ein großer Teil der gehobenen Gesellschaft, das halbe Königshaus und auch ich selbst.« Herford hob die Hände in einer vagen Geste. »Das macht dieses Pamphlet ja so seltsam. Politische und weltanschauliche Diskussionen sind innerhalb der Logen verboten. Natürlich können sich die Brüder außerhalb ihrer Logen politisch betätigen, aber niemals im Namen der Freimaurerei. Die Logen sind schon oft verboten worden, weil man ihnen politische Betätigung vorwarf. Jedenfalls ist das meine zweite Hausaufgabe: Ich werde in den Logen Erkundigungen einziehen.« Er stand auf. »Auf geht's, meine Herren, es gibt noch einiges zu tun.«

Wenige Minuten später standen Vorweg und Wilhelm wieder auf der Straße. Es war bereits später Nachmittag, weshalb sie einen der Pferdeomnibusse nahmen, der sie in die Nähe der Charité brachte.

Wilhelm konnte sich erinnern, einmal gelesen zu haben, dass das erste Leichenschauhaus in Berlin bereits 1811 errichtet worden war. Achtundzwanzig Jahre später war ein Teil des früheren Charité-Friedhofs in Bauland umgewandelt und ein Neubau errichtet worden. Hierher brachten der Leicheninspektor und seine Männer seither die Toten, die in den Kanälen und Gassen gefunden wurden und deren Herkunft unbekannt war. Hierher kamen Menschen, wenn sie einen Angehörigen vermissten und in der Stadtvogtei nicht fündig wurden. Nicht immer konnten sie, vorübergehend erleichtert, den Ort wieder verlassen und darauf hoffen, dass der Vermisste wieder auftauchen würde. In einem kleinen Gebäude, in dessen kühlem Keller die Toten, manchmal auch nur Teile von ihnen, ruhten, wurden Sektionen vorgenommen, wenn es der Leicheninspektor für erforderlich hielt. Diese Arbeiten wurden durch eigens dafür angestellte Ärzte durchgeführt, die ihr Handwerk an der Praktischen Unterrichtsanstalt für die Staatsarzneikunde gelernt hatten.

Vorweg führte Wilhelm in ein kleines Zimmer, das vom Licht der tiefer stehenden Sonne hätte beschienen sein können, wäre das kleine Fenster nicht durch einen Vorhang verdeckt worden. Das Zimmer bot nicht viel Platz, gerade ein Tisch mit drei Stühlen und ein Aktenschrank passten hinein, und wurde scheinbar vollständig von einem riesigen Mann ausgefüllt, der auf einem der Stühle saß, die Beine weit von sich gestreckt, und mittels eines billigen Stumpens der ohnehin stickigen Luft noch infernalischen Gestank hinzufügte. Der Mann hatte breite Schultern, einen dichten Bart, der ihm bis über die Wangen reichte, lockige ergraute Haare und riesige Augenbrauen, unter denen schwarze Augen die Eintretenden unwillig musterten. Er nahm den Stumpen vom Mund und zeigte mit einer riesigen behaarten Hand auf den Kriminalsekretär.

»Vorweg!« Die tiefe Stimme dröhnte durch den Raum.

Vorweg nickte dem Mann zu. »Fleischmann.«

Wilhelm musste husten. Nicht der Name brachte ihn dazu, sondern die Luft oder eher ein Mangel ebendieser.

Fleischmann schien es dennoch falsch zu verstehen. »Glauben Sie mir, junger Mann, ich kenne alle Scherze, die mit meinem Namen und meinem Beruf verbunden werden, und ich kann Ihnen versichern, dass niemand in den letzten Jahren einen weiteren Scherz hinzugefügt hat.« Er musterte Wilhelm finster. »Darüber hinaus habe ich die meisten davon selbst erfunden. Prophylaxe, Sie verstehen?« Er lachte dröhnend, stand auf und hieb Vorweg seine Pranke auf die Schultern.

Vorweg ging ein wenig in die Knie, grinste aber trotzdem. »Du hast unserem jungen Freund einen ganz schönen Schrecken eingejagt, Fleischmann.«

»Tatsächlich?« Der Arzt drehte sich um und lächelte Wilhelm breit an. Er hatte strahlend weiße, ebenmäßige Zähne, die gar nicht zu seinem übrigen Erscheinungsbild passen wollten. »Wer sind Sie überhaupt?«

Wilhelm straffte sich und sah Fleischmann in die Augen. »Von der Heyden. Mitarbeiter der Kriminalpolizei.«

»Tatsächlich? Ich habe Sie noch nie gesehen.«

»Er ist erst seit wenigen Tagen dabei«, warf Vorweg ein.

»Und auch nur vorübergehend. Voraussichtlich«, ergänzte Wilhelm.

Fleischmann wandte sich um und trat an den Tisch, wo er seinen Stumpen auf einer Untertasse abgelegt hatte. »Vorübergehend. Voraussichtlich. Sehr mysteriös.« Er schlug sich an die Stirn. »Was ist denn das für eine Luft hier drin? Ihr hättet wirklich etwas sagen können!« Er trat ans Fenster und riss den Vorhang beiseite.

Wilhelm fürchtete, dass die Stange, die den Vorhang hielt, bald folgen würde, denn sie wackelte bedenklich. Fleischmann öffnete das Fenster. Warme, aber saubere Luft strömte herein, und Wilhelm sah Rauchschwaden nach draußen entschwinden. Einem vorbeigehenden Passanten mochte es fast wie ein Brand anmuten.

»Irgendwann wirst du hier noch einmal ersticken, Fleischmann«, sagte Vorweg und setzte sich auf einen der beiden Stühle vor dem Tisch. Er griff nach einer Karaffe mit klarem Wasser, inspizierte kurz zwei Gläser und schenkte sie voll, nachdem er sie für sauber genug befunden hatte.

Fleischmann brummte etwas Undeutliches in seinen Bart, ging um den Tisch herum und nahm sein Glas. Nach einem kurzen Blick hinein schüttete er den Rest auf den Fußboden und öffnete eine Tür im Regal hinter ihm. Seine Hand kehrte mit einer Flasche zurück, die zwischen seinen Fingern beinahe ganz verschwand. »Die Toten stört es nicht. Auch einen Schluck?«

Vorweg schüttelte ebenso den Kopf wie Wilhelm, der neben ihm Platz genommen hatte.

Fleischmann zuckte mit den Schultern und goss sich exakt zwei Fingerbreit einer übel riechenden braunen Flüssigkeit ein. »Es hat seine Vorteile, wenn man breite Finger hat«, sagte er grinsend und trank einen Schluck. »Whiskey aus Schottland. Hat mir ein Kollege mitgebracht. Wenn die Schotten das trinken, kann ich das auch. Was führt euch zu mir?«

»Die Tote aus der Krausenstraße.«

»Ach, die Gräfin? Ich muss schon sagen, ein höchst anmutiges Geschöpf. Schade, schade. Dass es ein solches Ende mit ihr nehmen musste, sehr bedauerlich. Wollt ihr sie sehen?« Fleischmann trank einen weiteren Schluck und starrte unwillig auf das leere Glas. Erneut zuckte er mit den Schultern und stellte das Glas zur Seite.

»Wenn es sich vermeiden ließe? Kannst du uns hier etwas sagen?«

Fleischmann schürzte die Lippen, was seine Nase im Bart verschwinden ließ. Er riss eine Schublade auf und verteilte Papiere auf dem Tisch. »Irgendwo habe ich meine Aufzeichnungen … Hier sind sie ja.«

Er holte zwei fleckige Seiten hervor, die durch Eselsohren miteinander verbunden waren, und strich sie mit einigen kräftigen Zügen seines Unterarms glatt. »Lasst mich sehen. Wenn sie nicht dahingeschieden wäre, würde es sich um eine kerngesunde junge Frau handeln, sehr ansehnlich, aber das sagte ich ja bereits.«

»Wie sie gestorben ist, dürfte offensichtlich sein«, sagte Vorweg.

»Sie wurde bei einer Explosion aus dem Fenster geschleudert und von den Spitzen eines Zaunes aufgespießt?« Fleischmanns Frage klang eher wie eine Feststellung.

»Richtig.«

»Ohne Zweifel tödlich. Zwei der vier Spitzen haben ihren Oberkörper fast bis zum Rückgrat durchstoßen. Aber daran ist sie nicht gestorben.«

»Wie bitte?« Vorweg und Wilhelm hatten gleichzeitig gefragt.

Fleischmann sah von einem zum anderen und schüttelte

den Kopf. »Sie war bereits tot, als sie aus dem Fenster fiel. An der rechten Schläfe habe ich ein großes Hämatom gefunden. Die Wucht, mit der die Kraft auf ihren Kopf einwirkte, hat ihr den Hals gebrochen.«

Wilhelm erinnerte sich an den Blutfleck am Fensterrahmen und berichtete davon. Fleischmann nickte. »Das passt zum Befund. Die Explosion hat sie gegen den Fensterrahmen geschleudert und ihr das Genick gebrochen. Glück im Unglück sozusagen. Sie hat die Zaunspitzen nicht mehr gesehen, in die sie gefallen ist.«

Einen Moment herrschte Schweigen.

»Ich darf erneut darauf hinweisen, dass es von Vorteil wäre, wenn wir Leichenbeschauer immer an den Tatort gerufen werden würden. Dann könnten wir die Spuren mit unseren Befunden abgleichen und zu besseren Ergebnissen gelangen. Und auch der ein oder andere Wissenschaftler wäre bei der Sicherstellung von Spuren sehr hilfreich. Fest angestellt, versteht sich.«

Vorweg lächelte. »Versteht sich. Aber dass eine solche Truppe jemals im Budget auftauchen wird, wage ich zu bezweifeln.«

Fleischmann grummelte wieder in seinen Bart und goss ein weiteres Glas ein. Allerdings bediente er sich diesmal aus der Karaffe.

»Aber wenn dir etwas unklar gewesen wäre …«, setzte Vorweg an.

»… hätte ich den Tatort aufgesucht, berechtigt oder nicht. Worauf du wetten kannst, Vorweg.«

»Fleischmann ist einer unserer engagiertesten Leichenbeschauer«, erläuterte Vorweg, an Wilhelm gewandt. »Am liebsten würde er die Pathologie zur Wissenschaft erklären und eine eigenständige Abteilung in der Polizei gründen.«

»Die Pathologie *ist* eine Wissenschaft«, dröhnte Fleischmann. »Und ich bin mit diesem Anliegen nicht allein. In der Staatsarzneikunde wird gelehrt und geforscht, und es liegt doch auf der Hand, dass diese Kenntnisse der Polizei von großem Nutzen sein können, Herrgott noch mal!«

»Klingt überzeugend«, sagte Wilhelm.

»Ist es auch«, stimmte Vorweg zu, »liegt aber ein paar Kompetenzstufen über uns.« Er wandte sich wieder zu Fleischmann. »Hast du sonst noch etwas für uns?«

Der Leichenarzt nickte. »Wie gesagt, die Dame war kerngesund. Allerdings waren Nasenschleimhäute und Zahnfleisch entzündet, obwohl sie absolut gesunde und ebenmäßige Zähne hatte, die überdies noch alle vorhanden waren. Wenn es sich hier um eine Krankheit handelt, habe ich jedenfalls noch nie etwas von ihr gehört. Und noch etwas.«

Vorweg und Wilhelm warteten. Fleischmann kratzte sich hinter dem Ohr, und Wilhelm glaubte zu sehen, wie der Mann unter dem wild wuchernden Bart rot wurde.

»Die junge Dame scheint bereits jetzt ihren späteren ehelichen Pflichten in mehr als gewöhnlichem Umfang nachgekommen zu sein, sowohl was Häufigkeit als auch Praxis angeht.«

»Kannst du weniger in Rätseln sprechen, Fleischmann?« Vorweg schien die Verlegenheit des polternden Riesen zu genießen.

Fleischmann raufte sich kurz die Haare. »Sie hatte in letzter Zeit häufig Verkehr, und das nicht nur auf dem üblichen Weg. Muss ich wirklich ins Detail gehen?«

»Du hast leichte Verletzungen an ihrem After gefunden?«, fragte Vorweg ruhig. Es klang wie eine Feststellung. Wilhelm sah verlegen zu Boden. Fleischmann nickte.

Der Abend brach langsam herein, als Vorweg und Wilhelm das Haus verließen und tief durchatmeten. Sie gingen über die Reste des Friedhofs, vorbei an umgestürzten und verwitterten Grabsteinen. In nicht allzu ferner Zeit würde auch dieser Friedhof komplett aufgegeben werden, um Platz für neue Gebäude der Charité zu schaffen.

»Denken Sie das Gleiche wie ich?«, fragte Vorweg.

Wilhelm nickte. »Ich habe nicht den Eindruck, dass die Gräfin sonderlich viel mit dem Baron … verkehrte.«

»Woraus die Frage folgt, wer dann der Glückliche war. Wie auch immer, heute werden wir das nicht mehr erfahren. Nehmen Sie auch den Pferdeomnibus? Dort vorn kommt einer.«

Wilhelm schüttelte den Kopf. »Ich gehe lieber zu Fuß, den Geist ein wenig durchlüften.«

»Dann lüften Sie mal. Wir sehen uns morgen früh im Archiv.« Vorweg rannte über die Straße, sprang auf die anfahrende Pferdebahn und winkte Wilhelm einen kurzen Gruß zu, der ihm hinterhersah, bis die Bahn um die nächste Ecke bog.

27

Gegen sechs Uhr abends erreichte Wilhelm die Linden. Hier herrschte allerhand Bewegung. Gut gekleidete Damen schlenderten am Arm ihrer Begleitung die Straße entlang, um ein Restaurant zu besuchen und anschließend in einen der zahlreichen Salons, ins Theater oder die Oper zu gehen. Polizisten standen an den Ecken und beobachteten aufmerksam das Treiben. Zwei Kutscher schrien einander an, während an ihnen die Wachablösung mit geschultertem Gewehr vorbeimarschierte. Zahlreiche elegante Einspänner kurvten über das Pflaster, Zeitungsjungen riefen lauthals die aktuellsten Schlagzeilen, und Schuhputzer boten ihre Dienste an. Es war angenehm warm, ein leichter Wind wehte, und Wilhelm benötigte eine Pause. Er beschloss, in einem Straßencafé ein Bier zu trinken, bevor er sich auf das letzte Stück seines Heimweges machte.

Als die Bedienung das kühle Glas vor ihm auf den Tisch gestellt und er einen großen Schluck genommen hatte, richtete er seinen Stuhl auf die Straße aus und schlug die Beine übereinander. Viele Gedanken gingen ihm durch den Kopf, während er die Menschen betrachtete, die an ihm vorbeiflanierten. Was hatte es mit diesen Dokumenten auf sich? Hatte Mersdorf wirklich keine Ahnung von ihnen? Und was verbarg er? Es fiel Wilhelm jedoch schwer, sich auf den Fall zu konzentrieren, denn er musste auch an die Schwierigkeiten denken, in denen das heimatliche Gut steckte. Außerdem glitten seine Gedanken immer wieder zu Marie, die bald in Berlin eintreffen würde.

Schließlich schüttelte er den Kopf, trank einen weiteren

Schluck Bier und nahm ein kleines Notizbuch aus der Tasche. Systematisch begann er, eine kurze Chronologie der Ereignisse aufzuschreiben. Er notierte auf der linken Seite jeweils das Datum und einen Stichpunkt zum jeweiligen Ereignis und verband die einzelnen Einträge dann durch Striche. Auf der rechten Seite vermerkte er Beobachtungen und Erkenntnisse, die bislang vorlagen. Anschließend betrachtete er das Ergebnis.

Vor ein paar Tagen war Mersdorf in eine Auseinandersetzung geraten. Dann hatte er einen Unfall erlitten, der ihn in die Charité brachte. Einen Tag darauf war die Bombe explodiert und hatte seine Verlobte getötet. Mersdorf besaß also ein sicheres Alibi, er konnte den Sprengsatz nicht deponiert haben. Dann aber war Franz Karl erschienen – für einen Moment wurde Wilhelm unwohl, wie immer, wenn er an seinen früheren Freund dachte – und hatte die Reste eines Manifests mitgebracht, das zweifellos Forderungen an die Familie der Gräfin stellte und sie gleichzeitig bedrohte. Mersdorf war aus der Charité verschwunden, hatte aber am Bahnhof an der Abreise gehindert werden können und war in die Stadtvogtei gebracht worden. Im ersten Verhör mit Vorweg hatte er gestanden, Angst zu haben, auch wenn er nicht angeben konnte oder wollte, vor wem. Zwar hatten sie im Archiv der Politischen Polizei bislang nichts Interessantes gefunden, aber im Kontor war der Entwurf eines politisch brisanten Freimaurerdokuments aufgetaucht. Mersdorf stand nun unter dem Verdacht der Spionage.

Wilhelm blätterte die Seite um, schrieb den Namen der Gräfin auf und vermerkte dahinter das Wort »Chiffre«. Nach einigem Zögern fügte er »Spionin« und ein Fragezeichen hinzu. Was wäre, wenn beide als Spione tätig waren?

Wilhelm grübelte und schüttelte den Kopf. Er konnte keine Verbindung zwischen dem Nervenbündel, als das Mersdorf ihm noch vor einigen Stunden im Verhör gegenübergesessen hatte, und einem kaltblütigen Spion herstellen. Ein erfolgreicher Geschäftsmann war der Baron zweifellos – er hatte sicherlich alle Hände voll zu tun, seinen Verpflichtungen nachzukommen –, und doch hatte er vor irgendetwas oder besser irgendwem eine solche Angst, dass er lieber einen Spionagevorwurf ertrug. Auf der anderen Seite war da seine zweifellos lebenslustige Verlobte, die in Künstlerkreisen verkehrte und möglicherweise, Wilhelm zeichnete das Fragezeichen noch einmal nach, eine Spionin war. Wilhelm hatte die Gräfin nie kennengelernt und musste sich ein Bild aus den Briefen machen, die sie von ihrer Familie und ihrer Freundin erhalten hatte. Und auch die Erkenntnis, dass sie ihr körperliches Vergnügen offenbar ausgiebig andernorts fand, musste berücksichtigt werden. Ja, es schien durchaus möglich, dass sich die junge Frau als Spionin betätigt hatte, und sei es nur aus Abenteuerlust.

Eine halbe Stunde und ein Glas Bier später betrachtete Wilhelm noch immer seine Notizen. Der Fall war mehr als kompliziert, und alle Erkenntnisse, die sie bislang gesammelt hatten, schienen eine Lösung eher zu erschweren, als sie in greifbare Nähe zu bringen. Klar war Wilhelm eigentlich nur, dass Mersdorf zunehmend unter Druck gesetzt worden war, aus welchen Gründen auch immer.

Wilhelm gab auf und steckte das Notizbuch zurück in die Tasche. Er nahm sein Glas in die Hand, lehnte sich zurück und schloss die Augen. Die Luft war um einige Grade kühler geworden, ein angenehmer, lauer Sommerabend lag in den Straßen. Am Tisch nebenan stand ein Paar auf und schlenderte in Richtung Oper. Der Platz wurde sofort von zwei Männern eingenommen, die sich einander gegenübersetzten und bei der Bedienung, die noch damit beschäftigt war, Gläser und Teller abzuräumen, eine Flasche Wein bestellten. Wilhelm schnappte Gesprächsfetzen auf, in denen es um Entwicklungen an der Börse zu gehen schien.

Die Börse. Wilhelm musste wieder an seinen Vater denken, der zweifellos fieberhaft versuchte, irgendwo Geld aufzutreiben und ausstehende Gefälligkeiten einzufordern. Wilhelm hatte zwar eine ungefähre Lösung im Kopf, in der Johann und das Unternehmen von dessen Vater eine Rolle spielten, aber diese Karte wollte er nur ziehen, wenn es gar nicht mehr anders ging. Sollte sein Vater kein Geld auftreiben können und der Verlust so groß sein, dass ein Verkauf von Teilen des Gutes die einzige Lösung darstellte, müsste Wilhelm den Strohhalm ergreifen und mit Johann reden. Er zweifelte nicht daran, dass sein Freund ihm helfen würde. Ob aber auch Johanns Vater ihnen finanziell unter die Arme greifen würde, zumal es mit Sicherheiten derzeit eher schlecht bestellt war, stand auf einem anderen Blatt. Wichtiger war daher, was Wilhelm selbst tun konnte: Er musste die Betrüger finden, die ohne Zweifel in Berlin ansässig waren. Aber wie sollte er das anstellen? Sollte er sich jeden Tag an die Börse stellen und hoffen, dass sie ihm über den Weg liefen?

Ein Lachen riss ihn aus den Gedanken. Am Nebentisch hatte der Mann, der Wilhelm gegenübersaß, offensichtlich etwas Amüsantes in der Zeitung gefunden. Feixend sah die korpulente Gestalt auf eine Taschenuhr, die sie aus einer teuer aussehenden Weste zog, und schob ihrem Gegenüber, das mit dem Rücken zu Wilhelm saß, einen Teil der Zeitung zu. Der Mann, der wesentlich bescheidener gekleidet war, grinste ebenfalls. Seine Schultern zuckten unter der abgetragenen Jacke, die mit einigen Schuppen gesprenkelt war. Noch immer lachend drehte er sich zum Eingang des Cafés und hob die Hand, um die Bedienung herbeizuwinken.

Wilhelm sah kurz eine Hakennase und einen auffälligen Ausschlag auf der Wange. Er erstarrte. Den Ausschlag konnte man durchaus für ein Furunkel halten. Sollte er wirklich ein solches

Glück haben und am Nebentisch des Mannes sitzen, den sein Vater als Freier von Harthausen kannte?

Wilhelm versuchte, das Gespräch zu belauschen, aber die beiden Männer sprachen nun kaum mehr miteinander, sondern waren in die Zeitung vertieft. Erst als die Bedienung erneut an den Tisch trat, konnte er hören, wie die Männer etwas zu essen bestellten. Wilhelm atmete durch. Das würde ihm Zeit verschaffen, sich einen Plan zurechtzulegen. Sollte er zahlen und sich in einer Nebenstraße verstecken, um den beiden Männern anschließend zu folgen? Was aber würde passieren, wenn sie in eine weniger belebte Gegend kamen, die es in Berlin zuhauf gab? Würde er dann nicht auffallen oder die Männer verlieren, da er sich dann weit hinter ihnen würde halten müssen?

Er schaute sich nachdenklich um. Sein Blick blieb an einer kleinen Gestalt hängen, und Wilhelm lächelte. Ein Gassenjunge, der, einen Fuß auf seinem Schuhputzkasten, lässig an einer der neuen Werbesäulen lehnte, die Hände in die Hosentaschen gesteckt hatte und mit flinken Blicken die Umgebung musterte. Der kam ja wie gerufen! Wilhelm musste eine Weile warten, bis ihre Blicke sich trafen. Schnell winkte er dem Jungen zu. Der stockte, streckte den Zeigefinger auf die eigene Brust und hob fragend die Brauen. Wilhelm nickte schnell, legte einen Finger an die Lippen und winkte den Jungen zu sich. Der sah sich langsam um und schlenderte dann auf Wilhelm zu, der bereits in seiner Geldbörse kramte.

»Junge, meine Schuhe sind schmutzig«, sagte er laut zu dem Jungen, der sich sofort niederkniete und seinen Kasten öffnete.

Wilhelm stellte seinen Fuß auf den Kasten, beugte sich hinunter und flüsterte schnell: »Ich habe hier einen ganzen Taler. Möchtest du ihn dir verdienen?«

Der Junge mochte zehn oder elf Jahre sein. Blonde Haare schauten unter der Mütze hervor, und sein wacher Blick verriet, dass er auf der Straße nicht unerfahren war. Dennoch riss er überrascht die Augen auf, fing sich aber gleich wieder. Misstrauisch schaute er zu Wilhelm auf. Ein Taler war eine Menge Geld. Für Wilhelm bedeutete er mehrere warme und gute Mahlzeiten, für den Jungen vermutlich ein Vermögen. Daher war Misstrauen mehr als angebracht.

»Keine Angst«, flüsterte Wilhelm weiter. »Es geht nur um eine Auskunft.« Laut sagte er: »Kannst du mir anschließend dort drüben die *Börsenzeitung* besorgen?«

»Sehr jern, der Herr«, antwortete der Junge laut. »Eine Auskunft?«, fügte er leise hinzu.

Wilhelm nickte zum Nachbartisch. »Diese beiden Herren haben gerade Essen bestellt. Ich möchte wissen, wohin der Mann geht, der mit dem Rücken zu uns sitzt.«

Der Junge schaute nicht hinüber, sondern begann, mit Bürste und Tuch Wilhelms Schuh zu bearbeiten. »Da müssen Se Ihren Wunsch schon jenauer formulieren, Meesta. Wollen Se de *Vossische Zeitung*, de *Neue Preußische Zeitung*, de *Privelejierte Zeitung*, da stehn überall Börsennachrichten drin, oder direkt de *Berliner Börsenzeitung*. Und wollen Se de Morjenosjabe oder die Abendosjabe, obwohl ick nich weeß, ob se schon injetroffen iss.«

»Schau mal nach der aktuellen *Börsenzeitung*, wenn nicht, macht es auch die Morgenausgabe ... Kennst du den Alex vom Pariser Platz?«

»Na sicher«, flüsterte der Junge zurück, der sich eifrig mit Wilhelms Schuh beschäftigte. »Det iss meen Atze.«

»Dein Bruder?«

»Im Jeiste, Meesta. Wir sinn so.« Der Junge legte die Zeigefinger aneinander und fuhr dann fort, den Schuh mit dem Tuch zu bearbeiten.

»Das Geld gehört euch, wenn Alex mir sagen kann, wo der Mann hingeht.«

Der Junge nickte. »Den andern Stiefel, Meesta. Zeit iss Jeld, vastehn Se?«

Wilhelm wechselte den Fuß. »Du tust ein gutes Werk, Junge.« Er beugte sich vor, wies auf einen Schmutzfleck und ließ den Jungen seine Polizeimarke sehen.

Der erschrak zunächst, kicherte dann aber kurz und grinste. »Hätte niemals nich jedacht, dass ick ma den Pallopeten helfe.«

Wilhelm registrierte amüsiert, dass der Junge einen Begriff aus der Berliner Gaunersprache für Polizeibeamte verwendete, und nahm den Fuß vom Kasten. Der Junge steckte seine Utensilien wieder ein und ging zum Zeitungsstand auf der anderen Seite. Kurze Zeit später kehrte er mit der *Börsenzeitung* zurück und legte sie auf den Tisch. Wilhelm gab ihm einige Münzen. »Wie heißt du, Junge?«

»Wilhelm.«

»Dann haben wir etwas gemeinsam. Ich heiße auch Wilhelm. Sag Alex, dass er den Taler beim Heiden abholen kann.«

»Beim Heiden?«

»Alex weiß schon Bescheid.«

Der Junge nickte und kehrte pfeifend an seinen Platz zurück. Wilhelm beobachtete, wie er einen jüngeren Straßenjungen zu sich rief und mit ihm sprach. Daraufhin rannte der Kleine in Richtung Pariser Platz, und der Schuhputzer lehnte sich wieder an die Säule.

Wilhelm rief die Bedienung zu sich, zahlte, stand auf, klemmte sich die Zeitung unter den Arm und ging.

28

Wilhelm saß allein am Frühstückstisch, sah man von Kuno ab, der es sich auf der Fensterbank gemütlich gemacht hatte und den Mann in seinem Reich wie gewohnt ignorierte. Frau Brenke war bereits aufgebrochen, als die Sonne gerade erst über den Häuserzeilen aufgegangen war. Sie hatte den Wachdienst in einem Haus die Straße hinunter übernommen, in dem mehr oder weniger jeden Augenblick mit einer schweren Niederkunft zu rechnen war. Zwar zog sich der Augenblick bereits mehrere Tage hin, aber die Frauen in der Straße waren aus Erfahrung zu dem Schluss gelangt, dass eine pausenlose Überwachung angezeigt war.

Natürlich hatte Frau Brenke nicht vergessen, wie gewöhnlich den Tisch liebevoll zu decken, was sie immer tat, bevor Wilhelm zum Frühstück erschien, gleichgültig, ob sie ihm Gesellschaft leistete oder wie heute das Haus bereits verlassen hatte.

Die Erschöpfung der letzten Tage hatte wieder dazu geführt, dass Wilhelm die Nacht traumlos verbracht hatte. Und so war er an diesem Morgen frisch und ausgeruht und geradezu vergnügt, wenn er an den gestrigen Abend dachte. Ein Blick auf die Küchenuhr verriet ihm, dass er noch viel Zeit hatte, bevor auch er aufbrechen musste. Bei der Uhr handelte es sich um ein laut tickendes Monstrum, das Frau Brenkes verstorbener Gatte vor Jahren von einem entfernten Vetter aus dem Schwarzwald geschenkt bekommen hatte, da seine Dienste als Apotheker anlässlich eines Besuchs der Verwandtschaft nicht nur sehr willkommen, sondern auch äußerst erfolgreich gewesen waren. Zu jeder halben und vollen Stunde wurde die Luke über dem Ziffernblatt aufgerissen, und ein hölzerner Vogel verkündete mit einem Geschrei die Uhrzeit, das Wilhelm nicht einmal entfernt an die Rufe eines Kuckucks erinnerte. Offensichtlich waren die beiden Orgelpfeifen, die das Geräusch hervorbrachten, über die Zeit immer mehr verstimmt; inzwischen hatten sie ein Niveau erreicht, das Kunos durchschnittlicher Laune entsprach.

Der gestrige Abend war zwar nicht ganz so verlaufen wie erhofft, dafür aber war Wilhelm in der Angelegenheit, die seine Familie betraf, zumindest einen Schritt weitergekommen. Gegen neun Uhr hatte es an die Tür geklopft. Frau Brenke, die gerade dabei gewesen war, sich bettfertig zu machen, hatte es ihm überlassen, die Tür zu öffnen, zumal er ihr beim Abendbrot angekündigt hatte, noch kurzen Besuch zu erwarten.

»Limonade?«, hatte er Alex und Wilhelm gefragt, die mit unsicherem Blick auf der Schwelle standen und ihre Mützen in den Händen kneteten. Er führte sie in die Küche, ließ sie Platz nehmen und schenkte zwei Gläser voll aus einem Krug, den er aus der kühlen Speisekammer holte.

»Was habt ihr herausgefunden?«, fragte er, nachdem die Jungen gierig ihre Limonade getrunken hatten.

Verlegen gestanden sie, dass sie den Mann in der Grenadierstraße verloren hatten. Diese befand sich auf der anderen Seite der Spree, in der Nähe der Kaserne des Alexander-Regiments, eines der ältesten Gardegrenadierregimenter der Armee.

»Wir waren zu viert«, erläuterte Alex. »Aber wir mussten vorsichtig sein, denn es waren nur wenige Leute auf der Straße. Wir durften dem Mann nicht zu nahe kommen, vielleicht hätte er gedacht, wir wollten ihn ausrauben.«

Wilhelm registrierte erstaunt, dass Alex nicht im Berliner Dialekt sprach, offensichtlich war es ihm wichtig, einen guten Eindruck zu machen.

»Wir hatten Martin und Karl vorgeschickt, falls er uns durch die Lappen gehen sollte. Was ja dann auch passiert ist. Jedenfalls tauchte der Mann nicht auf der Linienstraße auf und passierte auch nicht das Schönhauser oder das Prenzlauer Tor.«

Wilhelm kannte sich in der Gegend aus, einige Male war er dort spazieren gegangen, um sich die Stelle anzusehen, an der das Victoria-Theater an der Kreuzung Grenadierstraße und Mollstraße nach Plänen von Carl Ferdinand Langhans errichtet werden sollte. Wilhelm kannte den von Langhans geplanten Neubau der vor einigen Jahren abgebrannten Staatsoper und war auf das neue Konzept gespannt, das vorsah, ein Sommer- und ein Wintertheater mit dazwischenliegender Bühne zu bauen. Soviel er wusste, war auch an ein Kaufhaus und einen Konzertsaal gedacht, allerdings stritt man sich in der Stadt öffentlich über die Kosten, die das Haus für tausendvierhundert Besucher verursachen würde.

Wilhelm dachte an die verwinkelten kleinen Gassen, die hinter dem Bauplatz des Theaters zu finden waren. Dort also hatten die Jungen die Spur verloren. »In Richtung Dragonerstraße kann er nicht gegangen sein?«, fragte er, und die Jungen schüttelten heftig den Kopf. Wilhelm nickte, und die drei saßen einen Augenblick stumm am Tisch.

»Es tut uns sehr leid, dass wir Ihren Auftrag nicht richtig erfüllt haben«, brach schließlich Alex das Schweigen. »Wir hatten gehofft, dass wir aber vielleicht … zumindest einen Teil …«

Wilhelm verschob das Grübeln auf einen späteren Zeitpunkt. Lächelnd griff er in seine Tasche und holte den Taler hervor. Das glänzende Silberstück mit dem Bildnis des Königs ließ die Augen der beiden Jungen leuchten. Vermutlich hatten sie noch nie so viel Geld auf einmal gesehen. Gleich darauf verfinsterten sich ihre Gesichter.

»Was ist? Ihr habt den Taler redlich verdient. Nehmt ihn, und teilt ihn gerecht auf.«

Der kleine Wilhelm schüttelte zweifelnd den Kopf, und Alex erläuterte das Dilemma. »Wie sollen wir den Taler aufteilen? Wir können schlecht in einen Laden gehen und ihn wechseln, man würde uns für Diebe halten. Mein Vater muss zwei Tage arbeiten, um so viel Geld zu bekommen.«

Wilhelm verstand sofort und hieß die Jungen, sich noch ein Glas Limonade zu nehmen. Er ging nach oben in sein Zimmer und holte aus seinem Schrank eine Geldkatze hervor, in der er über die Jahre Groschen und Pfennige gesammelt hatte. Die Jungen waren zu viert, und so musste er erst rechnen, welche Münzen und wie viele davon er einwechseln musste. Ein Taler war dreißig Silbergroschen wert, die wiederum zwölf Pfennigen entsprachen. Nicht das erste Mal wünschte sich Wilhelm, dass das System der Dezimalwährung, über das die Franzosen und Schweizer bereits seit Jahren verfügten, auch in Preußen Einzug halten würde. Seine Geldkatze hatte beträchtlich an Umfang verloren, als er schließlich mit achtundzwanzig Groschen und vierundzwanzig Pfennigen in die Küche zurückkehrte und sie in Alex' Mütze zählte. Die Jungen strahlten wieder und stürmten auf die Straße, nachdem sie Wilhelm erneut ihre Dienste angeboten hatten. Wilhelm war zufrieden. Es war immer gut, Freunde auf der Straße zu haben.

Jetzt am Frühstückstisch fiel Wilhelm auf, dass er wohl bereits anfing, wie ein Polizist zu denken, denn auch diese waren zweifellos auf gute Beziehungen zu Informanten angewiesen. Nun, er fing mit Straßenjungen an, was offensichtlich nicht die schlechteste Wahl war. Die Straßenjungen waren überall anzutreffen und dadurch so gut wie unsichtbar. Ein wenig über sich selbst amüsiert beschloss er, lieber über das weitere Vorgehen nachzudenken als über einen eventuellen Diensteintritt bei der Polizei. Die Entscheidung konnte durchaus noch hinausgezögert werden.

Gerade hatte er den letzten Bissen zu sich genommen, als es

an der Haustür klopfte. Kuno öffnete träge ein Auge und schloss es gleich wieder, als Wilhelm aufstand und zur Tür ging.

»Johann! Du kommst wie gerufen. Komm herein, wir haben noch genügend Zeit für einen Kaffee.«

Johann gähnte, er war wie gewöhnlich noch nicht ganz wach.

»Deine zeichnerischen Qualitäten sind gefragt«, sagte Wilhelm, als er seinem Freund den dampfenden Kaffee vorsetzte.

Johann gähnte erneut und rieb sich die Augen. »Ich bin eigentlich nur deshalb schon auf, weil ich heute noch einiges an Korrespondenz zu erledigen habe. Lass mich erst einmal zu mir kommen.« Er schnupperte an seiner Tasse und fügte etwas Milch und eine Menge Zucker hinzu.

»Wie immer ein Energiebündel am frühen Morgen«, stellte Wilhelm lakonisch fest, setzte sich seinem Freund gegenüber und nahm einen Schluck aus seiner Tasse. »Wie ist das Gespräch mit deinem Professor gelaufen?«

Johann trank und schloss genießerisch die Augen. »Das tut gut. *Summa cum laude*, wie vermutet. In der nächsten Woche erhalte ich mein Abschlusszeugnis.«

»Und dann?«

»Mein Vater hat mir bereits geschrieben, dass er mich auf eine Rundreise in unsere europäischen Niederlassungen zu schicken gedenkt. Ich hingegen plane erst einmal einige Wochen Ferien. Die Seen in Mecklenburg sollen ganz schön sein. Aber auch das neue Seebad in Heringsdorf auf Usedom soll einen Ausflug wert sein. Wie wäre es?«

»Später vielleicht.« Wilhelm schüttelte den Kopf. »Wie du weißt, kann ich jetzt nicht weg.«

Johann nickte und genoss einen weiteren Schluck Kaffee. Schließlich gab er sich einen Ruck, öffnete die Augen und fragte: »Also, was kann ich für dich tun?«

»Ich habe gestern zufällig einen Mann gesehen, der vielleicht für den Betrug an meinem Vater verantwortlich ist.« Wilhelm schilderte in knappen Sätzen, was sein Vater ihm erzählt hatte.

»Meine Güte, Wilhelm! Das ist ein ziemlicher Schlag ins Kontor, fürchte ich. Ich weiß nicht, ob ich es kann, aber falls du und deine Familie Hilfe benötigen, zögere nicht!«

Wilhelm konnte nur dankbar nicken.

»Was hast du vor?«, erkundigte sich Johann, bevor das Schweigen zu peinlich wurde.

»Ich möchte versuchen, das Geld zurückzubekommen. Zunächst aber muss ich den Mann erst einmal finden.«

»Und da komme ich ins Spiel?«

»Ganz recht.« Wilhelm stand auf, holte aus einer Schublade einen Bogen Papier und einen Bleistift und reichte beides Johann. Der begann sofort, die Umrisse eines Kopfes zu skizzieren.

Eine halbe Stunde arbeiteten beide konzentriert. Johann nahm ständig Korrekturen vor, verschob ab und an Mund oder Nase, zeichnete die Augen neu oder zog die Augenbrauen nach. Schließlich betrachteten beide das Ergebnis.

»Das ist er«, stellte Wilhelm fest.

»Ein widerlicher Typ. Wirkt irgendwie verschlagen. Nun ja, manchen sieht man halt den Charakter gleich an, oder? Und jetzt?«

Wilhelm kratzte sich am Kopf. »Mein Vater ist abgereist, sodass ich ihm die Skizze nicht vorlegen kann. Da ich aber ungefähr weiß, wo der Mann zu finden sein müsste, werde ich versuchen, ihn ausfindig zu machen und ihm einen Besuch abzustatten.« Er berichtete Johann von den gestrigen Ereignissen.

»Da hattest du Glück, wenn es der Mann ist, den du suchst. Und dass die Straßenjungen dir geholfen haben, ist ein weiterer Glücksfall. Du solltest dir die Jungs warmhalten.«

Wilhelm lächelte. »Das werde ich auf jeden Fall tun. Ich hoffe, den richtigen Mann gefunden zu haben. Wie viele wird es in Berlin schon geben, die mit einem derart auffälligen Mal durch die Gegend laufen?«

»Du wärest erstaunt, wie viele entstellte Menschen es in Berlin gibt. Sei es durch Unfälle, Verwundungen oder Krankheiten«, gab Johann zu bedenken.

»Sicher, aber zumeist in den unteren Klassen. Bei Leuten, die sich ein Essen unter den Linden leisten können und sich an der Börse herumtreiben, sieht die Sache schon etwas anders aus«, erwiderte Wilhelm.

»Noch mal: Wie willst du vorgehen? Die Gegend am Prenzlauer Tor ist nicht gerade eine, in der man gern und in Ruhe wohnt.«

»Mag sein, aber ich muss ihn unbedingt finden, und zwar so schnell wie möglich. Vielleicht stelle ich mich dort einige Abende hin und warte. Irgendwann muss er ja mal vorbeikommen.«

»Wilhelm, du bist Polizist«, sagte Johann ruhig und schaute ihn an.

»Und?«

Johann atmete tief durch. »Irgendein Revier wird doch für das Viertel zuständig sein, oder nicht?«

Wilhelm zog die Augenbrauen hoch. »Du meinst, ich soll eine Dienststelle für die Klärung einer persönlichen Angelegenheit ausnutzen?«

»Meine Güte! Es geht doch nur um eine Auskunft.« Johann schüttelte den Kopf.

Wilhelm wandte sich widerstrebend um. Zwar befanden sie sich hier in der Hauptstadt Preußens, dem Zentrum der in Europa sprichwörtlich gewordenen fleißigen und unbestechlichen Bürokratie, aber wie alle anderen wusste auch er, dass dies eher eine Wunschvorstellung war, ein Gedanke, der dem Umstand geschuldet sein mochte, dass es in anderen Ländern wesentlich schlimmer aussah. Es war wie überall auf der Welt gang und gäbe, eine Stellung oder Verbindungen zum persönlichen Vorteil zu nutzen, und so gesehen war es vielleicht ein kleines Wunder, auf jeden Fall aber sehr angenehm, dass man einen Beamten nicht erst bestechen musste, um eine Leistung zu erhalten. »Falls es gar nicht anders geht …«, murmelte er leise.

Johann beließ es dabei. »Was wirst du machen, wenn du ihn gefunden hast?«

»So weit ist mein Plan noch nicht gediehen. Aber ich werde nicht eher gehen, als ich das Geld wiederhabe!«

Johann hatte Wilhelm nur selten wütend gesehen. Jetzt aber sah er Zorn in den Augen seines Freundes aufblitzen, kurz nur, aber doch merklich. Hoffentlich macht er keine Dummheiten, dachte er und sagte das nach einem kurzen Zögern auch.

Wilhelm hatte sich augenblicklich wieder beruhigt. »Ich werde nichts tun, was auch nur im Entferntesten gefährlich oder illegal sein könnte«, versprach er.

Johann hatte leise Zweifel. Weniger, was Wilhelm und dessen Intentionen betraf. Vielmehr musste mit der Möglichkeit gerechnet werden, dass der Gesuchte unter Umständen zu schlimmeren Dingen als einem Betrug in der Lage war. Johann war sich nicht sicher, ob sein Freund diese Möglichkeit gebührend einkalkuliert hatte. »Du wirst Rückendeckung brauchen«, sagte er und drehte sachte die Schale mit dem Zucker. »Ich wäre dir dankbar, wenn du auf mich zurückgreifen würdest, wenn es so weit ist.«

»Ich komme auf dein Angebot zurück«, versprach Wilhelm und verfolgte die kreisenden Bewegungen auf dem Tisch. »Was ist eigentlich bei deinem Besuch bei Baeyer herausgekommen?«

Johann hob den Zucker in die Höhe. »Eine neue Entwicklung, mein Freund.« Die nächsten Minuten verbrachte er damit, Wilhelm in Sachen Erythroxylin auf den neusten Stand zu bringen.

Wilhelm dachte eine Weile darüber nach. »Meinst du«, fragte er schließlich, nachdem er wiederum Johann über seinen Besuch im Leichenschauhaus informiert hatte, »dass die Verletzungen in Nase und Mund der Gräfin durch dieses …«

»Erythroxylin …«

»… verursacht sein könnten?«

»Keine Ahnung«, gab Johann zu. »Wer weiß, was das Mittelchen anrichtet? Wenn es wirklich solche Wirkungen haben kann, wie Baeyer berichtet und auch Vorweg erlebt hat, kann ich mir vorstellen, dass es in bestimmten Kreisen gern eingesetzt wird. Und mit Nebenwirkungen sollte immer gerechnet werden, das weiß jeder Medizinstudent.«

»Immerhin handelt es sich nicht um etwas Verbotenes«, sinnierte Wilhelm leise und eher zu sich selbst.

»Das mag sein, aber schließlich sind Alkohol und, sagen wir, Opium auch nicht verboten«, erwiderte Johann. »Dennoch haben beide bei unsachgemäßer Anwendung erhebliche Auswirkungen auf die Gesundheit und sind in der Kirche nicht besonders angesehen und in Teilen der feinen Gesellschaft zumindest geächtet.«

»Mit gutem Grund«, stimmte Wilhelm zu und warf einen Blick auf die Uhr. »Wie auch immer, ich muss jedenfalls aufbrechen. Ich treffe mich mit Vorweg noch einmal im politischen Archiv und werde ihn auf den aktuellen Stand bringen.«

Sie tranken den Rest des mittlerweile kalt gewordenen Kaffees aus und räumten die Küche auf. Kuno sah die beiden Männer finster an. Schließlich sprang er auf, fauchte kurz und ging mit hoch erhobenem Schwanz auf den Flur hinaus, sichtlich zufrieden damit, aus seiner Sicht die Machtverhältnisse klargestellt zu haben.

Johann sah Wilhelm an, der sich seinen Rock überzog. »Kuno und wir – ich fürchte, das wird keine innige Freundschaft mehr.«

29

Wilhelm gelangte pünktlich zum Molkenmarkt, nachdem er sich von Johann verabschiedet und noch einmal versprochen hatte, ihn bezüglich des Betrügers mit dem auffälligen Gesicht auf dem Laufenden zu halten. Er musste sich eingestehen, dass der erste Teil seines Planes im Großen und Ganzen in Ordnung ging, auch wenn es ihm widerstrebte, dafür möglicherweise seine Stellung bei der Polizei ausnutzen zu müssen. Doch was sollte er tun, wenn seine Bemühungen nicht zum Erfolg führten? Wenn der Gesuchte einen anderen Weg an ihm vorbei nahm oder auf Reisen ging? Oder, das fiel ihm siedend heiß ein, vielleicht gestern nur zufällig in der Grenadierstraße aufgetaucht war, auf einen Besuch etwa, und eigentlich ganz woanders lebte? Was sollte er dann tun?

Gut, er konnte vielleicht noch einmal die Hilfe der Straßenjungen in Anspruch nehmen. Wenn sie die Augen offen hielten, könnte ihnen der auffällige Mann durchaus noch einmal ins Netz gehen. Vielleicht konnte es zudem wirklich nicht schaden, beim zuständigen Revier vorzusprechen und Erkundigungen einzuziehen. Johann hatte möglicherweise recht, es handelte sich doch nur um eine Auskunft.

Viel mehr quälte Wilhelm der Umstand, dass er im Moment keine Ahnung hatte, was er dann tun sollte. Sicher, er konnte den Mann zunächst einmal beobachten, mehr Informationen sammeln und dadurch vielleicht auf eine zündende Idee kommen, wie das gewünschte Ergebnis mit dem geringsten und vor allem ungefährlichsten Aufwand erreicht werden könnte. Doch die Zeit drängte.

Diesen Gedanken nachhängend betrat er den Molkenmarkt, mit diesen Gedanken betrat er das Präsidium, und diese Gedanken gingen ihm noch immer nicht aus dem Kopf, als er Archivar Müller begrüßte.

Der saß hinter seinem Schreibtisch und entgegnete den Gruß freundlich, aber zurückhaltend. Vorweg traf einige Minuten später ein und hatte die neuen Berechtigungsbescheide dabei, die er Müller über den Tisch reichte. »Mit den besten Grüßen von Dr. Stieber«, sagte er.

»Tatsächlich?« Müller hob überrascht den Kopf. Vorweg schaute ihn lächelnd an.

»Sicher nicht«, sagte Müller müde und legte die Bescheide unbesehen in eine Ablage. »Nun, die Herren kennen das Prozedere. Ich stehe selbstverständlich zu Ihrer Verfügung.« Er fuhr in seiner Tätigkeit fort, die in der Erfassung und Katalogisierung neuer Dokumente zu bestehen schien.

»Guten Morgen, der Herr«, wandte sich Vorweg an Wilhelm. Er hatte gute Laune, so schien es Wilhelm zumindest. Umso besser!

Sie gingen in den Nebenraum mit dem Schlagwortkatalog und setzten sich an einen Tisch. Schweigend und zunehmend nachdenklich folgte Vorweg Wilhelms Schilderung des vergangenen Tages.

»Sollte das Pulver eine weitere Spur sein? Oder illustriert es eher den Charakter unserer abenteuerlustigen Gräfin?«

Wilhelm zuckte unverbindlich mit den Schultern.

»Ich sehe im Moment keine Verbindung, weder zu den Ereignissen um ihren Verlobten noch zu diesem seltsamen Freimaurerbrief oder gar der Bukowina-Angelegenheit.« Vorweg sprach eher zu sich selbst. »Nun, durch reines Überlegen werden wir kaum eine Verbindung herstellen. Wo steckt eigentlich Ihr Jugendfreund?«

Wilhelm war froh darüber, Franz Karl bislang nicht angetroffen zu haben, und er hätte auch nichts dagegen gehabt, wenn sein Jugendfreund, wie ihn Vorweg betont neutral bezeichnet hatte, einfach fortblieb und im Ministerium tat, was auch immer sein Aufgabenbereich sein mochte.

Vorweg wandte sich halb um und rief über seine Schulter: »Herr Müller, dieser Bursche vom Ministerium, dieser …«

»Brenkendorff?«, schallte es zurück.

»Ganz recht. Wo steckt er?«

»Das weiß ich nicht. Ich nehme an, dass er im Ministerium zu tun hat.« Geräusche blätternden Papiers und umhergeschobener Akten drangen herüber. Ein heftiger Schlag, gefolgt von einem leisen Fluch, mochte von einem Stempel stammen.

Vorweg drehte sich gleichmütig um. »Dann haben wir unsere Ruhe. Ich fühle mich von diesem Ministeriumsschnösel immer so beobachtet, Sie nicht?«

Wilhelm antwortete nicht.

»Verstehe.« Vorweg schien nicht verstimmt. »Sie möchten über die Angelegenheit nicht sprechen. Also lassen Sie uns an die Arbeit gehen. Ich nehme mir den Schlagwortkatalog vor, und Sie könnten versuchen, in das Bukowina-Mysterium etwas Licht zu bringen. Vielleicht ergeben sich dabei auch Erkenntnisse hinsichtlich unseres unbekannten Freimaurerautors.«

Wilhelm nickte. »Die einzig denkbare Verbindung besteht im gegenwärtigen Krieg auf der Krim. Der angebliche Freimaurer möchte Preußen auf die englische Seite ziehen und nimmt dafür einen Kriegseintritt in Kauf. Und die Verfasser des Bukowina-Manifests möchten die Neuerrichtung ihres Fürstentums erreichen, was voraussetzt, dass Russland geschlagen wird und Österreich das Land freigibt. Es gibt also durchaus Berührungspunkte, auch wenn sie sehr vage sind.«

Vorweg nickte zustimmend, hatte aber einen Punkt entdeckt,

den er genauer diskutieren wollte. »Sie sprachen von einem *angeblichen* Freimaurer. Warum?«

»Weil wir nicht wissen, ob dieser Briefentwurf echt ist und tatsächlich von einem Freimaurer stammt. Es besteht die Möglichkeit, dass die beiden Seiten dem Baron untergeschoben wurden.«

»Aber warum?«

Wilhelm hob beide Hände. »Ich weiß es nicht. Ich weiß nur, dass Freimaurer sich zwar politisch betätigen, aber niemals im Namen ihrer Bewegung, was das Schreiben suspekt macht. Ich hege erhebliche Zweifel an der Echtheit des Dokuments und würde daher den Autor nicht einmal einen *mutmaßlichen* Freimaurer nennen, weil das zumindest eine begründete Annahme voraussetzen würde.«

Vorweg schwieg eine Weile und saß grübelnd da, die Ellenbogen auf den Knien abgestützt und die gefalteten Finger an der Nase. Schließlich sagte er: »Da kann etwas dran sein, vielleicht auch nicht. Auf jeden Fall ist es eine Spur, der wir nachgehen müssen, und sei es nur, um sie ausschließen zu können, woraus sich dann weitere Fragen ergäben.«

Er trat an den Schlagwortkatalog und begann, Kästen aufzuziehen, in Karten zu blättern und schließlich die Kästen wieder zu schließen. Als er nach der dritten Lade griff, stand auch Wilhelm auf und machte sich an seinen Teil der Arbeit. Zwei Stunden lang arbeiteten sie schweigend, nur ab und an nahmen sie Müllers Hilfe in Anspruch, um sich eine Akte kommen zu lassen.

Es war ernüchternd, es war frustrierend. Es ging bereits auf die Mittagszeit zu, und sie hatten nichts gefunden, was sie weiterbrachte. Sie hatten nicht den leisesten Hinweis auf Verschwörer in der Bukowina gefunden, was nicht weiter verwunderlich war, weil sich im Archiv so gut wie keinerlei Information über das gottvergessene Land finden ließ. Es war, so schien es, bislang den Augen der Politischen Polizei mehr oder weniger vollständig entgangen.

Wilhelm hatte schließlich die Idee, einen Blick in die Auflistung aller ausländischen Exilanten, Verschwörer, Revolutionäre und Terroristen zu werfen, die sich nach Ansicht der Politischen Polizei in Berlin aufhielten – sei es aufgrund gesicherter Erkenntnisse oder begründeter Vermutungen. Anders als bei den Unterlagen zuvor hatte Müller ihm den Zugang zu dieser Liste jedoch verwehrt. Erst nach einigem Bitten hatte er sich dazu bereiterklärt, die Listen selbst zu prüfen.

Jetzt kehrte er zurück und schüttelte bedauernd den Kopf. »Ich habe einige Polen, Russen und Ungarn im Angebot, aber nichts, was auch nur im Entferntesten mit der Bukowina zu tun haben könnte«, sagte der Archivar und setzte sich wieder an seinen Schreibtisch.

Vorweg hatte dem Schlagwortkatalog einige Kästen entnommen und ging die Karteikarten am Tisch durch. Es gab erstaunlich viele Einträge über die Freimaurer, aber sie entpuppten sich bei näherer Betrachtung als Auflistung der Mitglieder, als vage Beschreibungen der Riten oder als Pamphlete hauptsächlich kirchlicher Gegner, die den Freimaurern neben Gotteslästerung auch die Absicht vorwarfen, die legitimen Majestäten in ganz Europa stürzen zu wollen.

Wilhelm hatte sich eines der Pamphlete gegriffen, die Müller hereingebracht hatte, und gerade zu lesen begonnen, als ihm die Hoffnungslosigkeit ihres Unterfangens mit einem Mal heftig vor Augen trat. Sie würden im Archiv, das erkannte er nun deutlich, nichts, aber auch gar nichts finden, was sie in ihren Ermittlungen voranbringen würde.

Müdigkeit übermannte ihn, und die Gedanken glitten ab. Ein verschlagenes Gesicht mit einem unverkennbaren Mal auf der Wange tauchte vor seinem inneren Auge auf. Wilhelm sah sich wieder am Tisch unter den Linden sitzen, auch wenn es jetzt helllichter Tag war und eine Kutsche nach der anderen an ihm vorbeieilte. Der Mann saß am Nachbartisch und sprach lachend und mit weit ausladenden Gesten mit seinem ebenso vergnügten Partner. Schließlich warf er einige Geldstücke auf den Tisch, erhob sich und trat Arm in Arm mit dem teuer gekleideten Mann auf die Straße. Ohne auf den Verkehr zu achten, der plötzlich eine Pause einzulegen schien, drehte er sich um und sah Wilhelm direkt in die Augen. Ein arrogantes Grinsen verwandelte sich erst langsam, dann immer schneller erst in ein höhnisches Lachen und schließlich, fast übergangslos, in einen tödlichen Blick, während sein Partner Wilhelm eher mitleidig musterte.

»Wilhelm? Wilhelm!«

Wilhelm fuhr auf. Die beiden Männer verschwanden, und Wilhelm befand sich wieder im Archiv. Die Sonne brannte ihm auf den Rücken, die Luft war abgestanden. »Verzeihung, ich war in Gedanken.«

Vorweg stand auf und öffnete das Fenster. »Frische Luft erleichtert das Denken, auch wenn sie mehr Wärme hereinbringt als hinaus.« Er kehrte zu seinem Platz zurück und betrachtete Wilhelm, der verwirrt auf das Pamphlet starrte, das er noch immer in den Händen hielt. »Sie haben offensichtlich genauso wenig Erfolg wie ich«, stellte er nüchtern fest. »Aber Sie sehen aus, wenn ich das so sagen darf, als würde Ihnen noch etwas auf der Seele lasten, etwas, das nicht mit unserer Arbeit hier zu tun hat.«

Wilhelm schaute überrascht auf. Hatte er sich hinreißen lassen? War ihm die Unzufriedenheit so zu Kopf gestiegen, hatte sie seine Fassade nach außen so zerstört, dass sein Unwohlsein, sein Kummer deutlich geworden war?

Vorweg lehnte sich zurück und warf lauschend einen Blick in das Nachbarzimmer, wo noch immer Papier raschelte. Dann beugte er sich vor und fragte leise: »Möchten Sie darüber reden?«

Wilhelm sah den Polizisten an, der ihm gegenübersaß und ihn ruhig musterte. Weder in seinem Blick noch in seiner Haltung konnte Wilhelm etwas erkennen, was über ein ehrliches, ja, wohlwollendes Interesse hinausging oder gar einer Verhörtaktik ähnelte. Wilhelm hatte Vorwegs Taktik beim Verhör des Barons bewundert, aber durchaus bemerkt, dass Vorweg Stimme, Gesichtsausdruck und Körperhaltung den jeweiligen Erfordernissen angepasst hatte. Nichts davon spürte er jetzt.

Leise, zunächst stockend, dann immer flüssiger erzählte er Vorweg alles, ohne irgendetwas auszulassen. Vom Gespräch mit dem Vater, von den Schwierigkeiten, die sich aus dem Betrug für das Gut und seine Familie ergeben würden, von der zufälligen Begegnung im Café unter den Linden und der Hilfe der Straßenjungen, vom Gespräch mit Johann und schließlich von seinen Bedenken, die Dienste der Polizei in Anspruch zu nehmen. Was er beginnen wollte, wenn er den Gesuchten gefunden hatte, ließ er offen – er wusste es ohnehin noch nicht.

Vorweg sah ihn unverwandt an und hörte regungslos zu. Die Zeichnung, die Wilhelm ihm schließlich reichte, würdigte er keines Blickes. Nur bei der Erwähnung des Talers zuckten kurz die Augenbrauen.

Als Wilhelm mit seinem Bericht fertig war, saßen sie einander eine Zeit lang schweigend gegenüber. Schließlich lehnte sich Vorweg zurück. »Sie waren sehr großzügig zu den Jungs, ein paar Groschen hätten es vermutlich auch getan. Aber so haben Sie sich vielleicht Freunde fürs Leben gemacht. Und so etwas wird meiner Erfahrung nach irgendwann sehr wichtig.« Er stand auf, trat ans Fenster, legte die Hände auf den Rücken und sah hinaus.

»Ich muss gestehen«, sagte er schließlich an den Baum gewandt, der mit seinem dichten Laub versuchte, die heißen Sonnenstrahlen vom Fenster fernzuhalten, »dass ich überrascht bin über Ihre Skrupel, Ihre Möglichkeiten bei der Polizei zu nutzen, um eine persönliche Angelegenheit zu regeln. Solche Skrupel sind selten. In den vergangenen Jahren musste ich feststellen, dass nicht viele Mitarbeiter im Präsidium, gleichgültig, ob von Adel oder nicht, über diese Frage auch nur nachgedacht haben. Viele setzen diese Möglichkeiten einfach voraus und nutzen sie ohne Bedenken, auch wenn zumeist keine illegalen Tätigkeiten damit verbunden sind. Sie aber haben darüber nachgedacht. Respekt.«

Vorweg drehte sich um und sah Wilhelm an. »Meiner Ansicht nach sind Ihre Zweifel aber unbegründet. Wie Ihr Freund Johann schon sagte, handelt es sich lediglich um eine Auskunft, nicht um ein Ausnutzen Ihrer Stellung oder gar strafbaren Amtsmissbrauch. Aber das wissen Sie als Jurist ja besser als ich.«

Vorweg begann am Fenster auf und ab zu gehen, behielt aber seinen leisen Tonfall bei. »Falls es Ihnen dadurch bessergehen sollte: Sie haben, wenn auch aus privater Quelle, Kenntnis von Umständen erhalten, die eine Straftat nahelegen«, sagte er in Wilhelms Rücken.

Wilhelm nickte langsam. »Paragraf 241 und folgende. Betrug«, murmelte er.

»Ganz recht«, fuhr Vorweg fort, ohne seinen Spaziergang zu unterbrechen. »Von Rechts wegen sind Sie sogar verpflichtet, dieser Sache nachzugehen. Allerdings …«

Wilhelm hob fragend den Kopf.

»Allerdings drängt die Zeit. Wenn ich recht verstanden habe, kommt es darauf an, diesen Mann schnell zu finden. Und hier könnte es ein Problem geben.«

»Welches?« Wilhelm hatte sich umgedreht.

»Zuständig für diese Gegend ist das zweite Revier. Kein Problem, ich kenne einige der Polizisten, die dort arbeiten, sowohl Kriminalpolizisten als auch einige fähige Schutzpolizisten. Wenn aber der Gesuchte polizeilich nicht aufgefallen ist und das Revier ihn nicht mit einem Namen und einer Adresse in Verbindung setzen kann, dürfte es schwierig werden, ihn zu finden, schnell zu finden, meine ich.«

»Der Mann ist sehr auffällig«, sagte Wilhelm.

Vorweg faltete das Blatt mit der Skizze auseinander und warf einen Blick darauf. »Stimmt. Mir ist er jedenfalls nicht bekannt. Natürlich besteht die Chance, dass er einem aufmerksamen Schutzpolizisten schon einmal über den Weg gelaufen ist, aber bedenken Sie bitte, dass das zweite Revier für mehr als zwanzigtausend Einwohner zuständig ist. Wir können uns erkundigen, aber falls das zu nichts führt, kämen nur Ihre abendlichen Spaziergänge in Betracht. Nein, es muss einen schnelleren Weg geben.«

Vorweg lehnte sich an die Wand und starrte zu Boden. Wilhelm wartete. Schließlich sah Vorweg auf und blickte ihn freundlich an. »Ich könnte mir vorstellen, Ihnen in dieser Angelegenheit zu helfen. Und wir könnten das Angenehme mit dem Nützlichen verbinden.« Er lächelte.

»Wie meinen Sie das?« Wilhelms Hals wurde langsam trocken.

Vorweg stieß sich von der Wand ab, setzte sich Wilhelm wieder gegenüber und beugte sich vor. »Ich kenne jemanden in dieser Gegend. Wenn jemand etwas weiß, dann er.«

»Aber es handelt sich doch nicht etwa …«

»Aber natürlich.« Vorwegs Lächeln wurde breiter. »Es handelt sich um eine der verrufensten und gefährlichsten Gestalten des Viertels. Um einen gerissenen Gauner, einen Balmasematten, einen Bohnherr, einen Malches, kurz, einen der schlimmsten Verbrecher der Stadt. Er hat eine Diebesbande unter sich, beschäftigt sich mit Schmuggel und hat einige Dirnen laufen. Darüber hinaus tragen die umliegenden Kneipen, Geschäfte und Hauswirtinnen zu seinem Einkommen bei. Nach außen hin führt er seine eigene Kneipe und ist im Metallhandel tätig. Wir haben ihm bislang nie etwas nachweisen können.«

Vorweg lehnte sich zurück. »Sein Name ist Eduard Neumann. In einschlägigen Kreisen ist er als Würger-Ede bekannt. Angeblich gehen vier Tote auf seine Rechnung. Aber natürlich weiß niemand von nichts.«

»Und Sie meinen, dass dieser Würger-Ede uns helfen würde?«

Vorweg lachte. »Erwähnen Sie diesen Namen nicht auf der Straße, und ihm gegenüber erst recht nicht. Natürlich wird er uns nicht helfen. Aber Auskunft geben wird er schon, irgendwie.« Er wurde wieder ernst. »Wie sieht es aus? Wenn ich schon – vielleicht – in Zukunft mit Ihnen zusammenarbeiten muss, kann ich Ihnen auch gleich einige wertvolle praktische Erfahrungen verschaffen. Sehen Sie es also als Teil Ihrer Ausbildung.«

Vorweg hatte den letzten Satz scherzhaft formuliert. Dennoch war Wilhelm bewusst, dass der Kriminalsekretär noch weit davon entfernt war, es zu begrüßen, einen weiteren Grünschnabel vorgesetzt zu bekommen. Der Weg mochte in den letzten Tagen kürzer geworden sein, und wenn Wilhelm keinen Fehler beging, mochte dieser Weg eines Tages tatsächlich zu einem Ziel führen. Und das musste er. Wenn sich Wilhelm nämlich entschließen sollte, Herfords Angebot anzunehmen, würde er mit Vorweg nicht nur zusammenarbeiten, sondern auch auskommen müssen. Und die Trauben, so viel wusste er, hingen hoch.

Wilhelm nickte.

Vorweg nickte. »Gut, dann sehen wir uns morgen früh um neun Uhr an der Alexanderkaserne. Für gewöhnlich sitzt dann der ehrenwerte Geschäftsmann Eduard Neumann beim Frühstück.« Er blickte auf. Im Nachbarzimmer war geräuschvoll die Tür geöffnet worden.

Eine bekannte Stimme bat bei Herrn Müller um Entschuldigung und erkundigte sich nach Kriminalsekretär Vorweg. Wilhelm schloss die Augen, während Vorweg die seinen zur Decke verdrehte.

Einen Augenblick später stand Franz Karl in der Tür. »Guten Morgen, Herr Kriminalsekretär.«

»Guten Morgen«, erwiderte Vorweg ruhig.

Franz Karl ging auf ihn zu. »Ich bitte, mein verspätetes Erscheinen zu entschuldigen. Dringende Geschäfte haben mich im Ministerium aufgehalten.«

Vorweg wartete regungslos.

Dringende Geschäfte, aber sicher doch, dachte Wilhelm. Welche karrierefördernden Geschäfte das wohl sein mochten?

Franz Karl zog nur kurz die Brauen zusammen und fuhr fort, nachdem eine weitere Reaktion ausgeblieben war. »Ich habe heute Morgen wieder eine Nachricht gefunden. Ich denke, dass dieses Schreiben Ihr Interesse wecken dürfte.« Er öffnete eine Mappe, entnahm ein Blatt Papier und legte es auf den Tisch.

Vorweg warf einen Blick darauf. »Unser freundlicher Informant war also wieder aktiv?«

»In der Tat.« Franz Karl nickte und warf einen kurzen Blick zu Wilhelm. »Ich werde dieses Dokument meinen Vorgesetzten zur Kenntnis geben.«

»Sie werden nichts dergleichen tun!« Vorwegs Stimme war kalt und schneidend. »Setzen Sie sich!«

Franz Karl war zusammengezuckt, fasste sich aber schnell und ließ sich langsam auf einem Stuhl nieder. Seine Augen hatte er unverwandt auf Vorweg gerichtet, mit einem Ausdruck, der beleidigt und provokant zugleich wirkte. »Sie werden mir sicher gleich erklären, warum ich meine Dienstpflichten vernachlässigen sollte«, sagte er betont leise.

Vorweg schwieg und schob das Blatt zu Wilhelm. Wilhelm griff danach und beschloss, keine Miene zu verziehen, was immer er auch zu sehen bekam. Es war ein sauberes Blatt Geschäftspapier, geschmückt mit einigen Medaillen, die das Unternehmen auf Messen gewonnen hatte. Sie umgaben die akkurate Zeichnung einer Fabrik mit dampfenden Schornsteinen, die in Lorbeerkränze eingefasst und geschmackvoll mit dem geschwungenen Titel »Schlesische Kohle- und Zinkfabrik Mersdorf. Dépendance Berlin« betitelt war.

Sofort erkannte Wilhelm, dass es sich bei dem Text um ein Blatt des Freimaurerbriefs handelte, ohne Streichungen oder Ergänzungen, die Reinschrift also. Er legte das Blatt wieder auf den Tisch, drehte es um und schob es wort- und regungslos Vorweg zu.

Der Kriminalsekretär hatte in aller Ruhe gewartet, nahm das Papier an sich und zeigte es Franz Karl. Ohne auf dessen Frage einzugehen, sagte er ruhig: »Ich nehme an, Sie haben das hier gelesen.« Er hob die Hand, um Franz Karl keine Gelegenheit zu geben, etwas zu erwidern. »Natürlich haben Sie das. Und da Sie nicht auf den Kopf gefallen sind, werden Sie erkannt haben, dass dieses Schriftstück hier«, er wedelte mit dem Blatt vor Franz Karls Gesicht umher, »den Hinweis auf Landes- und Hochverrat enthält.«

Er lehnte sich vor und sah Franz Karl in die Augen. »Wir wissen im Moment nicht, wer dahintersteckt. Wir wissen auch nicht, welche Konsequenzen sich daraus ergeben, hier in Berlin oder in den außenpolitischen Beziehungen.«

Eben noch war seine Stimme ruhig gewesen, jetzt aber wurde sie schärfer und schneidender. »Und da das so ist, bleibt diese Sache vorerst geheim. Strikt geheim und ausschließlich Sache der Polizei. Ausschließlich! Niemand darf etwas davon erfahren, weil es dann auch der Falsche erfahren könnte, der möglicherweise in einem Ministerium sitzen könnte – in Ihrem beispielsweise. Wenn es sich hier um eine Verschwörung zum Nachteil Seiner Majestät handelt, ist äußerste Diskretion geboten. Haben Sie das verstanden?«

Franz Karl nickte, schien aber noch nicht überzeugt, denn sein Blick wirkte noch immer genauso provokant wie zum Zeitpunkt seiner Frage.

Vorweg senkte die Stimme und zischte nun fast: »Wenn ich erfahre, dass Sie irgendwem gegenüber auch nur die leiseste Andeutung gemacht haben, werden Sie in Berlin Ihres Lebens nicht mehr froh. Und ich werde davon erfahren, verlassen Sie sich darauf. Dann schützt Sie nicht Ihre Position, dann schützt Sie keine noch so gute Beziehung, dann können Sie von Glück sagen, wenn Sie nicht in Ostpreußen Akten sortieren. Denn Glück wäre es dann. Sollte sich herausstellen, dass es sich tatsächlich um eine Verschwörung handelt, und sollten Sie etwas ausgeplaudert haben, dann kann ich dafür sorgen, dass Sie genauso behandelt werden wie die Verschwörer. Ist das klar?«

Vorweg starrte Franz Karl weiter in die Augen. Dessen Wangen waren eine Spur farbloser geworden, und ein leichter Schweißfilm erschien auf der Stirn, als er schließlich stumm nickte. Vorweg lehnte sich zurück und besah sich erneut das Papier. Ohne nochmals aufzusehen, sprach er in überraschend heiterem Tonfall weiter: »Herr Brenkendorff, bitte missverstehen Sie meine kurze Ansprache nicht als Einschüchterung oder gar – Gott bewahre – Drohung. Das liegt mir fern. Vielmehr wollte ich Ihnen die gravierende Bedeutung dieser Angelegenheit und die möglichen Folgen vor Augen führen. Wir stehen doch auf derselben Seite, oder nicht?« Vorweg sah auf und lächelte Franz Karl freundlich an.

Der nickte erneut, heftiger diesmal. »Selbstverständlich, Herr Kriminalsekretär.«

»Gut.« Vorweg stand auf, nahm die leere Mappe aus Franz Karls Hand, legte das Papier hinein und reichte es an ihn zurück. »Kommen Sie.«

Franz Karl machte große Augen und stand auf. Vorweg legte

ihm die Hand um die Schulter und schob ihn Richtung Tür. »Dann habe ich eine wichtige Aufgabe für Sie: Bringen Sie dieses Schriftstück, ohne mit jemandem zu sprechen und ohne sich, wie auch immer, aufhalten zu lassen, direkt zu Kriminaldirektor Herford. Übergeben Sie es persönlich. Falls der Direktor nicht da sein sollte, dürfen Sie es auch Herrn Oertzen übergeben. Niemandem sonst.«

Franz Karl wollte etwas erwidern. Vorweg hob die Hand. »War das übrigens alles? Nur diese eine Seite?«

Franz Karl nickte.

»Soso … Nun denn, denken Sie daran: niemandem sonst! Sollten Sie keinen der beiden erreichen, kehren Sie sofort wieder hierher zurück. Beeilen Sie sich.«

Vorweg schob ihn durch die Tür, schloss diese und lauschte einen Moment. Draußen wurde ein Gruß gemurmelt und erwidert, eine Tür öffnete sich und schloss sich wieder. Vorweg drehte sich um. »Was meinen Sie, hat meine Rede ihren Zweck erfüllt?«

Wilhelm sackte geradezu auf seinem Stuhl zusammen, als die Anspannung mit einem Mal aus seinem Körper entwich. Überrascht stellte er fest, dass sein Rücken schmerzte, der sich im Verlauf der Unterredung immer mehr versteift zu haben schien. Dennoch musste er lächeln. »Sie haben eine ganz schöne Schau dargeboten. Ich glaube, er war tatsächlich erschrocken.«

Vorweg kam an den Tisch zurück und setzte sich wieder. Mit lässig übereinandergeschlagenen Beinen kippelnd, hob er die Arme über den Kopf und streckte sich. »Hoffentlich erschrocken genug. Sie kennen ihn, was wird er Ihrer Ansicht nach tun?«

Wilhelm überlegte. »Ich habe keine Vorstellung davon, inwieweit er in die Sache involviert ist. Aber ich glaube, dass er, nachdem er sich vom ersten Schreck erholt hat, über seine Optionen nachdenken wird. Und er wird sicher gründlich nachdenken. Er möchte Karriere machen, und jeder Rückschlag kommt ihm ungelegen.«

»Auch meine Drohung?«

»Ich denke schon. So wie ich ihn kenne, wird er versuchen, sich aus allem herauszuhalten.«

Vorweg nickte nachdenklich. »Nun, auf jeden Fall werden wir etwas Zeit gewonnen haben. Was denken Sie übrigens über den Brief?«

»Den Teil des Briefes, es ist lediglich eine Seite.«

»Und?«

»Es hat den Anschein, dass es sich um eine Reinschrift handelt, die aus dem Entwurf entstanden sein könnte, den wir in Mersdorfs Kontor gefunden haben.«

»Und?«

»Ein Komplott, niedergeschrieben auf dem Briefpapier eines Unternehmens? Dazu nur eine Seite, deren Inhalt wir bereits kennen? Warum nicht die fehlenden Inhalte oder gleich das gesamte Konzept? Auf mich wirkt das Ganze sehr unglaubwürdig.«

Vorweg sah aus dem Fenster und verschränkte die Arme. »Unser geheimnisvoller Informant will uns etwas mitteilen und benutzt wieder denselben Kanal.«

»Er wird über Position und Lebensumstände von Franz Karl Bescheid wissen.«

Sie schwiegen eine Weile und hingen ihren Gedanken nach.

»Ist der Informant, der den Brief und das Manifest hinterlegt hat, derselbe, der den heutigen Brief zuspielte, oder handelt es sich um verschiedene Personen?« Wilhelm hatte eher laut überlegt als mit Vorweg gesprochen, dennoch hob dieser den Blick.

»Und hat er«, nahm der Kriminalsekretär den Gedanken auf, »auch den Entwurf im Kontor platziert? Vorausgesetzt, es handelt sich immer um dieselbe Person, natürlich. Oder verhält es sich ganz anders, und Mersdorf ist tatsächlich in etwas verwickelt?«

Wilhelm dachte angestrengt nach. Wie schon in den vergangenen Tagen tauchten aus unterschiedlichen Tiefen die verschiedensten Gedanken auf, umkreisten einander und begannen sich zu jagen. »Ich halte beides für denkbar.«

»Was bedeutet, dass es sich um eine Verschwörung handeln kann oder nicht. Dass wir es mit einem Informanten zu tun haben, der vielleicht Kontakt zu den Verschwörern hat, deren Tat verhindern möchte, damit aber nicht offiziell ans Licht treten möchte oder kann. Oder auch nicht. Dann wäre unser Informant jemand, der die ganze Untersuchung stören möchte. Oder es sind tatsächlich gänzlich unterschiedliche handelnde Personen und Zusammenhänge.«

»Dann wäre die Bukowina-Verschwörung genauso möglich wie das Komplott der Freimaurer. Es könnte aber auch alles ein groß angelegtes Täuschungsmanöver sein«, fasste Wilhelm zusammen.

Vorweg stand wieder auf und begann, auf und ab zu gehen. Anscheinend konnte er sich dabei am besten konzentrieren.

»Was halten Sie für wahrscheinlicher?«

Vorweg sagte nichts, und Wilhelm fürchtete schon, dass es die nächsten Minuten so weitergehen könnte. Da endlich blieb Vorweg stehen und sah ihn an. »Die Täuschung. Und Sie?«

»Ich auch. Alles andere scheint irgendwie … weit hergeholt und unerhört kompliziert zu sein.«

Vorweg nahm seinen Weg wieder auf, schwieg aber diesmal nicht weiter. »Richtig. Meist ist die einfache Lösung auch die richtige. Dennoch dürfen wir Bukowina und Freimaurer nicht außer Acht lassen. Wer weiß, vielleicht hat der Direktor inzwischen Informationen dazu aufgetrieben. Wenn wir aber für den Moment von einer Täuschung ausgehen wollen, welche Fragen ergeben sich daraus?«

»Wovon soll abgelenkt werden?«

»Richtig. Weiter?«

»Was hat das mit Mersdorf zu tun?«

»Hm.« Vorweg schüttelte den Kopf. »Seine Verlobte ist in seiner Wohnung zu Tode gekommen, schon vergessen? Weiter!«

»Wer hat ein Interesse daran, die Untersuchung in eine bestimmte Richtung zu lenken, oder nein, vielmehr von einer bestimmten Richtung abzulenken?«

»Genau. Wer und warum. Wenn unsere Theorie von der Ablenkung richtig ist und wir diese beiden Fragen beantworten können, finden wir unseren Täter.« Vorweg stand auf und zögerte. »Dennoch müssen wir weiterhin allen Spuren nachgehen, nicht wahr?«

Wilhelm nickte. »Zur Bukowina haben wir nichts weiter gefunden, das Archiv ist in dieser Hinsicht nicht sehr ergiebig. Aber wir haben uns noch nichts angesehen, was die Freimaurer betreffen könnte.«

»Also lassen Sie uns das tun.« Vorweg trat an den Stichwortkatalog und schob einige Kästchen mit dem Buchstaben F heraus.

Die nächsten Stunden verbrachten sie mit der Suche nach Informationen über Freimaurer in Preußen.

30

Der späte Nachmittag war bereits angebrochen, als sie ihre Arbeit einstellten und die Notizen ordneten. Sie hatten einen Termin bei Herford, mussten aber vorher bei Stieber vorbeischauen, um sich die Mitnahme ihrer Notizen genehmigen zu lassen. Sie fanden Stieber in dessen Büro. Mehrere Akten, Zeitungen und Schriftstücke waren auf seinem Tisch ausgebreitet. Offensichtlich war er schwer beschäftigt, und so überflog er die Notizen nur kurz.

»Freimaurer? Was wollen Sie denn damit?«

»Wir sind bei den Untersuchungen darauf gestoßen. Eine Spur vielleicht, vielleicht auch nicht«, antwortete Vorweg unverbindlich.

»Der Sie natürlich dennoch nachgehen müssen«, erwiderte Stieber, der kein näheres Interesse an den Notizen gezeigt und den kleinen Stapel an Wilhelm zurückgereicht hatte. »Ich weise meine Untergebenen immer wieder darauf hin, wie wichtig es ist, *allen* Spuren zu folgen, mögen sie am Ende auch nicht zu einem Ergebnis führen. Meiner Erfahrung nach können sich die dabei gewonnenen Erkenntnisse später in einem gänzlich anderen Zusammenhang als wertvoll erweisen. Hätte ich Zeit, könnte ich Ihnen das Prinzip näher erläutern, aber Sie sehen ja …« Stieber wies mit einer ausladenden Geste über den Tisch, während Wilhelm die Notizen in die Rocktasche steckte.

»Ein komplizierter Fall?«, fragte Vorweg höflich.

Stieber zuckte mit den Schultern. »Das weiß ich noch nicht. Leo von Armenien, schon einmal gehört?«

Vorweg nickte, und auch Wilhelm konnte mit diesem Namen etwas anfangen, denn er tauchte in letzter Zeit häufig in der Presse auf, deren Mitteilungen aber vage blieben. Das war nicht weiter erstaunlich, denn aufgrund der allgegenwärtigen Zensur mussten sich die Zeitungen darauf beschränken, im Ungefähren zu bleiben, und sich mit Andeutungen zufriedengeben. Dem Publikum war diese Verfahrensweise so vertraut, dass es mittlerweile in der Lage war, zwischen den Zeilen zu lesen.

Der Mann war im Juli in Berlin eingetroffen und aufgrund seiner Manieren und seines exotischen Aussehens schnell in die Salons hauptsächlich der Damen eingeführt worden, die er mit seiner Lebensgeschichte und mehr noch mit seinem Charme fasziniert hatte. Nach seinen Erzählungen war er ein Prinz, der vom russischen Zaren aus seinem Land vertrieben worden war und nun, nahezu mittellos, durch Europa reiste, um die Welt auf die schreiende Ungerechtigkeit aufmerksam zu machen, die ihm und seinem Volk angetan wurde. Mehr noch, die Repression seitens der russischen Regierung ginge noch weiter, behauptete der Prinz, denn er fühle sich auch in Berlin durch russische Spione beobachtet und bedroht und fürchte gar um sein Leben.

Diese Umstände waren durch Presseberichte und allgemeinen Klatsch überall in der Stadt bekannt, sodass Stieber darauf nicht weiter einging. »Mir liegen Berichte aus London vor, wo sich der Mann aufgehalten hat, bevor er in Berlin eintraf. Ihnen zufolge ist er der Erbe eines Fürstentums namens Korikos und Vertreter einiger lokaler Fürsten, die England im Zusammenhang mit dem gegenwärtigen Krieg ein Bündnis angeboten haben.«

»Das dürfte den Russen nicht gefallen.« Wilhelm stand weiter höflich und abwartend vor Stiebers Tisch.

»Schon möglich. Jedenfalls macht es seine Erzählungen plausibler«, stimmte Stieber zu. »Wir werden sehen, wie sich die Sache weiterentwickelt. Für den Moment sammle ich jedenfalls alle Informationen, die ich bekommen kann. Ich möchte Sie nicht weiter aufhalten, meine Herren.«

Wilhelm und Vorweg deuteten eine Verbeugung an, die der schwerbeschäftigte Mann nicht zu bemerken schien, und verließen den Raum, in dem eifrig weiter mit Papier geraschelt wurde.

Einige Minuten später saßen sie bei Herford auf dem Sofa. »Dieser Bursche aus dem Ministerium hat mir vor ein paar Stunden dieses Papier hier gebracht und sagte, Sie hätten ihn geschickt, Vorweg«, grollte er.

»Das ist richtig, Herr Kriminaldirektor.« Vorweg berichtete von dem Gespräch mit Franz Karl.

Herford grinste, als er von dem Schrecken erfuhr, in den Vorweg Franz Karl versetzt hatte. Auch die Begründung, weshalb die Angelegenheit streng vertraulich behandelt werden sollte, schien sein Gefallen zu finden. Die Theorien, die Vorweg und Wilhelm aufgestellt hatten, und den Gedanken, es handle sich um ein Ablenkungsmanöver, nahm er ohne erkennbare Regung zur Kenntnis. Das kurze Gespräch mit Stieber kommentierte er spöttisch: Stieber sei dafür bekannt, sein Wissen, seine Akribie und seinen Fleiß jedermann unter die Nase zu reiben. Als Vorweg seinen Bericht mit der Erwähnung Leos von Armenien abschloss, runzelte er die Stirn. »Meine Güte, nicht der auch noch! Ich hoffe bei Gott, dass der Mann kein Freimaurer ist und keine Verwandtschaft in der Bukowina hat!«

Wilhelm sah Herford erstaunt an.

»Ein Scherz, Wilhelm, nur ein Scherz. Die Lage in unserem Fall ist schon unübersichtlich genug, da können wir keine weiteren Komplikationen brauchen.« Herford zündete sich eine Zigarre an und bot seinen Gästen an, es ihm gleichzutun. Nachdem einige Zeit mit dem Abschneiden von Zigarrenspitzen, dem behutsamen Anzünden und dem Füllen von Gläsern mit leichtem Bier aufgewendet worden war, saßen die drei schweigend und paffend und hingen ihren Gedanken nach.

»Nun«, sagte Herford schließlich. »Lassen wir die Bukowina aufgrund der fehlenden Informationen zunächst einmal außen vor, und wenden wir uns der Freimaurergeschichte zu. Wilhelm, fassen Sie doch einmal zusammen.«

»Die Freimaurerlogen haben sich stets unauffällig verhalten«, begann Wilhelm. »Im politischen Archiv haben wir nicht den geringsten Hinweis auf eine wie auch immer geartete politische Betätigung oder Einflussnahme gefunden. Im Ausland mag das in einigen Fällen anders gewesen sein, aber in Preußen haben die Logen in den letzten hundert Jahren alle Verbote und Bestrafungen geheimer Verbindungen, wie etwa der Rosenkreuzer oder der Illuminaten, unbeschadet überstanden. So sind sie bereits 1798 ausdrücklich vom Verbot zahlreicher Geheimverbindungen ausgenommen worden, obwohl viele Maurer in der Französischen Revolution aktiv gewesen waren. Offensichtlich lag es daran, dass bereits damals das Königshaus in die Logen involviert war, wie es heute auch der Fall ist.«

»Richtig«, sagte Herford. »Prinz Wilhelm führt das Protektorat über alle drei Großlogen aus, sein Sohn Friedrich Wilhelm ist ebenfalls in führender Position aktiv. Sehen wir uns einmal die Forderungen an, die erhoben werden. Vorweg, wie würde Ihre Zusammenfassung lauten?«

Vorweg beugte sich vor und legte das Dokument, das Franz Karl mitgebracht hatte, neben die Seiten des Entwurfs, den sie im Kontor der Firma von Mersdorf gefunden hatten. »Der Schreiber hat die Anmerkungen und Ergänzungen aus dem Entwurf übernommen, aber auch neue Inhalte eingefügt. Zusammengefasst stellt sich die Sache wie folgt dar: Eine eventuelle Abdankung Seiner Majestät und die damit verbundene Nachfolge seines Bruders Wilhelm sollen zur Umgestaltung Preußens in eine konstitutionelle Monarchie nach englischem Vorbild genutzt werden. Denkbar wäre auch, die Krone gleich an Wilhelms Sohn übergehen zu lassen, der als liberal gilt und wohl eine englische Prinzessin heiraten will. Starker Tobak ist es, dass ein Parlament nach Londoner Muster und die Ministerverantwortlichkeit diesem Parlament gegenüber gefordert werden. Das würde nichts anderes als die völlige Umgestaltung des gegenwärtigen Systems darstellen.«

Herford brummte. »Weiter!«

»Darüber hinaus soll sich Preußen an den Westmächten Frankreich und England orientieren und – zumindest verdeckt – am Krimkrieg gegen Russland teilnehmen. Dazu sollen Insurrektionen im russischen Randgebiet geprüft und nach Möglichkeit gefördert werden. Ein Hineinziehen Österreichs in den Krimkrieg wird befürwortet, da er sowohl Russland als auch Österreich schwächen würde, was Preußen die führende Rolle in Deutschland verschaffen könnte.«

»Insurrektionen? Aufstände?« Herford legte seinen Kopf gegen die Lehne und betrachtete Spinnweben an der Decke. »Welche Länder liegen im Grenzgebiet von Russland und Österreich?«

»Unter anderem die Bukowina«, sagte Wilhelm.

»Soso, die Bukowina«, erwiderte Herford und verfolgte nun, nachdem sich seine Augen an die Entfernung gewöhnt hatten, wie eine winzige Spinne geschäftig über ihr Netz an der Decke hin und her eilte.

»Das wäre eine mögliche Verbindung zweier Spuren«, warf Wilhelm vorsichtig ein.

»Und was würde das bedeuten?«, fragte Herford bewegungslos. Die Asche an seiner Zigarrenspitze nahm eine bedrohliche Länge an.

»Die Möglichkeit, dass es sich hier tatsächlich um eine Verschwörung handelt, ist dadurch etwas größer«, sagte Vorweg unverbindlich.

»Hm«, machte Herford. Den Blick weiter zur Decke gerichtet, hob er die Zigarre an die Lippen, und die Asche nutzte die Bewegung, um auf seinen Bauch zu fallen.

»Herrgott noch mal!« Herford stand auf, legte die Zigarre auf einen Teller und klopfte sich die Asche von der straff über seinem Bauch gespannten Weste. Er setzte sich wieder und trank einen Schluck Bier. »Wie ich Ihnen gestern bereits gesagt habe, habe ich die Zwischenzeit genutzt, um mich bei meinen Logenbrüdern umzuhören. Und was fand ich?« Er machte eine kurze Pause, doch niemand erwiderte etwas. Herford hatte auch nicht damit gerechnet. »Nichts fand ich! Und das in einer Stadt, in der jeden Tag unzählige Spatzen unzählige Gerüchte und unzählige Verschwörungen von den Dächern verkünden. In einer Stadt, in der es jedem bekannt ist, dass der König jederzeit von einer Verschwörung oder drohenden Anschlägen zu überzeugen ist. Doch in den Logen keine Spur davon. Das ist alles sehr verwirrend, und es kommt noch besser, meine Herren.«

Damit hatte Herford wieder Vorwegs und Wilhelms volle Aufmerksamkeit.

»Oertzen war vorhin hier und überbrachte eine interessante Information. Wie Sie wissen, ist das Bild unserer armen Gräfin an Bahnhöfe, Polizeireviere und Postämter verteilt worden. Und heute Morgen kam eine Rückmeldung.«

Vorweg und Wilhelm setzten sich gespannt auf und sahen Herford erwartungsvoll an.

»Der Vorsteher eines Postamts in der Nähe des Stettiner Bahnhofs hat – aus naheliegenden Gründen – die Dame auf dem Porträt wiedererkannt und wusste sogar hinzuzufügen, dass sie mehrmals pro Monat Post nach Wien aufgegeben hat. Dem Beamten war die Schönheit der Gräfin aufgefallen, und daher bemerkte er auch, dass sie sich bemühte, ihr Gesicht nicht allzu sehr zu zeigen.«

Vorweg und Wilhelm sahen einander an. Was hatte das nun schon wieder zu bedeuten?

»Der Vorsteher hat die Gräfin zweifelsfrei identifiziert. Wie Sie wissen, liegt der Stettiner Bahnhof von ihrem Wohnort betrachtet am anderen Ende der Stadt, was zu der Frage führt, warum die Gräfin mehrmals im Monat die Mühe auf sich nahm, dort ihre Post aufzugeben, statt eines der zahlreichen Ämter in ihrer Nähe zu nutzen. Was folgt daraus?«

»Die Gräfin hatte etwas zu verbergen«, sagte Vorweg.

»Vor wem? Ihrem Verlobten oder den Behörden?«

»Wohl eher den Behörden«, warf Wilhelm ein.

Herford nickte. »Das und der Umstand, dass diese Chiffriertabelle bei ihr gefunden wurde, lässt den Schluss zu, dass unsere schöne Gräfin womöglich wirklich eine Spionin war. Wie können wir das überprüfen?«

»Sie hat sich in zahlreichen Salons bewegt«, erwiderte Wilhelm. »Die Tante meiner … einer guten Bekannten führt einen, und ich könnte mich einmal in dieser Hinsicht umhören.«

»Tun Sie das.«

Wilhelm lächelte. Jetzt hatte er sogar einen offiziellen Anlass, Marie wiederzusehen, auch wenn dieser Anlass geheim bleiben musste.

»Obwohl die Informationen immer noch sehr spärlich sind, führen mich meine Überlegungen zu zwei Hypothesen.« Herford setzte sich vor, stellte die Ellenbogen auf den Tisch und hob einen Finger. »Szenario eins: Es gibt eine Verschwörung mit dem Ziel, Preußen liberal umzugestalten. Ob die Freimaurer involviert sind oder nicht, lasse ich einmal außen vor. Zu diesem Zweck erscheint es dienlich, Österreich in den Krieg gegen Russland zu treiben. Dazu passen die Drohungen an die Adresse der

Gräfin und dieses Manifest zur Befreiung der Bukowina. Ob ihre Familie in Österreich ähnliche Drohungen erhalten hat, werden wir wohl kaum erfahren. Sollte es jedoch gelingen, Aufstände im Grenzgebiet zu organisieren, gelangt ein Kriegseintritt Österreichs in den Bereich des Wahrscheinlichen. Und wie auch immer der Krieg ausgeht, Österreich wird auf jeden Fall geschwächt. Mir als Preußen und Freimaurer käme das ganz gelegen, denn zum einen erlangt Preußen mehr Einfluss in Deutschland, und zum anderen kann der größte Gegner der Freimaurerei, das mit dem Papst verbündete erzkatholische Österreich, zurückgedrängt werden.«

»Das käme Ihnen entgegen?«, fragte Vorweg.

»Hypothetisch, Vorweg, hypothetisch. Kommen wir nun aber zu Szenario zwei.« Herford hob den zweiten Finger. »Es gibt keine Verschwörung in Preußen und keine Drohung aus der Bukowina, wohl aber eine spionierende Gräfin. In diesem Fall wäre die Bombe für sie bestimmt gewesen. Ob sie nur erschreckt oder getötet werden sollte, weiß ich nicht. In diesem Szenario ließen sich auch die Unannehmlichkeiten unterbringen, die der Baron bereits *vor* der Explosion erleiden musste. Die Schlägerei und der Unfall waren kein Zufall, doch sie galten nicht *ihm*, sondern *ihr*. Jemand teilte ihr dadurch mit, dass sie jederzeit erreichbar wäre.«

»Dann müsste sie etwas erfahren haben oder einer Sache auf der Spur sein, was diesem Jemand nicht gefallen hat. Was mag das sein?«, überlegte Wilhelm laut.

»Lassen wir das für den Moment außen vor.« Herford massierte sich die Schläfen und zog wieder an der Zigarre, nicht ohne vorher den Stand der Asche zu prüfen. »Welche vorliegenden Informationen passen zu unseren Hypothesen und welche nicht oder können sie sogar widerlegen?«

»Zur ersten Möglichkeit passt auch der Umstand, dass die

Gräfin eine Spionin gewesen sein könnte«, erwiderte Vorweg. »Denkbar ist, dass sie der Verschwörung auf die Spur kam. Deshalb musste sie aus dem Weg geräumt werden. In dieses Bild passen aber nicht die sich verschärfenden Drohungen gegen den Baron und auch nicht die Angst, die er deutlich an den Tag legt.«

»Mir scheinen beide Möglichkeiten doch sehr miteinander verwandt zu sein«, warf Wilhelm ein.

»Wie meinen?« Herford sah überrascht auf.

»Im zweiten Szenario«, erläuterte Wilhelm, »gibt es keine Verschwörung, wohl aber eine Spionin, die auf etwas gestoßen ist. Warnungen führten zu nichts, und sie wurde getötet. Warum wurden uns dann aber Briefe, Manifest und der Freimaurerplan zugespielt? Und von wem? Wenn die Gräfin eine Spionin war, wäre es da nicht wahrscheinlicher, dass sie dieser Verschwörung auf die Spur gekommen ist?«

Vorweg drehte sein Glas in den Händen, Herford sah den Kringeln hinterher, die seine Zigarre in die Luft zauberte, und Wilhelm starrte einfach ins Nichts.

»Mit anderen Worten: Wir hätten eigentlich nur ein Szenario«, überlegte Herford.

»Eine Verschwörung zuzüglich einer Spionin.« Vorweg nickte.

Wilhelm schüttelte den Kopf. »Nein, wir haben noch ein weiteres Szenario. Bislang geht es um die Gräfin. Wenn wir uns aber dem Baron zuwenden, ergeben die sich steigernden Drohungen einen Sinn, auch wenn wir deren Ursache nicht kennen. Aber da muss etwas sein, denn der Baron ist immer noch starr vor Angst.«

»Und wie passt hier die Verschwörung ins Bild?« Vorweg blickte ihn skeptisch an.

»Nicht sehr«, stimmte Wilhelm zu. »Aber nehmen wir doch einmal an, ein Konkurrent möchte den Baron zu etwas drängen und schießt mit der Explosion ungewollt über das Ziel hinaus.

Dieser Konkurrent bekommt es mit der Angst zu tun, schließlich ist ein Mensch getötet worden, eine Ausländerin zumal, was die Polizei auf den Plan ruft. Vielleicht weiß dieser Konkurrent, dass die Gräfin eine Spionin ist. Also erfindet er etwas und legt verschiedene Spuren.«

»Die Bukowina, was kaum jemand nachprüfen kann, und eine Freimaurerverschwörung, die den Staat in Gefahr bringt«, nahm Vorweg die Überlegung auf. »Die Polizei muss auf jeden Fall in diese Richtung ermitteln, der Baron wird nebenbei weiter unter Druck gesetzt und die Ermittlung vom Konkurrenten abgelenkt.«

»Sie meinen also«, fasste Herford zusammen, »dass wir erst weiterkommen werden, wenn wir mehr über die Gräfin und den Baron wissen?«

Wilhelm nickte, und Vorweg schloss sich nach einigem Zögern an.

»Dann erscheint es mir sinnvoll, wenn Sie«, ein Zeigfinger richtete sich auf Wilhelm, »sich mit Hilfe Ihrer, wie sagten Sie, Bekannten und deren Tante in den Salons umsehen und so viel als möglich über die Gräfin herausfinden. Mit wem hatte sie Kontakt, mit wem pflegte sie näheren Umgang, was für Stellungen nehmen diese Personen ein, was wird allgemein geklatscht und so weiter.«

Wilhelm nickte. Herford richtete seinen Finger nun auf Vorweg. »Und Sie machen genau das Gleiche, nur eben im Hinblick auf den Baron. Wer waren die Geschäftspartner, wen traf er in den Clubs … Sie wissen schon.«

Herford stand auf und kam um den Tisch herum. »Wir können es uns dennoch nicht leisten, die Verschwörung außer Acht zu lassen. Da ich bei meinen Logenbrüdern nichts in Erfahrung bringen konnte, ist es an der Zeit, jemanden zu fragen, der sich nicht nur in der Außenpolitik, sondern auch in den Verhältnissen am Hof bestens auskennt. Wilhelm, ich möchte Ihnen jemanden vorstellen, der uns in dieser Hinsicht weiterhelfen könnte. Rasieren Sie sich, kämmen Sie sich die Haare, und werfen Sie sich in Schale. Morgen Abend treffen wir uns vor meinem Club. Punkt acht, seien Sie pünktlich.«

31

Der nächste Morgen war kühl und neblig. Wilhelm hatte sich rechtzeitig auf den Weg gemacht, um Vorweg am Eingang der Alexanderkaserne zu treffen. Seine Hoffnung auf eine ruhige Nacht hatte sich nicht erfüllt. Der Albtraum war mit Wucht, aber auch mit einer Neuheit zurückgekehrt.

Er war wie immer in das bewaldete Tal mit dem plätschernden Fluss zwischen den beiden Gütern hinabgestiegen und streifte über die bewaldeten und mit Kraut überzogenen Wallreste der Slawenschanze. Oder Schwedenschanze, Wilhelm war sich darüber ebenso wenig einig wie die Ansässigen, die mal diese und mal jene Bezeichnung nutzten. Er wollte nicht den Weg nach Norden einschlagen, doch wie immer fand er sich schließlich an der Stelle wieder, an der sich der Fluss in den See ergoss und von wo aus die Landzunge mit dem riesigen abgestorbenen Baum zu sehen war. Wie immer konnte er sich nicht an das Wegstück zwischen Wallanlage und See erinnern, obwohl er an einem kleinen Gasthaus und einer stets mit Schafen gespickten grünen Wiese vorbeigekommen sein musste.

Der Traum leitete ihn wieder durch das Schilf auf den Baum zu, und diesmal erkannte er nicht nur deutlich zwei Gestalten, sondern kam auch nahe an sie heran. Die Gestalten standen vollkommen still. Die Frau, gekleidet mit einem blendend weißen Unterkleid und einem halb durchsichtigen Schleier, der an ein Hochzeitskleid erinnerte, sah ihn direkt an. Keine Falte des Schleiers bewegte sich, ebenso wenig das Unterkleid, obwohl Wilhelm einen starken Lufthauch spürte, in dem sich das Schilf wiegte. Die andere Gestalt war ein Mann. Er stand im hohen Gras mit dem Rücken zu ihm, angetan mit der Uniformjacke eines Offiziers. Übergangslos verschwand er und tauchte einige Meter weiter auf, neben dem Baum, hinter dessen gewaltigen Stamm er trat, von wo aus er nicht mehr zu sehen war. Wilhelm kam nicht dazu, zu überlegen, wie der Mann so schnell den Platz ändern konnte, schließlich war es ein Traum, und er war es bereits gewohnt, sich in diesem zu betrachten und Überlegungen anzustellen – wenn er nicht so abgelenkt wäre. Denn gerade, als die Panik wieder einsetzte und er zu ertrinken drohte, fiel ihm auf, dass ihn die Frau, die jetzt ebenfalls verschwunden war, an seine Mutter erinnerte.

Mit diesem Gedanken war er im schweißnassen Laken aufgewacht, und dieser Gedanke hatte ihn auch nicht losgelassen, nachdem sich sein Puls normalisiert hatte und er wieder frei atmen konnte. Hatte er tatsächlich seine Mutter gesehen? Und was hatte das zu bedeuten? Wer war der Mann, der mit eigentümlichen Schritten hinter dem Baum verschwunden war? Hinkte er? Hatte er eine Verletzung? Um seinen Vater – da war er sich sicher – handelte es sich nicht.

Jedenfalls hatte sich in letzter Zeit in seinem Traum einiges getan. Immer neue Hinweise, immer neue Variationen waren aufgetaucht, und wenn es in diesem Tempo weitergehen sollte, würde er der Ursache vielleicht bald auf den Grund gehen können. Endlich etwas Positives, endlich ein Silberstreif am Horizont, nach all den Jahren der Ängste, nach allen Jahren der Panik, nach allen Jahren der Unsicherheit. Würde der Albtraum irgendwann der Vergangenheit angehören?

Mit diesem versöhnlichen Gedanken hatte Wilhelm den Traum beiseitegeschoben, sich den Schweiß vom Körper gewaschen, hatte sich angezogen und das Zimmer verlassen. Er hatte versucht, sich bei Frau Brenke zu entschuldigen, dass er sofort losmüsse, sie aber nötigte ihn, eine Tasse Kaffee zu trinken und wenigstens ein Honigbrot zu essen.

Zwanzig Minuten später traf er an der Kaserne ein. Eine Uhr über dem Tor teilte ihm mit, dass er es fünf Minuten vor der vereinbarten Zeit geschafft hatte, und so betrachtete er versunken die benachbarte Baustelle des künftigen Victoria-Theaters, die allmählich Gestalt annahm, als Vorweg neben ihn trat.

»Guten Morgen.«

»Guten Morgen.«

»Sind Sie bereit?«

»Ich denke, schon.«

»Gut, dann kommen Sie. Ich habe vorhin bereits einen Blick durch das Fenster geworfen, unser Mann ist anwesend.«

Vorweg führte ihn an der Rückseite der Kaserne entlang, an der Baustelle vorbei und bog links in eine kleine Gasse und anschließend rechts in eine noch kleinere Gasse. Schlagartig wurde es dunkler, als es ohnehin schon war. Auch auf den größeren Straßen hatte die Sonne heute Schwierigkeiten, den Nebel zu vertreiben. Hier aber standen die meist zweistöckigen Häuser enger beieinander, und nur aus wenigen schien morgendliches Licht auf die Gasse.

»Dort vorn ist es«, sagte Vorweg und zeigte auf ein Haus, über dessen Tür ein Schild schief in die Gasse ragte. Ein Schriftzug und ein passendes Bild wiesen darauf hin, dass es sich hier um das Gasthaus zur Möwe handelte. »Überlassen Sie das Reden mir, und vermeiden Sie schnelle Bewegungen. Bleiben Sie ganz ruhig, dann sind wir in ein paar Minuten wieder draußen. Einverstanden?« Vorweg sah ihn fragend an.

Wilhelm nickte.

»Gut.« Vorweg griff in seine Jackentasche, ging die wenigen Schritte zur Tür, öffnete sie ruhig und trat ein.

Er war noch keinen Schritt weit gekommen, als ihn ein untersetzter Mann in Hemdsärmeln aufhielt und ihm die Hand auf die Brust legte. »Geschlossen. Komm heute Abend wieder.«

Vorweg hatte unterdessen die Hand aus der Tasche genommen und hielt dem Mann, dessen Atem unangenehm roch, seine Polizeimarke vor die Augen. Er gab dem Mann zwei Sekunden Zeit, dann nahm er sacht dessen Hand von seiner Brust. »Für uns ist geöffnet«, stellte er sachlich fest. »Keine Angst, wir wollen nur reden.«

Der Mann starrte ihn einen Augenblick an, zuckte dann kurz mit den Schultern und drehte sich um. Er öffnete eine Tür zur Linken, über der »Gaststube« geschrieben stand, und stieg zwei Stufen hinunter, wo er verkündete: »Wir haben Besuch. Polizei.«

Die drei kleinen Fenster zur Gasse ließen nur wenig Licht herein, dennoch war zu erkennen, dass der Fußboden ebenso wie die zehn Tische sauber geschrubbt war. An manchen Tischen waren Stühle und Hocker hochgestellt worden, an vier von ihnen, über den Raum verteilt, saßen einzelne Männer, die beim Wort »Polizei« aufgefahren waren und sich nun betont langsam zurücksinken ließen. Auf der rechten Seite, den Fenstern gegenüber, befand sich ein großer Tresen, in dessen Regal Flaschen und Gläser aufgereiht waren. Ein Mann in Schürze hielt ein Tuch und ein Glas in der Hand, und nach einem kurzen Zögern polierte er weiter, scheinbar absolut desinteressiert an den Besuchern. Ein Mann am Fenster fuhr fort, mit einem Taschenmesser seine Fingernägel zu säubern, ein anderer starrte stumpf in sein Glas. Der Türposten ging zu einem Tisch vor dem Tresen, beugte sich zu einem Mann und flüsterte ihm etwas ins Ohr.

Der Mann, der als Einziger absolut keine Reaktion gezeigt hatte, war riesig. Und fett, geradezu absurd fett. Was bei Fleischmann im Leichenschauhaus schon gewaltig aussah, wurde hier mühelos überboten. Der Mann hatte Oberarme, deren Umfang zwei kräftige Oberschenkel in den Schatten stellte, doch was bei Fleischmann Muskeln waren, zeigte sich hier als wabbelnde Masse. Die Beine konnte Wilhelm durch den Tisch und den geradezu gigantischen Bauch, der sich darüber wölbte, nicht sehen, aber auch sie mussten gewaltig sein, und es hatte den Anschein, dass der Mann gleich zwei Stühle in Beschlag genommen hatte.

Im Gesicht sah es nicht viel besser aus. Über einen Hals, der in den Schultern verschwand, wälzten sich nicht ein, sondern mindestens zwei Doppelkinne. Die glänzenden roten Wangen waren so fett, dass die dunklen Augen kaum zu sehen waren und lediglich als zwei schwarze Punkte unter einer hohen, feuchten und brauenlosen Stirn vermutet werden konnten. Selbst das kurze Haar schien zu schwitzen und klebte verschämt an den Schläfen.

Der Mann war sichtlich beschäftigt. In der einen Hand hielt er einen dampfenden Hühnerschenkel, den vierten, wenn es Wilhelm richtig sah, mit der anderen tunkte er mit einem Stück Brot Fett aus einem Teller. Er kaute angestrengt und brachte kaum die Kraft auf, die nicht vorhandenen Brauen zusammenzukneifen und zur Tür zu schauen.

Er schluckte und ließ den Hühnerschenkel auf den Teller fallen. Die Hand wischte er an einem teuer aussehenden Hemd ab, das vor Kurzem sicher noch gestärkt und blütenweiß gewesen war. Den Blick zur Tür gerichtet, griff er nach einem großen Bierglas und trank es langsam in einem Zug aus, ehe er es wieder auf dem Tisch absetzte. Sofort stand ein kleiner Mann in abgetragenen Sachen auf, ging an den Tisch, nahm das leere Glas und begab sich zum Tresen.

Der Mann rülpste leicht. »Kriminalsekretär Vorweg! Was verschafft mir die Ehre? An einem Sonntagvormittag …«

War der Anblick des Giganten schon bemerkenswert genug, war seine Stimme nicht minder überraschend. Ein hoher Fistelton entrang sich seiner heiseren Kehle, ein Ton, der an einem anderen Ort und zu einer anderen Zeit vielleicht für Heiterkeit gesorgt hätte. Wilhelm war sich jedoch sicher, dass niemand mehr als ein Mal darüber einen Scherz gemacht hatte.

Dies also ist der Mann, der mindestens vier Tote auf dem Gewissen hat, dachte Wilhelm. Er brauchte seine Opfer gar nicht mit seinen riesigen Pranken zu würgen, es würde absolut reichen, sich einfach auf sie zu setzen und zu warten, bis das Leben aus ihnen gewichen war. Wieso sahen manche Gauner tatsächlich wie Gauner aus?

»Eduard Neumann, die Zierde des Viertels«, erwiderte Vorweg freundlich lächelnd, ging an den Tisch, zog einen Stuhl hervor und setzte sich dem Fleischberg gegenüber. Er gab Wilhelm einen kurzen Wink, der sich daraufhin an die Wand neben den Eingang lehnte und die Arme verschränkte.

Fünf Augenpaare, vielleicht sechs, wenn man in dem fetten Gesicht etwas erkennen konnte, musterten ihn kurz und richteten dann ihre Aufmerksamkeit wieder auf Vorweg, der lässig die Beine übereinandergeschlagen hatte und seine Marke auf dem Tisch kreiseln ließ.

Der schäbige Mann kehrte eilig mit einem gefüllten Bierglas zurück und stellte es griffbereit neben die fleischige Hand Neumanns, an der vier große Ringe in allen Farben in das Fett schnitten.

»Ich biete Ihnen besser nichts an. Wir haben noch geschlossen, und wir wollen doch nichts tun, was irgendwie als Bestechung von Beamten aufgefasst werden könnte«, stellte Neumann fest und verzichtete auf ein Grinsen.

»Aber nicht doch, Herr Neumann. Wie kämen wir denn dazu, einem unbescholtenen Geschäftsmann, einer Stütze der Gesellschaft, etwas in dieser Art zu unterstellen?« Vorweg fuhr fort, mit seiner Marke zu spielen. »Ich habe übrigens schon gefrühstückt, vielen Dank.«

»Man kann nicht vorsichtig genug sein, mein lieber Herr Kriminalsekretär«, sagte die Fistelstimme.

Vorweg nickte. »In der Tat, Herr Neumann, man kann nicht vorsichtig genug sein.« Die Marke kreiselte weiter über den Tisch.

Sie sahen sich an und schwiegen. Neumann führte das Hühnerbein wieder an den Mund und riss ein großes Stück ab. Wegen der dicken Wangen sah sein Mund klein aus, fast wie ein roter Schnabel, in dem das Fleischstück spurlos verschwand. Mit den Resten des Beins wies Neumann in Richtung Tür. Kauend fragte er: »Wen haben Sie denn da mitgebracht?«

»Einen neuen Kollegen.«

»Werden auch immer jünger, wie?«

»Und fähiger. Für Nachwuchs ist bestens gesorgt.«

Die kleinen dunklen Punkte fixierten Wilhelm. »Kann er auch reden? Sich vorstellen zum Beispiel? Ist in unseren Kreisen so üblich, wissen Sie?«

Einstudiertes Gelächter kam von den anderen Tischen und erlosch wieder. Wilhelm starrte zurück in die kalten Augen und rührte sich nicht. Er hoffte, seine Gesichtszüge unter Kontrolle zu haben.

»Der Name tut nichts zur Sache. Ist in unseren Kreisen so üblich«, erwiderte Vorweg wie nebenbei.

»Soso.« Neumann knabberte geräuschvoll an den Resten des Hühnerbeins und musterte dabei Vorweg. Schließlich legte er die Knochen beiseite. »Ich nehme an, dass Sie nicht zufällig hier vorbeigekommen sind?«

»Sie nehmen richtig an.« Vorweg steckte die Marke in die Tasche. »Wir ersuchen die Öffentlichkeit um Mithilfe.«

»Mithilfe?« Die Fistelstimme überschlug sich beinahe. »Wie können wir denn der Polizei behilflich sein?« Neumann sah sich kurz um, und seine Männer grinsten wunschgemäß.

Aus einer anderen Tasche zog Vorweg das Blatt Papier, das er sich vor der Tür von Wilhelm hatte geben lassen, faltete es auseinander und schob es über den Tisch. Unmittelbar neben dem Bierglas kam es zum Liegen. »Wir suchen diesen Mann.«

»Kenne ich nicht.« Neumann hatte keinen Blick auf das Porträt geworfen, sondern fixierte Vorweg.

»Das stimmt mich traurig, Herr Neumann. Ich hatte gehofft, dass Sie sich etwas mehr anstrengen in Ihren Bemühungen, der Polizei behilflich zu sein. Sie könnten damit beginnen, sich das Bild erst einmal anzusehen.«

Neumann starrte weiter Vorweg an, nahm schließlich das Blatt und hielt es in die Höhe. Der Mann mit dem Taschenmesser stand auf und schlenderte zum Tisch. Langsam nahm er das Blatt und betrachtete es. Ebenso langsam ging er herum und zeigte es jedem der Anwesenden. Niemand verzog eine Miene. Schließlich kehrte der Mann zurück, legte die Zeichnung vor Vorweg auf den Tisch, drehte sich um, ging an seinen Platz und zog das Taschenmesser wieder hervor.

»Meine Männer und ich sind geschäftlich sehr eingespannt. Wenn ich weiter nichts für Sie tun kann?«

»Und ich hatte wirklich gehofft, dass Sie mir weiterhelfen könnten. Ein Mann wie Sie, der viele Leute kennt und fähige Männer um sich hat, die sicher noch mehr Leute kennen.« Vorweg schüttelte leicht den Kopf. »Nun ja, einen Versuch war es wert. Ich kann mich für den überaus engagierten Versuch der Hilfe vielleicht dadurch revanchieren, dass ich den Kollegen vom zweiten Revier die Bitte besorgter Geschäftsleute übermittle, in den nächsten Wochen verstärkt in den umliegenden Straßen zu patrouillieren. Sind in letzter Zeit nicht gehäuft Diebstähle vorgekommen?«

Vorweg lächelte freundlich in die Runde. Niemand rührte sich. »Andererseits stehen andere Stadtteile vor einem ähnlichen Problem. Nehmen zurzeit irgendwie überhand diese Diebstähle, nicht wahr? Die Kollegen in den anderen Revieren wären bestimmt für jede Unterstützung dankbar, die ihnen vom zweiten Revier geleistet werden könnte. Sagen wir, die nächsten zwei Wochen.« Vorweg hatte den letzten Satz nicht als Frage formuliert.

Neumann trank einen großen Schluck, nahm ein Brotstück und widmete sich dem Fett auf dem Teller. Kauend und weiter auf den Teller schauend sagte er: »Vier.«

»Aber Herr Neumann, Sie werden doch nicht mit mir handeln wollen?«

Neumann reagierte nicht. Er hatte seinen Zug getan, ebenso wie Vorweg einen Augenblick zuvor. Wilhelm verstand, dass es jetzt für beide Seiten nur noch darum ging, das Gesicht zu wahren: auf der einen Seite das des unbestechlichen Polizisten, auf der anderen Seite das des unbestrittenen Königs des Viertels. Alle Manöver waren nur darauf abgestimmt, wie die Anwesenden das Gespräch und sein Ergebnis interpretieren würden. Alle Anwesenden, abgesehen von ihm.

»Dennoch ist die Polizei stets an einem guten Verhältnis zur Bevölkerung und ihren vornehmsten Teilen interessiert«, erklärte Vorweg ruhig. »Wo kämen wir sonst hin, nicht wahr? Drei.«

Jetzt war wieder Neumann an der Reihe. »Was hat der Mann denn verbrochen, dass ihn die Polizei sucht?« Das Brot wischte weiter eifrig über den Teller, das Fett war auf kümmerliche Reste zusammengeschmolzen.

»Er ist ein Zeuge und kann der Polizei bei ihren Ermittlungen helfen. Anscheinend ist er in Geschäften tätig, die ein ungünstiges Licht auf das Viertel und seine Einwohner werfen könnten. Wir möchten uns dieser Angelegenheit unauffällig annehmen.«

Der Teller war nunmehr blank, dennoch wischte Neumann weiter. Schließlich hob er kurz den Kopf und nickte dem Mann mit dem Taschenmesser zu.

»Linienstraße, das gelbe Haus an der Ecke Alexanderstraße, zweiter Stock im Hinterhaus links.«

Wilhelm musste sich ein Lächeln verkneifen. Die Adresse lag gleich um die Ecke, die Straßenjungen hatten ganze Arbeit geleistet.

Vorweg wartete. Schließlich nickte Neumann noch einmal.

Der Mann mit dem Taschenmesser fügte hinzu: »Nicht selten ist er im Spreekrug in der Schönhauser anzutreffen. Oft am Mittag.«

Vorweg stand auf und steckte die Zeichnung in die Tasche. Er bedachte alle reihum mit einem strahlenden Blick. »Es ist mir immer wieder eine Freude, meinen Vorgesetzten über das gute Verhältnis der Polizei zu gesetzestreuen Bürgern berichten zu können. Besonders das zweite Revier wird sich über eine kurze Nachricht freuen. Bemühen Sie sich nicht, wir finden den Weg allein.«

Niemand reagierte. Vorweg schritt gelassen zur Tür, und Wilhelm schloss sich ebenso gelassen an und hoffte, dass niemand das leichte Zittern in seinen Beinen bemerkt hatte. Es würde keine Probleme geben, so viel hatte Wilhelm verstanden. Das zweite Revier würde drei Wochen seine Augen auf andere Straßenzüge richten, dafür hatten sie genügend Hinweise, um den Gesuchten zu finden. Dass Neumann und seine Kumpane diesen warnen könnten, war auszuschließen, zu deutlich war Vorwegs Hinweis auf das ungünstige Licht gewesen, das das Viertel, genauer Neumann und seine Kumpane, treffen könnte.

Als sie vor der Tür standen, stieß Wilhelm die Luft aus, die er angehalten haben musste, als er das Gasthaus zur Möwe verlassen hatte.

Auch Vorweg wirkte erleichtert, als sie nebeneinander in Richtung Schönhauser liefen. »Dort vorn ist eine Trinkhalle«, sagte er. »Ich kann jetzt wirklich ein Bier gebrauchen.«

Schnell erhielten sie zwei Gläser und stellten sich etwas abseits.

»Ich danke für den Einblick in diesen Bereich der Polizeiarbeit«, sagte Wilhelm aufrichtig.

Vorweg wischte sich den Schaum vom Mund. »Immer wieder aufregend, nicht wahr?«

Wilhelm nickte und nippte an seinem Glas.

»Keine Sorge, so etwas macht man äußerst selten. Für gewöhnlich ist es für beide Seiten nicht gut, solche Gespräche zu führen und von der Umgebung bemerkt zu werden. Normalerweise nutzen wir für diese Art der Informationsbeschaffung Vigilanten.«

»Polizeispitzel?«

»Richtig. In der Regel Verbrecher der weniger üblen Sorte, Leute, die in der Hierarchie nicht weit oben stehen, dafür aber herumkommen. Meist haben wir etwas gegen sie in der Hand, müssen aber aufpassen, dass sie uns nicht hinters Licht führen.«

»Und warum sind wir nicht diesen weniger gefährlichen Weg gegangen?«

»Aus mehreren Gründen.« Vorweg trank sein Glas aus. »Erstens hätte ich das zweite Revier in Kenntnis setzen müssen. Zweitens hätte es gedauert, den richtigen Spitzel zu finden – einen, der in der Lage ist, die gewünschte Information beizubringen, wenn sie ihm nicht zufällig bekannt gewesen wäre. Neumann und seine Leute kennen aber jeden hier im Viertel. Und drittens wollte ich mich Neumann mal wieder in Erinnerung rufen. Sie sind dran.«

Wilhelm holte eine neue Runde.

»Übrigens haben wir gerade einen Vigilanten kennengelernt.«

Wilhelm verschluckte sich fast an seinem Bier. Vorweg grinste. »Ich weiß selbst nicht, wer es ist«, erläuterte er. »Aber der Kriminalkommissar im zweiten Revier hat hier einen Spitzel laufen, nah dran an Neumann. Sie können ja mal raten, wer von den Burschen es sein mag.«

»Lieber nicht. Es ist wohl ohnehin besser, dass ich vergesse, was und wen ich gesehen habe«, antwortete Wilhelm in sein Glas.

Vorweg nickte. »Besser ist es wohl, obwohl ich weiß, dass Ihnen genau das nicht möglich ist, selbst wenn Sie es wollten, richtig?«

Wilhelm murmelte eine Zustimmung.

»Eine beeindruckende Fähigkeit, die sinnvoll eingesetzt werden sollte.«

So positiv hatte sich Vorweg noch nie zu ihm geäußert. Wilhelm beschloss, das Thema zu wechseln, bevor Vorweg auf einen möglichen Diensteintritt zu sprechen kommen könnte. »Wie werden wir jetzt weiter vorgehen?«

Vorweg warf einen Blick in die Runde und nickte in eine Richtung. »Der Spreekrug hat noch nicht geöffnet. Daher halte ich es für eine gute Idee, bei unserem Gesuchten anzuklopfen. Vielleicht macht er ja auf.«

Ein weiteres Bier später standen sie an der Kreuzung von großer Linienstraße und Alexanderstraße. Tatsächlich fanden sie ein Haus, das man mit etwas gutem Willen als gelb bezeichnen konnte, und tatsächlich verfügte es über einen Hinterhof. Sie stiegen eine überraschend gediegene Holztreppe in den zweiten Stock hinauf. Das Treppenhaus war sauber und ordentlich, trotz der Lage schienen hier keine armen Menschen zu wohnen. Allerdings auch keine sonderlich wohlhabenden. Haus und Hinterhof machten vielmehr den Eindruck, dass hier einmal ein gewisser Wohlstand geherrscht hatte, diese Zeiten aber der Vergangenheit angehörten.

Auf einem kleinen vergoldeten, leicht angelaufenen Schild stand in geschwungenen Buchstaben *Freier von Berghausen*. Hier waren sie definitiv richtig. Der Mann war offenbar nicht sehr kreativ in der Wahl von Pseudonymen, hatte er sich doch Wilhelms Vater als Freier von Harthausen vorgestellt. Harthausen, Berghausen, ein auffälliges Mal im Gesicht – wer sollte hier wohnen, wenn nicht der Gesuchte.

Sie würden es zumindest für den Moment nicht herausfinden, denn auf Vorwegs Klopfen wurde nicht geöffnet. Vorweg klopfte erneut und legte das Ohr an die Tür. Schließlich beugte er sich nach unten und warf einen Blick unter dem Türspalt hindurch. »Scheint niemand da zu sein«, stellte er fest.

»Dann können wir hier warten oder es nachher im Spreekrug versuchen«, zählte Wilhelm die Alternativen auf.

»Es gibt noch eine Möglichkeit«, sagte Vorweg leichthin. »Vernehmen Sie nicht auch einen leichten Gasgeruch?«

Wilhelm war erstaunt. »Gibt es hier bereits …« Und verstand im selben Moment.

»Natürlich kann ich mich irren«, fuhr Vorweg im Plauderton fort, »aber ich könnte es mir nicht verzeihen, wenn etwas passieren sollte. Warten Sie einen Moment.« Er griff in seinen Ärmel und holte einen kurzen festen Stock hervor. »Der beste Freund des Kriminalpolizisten, wenn nicht gerade eine Pistole zur Hand ist. Halten Sie mal.«

Mit der anderen Hand griff er nach hinten in den Hosenbund und brachte einen kleinen Beutel zum Vorschein, dem er ein Bündel Schlüssel entnahm. Sorgfältig musterte er das Türschloss, dann griff er zu einem Schlüssel. Bereits mit dem zweiten Versuch öffnete sich die Tür. »Voilà. Nun lassen Sie uns nach dem Gasleck schauen.«

Sie traten in die Wohnung, und Vorweg schloss die Tür. Vier Türen gingen vom kleinen Flur ab. Rechts befand sich ein seit geraumer Zeit nicht gereinigter Abort, daneben eine kleine Küche voll schmutzigen Geschirrs. Links lag ein unaufgeräumtes Schlafzimmer, dem Eingang gegenüber führte eine Tür in einen

Salon, der einmal deutlich bessere Tage gesehen haben musste, jetzt aber nur noch schäbig wirkte. Kalter Rauch lag Übelkeit erregend in der Luft und lieferte sich einen Wettstreit mit zahllosen Staubteilchen, die im Licht des halb zugezogenen Fensters umhertanzten.

Börsenzeitungen lagen durcheinander auf einem Schreibtisch und einem Sofa, im Kamin waren offenbar erst kürzlich Papiere verbrannt worden. In einem Regal, das sich über die gesamte linke Wand erstreckte, stand ein Schachspiel, das sich mitten in einer fortgeschrittenen Partie zu befinden schien. Auf dem Schreibtisch befanden sich zahllose Briefe und Notizen mit umfangreichen Berechnungen. Wilhelm begann, darin zu suchen, während Vorweg auf einen Beistelltisch zusteuerte, auf dem er eine Daguerreotypie entdeckt hatte. Er reichte Wilhelm das Bild. »Ist er das?«

Wilhelm betrachtete es und nickte. Ein Mann und eine Frau, augenscheinlich die Mutter, beide gut gekleidet, posierten vor der Tür eines Gebäudes, das durchaus als Herrenhaus durchgehen konnte.

»Identisch mit dem Mann im Café, Übereinstimmung mit der Beschreibung Ihres Herrn Vaters, Börsenzeitungen und einschlägige Notizen – ich schätze, wir haben unseren Mann gefunden«, stellte Vorweg fest.

Eine Stunde lang durchsuchten sie den Salon und das Schlafzimmer, immer mit einem Ohr in Richtung Flur lauschend, aber zu Wilhelms Bedauern fanden sie nichts Schriftliches, was auf eine Verbindung mit den Brenkendorffs hinweisen würde. Erst spät fiel Wilhelm eine Notiz mit Zugverbindungen auf. Würde man einigen dieser Verbindungen folgen, könnte man in die Stadt gelangen, deren Bahnhof dem heimatlichen Gut am nächsten lag. Das war doch etwas. Wilhelm steckte den Zettel in die Tasche.

Leise verließen sie die Wohnung und machten sich auf den Weg in die Schönhauser. Der Spreekrug war mittlerweile geöffnet, und zahlreiche Besucher hatten sich hereingedrängt, um Schutz vor dem einsetzenden Nieselregen zu suchen und das Mittagsmenü in Anspruch zu nehmen. Wilhelm und Vorweg betraten einen Gastraum, der bis auf wenige Stühle voll besetzt war. Stimmen schwirrten durch den Raum, Gelächter ertönte, und Geschirr klapperte. Ein Mann rief lauthals eine Bestellung und wurde vom Wirt ebenso laut darauf verwiesen, gefälligst nach vorn zu kommen. Niemand störte sich daran.

Neben dem Eingang sprang ein Mann auf und versuchte, unauffällig den Ausgang zu finden. Auf ein kurzes Kopfschütteln von Vorweg drehte er um und ging stattdessen langsam zum Tresen, als hätte er nie etwas anderes vorgehabt.

»Ein alter Kunde«, erläuterte der Kriminalsekretär leise aus dem Mundwinkel. Er ließ seinen Blick durch den Raum schweifen und nickte schließlich zur hintersten Ecke, in der ein Mann allein an einem Zweiertisch saß und in einer aufgeschlagenen Zeitung las. Seinen fast leeren Teller hatte er von sich geschoben, sein Bierglas war aber noch gut gefüllt. Das Gesicht war nur zum Teil zu sehen, aber es war auffällig.

»Jetzt sind Sie dran, Wilhelm«, sagte Vorweg und drängte sich langsam durch die Menschen, die am Tresen eine Bestellung aufgeben wollten.

Wilhelm schluckte. Er hatte sich diesen Moment immer wieder vorgestellt, war aber nicht sehr weit in seinen Überlegungen gekommen, wie er die Konfrontation gestalten wollte. Im Nähertreten betrachtete er den Mann, der in diesem Moment eine Seite umschlug und den Blick auf sein Gesicht freigab. Fettiges Haar legte sich an den Kopf und wand sich über einen Kragen, der voller Schuppen war. Der Mann war unruhig, seine Augen eilten über die verschiedenen Beiträge der aktuellen *Börsenzei-*

tung, wie Wilhelm jetzt erkennen konnte. Seine Körperhaltung war angespannt, geradezu geduckt, als würde er jeden Moment aufspringen. Das Gesicht mochte durchaus bei der Börse eine geschäftsmäßige Miene aufsetzen können, besonders wenn sein Besitzer die Haare gewaschen und gekämmt und angemessen saubere Kleidung angezogen hätte. Jetzt aber war keine Maske aufgesetzt, das Gesicht wirkte gehetzt und verschlagen.

In diesem Moment wusste Wilhelm, wie er vorgehen wollte. Ohne zu zögern, setzte er sich auf den freien Stuhl, während Vorweg einen anderen herbeizog und sich so positionierte, dass der Weg zum Ausgang versperrt und keine Störung durch unliebsame Zuhörer zu befürchten war. Er streckte einen Finger aus und zog die Zeitung ein Stück nach unten. Der Mann blickte überrascht und ungehalten auf.

»Was …«

»Guten Tag«, sagte Vorweg freundlich.

Der Mann wollte etwas erwidern, sah dann aber die Polizeimarke, die Wilhelm unauffällig auf den Tisch gelegt hatte, und schloss den Mund.

»Guten Tag, Herr von Berghausen«, sagte Wilhelm, »oder soll ich Sie Freier von Harthausen nennen? Ich bin mir nicht ganz sicher, was richtig ist.«

Wilhelm wartete kurz, während ihn der Mann weiter anstarrte. Dann sah er, dass es hinter dessen Stirn arbeitete, und hakte nach: »Nun? Wie darf ich Sie nennen?«

»Mein Name ist Freier von Berghausen, und ich bin ein angesehener –«

»Gutsbesitzer und Börsenmakler«, sagte Wilhelm rasch. »Deshalb bin ich hier.«

Berghausen lehnte sich zurück, wollte etwas trinken, überlegte es sich aber schnell anders. Wilhelm sah deutlich die zitternden Finger, die der Mann verbergen wollte.

»Sie haben in den vergangenen Tagen ein Geschäft mit einem Mitglied des preußischen Herrenhauses getätigt. Dieses Geschäft war dergestalt, dass der Verdacht eines Betrugs aufgekommen ist, eines möglicherweise gewerbsmäßigen Betrugs. Die Umstände des Geschäfts legen nahe, dass durch Entstellung oder Unterdrückung wahrer Tatsachen bei jenem Mitglied des Herrenhauses, das zudem Rittergutsbesitzer und pensionierter Offizier ist, ein Irrtum erzeugt wurde. Die Strafe hierfür liegt bei Gefängnis nicht unter einem Monat zuzüglich einer Geldstrafe bis eintausend Taler. Hinzu kommen die vorübergehende Aberkennung der bürgerlichen Ehrenrechte und das Stellen unter Polizeiaufsicht, was in jedem Fall ein Ende der Berufstätigkeit nach sich ziehen würde.«

Wilhelm ließ die Sätze, die einer Prüfungsarbeit an der Universität entnommen sein könnten, einen Moment wirken. Erfolgreich offensichtlich, denn auf Berghausens Stirn zeigten sich Schweißtropfen, und das Zittern hatte sich von den Fingern auf den Oberkörper übertragen.

Berghausen räusperte sich. »Aber meine Herren –«

Wilhelm unterbrach ihn sofort. »Sie haben jetzt genau zwei Möglichkeiten: Entweder kommen Sie mit aufs Revier, wodurch die Sache offiziell wird. Wir sind in der Lage, den Verlauf des Geschäfts und die Täuschung durch Zeugen und einige Schriftstücke zu untermauern. Oder wir gehen besser gleich zum Molkenmarkt, dann können Sie nach Ihrer Vernehmung in der Zentrale der Kriminalpolizei direkt in die Stadtvogtei überstellt werden.«

Berghausen starrte ihn an. Langsam ging ihm auf, dass Wilhelm nicht fortfuhr. Mit belegter Stimme sagte er: »Sie sprachen von einer zweiten Möglichkeit?«

Wilhelm griff zu dem frischen Glas und trank langsam einen Schluck Bier. Berghausen verzichtete auf einen Protest.

»Wie Sie sich vorstellen können, ist das Mitglied des Herrenhauses wenig daran interessiert, den Vorgang an die große Glocke zu hängen. Daher eröffnet sich für Sie jetzt und hier und nur jetzt und hier eine weitere Möglichkeit. Sie besteht darin, zum einen ein Schriftstück aufzusetzen, das ich Ihnen diktiere, und zum anderen den entstandenen Schaden von zweitausend Talern zu ersetzen.«

»Aber …«

»Dadurch verlieren Sie keine dreitausend Taler – denken Sie an die Strafe! –, müssen nicht eine unbestimmte Zeit in der Stadtvogtei verbringen – die Richter sind derzeit doch arg überlastet –, verlieren nicht Ihre Bürgerrechte und können Ihren Geschäften weiter nachgehen. Auch wenn ich einschränkend erwähnen muss, dass Sie fortan unter Beobachtung stehen.«

»Aber –«

»In diesem Schriftstück werden Sie detailliert darstellen, wie Sie und Ihr Komplize das Geschäft geplant und durchgeführt haben. An Ihrem Komplizen sind wir nicht interessiert, es sei denn als Kronzeuge.«

Auch das ließ Wilhelm einen Moment wirken. Er war selbst überrascht, wie problemlos sich auf einmal seine Gedankengänge in Worte fassten. Ein Kronzeuge würde straffrei oder allenfalls mit einer geringfügigen Strafe aus der Sache herauskommen, während Berghausen der vollen Wucht des Gesetzes ausgesetzt sein würde. Wilhelm kannte den anderen Mann nicht, aber die Chancen standen gut, dass dieser seinen Partner hinhängen würde, wenn er die Gelegenheit bekäme, den eigenen Kopf aus der Schlinge zu ziehen.

»Außerdem werden Sie darstellen, welche Rolle Ihr Hintermann gespielt hat. Oder sollte ich besser sagen: Ihre Hinterfrau?«

Er hatte ins Schwarze getroffen. Berghausen wurde bleich und sackte in sich zusammen. Wilhelm und Vorweg warteten gelassen.

»Nun, Berghausen«, fragte Vorweg, die Adelsbezeichnung weglassend, »wie lautet Ihre Entscheidung?«

»Mit den zweitausend Talern könnte es schwierig werden.« Berghausen flüsterte nur noch.

»Wie bitte?«

»Ich habe die zweitausend Taler nicht mehr, nur noch einen Teil davon.«

»Aber, aber.« Wilhelm sah ihn kalt an. »Jetzt, wo wir uns so gut kennen und wir Sie jederzeit aufsuchen können, ob in Berlin oder anderswo, bin ich mir sicher, dass Sie bis zum Ende der nächsten Woche eine zufriedenstellende Lösung gefunden haben werden.«

Berghausen zuckte zusammen und kapitulierte. »Was soll ich schreiben?«

Vorweg stand auf, ging zum Tresen und kehrte einen Moment später mit einigen Bögen Papier und einem Bleistift zurück. Kurz darauf erschien der Wirt und stellte zwei Gläser Bier auf den Tisch.

»Wie bereits gesagt, werden Sie das Geschäft minutiös beschreiben. Und wenn Sie fertig sind, werde ich Ihnen noch etwas diktieren.«

Wilhelm lehnte sich zurück, als Berghausen nach Stift und Papier griff. Er fing einen kurzen Seitenblick von Vorweg auf. Gut gemacht, stand in seinem Gesicht zu lesen.

32

Es blieb nebelig und regnete noch immer. Wilhelm hatte es nicht mehr zu Kaffee und Kuchen geschafft, und Frau Brenke war ungewohnt schweigsam, was den Verlauf des Nachmittags betraf, den sie mit Schutzmann Grothe verbracht hatte. Aber sie summte leise vor sich hin, während sie sich in der Küche zu schaffen machte, und sie summte auch, als sie Kuno eine extragroße Portion in den Futternapf tat, was dieser mit einem verwunderten Blick kommentierte.

Wilhelm musste sich beeilen und begab sich in sein Zimmer, um sich schnell zu waschen und die beste Kleidung anzuziehen, die sein überschaubarer Schrank hergab. Anschließend stürzte er die Treppe hinunter und rief einen kurzen Gruß in die Küche, verbunden mit der Mitteilung, dass Frau Brenke nicht mit dem Abendessen warten solle. Frau Brenke quittierte sie mit einem weiteren Summen.

Wilhelm eilte auf die Straße und war dann doch zu früh. Er positionierte sich vor den Eingang des Herrenclubs und versuchte, sich unter dem Säulenportal vor dem Wasser zu schützen, das seine Hosenbeine schon fast vollständig durchnässt hatte.

»Ich hoffe, Sie warten noch nicht zu lange?« Herford war von der Seite an ihn herangetreten. Er musste mit der Kutsche gekommen sein, die Wilhelm kurz zuvor bemerkt hatte.

»Lange genug, um durchgeweicht zu sein. Nicht lange genug, um mich zu langweilen.« Wilhelm schüttelte sich.

»Die Geschäfte haben mich etwas aufgehalten. Kommen Sie herein, und wärmen Sie sich auf. Es ist plötzlich so kalt geworden.« Herford wandte sich zur Tür und klopfte. So schnell, wie sie geöffnet wurde, musste der Portier bereits gewartet haben. Herford trat ein und legte seinen Mantel in die Hände der hageren Gestalt mit ausdruckslosem Gesicht. Er bedeutete Wilhelm, es ihm gleichzutun.

»Der Mann wollte mich nicht im Foyer auf Sie warten lassen«, flüsterte Wilhelm. »Ich hatte den Eindruck, dass mein Aufzug in seinen Augen nicht zum Haus passt.«

»Herr Lehmann ist eine Institution, genau wie der gesamte Club und seine Bediensteten. Sie legen mehr Wert auf Etikette als die Herren Mitglieder selbst«, antwortete Herford und führte Wilhelm in den Salon.

Dort herrschten gediegene Ruhe und schattiges Dunkel. Zwei Männer in Livree gingen leise mit Tabletts umher. Die schweren dunkelroten Vorhänge waren zugezogen, nur wenige Leuchten erhellten die verstreuten, schwarz erscheinenden Tische. In geschmackvollen, anscheinend rot-golden gestreiften Sesseln, wenn es in diesem Licht richtig zu sehen war, saßen vereinzelt Männer, die sich leise unterhielten oder die Tagespresse studierten. Einige schienen zu schlafen, wie Wilhelm bemerkte. Angesichts der frühen Abendstunde war der Salon nur spärlich besetzt. Das Licht vermochte kaum die zahlreichen gerahmten Bilder an den mit dezenten dunkelgrünen Mustern tapezierten Wänden zu erreichen, auf denen Kriegs- und Jagdszenen, antike Stiche oder Porträts abgebildet sein mochten.

Herford ging über das mit orientalischen Teppichen belegte Parkett zu einem einzeln sitzenden Mann am anderen Ende des Raumes. Von ihm ging die einzige bemerkbare Aktivität aus. Mehrere Schüsseln, ein voller Teller und eine Karaffe mit rotem Wein standen vor der emsig beschäftigten Gestalt.

»Schon beim Essen, mein lieber Otto?«

Der Mann schaute auf. Er war groß, sehr groß sogar. Obwohl

er saß, reichte er Herford bis zur Brust. Sein kurz geschnittenes grau werdendes Haar, die hohe Stirn, dichte Augenbrauen und ein Schnurrbart im ansonsten tadellos rasierten Gesicht verliehen ihm einen Hauch natürlicher Autorität.

In ein paar Jahren wird er Gewichtsprobleme bekommen, dachte Wilhelm, besonders dann, wenn er weiter so beeindruckende Mengen an Geflügel, Brot, Kartoffeln und Obst zu sich nimmt. Das Essen hätte für drei Männer gereicht, und nach den Überresten zu urteilen, die sich auf einem separaten Teller stapelten, musste der Mann einen enormen Appetit haben, der anscheinend noch immer nicht gestillt war.

»Nur ein kleiner Imbiss. Immerhin ist es schon vier Stunden her, seit ich das letzte Mal zu Tisch saß«, erwiderte der Mann mit erstaunlich hoher, etwas dünner Stimme. »Setz dich, August. Willkommen an meinem Tisch. Wen hast du da mitgebracht? Darf ich die Herren einladen, mir beim Essen Gesellschaft zu leisten? Oder darf es nur etwas zu trinken sein?« Die Worte kamen schnell, ohne erkennbare Pausen zwischen den Sätzen. Er sandte einen scharfen Blick durch den Raum, während er sprach, und ein Bediensteter eilte sofort auf ihn zu. »Es ist mir immer ein Bedürfnis, die Köstlichkeiten des Clubs zu probieren, so selten, wie ich in Berlin bin. In Frankfurt gibt es auch das ein oder andere, besonders die grüne Sauce, der Tafelspitz und natürlich der Äppelwoi sind nicht zu verachten, aber von echter junkerlicher Hausmannskost hat man dort wenig Ahnung. Wein?« Ohne die Antwort abzuwarten, wandte er sich an den wartenden Bediensteten. »Noch eine, nein, zwei Flaschen und weitere Gläser.«

»Dein Appetit ist nach wie vor ausgezeichnet«, meinte Herford amüsiert und setzte sich. »Es ist erstaunlich, dass deine Tätigkeit eine solche Menge an Energie erfordert.«

»Aktenstudium, Reisen, Aktenstudium, Reden, Aktenstudium, Gespräche und wieder Aktenstudium. Du weißt ja, wie das ist. Der Dienst in der Politik ist sehr aufreibend. Ich habe gelesen, dass das Gehirn die weitaus meiste Energie verbraucht, und ich habe mich bereits vor Jahren entschlossen, meinen Kopf zu benutzen.« Der Mann legte das Besteck zur Seite und nahm einen großen Schluck aus dem Weinglas. »Ich habe mir nur eine Kleinigkeit bringen lassen, da ich das Abendessen heute ausfallen lassen muss. Die Bedienung ist in dieser Hinsicht sehr kooperativ.«

»Das ist allein dein Privileg, Otto.« Herford dankte dem Bediensteten, der leise vom Tisch zurücktrat und im Hintergrund verschwand. »Wir Sterblichen müssen uns an die Hausordnung halten.«

Ohne zu fragen, schenkte der Mann aus der neuen Flasche drei Gläser voll, nahm einen weiteren kräftigen Schluck und sah Herford in die Augen. »Nun also, wen hast du mir da mitgebracht?«

»Darf ich vorstellen? Hermann Friedrich Wilhelm von der Heyden. Mein, wie ich immer noch hoffe, zukünftiger Mitarbeiter. Er unterstützt mich derzeit bei einem besonderen Fall. Und hier haben wir«, sagte Herford zu Wilhelm, »Otto von Bismarck, derzeit preußischer Gesandter am Bundestag in Frankfurt, dort verschwendet und besser an der Spitze eines Ministeriums aufgehoben.«

Bismarck lächelte kurz und prostete Wilhelm zu, der nach einer höflichen Verbeugung ebenfalls Platz genommen hatte.

»Und Otto … Du kannst vor ihm offen reden«, fügte Herford hinzu.

Bismarck betrachtete Wilhelm eingehend über den Rand seines Glases und nickte langsam. »In meinem Metier kommt das selten genug vor. Aber die Ratschläge meines Freundes August haben mich noch nie fehlgeleitet. Etwas zu essen? Teller scheinen ausreichend vorhanden zu sein.«

Bevor Wilhelm antworten konnte, fuhr Bismarck fort: »Von der Heyden? Ich erinnere mich an einen Offizier dieses Namens, der sich beim Polenaufstand 1830 ausgezeichnet hat.«

Wilhelm nickte. »Mein Vater. Er war zuletzt Oberst im 21. Infanterieregiment.«

»Unter dem Prinzen von Preußen, nicht wahr?« Bismarck tunkte Brot in die Geflügelbrühe. Auch jetzt wartete er nicht auf Antwort. »Richtig, der Prinz war damals kommandierender General des zweiten Armeekorps. Oder war es August von Preußen? Bei den vielen Nachkommen unseres hochherrschaftlichen Hauses kann man schon einmal den Überblick verlieren. Wie auch immer, bei den Pommern also. Viel zu tun hatten die Truppen freilich nicht, oder?«

»Sie hatten mehr mit der Cholera zu kämpfen als mit gegnerischen Soldaten«, sagte Wilhelm ausweichend.

Bismarck betrachtete eine Kartoffel, die er mit der Gabel aufgespießt hatte. Ohne auf das Thema weiter einzugehen, fragte er: »Und was macht Ihr Vater jetzt?«

»Er sitzt für unseren Kreis im Herrenhaus. Außerdem muss er sich um das Gut kümmern und geht ansonsten Neuerungen auf landwirtschaftlichem Gebiet nach –«

»Löblich, sehr löblich«, unterbrach Bismarck. Offenbar zog er das Reden dem Zuhören vor. »Wir Junker müssen mit der Zeit gehen, wenn schon nicht in der Politik, dann doch wenigstens bei unserer Lebensgrundlage. Ist Ihr Vater auch Landrat?«

»Er war es. Politisch beschränkt er sich auf das Herrenhaus.«

Bismarck schüttelte den Kopf. »Ein Posten in der ländlichen Verwaltung ist für unsereins immer von Vorteil. Vom Einfluss abgesehen stellt die Gratifikation eine angenehme Einkommenssteigerung dar. Ich habe gehört, dass einige unserer Standesgenossen inzwischen darauf angewiesen sind. Von einem weiß ich sogar, dass er sein Wahlrecht in der ersten Klasse aufgrund seines gesunkenen Einkommens nicht halten konnte.« Ein weiteres Glas wurde getrunken. »Welcher Fraktion gehört Ihr Vater an? Alte oder neue Fraktion? *Wochenblatt* oder *Kreuzzeitung*? Die einen sind eher unsere Preisklasse, aber leider, leider sehr auf Österreich fixiert. Von den anderen hat einer mehr als wir alle zusammen und kann es sich leisten, liberal aufzutreten. Oder besser freikonservativ, wie sie es selbst bezeichnen.«

Wilhelm sah hilfesuchend zu Herford. Dieser hatte sich zurückgelehnt, spielte mit seinem Weinglas und schien sich zu amüsieren.

»Verzeihung, ich verstehe nicht ganz …«

Herford lachte. »Otto, du musst meinen Begleiter entschuldigen. Politik ist nicht seine Sache, und die Verhältnisse in den Kammern schon gar nicht.«

»Und genau deshalb bist du hier, nicht wahr?« Es war eine Feststellung. »Erwartest du von mir eine Vorlesung über die politischen Verhältnisse in Preußen? Wann soll ich deiner Ansicht nach damit fertig sein? Bitte bedenke, dass ich nicht nur morgen nach Frankfurt, sondern heute Abend noch ins Kabinett muss. Ich meine das richtige Kabinett, nicht das Geheimkabinett der Gerlachs.« Bismarck sah auf einmal missmutig aus. Wilhelm hatte aber eher den Eindruck, als fühlte sich der Mann geschmeichelt.

»Mir schwebt eine grundlegende Einführung vor, ein Überblick gewissermaßen«, erwiderte Herford gleichmütig, ohne die Betrachtung des Weines einzustellen, den er sanft im Glas schwenkte. »Im Zusammenhang mit unserem Fall scheint es mir, dass den Beteiligten ein gewisses Maß an politischem Grundwissen nicht schaden könnte.«

»Tatsächlich?« Auch Bismarck lehnte sich zurück und schaute ohne Bedauern auf die halb leeren Schüsseln. »Wie kann ich unserer vortrefflichen Kriminalpolizei dabei helfen?«

»Mit mehr Mitteln und wesentlich mehr Polizisten«, sagte Herford gelassen. »Dazu müsstest du aber Minister sein, kein Gesandter. Zudem würden mich die letzten außenpolitischen Entwicklungen interessieren. Wir leben schließlich in unsicheren Zeiten.«

»Nun also.« Bismarck machte es sich bequem. »Beginnen wir also mit einem kurzen Abriss der außenpolitischen Verhältnisse und schauen uns danach die innere Lage unseres Landes an. Schenken Sie noch einmal nach, von der Heyden, das kann eine gewisse Zeit in Anspruch nehmen.«

Wilhelm füllte die Gläser und stellte fest, dass beide Flaschen bereits so gut wie leer waren. Er selbst hatte kaum ein halbes Glas zu sich genommen, Herford vielleicht etwas mehr. Aus dem Nichts erschien ein dienstbarer Geist, räumte die Flaschen und – nach einem kurzen Nicken Bismarcks – Teile des restlichen Geschirrs ab und verschwand auf die gleiche unauffällige Art. Bevor sich Wilhelm wieder auf seine Gesprächspartner konzentrieren konnte, kam er mit einer neuen Flasche.

Bismarck, der ungeduldig mit den Fingern auf das Tischtuch trommelte, sah dem Mann hinterher und fuhr erst fort, nachdem dieser außer Hörweite war. »Was Sie jetzt erfahren, von der Heyden, bleibt unter allen Umständen bei Ihnen. Ich weiß, dass mein Freund August Ihnen vertraut, und Sie erahnen vermutlich nicht ansatzweise, um welch große Auszeichnung es sich dabei handelt, aber lassen Sie sich auch gesagt sein, dass ausgeplauderte Geheimnisse mein Metier sind. Daher weiß ich auch, wie man mit ihnen umzugehen hat. Und mit denjenigen, die sie ausplaudern.«

Bismarck sah Wilhelm streng in die Augen. Kein Zweifel, dieser Mann konnte extrem bedrohlich wirken.

Wenige Augenblicke später begann Bismarck zu grinsen. Auch Herford gluckste.

»Jetzt starren Sie nicht wie das Kaninchen vor der Schlange.« Bismarck lachte. Im Gegensatz zur irritierend dünnen Stimme, die nicht so recht zur imposanten Gestalt passen wollte, war das Lachen laut und dröhnend. »Ich kann und werde Ihnen nichts erzählen, was Sie nicht durch das Studium der Zeitungen selbst erfahren könnten. Allerdings werden Sie durch meinen kleinen Kurs in die Lage versetzt, diese Informationen zu verstehen und einzuordnen. Wie das allerdings bei Ihren Ermittlungen helfen könnte, erschließt sich mir nicht.«

»Das wird es, mein lieber Otto.« Herford entnahm seiner Tasche einige Zigarren und reichte sie herum.

Zeit verstrich. Wilhelm hörte, wie der Regen gegen die Scheiben schlug, und hatte den Eindruck, dass er allmählich nachließ.

»*Quid pro quo*, wie immer. Nicht wahr, August?« Bismarck paffte einen perfekten Kringel und ließ ihn langsam Richtung Decke steigen.

»Genau wie immer, Otto. Du erfährst gleich im Anschluss an deine Ausführungen unseren aktuellen Ermittlungsstand.«

»Geht es um diese Explosionssache? War da nicht eine Dame aus Österreich involviert? Ich meine, etwas davon gelesen zu haben.«

»Aus der Bukowina. Genau um diese Sache geht es.« Herford machte eine Geste, die Bismarck zum Reden aufforderte.

»Soso.« Bismarck verzog grübelnd das Gesicht. »Das klingt spannend. Dann werde ich mich um Brillanz bemühen, meine Herren. Auf zum gemütlichen Teil des frühen Abends.« Er schob seinen Stuhl etwas zurück, öffnete zwei Knöpfe seiner Weste und schlug die Beine übereinander. Er beugte sich vor, fasste Wilhelm ins Auge und fragte: »Was sagt Ihnen Olmütz?«

33

Bismarck lehnte sich zurück, nahm einen Zug von der Zigarre und blickte an die Decke. Wilhelm fühlte sich an die Abende erinnert, die er in Seminaren in den Privatwohnungen seiner Professoren verbracht hatte. Auch diese hatten eher den Charakter von Vorlesungen gehabt, wenn auch in einem gemütlichen Umfeld.

»Nach der Niederschlagung der Revolution hat Außenminister Radowitz ein Projekt vorangetrieben, welches auf Basis des Dreikönigsbündnisses zwischen Preußen, Sachsen und Hannover die deutschen Staaten zu einer Union unter preußischer Führung zusammenschließen sollte. Daher kam es in Erfurt zum Unionsparlament, das die Bildung eines Bundesstaates beraten sollte, der gemeinsam mit Österreich einen weiteren Bund bilden würde. Das hätte eine enorme Aufwertung unseres Landes bedeutet. So weit klar?«

Wilhelm nickte. Er hatte es aufgegeben, nach einer Antwort zu suchen, die Bismarck ohnehin nicht erwartete.

»Österreich war darüber nicht amüsiert«, fuhr Bismarck fort. »Und es hatte starke Verbündete in unseren eigenen Reihen. Die Konservativen unter den Gerlach-Brüdern und meinem alten Freund Kleist-Retzow hintertrieben das Anliegen in den Kammern des Unionsparlaments. Österreich erreichte schließlich mit russischer Hilfe, dass Radowitz den Versuch aufgeben musste. Das Ergebnis war eine enorme Demütigung unseres Landes: Um einen möglichen Krieg mit Österreich und Russland zu vermeiden, mussten wir unsere Truppen demobilisieren, was – nebenbei bemerkt – nicht so viel Zeit in Anspruch nahm wie die vorhergehende unzureichende und langsame Mobilisierung. Einen Krieg jedenfalls hätten wir nicht durchgestanden. Der deutsche Bund besteht so bis zum heutigen Tag fort, und Österreich gibt den Ton an.«

Wilhelm nutzte die Gelegenheit, sich zumindest ansatzweise ins Gespräch einzubringen. »Auch mein Vater äußerte sich kritisch. Seiner Ansicht nach war die Landwehr überhaupt nicht einsatzbereit, und die Mobilisierung und Ausrüstung der regulären Truppen war wohl ebenfalls nicht auf dem erforderlichen Stand.«

»Ganz recht. Und was schlussfolgern wir daraus?«

Wilhelm überlegte und wählte seine Worte sorgfältig: »Eine Nation, die militärisch nicht schlagkräftig ist, wird auch politisch nicht ernst genommen?«

»Ha!«, Bismarck klatschte in die Hände. »August, ich beglückwünsche dich zu deinem Eleven. Einen brillanten Kopf hast du dir da herangezogen. Du solltest ihn behalten.«

»Das ist meine Absicht«, nickte Herford.

»Was ich nicht verstehe«, Wilhelm beugte sich vor und streifte die lang gewordene Asche seiner kaum angerührten Zigarre an einem Teller ab, »sind unsere Beweggründe für die Union. Was genau haben wir in Preußen davon?«

»Das hat innenpolitische Gründe, mein Lieber.« Bismarck starrte missmutig auf seine Zigarre. Sie war ausgegangen, und Herford schob wortlos ein weiteres Exemplar über den Tisch. »Sehen Sie: Wir sind Junker. Und wir möchten auch morgen noch Junker bleiben. Damit wir das aber können, müssen wir uns verändern. Eine Tatsache übrigens, die meine Kollegen nicht begriffen haben und – wie ich fürchte – auch nie begreifen werden.«

Bismarck rollte die Zigarre in der Hand, ohne sie anzuzünden.

Sein Blick verriet, dass er in Gedanken momentan nicht an diesem Tisch war. Vielleicht im Palais Thurn und Taxis in Frankfurt oder im Berliner Kabinett?

»Die Revolution von achtundvierzig ist nicht vom Himmel gefallen«, sagte er schließlich. »Unsere bürgerlichen Landsleute wollten ein großes Stück mehr vom Kuchen haben. Sie möchten ihre Waren günstig produzieren und teuer verkaufen, sie möchten Handel treiben, sie möchten Geld investieren, um noch mehr produzieren zu können, und sie möchten eine Umgebung, in der das alles möglich ist. Ein Land mit Dutzenden Grenzen, unterschiedlichen Maßen, einander widersprechenden Rechtsvorschriften und zahlreichen Steuern ist da nicht gerade förderlich. Wenigstens haben wir den Zollverein, der zumindest teilweise Abhilfe schafft. Um ihre Ziele zu erreichen, benötigen die Bürgerlichen politischen Einfluss. Diesen zu erlangen war der Grund für die Revolution. Sicher haben auch die Missernten und die steigenden Getreidepreise ihren Teil dazu beigetragen. Gut«, Bismarck wedelte mit der Hand, »wir konnten sie zurückschlagen – dieses Mal. Aber was kommt in Zukunft?«

»Für die Industrie und den Handel ist ein freier Warenverkehr ebenso wichtig wie der Fluss des Geldes«, warf Herford ein. »Und das wiederum funktioniert am besten in einem einheitlichen Staat oder wenigstens in Ländern mit annähernd gleichen Verhältnissen.«

»Ganz richtig.« Bismarck nickte zustimmend. »Das war die Grundlage der Unionsbestrebungen. Radowitz hat ganz richtig erkannt, dass ein solches Gebilde, wenn wir die Monarchie und unseren Status behalten wollten, nur unter preußischer Führung gedeihen konnte. Zugegeben, zu seiner Zeit sah ich das etwas anders, aber auch ich lerne dazu.«

»Bescheidenheit ist ein neuer Zug an dir.« Herford grinste.

»Keine Angst, du wirst diese Eigenschaft nicht allzu häufig

bei mir finden. Realismus hingegen schon.« Bismarck zündete endlich die Zigarre an. »Den Fortschritt kann man nicht aufhalten. Die Dampfmaschinen, die Eisenbahn, europaweit agierende Handelshäuser und Banken – all das wird weitergehen, immer schneller, immer radikaler. Und was machen wir Junker?«

Herford und Wilhelm schwiegen. Sie wussten mittlerweile, dass Bismarck keine Antwort erwartete.

»Wir haben nur die Chance, mit der Zeit zu gehen oder zu verschwinden. Wir sitzen auf kleinen und mittleren Gütern, diejenigen unserer Söhne, die nicht die Güter übernehmen, sind beim Militär oder anderweitig im Staatsdienst. Wir stützen die Krone, sie beschützt uns. Freilich, wir haben faktisch die volle Gerichtsbarkeit auf unseren Ländereien. Wir bestimmen über die Schule im Kreis, wir stellen die meisten Abgeordneten, wir besetzen alle wichtigen Verwaltungsposten, und doch …«

Bismarck schüttelte den Kopf. »Unsere Lebensgrundlage schwindet, meine Herren. Wie viele Rittergutsbesitzer können noch von den Erträgen ihrer Ländereien leben? Mit welch hohem Aufwand produzieren wir unsere Waren, und wie schlecht bekommen wir sie los? Einige, besonders Besitzer großer Güter, haben es begriffen: Sie führen industrielle Methoden ein, produzieren mehr und billiger. Ich habe sogar gehört, dass sie kleinere Güter aufkaufen, die Felder vergrößern und Maschinen in der Forstwirtschaft einsetzen. Wenn sie es nicht tun, stehen schon bürgerliche Kapitalgesellschaften bereit, um verarmten Adligen den Besitz abzukaufen und – nebenbei bemerkt – die damit verbundenen Rechte und Einflussmöglichkeiten zu übernehmen. Getreide, Holz, Rüben und Kartoffeln müssen auch verkauft werden. Nicht nur hier im Land, sondern in weiten Teilen Europas. Deshalb müssen wir immer mehr auf dem Markt Europas agieren und dabei natürlich alles berücksichtigen, was auf ihn Einfluss hat: Politik, Kriege, Regierungswechsel, Zollbarrieren und dergleichen mehr. Wenn wir das nicht tun, wird uns unsere Basis allmählich unter dem Hintern weggezogen. Die Masse unserer Standesgenossen begreift das aber nicht. Bildung war ohnehin nicht ihre Stärke, dafür aber Borniertheit und Sturheit.«

»Wenn ich mich recht entsinne«, warf Herford ein, »warst du achtundvierzig auch drauf und dran, Seiner Majestät mit bewaffneten Bauern zu Hilfe zu eilen.«

»Das war damals notwendig«, erwiderte Bismarck ungehalten. »Die Zukunft der Monarchie stand auf Messers Schneide, und ohne Monarchie sind wir gar nichts.«

»Jetzt ist es wieder ruhiger«, fuhr Bismarck nach einem Moment des Schweigens fort. »Aber wir haben nur Zeit gewonnen. Wenn wir als Junker bestehen wollen, müssen wir unsere Lebensweise ändern. Wir müssen uns anpassen. Und ja, wir müssen das eine oder andere Privileg auch aufgeben, um den Rest zu behalten und weiter den Staat zu führen. Die Altkonservativen, insbesondere die Gerlachs, hängen alten Ideen nach: Gottesgnadentum, Ständestaat, puritanische Lebensweise, Treue zu Österreich. Was für Torheiten! Was für ein selbstmörderischer Unsinn!«

Bismarck setzte sich aufgeregt vor, ergriff die Weinflasche und schenkte sich ein. Er blickte sich um, winkte der Bedienung und machte durch Gesten deutlich, dass er erneut und offensichtlich sehr schnell Nachschub wünschte.

»Diese Haltung macht sich auch in der Politik bemerkbar. Wir haben ein Kabinett, das in sich zerstritten ist. Und wir haben eine Art Geheimkabinett, in dem die Gerlachs und Manteuffels und wie sie alle heißen Seine Majestät direkt beraten. Das hatte zur Folge, dass Radowitz scheitern musste. Unsere Zukunft liegt aber in der Außenpolitik. Selbst wenn – und ich möchte betonen, wie schwer das ist, meine Herren –, selbst wenn es gelingt, unsere Junker auf einen modernen Kurs einzuschwören und zum Beispiel besser und mehr zu produzieren, stehen wir dann vor demselben Problem wie unsere bürgerlichen Freunde. Ohne Nationalstaat kommen wir nicht vom Fleck. Und in einem solchen Nationalstaat kann nur einer den Ton angeben. Wenn wir es nicht sind, ist es Österreich. Das ist das grundlegende Drama unserer Zeit, und alle Nachrichten in den Zeitungen, alle diplomatischen Verwicklungen, alle Auseinandersetzungen in den Kammern sind nur ein Ausdruck desselben.«

Bismarck hatte sich erschöpft und lehnte sich zurück. Wilhelm schenkte nach, und Bismarck nickte dankbar.

»Könnte es nicht eine Lösung mit Österreich geben? Immerhin sind wir befreundet«, fragte Wilhelm vorsichtig.

Bismarck starrte ihn an. »Junger Mann! Wenn Sie noch einmal einen solchen Unsinn von sich geben, ziehe ich meine Bemerkung hinsichtlich Ihrer Brillanz zurück. Schreiben Sie sich in Ihr Stammbuch: Staaten haben keine Freunde, Staaten haben Interessen!« Er schüttelte den Kopf und fuhr ruhiger fort: »Nein, es kann nur einen geben. Der alte Fritz hatte gesagt, dass in seinem Land alle nach ihrer Façon selig werden können. So ähnlich müssen auch wir agieren. Geben wir den Industriellen – insbesondere in der Rheinprovinz – die Möglichkeit zu produzieren, Handelsgesellschaften die Aussicht, auf einfache Art Geschäfte zu machen, modernisieren wir unsere Arbeitsgrundlagen, und wir haben kein Problem mehr, die Richtung unserer Staatsfregatte zu bestimmen. All das setzt aber über kurz oder lang einen Nationalstaat voraus. Und da ergeben sich in letzter Zeit einige interessante Möglichkeiten.«

Herford wandte sich um und winkte der Bedienung. »Wir werden Ihren köstlichen Kaffee benötigen. Bringen Sie uns bitte ein Service und etwas Cognac.«

Bismarck nickte beifällig. »Zunächst einmal müssen wir unser Militär neu strukturieren und ausrüsten«, fuhr er fort. »Ich verstehe davon nicht viel, weiß die Sache aber in fähigen Händen.

Da wir dafür etwas Zeit benötigen, können wir nach außen nicht gerade forsch auftreten. Was allerdings nicht schlecht ist. Mit dem Argument, dass unsere Armee nicht einsatzbereit ist, kann ich in Frankfurt einiges verhindern. Österreich plant nämlich, den Deutschen Bund gegen Russland zu mobilisieren. Wien hat gerüstet und seine Truppen an der russischen Grenze verstärkt. Solange der Kampf auf der Krim aber noch nicht entschieden ist, wird Österreich wenig bis nichts unternehmen. Und trotz des englischen Drängens werde ich Preußen heraushalten.«

Die Bedienung erschien mit einem Tablett mit Tassen, Milchkännchen und Kaffeekanne – alles in Silber und im orientalischen Stil gehalten.

Wilhelm ergriff die Kanne, begann einzuschenken und nutzte die Gelegenheit für eine Frage: »Ist das – mit Verlaub – nicht eher eine Sache der Regierung?«

Bismarck hob die Brauen. »Der Regierung? Ja sicher, die Regierung berät den König, und dieser trifft die Entscheidungen. Stellen Sie sich das so vor, junger Mann?« Er schüttete zwei Tropfen Milch in die Tasse und hob sie an die Lippen. Mit geschlossenen Augen schien er den Weg des Getränkes bis in den Magen zu verfolgen und nickte anerkennend. »Gegenwärtig ist Otto von Manteuffel Ministerpräsident, das wissen Sie als guter Bürger dieses Staates. Darüber hinaus ist er auch Außenminister und damit mein Vorgesetzter. Außerdem ist er erzreaktionär, wie selbst ich, ein nun wirklich eingefleischter Junker, es nie gewesen bin. Er lehnt jegliche liberalen Reformen ab und möchte in eine Zeit zurück, in der es keine Kammern gab und Seine Majestät – mithin also er selbst – nach Belieben schalten und walten konnte. Damit stimmt er mit meinen ehemaligen Freunden und Mentoren, den Gebrüdern Gerlach, überein. Sie vertreten darüber hinaus Ansichten, die in die Zeit vor Napoleon passen würden, vergessen aber dabei, dass es damals keine Industrie und kein nennenswertes Bürgertum gab. Außerdem sind sie sehr Österreich zugeneigt und halten alles, was aus England kommt, für Teufelszeug. Wenn Sie mehr darüber wissen wollen, müssen Sie die *Kreuzzeitung* lesen. Ich habe sie mitbegründet und liefere ab und zu immer noch Informationen. Man sollte schließlich keine Brücken abbrechen, wenn es nicht erforderlich ist.«

»Ich habe letztens wieder einmal einen Blick hineingeworfen«, schaltete sich Herford ein. »Die Redaktion scheint sich etwas beruhigt zu haben.«

»Das sollte sie auch«, erwiderte Bismarck. »Vor nicht allzu langer Zeit hat Hinckeldey den Chefredakteur verhaftet, weil dieser nicht mit den Namen der Autoren einiger Artikel herausrücken wollte, die dem König missfallen haben. Zwar wurde er dafür von ebendiesem König getadelt, was die konservative Fraktion beruhigte. Aber es hält ihn nicht davon ab, immer wieder Ausgaben zu beschlagnahmen.«

»Ich durfte in letzter Zeit mit der Erlaubnis von Hinckeldey einige Erfahrungen bei der Politischen Polizei machen«, sagte Wilhelm, der selten, eigentlich noch nie, einen solchen Kaffee getrunken hatte.

Herford bemerkte seinen Gesichtsausdruck. »Der Klub hat einen echten Türken. Er macht den besten Kaffee in ganz Berlin. Manche meinen, es sei der beste nördlich der Donau.«

Wilhelm nickte. »Meiner Ansicht nach ist die Politische Polizei selbst sehr konservativ. Sie beobachtet vor allem die liberale Presse und Mitglieder des Abgeordnetenhauses und jagt sogar Kommunisten, obwohl die nun wirklich kein Problem darstellen. Wenn sie also auf derselben Seite stehen, warum dann diese Auseinandersetzungen?«

Bismarck zog an seiner Zigarre. »Es gehört zur Eigenart der Polizei, ihre eigene Notwendigkeit unter Beweis zu stellen, nicht wahr, August?«

Bismarck grinste, Herford zuckte mit den Schultern.

»Um zu mehr Mitteln und mehr Einfluss zu kommen, muss man manchmal etwas Musik machen. Man beschwert sich über eine ungenügende Ausstattung, weist Widersacher in die Schranken, jagt Gespenster oder erfindet sie zur Not gleich selbst. Lassen Sie, ich mache das schon.« Bismarck schenkte nach und rief nach der Bedienung. »Überhaupt geht es immer um Einfluss. In unserem Land regiert Seine Majestät. Theoretisch. Er ernennt das Kabinett, das nur ihm verantwortlich ist. Die Kammern sind zweigeteilt. Die Mitglieder im Herrenhaus werden prinzipiell vom König ernannt, die Mitglieder des Abgeordnetenhauses werden gewählt. Da dies nach dem Dreiklassenwahlrecht geschieht, sollte eigentlich eine konservative Mehrheit oder zumindest eine starke konservative Fraktion gegeben sein. Wer also etwas werden will, tut gut daran, sich bei den Konservativen zu engagieren. Darüber hinaus hält sich der König eigene Berater – das Geheimkabinett um die Gerlach-Brüder zum Beispiel. Diese haben natürlich enormen Einfluss auf den König und nutzen ihn für die Verwirklichung ihres Ständestaates. Auf der anderen Seite sind die Liberalkonservativen auch nicht müßig. Sie erinnern sich, dass ich Sie nach dem *Wochenblatt* gefragt habe?«

Wilhelm nickte zustimmend.

»Das ist deren Zeitung. Ich habe mir erlaubt, den einen oder anderen Artikel beizusteuern. Anonym, versteht sich. Denn auch hier gilt das Gesagte über die Brücken.« Bismarck grinste, betrachtete die Spitze seiner Zigarre und griff nach seinem Cognac. »Diese Partei hat ebenfalls Leute in der Umgebung des Königs. Den Kriegsminister Bonin zum Beispiel, den Gesandten Graf von der Goltz oder den Abgeordneten Bethmann Hollweg. Auch der königliche Prinz scheint ihnen zuzuneigen. Sie alle haben verstanden, dass man ohne die Gefahr eines neuen Aufstandes nicht mehr in die Zeit vor der Verfassung zurückgehen kann. Außerdem haben sie gute Verbindungen zur Industrie in den rheinischen Provinzen und führen selbst zum Teil große Güter oder sind an Fabriken beteiligt. Um ihre Ziele zu verwirklichen, benötigen sie einen Verfassungsstaat und teilweise weitreichende Reformen auf wirtschaftlichem und rechtlichem Gebiet. Darin haben sie recht, ebenso mit ihrer Ansicht, dass Deutschland nicht von Österreich, sondern von Preußen geführt werden muss. Allerdings neigen sie derzeit dazu, sich an der Seite Englands im Krieg auf der Krim zu engagieren. Mittlerweile mag ich die Burschen, aber mehr Einfluss sollten sie besser nicht bekommen. Kuchen!«

Herford und Wilhelm sahen fragend auf.

»Mein Gott!«, Bismarck hieb auf den Tisch. »Fast hätte ich das Wichtigste vergessen. Meine Herren, der Kuchen!«

Jetzt auch noch Kuchen? Wilhelm fragte sich verwundert, wohin Bismarck das alles steckte. Ob er jeden Tag so speiste? Der Bedienstete erschien mit einem Kärtchen. Hatte der Mann auf diesen Moment gewartet?

»Alfred, Sie schickt der Himmel.« Bismarck wies auf seine Gesprächspartner. »Ich nehme wie immer die Schwarzwälder … und die Herren?«

Wilhelm winkte ab. Herford hingegen studierte ungerührt die Karte.

»Erlauben Sie …«, brachte sich der Kellner ein, »zu festlichen Anlässen kredenzen wir unser großes Sortiment an feinen Torten, Petits Fours, Gâteaux Mêlés, Süßspeisen und vielerlei Konfekt. Aber auch heute dürfte unser delikater Baumkuchen, welchen wir nach überliefertem Rezept vor offenem Feuer backen, eine ausgezeichnete Wahl sein.«

Herford nickte, und Alfred eilte davon.

»Der Klub ist für manche Dinge berühmt«, erklärte Herford, »aber der Baumkuchen ist eine ganz besondere Delikatesse.«

»Wie auch immer«, fuhr Bismarck fort. »Diese beiden bedeutenden Fraktionen kämpfen um Einfluss beim König. Sie versuchen, sich gegenseitig auszustechen, hier eine Verordnung durchzubringen, dort ein Amt an eine genehme Person zu vermitteln und allgemein die Politik nach ihren Grundsätzen zu bestimmen. All das erklärt, warum unser König mal diese, mal jene Entscheidung trifft und warum unsere Politik im Inneren wie Äußeren nicht immer geradlinig erscheint. Und dann gibt es noch das Abgeordnetenhaus. Nach der verlorenen Revolution sind dort die Liberalen und Demokraten mittlerweile in der Minderheit. Im Gegensatz zu unserer konservativen Mehrheit glaube ich aber nicht, dass das immer so bleiben wird. Bei allem, was man unternimmt, muss man auch diese Kräfte auf der Rechnung haben. Diese Leute haben schon einmal eine Revolution gemacht, warum also keine zweite? Wenn man Gerlach und Freunde weitermachen lässt, wird das über kurz oder lang passieren. Gewinnen die Liberalkonservativen die Oberhand, können wir es hinauszögern oder gar komplett verhindern. Dazu muss ich uns außenpolitisch aber erst einmal Ruhe verschaffen.«

»Mit Zugeständnissen, nehme ich an?« Herford drückte seine Zigarre aus.

»Ganz genau. In Maßen, versteht sich.« Bismarck nickte.

Alfred erschien mit dem Kuchen und stellte zwei große Stücke vor Bismarck und Herford. »Gestatten Sie mir die Anmerkung, Herr von Bismarck, dass Ihr Sekretär im Foyer wartet. Er scheint beunruhigt zu sein.«

Bismarck zog eine Taschenuhr aus der Weste. »Die Zeit wird tatsächlich knapp. Alfred, seien Sie doch so gut, reichen Sie meinem Sekretär ein Getränk, und teilen Sie ihm mit, dass wir bald aufbrechen werden.«

»Sehr wohl.« Alfred senkte das Kinn um zwei Zentimeter.

»Eine Berliner Weisse dürfte ihm zusagen. Wir beziehen direkt von Landré in der Münzstraße.«

»Könnte ich auch eine Weisse bekommen?« fragte Wilhelm. Alfred musterte ihn einen Moment, nickte und deutete einen Diener an.

»Sie sprachen von Grundsätzen. Sie scheinen doch etwas Löbliches zu sein«, fuhr Wilhelm fort, während Alfred davonschritt.

»Ganz recht.« Bismarck nickte. »Ich habe nichts gegen Grundsätze, solange andere nach ihnen handeln. Kennt man die Grundsätze eines Mannes, weiß man auch, wie er sich entscheiden wird. Das macht ihn berechenbar. So kann man der einen Seite dieses geben, der anderen Seite jenes. Man kann sich für ein Vorhaben Verbündete wählen, man kann andere Politiker in eine nebensächliche, gleichwohl für sie wichtige Auseinandersetzung schicken und währenddessen sein eigenes Vorhaben durchbringen. Meine ganze Tätigkeit in Frankfurt ist damit eigentlich beschrieben. Hier darf man nicht zimperlich sein. Leute mit Grundsätzen sind es schließlich auch nicht. Im Gegenteil: Geht es nicht nach ihrem Willen, sind sie am Ende bereit, die härtesten Mittel einzusetzen. Das kann bis zum Staatsstreich gehen.«

»Aber auch Sie haben Grundsätze?«, fragte Wilhelm. »Oder nicht?«

»Natürlich, mein junger Freund.« Bismarck lachte. »Aber nur einen. Mein Grundsatz ist: Ich habe Politik im Interesse unseres Landes und seiner Krone zu machen. Auch wenn das bisweilen an der Regierung vorbei geschehen muss.«

34

Alfred tauchte neben Wilhelm auf. In der einen Hand hielt er eine Kruke aus Ton, in der anderen ein breites hohes Glas ohne Fuß und Henkel. Er hielt Kruke und Glas beim Einschenken auf gleicher Höhe. Überrascht musterte Wilhelm den Vorgang.

»Die Hefe muss in der Kruke zurückgehalten werden«, erläuterte Alfred, goss langsam weiter ein und stellte schließlich das Glas mit einem breiten Schwung vor Wilhelm ab. »Möchte der junge Herr dazu einen Kümmel oder Korn? Ich darf anmerken, dass in unserem Haus die neue Mode, Zucker- oder Fruchtsirup zu reichen, zu meinem Bedauern nicht geschätzt wird. Ich darf Ihnen versichern, dass ich an dieser Problematik arbeite.«

»Vielen Dank, die Weisse allein reicht vollkommen.«

Alfred nickte und verschwand. Hatte der hagere Mann mit den kalten Augen ihm tatsächlich zugezwinkert?

Herford klang überrascht, als er sagte: »Mein lieber von der Heyden. Sie scheinen Alfreds Herz erweicht zu haben. Zu solch ausschweifenden Vorträgen hat er sich meines Wissens noch nie hinreißen lassen.«

»Vielleicht sollte ich den jungen Mann unter meine Fittiche nehmen.« Bismarck murmelte undeutlich. Kauend betrachtete er das letzte Stück seines Kuchens mit der Kirsche auf der Sahne. »Aus ihm könnte ein Diplomat werden.«

»Aus ihm könnte einiges werden, eine klare Führung vorausgesetzt«, erwiderte Herford ruhig. »Mit seinen Fähigkeiten ist er bei mir aber gut aufgehoben.«

»Welche Fähigkeiten sind das?« Bismarck hatte sich zurückgelehnt, den Kopf in die Hand gestützt und betrachtete Herford aufmerksam.

»Schnelle Auffassungsgabe, gesundes Selbstbewusstsein, herausragende Allgemeinbildung. Ein Polizist, wie er im Buche steht.«

»Ich frage mich, was das wohl für ein Buch sein soll«, stichelte Bismarck.

»Außerdem«, fuhr Herford fort, ohne auf den Spott seines Freundes einzugehen, »verfügt er über die außerordentliche Begabung, sich an alles Gesehene detailliert zu erinnern.«

Wilhelm sah überrascht auf. Woher wusste Herford das? Er hatte ihm gegenüber nie davon gesprochen, und er war sich auch sicher, dass Johann nichts von ihren kleinen Spielchen erwähnt haben würde.

»Schließen Sie die Augen. Sofort!«, sagte Bismarck scharf und beugte sich vor.

Wilhelm gehorchte umgehend.

»Sie haben Alfred gesehen. Beschreiben Sie sein Äußeres.«

»Schmal, größer als ich, aber kleiner als Sie, Herr von Bismarck. Er hat kurze graue Haare, blaue Augen und zwei kleine Narben. Eine befindet sich auf seinem rechten Handrücken, eine kurz vor seinem linken Ohr. Vielleicht sollte ihn jemand darauf hinweisen, dass der oberste Knopf seiner Weste sich zu lösen beginnt –«

»Ich bin sehr angetan und danke dem jungen Herrn für den Hinweis«, sagte Alfred hinter ihm. »Für jemanden in meiner Position ist ein solcher Fauxpas geradezu unverzeihlich. Bevor ich diesen Fehler korrigiere, möchte ich Exzellenz fragen, ob ich auch dem Kutscher ein Getränk anbieten darf? Er sprach von schwierigen Straßenverhältnissen und schien noch beunruhigter als der Sekretär zu sein.«

»Tun Sie das bitte, Alfred.« Bismarck wandte sich ab und sah

Wilhelm in die Augen. »Die Demonstration genügt. Betrifft diese Fähigkeit auch das Lesen und Hören?«

»Tatsächlich kann ich mir fast alles merken, was ich lese. Ich weiß zumeist auch, an welcher Stelle der betreffende Text stand.«

»Zweiter Absatz auf Seite zwölf, in der Art?« Bismarck war weiter sehr aufmerksam.

»Zweiter Absatz ja, auf der linken Seite. Die Seitenzahlen merke ich mir nie. Fragen Sie mich bitte nicht, warum das so ist.«

»Hm.« Bismarck nickte. »Und wie ist das mit dem Hören? Was habe ich vorhin über das Abgeordnetenhaus gesagt?«

»›Dann gibt es noch das Abgeordnetenhaus. Nach der verlorenen Revolution sind dort die Liberalen und Demokraten in der Minderheit. Im Gegensatz zur konservativen Mehrheit glaube ich aber nicht, dass das immer so bleibt. Bei allem, was man unternimmt, muss man auch diese Kräfte auf der Rechnung haben. Diese Leute haben schon einmal Revolution gemacht, warum also keine zweite?‹ Stimmt das so?«

Herford zuckte mit den Schultern.

Bismarck hob eine Augenbraue. »Woher soll ich das wissen? Inhaltlich stimmt es auf jeden Fall, und die Wortwahl klingt nach mir. Beeindruckend. Kann man das auch von euren Ermittlungsergebnissen sagen, August?« Bismarck sah Herford fragend an.

»Jetzt bin ich also an der Reihe, wie?«

»*Quid pro quo*, alter Freund.« Bismarck lehnte sich entspannt zurück. »Ich muss aber auf einer Kurzfassung bestehen. Zwar ist es oft nicht von Übel, andere auf sich warten zu lassen, aber ich muss auch meiner Sorgfaltspflicht für den Gemütszustand meines Sekretärs nachkommen.«

»Den Kutscher nicht zu vergessen.«

»Ganz recht. Wer wäre ich, den Rat und Willen meines Kutschers zu missachten. Diese Leute wissen zum Teil mehr über mich als meine Frau.«

Herford lächelte, wurde aber gleich wieder ernst. »Ich wünschte, wir hätten bei unseren Ermittlungen etwas Entscheidendes herausgefunden, ob mit oder ohne Hilfe der außerordentlichen Fähigkeiten unseres jungen Freundes. Tatsächlich tappen wir im Dunkeln, noch schlimmer, wir sind absolut verwirrt.«

»Und wie kann ich helfen?«

»Wir sind auf Dokumente gestoßen, die auf eine Beteiligung ausländischer Gruppierungen schließen lassen.«

»Tatsächlich? Klingt interessant.«

»Das Opfer ist Beatrice Wassilko von Kerecki. Ihre Familie ist in der Bukowina ansässig oder dort wohl recht bedeutend.«

»Bedeutend ist eine Untertreibung. Dieser Familie gehört die Bukowina, jedenfalls der österreichische Teil.«

Herford sah erstaunt auf.

»Aktenstudium, mein lieber August.« Bismarck lächelte. »Ich bin es gewohnt, mich vollständig zu informieren. Im Zusammenhang mit dem gegenwärtigen Krieg habe ich mich mit allen möglichen Fragen befasst, darunter die zur Lage in den Grenzregionen. Dort stehen mittlerweile starke Truppen des Kaisers. Das wiederum missfällt dem Zaren, der auf der Krim kämpft und keinen weiteren Kriegsschauplatz möchte.«

»Inzwischen steht fest, dass die junge Gräfin durch eine Bombe getötet wurde.« Herford schüttelte missmutig den Kopf. »Dann wurde uns ein angesengtes Dokument zugespielt. Viel war nicht mehr zu erkennen, aber es wurde doch deutlich, dass die Dame bedroht wurde. Augenscheinlich sollten die Kereckis sich für die weitgehende Unabhängigkeit der Bukowina einsetzen. Sollten sie das ablehnen, sei man zu drastischeren Maßnahmen bereit.«

»Das wird gedeckt durch Teile einer Art Manifest, das kurz darauf auftauchte. Im Archiv der Politischen Polizei gab es aber weiter keine Hinweise«, ergänzte Wilhelm.

Bismarck hob erstaunt die Augenbrauen.

»Hinckeldey hat uns Zugang verschafft. Wir haben die Dokumente übersetzen lassen. Aus dem Rumänischen, wenn ich mich recht erinnere«, fügte Herford hinzu.

»Was stand in dem Manifest?« Bismarck wandte sich an Wilhelm.

»Nicht viel, offen gestanden.« Wilhelm nippte an seiner Weissen. »Es gab nur drei fast zerstörte Blätter, die nicht aufeinander folgten. Möglicherweise waren es früher um die zwanzig Blätter. Wenn wir es richtig verstanden haben, möchte eine nicht benannte Gruppierung das unabhängige Fürstentum Moldau wiederaufleben lassen. Ich habe nachgelesen: Das Fürstentum mit der Hauptstadt Suceava bestand bis in das sechzehnte Jahrhundert hinein. Danach gehörte es zur Hohen Pforte, und seit etwa fünfzig Jahren ist es zwischen Österreich und Russland aufgeteilt.«

»Merkwürdig.« Bismarck sah sinnend dem Rauch seiner Zigarre nach, der an der Decke eine ansehnliche Nebelschicht zu bilden begann. Schließlich beugte er sich vor und griff nach dem Geschirr. »Sehen wir uns die Sache einmal näher an. Das hier ist Russland.«

Bismarck stellte die leere Kanne Kaffee an eine Ecke des Tisches. Daneben platzierte er eine Tasse. »Das ist Österreich … und hier sind wir.« Ein Cognacglas folgte. »Dann haben wir England und Frankreich.« Zwei weitere Gläser, allerdings auf der anderen Seite des Tisches. »Und Sardinien-Piemont. Die beteiligen sich auch an der Sache.« Das Milchkännchen wurde an seinen Platz geschoben.

Bismarck überlegte einen Augenblick. »Nun noch das Osmanische Reich«, sagte er dann und schob das Silbertablett neben die Kanne und die Tasse. »Und dies hier«, er öffnete den Salzstreuer und streute eine feine Linie zwischen Tablett, Kanne und Tasse, »ist die Grenze zwischen Österreich, Russland sowie die Westküste des Schwarzen Meeres. Und schließlich …« Bismarck verschloss den Salzstreuer und platzierte ihn auf der Linie. »Voilà – die Bukowina höchstselbst.«

Schweigend betrachteten die Männer das Arrangement.

»Hm.« Bismarck stützte das Kinn in die Hand. »Tatsächlich würde die Bukowina bei einem möglichen Konflikt zwischen Sankt Petersburg und Wien eine gewisse Rolle spielen. Daher wäre es nicht verwunderlich, wenn eine oder gar beide Seiten hier bereits etwas vorarbeiten würden. Allerdings …«

Herford und Wilhelm sahen Bismarck fragend an.

»Allerdings traue ich weder Russland noch Österreich derzeit solche Aktivitäten zu. Im gegenwärtigen Stadium hätten beide Seiten wenig von einer Insurrektion. Außerdem bedarf es einer gewissen Vorbereitung und des Rückgriffs auf lokale Kräfte. Und hier liegt der Hase im Pfeffer. Es gibt sie nicht. Oder besser gesagt, mir sind keine bekannt.«

»Was bei deinem ausgedehnten Aktenstudium dasselbe bedeutet«, versetzte Herford.

»Du schmeichelst mir«, antwortete Bismarck. »Aber es besteht gleichwohl eine geringe Wahrscheinlichkeit, dass ich mich irre. Viel wichtiger erscheint mir der Umstand, dass die Kerecki eine Österreicherin war. Ich kann mir beim besten Willen nicht vorstellen, dass die Österreicher eigene Bürger aus dem Weg räumen. Das wäre völlig absurd. Auch die Russen machen so etwas nicht. In der Bukowina leben hauptsächlich Rumänen, Ruthenen, Juden und einige Deutsche. Sie haben nichts außer Schafzucht und einer ärmlichen Landwirtschaft. Wenn ich richtig mit meiner Einschätzung liege, dass es dort niemanden gibt, der an Aufstand und Freiheit denkt … Nun, was folgt daraus, junger Mann?«

»Dann gibt es auch keine Gruppe, die einen Anschlag ausführen könnte«, erwiderte Wilhelm.

»Oder ein Manifest schreiben würde«, ergänzte Herford.

Bismarck nickte. »Dennoch ist die Frau tot und ein Manifest aufgetaucht. Nebst Drohbriefen, nicht zu vergessen. Was schlussfolgern wir?«

»Jemand anders hat es geschrieben. Und die Bombe gelegt.« Herford kratzte sich am Kopf.

»Und dieser Jemand hat ganz eigene Pläne. Vor allem aber hat er Möglichkeiten, enorme Möglichkeiten«, sagte Bismarck. »Er vermag, Dokumente zu fälschen und, noch viel wichtiger, diese im Archiv der Politischen Polizei zu platzieren.«

»Nicht ganz«, warf Wilhelm ein. »Die Teile des Manifestes wurden anonym bei einem Mitarbeiter des Innenministeriums abgegeben. Der hat sie wiederum an die Politische Polizei übergeben.«

»Hat der Mann einen Namen?«

»Franz Karl von Brenkendorff. Ein Nachbar aus meinem Heimatort.«

Bismarck schüttelte den Kopf. »Der Name sagt mir im Moment nichts. Weitere Dokumente?«

»Offen gestanden nicht viel. Das Archiv ist zwar umfangreich und wohlgeordnet. Die Dokumente über die Bukowina befinden sich in der Abteilung Ost. Wir haben eine Karte und eine Aufstellung der dortigen Adelshäuser gefunden. Außerdem einige Zeitungen, das war es.«

Bismarck strich über seinen Bart. »Ist dieser Brenkendorff vertrauenswürdig?«

Wilhelm sah Herford an. Dieser zuckte mit den Schultern.

»Franz Karl ist erst seit einigen Monaten im Innenministerium. Wir sind verfeindet, eine Sache aus Kindheitstagen. Ich dürfte daher also voreingenommen sein«, sagte Wilhelm zögernd.

»Ich kann mir nicht vorstellen«, warf Herford ein, »dass ein solch junger Mann, der gerade in seine erste Stellung eingerückt ist, mit derart komplexen Vorgängen zu tun haben könnte.«

»Ich hingegen kann mir eine Menge vorstellen«, versetzte Bismarck. »Vielleicht weiß er überhaupt nichts, vielleicht wird er benutzt? Ich würde mir ihn und seine Verbindungen jedenfalls näher anschauen. Wenn ihm die Dokumente zugespielt wurden, steckt dahinter ein Interesse. Über dessen Natur wissen wir nichts, aber es muss ziemlich stark sein. Schließlich sollten die Dokumente Beachtung finden.«

»Ich hatte den Eindruck, dass Franz Karl genauso überrascht war wie ich«, warf Wilhelm ein.

Alfred erschien neben Bismarck. »Mittlerweile stehen sowohl Ihr Sekretär als auch Ihr Kutscher vor der Tür. Mir scheint, dass ihre Beunruhigung gewachsen ist.«

Bismarck hob die Brauen und sah auf seine Uhr. »Oh. Tatsächlich. Ich sollte mich sputen. Alfred, teilen Sie bitte den Männern mit, dass ich in fünf Minuten zum Aufbruch bereit bin.« Er erhob sich und rückte seine Kleidung zurecht. »Nebenbei … Wohnte die Dame allein?«

»Nein. Es war auch nicht ihre Wohnung, sondern die ihres Verlobten.« Auch Herford erhob sich, gefolgt von Wilhelm. »Es handelt sich um einen gewissen Josef Baron Holly auf Mersdorf.«

»Die Mersdorfs?« Bismarck grinste. »Diese Familie ist mir sehr wohl bekannt. Schwerreich, macht in Zink und Industrie. Sitzt im österreichischen Teil Schlesiens und möchte wohl gern in den preußischen Teil expandieren.«

»So viel haben wir auch bereits herausgefunden.« Herford schien verstimmt.

»Kopf hoch, August.« Bismarck tätschelte seine Schulter. »Immerhin ist dies eine weitere denkbare Spur. Eine Bombe kann doch auch einmal den oder, in diesem Fall, die Falsche töten, oder nicht?«

»Wenn die Dokumente ein Ablenkungsmanöver sind«, warf Wilhelm ein, »müsste unser Unbekannter aber sehr schnell handeln, nachdem der Anschlag schiefgegangen ist. Und Mersdorf wäre dann noch immer in Gefahr.«

»Brillant, ich sage es ja.« Bismarck ließ sich in den Mantel helfen, den Alfred gebracht hatte.

»Momentan dürfte Mersdorf außer Gefahr sein. Schließlich befindet er sich in Polizeigewahrsam«, sagte Herford.

»Da ist noch dieses Dokument, das wir in Mersdorfs Firma gefunden haben«, insistierte Wilhelm.

»Das Problem der Thronfolge?« Herford schüttelte den Kopf. »Ich habe doch bereits erwähnt, dass hierüber in Freimaurerkreisen nichts bekannt ist.«

Bismarck hielt inne. »Freimaurer? Was hat es damit nun wieder auf sich?«

»Einige dahingeschriebene Notizen«, antwortete Herford ungehalten. »Angesichts des Gesundheitszustandes Seiner Majestät wird über die mögliche Thronfolge spekuliert. Der Verfasser vertritt die Ansicht, dass der nächste Regent unabhängig von den Altkonservativen agieren sollte. Man verspricht sich davon liberale Reformen. Insbesondere die Industrie soll gefördert werden.«

»Scheint mir weit hergeholt zu sein.« Bismarck knöpfte seinen Mantel zu. »Freimaurer sind so gut wie alle – Seine Majestät selbst, der Prinz von Preußen, die halbe Regierung und selbst du, mein lieber August … Manchmal frage ich mich, wer in meiner Umgebung nicht Freimaurer ist.«

»Zumal allerorten davon ausgegangen wird, dass Prinz Wilhelm im Fall der Fälle die Staatsgeschäfte übernimmt«, stimmte Herford zu.

Bismarck nickte. »Meine Herren. Wer auch immer unser Unbekannter ist und was er im Schilde führt, eines dürfte klar sein:

Er ist schnell, umsichtig und verfügt über große Mittel und Möglichkeiten. Das sollte den Kreis der Verdächtigen schrumpfen lassen. Ich empfehle Ihnen, sich mit dem Hintergrund der Dame und ihres Verlobten auseinanderzusetzen. In der Bukowina werden Sie jedenfalls nichts finden. Es hat mich gefreut, junger Mann.«

Bismarck reichte Wilhelm die Hand. Sein Händedruck war fest. Er wandte sich an Herford. »Halte mich auf dem Laufenden. Vielleicht kann ich die eine oder andere Erkenntnis gebrauchen.«

Bismarck wandte sich ab und folgte Alfred in Richtung Ausgang, wo zwei Männer in der Tür standen und warteten. Dort drehte er sich noch einmal um. »August, eine kleine Warnung. Wer über solche Möglichkeiten verfügt, kann gefährlich werden. Sehr gefährlich. Damit meine ich nicht nur deine Gesundheit und die deiner Männer, sondern auch deine Stellung und berufliche Perspektiven. Sei also vorsichtig.«

Der Gesandte hob die Hand zum Abschied, winkte kurz und verschwand Augenblicke später durch die Tür, sich bereits über ein Dokument beugend, das ihm einer der Männer gereicht hatte.

35

Nachdem Herford und Wilhelm sich wieder gesetzt hatten, schwiegen sie eine Zeit lang. Herford spielte versonnen mit seinem Glas, und Wilhelm blies verstohlen den Streifen Salz vom Tisch.

»Wenn Otto recht hat, und das hat er meistens«, setzte Herford schließlich zu sprechen an, »stehen wir vor einem großen Problem. Wir haben einen Gegenspieler, der uns an der Nase herumführt, und wir wissen nicht einmal, warum. Das ärgert mich enorm.«

»Mir erschienen seine Darlegungen überzeugend«, stimmte Wilhelm zu. »Er ist allgemein eine sehr überzeugende Persönlichkeit.«

»Wir werden in Zukunft noch einiges von ihm hören, denke ich. Er hat das Zeug zu einem ganz Großen, und wenn er erst einmal an verantwortlicher Stelle steht …« Herford versank wieder ins Grübeln.

»Einige Dinge sehen wir doch nun etwas klarer.« Wilhelm rieb sich die Augen. Das Gespräch hatte ihn mehr erschöpft, als er gedacht hätte. Zahlreiche Informationen schwirrten in seinem Kopf umher und knüpften mit den Gesprächsfetzen, die er interessant gefunden hatte, immer neue Verbindungen, lösten sich wieder voneinander und fügten sich auf neue Weise. »Die Theorie mit der Bukowina können wir wohl zu den Akten legen«, fuhr er fort. »Wenn es sich um ein Ablenkungsmanöver handelt, sollten wir uns überlegen, wer daran ein Interesse haben könnte und was er verbergen möchte.«

»Auch diese Freimaurergeschichte behagt mir ganz und gar nicht. Mersdorf war in den Verhören nicht aufrichtig, aber Vorweg berichtete, dass er erstaunt wirkte, als ihm die Unterlagen vorgelegt wurden. Meines Wissens ist er seit zwei Jahren in Berlin, ist aber noch nie in einer Loge gesehen worden.« Herford seufzte.

»Angenommen, auch diese Spur stellt eine Ablenkung dar«, spekulierte Wilhelm. »Dann sind die Möglichkeiten unseres Unbekannten weit größer als gedacht. Immerhin haben wir sie in Mersdorfs Firma gefunden.«

Herford setzte sich vor. »Ganz recht. Hier sollten wir ansetzen. Wer ist in der Lage, schnell Dokumente herzustellen? Wer kann sie verdeckt der Polizei zuspielen? Wer kann sie in die Firma einschmuggeln?«

»Und er muss in der Umgebung von Mersdorf und dem Opfer zu finden sein«, fügte Wilhelm hinzu. »Alles andere ergibt wenig Sinn.«

»Das ist richtig«, sagte Herford und zündete sich eine Zigarre an. »Auch eine zum Abschluss?«

Wilhelm lehnte dankend ab. Kaffee, Cognac, Kuchen, die Berliner Weisse und – wenn er richtig gezählt hatte – drei Zigarren hatten ihm zugesetzt. »Dann sollten wir uns die Lebensumstände des Paares noch einmal genauer anschauen. Immerhin sind wir dem Gedanken eines möglichen Liebhabers noch nicht nachgegangen«, sagte er.

»Ein Liebhaber, der seinen Rivalen aus dem Weg räumen wollte und die Geliebte erwischt hat? Welch ein Melodram.«

»Warum nicht? Ein Liebhaber, der über ausreichend Fähigkeiten und Einfluss verfügt, um rasch eine groß angelegte Vertuschungsaktion durchzuführen, auf jeden Fall.«

Herford schwieg nachdenklich und nickte dann. »Das weiße Pulver nicht zu vergessen. Als ich es gekostet habe, wurde meine Zunge taub. Merkwürdig das.«

»Erythroxylin. Es kann sowohl Medizin als auch Teufelszeug sein. Im Moment erkenne ich allerdings nicht, wie es uns in dieser Angelegenheit weiterhelfen kann.«

Herford lächelte leicht. »Es fällt mir auf, dass Sie immer mehr das Wort *uns* gebrauchen. Das gefällt mir und stimmt mich hoffnungsvoll.« Er setzte sich vor und legte seine Hand auf Wilhelms Arm. »Ich möchte Sie wirklich gern bei uns sehen, mein Junge. Sicher, es wird nicht einfach, und Ihr Lebensstil wäre nicht der eines reichen Schnösels. Aber das ist ohnehin nicht Ihr Ziel, oder? Auch die Probleme mit Vorweg lassen sich lösen. Schauen Sie nicht so, ich habe die Spannungen bemerkt. Er ist ein hervorragender Polizist und wird sich an Ihre Anwesenheit gewöhnen, zumal er Leistung schätzt. Und Sie haben die wohl einmalige Gelegenheit, am Aufbau von etwas völlig Neuem mitzuwirken. Angesichts der Verhältnisse dort draußen«, Herford wies vage in Richtung der Fenster, »brauchen wir eine schlagkräftige Polizei mit den besten Köpfen unseres Landes. Ich will diese Polizei, jedenfalls ihren Kriminalbereich, aufbauen und zur besten Truppe in Deutschland machen. Berlin und seine Bürger benötigen dringend diesen Schutz. Ist das nichts?«

Wilhelm war gerührt. Der alte Freund seines Vaters hatte noch nie so emotional zu ihm gesprochen. »Allerdings wäre das eine interessante Herausforderung«, stimmte er zu. »Und wenn ich sehe, was wissenschaftlich und technisch in naher Zukunft zur Verfügung stehen wird, ergeben sich zahlreiche Möglichkeiten. Aber Sie wissen, dass mein Vater wohl andere Perspektiven für mich im Auge hat.«

»Lassen Sie das meine Sorge sein.« Herford lehnte sich zurück. »Was ich brauche, ist Ihr Einverständnis, in den Polizeidienst zu treten. Alles Weitere findet sich, verlassen Sie sich darauf.«

Wilhelm nickte. Langsam war er die, zugegeben erzwungene,

Hinhaltetaktik diesem freundlichen Mann gegenüber mehr als leid.

»Fürs Erste jedoch möchte ich Sie bitten, morgen noch einmal das Archiv nach weiteren Dokumenten zu durchforsten. Vielleicht ergibt sich doch noch etwas Brauchbares. Auch wenn es nichts mit unserem Fall zu tun hat – ich würde es gern wissen. Normalerweise ist das Politische Archiv für uns ja nicht zugänglich.«

»Wird es deshalb wie eine Festung bewacht? Obwohl wir mit Franz Karl dort waren, stand jederzeit ein Angestellter in Sichtweite und beobachtete uns.«

»Sie werden einen Weg finden, mein Lieber. Kommen Sie am Nachmittag zum Tee in mein Büro. Dann wollen wir sehen, was Sie haben. Wir halten Kriegsrat und planen die weiteren Schritte. Vor allem müssen wir mehr über die persönlichen Verhältnisse der beiden herausfinden: was sie getrieben haben, mit wem sie in Verbindungen standen. Ich bin sicher, unser unbekannter Gegenspieler befindet sich darunter … Und halten Sie sich abends bereit. Wir können den russischen Botschafter treffen, vielleicht rundet er Bismarcks Erläuterungen ab.«

Alfred trat an den Tisch. »Darf ich den Herren noch etwas bringen, bevor wir zum Eindecken für das Dinner übergehen? Falls Sie zu bleiben wünschen, möchte ich Ihnen bis dahin das Kaminzimmer empfehlen.«

»Zu dem sonst nur die Mitglieder der königlichen Familie Zugang haben? Sie überraschen mich, Alfred.« Herford tat erstaunt.

»Und ausgewählte Persönlichkeiten, Herr Polizeidirektor«, erwiderte Alfred ungerührt.

»Für den Moment nicht.« Herford schüttelte den Kopf.

Wilhelm dankte mit einem Nicken, was Alfred mit einem angedeuteten Diener zur Kenntnis nahm.

»Ich habe reichlich Stoff zum Nachdenken. Ich denke, ich werde mich bei einem Spaziergang damit befassen. Und Sie, Wilhelm?«

»Ich treffe mich mit Johann auf einen Gute-Nacht-Trunk und werde wohl anschließend noch etwas Korrespondenz erledigen müssen.«

»Da trifft es sich gut, dass der Regen aufgehört hat«, sagte Alfred, der die beiden Männer zum Ausgang begleitete. »Wie ich hörte, stehen uns ein angenehmer Abend und eine laue Nacht bevor.«

Er ließ es sich nicht nehmen, Herford und Wilhelm persönlich in die Mäntel zu helfen, die Tür zu öffnen und seiner Hoffnung auf eine baldige Wiederkehr Ausdruck zu verleihen. Nach dieser Dosis ungewohnt stilvoller Höflichkeit fand Wilhelm es beinahe beruhigend, dass eine vorbeirasende Droschke ihn den üblichen Berliner Umgangsformen entsprechend mit dem Wasser der einzigen Pfütze im Umkreis von fünfzig Schritt durchnässte.

36

Es dunkelte bereits, als Wilhelm in der Krausenstraße eintraf, nicht nur, weil noch immer Wolken den Himmel verhingen, sondern auch, weil die Sonne bereits im Untergehen begriffen war und nur noch einige Strahlen vom Horizont sandte. Es sah so aus, als hätten sie drüben in Potsdam keine Wolken. Wilhelm klopfte an, denn wie so häufig hatte er seinen Schlüssel vergessen, diesmal vermutlich in der anderen Jacke, die er den Tag über getragen und am Abend gegen den feineren Zwirn ausgetauscht hatte. Nach einigen Augenblicken öffnete sich die Tür, und Johann empfing ihn, in Hemdsärmeln und mit einem Glas Wein in der Hand. Wilhelm wunderte sich nicht. Frau Brenke war um diese Zeit meist schon zu Bett gegangen und hatte es offenbar auch heute Johann überlassen, auf ihn zu warten.

»Ich habe uns etwas mitgebracht«, sagte Johann und hob das Glas.

»Und schon angefangen«, stellte Wilhelm fest und trat ein.

Im Haushalt der Apothekerwitwe Brenke gab es grundsätzlich keinen Alkohol, sah man vom obligatorischen Likör am Sonntagnachmittag und etwas Wein zu besonderen Anlässen ab. Wenn man das Bedürfnis nach einem Tropfen verspürte, musste man sich selbst darum kümmern. Johann, der hier im Grunde zu Hause war, wusste das und hatte sich gekümmert. Auf dem Küchentisch erwarteten Wilhelm zwei Flaschen Wein, offensichtlich von dem guten, den Johann über die Firma seines Vaters bezog. Eine der Flaschen war bereits zur Hälfte geleert.

»Ich warte schon einige Zeit, und mir war offen gestanden

langweilig. Kuno ist nicht gerade der ideale Gesprächspartner«, erklärte er, als er Wilhelms Blick bemerkte.

Kuno, der seinen Namen vernommen hatte, öffnete kurz ein gelbes Auge, schloss es gleich wieder und legte demonstrativ den Kopf in Richtung der Fensterscheiben, neben denen er sich ausgestreckt hatte.

Wilhelm zog seine klamme Jacke aus und hängte sie über den Stuhl. Die Zeit, die er benötigte, um sich der Schuhe zu entledigen und die Strümpfe zu prüfen – feucht, was auch sonst –, nutzte Johann, um beide Gläser zu füllen. Wilhelm zog auch die Strümpfe aus und legte sie zum Trocknen auf das Fensterbrett, neben Kuno, der keinerlei Reaktion zeigte.

»Nun, wie war dein Tag?«, fragte Johann und prostete seinem Freund zu.

»Ereignisreich, kann man sagen. Sehr ereignisreich.« Wilhelm stellte das Glas ab und streckte sich. Mit einem Mal war er unerhört müde. »Ich habe Herrn von Bismarck kennengelernt, den preußischen Gesandten in Frankfurt.«

»Bismarck, Bismarck … Irgendwo habe ich den Namen schon einmal gehört«, sagte Johann und grinste plötzlich.

Wilhelm folgte seinem Blick, wandte sich um und fand seine Strümpfe auf dem Fußboden wieder. Kuno lag entspannt auf der Fensterbank, ein Bild vollkommener Unschuld, nur der Schwanz zuckte ein wenig. Der Kater hatte also doch reagiert. »Nach Herfords Ansicht wird man diesen Namen in Zukunft noch oft hören. Ein überaus fähiger und informierter Mann, sehr imposant und dominant. Er hat unsere Spuren in die Bukowina und die Hinweise auf die Freimaurer zerpflückt, bis nichts mehr übrig war.«

»Tatsächlich?« Johann trank einen Schluck. »Was denkt er stattdessen?«

»Er favorisiert die andere Variante, die Täuschung. Und er

meint, dass es sich bei unserem Gegenspieler um eine einflussreiche Persönlichkeit handelt. Um eine gefährliche Persönlichkeit.«

»Hm«, machte Johann nachdenklich und schwieg einen Augenblick. »Ich weiß nicht, ob ich mich freuen oder noch mehr sorgen soll.«

»Weil?« Wilhelm konnte ein Gähnen nicht mehr unterdrücken.

»Freuen, weil es doch keine Terroristen gibt und auch keine Freimaurerverschwörung. Sorgen, weil wir faktisch wieder am Ausgangspunkt angelangt sind und überhaupt keine Ahnung haben, wer dieser Gegenspieler ist und worum es sich überhaupt dreht.«

Wilhelm schürzte die Lippen und betrachtete seine Finger, die das Glas langsam auf dem Tisch kreisen ließen. »Es ist nicht gesagt, dass es keine Verschwörung gibt. Wenn man uns auf eine falsche und dazu noch sehr abseitige Fährte lenken wollte, hätte die Bukowina-Geschichte ausgereicht. Wir würden Wochen oder Monate dieser Spur folgen, ohne jemals etwas zu erreichen. Warum dann noch die Freimaurer? Es könnte doch sein, dass jemand die Angelegenheit nutzen möchte, um sein eigenes Süppchen zu kochen. Mir ist sogar kurz der Gedanke gekommen, dass es zwei Richtungen gibt.«

»Zwei Richtungen?« Johann schaute ihn verständnislos an.

Wilhelm schüttelte den Kopf. Die Müdigkeit hinderte ihn am Denken. Um etwas zu tun, trank er einen kleinen Schluck. Und dann noch einen. Woher bekam Johanns Familie nur immer diese guten Weine?

»Jemand hat ein Problem mit der Gräfin oder dem Baron«, erklärte er. »Oder vielleicht auch mit beiden. Denk daran, dass die Gräfin möglicherweise eine Spionin war, während der Baron mitten im Geschäftsleben steht und in Lieferschwierigkeiten steckt. Ich glaube eher, dass es mit dem Baron zusammenhängt, frag mich nicht, warum, es ist nur ein Gefühl. Jedenfalls warnt man ihn zunächst. Es gibt eine Schlägerei, dann einen Unfall. Und schließlich den Anschlag, von dem wir ja glauben, dass er eine weitere Warnung darstellte, die tragisch endete. So weit klar?«

Johann nickte zustimmend. Das hatten sie bereits oft besprochen.

»Um von Ermittlungen, sagen wir, im Geschäftsumfeld abzulenken, erfindet dieser Jemand die Bukowina-Geschichte. Zupass käme ihm dabei der Umstand, dass die Gräfin spionierte. Kannst du mir folgen?«

Johann nickte erneut.

»Nun bekommt aber jemand *anders* Wind von der Sache. Ihm ist die Gräfin bekannt. Warum nicht eine weitere Geschichte erfinden? Eine Spionin, ausländische Terroristen, der Krieg auf der Krim, die Stellung Preußens und Österreichs dazu und die ganzen innenpolitischen Querelen, Komplotte und Intrigen, von denen mir immer noch der Kopf schwirrt – all das sind Zutaten für eine weitere Geschichte. Und siehe da, plötzlich gibt es diese Freimaurerschreiben. Wenn sie bekannt werden, könnten Köpfe rollen.«

Johann nickte nicht mehr.

»Jedenfalls erreicht damit dieser *andere* mindestens zwei Dinge: Erstens gibt er der Polizei weitere Rätsel auf, was sinnvoll wäre, wenn er mit unserem ersten Spurenleger zu tun hat …«

Johann hob einen Finger, ließ den Gedanken wirken und senkte den Finger wieder.

»… und zweitens könnten politische Gegner auf elegante Art denunziert werden. Dabei ist nun wieder unerheblich, ob es sich um einen oder zwei Gegenspieler handelt.«

»Das würde aber bedeuten, dass dieser andere nicht bei den Freimaurern zu suchen wäre, sondern eher auf –«

»Auf der Gegenseite, richtig. Im Dokument wird ausdrücklich auf Prinz Wilhelm und seinen Sohn verwiesen, Nummer zwei und drei der Thronfolge. Vielleicht könnten sie ja auf Basis dieser Dokumente in Ungnade fallen?«

Johann wollte sein Glas austrinken und stellte überrascht fest, dass es bereits leer war. Er griff zur Flasche. »Und das hast du dir alles wann ausgedacht?«

»Nicht ausgedacht.« Wilhelm schüttelte den Kopf. »Mir ist auf dem Nachhauseweg nur diese Idee gekommen, eine Möglichkeit, nicht einmal ein Verdacht … Ich weiß es nicht, die ganze Lage scheint mir ziemlich verfahren zu sein.«

»Und wie wollt ihr weitermachen?« Johann hatte den Rest der Flasche auf die beiden Gläser aufgeteilt.

»Wir haben vereinbart, dass wir uns mit den Lebensumständen, Gewohnheiten und Kontakten beschäftigen werden. Vorweg konzentriert sich auf den Baron, und ich folge der Spur der Gräfin in den Salons.«

Johann lächelte. »Wo du mit Sicherheit Marie begegnen wirst.«

Wilhelm lächelte zurück, zuckte mit den Schultern und hob in gespielter Verzweiflung die Hände. »Das wird sich wohl nicht vermeiden lassen.«

Johann lachte. Wilhelm lachte. Und Wilhelm wurde nicht nur fröhlich, sondern auch, übergangslos und auf eine seltsame Weise, zufrieden, nein, glücklich, als er bemerkte, wie sehr sich sein Freund für ihn freute.

»Apropos Marie und die Schwierigkeiten auf eurem Gut: Haben deine heutigen Aktivitäten etwas ergeben?«

Wilhelm setzte sich auf und beugte sich vor. »Und ob! Es zeichnet sich eine Lö–«

Ein Geräusch unterbrach ihn. Klopfte es an der Tür? Er lauschte, auch Johann hatte den Kopf gedreht. Gerade als Wilhelm fortfahren wollte, erklang das Geräusch erneut. Ein Klopfen, energischer diesmal, und es wollte nicht aufhören. Kuno hob unwillig den Kopf und fauchte. Ob sich wohl einer der Männer endlich bequemen würde …

»Erwartest du noch Besuch?«

Wilhelm schüttelte den Kopf. »Kannst du bitte nachsehen? Ich bin momentan nicht empfangsbereit.« Es war überflüssig, auf seinen Aufzug zu deuten. Wilhelm tat es trotzdem.

Johann nickte, stand auf und verließ die Küche. Wilhelm hatte sich ebenfalls erhoben, sammelte die Strümpfe auf und legte sie hinter die Gardine, schlüpfte mit bloßen Füßen in die feuchten Schuhe und stopfte sich das Hemd in die Hose. Kein Galaauftritt, zweifellos, aber Ort und Zeit einigermaßen angemessen. Von draußen war ein kurzer Wortwechsel zu vernehmen, der lauter wurde, als sich Johann und die Besucherin der Küche näherten.

Eine Besucherin! Wilhelm erstarrte. Eine Frau, um diese Zeit? Und kam ihm die Stimme nicht bekannt vor?

Die Küchentür öffnete sich, und eine vollkommen durchnässte Gestalt verteilte Wasser auf der Schwelle. Offenbar hatte es entgegen Alfreds Vorhersage doch wieder zu regnen begonnen. Der zusammengefaltete Schirm tropfte, der traurig herabhängende Hut tropfte, und unter dem Kleid bildete sich augenblicklich eine Pfütze. In den völlig durchweichten Schuhen, dem vom Unrat der Straße schmutzigen Kleid und dem verrutschten Überwurf steckte eine junge Frau, fast noch ein Mädchen, das ihn mit funkelnden Augen anstarrte. Hinter ihr erschien ein sprachloser Johann mit einer Miene, wie sie Wilhelm noch nie an ihm gesehen hatte.

»Anna!« Seine kleine Schwester, hier in Berlin, und das auch noch mitten in der Nacht! Wilhelm war schockiert und nicht in der Lage, einen klaren Gedanken zu fassen. »Was machst du hier? Ist etwas geschehen? Wie bist du hierhergekommen?«

»Mit dem Zug natürlich, was denkst du denn! Und dann zu Fuß, es war nirgendwo eine Kutsche aufzutreiben.« Eine Zornesfalte, eine Falte, die Wilhelm sehr gut kannte, erschien zwischen den Augenbrauen seiner Schwester.

»Aber warum ...«

»Weil es zu Hause drunter und drüber geht. Papa ist nicht da, Max ist nicht da, und Mama ist völlig außer sich.« Übergangslos verschwand der Zorn und machte einer großen Traurigkeit Platz. Anna trat zwei Schritte auf ihren Bruder zu, warf ihre Arme um seinen Hals und presste ihr Gesicht an seine Brust. Augenblicklich war Wilhelms Hemd durchnässt, was ihn weniger schockierte als die Schluchzer und die zitternden Schultern seiner Schwester.

»Du musst uns helfen, Wilhelm. Bitte, du musst uns helfen!« Annas Stimme war kaum zu vernehmen. Eine andere Stimme allerdings schon.

»Aber meine Herren, was ist denn hier los?« Frau Brenke war in der Tür aufgetaucht, angetan mit einem Nachthemd, die Haare unter einer Haube. Sie hatte eine Jacke übergeworfen und schaute erstaunt in der Küche umher. Auch Kuno schien verwundert, sprang vom Fensterbrett und auf den Stuhl, der ihm am nächsten stand. »Damenbesuch? Um diese Zeit? Ich muss schon sagen, dass das nicht gerade schicklich ist.«

Wilhelm befreite sich aus der Umarmung, hielt seine Schwester aber weiter fest. Ihr Schluchzen war vorüber. Sie schniefte, wischte sich die Augen und sah zu Boden. »Frau Brenke, darf ich Ihnen meine Schwester Anna vorstellen?«, sagte er, immer noch durcheinander genug, um vielleicht nicht die richtigen Worte zu finden. »Anna, das ist meine Hauswirtin, Frau Brenke.«

Anna nickte verlegen und deutete sogar einen Knicks an. Sofort übernahm der praktische Geist von Frau Brenke. »Sie sind ja völlig durchnässt, mein Kind. Meine Herren, wieso haben Sie der jungen Dame keinen Platz angeboten und etwas heißen Tee, den könnte sie jetzt wirklich gut gebrauchen.«

»Anna ist soeben erst –«, wollte Wilhelm eine Erklärung beginnen.

Frau Brenke ließ ihn nicht zu Wort kommen. »Johann, stehen Sie nicht da wie eine Säule. Gehen Sie in die Wäschekammer, und holen Sie frische Handtücher. Hat die junge Dame Wechselsachen dabei?«

Anna nickte und zeigte auf einen kleinen Koffer, den sie an der Tür abgestellt hatte.

»Gut.« Frau Brenke nahm den Koffer und hob ihn auf einen Stuhl neben der Anrichte. »Ich mache Tee. Sie, junge Dame, setzen sich, und Sie, Johann, sind ja immer noch da.«

Johann wachte wie aus einer Trance auf, nickte und ging zur Tür. Anna nickte ebenso, nahm Kuno vom Stuhl und setzte sich.

Drei Menschen und eine Katze erstarrten. Stumm betrachteten sie Anna, die Kuno auf den Schoß genommen hatte und gedankenversunken hinter den Ohren kraulte. Kuno schaute die Menschen der Reihe nach an, betrachtete schließlich Anna, kniff die Augen zusammen und legte den Kopf in ihren Schoß. Drei Menschen ließen den Atem entweichen. Kuno indes begann in den Armen von Anna zu schnurren, die verwirrt von einem zum anderen schaute. Frau Brenke bewegte sich zum Herd, Johann entschwand in den Flur, und Wilhelm setzte sich seiner Schwester gegenüber.

»Du hast gerade ein Ungeheuer besiegt. Kuno lässt sich von niemandem streicheln«, sagte er leise und lächelte. Er streckte die Finger aus, und Kuno fauchte ihn augenblicklich an. »Siehst du?«

Anna schniefte ein letztes Mal. »Aber warum? Er ist doch ein ganz lieber Kater«, erwiderte sie mit ihrer Kleinmädchenstimme, die er lange vermisst hatte.

»Nun erzähl mal. Was ist passiert?«

Die Anspannung fiel von Anna ab, machte zunächst Müdigkeit und dann Verzweiflung Platz. »Mama hat einen Brief von Papa erhalten. Er schrieb von fünftausend Talern Schulden und einem Betrug, dem er wohl aufgesessen ist. Da ist Mama das erste Mal an die Decke gegangen und hat die Bediensteten angeschrien. Und gestern kam ein Brief von den Brenkendorffs mit einem Angebot für die Wiesen. Zweitausend Taler, dabei sind sie mehr als das Doppelte wert. Mama ist wieder wütend geworden und hat über Papa geschimpft und auch über Max, der wie immer nicht da sei, um sich zu kümmern. Und als ich sie gefragt habe, worum es eigentlich geht, hat sie mich angeschrien, dass ich ja doch nichts davon verstünde und auf mein Zimmer verschwinden solle. Ich habe aber so viel mitbekommen, dass wir vor dem Ruin stehen.« Annas Lippen zitterten.

»Ich weiß«, sagte Wilhelm leise und legte eine Hand auf ihren Arm. »Das war nicht in Ordnung von Mama. Max ist auf seiner Reise in Italien, und Papa ist im Norden unterwegs, um einige Gefallen und Verbindlichkeiten einzufordern. Beide bemühen sich, Geld aufzutreiben.«

»Du weißt davon?« Anna sah ihn mit großen Augen an.

Frau Brenke hatte inzwischen Tee aufgesetzt, trat hinter Anna und legte ihr die Hand auf die Schulter. »Ich bin mir sicher, dass alles gut wird, junge Dame. Aber jetzt müssen wir Sie erst einmal von den nassen Sachen befreien. Kommen Sie mit nach oben, ich richte ein Zimmer her und stelle Ihnen etwas zum Waschen bereit. Dann sollte auch der Tee fertig sein. Wo bleibt denn –«

»Hier bin ich.« Johann trat mit einigen Handtüchern auf dem Arm in die Küche, legte sie auf den Tisch, setzte sich und starrte Anna an.

»Einen Moment noch bitte, Frau Brenke«, sagte Wilhelm und an seine Schwester gewandt: »Ich habe Vater getroffen, und er hat mir alles erzählt. Einen Teil der Lösung haben wir bereits. Aber jetzt sag mir: Was um alles in der Welt machst du hier?«

Anna schaute verlegen auf Kuno. »Gestern Abend«, begann sie stockend, »bin ich noch einmal zu Mama hinuntergegangen. Sie hatte sich etwas beruhigt, und ich konnte in Erfahrung bringen, was ich dir gerade erzählt habe. Aber dann hat sie sich wieder aufgeregt, und als ich vorgeschlagen habe, dich zu informieren, hat sie mich wieder angeschrien. Ich soll mich raushalten, auf niemanden könne man sich verlassen, und sie hat mir einige schlimme Dinge an den Kopf geworfen.«

»Und dann?«

»Und dann ... Dann habe ich zurückgeschrien!« Anna war wieder zornig geworden, doch der Zorn verschwand gleich wieder. Tränen liefen ihr über die Wangen. »Ich habe auch ... einige nicht sehr nette Sachen gesagt, und Mama hat mich einfach auf mein Zimmer geschickt. Dort habe ich nachgedacht, die ganze Nacht eigentlich. Dann habe ich ein paar Sachen gepackt und habe mich früh am Morgen ... fortgeschlichen.« Sie sah ihn verlegen an.

»Du hast *was* getan?« Wilhelm glaubte, nicht richtig gehört zu haben.

Anna straffte sich. »Ich habe mich fortgeschlichen«, sagte sie mit fester Stimme. »Und es ist mir gleichgültig, was Mama davon hält. Die Familie braucht Hilfe, und du bist der Einzige, der jetzt helfen kann. Deshalb bin ich zum Bahnhof gelaufen, in den Zug gestiegen und hierhergekommen.« Sie sah ihrem Bruder in die Augen. »Ich habe aber noch den alten Schulz getroffen und ihm gesagt, dass ich morgen wieder da sein werde.«

Wilhelm sah Anna fassungslos an. »Du bist ... allein ... zum Bahnhof gelaufen, mit wildfremden Leuten im Zug gefahren, und das in eine Stadt, in der es von Dieben und Betrügern nur so wimmelt?«

Anna nickte. Trotz hatte die Verlegenheit ersetzt. Wilhelm glaubte, auch eine Spur Stolz in ihren Augen zu sehen, was es ihm nicht einfacher machte, denn neben der Ungläubigkeit, die er zunächst empfunden hatte, gepaart mit Angst um seine Schwester unter lauter Fremden und der gleich darauf einsetzenden Erleichterung, dass sie unbeschadet angekommen war, verspürte er – ja nun – auch etwas Stolz auf seine kleine Schwester. »Hast du eine ungefähre Vorstellung davon, wie Mama sich fühlt? Sie muss Todesängste ausstehen!«

Das musste einfach gesagt werden, und war es nur, um Zeit zu gewinnen, denn Wilhelm hatte keine Ahnung, was er weiter sagen sollte.

Anna lächelte ihn an. Sie hatte dieses Lächeln über die Jahre perfektioniert und es damit noch immer geschafft, ihren Willen durchzusetzen. Sie lächelte, und ihre Brüder gehorchten. »Ich bin ein großes Mädchen, Wilhelm. Und mit Mama werde ich schon noch reden, am besten, wenn du dabei bist.«

»Du bist siebzehn –«

»Achtzehn!«

Frau Brenke sah Wilhelm an, hob eine Hand und tippte mit der anderen auf Annas Schulter. »Das genügt jetzt, denke ich. Kommen Sie, junge Frau, wir haben zu tun. Wir wollen doch nicht, dass Sie sich eine Erkältung einfangen, damit ist nämlich niemandem gedient. Und Sie, meine Herren, decken den Tisch für ein kleines Abendbrot und kümmern sich um den Tee.«

Anna setzte Kuno behutsam ab und folgte Wilhelms Hauswirtin ins Obergeschoss. Nach einigem Zögern schloss Kuno sich ihnen an. Die Männer blieben allein zurück.

»Das ist deine kleine Schwester?«, fragte Johann mit belegter Stimme.

»Ja, sicher«, antwortete Wilhelm zerstreut, stand auf und holte Teller aus dem Schrank. »Ich werde morgen früh aufstehen und mit Anna nach Hause fahren. Kannst du bitte bei Herford vorbeischauen und ihm mitteilen, dass ich wegen einer dringenden Familienangelegenheit morgen erst spätabends wieder in Berlin bin und hoffe, den Termin im Club noch zu schaffen?«

Johann nickte stumm. Er war in Gedanken.

Zehn Minuten später war der Tisch gedeckt. Der Tee stand bereit, Brot und Wurst und Käse waren aufgetragen. Kurze Zeit darauf betraten zwei Frauen und ein Kater die Küche und setzten sich an den Tisch. Anna hatte ein sauberes Kleid angezogen und die Haare frisiert. Zwar waren ihre Augen noch immer gerötet und Anna allem Anschein nach außerordentlich müde, ihrem Hunger tat das aber keinen Abbruch.

Wilhelm setzte seine Schwester davon in Kenntnis, dass beide morgen früh den ersten Zug nehmen würden, was ein Aufstehen gegen fünf Uhr erforderlich machte. Frau Brenke nickte dazu nur und schien sich eine gedankliche Notiz zu machen. Johann saß weiter stumm dabei und verfolgte die spärliche Unterhaltung, die im Wesentlichen in Überlegungen der Geschwister bestand, wie sie ihre Mutter milde stimmen könnten.

»Oh, entschuldigt bitte«, sagte Wilhelm auf einmal mitten in einem Satz. »Das habe ich völlig vergessen. Anna, darf ich dir meinen besten Freund Johann Schmidt vorstellen?« Anna warf einen prüfenden Blick über den Tisch. Johann nickte verlegen. »Er hat Medizin studiert und soeben mit Auszeichnung abgeschlossen.«

Johann schaute auf seinen Teller.

»Aber vermutlich wird er in die Firma seines Vaters eintreten und ein harter Geschäftsmann werden.«

Johann wurde rot und griff nach seiner Teetasse.

»Und spricht er auch?«, fragte Anna spitz.

Johann sah sie an und gleich wieder in seine Tasse. »Selbstverständlich«, murmelte er. »Sind Sie öfter in Berlin?«

»Nein.« Anna betrachtete ihn nachdenklich.

»Das ist ... schade.«

»Tatsächlich?« Anna stopfte sich den letzten Bissen Brot in den Mund.

»Nun ja«, Johann sah im Zimmer umher, hob schließlich die Hand und schwenkte sie in einer ausladenden Geste Richtung Fenster. »Berlin ist voll von Museen, Theatern, Salons, die Prachtstraße nicht zu vergessen, der Tiergarten, und den König nicht zu vergessen.« Er brach ab.

»Das weiß ich«, sagte Anna. »Was ich nicht weiß, ist, was Sie mir damit sagen wollen?«

Johann wurde wieder rot. »Nun, wenn Sie öfter in Berlin wären ...«

»Was ich nicht bin.«

»Was Sie nicht sind, genau ... Aber wenn Sie es wären, wäre es mir eine Freude ...«

»Mir diese ganzen Sehenswürdigkeiten inklusive König zu zeigen, nicht wahr?« Anna sah Johann offen ins Gesicht, mit einer Spur Spott, die nicht zu überhören war.

»Nun ja ...«

»Das ist ziemlich nett, Herr Johann Schmidt. Aber es ist nicht erforderlich.« Anna nahm ihre Teetasse und führte sie zum Mund.

Johann starrte wieder auf seinen Teller. »Selbstverständlich.«

»Erforderlich ist aber ein sofortiges Zubettgehen«, schaltete sich Frau Brenke ein, bevor das Schweigen Gelegenheit hatte, peinlich zu werden. »Wenn Sie morgen früh den Zug erreichen wollen, sollten wir jetzt alle schlafen gehen. Johann, brauchen Sie auch ein Bett?«

Johann schüttelte stumm den Kopf. Die beiden Frauen erhoben sich.

»Gute Nacht, Wilhelm, gute Nacht, Johann«, sagte Frau Brenke.

»Gute Nacht, Johann Schmidt«, sagte Anna und nickte ihrem Bruder zu.

Kuno erhob sich von seinem Futternapf und folgte den Frauen, ohne die beiden Männer eines Blickes zu würdigen.

»Was ist denn mit dir los?«, fragte Wilhelm, der das Geschirr zusammenräumte. »Etwas durch den Wind?«

»Nein, nein. Alles gut. Ich war nur in Gedanken.«

»In Gedanken? Welcher Art?«

»Ich … Ich habe über die Situation deiner Familie nachgedacht. Fünftausend Taler Schulden. Und kaum Rücklagen, wie ich vermute.«

»So sieht es aus«, erwiderte Wilhelm und stellte die Kanne in die Spüle.

»Nun ja, zweitausend bekommst du ja bald wieder …«

»Vermutlich. Vielleicht kann Vater noch etwas auftreiben, aber sicher ist das nicht.«

»Bleiben also dreitausend Taler.« Johann war sichtlich froh, sich nun auf einem Terrain zu bewegen, auf dem er sich auskannte. »Aber das würde euch nur übers Jahr helfen. Ihr braucht mehr. Weißt du was? Ich gehe jetzt sofort nach Hause und schreibe meinem Vater. Vielleicht kann er mit einem Kredit helfen. Sicherheiten habt ihr ja genug.«

»Ja, Land.«

»Land ist eine gute Kapitalanlage. Aber das meine ich nicht. Du hast mir erzählt, dass dein Vater mit Maschinen und neuen Obstsorten experimentiert. Das ist nun etwas, das meinen Vater auch interessiert. Vielleicht ist ja eine Art Partnerschaft möglich?«

Wilhelm überlegte und nickte dann. »Einen Versuch wäre es wert.«

»Das denke ich auch. Aber eine kleine Bedingung hätte ich dann doch.«

Wilhelm legte einen Lappen zur Seite, mit dem er den Tisch abgewischt hatte, und sah ihn ruhig an. »Die da wäre?«

»Also falls … wider Erwarten … unter Umständen«, druckste Johann, »deine Schwester vielleicht doch einmal in Berlin ist … dann bestünde doch vielleicht –«

»Die Möglichkeit, dass wir beide ihr die Stadt zeigen?«

»Ganz genau.« Johann nickte heftig.

»Johann, es handelt sich hier um meine Schwester«, sagte Wilhelm ruhig. »Nicht um eine deiner Bekannten aus der Oper.«

»Aber Wilhelm, was glaubst du von mir?«

»Anna ist meine Schwester, ich liebe sie und habe eine Fürsorgepflicht. Verstehst du?«

Johann seufzte. »Aber sicher. War ja auch nur so ein Gedanke.«

»Der ohnehin nur dann Wirklichkeit werden kann, wenn Anna selbst zustimmt.« Wilhelm lächelte.

Johann atmete tief aus und schlug Wilhelm dann auf die Schulter. »Ich mache mich sofort auf den Weg und schreibe gleich noch den Brief.« Er nahm seine Jacke vom Stuhl und eilte hinaus. Kurz steckte er noch einmal seinen Kopf hinein. »Dann sehen wir uns wohl erst übermorgen?«

Wilhelm nickte und löschte das Licht, als er draußen die Tür ins Schloss fallen hörte. Sollte sich Johann, der Lebemann Johann, in seine Schwester verliebt haben? Hals über Kopf und augenblicklich?

37

Der Zug, in dessen erster Klasse nur wenige Plätze besetzt waren, dampfte durch eine flache Landschaft voller Felder und Wälder, über denen eine an Kraft gewinnende Sonne am wolkenlosen Himmel stand. Anna hatte ihren Kopf auf Wilhelms Schoß gelegt, und beide schnarchten um die Wette. Der Korb, den Frau Brenke mit etwas Wegzehrung – belegte Brote, mehrere hart gekochte Eier, zwei Flaschen Limonade und eine ansehnliche Menge Obst – gefüllt hatte, stand unberührt auf einem Sitz.

Wilhelms Hauswirtin hatte die Geschwister um fünf Uhr geweckt und zu einem hastigen Frühstück genötigt. Gähnend und in den frischen Morgen blinzelnd waren sie zum Pferdeomnibus an der Ecke geeilt, der sie bis in die Nähe des Bahnhofs brachte, wo sie ihre Fahrkarten kauften, in den bereits wartenden Zug stiegen und auf der Stelle eingeschlafen waren. Nur der Schaffner hatte sie kurz aufgeweckt, die Billets kontrolliert und versprochen, sie rechtzeitig vor der Ankunft zu wecken. Das tat er auch, viel zu früh, wie Wilhelm meinte, der glaubte, gerade erst eingeschlafen zu sein. Doch Augenblicke später verlangsamte der Zug bereits seine Fahrt, und Wilhelm sah den neu erbauten schmucken kleinen Bahnhof, der ganz in Rot gehalten war. Sanft stieß er seine Schwester an, die schläfrig ein Auge öffnete, gähnte, sich streckte und hastig den Mund abwischte. Die Lokomotive stieß einen schrillen Pfiff aus, und Anna zuckte zusammen.

»Jetzt bin ich wach«, stellte sie fest.

Der Zug kam zum Stehen, eine laute Stimme auf dem Bahnsteig ertönte: »Chorin, Chorin.« Schwarzer Qualm zog am Fenster vorbei. Wilhelm nahm den Koffer seiner Schwester, seine eigene kleine Tasche, die er sich über die Schulter warf, und griff nach dem Korb. Die Tür des Abteils wurde von außen geöffnet, und der Schaffner half Anna beim Aussteigen, während Wilhelm sich mit dem Gepäck abmühte. Einen Augenblick später standen beide auf dem Bahnsteig.

»Das wird ein schöner Tag«, sagte Anna träumerisch und zog gleich darauf ihre Stirn kraus. »Jedenfalls, was das Wetter betrifft. Meinst du, wir finden jemanden, der uns zum Gut bringt?«

»Wir haben ihn bereits gefunden, glaube ich«, antwortete Wilhelm und hob den Koffer seiner Schwester, um auf ein Gefährt zu weisen, das neben dem Bahnhofsgebäude wartete. Ein alter Mann stand in gebückter Haltung bei dem angespannten Pferd und gab ihm Wasser.

»Der alte Schulz!« Anna lief voraus.

Wilhelm seufzte, schulterte das Gepäck und folgte seiner Schwester. Schulz war über siebzig Jahre alt, und Wilhelm erschrak, als er beim Näherkommen bemerkte, wie sehr man dem ehemaligen Vorarbeiter und pensionierten Gutsverwalter das Alter mittlerweile ansah. Spärliches weißes Haar umrahmte ein Gesicht, das noch vor einem halben Jahr rundlich ausgesehen hatte. Doch nun war es geradezu mager, mager wie die ganze Gestalt, und durchzogen von tiefen Furchen, die sich zu den Lachfalten gesellt hatten, die Wilhelm immer so geliebt hatte. Auch die gutmütigen Augen und das herzliche Lächeln waren noch vorhanden, doch die Last der Jahre schien allzu sehr auf den Schultern des Alten zu lasten und die Bewegungen langsam und unsicher zu machen. Augenblicklich musste Wilhelm an Maries letzten Brief denken und an ihre Bitte. »Guten Tag, Herr Schulz«, sagte er freundlich. »Wie geht es Ihnen?«

»Es muss, junger Herr, es muss.« Schulz verbeugte sich langsam und setzte seine Mütze wieder auf, die er in die Hand genommen hatte, als er die Geschwister auf sich zukommen gesehen hatte. Er griff nach dem Gepäck.

»Nein, nein, Herr Schulz, das mache ich«, sagte Wilhelm eilig und stellte die Taschen und den Korb auf die Sitzbank, bevor Schulz reagieren konnte. »Wie kommt es, dass Sie hier sind?«

Schulz kratzte sich am Hinterkopf und murmelte etwas von Besorgungen.

»Um diese Zeit?« Wilhelm lächelte ihn zweifelnd an.

Schulz lief rot an und streichelte verlegen dem Pferd über die Nüstern. »Das gnädige Fräulein hatte gestern erwähnt, dass es heute zurückkehren würde. Der Zug aus Berlin kommt nur dreimal am Tag, und da dachte ich …«

»Das ist aber zu freundlich von Ihnen, Herr Schulz«, sagte Anna und strahlte ihn an. Augenblicklich schien Schulz mindestens fünf Jahre jünger zu werden. Er lächelte zurückhaltend und verbeugte sich kurz. Dann trat er an den Kutschbock.

»Lassen Sie mal, Herr Schulz. Das mache ich selbst.« Wilhelm schob den Verwalter zum Einstieg. »Sie setzen sich hinten zu meiner Schwester und werden ihr helfen, den Korb zu leeren.«

»Aber …«

»Keine Widerrede, Herr Schulz. Mir wurde berichtet, dass Sie zu wenig essen und vor allem zu wenig trinken. Das werden wir jetzt ändern.«

»In meinem Alter braucht –«

»… man das sehr wohl«, unterbrach Anna, half Schulz unauffällig beim Einsteigen, raffte das Kleid, stieg ebenfalls auf und setzte sich neben den alten Verwalter, der sich etwas unwohl umsah. Sofort öffnete Anna den Korb, nahm die beiden Flaschen Limonade heraus und reichte sie den beiden Männern.

»Während der Fahrt können Sie uns berichten, was seit gestern auf dem Gut geschehen ist«, sagte Wilhelm und schwang sich auf den Bock. Er kannte das Pferd als eine ausgeglichene

Stute, die den Großteil ihres Lebens mit der Kutsche verbracht hatte und den Weg nach Hause auswendig kannte. Angesichts des gemächlichen Tempos, das die Stute für gewöhnlich anschlug, würden sie fast eine Stunde für den Weg benötigen, Zeit genug also für einen umfassenden Bericht.

Sie überquerten den Bahnhofsvorplatz, bogen nach links in eine Kehre und fuhren unter der Eisenbahnbrücke hindurch. Auf dieser Seite der Stadt gab es noch keine Wohngebiete, nur drei kleinere Fabriken, die sich hauptsächlich mit der Tuchfärberei befassten. So dauerte es auch nicht lange, bis das Straßenpflaster durch einen unbefestigten Weg ersetzt wurde, der im Laufe des Tages ziemlich staubig werden würde. Gemütlich zuckelte das Gespann eine Allee entlang und dem Dorf entgegen, das zwischen der Stadt und ihrem Ziel lag.

Schulz hatte sich inzwischen gefasst, die halbe Flasche Limonade geleert und sogar eine Stulle gegessen. Jetzt hielt er ein Ei in der Hand und begann, es zu pellen. »Die gnädige Frau war gestern außer sich …«, begann er.

Annas Gesicht verfinsterte sich.

»Als das gnädige Fräulein nicht zum Abendessen erschienen war«, fuhr Schulz fort, »ließ sie das gesamte Anwesen durchsuchen, und als niemand das gnädige Fräulein finden konnte, war sie sehr besorgt und verzweifelt.«

Anna lief rot an, senkte den Blick und nestelte am Griff ihres Sonnenschirms.

»Schließlich erinnerte sie sich an den Vorabend und an die … Auseinandersetzung. Dabei fiel ihr ein, dass das gnädige Fräulein davon gesprochen hatte, den jungen Herrn um Hilfe zu bitten. Ich schickte daraufhin den jungen Hans mit dem Pferd los. Er kam dann auch schnell wieder und erzählte, dass die Bahnbeamten erzählt hätten, dass das junge Fräulein den Zug nach Berlin genommen hat.«

»Wie hat meine Mutter reagiert?«, fragte Wilhelm vom Kutschbock und wandte sich um.

»Sie wirkte erleichtert. Gleich darauf erschien wieder ihre Falte auf der Stirn, und sie schickte uns hinaus.«

»Das war alles?«

Schulz schüttelte den Kopf. »Ich bin davon ausgegangen, dass mich die gnädige Frau noch einmal sprechen wollte, und habe deshalb vor der Tür gewartet. Ich möchte nicht indiskret sein –«

»Sind Sie es bitte doch. Ausnahmsweise.« Wilhelm steckte den Rest eines Käsebrots in den Mund.

»Ich glaube, die gnädige Frau hat geweint.«

Anna sackte noch mehr zusammen und fuhr sich mit der Hand über die Augen.

»Nach einer Weile tönte die Klingel, und ich ging hinein.« Schulz hatte das Ei von der Schale befreit und biss hinein. »Die gnädige Frau hat mich ganz ruhig gefragt, ob es sinnvoll sei, den Landgendarmen zu rufen.«

»Meine Güte!«, fuhr Anna auf und sah Schulz mit großen Augen an.

Sie hatten das Dorf durchquert, ohne von ihm Notiz zu nehmen, und schickten sich, der gewundenen Straße auf ein höher gelegenes Plateau zu folgen, auf dem sich das Gut und sein größtes Dorf befanden.

Anna seufzte. »Vielen Dank, Herr Schulz, dass Sie mich nicht verraten haben. Ich hoffe, ich habe Sie nicht in Schwierigkeiten gebracht«, sagte sie leise.

Schulz schüttelte den Kopf und lächelte. »Die gnädige Frau weiß nicht, dass ich das gnädige Fräulein vor der … Abreise noch gesehen habe.«

»Und das wird auch so bleiben, Herr Schulz«, sagte Wilhelm.

»Das verspreche ich«, nickte Anna eifrig.

Das Gefährt hatte die Hälfte des Aufstiegs geschafft. Links

verschwand der Wald, der den Besitz der von der Heydens von dem der Brenkendorffs trennte, hinter einer Bodensenke. Die große Wiese mit den zahlreichen Obstbäumen wurde abgelöst von einem Getreidefeld, das dem Feld auf der rechten Seite wie ein Ei dem anderen glich. Die Ähren standen hoch und dicht an dicht, und es sah so aus, als würde es dieses Jahr eine gute Ernte geben. Oben auf der Kuppe erschienen die ersten Häuser, kleine Katen und Gehöfte der Bauern und der Turm des Herrenhauses, der mit seiner Größe mit den Bäumen des Gutsparks wetteiferte.

Als die drei großen Pappeln am Eingang des Dorfes sichtbar wurden, meldete sich Schulz erneut zu Wort. »Junger Herr«, sagte er von hinten, »ich halte es für besser, wenn ich jetzt übernehme.«

Wilhelm nickte und zügelte das Pferd. Sie wechselten die Plätze, und Schulz steuerte die Kutsche ins Dorf. Unmittelbar hinter dem Ortseingang war die Straße wieder mit Pflaster belegt, und nach einigen Metern Klappern und Rütteln erreichten sie eine kleine Kreuzung, die von einer mächtigen Eiche dominiert wurde. Geradeaus und nach rechts liefen zwei kleine Straßen den Berg hinab und ließen eine kleine Schmiede zwischen sich, aus deren Schornstein Rauch strömte. Helles Hämmern erklang, doch weder auf den Wegen noch im Halbdunkel der Schmiede waren Menschen zu sehen.

Der alte Schulz lenkte das Gefährt durch das rechte der beiden Tore, die in einer mannshohen Mauer aus Natursteinen offen standen, und von dort weiter in den Gutshof. Sie fuhren sogleich auf das Rondell zu, das um eine Baumgruppe führte und es Kutschen und Leiterwagen ermöglichte, das Gut durch das andere Tor wieder zu verlassen. Doch auch so war auf dem Hof ausreichend Platz für allerlei Gefährt vorhanden, der auch genutzt wurde, wenn die Ernte eingebracht oder Gäste aus der lokalen Prominenz zu einem der regelmäßig stattfindenden Empfänge begrüßt wurden. Heute aber lag er still und scheinbar verlassen da.

Wilhelms Blick fiel auf das Herrenhaus, vor dessen mittigem Portal Schulz den Wagen zum Stehen brachte. Es war das größte Haus im Dorf und der Umgebung und trotz des teilweise abblätternden Putzes immer noch ein Blickfang. Über dem Portal mit seiner großen Flügeltür glänzte das Wappen der von der Heydens, die darüber liegenden Fenster ließen ein großes Treppenhaus erahnen. Über diesem ragte der Dachreiter mit seiner Turmuhr hoch über die Renaissancegiebel empor, die den westlichen und östlichen Teil des Hauses ab der dritten Etage zierten.

Wilhelm blieb noch einen Moment sitzen und ließ die Ruhe und die romantische Schönheit des Herrenhauses auf sich wirken, so wie er es jedes Mal tat, wenn er nach Hause zurückkehrte. Er blickte zum Ostflügel, in dem nicht nur die Küche und der Speiseraum für das Gesinde, sondern – im oberen Bereich – auch die Räume der Familie untergebracht waren: das Schlafzimmer der Eltern, das Damenzimmer, das Arbeitszimmer, ein altertümliches Bad und ein Ankleidezimmer im ersten Stock, darüber die vier Zimmer der Kinder. Im Westflügel befanden sich zu ebener Erde Vorratskammern und das Speisezimmer, darüber der große Rittersaal und die Bibliothek. Das dritte Geschoss war in seiner gesamten Breite den Unterkünften des Gesindes vorbehalten, dem bei den von der Heydens seit jeher wesentlich mehr Platz zur Verfügung stand als in vergleichbaren Herrenhäusern anderer Familien. Als Kind hatte Wilhelm alle Räume des Herrenhauses erkundet, natürlich auch den ausgedehnten Keller und den Anbau für die Verwaltung des Gutes, durch den man in den Garten gelangte. Die Außenanlagen waren eine Welt für sich. Es gab nicht nur einen Nutzgarten, in dem frische Kräuter und Gemüse angebaut wurden. Eine große Vogelvoliere beheimatete Dutzende einheimische Singvögel, die stets dafür sorgten, dass der Hahn im Hofe seinem Weckdienst nicht nachkommen musste. Und dahinter erstreckte sich der romantische Park voller alter Bäume, in dem sonntags auch die Dorfbewohner lustwandeln durften.

Aus der Küche drangen Geräusche reger Betriebsamkeit heraus. Geschirr klapperte, Ofentüren wurden zugeschlagen, und jemand hackte lautstark auf ein Holzbrett ein. Seufzend verließ Wilhelm die Kutsche, griff nach seiner und Annas Tasche und reichte seiner Schwester den Arm, um mit ihr ins Haus zu gehen.

Er öffnete das Portal und trat in den kühlen Schatten des Treppenhauses. Links führte eine Tür ins Esszimmer, rechts in die Küche. Gegenüber konnte Wilhelm in den Anbau der Verwaltung sehen, wo jemand über ein Schriftstück gebeugt saß. Links davon führte die Treppe nach oben, gesäumt von Porträts der Ahnen des Hauses, die streng nach ihrer Abfolge angebracht waren.

Oben auf dem Absatz wurde eine Tür aufgestoßen, rasche Schritte waren zu hören. Eine Frau flog geradezu die Treppe hinab und auf die Geschwister zu. Ihre Mutter. Unten angelangt schritt sie zu Anna und gab ihr eine schallende Ohrfeige. Annas Hut flog vom Kopf, und auf ihrer Wange zeigten sich augenblicklich die roten Abdrücke von Fingern.

Wilhelm erstarrte ebenso wie Schulz, der gerade mit dem Korb durch die Eingangstür kam. Anna hatte sich nicht gerührt und wurde jetzt fest in den Arm genommen.

»Mach das nie wieder, hörst du, nie wieder!«, schluchzte die Mutter in Annas Haare, und auch die Augen der Tochter füllten sich augenblicklich mit Tränen. Erleichtert, schuldbewusst und erschöpft hielten sich beide Frauen im Arm, und Wilhelm wechselte mit Schulz einen verlegenen Blick. Schließlich löste sich die Mutter aus der Umarmung, fasste Anna an den Schultern und sah ihr ins Gesicht. »Das war eine der schlimmsten Nächte meines Lebens. Ich möchte das nicht noch einmal durchmachen müssen«, sagte sie mit ruhiger Stimme.

Wilhelm betrachtete seine Mutter. Sie war einen Kopf kleiner als er, aber ihre gerade, stolze Haltung, das hochgereckte Kinn, vor allem jedoch ihre strahlend blauen Augen ließen sie größer erscheinen. Wieder einmal fiel ihm auf, welch außergewöhnlich schöne Frau seine Mutter war. Schlank und mit edlen Gesichtszügen, die an Modelle italienischer Meister erinnerten, und mit ihren hochgesteckten Haaren, die, wie sie wusste, ihren langen Hals betonten, war sie schon immer eine der bemerkenswertesten Frauen nicht nur des Landkreises gewesen. Wilhelm wusste, dass seine Mutter als junge Hofdame in ihrer Berliner Zeit zahlreiche Verehrer gehabt hatte, und er wusste auch, dass die Stärke, die sie in jeder Umgebung ausstrahlte, nicht nur auf ihrem Aussehen beruhte: Hinter der hohen Stirn, der fein geschwungenen Nase und den großen Kornblumenaugen befand sich ein ehrgeiziger und gebildeter Geist.

»Jetzt geh nach oben, Kleines, und ruh dich aus. Ich habe mit deinem Bruder zu reden«, sagte sie freundlich. »Wir sehen uns zum Mittagessen.«

Anna nickte, hauchte einen Kuss auf die dargebotene Wange und ging zur Treppe.

»Ich danke Ihnen, Schulz. Sie haben uns wieder einmal einen großen Dienst erwiesen. Lassen Sie das Pferd versorgen, und begeben auch Sie sich zur Ruhe.«

Schulz wollte etwas erwidern, überlegte es sich aber anders und verbeugte sich. Als er sich umdrehte und wegtrat, sah Wilhelm, wie Anna sich umwandte und ihm zuzwinkerte. Viel Glück, sollte das heißen, und Wilhelm wusste, dass er es brauchen konnte.

Seine Mutter wandte sich zu ihm und nahm ihn kurz in den Arm, viel kühler als zuvor seine Schwester. »Willkommen zu

Hause, Wilhelm. Danke, dass du Anna wohlbehalten zurückgebracht hast.« Sie musterte ihn schweigend.

Wilhelm fiel jetzt auf, dass inzwischen doch einige graue Strähnen das volle schwarze Haar durchzogen, und auch im Gesicht waren einige Falten aufgetaucht, die er bei seinem Besuch letzte Weihnacht noch nicht bemerkt hatte. »Guten Tag, Mutter.«

Sie nickte. »Gehen wir in die Bibliothek. Ich lasse uns Tee kommen.« Sie drehte sich um und stieg die Treppe hinauf.

Wilhelm wusste, es würde ein sachliches Gespräch werden, wie immer. Ihn hatte sie nie angeschrien, ihm gegenüber hatte sie nie die Haltung verloren, was bei dem Vater und den anderen Kindern vorkommen konnte. Selbst wenn seine Mutter Anlass sah, ihn zu tadeln oder gar zu maßregeln, tat sie es, solange er sich erinnern konnte, stets in einem beherrschten, geradezu kontrollierten Ton. Umarmt, wenn man von kurzen Begrüßungen absah, hatte sie ihn nie, er konnte sich überhaupt an keine Zärtlichkeit erinnern, die sie an ihn verschenkt hätte. Früher, als er klein gewesen war, hatte er manchmal absichtlich etwas angestellt, nur um eine Reaktion zu erhalten: einen erhobenen Tonfall, ein Schimpfen, vielleicht eine Ohrfeige, irgendetwas, das Gefühle zeigte. Stets aber hatte sie kühl und zurückhaltend reagiert, und irgendwann hatte er seine Bemühungen eingestellt. Wilhelm liebte seine Mutter, ihre Schönheit, ihre Bildung und ihren Charme, den zu versprühen sie durchaus im Stande war. Waren sie in Gesellschaft und blühte seine Mutter als Gastgeberin auf, stahl er sich im Geiste seinen Teil davon und stellte sich vor, sie sei nur für ihn so nett, so geistreich, so voller Leben.

Sie betraten die Bibliothek und setzten sich in die tiefen Sessel, die am Fenster standen. Solange sie auf den Tee warteten, wurde kein Wort gesprochen, und Wilhelm konnte die Atmosphäre seines Lieblingsraums genießen, das Licht, das sich in den Glasschränken spiegelte, den Geruch nach Leder und alten Büchern, das leise monotone Ticken der Wanduhr und – wenn man genau darauf achtete – das Singen der Vögel hinten in der Voliere.

Drei Fenster ließen Licht durch die beiseitegeschobenen schweren roten Vorhänge auf die gegenüberliegende Wand fließen, die komplett von einem teilweise verglasten Bücherregal eingenommen wurde. Die Schmalseite neben der Eingangstür war ebenfalls voller Bücher, vor denen ein riesiger Schreibtisch stand, der problemlos eine Generalstabskarte aufnehmen konnte. Gegenüber, an der einzigen Wand ohne Bücher, befand sich ein großer Kamin, eingefasst in eine kostbare Holzvertäfelung, in deren beiden Vertiefungen Porträts von Hausherr und Hausherrin hingen. Darunter befanden sich kleine Stehlampen, die bei Bedarf Licht für die Lesesessel spendeten.

Wilhelms Blick fiel auf den Teppich zu seinen Füßen. Der hatte freilich schon bessere Tage gesehen, und doch würde Wilhelm ihn, hätte er dies zu entscheiden, nie entfernen. Wie oft hatte er auf ihm gelegen, während er und sein Bruder in Büchern gelesen hatten, Annas Füße über ihren Köpfen baumelten und der Vater von seinem Schreibtisch oder einem Lesesessel aus ab und an ein mahnendes Wort an sie richtete. Zwischen den Fenstern hingen Skizzen, die die Mutter, als an Kinder noch nicht zu denken war, bei einer Italienreise gezeichnet hatte, Ausdruck eines der vielen ihrer zahlreichen Talente. Hier, in dieser Bibliothek, hatte Wilhelm Berichte über ferne Länder gelesen, hier war er in die Geschichte des Guts eingetaucht, das vor vierhundert Jahren in den Besitz der Familie gekommen und vor nicht einmal hundert Jahren seine heutige Gestalt erlangt hatte.

Ein Dienstmädchen kam leise herein und servierte den Tee. Nach einem Knicks verließ es das Zimmer, und Wilhelm erwartete, dass seine Mutter das Gespräch eröffnete. Doch zunächst tranken beide einen Schluck und setzten dann die Tassen ab.

»Wie gesagt, Wilhelm, bin ich dir dankbar, dass Anna wohlauf ist. Manchmal weiß ich nicht, was ich mit ihr machen soll. Mit einem solchen Dickkopf wird sie es als Hofdame schwer haben.«

»Sie hat sich Sorgen gemacht, Mutter.« Und sie hatte mit ihrem Leben einiges vor, aber Hofdame zu sein gehörte nicht dazu.

»Und da kommt sie zu dir, Wilhelm?« Die Frage klang ganz neutral, zeigte aber dennoch allzu deutlich, was seine Mutter von ihm dachte. »Sorgen machen wir uns alle, wie du weißt«, ergänzte sie. »Unter anderem um dich.«

»Um mich?« Wilhelm wusste, wann er nachzufragen hatte.

Die Mutter nickte. »Dein Vater hat mir geschrieben und von eurem Treffen in dieser Studentenklause berichtet. Dabei erwähnte er, dass du dein Studium wohl gut abgeschlossen hast, dir aber überlegst, zur Polizei zu gehen? Entspricht das den Tatsachen?«

»Ich habe mich noch nicht entschieden«, antwortete Wilhelm wahrheitsgemäß und verzog keine Miene.

Seine Mutter schwieg einen Moment und führte die Tasse wieder zum Mund. »Meine Erinnerung trügt mich doch aber nicht, wenn ich behaupte, dass ich dir mehrmals die Vorteile dargelegt habe, die in einer Richterkarriere liegen, die sich problemlos in einem Ministerium fortsetzen lässt, zumal für einen Sohn eines Mitgliedes des Herrenhauses, persönlich ernannt von Seiner Majestät? Was aber natürlich ein Fortsetzen des bisherigen Weges voraussetzt.«

Auch Wilhelm hielt sich jetzt an seiner Tasse fest und tarnte seine Nervosität, indem er langsam mit dem kleinen goldenen Teelöffel umrührte. »Das hast du, Mutter. Allerdings haben sich die Zeiten in Berlin geändert. Es ergeben sich zahlreiche Aufstiegsmöglichkeiten außerhalb der eingefahrenen Wege, auch und gerade in der Polizei. Es entstehen praktisch täglich neue Aufgaben und Herausforderungen.«

»Honoriert mit einem genügend hohen Auskommen?«

»Die Einkünfte sind sicher nicht so hoch wie als Richter, das muss ich zugeben. Dafür –«

»Und das hilft dir dann in Zukunft? Zur Gründung einer Familie, zum Führen eines Hausstandes, eines standesgemäßen Hausstandes?«

Wut ergriff Wilhelm. »Dafür bekäme ich, wenn ich in den Polizeidienst treten würde, sofort ein Gehalt, und nicht erst nach einigen Jahren unentgeltlicher Tätigkeit bei irgendeinem Gericht«, sagte er schärfer als beabsichtigt.

Seine Mutter blieb kühl und überlegen. »Wenn du den Boden der Tasse nicht zerstören möchtest, solltest du jetzt mit dem Rühren aufhören.«

»Verzeihung.« Wilhelm stellte die Tasse ab.

»Gerade jetzt, wo unser Gut, unsere Heimat, in großer Gefahr schwebt, sollten wir alles daransetzen, uns für die Zukunft zu wappnen.« Auch die Mutter hatte die Tasse abgestellt. »Und das bedeutet in meinen Augen, dass meine Kinder einflussreiche und gut dotierte Posten anstreben sollten oder, in Annas Fall, eine gute Partie machen.«

»Du planst weit in die Zukunft, Mutter«, erwiderte Wilhelm wieder ruhiger. »Aber wie du weißt, stehen wir *jetzt* vor Problemen. Da können wir jedes Einkommen gut brauchen, selbst das eines Polizeikommissars. Vater könnte wieder Landrat werden, was ebenfalls einen Beitrag leisten würde, und zwar kurzfristig.«

»Ob uns das vor dem freundlichen Kaufangebot der Brenkendorff bewahren wird? Die Hexe hatte nicht nur die Stirn, uns nur knapp die Hälfte dessen zu bieten, was die Wiesen tatsächlich wert sind, sondern schrieb in einem Begleitbrief auch noch etwas von nachbarschaftlicher Hilfe.« Zwar war die Stimme noch immer ruhig, aber ein leichtes Zittern verriet, wie wütend die Mutter war. »Und dann noch die Sache mit der Börse. Wie konnte Dein Vater nur so dumm sein?«

Wilhelm schwieg einen Moment. »Mutter«, sagte er schließlich. »Du wünschst dir, dass deine Kinder Einfluss und ein gutes Einkommen erwerben, um das Gut weiterführen und an nächste Generationen weitergeben zu können.«

Seine Mutter rührte sich nicht.

»Würde ich nicht für den Moment bei der Polizei arbeiten, hätte ich nicht die Möglichkeiten gehabt, etwas für unsere Familie zu tun. Das Börsenproblem und das Kaufangebot hängen zusammen, und ich bin auch hier, um den zweiten Teil der Lösung anzugehen. Das Geld werden wir wohl weitgehend zurückerhalten.«

Seine Mutter sah ihn groß an. »Hat diese … Schlange etwas mit der Börsengeschichte zu tun?« Jetzt wurden ihre Augen schmal, und die berühmte Falte bildete sich über der Nase.

»Mutter!« Wilhelm hatte die Stimme erhoben. »Es bringt uns überhaupt nichts, dieses Thema an die große Glocke zu hängen. Meiner Tätigkeit bei der Polizei ist es zu verdanken, dass ich möglicherweise eine Lösung gefunden habe. Alles Weitere ist nebensächlich. Wir werden die gegenwärtige Krise meistern. Und wir werden uns für die Zukunft rüsten. Vater wird seinen Teil dazu beitragen, Max auch, wenn er aus Italien zurück ist. Ich selbst verfüge, wenn ich bei der Polizei bleiben sollte, bald über ein Einkommen. Und die Aufstiegsmöglichkeiten sind, wie gesagt, derzeit exzellent. Einer der Direktoren im Präsidium hat so viel Geld verdient, dass er mithilfe einiger glücklicher Börsenspekulationen bereits das zweite oder dritte Haus gekauft hat.«

Wilhelm hatte einige Gerüchte über Stieber, den emsigen und allgegenwärtigen Chef der Politischen Polizei, aufgeschnappt und fand die Erwähnung seiner wirtschaftlichen Lage angebracht. »Ich habe mich noch nicht entschieden, aber meine Entscheidung wird auch das Wohl der Familie berücksichtigen.«

Seine Mutter sah ihn lange an und nickte dann schließlich. »Warum müsst ihr Männer immer das machen, was ihr wollt, und nie das, was notwendig ist?«

»Vielleicht weil Notwendigkeit und Wollen manchmal zusammenfallen?«

»Warum ist das bei uns Frauen niemals der Fall? Warum haben wir nicht einmal die Möglichkeit, etwas zu wollen?«

Wilhelm war sich nicht sicher, ob er richtig verstanden hatte, was seine Mutter meinte. Neben dem offensichtlichen Vorwurf, dass die Männer in der Familie immer ihren Willen durchsetzten, war da noch etwas anderes, etwas Persönliches, das er nicht einordnen konnte.

Er stand auf. »Mutter, mach dir keine Sorgen. Wenn ich bei der Polizei bleiben sollte, dann nur mit guten Aufstiegschancen. Doch jetzt entschuldige mich bitte, ich habe noch etwas zu erledigen. Ich werde gegen ein Uhr zurück sein.«

38

Auf direktem Weg ging er in die Küche. Wenn er schon einmal hier war, musste er doch zumindest Marianne, seit seiner Kindheit die Köchin des Hauses, guten Tag sagen. Wie erwartet stand sie am Herd und begoss einen Braten mit Sauce. Ohne Umstände ließ er seine Tasche fallen und hob die stämmige kleine Gestalt in die Höhe, drehte sie im Kreis und setzte sie wieder auf die kleinen Füße. Als Kind war er fast jeden Tag in die Küche gestürmt, hatte sich etwas von einem der zahlreichen Teller stibitzt und war anschließend von ihr durch die Luft gewirbelt worden. Als er größer und stämmiger wurde und der erste Bart spross, hatten sie die Rollen getauscht.

»Was für eine Freude!«, rief die Köchin, nachdem sie sich von ihrem Schreck erholt hatte. »Der junge Herr Wilhelm! Wie lange bleiben Sie?«

»Leider gar nicht. Kaum bin ich da, bin ich schon wieder weg.« Wilhelm ging zu einer Anrichte, nahm aus einem Korb zwei Äpfel und einige Mohrrüben und aus der Speisekammer ein Stück geräucherte Wurst. »Ich muss heute Nachmittag zurück nach Berlin.«

»Das ist aber schade«, sagte Marianne, und ihr Gesicht, das sonst immer gute Laune ausstrahlte, verdüsterte sich. »Gerade jetzt, wo es um das Haus nicht gut bestellt ist.«

»Es wird wieder besser«, versprach Wilhelm. »Genau deshalb muss ich jetzt auch gleich wieder weg. Ich sollte aber bis zum Kaffee wieder da sein.«

Er verließ Küche und Herrenhaus und ging hinüber zum Stall.

Ein lautes Bellen und kurz darauf ein Wiehern ertönten, und aus der offenen Stalltür stürmte ein großer Hund auf ihn zu. Zwei Schritte vor Wilhelm stoppte er aus vollem Lauf, setzte sich und sah Wilhelm erwartungsvoll an. Wilhelm lächelte. Magnus, ein Chesapeake Bay Retriever, war riesig und seit zehn Jahren sein Hund. Ein entfernter Onkel hatte ihn als Welpen von einer Englandreise mitgebracht, wo diese Rasse – eine Züchtung aus den ehemaligen amerikanischen Kolonien – als Jagdhund vor allem für Sümpfe und Gewässer beliebt war. Magnus hatte mit seinen Knopfaugen und dem binsenfarbigen Fell sein Herz im Nu erobert und vom ersten Abend an in seinem Zimmer geschlafen. Zu Menschen und anderen Tieren freundlich, vertrug er sich nicht mit anderen Hunden, sodass er bald der einzige Hund auf dem Gut war und von den Hunden der Schäfer am anderen Ende des Dorfs ferngehalten werden musste. Entsprechend den Anlagen seiner Rasse war Magnus zwar liebend gern am Fluss unterwegs, aber durch nichts zu bewegen, ein anderes Tier zu jagen oder zu apportieren. Wilhelms Vater musste deshalb den Spott der anderen Gutsbesitzer ertragen, wenn er zur herbstlichen Jagd einmal wieder nur zu Pferd erschien.

Wilhelm ging in die Knie und umarmte den Hund. Der hatte die Wurst bereits entdeckt, wartete aber folgsam, bis Wilhelm sie ihm reichte.

»Komm, Magnus, begrüßen wir Ajax.« Nebeneinander gingen Mensch und Hund zum Stall, wo erneut ein Wiehern erklang.

Die von der Heydens hielten an die zwanzig Pferde, die des Nachts in der Ständerhaltung untergebracht waren, aber um diese Uhrzeit waren sie entweder auf der Weide oder mit Arbeit beschäftigt. Drei große Einzelboxen waren den Reitpferden vorbehalten, die so über ausreichend Bewegungsmöglichkeiten verfügten. Ein brauner Hannoveraner steckte den Kopf über das Gatter der mittleren Box und blies Wilhelm durch die Nüstern an. Wilhelm drückte seine Stirn gegen den Kopf des Pferdes und blieb für einen Moment so stehen, während Magnus sich hinlegte und die Wurst verzehrte.

Ajax war seit vielen Jahren Wilhelms Pferd und noch immer im Vollbesitz seiner Kräfte. Auf ihm hatte Wilhelm reiten gelernt.

»Lust auf einen kleinen Ausritt?« Wilhelm gab ihm Äpfel und Möhren und öffnete das Gitter. Er lächelte, als er an die vielen Ausritte dachte, die ihn, Ajax und Magnus meist in die nahen Wälder geführt hatten. Magnus verschwand nach einem scharfen Ritt meist im Unterholz, magisch von den versteckten Gewässern angezogen, während Ajax sich auf den Waldwegen im langsamen Schritt ausruhte. Manchmal hatte Anna sie auf dem Pferd ihres Vaters begleitet.

Er sattelte Ajax, führte ihn auf den Hof und stieg auf. Magnus erhob sich, nahm etwas Wasser aus einer Schale und schloss sich ihnen an. Langsam führte Wilhelm den Hengst am Herrenhaus vorbei durch den Garten. Er hatte sich entschlossen, nicht am Waldrand entlangzureiten, zu groß war die Gefahr, dass Magnus zum Fluss laufen und ihn aufhalten würde. Daher nahm er den Weg über die nördlichen Felder und bog am Obstberg ab, der wie immer von zahlreichen Schafen bevölkert war. Der Fluss im Tal, der die Grenze zwischen den beiden Gütern bildete, würde um diese Jahreszeit nur wenig Wasser führen, sodass er ihn durch die Furt am Fuß der alten Schanze passieren konnte, wie es Händler seit Hunderten von Jahren getan hatten. Das Gasthaus am aufgestauten Teich war wohl eher nicht geöffnet. So könnte er den Hund, der bereits den Teich gewittert hatte und vorgelaufen war, zur Not dort zurücklassen. Es wäre nicht das erste Mal, und in der Vergangenheit hatte sich der Hund ihnen auf dem Rückweg stets wieder angeschlossen.

Es war ein eigentümliches Gefühl, in das stille Tal hinabzureiten, das sich hier zur Furt und zum Teich hin öffnete.

In seinen Träumen war Wilhelm zunächst tiefer im Tal, weiter stromauf, und fand sich dann doch jedes Mal am Fluss wieder, der aus dem Teich hervortretend nach einigen Schleifen in den See mündete.

Wilhelm verzichtete auf den Blick nach Norden, er hatte eine Aufgabe zu erfüllen und wollte sich nicht von Grübeleien über die versteckten Botschaften seiner Träume ablenken lassen. Er folgte stattdessen weiter dem Weg, durchritt die Furt und erreichte hinter dem Gasthaus schließlich die Kuppe des Berges.

Vor ihnen lag Brenkendorff, in dem alles etwas größer war als zu Hause. Mehr Häuser, mehr große Gehöfte, eine Schule und eine Kirche samt Friedhof machten das Dorf zum größten in der Umgebung. Neugutzow hingegen hatte weder Kirche noch Friedhof, von einer Schule ganz zu schweigen. Und so mussten die Kinder – früher wie heute – jeden Morgen den langen Weg durch das Tal nehmen; im Winter standen sie dabei nicht selten vor einem unüberwindbaren Hindernis, wenn der Fluss Eisschollen in der Furt aufgestapelt oder den kleinen Steg zerstört hatte. Die Kirchgänger hatten sonntagmorgens oft genug dasselbe Problem. Und stand eine Beerdigung an, musste der Wagen mit dem Verstorbenen zunächst fast bis zur Stadt fahren und von dort den Weg auf der anderen Seite des Waldes zurück nehmen, während die Prozession ihr Glück bei der Furt versuchte, zumindest auf dem Rückweg, denn das Gasthaus war in der gesamten Gegend beliebt und der wichtigste Platz für den Austausch von Informationen, Gerüchten und Klatsch.

Wilhelm ritt auf die Kirche zu, umrundete sie und stand endlich vor dem Besitz der Brenkendorffs. Wie das Dorf war auch das Rittergut größer, deutlich größer, als das Gut seiner Familie. Ausgedehnte Scheunen und Stallungen umgaben ein Herrenhaus, das mit Fug und Recht als Schloss bezeichnet wurde. Zwar war es nur zweigeschossig, dafür aber viel breiter gebaut und mit einem aufwändig gestalteten Mansarddach versehen. Ein achteckiger Turmaufbau mit geschweiftem Dach blickte weit in die Landschaft. Dieses Oktogon fand sich in ähnlicher Form auch am Turm der Dorfkirche.

Was für ein seltsamer Zufall, dachte Wilhelm, denn das Oktogon gehörte zu den typischen Zeichen der Freimaurer, die im letzten Jahrhundert hier einen Versammlungssaal unterhalten hatten.

Vor dem Portal des Herrenhauses stieg er ab und band Ajax lose an einen der Träger des Rankgerüsts, das sich über die Vorderseite des Gebäudes zog und Efeu, wildem Wein und Blauregen Platz zur Entfaltung gab. Ehe er den Klopfer betätigen konnte, wurde die Tür von einem livrierten Diener geöffnet, der ihn stumm und fragend ansah.

Wilhelm zog aus der Innentasche seiner Jacke eine Karte hervor und gab sie dem Diener. »Melden Sie mich bei der gnädigen Frau.«

Der Diener nahm die Karte ausdruckslos entgegen und legte sie auf ein kleines goldenes Tablett, das er hinter dem Rücken hervorgezaubert hatte. Er deutete eine Verbeugung an, trat einen Schritt zurück und wies mit der Hand ins Innere. »Ich werde Sie sogleich anmelden. Wenn Sie die Güte hätten, hier zu warten?«

Wilhelm nickte, trat in die große Halle, deren gelben Wände bis zu Brusthöhe mit dunklem Holz beschlagen waren, und sah sich um. Als kleiner Junge war er hier ein und aus gegangen, doch nach dem Vorfall am See hatte er das Haus der Brenkendorffs nie wieder betreten. Ein Kronleuchter und der Kopf eines Zwölfenders waren der einzige Schmuck, sah man von zwei bequem aussehenden Sesseln ab, die das ganze Mobiliar bildeten. Der Raum war bis zur großen Glastür, die einen Blick auf den Garten gestattete, mit teurem Parkett belegt. Wie lange war er nicht mehr hier gewesen? Wilhelm ging zu einem der Sessel und setzte sich, während der Diener auf einer großen Treppe nach oben verschwand.

Minuten später kam der Diener wieder herunter. Seine neutrale Haltung hatte sich in Eis verwandelt. »Wenn Sie mir bitte folgen möchten«, sagte er in einem Tonfall, der seine Verachtung gut maskiert durchscheinen ließ. »Die gnädige Frau erwartet Sie in der Bibliothek.«

Wilhelm stand auf und folgte dem Diener die Treppe hinauf. Ein kurzer Flur folgte, eine Tür und dahinter eine große Bibliothek mit verstreut stehenden kostbaren Sitzmöbeln. Auch hier alles eine Nummer größer als im Haus seiner Familie.

»Herr von der Heyden«, verkündete der Diener und wies in den Raum, ohne Wilhelm anzusehen. Sogleich drehte er sich um und schloss die Tür. Schritte hörte Wilhelm nicht, sodass er davon ausgehen musste, dass der Diener vor der Tür Posten bezogen hatte. Es sollte ihm recht sein.

»Wilhelm von der Heyden«, ertönte eine dunkle, melodische, aber leicht spöttische Stimme aus einer Récamiere. »Du hast Mut, hier zu erscheinen. Werden jetzt die Kinder vorgeschickt? Der Mut der Verzweiflung, wie ich annehme.«

Die Gutsherrin lächelte schmal und legte ein Buch auf den Fußboden neben eine Tasse mit heißer, anscheinend mittlerweile erkalteter Schokolade und ein Paar Hausschuhe, die sie zum Lesen abgestreift hatte. Mit nackten Füßen stand sie auf und band etwas zusammen, was angesichts der Tageszeit und ihrer Stellung in diesem Haus durchaus als Morgenmantel durchgehen konnte.

Wilhelm glaubte beinahe, seine Mutter vor sich zu sehen. Nicht, dass Theresa von Brenkendorff seiner Mutter gleichen würde. Hatte die eine schwarze Haare, waren sie bei der anderen braun, blickte die eine aus blauen Augen, besaß die andere grüne. Auch die Größe stimmte nicht, aber Haltung und Ausstrahlung glichen sich, waren identisch: stolz, zielbewusst, von sich selbst überzeugt. Bei beiden hatten sich hier und da erste graue Strähnen in die Haartracht geschlichen, und bei beiden breiteten sich beinahe unmerklich kleine Falten von den Augen aus. Der Schönheit beider Frauen tat dies aber keinen Abbruch.

Theresa von Brenkendorff ging zu einem Schreibtisch und setzte sich in den bequem aussehenden Ledersessel. »Das Gespräch wird kurz sein, daher halten wir uns nicht damit auf, dir ein Getränk anzubieten. Nimm Platz.« Ihr schlanker, wohlgeformter Arm zeigte auf den Stuhl, der vor dem Schreibtisch stand.

Wilhelm setzte sich und legte seine Tasche auf seinen Schoß.

»Ich nehme an, du kommst wegen meines Kaufangebots?«

»Unter anderem.« Wilhelm bemühte sich, seine Stimme ebenso ruhig und neutral zu halten wie seine unfreiwillige Gastgeberin.

»Das Kaufangebot nutzt beiden Seiten. Ich gewinne eine schöne Obstwiese hinzu, und deine Familie erhält das Geld, das sie so dringend benötigt, nicht wahr?«

»Die Wiese ist mehr als das Doppelte wert«, erwiderte Wilhelm sachlich.

»Nun«, Theresa von Brenkendorff lächelte schmal und öffnete die Arme in einer Geste, die wohl Bedauern zum Ausdruck bringen sollte, »unter den gegenwärtigen Umständen erscheint mir der Preis angemessen zu sein.«

Wilhelm sah sie schweigend an.

Die Gutsherrin zuckte mit den Schultern. »Haben Fritz oder Luise den Weg nicht selbst gefunden, oder fehlte ihnen der Mut dazu?«

»Mein Vater ist in Mecklenburg unterwegs …«

»Geld auftreiben, vermute ich.«

Wilhelm ignorierte die Unterbrechung. »… und meine Mutter weiß nicht, dass ich hier bin.«

»Tatsächlich?« Die Gutsherrin hob eine edle Braue einen halben Zoll in die Höhe. Hatte sie das in ihrer Zeit als Hofdame gelernt? »Welch galante Geste von dir. Mein Angebot ist aber nicht verhandelbar. Nehmt es an, oder lasst es bleiben. In letzterem Fall befürchte ich aber keine rosigen Aussichten für euer Gut.«

»Sie *befürchten*?«

Die Augen der Gutsherrin wurden schmal, kurz nur, dann lächelte sie und schwieg.

Wilhelm ließ seinen Blick durch den Raum schweifen. Er war schön, das musste er zugeben, er war gemütlich, ein Raum, in dem man sich wohlfühlte, in dem man den ganzen Tag verbringen konnte. Alle Wände waren mit Regalen voller Bücher versehen, eine Bar stand bereit, und am Fenster stand ein kleiner Schachtisch, auf dem eine Partie in ihrer entscheidenden Phase aufgebaut war. »Ich bin hier, um Ihnen mitzuteilen, dass wir das Angebot ablehnen.«

Theresa von Brenkendorff zeigte keine Regung.

»Außerdem bin ich hier, um Sie aufzufordern, künftig von Handlungen gegen meine Familie abzusehen.«

»Aufzufordern? Handlungen?« Die Gutsherrin lachte leise, ihre Augen schauten ungläubig. »Wer meinst du zu sein, in meinem Haus so mit mir zu reden?«

»Ich weiß, wer ich nicht bin. Nämlich jemand, der einen Betrug angestiftet hat.«

Die Gutsherrin starrte ihn an. Zwischen ihren Augenbrauen zeigte sich etwas, das in wenigen Augenblicken eine Zornesfalte werden konnte.

Noch eine Gemeinsamkeit mit der Mutter, stellte Wilhelm fest. »Sie wissen vermutlich nicht, dass ich mittlerweile Polizist in Berlin bin, zumindest vorübergehend«, sagte er.

»Doch, das weiß ich. Mein Sohn hat mir diesbezüglich geschrieben. Keine gute Karrierewahl, denke ich.« Sie zischte beinahe vor Gehässigkeit.

Jetzt zuckte Wilhelm mit den Schultern. »Im Zuge von Ermittlungen bin ich auf einen Betrüger gestoßen. Sagt Ihnen der Name Berghausen etwas?«

Jahrelange Ausbildung und Erfahrung zeigten ihre Wirkung. Theresa von Brenkendorff zuckte mit keiner Wimper. »Nein, wer soll das sein?«

»Ihr Komplize, Ihr ausführendes Organ bei einem Börsenbetrug, der Sie in die Lage versetzt hat, meiner Familie dieses Angebot zu machen.«

Die Gutsherrin lehnte sich zurück und stützte ihr Kinn auf die Hand. Spöttisch und im koketten Tonfall eines Mädchens sagte sie: »Was Sie natürlich beweisen können?«

Wilhelm sah in das lächelnde Gesicht mit den ganz und gar kalten Augen und nickte langsam. »Ich habe hier«, er klopfte auf seine Tasche, »die Abschrift eines Geständnisses.«

Die Gutsherrin schnaubte. »Üble Nachrede! Vermutlich will mich jemand schlechtmachen. Sollte ich ihn verklagen?«

Wilhelm lächelte, freundlich, wie er hoffte. »Davon würde ich abraten. Das gesellschaftliche Aufsehen wäre zu groß. Meine Familie als Geschädigte würde aus diesem Grund davon absehen, Klage einzureichen, es aber notfalls auf einen öffentlichen Prozess vor einem Berliner Gericht ankommen lassen. Berghausen käme ins Gefängnis, und die Mitwisser wären gesellschaftlich ruiniert.«

Theresa von Brenkendorff behielt weiter Haltung. »Aber wenn ich doch keinen Berghausen kenne?«

Wilhelm klopfte erneut auf die Tasche. »Es gibt ein Geständnis.«

»Papperlapapp. Die Fantasien eines Gauners gegen das Wort einer angesehenen Adligen?«

»Es ist nicht nur das Geständnis. Wenn es noch eines weiteren Beweises bedurft hätte, so findet er sich dort drüben.« Wilhelm zeigte auf das Schachspiel. »In einer Wohnung in Berlin steht auch ein Schachspiel. Mit derselben Partie. Allerdings ist diese hier einen Zug weiter. Sie spielen mit Schwarz und haben den Turm auf c3 gestellt. Ein guter Zug, Sie bedrohen damit den weißen Springer. Der muss wegziehen, und der Weg zum weißen König ist frei. Berghausen wird betrübt sein, wenn der Brief ankommt. Briefe werden übrigens im Postamt registriert, Absender und Empfänger werden in eine Liste eingetragen.«

Wilhelm wiederholte die Geste seiner Gastgeberin, indem er die Hände ausbreitete. »Für Beweise ist gesorgt.«

Jetzt fiel die Fassade. Die Gutsherrin wurde erst blass und gleich darauf rot vor Zorn. »Du kleiner Wicht, du hast schon immer Scherereien gemacht«, zischte sie. Sie rührte sich noch immer nicht, aber der vornehme Ton war verschwunden.

Wilhelm stand auf. »Wie gesagt, die Beweise sind vorhanden. Sie werden meiner Mutter schreiben, dass Sie das Angebot zurückziehen. Und sollten Sie in Zukunft etwas – was auch immer, und sei es nur die kleinste Kleinigkeit – gegen meine Familie unternehmen, werden diese Beweise genutzt werden. Vielleicht ist keine Verurteilung möglich, aber gesellschaftlich werden Sie erledigt sein.«

Theresa von Brenkendorff saß bleich in ihrem Sessel.

»Ich schlage vor, dass Sie das Geld zurückzahlen, das Sie möglicherweise von Berghausen als Anteil erhalten haben. Er muss jetzt zweitausend Taler auftreiben.«

Langsam ging Wilhelm zur Tür. Mit der Hand auf der Klinke drehte er sich noch einmal um und sah auf die Frau, die am Tisch zusammengesunken war und ihm ausdruckslos hinterherblickte. »Woher kommt nur der Hass zwischen unseren Familien?«, fragte er leise. »Kann das nicht aufhören?«

»Das weißt du noch immer nicht?« Ihre Stimme war monoton, fast tonlos. »Gebe Gott, dass du es nie erfährst.«

Sie war enttäuscht, sie war wütend, sie fühlte sich ertappt und bloßgestellt. Aber verzweifelt oder gar gebrochen war sie nicht. Das konnte Wilhelm an ihren Augen erkennen, in denen immer noch ein Funken Kraft zu bemerken war. Er wandte sich um, öffnete die Tür und ging hindurch.

Der Diener sah über ihn hinweg und schloss die Tür, kaum dass Wilhelm über der Schwelle war. Als er die Treppe hinunterging, erklang ein lautes Geräusch. Ein Glas, eine Tasse, eine Flasche? Was auch immer es war, es war an der Tür zerschellt.

39

Wilhelm kehrte gerade rechtzeitig ins Gutshaus zurück, um sich rasch zu waschen, einen Kaffee zu trinken und ein Stück Kuchen zu essen. Faktisch zwischen Tür und Angel, was ihm einen tadelnden Blick seiner Mutter und einen ebenso dankbaren wie aufmunternden heimlichen seiner Schwester eintrug. Schließlich musste er sich doch beeilen, verabschiedete sich von Magnus und schwang sich auf den Kutschbock neben den alten Schulz. Am Bahnhof angelangt überreichte ihm der Verwalter einen verschlossenen Umschlag und knetete verlegen seine Schirmmütze zwischen den Händen.

»Was ist das, Herr Schulz?«

»Ein Schreiben von mir, junger Herr. Ich weiß nicht, ob und wann ich Sie wiedersehe …«

»Aber Herr Schulz …«

»Nein, nein, junger Herr. Wir müssen den Tatsachen ins Auge sehen. Die Angelegenheit ist mir äußerst wichtig. Bitte öffnen Sie den Brief erst, wenn Sie von meinem Ableben erfahren haben.«

Für einen Moment saßen sie schweigend nebeneinander.

»Darf ich die Hoffnung äußern, dass Sie sich an meine Bitte halten?« Schulz hatte Tränen in den Augen, die er hastig wegblinzelte.

Wilhelm verspürte einen Kloß im Hals, nahm den Brief, steckte ihn in die Innentasche seiner Jacke und musste sich räuspern, ehe er antworten konnte. »Das verspreche ich Ihnen, Herr Schulz.«

»Vielen Dank, junger Herr. Ihr Wort ist mir Zusage genug.«

Nur Minuten später fuhr der Zug ab. Anders als am Morgen vermochte es Wilhelm nicht zu schlafen, zu aufgewühlt war er. Gut, die Anspannung, unter der er die vergangenen Stunden gestanden hatte, war abgefallen, sobald er sich in das Sitzpolster sinken ließ. Aber die Gedanken an das gerade Erlebte ließen ihn nicht zur Ruhe kommen: die Auseinandersetzung mit seiner Mutter, denn um eine solche hatte es sich gehandelt, die Konfrontation mit der Nachbarin und schließlich die seltsame Szene mit dem Verwalter, all das ging ihm im Kopf umher, bis der Zug in den Stettiner Bahnhof einlief.

Ein Blick auf die Bahnhofsuhr zeigte Wilhelm, dass das Treffen mit dem russischen Botschafter bereits begonnen hatte. Deshalb war keine Zeit mehr, sich zu Hause frisch zu machen und umzuziehen. Zu Hause, dachte er. Was war eigentlich sein Zuhause? Das Gut mit seinem Park, das er gerade verlassen hatte, oder das Zimmer und die Küche bei seiner freundlichen Wirtin, in das er später am Abend gehen würde? Hatte er gar zwei Zuhause? Und vielleicht zwei Familien, eine größere und eine kleinere, mit Johann als weiterem Bruder und Frau Brenke als … ja, als was?

Er beschloss, eine Kutsche zum Club zu nehmen, dafür würde das Geld noch reichen. Sollte er aufgrund seines staubigen und, wie er eingestehen musste, etwas derangierten Aufzugs nicht eingelassen werden, würde er eben mit seiner Polizeimarke wedeln müssen. Wozu hatte man das verdammte Ding?

Er musste nicht wedeln. Lehmann öffnete die Tür und erkannte ihn sogleich wieder. Gemeinsam mit dem eilig herbeigeholten Alfred führte er Wilhelm in einen Nebenraum, bürstete ihm die Kleidung aus und richtete sie wieder her. Anschließend ließen sie ihn taktvoll einen Moment allein, damit er sich das Gesicht waschen und die Haare kämmen konnte. Den strengen Clubregeln mochte er nun zwar noch immer nicht vollständig genügen, für einen Besuch in einem Nebenzimmer reichte es aber.

In ein solches Nebenzimmer führte ihn Alfred. Herford hatte es sich bereits in Gesellschaft eines korpulenten kleinen Mannes bequem gemacht. Der Mann strahlte Fröhlichkeit aus, und über roten Wangen blitzten kleine wache Augen inmitten von Lachfältchen. Die gute Laune mochte daher rühren, dass die beiden Männer ihre Mahlzeit abgeschlossen hatten und einem Glas Wein zusprachen.

»Guten Abend, Wilhelm. Schön, dass Sie es doch noch einrichten konnten«, sagte Herford freundlich. »Ihr Freund Johann hat mir Bescheid gegeben. Ich hoffe, Sie konnten Ihre Angelegenheiten zu Ihrer Zufriedenheit klären.«

»Danke, Herr Direktor. Ich glaube, das ist gelungen.«

Herford nickte. »Darf ich die beiden Herren bekanntmachen? Freiherr von Budberg, außerordentlicher Gesandter und bevollmächtigter Minister Russlands … Wilhelm von der Heyden, mein neuer Mitarbeiter.«

Wilhelm wollte sich verbeugen, doch zu seiner Überraschung stand der Russe auf und reichte ihm die Hand. »Es freut mich, Sie kennenzulernen, junger Mann«, sagte er in akzentfreiem Deutsch. »Lassen wir alle Förmlichkeiten heute Abend beiseite. Bitte setzen Sie sich. Sie müssen schrecklich hungrig und vor allem durstig sein, wie?« Budberg schlug Wilhelm auf die Schultern und wies auf einen Stuhl.

Alfred erschien, und Wilhelm bestellte eine Suppe und ein Bier. »Der Tag war ziemlich anstrengend, da ist mir eine ausgedehnte Mahlzeit etwas zu viel«, sagte er entschuldigend.

»Ja, wer kennt das nicht. So ist das im Staatsdienst.« Budberg hob seine Hände auf typisch russische Art und drückte damit sein Verständnis und sein Mitgefühl aus.

»Ich habe den Botschafter bereits in Grundzügen in Kenntnis

gesetzt.« Herford nahm einen Schluck aus seinem Weinglas und betrachtete nachdenklich die tiefrote Flüssigkeit. Aber vielleicht fassen Sie unsere Erkenntnisse noch einmal kurz zusammen, Wilhelm?«

Alfred erschien mit dem Bier und teilte mit, dass die Tagessuppe sofort folgen würde. Daher kam Wilhelm gleich zur Sache. Er war müde, er wollte nach Hause, und er wollte ins Bett. »Sie wissen bereits, dass wir vor einigen Tagen die Leiche einer jungen Frau fanden?«

Budberg hatte die Beine übereinandergeschlagen und beobachtete ihn über die vor seiner Nase gefalteten Finger. »Ja, eine junge Österreicherin namens Beatrice Gräfin Wassilko von Kerecki. Kein unbedeutendes Geschlecht.«

»Im Zuge der Ermittlungen sind Reste eines Briefes und eines Manifests aufgetaucht, die die Familie auffordern, sich an die Spitze einer Befreiungsbewegung zu setzen und das alte Fürstentum Moldau wiederherzustellen.«

Budberg wog sacht den Kopf hin und her, bedeutete Wilhelm aber fortzufahren.

»In unseren polizeilichen Archiven konnten wir keinerlei Informationen finden, die auf eine derartige Verschwörung hinweisen würden. Unsere Frage geht nun dahin, ob Ihre Regierung über diesbezügliche Erkenntnisse verfügt.« Wilhelm war sich nicht sicher, ob seine geschraubte Redeweise dem Anlass, dem Gesprächspartner und der Umgebung angemessen war. Budberg jedenfalls verzog keine Miene und betrachtete ihn aufmerksam.

Alfred erschien mit der Suppe, und Wilhelm merkte, dass er doch ein wenig hungrig war. Nach einem kurzen Blick auf seine Gesprächspartner entschied er, dass er ohne Umstände zu seinem Löffel greifen konnte, denn es war Formlosigkeit vereinbart, und Budberg holte offenbar gerade zu einem längeren Monolog aus.

Und richtig. »Ich darf mich zunächst im Namen meiner Regierung bedanken, dass Sie uns informell diese Informationen übermittelt haben«, sagte Budberg mit einer galanten Bewegung zu Herford und dann zu Wilhelm, mit der er es schaffte, eine Verbeugung im Sitzen anzudeuten. »Wie Sie sich vorstellen können, sind wir immer an Nachrichten interessiert, die unsere gegenwärtige schwierige Lage betreffen. Offen gestanden, steht der Krieg auf der Krim nicht gut für uns, und ich befürchte, dass wir bald Frieden zu ungünstigen Konditionen schließen müssen. Da liegt es auf der Hand, dass wir Probleme an unseren anderen Grenzen überhaupt nicht brauchen können.«

Budberg setzte sich vor und goss Herford und sich selbst das Glas wieder voll. »Österreich steht in diesem Krieg faktisch auf der Seite unserer Gegner, ohne aber in Kampfhandlungen einzugreifen. Sie haben Truppen mobilisiert, aber gleichzeitig deutlich zu verstehen gegeben, dass sie sich nicht rühren werden. Oder verfügt Ihre tüchtige Polizei diesbezüglich über andere Erkenntnisse?«

Wilhelm widmete sich seiner Suppe und war froh, Herford das Kopfschütteln überlassen zu können. Er fragte sich, inwieweit ein Botschafter in polizeiliche Ermittlungen eingeweiht werden konnte, ging aber davon aus, dass der Umfang sehr begrenzt bleiben sollte.

»Das alte Moldau wurde damals von den Türken erobert. Jetzt liegt es zum Teil auf österreichischem und zum Teil auf russischem Gebiet. Es wäre im Kriegsfall ein Aufmarschgebiet für beide Seiten. Von daher läge es nahe, einen solchen Versuch zu starten. Man könnte einen Konflikt provozieren, der beide Seiten in den Krieg treibt, und dann hoffen, im Rahmen eines Friedensvertrags zumindest auf einem Teil des Gebiets ein neues Fürstentum zu errichten, auf dem Gebiet des Verlierers nämlich. Nach Lage der Dinge muss ich feststellen, dass es sich dann wohl um russisches Gebiet handeln würde.« Budberg holte eine Zigarre hervor. »Sie gestatten?«

»Gern«, antwortete Wilhelm, »ich bin mit meiner Suppe fertig.«

»Ich schließe mich an«, sagte Herford und holte ebenfalls eine Zigarre hervor.

»Allerdings ist das Szenario nicht sehr wahrscheinlich.« Budberg paffte, nachdem die umständliche Zeremonie, die Zigarren zum Brennen zu bringen, abgeschlossen war, einen ersten Zug und freute sich sichtlich am Anblick des perfekten Rings, der langsam zur Decke stieg. »Zum einen ist weder Österreich noch Russland an einer militärischen Auseinandersetzung interessiert, was es eventuellen Verschwörern erheblich erschweren würde, ihr Ziel zu erreichen. Zum anderen ist diese Region bettelarm, gebildete Leute gibt es kaum, und es ist auch nichts in Sicht, was einem neuen Staat die Existenz sichern könnte. Die Landwirtschaft deckt kaum den Eigenbedarf, Handel und Handwerk liegen am Boden, und eine Industrie gibt es nicht. Wie es mit Bodenschätzen aussieht, weiß ich im Moment nicht. Um ehrlich zu sein, weiß ich über diese Region nicht viel mehr als über China.«

Herford und Wilhelm lächelten pflichtbewusst.

»Unsere Geheimpolizei ist nicht gerade untätig«, fuhr Budberg fort. »Sie wissen ja, dass unsere Regierung und auch der Zar selbst permanent von Revolutionären und Anarchisten bedroht werden. Deshalb ermittelt unsere Geheimpolizei sehr engagiert in diesen Kreisen. Diesen Bakunin zum Beispiel, der ja bei Ihnen in Berlin studiert hat, haben wir erst kürzlich in ein sicheres Gefängnis verlegt.«

Budberg versuchte sich an einem weiteren Ring, der diesmal weniger gut geriet. Er schüttelte den Kopf. »Wie auch immer. Von der Geheimpolizei wurden jedenfalls keine Informationen übermittelt, die Ihren Verdacht bekräftigen könnten. Davon hätte ich gehört. Und nach meiner Einschätzung gibt es in der Bukowina auch niemanden, der ein solches Werk in die Tat umsetzen könnte.«

Herford nickte bedächtig. »Das deckt sich mit unseren Erkenntnissen. Sie halten es also auch für eine Falschinformation?«

Budberg nickte energisch. »Allerdings. Auch wenn mir die Absicht, die dahinterliegt, schleierhaft ist.«

Herford und Wilhelm sahen sich an. Die Bukowina-Spur hatte sich endgültig als Sackgasse herausgestellt.

Die drei Männer plauderten noch einige Zeit über den Kriegsverlauf auf der Krim, die schrecklichen Verluste auf beiden Seiten und die Möglichkeiten, die sich beiden Ländern eröffnen würden, wenn dieser Krieg erst einmal vorbei war. Wilhelm hörte zumeist zu und erkannte fasziniert, dass weder der Botschafter noch Herford mehr als Gemeinplätze von sich gaben.

Schließlich erhob sich Budberg. »Meine Herren, wenn Sie erlauben. Morgen ist wieder ein schwerer Tag voller Sitzungen. Ich brauche meinen Schönheitsschlaf«, sagte er und lachte dröhnend. Einige Köpfe fuhren aus benachbarten Sesseln auf, aus Zeitungsstudium oder Schlaf, und wandten sich ihm zu.

»Als Russe habe ich einen Ruf zu verlieren, wissen Sie?«, flüsterte Budberg Wilhelm zu und zwinkerte. »Sie wissen schon: Wodka und laute Umgangsformen. Da darf ich nicht aus der Rolle fallen. Außerdem kann es ganz nützlich sein, dass der russische Botschafter in der Öffentlichkeit mit der preußischen Polizei gesehen wird. Wetten, dass das im nächsten Bericht steht, der an Wien geht?« Er nickte zu einem Sessel hinüber.

»Wir begleiten Sie nach draußen, Botschafter«, sagte Herford, »auch wir sind morgen wieder im Einsatz.«

»Allzeit bereit, wie?«

»Allzeit bereit.«

Lehmann hatte bereits die Kutsche des Botschafters gerufen.

Sie fuhr vor, sobald die Männer die Straße betraten und sich voneinander verabschiedeten. Augenblicke später war sie verschwunden, und auch Herford empfahl sich.

Erleichtert machte sich Wilhelm auf den Heimweg. Die Sonne war untergegangen, der Himmel im Osten war bereits dunkel, während im Westen noch ein gewisses Blau zu erahnen war. Als er endlich mit der Tasche über der Schulter die Tür des Brenke'schen Hauses öffnete und die Küche betrat, waren die ersten Sterne am Himmel zu sehen und die Gaslaternen in Betrieb. Frau Brenke war bereits zu Bett gegangen, aber auf dem Küchentisch lag ein Umschlag.

Wilhelm öffnete ihn voller Freude.

Mein liebster Bill,
ich bin endlich in Berlin eingetroffen und bei meiner Tante Mathilde in der Neue Roßstraße 8 untergekommen. Sie gibt am Dienstagabend, acht Uhr, einen Empfang, eine Lesung oder etwas in der Art. Ich war viel zu aufgeregt, um mir die Details zu merken. Vielleicht könntest Du zufällig, ganz zufällig, vorbeischauen? Sophie sagte mir, dass dieser literarische Teil für alle Interessenten offenstünde, wenn sie eine Einladung mitbringen. Sophie – sie ist sehr schlau in solchen Dingen – würde behaupten, Deinen Freund Johann im Theater getroffen und mit ihm über Dichtkunst gesprochen zu haben. Und sie hat ihn nebst Begleitung (!) eingeladen. Wer wohl die Begleitung sein mag? Sophie würde Euch die Einladung heimlich zustecken. Seid daher halb acht Uhr an der Ecke Jacobstraße. Ist das nicht spannend? Auch Sophie möchte Dich endlich kennenlernen.
Ich küsse Dich und kann kaum den Dienstag erwarten.
Deine ungeduldige Mary

40

Bereits kurz nach sieben Uhr, Wilhelm und Frau Brenke saßen noch am Frühstückstisch, klopfte es an die Haustür. Ein außergewöhnlich munterer Johann trat in die Küche und war sichtlich erfreut, am mit Brot, Wurst und Käse reichlich gedeckten Tisch Platz nehmen zu können. Kaum hatte er den ersten Schluck Kaffee getrunken, begann er zu reden.

»Wie versprochen, habe ich noch vorgestern Nacht den Brief an meinen Vater geschrieben. Da er sich zurzeit auf unserem Gut bei Hannover aufhält, sollte der Brief bereits angekommen sein, und wir können bald mit einer Antwort rechnen.«

Wilhelm und Frau Brenke sahen sich an. Dass Johann um diese Zeit derart energiegeladen sein konnte, war neu für sie.

»Ich setze dich natürlich sofort in Kenntnis, wenn der Brief eingetroffen ist und ich eine Antwort habe«, fuhr Johann kauend fort. Er hatte sich etwas Marmelade auf ein Brot gestrichen und herzhaft hineingebissen und schielte bereits auf den Wurstteller, offensichtlich mit der Frage beschäftigt, welche der beiden dargebotenen Köstlichkeiten er als Nächstes in Angriff nehmen würde.

»Und du? Warst du erfolgreich, Wilhelm?« Johann schaute ihn an und fügte beiläufig hinzu: »Wie geht es übrigens deiner Schwester?«

Wilhelm lächelte. »Sie ist wieder wohlbehalten zu Hause. Gesund und munter. Und sie hat die gesamte Zugfahrt nur von dir gesprochen.«

Johann verschluckte sich und lief rot an. Mit ungläubiger Miene fragte er krächzend: »Tatsächlich? Was hat sie gesagt?«

»Gar nichts.« Wilhelm griente. Sein Freund verdiente einen kleinen Schuss vor den Bug. »Wir haben die gesamte Zugfahrt über geschlafen.«

Enttäuscht schlug Johann die Augen nieder und konzentrierte sich brummend auf sein Frühstück. Hatte Wilhelm einen leichten Fluch vernommen?

»Und sonst?« Johanns Stimme klang wieder normal.

»Es ist, denke ich, gut gelaufen. Ich habe mit meiner Mutter gesprochen und unsere Nachbarin aufgesucht. Ich habe ihr die Lage verdeutlicht und gehe davon aus, dass zumindest dieser Teil unserer Schwierigkeiten erledigt ist. Für den Moment jedenfalls.«

Johann nickte zufrieden. »Wer weiß, vielleicht löst ja der Brief meines Vaters den anderen Teil.«

»Das wäre schön«, antwortete Wilhelm. »Apropos schön: Gestern kam ein Billett von Marie. Sie ist bei ihrer Tante in Berlin und wird uns über ihre Cousine für heute Abend Zugang zu einem Empfang verschaffen.«

»Das hatten wir doch ohnehin vor, oder nicht? Recherchen im Milieu der herrschaftlichen Salons und dergleichen?«

»Ganz recht. Ich denke aber, dass wir Maries Tante bereits vorher unsere Aufwartung machen sollten.«

»Warum? Wenn wir doch über die Cousine Zugang erhalten?«

»Schon, aber diese Ermittlungen inkognito zu betreiben könnte knifflig werden, und ich halte es für besser, wenn die Inhaberin des Salons vorher Bescheid weiß und so peinliche Situationen umschiffen kann. Wir sollten uns als Polizeibeamte vorstellen und um ihre Mithilfe bitten.«

»Du willst einfach nur deine Marie sehen«, stellte Johann nüchtern fest und grinste seinem Freund ins Gesicht. Er hatte dessen Scherz mit gleicher Münze zurückgezahlt.

»Ein angenehmer Nebeneffekt«, musste Wilhelm eingestehen.

»Ein mehr als angenehmer Nebeneffekt, würde ich meinen«, sagten Johanns Lippen. Seine Augen sagten: Erwischt, mein Lieber!

»Deshalb sollten wir rechtzeitig bei Maries Tante erscheinen, um die Sache vorzubereiten.« Wilhelm hoffte, elegant Johanns Spitze zu umschiffen. »Wir müssen mit hochgestellten Persönlichkeiten rechnen, denn die Tante führt einen der wenigen noch beliebten Privatsalons der Stadt. Da ist es hilfreich, wenn sie uns vorab die ein oder andere Information zukommen lassen und abends ein Auge auf uns werfen könnte.«

»Das hat Sinn«, sagte Johann mit unbewegtem Gesicht. »Wann wollen wir denn dieses … Vorgespräch in Angriff nehmen?«

»So früh wie möglich, würde ich denken.«

Johann grinste. »Aber nicht jetzt. Wir können nicht um diese nachtschlafende Zeit bei einer Dame anklopfen, um sie mit Polizeiangelegenheiten zu belästigen. Womöglich erwischen wir sie noch im Nachthemd, nebst Besuch und Tochter.«

»Selbstverständlich nicht!« Wilhelm versuchte, seiner Stimme einen festen und überzeugten Ton zu verleihen. Vollkommen vergeblich, wie er Johanns amüsiertem Blick entnehmen konnte. »Wir sind gegen zehn Uhr ohnehin bei Herford einbestellt. Aber danach, um die Mittagszeit, wäre es denkbar, oder nicht, Frau Brenke?«

Seine Hauswirtin, die dem Gespräch bislang schweigend, aber interessiert gefolgt war, war froh, auch einen Beitrag leisten zu können. »Eine Aufwartung um die Mittagszeit ist nicht sehr schicklich. Aber gegen zwei Uhr sollte das Essen in der Regel beendet sein, sodass dann ein Besuch vertretbar erscheint.«

»Zwei Uhr. Das schaffen wir doch oder halten es bis dahin aus, nicht wahr, mein lieber Wilhelm?«

Wilhelm stieß die Luft aus. »Du hast gewonnen, Johann, und

ausreichend Satisfaktion für meinen Scherz erlangt. Wenn du so weitermachst, muss ich dich noch zum Duell fordern.«

Johann wackelte mit dem erhobenen Zeigefinger. »Als Bürgerlicher bin ich nicht satisfaktionsfähig. Du wirst mich allenfalls verprügeln können.«

Das Pulver war verschossen und das Scherzpotenzial aufgebraucht. Frau Brenke murmelte noch etwas von den »jungen Leuten heutzutage«, doch der Rest des Frühstücks verlief in genießerischem Schweigen.

Jeder von uns hat einen Grund, an etwas Angenehmes zu denken, überlegte Wilhelm. Bei ihm lag es auf der Hand: Marie war in der Stadt, und in wenigen Stunden würde er sie sehen, ihre Stimme hören, ihre anmutigen Bewegungen verfolgen und sich wie immer über die Grübchen freuen, die sich beim Lächeln in ihren Mundwinkeln bildeten. Auch Johanns Gedanken waren offensichtlich. Er dachte ausschließlich an Anna. Wilhelm war sich nicht sicher, was er davon halten sollte. Hier sein bester Freund, dort seine kleine Schwester. Und Frau Brenke? Dachte sie womöglich an einen Polizisten, mit dem sie geheime Botschaften enträtseln konnte?

Schließlich waren die Tassen leer, Wurst und Käse verschwunden. Kuno hatte von Frau Brenke den letzten Wurstzipfel gefordert und erhalten. Wilhelm und Johann erhoben sich, und während sein Freund summend vor guter Laune Frau Brenke in der Küche zur Hand ging, machte sich Wilhelm in seinem Zimmer für den Tag zurecht.

Für einen Moment betrachtete er grübelnd die Polizeimarke mit dem Adler, bevor er sie in die Tasche steckte. Die letzten Tage waren aufregend gewesen, spannend angesichts der Verwicklungen und Theorien, die entworfen und verworfen wurden. Und er verspürte etwas, das er nicht genau beschreiben und sich selbst nicht erklären konnte oder wollte. War es Vorfreude, Gier geradezu auf neue Aufregung, Verwicklungen und Theorien? Hatte er sich insgeheim bereits entschieden, was seine Zukunft betraf?

Wilhelm seufzte, straffte sich und ging nach unten. Gemeinsam mit Johann verließ er das Haus und stieg zwanzig Minuten später die Treppe zu den Räumen der Kriminalpolizei am Molkenmarkt empor.

Oben empfing sie ein gut aufgelegter Oertzen, auch Vorweg, der sich schon im Vorzimmer befand, lächelte. Was ist heute bloß los?, fragte sich Wilhelm. War irgendetwas in der Luft, was die Menschen freundlich und zufrieden machte?

Schließlich rief eine Stimme aus dem Chefzimmer, und Oertzen ließ die Männer ein.

»Setzen Sie sich, meine Herren«, sagte Herford hinter dem Schreibtisch. Er hatte eine Zeitung aufgeschlagen und darauf die Bestandteile seiner Taschenuhr verteilt, in deren Inneren er mit einem kleinen Werkzeug werkelte. »Geht immer wieder nach, das verdammte Ding. Aber ich komme ihm auf die Schliche.«

Vorweg, Johann und Wilhelm hatten bereits an ihren mittlerweile gewohnten Stellen Platz genommen. »Auf die Schliche kommen, das ist ein gutes Stichwort«, sagte Herford. »Unserem Täter sind wir ja noch nicht näher gekommen, geschweige denn auf irgendwelche Schliche. Das ist unbefriedigend.«

»Allerdings können wir einige Spuren ausschließen«, warf Wilhelm ein.

Herford nickte. »Wir können mit ziemlicher Sicherheit davon ausgehen, dass es eine Verschwörung in der Bukowina ebenso wenig gibt wie eine Verschwörung von Freimaurern hier in Berlin. Alle Dokumente in diesem Zusammenhang müssen als untergeschoben betrachtet werden. Jemand legt hier also falsche Fährten. Warum?«

»Um von sich abzulenken«, sagte Vorweg.

»Um die Situation für eigene Zwecke zu nutzen«, sagte Wilhelm.

»Oder beides«, meldete sich Oertzen.

Herford kam kurz aus dem Konzept. »Ja«, sagte er nachdenklich, »das ist, wenn man es recht bedenkt, alles möglich. Das würde aber bedeuten, dass wir es hier eventuell mit einem Täter oder Täterkreis zu tun haben – oder mit mehreren, die unabhängig agieren. Ich weiß nicht, ob mir das schmeckt.«

»Wir haben Spuren ausgeschlossen. Man sollte doch denken, dass die Richtung dadurch klarer wird. Diese Überlegung macht es aber wieder kompliziert.« Vorweg kratzte sich am Kopf.

»Ich habe übrigens sicherheitshalber noch einmal alle Reviere über besondere Vorkommnisse in der letzten Zeit befragen lassen. Die Rückmeldungen besagen, dass sich Terroristen oder Anarchisten – so es sie in der Stadt gibt – derzeit ruhig verhalten, sich faktisch im Sommerurlaub befinden.« Jeder sah Herford an, dass er die Mitteilung nur der Vollständigkeit halber machte. »Interessant war nur eine Meldung, die besagte, dass sich vor einigen Tagen eine Gruppe Zigeuner vom Balkan Zutritt zur Stadt verschaffen wollte. Sie wurden abgewiesen, haben es dann aber doch geschafft, auf einige Märkte zu gelangen und Tücher und Schmuck und andere Dinge anzubieten. Die Marktpolizei ist schnell eingeschritten, offensichtlich aufgrund von Meldungen pflichtbewusster Markthändlerinnen.«

»Die wohl ihre Geschäfte gefährdet sahen«, warf Vorweg ein.

»Worauf Sie wetten können, Vorweg.« Herford hob ein kleines Zahnrad vor die Tischlampe und betrachtete es aufmerksam. »Jedenfalls wurden die Zigeuner aus der Stadt eskortiert und waren am nächsten Morgen verschwunden. Ich habe eine Fahndung angeordnet, aber sie scheinen wie vom Erdboden verschluckt zu sein. Als Spur taugt es jedenfalls nicht.«

Herford legte das Zahnrad weg, nahm ein neues und betrachtete es ebenso aufmerksam. »Wir müssen daher auf den Gedanken zurückkommen, dass der Anschlag auf Ursachen zurückzuführen ist, die in der Person der Gräfin oder des Barons liegen.«

»Oder beider«, meldete sich Oertzen wieder.

»Sie möchten heute alles kompliziert machen, was, Oertzen?«, brummte Herford und stellte direkt darauf erfreut fest: »Aha. Hier ist dem Zahnrad ein Zacken aus der Krone gebrochen.« Er legte das Teil zur Seite und wandte sich seinen Gästen zu. »Richtig. Wir gehen davon aus, dass die Gräfin oder der Baron ... oder beide, danke, Oertzen ... etwas getan oder unterlassen haben, was unseren Täter sehr unzufrieden machte. Ich persönlich tendiere zum Baron, denn er hatte bereits vorher Auseinandersetzungen, und die Explosion ereignete sich in seinem Zimmer.«

Er stand auf, legte die Hände auf den Rücken und begann, hinter seinem Tisch auf und ab zu laufen. Vier Schritte, Drehung, vier Schritte. »Wir müssen also die Lebensumstände des Paares in Erfahrung bringen. Möglichst von Anfang an, also beginnend mit dem Eintreffen in Berlin und dem Bezug der Wohnung. Was haben sie getan? Wohin sind sie bevorzugt gegangen? Wen haben sie getroffen? Mit wem haben sie besonderen Umgang gepflegt? Wilhelm, Sie wollten sich auf die Gräfin konzentrieren. Schon einen Plan?«

»Ja, Herr Direktor. Die Gräfin pflegte Umgang mit der Familie Schadow. Die Kinder des Bildhauers, Felix und Lida, haben sich mit ihr angefreundet und einiges unternommen. Hier wäre ein Ansatzpunkt. Darüber hinaus werde ich heute Abend zusammen mit Johann Schmidt einen literarischen Salon aufsuchen, in dem die Gräfin verkehrt haben soll. Wenn das nichts bringt, werden wir wohl weitere Salons besuchen müssen.«

»Guter Gedanke«, stimmte Herford zu. »So viele Salons, in die die Gräfin hätte gehen können, gibt es ja nicht mehr. Das sah vor zehn Jahren noch ganz anders aus.« Er setzte sich wieder auf seinen Stuhl und verschränkte die Finger auf der Tischplatte. »Vorweg, Sie wollten sich des Barons annehmen. Schon zu Erkenntnissen gekommen?«

Vorweg schüttelte den Kopf. »Offenbar war der Baron wenig aus. Er ging selten in Oper oder Theater und schien den Verkehr mit Geschäftspartnern auf einer sehr persönlichen Ebene ablaufen zu lassen.«

»Er besuchte sie also privat?«

»So scheint es. Oertzen geht die geschäftlichen Unterlagen durch und versorgt mich mit Adressen, die ich dann Schritt für Schritt abarbeite. Bislang ist noch nichts dabei herausgekommen.«

»Schade. Sonst noch etwas?«

»Der Baron verkehrte regelmäßig nur in zwei Herrenclubs, einer davon wird hauptsächlich von Österreichern frequentiert. Hier ließ er sich etwa einmal die Woche sehen, im anderen Club vielleicht alle zwei Wochen. Dort sind hauptsächlich Immobilienbesitzer zu finden.«

»Und?«

»Mit einem dieser Immobilienbesitzer ist er vor einigen Monaten in Streit geraten. Es kam wohl in der Vorhalle zu einem heftigen Wortwechsel, das Personal konnte sich aber nicht mehr daran erinnern, um was es ging.«

»Haben Sie mit dem Mann gesprochen?«

»Das ist nicht möglich. Er befindet sich bereits seit mehreren Wochen zur Kur in Karlsbad.«

»Also eher keine Spur?«

»Eher nicht. Falls es sich jedoch als erforderlich erweisen sollte, kann ich mich mit ihm in Verbindung setzen.«

»Hm. Viel Aufwand, wenig Ertrag.« Herford konstatierte nur und schien keineswegs entmutigt zu sein. »So ist sie, die Polizeiarbeit. Gut, machen wir also wie besprochen weiter. Sie berichten mir bitte täglich. Ich will diese Angelegenheit vom Tisch haben.«

Die Männer folgten Herfords Beispiel und standen auf. Oertzen öffnete die Tür.

»Ach, du meine Güte!«

Sie drehten sich um und blickten ihren Direktor an.

»Über diese verflixte Uhr habe ich fast das Wichtigste vergessen.« Herford schüttelte den Kopf, als müsse er an sich selbst verzweifeln. »Seit gestern Abend befindet sich Baron Mersdorf wieder auf freiem Fuß.«

»Warum denn das? Der Mann wollte fliehen!« Wilhelm sah Vorweg das erste Mal sprachlos.

»Jetzt nicht mehr«, wiegelte Herford ab. »Ich habe gestern Vormittag mit dem österreichischen Botschafter gesprochen. Er hatte zwar Verständnis dafür, dass wir den Baron vorerst festgenommen haben, denn ich argumentierte damit, dass wir ihn als Spion behandeln mussten, stritt aber natürlich ab, jemals von einem Spion namens Mersdorf gehört zu haben. Wen wundert's. Freimaurer und Bukowina habe ich natürlich unerwähnt gelassen. Besonders die Freimaurergeschichte wäre für ihn ein gefundenes Fressen gewesen. Allerdings können wir den Baron als Ausländer nicht so lange in Haft behalten, wie wir es manchmal bei Inländern tun.«

»Die Frist von vierundzwanzig Stunden gilt für jedermann«, sagte Wilhelm sanft.

Vorweg lächelte. Herford sah ihn nur an. »Sobald die Botschaft offiziell vorstellig wird, müssen wir den Baron einem Richter vorführen, und dann würde alles auf den Tisch kommen. Österreich freut sich, unser Verschwörer freut sich, und wir stehen ebenso dumm da wie unsere Königsfamilie.«

Wilhelm nickte langsam. »Verständlich.«

Vorweg und Johann sagten in einem Atemzug: »Politik.« Es klang nicht freundlich.

Herford sah darüber hinweg. »Ich habe mit dem Botschafter

eine Übereinkunft getroffen. Mersdorf kommt frei und einstweilen bei Verwandten in Potsdam unter. Sein Pass wurde einbehalten. Die Botschaft garantiert, dass er keinen Fluchtversuch unternimmt und sich jeden Tag bei seinem Konsul in Potsdam meldet, der daraufhin direkt an Oertzen kabelt. So weiß niemand, wo sich der Baron aufhält, nur die österreichische Botschaft und wir vier. Mersdorf war dem Vernehmen nach über dieses Arrangement sehr erfreut, auch wenn er sich um seine Sicherheit noch immer Sorgen macht. So soll es vorerst bleiben, meine Herren.«

Herford blickte in die Runde. »Noch Fragen? Nein? Dann raus hier und an die Arbeit. Ich habe hier noch Uhrmachertätigkeiten zu leisten.«

41

Abseits der Chaussee von Berlin nach Potsdam warteten in Sichtweite des Forsthauses Dreilinden auf einer Wiese am Rande des Waldes zwei elegante Kutschen. Die eine war von Potsdam gekommen, die andere aus Berlin, und so standen die Pferde einander grasend gegenüber. Der General und sein Bruder hatten ihre Kutscher zum Forsthaus geschickt, um ungestört zu sein.

Sobald sie außer Sichtweite waren, knöpfte der General seine Uniformjacke auf, steckte die Hände in die Hosentaschen und ließ seinen Blick über die Felder streifen. Weit hinten konnte er eine kleine Rotte Wildschweine beobachten, die aus dem Getreide in den kühlen Schatten der Bäume wechselte. »Wir hätten unsere Jagdausrüstung mitbringen sollen«, sagte er.

Sein Bruder lehnte am Hinterrad seiner Kutsche und teilte zerstreut einen Grashalm mit dem Fingernagel der Länge nach in immer kleinere Streifen. »Dafür ist jetzt nicht der richtige Moment.« Er blickte wieder auf die Straße nach Berlin, auf der jeden Moment ein Reiter auftauchen musste.

Der General ging nicht weiter darauf ein. »Mir sind in letzter Zeit Depeschen und Briefe abhandengekommen.«

»Abhanden?«

»Sie sind nicht verschwunden, aber ich weiß, dass Abschriften davon im Staatsministerium und in der Polizei kursieren. Letztens sollen wohl auch einige in Paris aufgetaucht sein.«

»Wir machen ständig Abschriften und lassen sie kursieren.« Sein Bruder schien sich keine Sorgen zu machen.

»Hier handelt es sich aber um Abschriften, die ich nicht habe anfertigen lassen und auch nie freigegeben hätte.«

Jetzt wirkte der Bruder interessiert. Er warf den Grashalm weg und trat neben den General. Gemeinsam betrachteten sie die Stelle, an der die Wildschweine in den Wald gelaufen waren. Hier und da war bei genauem Hinsehen noch immer Bewegung zu erkennen. »Und der Inhalt?«

»Nicht schön.« Missmutig scharrte der General mit dem Stiefel im sandigen Boden. »Ich weiß nicht, um welche Schriftstücke es genau geht, es werden wohl aber Äußerungen über Manteuffel, Hinckeldey und einige Schreiben an die Russen dabei sein.«

»Das ist schlecht. Hast du die Äußerungen über den Ministerpräsidenten und den Polizeichef in deiner üblichen Art und Weise getätigt?«

»Das mag wohl sein.«

»Doppelt schlecht. Wenn das den beiden zu Ohren kommt, gibt es Ärger. Und den können wir im Moment nicht brauchen. Verdammt!« Der Politiker ging ein paar Schritte und drehte sich dann zum General um. »Hast du eine Vorstellung davon, wer dahintersteckt?«

»Die Abschriften werden von jemandem aus meinem Hausstand erstellt worden sein. Ich forsche da bereits nach. Aber in wessen Auftrag er das gemacht hat, weiß ich nicht. Wenn ich raten müsste, steckt wohl Hinckeldey dahinter, wenn nicht gar Manteuffel selbst.«

»Der liebe Otto Theodor.« Der Politiker spie den Namen förmlich aus. »Er ist uns alles andere als gewogen und neidisch auf unsere gute Stellung beim König. Könnte uns die Sache schaden?«

»Es könnte böses Blut geben. Den König werde ich aber wieder auf unsere Seite ziehen können, falls das erforderlich ist. Mir gegenüber hat sich sein Verhalten in den letzten Wochen jedenfalls nicht geändert.«

»Was hast du vor?«

»Ich werde herausfinden, wer was kopiert und wem er es übergeben hat. Danach sehen wir weiter.« Der General spuckte aus, trat an den Waldrand und nestelte an seiner Hose. »Wenn Hinckeldey oder Manteuffel dahinterstecken, mache ich ihnen die Hölle heiß.«

»Oder sie uns.«

Der General wandte den Kopf und sah seinen Bruder mit erstaunter Miene an. Flüssigkeit plätscherte ins hohe Gras unter den Bäumen.

»Ich hoffe, du hast dich nicht allzu abfällig über die beiden oder gar den König geäußert.« Der Politiker schaute wieder die Chaussee entlang. Hinter einem Hügel, auf dem jetzt ein Reiter im flotten Trab erschien, waren die Häuser von Berlin zu erahnen. »Da kommt unser Mann.«

Zwei Minuten später hatte der Offizier der Gardedragoner die beiden Männer erreicht. Mit Missfallen nahm der General, der soeben mit dem Richten seiner Hose fertig geworden war, den Aufzug des Reiters zur Kenntnis. »In Zivil auf einem Militärpferd, wie?«, brummte er.

Auf dem attraktiven Gesicht des Reiters rührte sich kein Muskel. Er sah kurz an seiner modischen Freizeitkleidung mit den hohen Reiterstiefeln hinab. »Ich bin heute Nachmittag noch in Potsdam zu einem Empfang geladen. Ihre Nachricht hat mich in der Kaserne erreicht. Es war keine Zeit mehr, nach Hause zu gehen und die Kutsche zu holen, daher mein Dienstpferd.« Er sah zu seinem Hengst hinüber, der sich zu den anderen Pferden gesellt hatte und friedlich graste.

»Wie ist der Stand der Dinge?«, mischte sich der Politiker ein.

»Soweit ich erkennen kann, tappt die Polizei in unserer Angelegenheit weiter im Dunkeln. Anscheinend sind sie den Hinweisen auf die Bukowina nachgegangen, wurden aber im Archiv nicht fündig.«

»Wie auch«, warf der General ein.

»Herford hat sich mit Bismarck getroffen und ein oder zwei Tage später mit dem russischen Gesandten.«

»Mit Bismarck?« Der Politiker war erstaunt.

»Bismarck ist auch nicht mehr der, der er mal war.« Der General wurde immer unzufriedener. »Wir haben ihn in unseren Kreis aufgenommen und protegiert – und wie dankt er es uns? Mit *Realpolitik*, oder wie er das nennt. Dabei habe ich ihn für einen echten Junker gehalten.«

»Das tut jetzt nichts zur Sache, Bruder«, stoppte der Politiker den Redefluss des Generals. Der junge Offizier musste nicht mehr wissen als unbedingt erforderlich. »Wissen wir etwas über den Inhalt des Gesprächs?«

Der Dragoner schüttelte den Kopf. »Herford war bei beiden Gesprächen in Begleitung eines jungen Polizisten. Er muss neu sein, denn sein Name ist mir nicht bekannt. Ich gehe davon aus, dass der Kriminaldirektor in diesen Gesprächen Hintergrundinformationen erlangen wollte, was die Bukowina betrifft.«

Der Politiker nickte. »Und ich gehe davon aus, dass Herford nicht so dumm ist, diese Spur jetzt noch weiter zu verfolgen. Diese Ablenkung hat die Polizei also nur aufgehalten. Was ist mit dem Freimaurermanifest?«

»Das ist interessant. Die Polizei hat Mersdorfs Kontor durchsucht und rückte kurz darauf mit einer großen Mannschaft an. Zahlreiche Dokumente wurden in den Molkenmarkt geschafft, und ich nehme stark an, dass das Manifest dabei war. Außerdem haben wir eine weitere Version auf dem bekannten Weg beigesteuert. Allerdings haben sie es bislang nicht weitergemeldet.«

»Haben sie nicht?« Der General wirkte erstaunt. »Das Schreiben hat eine Brisanz, da müssen sie es doch weitermelden!«

Der Politiker überlegte. »Es hat Brisanz, natürlich. Vielleicht ist genau das der Grund, warum sie es nicht weitermelden, denn es würde eine erhebliche Menge Staub aufwirbeln. Was meinen Sie?« Er richtete einen kalten Blick auf den Offizier.

»Womöglich halten sie es für eine weitere Ablenkung und forschen erst einmal hinter den Kulissen.«

»Denkbar«, sagte der Politiker nachdenklich. »Jedenfalls bereitet das Manifest der Polizei erhebliche Kopfschmerzen. Wenn sie nichts herausfinden, wird es Herford über kurz oder lang melden müssen. Für Ablenkung in unserer Sache scheint auf jeden Fall weiter gesorgt zu sein.«

»Das war aber nur ein Grund, das Manifest zu lancieren«, warf der General ein. »Es ist zudem ein gutes Mittel, um unsere Gegner am Hof zu diskreditieren.«

»Soll ich den Entscheidungsprozess bei der Polizei etwas forcieren?« Der Offizier sah die Brüder nicht an, sondern betrachtete angelegentlich die Pferde.

»Wie soll das aussehen?«, fragte der General.

»Es könnte eine weitere Version auftauchen«, sagte der Offizier, der einen Staubfleck auf seiner Hose entdeckt hatte und ihn durch leichtes Klopfen zu entfernen versuchte. »Dieses Mal geht sie direkt an die Politische Polizei mit dem Hinweis, dass die Kriminalpolizei nichts unternommen hat. Herford wäre in ziemlicher Erklärungsnot.«

»Nein!« Der Politiker schüttelte den Kopf. »Herford ist nicht unser Ziel. Wenn wir Nutzen aus den … tragischen Umständen ziehen wollen, muss diese Information zeitlich abgestimmt platziert werden.«

»Zeitlich abgestimmt worauf?« Der Offizier blickte ihn fragend an. Auch der General konnte seinem Bruder nicht folgen.

»Eine Angelegenheit, die Sie nichts angeht.«

Natürlich nicht, dachte der Offizier, habt immer nur schön weiter Geheimnisse vor mir.

»Wir wissen noch nicht, wie sie sich in den nächsten Tagen entwickeln wird, aber wir werden einen Weg finden, diese beiden Aspekte miteinander zu verknüpfen«, redete der Politiker weiter. »Vielleicht verbessern sich dadurch unsere Chancen, unseren Einfluss auf die kommenden politischen Entwicklungen zu erhöhen. Unternehmen Sie in dieser Sache vorerst nichts.«

»Warten Sie auf unsere Anweisungen«, fügte der General hinzu.

Der Offizier verstand kein Wort. Nur der letzte Befehl war klar und deutlich, zum ersten Mal seit der verdammten Explosion war etwas klar und deutlich geäußert worden. Gut! Sollten die beiden Brüder doch ihre komplizierten Intrigen spinnen und Verschwörungen planen. Was auch immer geschehen sollte: Er für seinen Teil würde sicherstellen, dass die Person, die er zu schützen hatte, nicht in den Fokus geriet. Und damit seine eigene Zukunft. Er verbeugte sich knapp. »Sehr wohl, meine Herren.«

»Das wäre vorerst alles«, sagte der Politiker.

»Sie können sich entfernen, Hauptmann«, sagte der General, der wie immer das letzte Wort haben wollte.

»Und geben Sie den Kutschern Bescheid, dass wir hier fertig sind«, fügte der Politiker hinzu.

Es juckte den Offizier zu salutieren. Da er Zivil trug, wäre dem General, der sehr auf Etikette und das detailgetreue Befolgen der Vorschriften bedacht war, die Ehrbezeugung sauer aufgestoßen. Stattdessen verbeugte er sich erneut. Man musste nicht unnötigen Ärger riskieren. Später, wenn seine Stellung am Hof eine andere wäre, würden sich ausreichend Gelegenheiten ergeben, mehr Respekt einzufordern. Er ging zu seinem Pferd und ergriff die Zügel. Dann drehte er sich um und sagte in einem fast beiläufigen Tonfall, den er sich nicht verkneifen mochte: »Fast hätte ich es vergessen. Baron Mersdorf ist aus der Haft entlassen worden.«

»Wie bitte?« Der Politiker, der gerade in seinen Wagen stieg, hielt inne und fuhr herum.

»Der Baron hat die Stadtvogtei in Begleitung eines österreichischen Legationsrats verlassen und die Stadt mit unbekanntem Ziel verlassen. In seiner Wohnung jedenfalls ist er nur kurz aufgetaucht, um einige Sachen zu holen.«

»Wenn er das Land verlässt, könnte er uns Schwierigkeiten machen?« Der General sah ratlos seinen Bruder an.

»Sein Pass wurde einbehalten. Er kann das Land nicht verlassen.«

»Wo ist er dann hin?«

»Das weiß ich nicht. Im Moment jedenfalls.« Der Offizier war die Ruhe selbst. »Ich kann es aber herausfinden.«

»Und dann?« Der Politiker sah ihn an. War er wütend? »Gibt es dann wieder eine Explosion?«

Der Offizier schüttelte den Kopf. Auf den Vorwurf ging er nicht ein. »Ich nehme an, dass der Baron einen solchen Schreck bekommen hat, dass er nichts mehr unternehmen wird. Im Gegenteil, er wird froh sein, ungeschoren aus der Sache herauszukommen. Ich könnte dieses Gefühl noch etwas verstärken, indem ich ihm eine freundliche Nachricht zukommen lasse und mich nach dem werten Befinden erkundige.«

»Wir wissen, wo wir Sie finden?« Der Politiker hatte verstanden. »Gut, dann machen Sie das. Aber gehen Sie nicht zu weit!«

»Nur so weit wie notwendig«, erwiderte der Offizier und stieg auf sein Pferd. »Nur so weit wie notwendig.«

42

Wilhelm und Johann schlenderten über den Mühlendamm und bogen an der filigranen Petrikirche auf der Fischerinsel nach Südosten ab. Da noch Zeit war und sie nicht vor zwei Uhr bei Maries Tante anklopfen wollten, hatten sie beschlossen, einen kurzen Imbiss in einer der zahlreichen Stuben zu nehmen, die sich um die Roßstraßenbrücke versammelten. Johann gab sein Bestes, um Wilhelm, der seinen Gedanken nachhing und zunehmend ungeduldiger wurde, mit alten Geschichten zu unterhalten, die er irgendwo ausgegraben hatte.

Das ist ja zum Verzweifeln, dachte Johann und startete einen weiteren Versuch. »Es sind nur noch ein paar Minuten, so lange wirst du wohl durchhalten.«

Wilhelm reagierte noch immer nicht.

Johann probierte es mit einer Frage, da musste sein Freund doch etwas sagen. »Wie heißt die Tante eigentlich?«

Wilhelm sah nur kurz auf. »Welche Tante?«

»Die Tante deiner Marie? Wilhelm, bist du noch bei mir?«

»Mathilde.«

Johann holte tief Luft. »Sehr schön. Wir gehen also da rein, und ich sage: ›Schönen guten Tag, Mathilde, wie geht es uns denn so?‹«

»Wie bitte?« Wilhelm sah Johann an, als würde er sich fragen, warum sie gerade hier saßen und welches Gespräch sie gerade führten. »Oh, entschuldige. Die Tante heißt Mathilde von Auer.«

Johann strahlte Wilhelm an. »Na bitte, geht doch.« Schnell sah er zur Uhr. Noch immer fast zwanzig Minuten. »Wusstest du eigentlich, dass man hier an dieser Brücke, an die sich in früheren Zeiten das Köpenicker Tor anschloss, vor nicht einmal zweihundert Jahren minderschwere Verbrecher mit Rutenhieben aus der Stadt getrieben hat? Und bei den Barrikadenkämpfen in den Märztagen hat man hier einen gefangenen Studenten erschossen, weil sich die Soldaten von seinem Demokratenbart gereizt fühlten. Ist doch interessant, oder?«

Er sah, dass Wilhelm mit seinen Gedanken wieder ganz woanders war, und steckte sich resignierend das letzte Stück Gebäck in den Mund. Er schüttelte den Kopf und versuchte es mit einer Anekdote, die er am Morgen gelesen hatte, doch ein Erfolg war nicht messbar. Wilhelm hörte nur mit halbem Ohr zu und sah immer öfter auf seine Taschenuhr, deren Zeiger quälend langsam vorrückte. Schließlich sprang er auf und zog den überraschten Johann über die Brücke, genau in dem Moment, als die Glocken der Kirchen die dritte Mittagsstunde einläuteten. Wenig später standen sie vor Haus 8.

Johann sah sich beeindruckt um. Es war ein ansehnliches Haus. Drei ganz in Gelb gehaltene Etagen mit weiß abgesetzten Ecksteinen und Einfassungen, dazu ein Dach mit zahlreichen Fenstern für die Zimmer des Personals und darüberliegendem Dachboden, breiteten sich mit je drei Doppelfenstern links und rechts eines großen und reich verzierten Portals aus. Die Straße war breit genug, dass der Verkehr nicht behindert wurde, wenn Besucher vor dem Portal aus der Kutsche stiegen. Kein Palais vielleicht, aber doch ziemlich nah dran. Grenzte nicht der Hinterhof des Hauses direkt an den Park und den Festsaal der Loge? Wilhelm mit seinem enormen Gedächtnis für Details würde das mit Sicherheit wissen, doch Johann wollte seinen Freund nicht weiter auf die Folter spannen. So trat er an die kleine Tür, die im Portal eingelassen war, und drückte die Klinke nach unten.

Hinter dem Portal erstreckte sich eine Toreinfahrt, breit genug für Kutschen und Lieferfahrzeuge, und öffnete sich auf einen Innenhof, der Platz für mehrere Gefährte ließ. Hinter einer abschließenden Mauer, an der sich ein kleiner Garten mit Beeten und einigen Obstbäumen entlangzog, ragten wie vermutet das Gebäude der Freimaurerloge und die Bäume des dazugehörigen Parks empor.

Johann folgte Wilhelm zu einer großen dunklen Tür mit zwei Flügeln, neben deren goldenem Türknauf mit aufgeprägtem Wappen ein ebenso goldener Löwe mit Ring im Maul darauf wartete, einlassbegehrende Besucher anzukündigen. Er stieß den Ring zweimal gegen die Fläche unter dem finster blickenden Löwenkopf. Er wartete. Er wiederholte sein Klopfen auf die gleiche Weise, und dann noch einmal, diesmal mit Nachdruck.

»Lass gut sein«, murmelte Wilhelm. »Wir wollen einen guten Eindruck machen.«

Rasche Schritte ertönten hinter der Tür, jemand schien eine Treppe hinaufzueilen. Dann endlich öffnete sich die Tür, und ein junges Mädchen mit weißer Haube und Schürze über einem grauen Kleid steckte den Kopf heraus und blinzelte die Besucher kurzsichtig an. Sie trat einen Schritt näher und nahm die Besucher in Augenschein.

»Warum nehmen Sie nicht die Klingel, meine Herren?« Sie schüttelte energisch den Kopf, goldene Locken flogen umher. Offensichtlich hatte sie diese Unterhaltung schon oft geführt. Sie zeigte auf eine Stelle links neben der Tür, an der tatsächlich ein Klingelzug angebracht war. »Dadurch werden wir in der Gesindeküche und auch der Butler in seinem Zimmer benachrichtigt. Wir sollten die Klingel vielleicht weiß anmalen.« Das Mädchen trat wieder einen Schritt zurück und richtete sich auf. »Was darf ich für Sie tun, meine Herren?«

Wilhelm zeigte ihr die Polizeimarke. »Wenn Sie uns bitte der gnädigen Frau melden würden?«

»Polizei?« Das Mädchen riss erschrocken die Augen auf und presste die Finger an den Mund.

»Keine Angst.« Wilhelm hob beruhigend die Hand. »Es ist nichts passiert, wir möchten lediglich der gnädigen Frau unsere Aufwartung machen.«

Das Mädchen lächelte Wilhelm an. Der Schreck war der Neugier gewichen. »Wenn etwas passiert wäre, würden Sie es mir sicher doch nicht sagen.«

»Das weiß ich nicht. Es ist ja nichts passiert, was ich Ihnen hätte sagen können.« Wilhelm lächelte zurück und überspielte seine Ungeduld.

Im Hintergrund erklangen Schritte, ebenso eindeutig weiblich. Allerdings kam dieses Mal jemand eine Treppe hinunter. »Carla, ist da jemand an der Tür?«, erklang eine helle Stimme, befehlsgewohnt, aber nicht unfreundlich.

Das Mädchen zuckte zurück und schob die Tür ein Stück zu. »Zwei Polizisten, gnädiges Fräulein. Sie wünschen die gnädige Frau zu sprechen.«

»Polizei?« Die helle Stimme kam näher. »Danke, Carla, ich übernehme das.«

Wilhelm sah noch, wie das Mädchen knickste, den Rock anhob und mit raschen Schritten in den Keller hinabstieg, zweifellos zur Küche, in der sie gleich einige interessante Neuigkeiten verkünden würde. Dann wurde die Tür aufgerissen, und ein nicht viel älteres Mädchen starrte sie an. Es war nicht so schlank wie das Dienstmädchen und gerade groß genug, um Wilhelm bis an die Brust zu reichen, aber es strahlte Energie aus, reichlich sogar. Über ihr Kleid hatte die junge Frau einen über und über mit Farbe bekleckerten Kittel gestreift, der vor einiger Zeit einmal weiß gewesen sein musste. Einige Farbspritzer hatten sich in ihr Gesicht und das schwarze Haar verirrt. Hinter dem Ohr steckte ein Pinsel, zwei weitere hielt sie in der Hand, von denen es nun auf die Fliesen tropfte. Aus dem Winkel der blauen Augen, mit denen sie die Besucher und die Marke musterte, die Wilhelm noch immer in der Hand hielt, hatte sie offenbar erst vor Kurzem mit dem Handrücken grüne Farbe gestrichen, denn ein Streifen zog sich noch über ihre Wange.

Nachdenklich sah sie zunächst Wilhelm und dann Johann an. Plötzlich verzog sie ihre Lippen zu einem Lächeln, das sich übergangslos in ein Grinsen verwandelte, das sich über das gesamte Gesicht erstreckte. »Wer von euch beiden ist Wilhelm? Nein! Lasst mich raten.« Sie hob die Hand, und Farbtropfen flogen auf die beiden Männer zu. »Verflixt.« Rasch trat sie auf Wilhelm zu und strich mit der freien, etwas saubereren Hand über seinen Rock. »Kein Problem, das bekommen wir wieder heraus. Also …«

Sie trat wieder einen Schritt zurück und begann ihre Musterung erneut. »Du«, sagte sie schließlich und zeigte auf Wilhelm. »Marie hat mir schon so viel von dir erzählt, dass ich meine, dich zu kennen. Und du musst dann also Johann sein?«

Johann verbeugte sich, und Wilhelm schloss sich an. »Dann müssen Sie … musst du Maries Cousine Sophie sein.«

Sophie strahlte und nickte. Dann zog sie die Stirn kraus. »Ist etwas vorgefallen? Wollten wir uns nicht erst heute Abend an der Jacobstraße treffen?«

»Nein, nein, es ist alles in Ordnung. Aber wir sind nicht nur aus privatem Grund hier.«

»Ach nein?« Sophie lächelte.

Wilhelm schüttelte den Kopf, und ihr Lächeln verschwand. »Wir sind sozusagen auch dienstlich hier, oder besser gesagt: Wir wollen heute Abend in dienstlicher, wenn auch verdeckter Angelegenheit anwesend sein.«

Sophie hob verwirrt eine Augenbraue. »Ist es schlimm, wenn ich kein Wort verstehe?«

»Keineswegs. Wir haben Ermittlungen durchzuführen, die uns in die Salons der Stadt führen. Heute Abend wäre eine passende Gelegenheit, um neue Erkenntnisse zu sammeln. Inkognito wäre das unter den gegebenen Umständen aber schwierig. Deshalb sind wir bereits jetzt hier aufgetaucht, um Ihrer … deiner Mutter unsere Aufwartung zu machen und um ihre Hilfe zu bitten.«

»Aha.« Sophie versuchte zu verstehen und nickte mehrmals nachdenklich mit offenem Mund. Schließlich trat sie zurück und gab den Weg frei. »Ermittlungen, inkognito … Das klingt ja alles sehr spannend. Kommt herein.«

Sie folgten Sophie in eine große Vorhalle, in der eine Treppe nach oben und eine weitere nach unten führte. Eine Tür schien parallel zur Toreinfahrt in den Hinterhof zu führen, eine andere zu einer Art Garderobe. Sophie jedoch öffnete eine weitere, größere Tür, die zur Hälfte aus Glas bestand, und wies in den dahinterliegenden Gang. »Marie befindet sich im Lesezimmer. Den Gang entlang, die Treppe hinauf und dann die zweite Tür links. Ich werde Mama informieren. Ich gehe davon aus, dass es einige Zeit in Anspruch nehmen wird, bis sie bereit ist.«

Sophie hatte das Wort »Zeit« deutlich betont. Dann zwinkerte sie Wilhelm zu und eilte lächelnd zur Treppe. Johann grinste – das Mädchen schien eine Menge Spaß zu haben. Er stieß Wilhelm an. »Na los. Worauf wartest du?«

Wilhelm öffnete die Tür und betrat einen weiß getünchten Gang, der sein Licht über elegant angebrachte Oberlichter aus den angrenzenden Räumen bezog. In regelmäßigen Abständen waren an den Wänden gasbetriebene Kerzenlichter angebracht, die abends und nachts den Gang mit seinem eleganten tiefroten Läufer und den geschmackvoll eingerahmten Landschaftsbildern in ein anheimelndes Licht tauchen würden.

»Sieh mal.« Johann wies auf die Türen, die an beiden Enden

des Ganges auf beiden Seiten eingelassen waren. »Sie müssen ihre Räume anscheinend beschriften, damit sie nicht vergessen, wo in ihrem Haus sie sich befinden.«

»Es handelt sich hier wohl um den öffentlichen Teil des Hauses, zu dem das Publikum während der Salons Zugang hat«, antwortete Wilhelm und öffnete die Tür am Ende des Ganges.

Unvermittelt stand er einem großen alten Mann gegenüber, der augenscheinlich ebenfalls gerade im Begriff gewesen war, die Tür zu öffnen. Obwohl sich in seinem Gesicht kein Muskel bewegte, konnte Wilhelm die Emotionen und Gedanken verfolgen, die sich hinter der hohen Stirn unter den ergrauten Haaren abspielten. Dem Erschrecken folgte eine milde Form des Erstaunens, gepaart mit einer Portion Unwilligkeit. Dann setzte das Nachdenken über die Anwesenheit der unbekannten Männer ein, bei denen es sich offensichtlich weder um gewöhnliche Diebe noch um tiefergestellte Personen handelte, die man vielleicht anfahren konnte. Daher schien es angebracht, die näheren Umstände in Erfahrung zu bringen, die zu dieser unverhofften Begegnung geführt hatten.

»Meine Herren. Darf ich mir die Frage erlauben, wie Sie hierhergelangt sind? Ich meine, den Türklopfer gehört zu haben, und wollte gerade nachsehen. Darf ich davon ausgehen, dass Sie das waren?« Der alte Mann blickte aus stahlblauen Augen, von deren Intensität nur die enorm große Nase ablenkte, leicht über Wilhelms Scheitel hinweg. Er hielt sich kerzengerade und hatte seine Livree ordnungsgemäß bis oben zugeknöpft. Weiße Handschuhe unterstrichen seine Stellung als Butler des Hauses.

»Sophie … Das junge Fräulein hat uns eingelassen«, sagte Johann, sichtlich eingeschüchtert von der ihn überragenden Gestalt. »Wir wollen der gnädigen Frau unsere Aufwartung machen, und So… das junge Fräulein hat uns gebeten, zunächst im Lesezimmer Platz zu nehmen.«

Der alte Mann verzog keine Miene. »Das junge Fräulein ist häufig zu Scherzen aufgelegt. Dabei weiß sie ganz genau, dass diese Dinge zu meinem Aufgabenbereich gehören. Sie haben nicht zufällig eine Karte für mich?«

Wilhelm nestelte in den Innentaschen seiner Jacke, förderte schließlich eine Karte zu Tage und reichte sie dem Butler.

»Herr von der Heyden«, las der Butler mit ausdrucksloser Stimme und legte die Karte auf ein kleines goldenes Tablett, das er irgendwo hergezaubert hatte. »Ich werde die Herren sogleich der gnädigen Frau melden.«

»Wir sollen im Lesezimmer Fräulein von Brenkendorff Gesellschaft leisten«, sagte Wilhelm verlegen, »wir sind miteinander bekannt. Sie ist meine Nachbarin.«

»Tatsächlich?« Der Butler blieb regungslos stehen, blickte die Männer ruhig nacheinander an und traf schließlich seine Entscheidung. »Nun, wenn das der Wunsch des gnädigen Fräuleins ist, wird es mir eine Freude sein, die Herren zum Lesezimmer zu geleiten. Anschließend werde ich Ihre Karte der gnädigen Frau überreichen. Wenn Sie mir bitte folgen würden?« Ein weißer Handschuh machte eine knappe Geste.

Kurz darauf führte der Butler Wilhelm und Johann durch ein kleines Treppenhaus nach oben. Der Gang dort war in einem leichten Hellblau gestrichen und mit zartgrünem Läufer ausgelegt. Die Oberlichter waren verschwunden, dafür standen zahlreiche Blumengebinde auf kleinen Tischen und verströmten den Duft von Sommerwiesen. Auch hier fanden sich Bilder mit Landschaften an den Wänden, die aber zumeist mit Menschen bevölkert waren, die offensichtlich Landpartien unternahmen.

Der Butler wies auf eine Tür zur Linken und hob die Hand, um zu klopfen.

»Wenn Sie erlauben …« Wilhelm hatte eine Hand auf den

Arm des Butlers gelegt. »Ich würde mich gern selbst anmelden, wenn das möglich ist.«

Wenn der alte Mann erstaunt war, versuchte er es ebenso zu verbergen wie den Schreck unten an der Tür. Er zögerte nur kurz, trat dann einen Schritt zurück und verbeugte sich leicht. »Wenn das Ihr Wunsch ist, möchte ich Sie nicht daran hindern.« Er ging ein Stück den Gang hinunter und drehte sich um. »Ich werde die gnädige Frau aufsuchen und sie fragen, ob und wo sie die Herren zu empfangen gedenkt.«

»Und du wirst mir sicher gestatten, diese interessanten … Gemälde etwas näher in Augenschein zu nehmen«, sagte Johann mit einem, wie er hoffte, ebenso unschuldigen wie freundlichen Lächeln. »Du weißt, wie sehr ich diese Art Bilder mag.«

Wilhelm nickte, klopfte an und öffnete die Tür. Sofort sah er sie. Sie saß am Fenster mit Blick in den Garten und schaute auf, als die Tür ins Schloss fiel. Es war keine Zeit für irgendetwas anderes – nicht für einen näheren Blick auf das geschmackvoll gestaltete Zimmer, nicht für das einfache und doch elegante Kleid, nicht für das Buch, das Marie aus der Hand fiel, als sie aufsprang und ihm entgegenging. Es war nur Zeit für einen Blick in ihre erstaunten Augen, für Hände, die einander fassten, und Lippen, die sich fanden, und dann war überhaupt keine Zeit mehr. Nur kurz kehrte sie zurück, als Marie seine Wangen fragte, was er denn schon jetzt hier mache, und sie ging sofort wieder, als er nur den Kopf schüttelte. *Keine Zeit, keine Zeit.* Nur Lippen, die sich küssten, und Zungen, die sich umspielten, und Hände, die den anderen hielten und hielten.

Ein kurzer Schlag gegen die Tür, gefolgt von etwas, das wie ein enormer Hustenanfall klang – und die Zeit war wieder da. Marie und Wilhelm fuhren auseinander. Es waren fünf Minuten und achtunddreißig Sekunden vergangen, seit Wilhelm die Tür geschlossen hatte. Wie konnte sein Gehirn diese flüchtige Information in dieser Situation verarbeitet haben? Und wieso dachte er überhaupt darüber nach?

Eine tiefe, aber unverkennbar weibliche Stimme ertönte draußen auf dem Flur. »Was stehen Sie denn da, bestellt und nicht abgeholt, wie?«

So mögen Amazonen klingen, dachte Wilhelm und vernahm, wie Johann etwas von Beine vertreten und Gemälden sagte. Schließlich wurde die Tür aufgestoßen, und eine kleine, dralle Person, kaum größer als ein einjähriges Pferd, kam herein, gefolgt von einer feinen Rauchfahne, Sophie und Johanns rotem Kopf, hinter dem der Butler die Szenerie mit scharfen Augen musterte.

Die kleine Person mit der tiefen Stimme war ganz in ein rotes wallendes Etwas gekleidet, das Wilhelm eher bei einer arabischen Dame vermutet hätte, und ansonsten über und über mit Gold bedeckt. Goldene Halsketten wetteiferten mit Armreifen, die es wiederum mit etlichen größeren und kleineren Ringen zu tun bekamen. Auch der an einen Turban erinnernde Kopfschmuck, ebenfalls in Rot, war mit kleinen Kettchen versehen, die der Frau teilweise bis zur Schulter reichten. Die ganze Gestalt klimperte und raschelte bei der kleinsten Bewegung. Am bemerkenswertesten aber war das geschminkte rundliche Gesicht mit unzähligen Falten der Art, die man nur durch ausgiebiges Lachen erwarb, wenn auch – der Stimme und einem unverkennbaren Geruch nach zu urteilen – ausgiebiger Tabakgenuss seinen Teil beigetragen haben mochte. Es war völlig ausgeschlossen, dass diese Person die Schwester jener kalten und überlegten Baronin von Brenkendorff sein konnte, die er noch vor wenigen Stunden gesehen und deren Tochter er gerade noch im Arm gehalten hatte.

»Herr von der Heyden, denke ich? Ich habe schon viel von Ihnen gehört«, sagte die Frau und setzte sich an einen großen runden Tisch, der mitten im Zimmer stand. Es war nicht zu erkennen, was die Frau gehört hatte und wie sie die Situation einschätzte. Sie wies mit einer ausladenden Geste über den Stuhl. »Nehmt Platz, Kinder.«

Wilhelm setzte sich der Gastgeberin gegenüber, rechts von ihm Johann, links von ihm Marie, die ihr Buch aufgehoben und vor sich auf den Tisch gelegt hatte. Sophie, die ihren weißen Kittel ausgezogen und Gesicht und Hände gewaschen hatte, nahm neben ihrer Mutter Platz.

Die Frau fixierte Wilhelm, sprach aber zum Butler: »Karl, bitte sorgen Sie doch dafür, dass wir etwas Tee und Gebäck erhalten.«

Wilhelm schmunzelte. Konzentrierte man sich auf den scharfen Blick und die aufrechte Haltung, die Mathilde ebenso mühelos hinbekam wie ihre Schwester Theresa draußen auf dem Gut, waren doch einige Ähnlichkeiten zwischen den beiden Schwestern zu erkennen.

Der Butler verbeugte sich und ging hinaus. Mathilde von Auer fuhr mit ihrer Musterung fort und schloss Johann mit ein, der sich sichtlich unwohl fühlte. Schließlich lächelte sie und nahm einen Zug aus ihrer Zigarette. Offensichtlich ging sie mit der Zeit. »Keine Angst, Wilhelm … Ich darf Sie doch Wilhelm nennen. Und Sie sagen Mathilde zu mir, ohne den ganzen Schnickschnack drum herum. Das gilt für beide Herren! Keine Widerrede … Wo war ich? Ach ja: Ich habe nur Gutes über Sie vernommen, von Marie und Sophie, und was meine Schwester und ihr Sohn äußerten … Nun ja, ich gebe nicht viel darauf.«

Die Hausherrin schien nicht die Absicht zu haben, jemand anderen zu Wort kommen zu lassen. »Wie Sie nicht wissen können, können meine Schwester und ich einander nicht ausstehen und haben im Jahr vielleicht zwei- oder dreimal Kontakt. Marie kann nur hier sein, weil Theresa unbedingt möchte, dass sie in ihre Fußstapfen als königliche Hofdame tritt – warum auch immer –, und die einzig standesgemäße Unterkunft habe ich zu bieten. Daher lässt sie sich herab, mir zu schreiben und alles Weitere in meine Hände zu legen. Marie hat ihr jeden zweiten Tag zu berichten, jeden zweiten Tag, können Sie sich das vorstellen?«

»Aber Tante –«, begann Marie.

»Nichts da mit Tante!« Mathilde wedelte empört mit einem kurzen Arm. »Dein Wilhelm soll durchaus Bescheid wissen, wie die Dinge liegen. Wie auch immer, meinen Segen habt ihr.«

Wilhelm und Marie sahen sie mit großen Augen an.

Mathilde lachte schallend, und Wilhelm befürchtete einen Hustenanfall.

»Ach, die jungen Leute! Immer wieder schön. Ihr meint, Geheimnisse bewahren zu können, und seid so einfach zu durchschauen. Dein Gesicht, meine liebe Marie, ist immer noch gerötet, und du solltest dein Kleid richten. Habt euch ausgiebig geküsst, wie? Und haltet ihr etwa noch immer heimlich Händchen?«

Das hatten sie nicht, dennoch fuhren sie auf und legten ihre Hände sittsam auf den Tisch. Betreten sahen sich Johann und Sophie an, als wünschten beide, in diesem Moment woanders zu sein.

Mathilde lachte wieder. »Ich weiß Bescheid, meine Lieben! Ich habe gesehen, wie Maries Augen strahlen, wenn sie von Ihnen, Wilhelm, spricht, und welche Blicke sie mit Sophie tauscht. Hätte ich noch einen Beweis gebraucht, so sitzt er hier anschaulich am Tisch.« Sie lächelte, wurde dann aber ernst. »Ich weiß nicht, was damals vorgefallen ist, als mein Schwager starb und Sie knapp dem Tod entrannen. Seitdem jedenfalls gibt es diesen Hass zwischen unseren Familien, und ich kann von Glück sagen, dass ich damals bereits verheiratet war und in Berlin lebte.«

Sie drückte ihre Zigarette auf einem kleinen Teller aus und lehnte sich zurück. »Es wird für euch beide nicht einfach werden, gar nicht einfach. Möglicherweise werdet ihr euch gegen eure Mütter durchsetzen müssen, denn der Hass geht von den beiden aus, und ich kann mir nicht vorstellen, dass sie ihre Einwilligung zu eurer Verbindung geben werden.« Mathilde erwartete keine Antwort, sondern sprach direkt weiter: »Ich habe Glück gehabt, als ich vor zwanzig Jahren einen guten und reichen Mann heiratete. Ich bin hierher nach Berlin gegangen und habe mich eingerichtet. Es hat zwar nicht zur Hofdame gereicht, aber seht euch um … Als mein Mann fünfundvierzig starb, habe ich natürlich sehr getrauert, über ein Jahr lang, doch dann begann ich, mich immer freier zu fühlen. Ich hatte Geld und konnte machen, was ich wollte. Das hat sich bis heute nicht geändert, im Gegenteil. Aus irgendeinem Grund kommt immer mehr Geld herein, als ich ausgebe. Und so ging ich auf die Bälle und in die Salons. Ach, die Bälle am Hof waren legendär! Nach der Revolution gab es sie kaum noch. Auch die Salons haben nachgelassen, seitdem Therese von Bacheracht und Gräfin Ahlefeldt nicht mehr unter uns weilen. Sie kannten alle: Heine und Liszt, Jacoby und Herzog Carl Alexander, Varnhagen und Auerbach … ach, waren das immer angenehme Abende!«

»Sie waren Schriftstellerinnen, nicht wahr?«, brachte Johann sich ein.

»Viel mehr als das. Übersetzerinnen, Herausgeberinnen und Förderer zahlreicher hoffnungsvoller Nachwuchstalente. Therese ist nach Java ausgewandert und dort gestorben, auch Elisa von Ahlefeldt ist vor einigen Wochen von uns gegangen. Aber heute Abend liest Fanny Lewald bei mir, einer der wenigen Höhepunkte des gesellschaftlichen Lebens.«

Die Hausherrin hing ihren Gedanken nach, und niemand hatte den Mut, sie zu unterbrechen. »Ja, die Zeit der Salons und der großen Feste geht ihrem Ende entgegen, vor allem, seit Varnhagen sich ins Private zurückgezogen hat. Wussten Sie, dass er die Salonszene praktisch erfunden hat? Jedenfalls habe ich mich entschlossen, diesem Trend entgegenzuwirken, und meinen eigenen Salon gegründet. Regelmäßig finden hier kleine Konzerte und Lesungen für geladene Gäste statt, die sich anschließend miteinander und mit den Künstlern austauschen können. Wir müssen Bildung und Tradition hochhalten, was bleibt sonst den jungen Leuten? Theater, Oper, Landpartie und Tanzvergnügen. Zwar hat unsere Universität noch immer einen hervorragenden Ruf, doch nicht mehr den von vor achtundvierzig. Verstehen Sie mich nicht falsch, ich bin durchaus für die Neuerungen, Parlament und Rechtsstaat und solche Dinge, zweifellos alles sehr nützlich. Aber Stil und Bildung bleiben jetzt leider etwas auf der Strecke. Tanzlokale sind ja nicht unbedingt schlecht, aber für junge Damen nicht ungefährlich, und von Bildung finden Sie dort keine Spur. Waren Sie mal in Krolls Etablissement? Dann wissen Sie, was ich meine. Und Bildung ist doch so wichtig, auch für die unteren Schichten. Ich bilde mir ein, dass die Arbeiter weniger … grob wären, wenn sie mehr Bildung und weniger Branntwein hätten, nicht wahr?«

Die Tür öffnete sich, und das Mädchen, das Wilhelm und Johann eingelassen hatte, stellte Gebäck auf den Tisch und schenkte Tee ein.

»Nur so ein Gedanke, mag er auch seltsam anmuten«, warf Sophie ein und pulte sich beiläufig getrocknete Farbe aus dem Haar. »Aber wie wäre es, wenn Bildung für jedermann kostenlos wäre?«

»Du immer mit deinen revolutionären Ideen!« Mathilde schlug leicht auf den Arm ihrer Tochter. »So weit müssen wir nicht gehen, das wäre ohnehin eine Sache für den Magistrat.

Bis dahin halten wir die Fahne der Bildung und des guten Geschmacks hoch.«

»Was Ihnen exzellent zu gelingen scheint, wie ich vernommen habe.« Endlich hatte Wilhelm einen Ansatz gefunden, sich am Gespräch zu beteiligen.

»So, haben Sie das, oder wollen Sie mir nur schmeicheln?« Mathilde lächelte und bedankte sich dann bei dem Mädchen, das das Lesezimmer schweigend verließ.

»Beides, fürchte ich«, lächelte Wilhelm zurück.

»Charmeur!« Mathildes schallendes Lachen ging schnell in einen ausgiebigen Hustenanfall über. Als sie wieder zu Atem gekommen war, hob sie einen Zeigefinger in Maries Richtung. »Auf diesen Mann wirst du aufpassen müssen, Mädchen.«

Marie lächelte und nickte nur.

»Aber gut, genug der Monologe und Peinlichkeiten.« Mathilde setzte sich vor, ihre Armreifen klimperten auf der Tischplatte. »Was verschafft mir die Freude Ihres Besuchs und den Ihres Freundes?«

Johann stand auf und verbeugte sich. »Johann Schmidt«, sagte er und setzte sich wieder.

Wilhelm beschloss, direkt zum Punkt zu kommen. »Wir sind sozusagen in halb offizieller Mission hier.« Er nahm einen Schluck aus der feinen Teetasse, die ihm das Mädchen zugedacht hatte. »Wir ersuchen um Ihre Mithilfe in einer delikaten Angelegenheit.«

»Delikate Angelegenheit? Sie machen mich neugierig.«

»Ich bin Polizeibeamter –«

»Weiß ich.«

»Und ermittle im Fall einer toten Gräfin.«

»Tatsächlich? Um wen handelt es sich?«

»Beatrice Wassilko von Kerecki. Ich nehme an, sie hat Ihren Salon besucht?«

Mathilde sah ihn mit großen Augen an. Sophie hatte die Haarpflege eingestellt und wartete ebenfalls gespannt auf weitere Informationen.

»Ja, davon habe ich gehört. Eine tragische Geschichte«, sagte Mathilde schließlich. »Die junge Österreicherin. Dass es ein solches Ende mit ihr nehmen sollte …«

»Junge Österreicherin?«

»So haben wir sie genannt«, sagte Sophie. »Sie hat kaum einen Salon ausgelassen und war recht … lebhaft.«

»Erzähl keine Geschichten, Sophie.« Ein leichter Tadel lag in der Stimme der Mutter.

»Wenn Sie gestatten«, mischte sich Wilhelm schnell ein. »Wir sammeln Hintergrundinformationen, streng vertraulich natürlich. Jede Information könnte nützlich sein, denn momentan sind wir offen gestanden noch nicht sehr weit gekommen.«

»Es werden immer Geschichten erzählt, besonders über attraktive junge Damen, die einen eher offenen Lebensstil an den Tag legen«, sagte Mathilde neutral, sichtlich bestrebt, nicht in den Ruf zu kommen, unbestätigten Klatsch zu verbreiten. »War sie nicht immer mit den Schadows zusammen?«

»Häufig«, bestätigte Sophie. »Manchmal kam sie auch allein und wurde dann von dem einen oder anderen Herrn nach Hause gebracht. Die Schadows kommen heute Abend übrigens auch.«

Mathilde schüttelte den Kopf. »Sie sehen, Herr Polizist, wie schnell sich Gerüchte verbreiten.«

»Gerüchte können sich bisweilen als Anhaltspunkte herausstellen.«

»Aber doch keine Gerüchte über zahlreiche Liebschaften!«

Sophie hüstelte.

Ihre Mutter warf ihr einen Blick zu. »Diese Gerüchte halte ich für maßlos übertrieben. Es wird kolportiert … und das bleibt wirklich *entre nous*?«

Wilhelm nickte.

»Es wird kolportiert, dass die Gräfin Beziehungen zu fünf jungen Herren –«

»Sechs«, sagte Sophie.

»Zu mehreren jungen Herren also … gepflegt haben soll, aber das ist kompletter Unsinn. Zwar hat sie sich auch mit den Schauspielern des königlichen Theaters abgegeben, aber Beziehungen dieser Art zu wie viel Männern auch immer, Sophie, halte ich für ausgeschlossen.«

Sophie zuckte mit den Schultern und antwortete nicht.

»Allerdings«, fuhr Mathilde nachdenklich fort, »kam ich nicht umhin zu bemerken, dass die Gräfin oft in der Nähe eines jungen Mannes zu finden war –«

»Der nicht ihr Verlobter war«, warf Sophie ein.

Mathilde seufzte. »Ein gut aussehender Mann zweifellos, und man kann tatsächlich nie wissen, nicht wahr?« Sie sah Wilhelm unsicher an.

Er nickte unverbindlich. »Kennen Sie einen Namen?«

»Mackeroden«, sagte Sophie. »Anton von Mackeroden. Er ist der Adjutant des Prinzen Friedrich Karl. Und er wird vermutlich heute Abend seine Schwester begleiten.«

Johann und Wilhelm wechselten einen schnellen Blick. Der Adjutant der Nummer vier der Thronfolge, vermutlich einflussreich oder zumindest mit zahlreichen nützlichen Verbindungen!

»Wollen Sie ihn befragen?« Sophies Augen glitzerten vor Aufregung.

»Nichts dergleichen«, wehrte Wilhelm ab. »Wir werden niemandem zu nahe treten. Es ist von größter Wichtigkeit, dass wir unentdeckt bleiben.«

Enttäuscht senkte Sophie den Kopf.

»Aber vielleicht könnten Sie, Fräulein Sophie, heute Abend Johann durch die Gesellschaft begleiten und ihm Informationen über die Anwesenden geben? Wie oft sie schon im Salon waren, mit wem sie in Beziehungen stehen und ob sie etwas mit unserem Opfer zu tun haben?«

Sophie lächelte und nickte eifrig.

»Und darf ich Sie, gnädige Frau, um denselben Gefallen bitten?«

Mathilde nickte gelassen. »Es ist ohnehin meine Aufgabe, neue Besucher in die Gesellschaft einzuführen. Nur …« Sie zögerte.

»Nur?«

»Wie soll ich Sie vorstellen und Ihre Anwesenheit begründen?«

Wilhelm ärgerte sich augenblicklich über sich selbst. Wieso hatte er sich darüber noch keine Gedanken gemacht?

»Der Grund bin ich, meine Damen.« Johann lächelte in die Runde. »Ich schreibe selbst und bin begierig darauf, Fanny Lewald kennenzulernen. Ich bin dankbar, dass mich mein Freund begleitet, denn große Gesellschaften schüchtern mich immer etwas ein.«

Wilhelm sah ihn an. Außer dem Lächeln rührte sich nichts in Johanns Gesicht.

»Fabelhaft!« Mathilde klatschte in die Hände. »Das ist ein guter Grund. An was arbeiten Sie, Johann?«

»Ich stehe noch ganz am Anfang«, antwortete Johann bescheiden. »Es soll ein historisches Bühnenstück werden.«

»Sehr gut.« Mathilde nickte. »Dann sehen wir uns heute Abend. Sophie wird Ihnen nachher Ihre Einladungen geben.«

Sophie griff hinter sich und legte ohne ein weiteres Wort zwei Karten auf den Tisch. Falls Mathilde im Allgemeinen und in diesem Fall im Besonderen zu überraschen war, ließ sie es sich nicht anmerken. »Es ist bereits vorbereitet, wie ich sehe«, stellte sie lediglich fest.

Wilhelm nahm die Karten an sich und drehte sie zwischen den Händen. »Eines noch, wenn Sie gestatten?«

Mathilde sah ihn fragend an.

»Es wäre gut, wenn Franz Karl nicht anwesend wäre. Er weiß, welchen Beruf ich ausübe.« Wilhelm sah Marie nicht an, doch er wusste, dass sich eine Sorgenfalte auf ihrer Stirn bilden würde. Sie liebte Wilhelm und verstand sich nicht sonderlich mit ihrem Bruder, aber er war nun einmal ihr Bruder.

Mathilde winkte das Problem mit der Spitze ihrer Zigarette fort. »Wie es der Zufall will, habe ich Franz Karl, der sonst tatsächlich anwesend wäre, heute mit einem Spezialauftrag betraut. Er trifft sich mit einem Schriftsteller und bespricht dessen Lesung übernächste Woche hier im Salon. Da sind einige Fragen zu klären.«

Wilhelm war erleichtert. Es war schon unangenehm genug, mit Franz Karl in einem Raum zu sein, heute Abend aber hätte seine Anwesenheit die vorsichtig anzugehenden Ermittlungen erheblich erschwert. Er erhob sich und steckte die Karten in die Tasche. »Wenn Sie erlauben, gnädige Frau, werden wir jetzt besser aufbrechen und uns vorbereiten.«

Mathilde nahm eine kleine Glocke vom Tisch, läutete und stand ebenfalls auf. Die Tür zum Lesezimmer öffnete sich, und der Butler trat herein. Mathilde begleitete ihre Gäste zur Tür und reichte ihnen die Hand. »Es hat mich gefreut, Ihre Bekanntschaft zu machen, meine Herren. Das wird ein interessanter Abend werden, interessant wie lange nicht mehr. Karl wird Sie nach unten geleiten.«

Sie nickte kurz und ging durch die Tür. Sophie folgte, und Marie ließ sich Zeit, an Wilhelm vorbeizugehen. Schnell drückte sie seine Hand, bevor sie am Butler vorbeischlüpfte, der den Besuchern mit einer Hand die Richtung wies. Nur kurz konnte Wilhelm noch einmal Maries Gestalt im Gang sehen, ehe er die Treppe hinunterstieg.

»Seit wann schreibst du?«, flüsterte er Johann zu.

»Seit heute«, erwiderte der und grinste. »Hoffentlich fällt mir etwas Geistreiches ein, wenn man mich über mein Werk befragt.«

43

Johann und Wilhelm hatten sich in Schale geworfen und waren pünktlich im Salon eingetroffen. Johann hatte ein blaues Hemd, einen brauen Gehrock und eine weiße Hose gewählt, während Wilhelm, der nicht über die finanziellen Möglichkeiten seines Freundes und daher über eine bescheidenere Garderobe verfügte, seine einzige graue Hose, das letzte saubere weiße Hemd und seinen schwarzen Gehrock angezogen hatte, den Frau Brenke unter einigem Grummeln schnell noch ausgebürstet hatte. Wenigstens war sein schwarzer Zylinder noch vorzeigbar.

Sie wurden, nachdem ihnen der Butler die Tür geöffnet hatte, von Sophie und Marie in Empfang genommen, doch mehr Zeit als für eine kurze Umarmung und einen ärgerlich flüchtigen Kuss blieb nicht, obwohl Sophie und Johann diskret vorgegangen waren. Immer mehr Kutschen lieferten ihre Fahrgäste ab, sodass die Hausangestellten alle Hände voll zu tun hatten, um Garderobe in Empfang zu nehmen, die Gäste in den Salon zu führen und mit Getränken zu versorgen.

Etwa dreißig Gäste, hauptsächlich Frauen und einige wenige männliche Begleiter, waren schließlich versammelt und verteilten sich auf die einzelnen Sitzgruppen. Die Strahlen der Abendsonne fielen durch die großen Fenster und tauchten den Raum in ein helles und freundliches Licht. Die Stirnseiten wurden von hohen Bücherregalen eingenommen, während die anderen Wände durch großflächige romantische Fresken beherrscht wurden, die Gesellschaften unter einem hohen Baum vor wechselnden Flusslandschaften zeigten.

Vor einer Bücherwand saß ein junger Mann am Klavier und spielte leise Melodien – von Schubert, wenn Wilhelm sich nicht täuschte. Marie hatte sich auf einen freien Stuhl auf der anderen Seite des Raums gesetzt und sah Wilhelm zu, der mit Mathilde von Gruppe zu Gruppe schlenderte, während Sophie und Johann dasselbe taten. Die beiden Frauen sorgten unauffällig dafür, dass sie einander nicht begegneten und auf diese Weise immer alle Gäste im Blick behielten.

Sophie trat schließlich mit Johann an einen voll besetzten Tisch, dessen Mittelpunkt eine Frau bildete, die als Einzige in Schwarz erschienen war. Ihre gescheitelten glatten Haare wiesen bereits einige Grautöne auf und gingen in imposante Locken über, die Johann an die Perücken von Offizieren des letzten Jahrhunderts erinnerten.

»Frau Lewald, wir freuen uns auf Ihre Lesung«, sagte Sophie leise.

Fanny Lewald wandte langsam den Kopf und sah zu Sophie auf, während Johann das Gefühl hatte, dass sie zu seiner Begleiterin eher hinabsah. Geradezu huldvoll neigte sie den Kopf mit den großen dunklen Augen und einer beeindruckend großen Nase. »Ich bin auch erfreut«, sagte sie mit tiefer Stimme. »Ich hielt es für angebracht, meinen neuen Roman *Adele* auch hier publik zu machen. Ich denke, dass dieser Abend Ihren Salon aufwerten wird, immerhin sind viele der bedeutendsten Damen der Gesellschaft anwesend.« Sie wedelte unbestimmt mit der Hand in Richtung der Gäste. »Und Sie sind?« Sie ließ ihren Blick über Johann streifen.

»Ein Freund der Familie.« Eine leichte Röte zog sich an Sophies Hals empor, und Johann betrachtete fasziniert, wie eine kleine Ader an ihrer Schläfe pochte. Er hatte das Gefühl, in ein Kräftemessen geraten zu sein, und registrierte beeindruckt, wie Sophie die Bemerkung des matronenhaften Ehrengastes überging, die die Grenze zur Beleidigung hart streifte.

»Darf ich vorstellen? Fanny Lewald«, eine behandschuhte Geste, »und Johann Schmidt, frischgebackener Arzt und ein hoffnungsvolles literarisches Nachwuchstalent.« Die Hand landete auf Johanns Unterarm.

»Ein Mann und Schriftsteller?« Fanny Lewalds Interesse schien nicht sonderlich gewachsen zu sein. »Eine ungewöhnliche Kombination in diesem Haus.«

Die Hand presste sich in Johanns Unterarm, Sophies Gesicht aber blieb freundlich.

»Worüber schreiben Sie denn?« Fanny Lewald benetzte ihre Lippen aus einem Champagnerglas und verzog kaum merklich das Gesicht.

Der Griff verstärkte sich noch einmal.

»Ein historisches Drama.« Johann hatte sich zu Hause einige Stichpunkte gemacht und sie auswendig gelernt, um in Situationen wie diesen nicht ins Stocken zu geraten. »Es behandelt das Ende der römischen Republik.«

»Oh, dann wird es eine Menge Intrigen, Kämpfe und Blut geben, nicht wahr?« Die großen Augen blickten ihn spöttisch an. Und hatte Johann richtig gesehen, dass die Nase leicht gerümpft wurde?

»Ach, die Männer und ihre Themen.« Fanny Lewald stellte das Glas ab. »Passen Sie nur auf, dass Sie nicht zu sehr auf Shakespeares Spuren wandeln. Politik und Männerkämpfe stehen nicht mehr im Vordergrund. Gefragt sind vielmehr Sozialkritik und eine klare Haltung zu aktuellen Fragen. Natürlich auch schriftstellerisches Geschick, aber das haben heutzutage ohnehin die wenigsten. Lesen Sie einmal mein *Italienisches Bilderbuch*, da können Sie sich einige Anregungen holen.«

»Das habe ich getan, werte Frau Lewald. Es war … beeindruckend.« Johann war erstaunt, wie leicht ihm die Lüge von den Lippen kam.

Fanny Lewald sah ihn zum ersten Mal richtig an. »Tatsächlich? Nun, ich bin überrascht, dass auch Männern die Poesie der Sprache nicht unbekannt ist. Lassen Sie mir doch einmal das Ergebnis Ihrer Arbeit zukommen. Wer weiß, vielleicht gefällt es mir und Sie können es einmal in meinem Salon vortragen. Wer bei mir gelesen hat …«

»… dessen Erfolg steht nichts mehr im Wege«, ergänzte Sophie und strahlte die Schriftstellerin an.

»Ganz recht, meine Liebe.« Fanny Lewald nickte nachdrücklich. »Der Salon, den ich mit meinem Mann führe, war schon der Ausgangspunkt für so manche Erfolgsgeschichte. Doch jetzt entschuldigen Sie mich bitte, wie ich sehe, ist mein Hausdiener mit den Büchern angekommen.« Mühevoll stemmte sie ihren korpulenten Körper aus dem Sessel. »Wir sehen uns nachher sicher noch, meine Liebe.« Sie tätschelte Sophies Hand, die sich noch immer in Johanns Unterarm gekrallt hatte. »Und Sie, junger Mann, passen gut auf. Wie ich finde, sind mir einige Wendungen, die ich heute vortrage, besonders gut gelungen.« Sie nickte kurz und ging zur Tür, wo ein junger Mann mit hochrotem Kopf und Schweiß auf der Stirn sich hilflos umsah, wo er den Stapel Bücher würde absetzen können.

»Arrogantes Weib!«, zischte Sophie und schlug die eine Hand in die andere. Johann atmete auf und rieb unauffällig seinen schmerzenden Unterarm.

»Ihre erste Begegnung mit dem großen Kurfürsten?«

Johann wandte sich um. Vom Nachbartisch lächelte ihm eine knabenhafte Gestalt zu. Im Gegensatz zu den anderen Damen trug die junge Frau ihr Haar ganz kurz, und sie machte auch sonst nicht den Eindruck, sich viel um Konventionen zu scheren. Sie hatte einen Arm locker über die Rückenlehne gelegt, die Beine übereinandergeschlagen und betrachtete Sophie und Johann mit ruhigen, freundlichen Augen. Sie wies auf die beiden leeren Stühle.

Sophies Lächeln wurde übergangslos privat. Sie zog Johann zum Tisch, setzte sich und atmete tief durch. »Du bist meine Rettung, Gisela. Beinahe wäre ich explodiert.«

»Du hast dich erstaunlich gut gehalten. Die Provokationen der Lewald sind an dir geradezu heruntergeflossen. Und du bist dabei nicht nass geworden.«

Sophie lachte und schenkte sich aus einer Karaffe ein Glas Wasser ein. Dann stockte sie. »Meine Güte, ich vergesse über den ganzen Ärger noch meine Manieren. Gisela von Arnim und Johann Schmidt.«

Johann stand auf und verbeugte sich. Er wurde rot, als er verstand, wer da vor ihm saß und ihn aufmerksam musterte. »Es ist mir eine Freude, eine Vertreterin der Familie von Arnim kennenzulernen. Ich habe alles gelesen, was ich von Bettina und Achim in die Finger bekommen konnte.«

»Und von mir?« Gisela zog einen Schmollmund, so übertrieben, dass selbst Johann verstand, dass er nicht in ein Fettnäpfchen getreten war. Er lächelte und setzte sich wieder. »Doch natürlich. Leider bin ich aber über *Mondkönigs Tochter* nicht hinausgekommen.«

»Sie lesen Märchen?« Jetzt schien Gisela überrascht und setzte sich vor.

»Wenn Sie es nicht weiterverraten.« Auch Johann hatte sich vorgesetzt.

Gisela lachte und gab ihm einen Klaps auf den Arm.

Johann lehnte sich zurück und legte die Stirn in Falten. »Das mit dem großen Kurfürsten habe ich nicht verstanden«, sagte er in den Raum hinein.

»Pscht.« Sophie sah sich erschrocken um.

Jetzt beugten sich alle drei vor.

»So wird die Lewald genannt«, raunte Sophie und sah sich verstohlen um.

»Wegen der Frisur oder wegen ihres Auftretens?«, fragte Johann flüsternd.

»Wohl wegen beidem.« Gisela grinste.

»Sie wird immer unerträglicher, besonders seit ihrer Hochzeit mit Adolf Stahr. Der ist ihr männliches Gegenstück und hat auch die Weisheit mit Löffeln gef–« Sophie legte die Hand auf ihren Mund.

»Wenigstens muss man ihr zugutehalten, dass bei ihr Worte und Tat übereinstimmen. Sie hat sich selbst gebildet und fordert das auch für andere Frauen ein. Sie hat sich einer arrangierten Ehe widersetzt und spricht sich gegen Zwangsverheiratungen aus. Und auch gegen das Verbot von Ehescheidungen ist sie aufgetreten.« Gisela warf einen Blick zu Sophie.

Sophie verzog das Gesicht. »Natürlich hat sie das, denn es sind Themen, die sie selbst betreffen. Für welche Frauen hat sie sich denn eingesetzt? Die untere Klasse endet bei ihr beim Dienstmädchen, an Arbeiterinnen und Bäuerinnen verschwendet sie keinen Gedanken. Dabei zählen die meisten Frauen zu diesen Klassen, ohne Zugang zu höherer Bildung. Und wie hat sie ihre große Liebe geheiratet? Indem sie den Mann einer anderen Frau ausgespannt hat. In ihrer Welt dreht sich alles nur um sie, und was für sie Bedeutung hat, muss für alle Bedeutung haben. Ich nenne das scheinheilig.« Sophie schnaubte wütend, aber dennoch so unauffällig, dass es niemand in der näheren Umgebung mitbekam.

»Es scheint mir einige Diskrepanzen zwischen den Damen zu geben«, sagte Johann vorsichtig und versuchte, mit einem Lächeln dem Thema etwas von seinem Ernst zu nehmen.

»Fanny Lewald ist in der Tat eine Vorkämpferin für die Rechte von Frauen, Selbstsucht hin oder her«, sagte Gisela bestimmt. »Aber wie das so ist: Wenn drei Frauen aufeinandertreffen, gibt es mindestens fünf Meinungen, und die ändern sich dauernd.«

Sophie nickte widerstrebend. »Und da ist diese ständige Eifersucht untereinander. Wer hat mehr zu sagen? Wer steht im Mittelpunkt? Wer ist die Wortführerin? Solange wir so handeln, können wir von den Männern gar nicht ernst genommen werden.«

»Aber –«

Johann kam nicht dazu, etwas zu erwidern. Sophie hob die Hand, und er verstummte. »Das macht mich wütend. Dauernd werden die wirklich wichtigen Dinge mit persönlichen Umständen verwoben, als könnten sie nicht besprochen werden, ohne private Befindlichkeiten einfließen zu lassen und sich selbst in den Vordergrund zu spielen. Da werden dann auch die großen Gefühle missbraucht: Freundschaft, Gerechtigkeitsempfinden, Liebe.«

»Niemand weiß, welche Wege die Liebe geht«, sagte Gisela leise.

Sophie wurde rot und legte ihre Hand auf Giselas Faust. »Entschuldige bitte, ich bin manchmal ein ganz schöner Trampel. Wie geht es dir?«

Gisela schüttelte den Kopf und lächelte. Johann sah, wie ihre Augen sich kurz mit Wasser füllten, das schnell weggeblinzelt wurde. »Es gibt nichts Neues. Immer noch die gleiche, nicht enden wollende Geschichte.« Sie sah Johann an und lächelte. »Sie haben keine Ahnung, worum es geht, nicht wahr?«

Johann nickte. »Vielleicht sollte es besser auch so bleiben?«

»Gerüchte sind schneller als die Wahrheit. Ich sitze nicht umsonst allein an diesem Tisch, kaum jemand möchte in der Öffentlichkeit in meiner Gesellschaft gesehen werden. Und der Grund? Ich liebe seit Jahren zwei Männer und kann mich nicht entscheiden. Es ist für alle drei sehr schmerzhaft und im Grunde die Hölle. Bitte denken Sie dennoch nicht zu schlecht von mir.«

Bevor Johann etwas erwidern konnte, sagte Sophie bestimmt:

»Ich werde mich immer mit dir in der Öffentlichkeit sehen lassen, und es ist mir gleichgültig, was andere in dieser scheinheiligen Gesellschaft dazu sagen.«

Gisela nickte langsam und hatte wieder mit ihren Augen zu tun. »Du bist auch eine wahre Freundin, was leider viel zu selten ist.«

Johann sah die junge Frau an und empfand Bewunderung für diese zarte und gleichzeitig starke Gestalt, die es sich erlaubte, in der Öffentlichkeit undamenhaft aufzutreten und Vorurteilen die Stirn zu bieten. »Wer bin ich denn, mir ein Urteil anzumaßen. Zumal ich pausenlos in mehrere Frauen verliebt bin …« Er stockte und lächelte. »Oder es zumindest war.«

Gisela lachte und hob die Augenbrauen. »Was hat sich geändert?«

»Nun.« Johann wurde verlegen und hoffte, dass das nicht zu deutlich zum Ausdruck kam. »Ich habe vor Kurzem eine junge Dame kennengelernt …«

»Die Sie lieben.« Gisela hatte keine Frage gestellt, sondern eine Feststellung getroffen. Sophie nickte in stummem Einverständnis. Johann starrte sie an.

»Sie haben für zahlreiche Mädchen und Frauen geschwärmt und waren verliebt, manchmal in mehrere gleichzeitig.« Gisela lächelte ihn an. »Das geht uns allen so, gleichgültig, ob Männer oder Frauen. Aber jetzt ist es anders, nicht wahr? Jetzt ist ein ganz besonderer Mensch in Ihr Leben getreten, und alles hat sich geändert.«

Johann nickte stumm.

»Sehen Sie, mir ist es vor einigen Jahren genauso gegangen. Nur war es nicht ein Mensch, sondern zwei.« Gisela war wieder ernst.

»Niemand weiß, welche Wege die Liebe geht«, sagte Johann genauso leise wie Gisela einige Augenblicke vorher.

Sophie sah zwischen den beiden hin und her. Sie wollte offenbar irgendetwas sagen, um die gedrückte Stimmung zu zerstreuen, doch da erklang eine kleine Glocke.

»Sehr geehrte Damen und Herren.« Ihre Mutter war in die Mitte des Raumes getreten. »Ich freue mich, Sie in meinem Haus begrüßen zu dürfen. Heute habe ich die Ehre, in unserer Runde Fanny Lewald willkommen zu heißen.«

Der Ehrengast trat neben die Gastgeberin und blickte in den Kreis. Tatsächlich wie ein Kurfürst, wenn nicht gar wie ein König, dachte Johann.

»Es ist mir eine ganz besondere Freude, dass Fanny Lewald heute zum ersten Mal in Berlin aus ihrem neuen Roman *Adele* vortragen wird, den sie gerade abgeschlossen hat und der in den nächsten Tagen in den Buchhandlungen erhältlich sein wird.«

Applaus ertönte, nach Einschätzung Johanns eher der höflichen Sorte. Allerdings wusste er nicht, welche Art von Applaus in den literarischen Salons der Stadt üblich war. Den einzigen Applaus, den er kannte, war der aus Theater und Oper, und der schwankte in der ganzen Bandbreite von müde bis frenetisch.

Fanny Lewald deutete ein Nicken an, setzte sich auf einen Stuhl gleich neben dem Klavier, wo sie von allen Plätzen aus gut zu sehen war, und nahm ein Buch zur Hand, während Mathilde sich neben Wilhelm etwas abseits setzte. Der Platz war so gewählt, dass der Ermittler die meisten Gäste gut sehen konnte.

»Ist jemand dabei, mit dem die Gräfin häufig gesprochen hat?«, fragte Wilhelm leise.

Mathilde ließ ihren Blick durch den Raum schweifen. »Unsere junge Österreicherin hat mit jedem gesprochen, und das ausgiebig«, flüsterte sie aus dem Mundwinkel, ohne den Blick von der lesenden Autorin zu nehmen, deren laute Stimme fast jedes Geräusch im Salon übertönte. »Aber ich kann mich an niemanden entsinnen, mit dem sie auffällig oft zusammen war.«

Sie wies mit einer Hand nach links. An diesem Tisch saßen zwei ältere Damen, die der Lesung aufmerksam folgten.

»Dort drüben sitzen Jette Solmar, die berühmte Sängerin, und Rebecca Dirichlet, eine geborene Mendelssohn. Beide haben Salons in der Stadt.«

»Ist sie nicht Jüdin?«

Mathilde nickte. »Beide. Aber beide schon seit langer Zeit konvertiert. Haben Sie damit ein Problem?« Sie warf ihm einen raschen Blick zu.

Wilhelm schüttelte den Kopf. »Keineswegs. Ich halte den Glauben für eine Privatangelegenheit.«

»Damit gehören Sie, wie ich fürchte, einer Minderheit an. Juden sind generell nicht sehr angesehen, und für den persönlichen Aufstieg ist es besser zu konvertieren. Ein anderer Weg, insbesondere für Frauen, besteht in der Eröffnung eines Salons, möglichst unpolitisch. Hier lassen sich Kontakte knüpfen zu einflussreichen Persönlichkeiten, und wenn man Glück hat, wird man akzeptiert und ist Teil der guten Gesellschaft. Diesen Weg beschreiten nicht nur begüterte Jüdinnen, sondern auch zugezogene Damen, die Anschluss suchen und sich den Aufwand leisten können. Ihre Männer profitieren erheblich davon. Die Dirichlet zum Beispiel sang in den Zwanzigern bei den privaten Familienaufführungen am Hof, was dazu beigetragen hat, dass ihr Bruder Felix den einen oder anderen Auftrag erhalten hat.«

»Wer sind die anderen?«

»Damen und ihre Begleitung aus der Gesellschaft. Ich glaube nicht, dass sie viel mit der Gräfin zu tun hatten. Abgesehen von den Geschwistern Schadow dort drüben. Lida und Felix sind die Kinder des berühmten Bildhauers.«

Wilhelm nickte. Jedem Berliner waren die zahlreichen Standbilder und Skulpturen bekannt, von denen die Quadriga auf dem Brandenburger Tor nur die bekannteste war.

»Beatrice war häufig mit ihnen zusammen, nicht nur hier im Salon. Soweit ich weiß, haben sie sich auch privat getroffen und einige Ausflüge ins Grüne gemacht. Vielleicht sprechen Sie mal mit Lida? Sie ist eine nette Frau.«

Fanny Lewalds Stimme, so laut sie auch war, machte Wilhelm müde. Er hätte nicht sagen können, um was es in dem Buch der Schriftstellerin ging, denn er hörte nur mit halbem Ohr zu und beobachtete mehr das Publikum, das, wie es ihm schien, dem Vortrag ein eher höfliches Interesse entgegenbrachte. Dann entdeckte er hinten an der Wand eine Person, die ihm bekannt vorkam. Er musste nur kurz nachdenken, wo er den Mann schon einmal gesehen hatte. Richtig! Er war mit ihm vor einigen Tagen beim Molkenmarkt zusammengestoßen, als er eilig um eine Ecke gebogen war. Beide hatten sie sich entschuldigt und waren ihrer Wege gegangen. Allerdings hatte der Mann, der seiner Begleiterin gerade eine Tasse Kaffee einschenkte, damals eine Uniform der Gardedragoner getragen.

»Wer ist das Pärchen dort hinten am Tisch?«

Mathilde sah kurz hinüber.

»Das sind die Mackerodens, Bruder und Schwester. Sie sind recht häufig hier. Die Schwester ist sehr an Literatur interessiert, selbst aber leider eine lausige Schriftstellerin, während der Bruder sich vor Annäherungsversuchen der Damen kaum retten kann. Kein Wunder, bei dem Aussehen, meinen Sie nicht?«

Wilhelm nickte. Das gute Aussehen des Offiziers war ihm bereits bei ihrem Zusammenstoß aufgefallen, und er wunderte sich keineswegs darüber, dass dem Mann in den Salons, die zumeist von Damen frequentiert wurden, einige Avancen gemacht wurden.

Er wurde aus seinen Gedanken gerissen, als höflicher Applaus ertönte und Mathilde aufstand, um sich bei Fanny Lewald zu bedanken. Die Schriftstellerin nahm den Dank und die Wünsche für den Erfolg ihres Buches ungerührt entgegen. Offenbar hatte sie sich mehr Beifall erhofft. Im nächsten Moment öffneten sich die Türen, und der Butler kam mit einigen Bediensteten herein, um Gläser zu füllen und Flaschen auszutauschen. Die Gäste erhoben sich und gesellten sich zu wechselnden Gruppen, deren größte sich um Fanny Lewald scharte, was diese sichtlich erfreut zur Kenntnis nahm.

Wilhelm warf Johann einen Blick zu, nahm sich ein Glas und schlenderte langsam in Richtung des Tisches, den die Geschwister Schadow nicht verlassen hatten. Auch Sophie trat hinzu.

»Eine interessante Lesung, nicht wahr?« Wilhelm deutete eine Verbeugung an, die Lida und Felix erwiderten.

»Wilhelm von der Heyden, Johann Schmidt … und Lida und Felix Schadow.« Sophie machte die Vorstellung kurz.

»Es ist mir eine Freude«, sagte Wilhelm und hob leicht sein Glas.

Lida lächelte kurz und nahm dann einen winzigen Schluck aus ihrem Glas.

»Fanny Lewald war schon besser«, sagte ihr Bruder. »Auch wenn es etwas anmaßend klingt, schließlich bin ich nur ein Maler, glaube ich, dass sie früher eindrucksvoller geschrieben hat.«

Seine Schwester nickte. »Stell dein Licht nicht unter den Scheffel, Felix. Du hast auch in Fragen der Literatur ein sicheres Gespür. Sie wird diesen Abend wahrscheinlich nicht als Erfolg verbuchen, aber wie ich sehe, ist sie gerade dabei, darüber hinwegzukommen.« Sie sah kurz zu Fanny Lewald hinüber, die ihren Zuhörern einiges zu erklären schien.

»Was wohl Beatrice dazu sagen würde? Ich vermisse ihre spitze Zunge«, warf Sophie wie beiläufig ein.

Lida zog die Augenbrauen zusammen. »Ich darf gar nicht daran denken«, erwiderte sie leise.

»Ein schrecklicher Verlust«, sagte Felix. »Wir sind noch immer untröstlich.«

»Nicht nur das«, sagte Lida, die ihre Erregung nur mühsam beherrschen konnte.

»Liebes«, sagte Felix und legte beruhigend eine Hand auf den Arm seiner Schwester. Wir haben schon oft darüber gesprochen. Dich trifft keine Schuld.«

Wilhelm erstarrte. »Schuld?«

Lida sackte zusammen und bedeckte ihre Augen. Von Weitem mochte der Eindruck entstehen, dass sie nachdachte oder unter Kopfschmerzen litt.

»Wir waren verabredet«, erläuterte Felix. »Wir wollten gemeinsam an einigen Skizzen arbeiten, und Beatrice kam wie vereinbart gegen zehn Uhr morgens. Aber Lida fühlte sich nicht wohl, und wir mussten das Treffen absagen.«

Wilhelm spürte kurz eine Hand in seiner, die er auf den Rücken gelegt hatte. Marie war hinter ihn getreten und betrachtete Lida voller Mitgefühl.

»Ich habe Beatrice nach Hause gebracht und an der Ecke abgesetzt, da ich die Zeit nutzen wollte, um in der Akademie einige Dinge zu erledigen.«

»Hätte ich mich aufraffen können, wäre das alles nicht passiert. Und Beatrice wäre ...« Lida brach ab.

»Wer hätte das ahnen können?«, versuchte ihr Bruder, sie zu beschwichtigen.

»Sie tragen daran keine Schuld. Schuld ist nur derjenige, der dieses Verbrechen verübt hat«, sagte Johann.

»Ein Verbrechen?« Lida fuhr auf, und der Tisch wackelte bedenklich.

Wilhelm sah sich um, doch niemand schien etwas bemerkt zu haben. Die anderen Gäste waren in Gespräche vertieft, zeigten sich gegenseitig Stellen in Büchern oder sprachen den Getränken zu.

Johann biss sich auf die Lippen. »Wie man hört, geht die Polizei davon aus, dass eine Bombe die Explosion verursacht hat.«

»Mein Gott.« Lida presste ihre Hand auf den Mund, ihr Bruder wurde bleich.

»Das ist grauenvoll«, sagte er nach einigen Augenblicken. »Wer tut so etwas?«

Wilhelm und Johann wechselten einen schnellen Blick.

»Der Presse ist wenig zu entnehmen«, mischte sich Sophie ein. »Wir müssen wohl davon ausgehen, dass die Polizei noch nichts herausgefunden hat.«

Die Geschwister nickten beklommen, und Wilhelm warf Sophie einen dankbaren Blick zu.

»Wollt ihr nicht Mathilde etwas Gesellschaft leisten?« Marie schob sich zwischen Wilhelm und den Tisch. »Der Monolog der Lewald scheint sie zu ermüden, und sie sieht so aus, als könnte sie etwas Hilfe gebrauchen. Sophie und ich bleiben hier.«

Ohne auf eine Antwort zu warten, setzte sie sich auf einen der beiden freien Stühle, und Wilhelm und Johann nutzten die Gelegenheit, um sich zu verbeugen und die Gruppe zu verlassen.

»Habe ich das richtig verstanden?« Johann sprach leise, als sie sich durch die Umstehenden schlängelten, um ihre Gastgeberin zu erlösen. »Die Gräfin wäre eigentlich gar nicht zu Hause gewesen?«

»Scheint so.« Wilhelm dachte nach. »Da auch der Baron abwesend war und das Dienstmädchen nicht in der Stadt weilte, wäre die Wohnung zum Zeitpunkt der Explosion leer gewesen.«

Die nächste halbe Stunde gingen sie mit Mathilde von einer Gruppe zur anderen, stellten sich vor und tauschten Höflichkeiten aus. Fanny Lewald verließ den Salon, sobald es die Etikette gestattete, und nach und nach schlossen sich ihr die anderen Gäste an.

Lida hatte sich wieder gefangen, als sie sich von ihrer Gastgeberin verabschiedete, und lächelte Wilhelm und Johann freundlich an. »Kommen Sie uns doch einmal bei Gelegenheit besuchen. Wie ich hörte, verfassen Sie gerade ein römisches Drama? Wir würden gern mehr darüber erfahren.«

»Es wird mir ein Vergnügen sein«, erwiderte Johann verlegen. Er fühlte sich unbehaglich. Die Lüge war zwar notwendig, aber dennoch widerstrebte es ihm, eine nette junge Dame zu hintergehen. Musste er tatsächlich ein Drama schreiben, um sich besser zu fühlen?

Der Raum leerte sich allmählich.

»Mir ist da noch etwas eingefallen«, sagte Sophie, die sich neben Wilhelm gestellt hatte. »Ich weiß aber nicht, ob das von Bedeutung ist.«

Wilhelm sah sie fragend an. »Alles kann von Bedeutung sein. Wir werden es wissen, wenn es zu einem Ziel führt.«

»Eigentlich sind es zwei Dinge.« Sophie sah sich um und nickte dann in Richtung des Offiziers. »Dieser Mackeroden, ein Hauptmann, wenn ich mich nicht täusche, ist oft mit Beatrice gesehen worden. In der Oper oder in anderen Salons. Du weißt ja, dass es über Beatrice einige Gerüchte gab, was Herren betrifft ...«

»Du deutetest es heute Morgen an.«

»Ganz recht. Das ist natürlich alles übertrieben, aber in Bezug auf Mackeroden sind mir einige Anzeichen aufgefallen: Blicke, ein Lächeln, eine flüchtige Berührung – etwas in der Art. Es kann also durchaus sein, dass die beiden in einer besonderen Beziehung zueinander standen.«

Wilhelm lächelte. Was für eine zurückhaltende Umschreibung einer möglichen Affäre. Aber immerhin ein Hinweis, dem man nachgehen konnte. »Und das andere Ding?«

»Was? Welches? ... Ach ja. Der junge Klavierspieler dort ist mir suspekt.«

Wilhelm sah zum Klavier und betrachtete den hageren jungen Mann, der ganz in seiner Musik aufzugehen schien. »Inwiefern?«

»Eigentlich ist er Schauspieler im Staatstheater, kleine Rollen. Hier verdient er sich etwas dazu.«

»Mit seiner Musik?«

»Ja, auch.«

»Womit denn sonst noch? Doch nicht etwa mit Gefälligkeiten gegenüber der Damenwelt?«

Sophie starrte ihn an. »Nein, wo denkst du hin?«

Wilhelm wartete.

»Allerdings ist mir in den letzten Wochen etwas aufgefallen. Weißt du, ich stehe während der Salonunterhaltung gern am Fenster und betrachte den Verkehr auf der Straße. Zweimal habe ich gesehen, wie unser Pianist sich während der Lesung an der Ecke mit jemandem getroffen hat, der ihm irgendetwas übergab. Ein kleines Säckchen, glaube ich, nicht viel größer als eine Geldbörse, das gut in eine Hosentasche passte. Ich würde mich nicht daran erinnern, wenn ich nicht vor ein paar Tagen gesehen hätte, wie er Beatrice heimlich am Klavier etwas zugesteckt hat.«

»Den Sack?« Wilhelms Interesse war erwacht. Gleich zwei mögliche Spuren auf einmal.

»Nein. Es muss viel kleiner gewesen sein. Es hat in eine Hand gepasst. Und wenn ich mich nicht täusche, hat er dem Offizier auch etwas übergeben.«

»Bist du dir sicher?«

»Es hatte den Anschein. Hilft das weiter?«

Wilhelm zuckte nachdenklich mit den Schultern. »Schon möglich. Wir werden uns das auf jeden Fall näher ansehen.«

Mathilde und Marie hatten die letzten Gäste verabschiedet und kamen nun auf sie zu. »Puh, was für ein Abend. Ich bin erleichtert, dass er vorbei ist.« Mathilde fächelte sich Luft zu, griff in eine Schublade, holte eine Zigarette hervor, ließ sich von Johann Feuer geben und inhalierte tief. »Das hatte ich bitter nötig. Diese Lewald war wieder unausstehlich.«

»Aber sie kennt Hinz und Kunz, wie du immer sagst, Mama.« Sophie lächelte nachsichtig.

Mathilde seufzte. »Ja, mein Kind.« Sie nahm einen weiteren Zug. »Da fällt mir ein ... Sophie, hast du unserem Ermittler hier von der Begegnung von Beatrice mit diesem Herrn auf der Straße erzählt?«

»Das hätte ich fast vergessen.« Sophie strich sich eine Haarsträhne aus dem Gesicht. »Tatsächlich habe ich vor vielleicht einem Monat gesehen, wie Beatrice, nachdem sie unser Haus verlassen hat, unten auf der Straße von einem Herrn aufgehalten wurde. Sie hatten anscheinend einen heftigen Streit. Der Herr machte ihr wohl Vorwürfe, sie schien Erklärungen vorzubringen und zeigte ihm irgendetwas. Daraufhin beruhigte sich der Mann, und sie stiegen gemeinsam in eine Kutsche.«

»Der Mann schien also auf die Gräfin gewartet zu haben. Wie sah er aus?«

Sophie sah an die Decke, während sie nachdachte. »Korpulent, fast fett. Dunkle Haare, feistes Gesicht. Und eine Narbe unter dem Auge.«

Wilhelm nickte. Die Beschreibung konnte gut auf den Baron zutreffen. »Wie heißt eigentlich Ihr Klavierspieler, und wo kann man ihn finden?«

Mathilde hatte ihre Zigarette aufgeraucht und gleich eine neue angesteckt. »Er heißt Max. Max Neumann, wenn ich mich nicht irre. Wo er wohnt, weiß ich nicht, aber er arbeitet in der königlichen Oper. Er begleitet meine Veranstaltungen etwa seit Februar. Eine gute Bekannte hat ihn mir empfohlen, nachdem mein alter Pianist schwer erkrankte und seinen Beruf aufgeben musste. Ist etwas mit ihm?«

Wilhelm sah Johann an und nickte kurz. »Meine Damen, Sie

haben uns sehr geholfen. Wir haben jetzt einige neue Spuren, denen wir nachgehen können. Wenn Sie erlauben, möchten wir uns nun verabschieden.«

Mathilde nickte und reichte Wilhelm die Hand. »Auch wir sind müde. Hoffentlich hat Ihnen unser Versteckspiel geholfen. Übermorgen geben wir einen kleinen Empfang. Kommen Sie doch vorbei, wenn Sie mögen. Ich bin sicher, Marie wird sich auch freuen.«

44

»Es ist wie verhext«, sagte Vorweg am nächsten Morgen, »über den Baron haben wir nichts weiter herausfinden können. Er war immer in seinem Kontor, besuchte Kunden oder Künstler und ging regelmäßig in zwei Klubs. Nichts Auffälliges, nichts Bemerkenswertes.«

Im Zimmer war es dunkel, trotz des frühen Sommermorgens. Anders als an den letzten beiden Tagen hing eine Wolkendecke über Berlin. Nur ab und an ließen einige Lücken die Strahlen der Sonne durch, die das Zimmer zumindest kurz in Licht tauchten.

Herford war sichtlich unzufrieden. Er hatte sich in seinem Sessel eingegraben und starrte auf die Tür. »Keine weiteren Hinweise also«, sagte er schließlich. »Wilhelm, tun Sie mir den Gefallen, und berichten Sie mir, dass Sie etwas Bahnbrechendes herausgefunden haben.«

Wilhelm, der neben Vorweg auf dem leicht durchgesessenen Sofa Platz genommen hatte, beugte sich vor. »Ich bin mir nicht sicher, ob es unseren Ermittlungen hilft. Aber tatsächlich habe ich gestern einige bemerkenswerte Dinge erfahren, und wir sind ja ohnehin zuletzt darin übereingekommen, dass die Ursachen der Ereignisse vermutlich in den persönlichen Lebensumständen gesucht werden sollten.«

Vorweg sah ihn von der Seite verwundert und, wie es Wilhelm schien, leicht spöttisch an. Wilhelm hatte sich bewusst vage ausgedrückt. Was, wenn die gewonnenen Erkenntnisse überhaupt nichts mit der Explosion zu tun hatten? Er ärgerte sich über seine Unsicherheit.

»Lassen Sie hören. Einordnen können wir es später.« Herford nahm die gefalteten Hände vom Gesicht, spuckte einen Fingernagel auf den Boden und wandte sich ihm zu.

Wenn ein Mann wie der Kriminaldirektor auf den Fingernägeln kaute, musste er unter Spannung zu stehen, ziemlich viel Spannung, wie Wilhelm erkannte. Er berichtete kurz und ließ alles aus, was seiner Meinung nach nichts mit seinen Erkenntnissen zu tun hatte. Anschließend schwiegen die Männer eine Zeit lang und hingen ihren Gedanken nach.

»Dieser Max Neumann«, sagte Herford schließlich, »muss doch irgendwie aufzutreiben sein.«

»Ich kümmere mich darum«, erwiderte Vorweg.

Herford nickte. »Was halten Sie von der ganzen Sache, Vorweg?«

Der Kriminalsekretär stand auf und trat ans Fenster. Die linke Hand in die Hosentasche gesteckt, betrachtete er den Verkehr auf dem Molkenmarkt, der für diese Tageszeit überraschend dünn war. Was doch ein kleiner Wetterumschwung ausrichten konnte. »Bedeutsam ist in meinen Augen die Tatsache, dass die Gräfin eigentlich gar nicht in ihrer Wohnung sein sollte, als die Bombe explodierte. Vielmehr wäre sie mit den Schadows unterwegs gewesen. Da dem Täter bekannt gewesen sein dürfte, dass auch der Baron um diese Zeit nicht anwesend sein würde, können wir immer mehr davon ausgehen, dass niemand verletzt oder gar getötet werden sollte.«

»Der Haupthahn der Gaszufuhr im Keller war abgestellt«, warf Wilhelm ein.

»Was für die Theorie spricht, dass hier lediglich eine deutliche, vielleicht letzte Warnung ausgesprochen werden sollte«, spann Herford den Gedanken weiter. »Auch wenn wir nicht wissen, wer hier gewarnt werden sollte.«

»Der Sprengsatz befand sich im Zimmer des Barons. Er hatte

einige Auseinandersetzungen gehabt und einen Unfall.« Vorweg drehte sich um und lehnte seinen Rücken an die Fensterscheibe.

»Wir wissen nicht, wie die Bombe ins Arbeitszimmer gelangte.« Herford schüttelte den Kopf. »Es ist durchaus denkbar, dass die Gräfin beim Nachhausekommen das Paket mit in die Wohnung genommen und herumgetragen hat, als sie die Fenster öffnete. Hatte sie nicht vorher noch gemalt?«

Wilhelm nickte. »Das muss am frühen Vormittag gewesen sein, ehe sie zu den Schadows ging. Der Geruch kann bei ihrer Rückkehr immer noch in der Luft gelegen haben.«

»Außerdem war der Unfall des Barons tatsächlich ein Unfall«, fuhr Herford fort, ohne auf Wilhelms Einwurf weiter einzugehen.

»Also könnte diese Warnung auch der Gräfin gegolten haben.« Vorweg betrachtete angestrengt seine Füße. »Sie war im Besitz dieser ominösen Chiffre und verkehrte offensichtlich auch in höheren Kreisen.«

»Oder die Warnung galt beiden.« Wilhelm hatte seinen Gedanken offenbar laut ausgesprochen, denn beide Männer sahen ihn überrascht an.

»Beiden?«

Wilhelm zuckte mit den Schultern. »Es ist zumindest denkbar, dass beide gemeinsam etwas getan haben, das die Widersacher auf den Plan gerufen hat. Ich habe gestern gelernt, dass die Salons Treffpunkte der Gesellschaft sind und dass sich auf ihnen leicht Kontakte anbahnen lassen, auch zu höhergestellten und einflussreichen Persönlichkeiten. Vielleicht hat die Gräfin solche Kontakte geknüpft, und der Baron hat sie für sein Geschäft genutzt.«

»Und dabei sind sie jemandem in die Quere gekommen?«

Wilhelm zuckte erneut mit den Schultern. »Wäre doch denkbar, oder nicht?«

Wieder schwiegen die Männer. Ein Sonnenstrahl stahl sich

ins Zimmer und entfernte sich rasch. Ein zweiter tat es ihm Augenblicke später nach, doch die Männer rührten sich noch immer nicht. Vorweg hatte einen Schmutzstreifen an seinem linken Schuh entdeckt und versuchte geistesabwesend, ihn abzuwischen, Herford drehte eine nicht angezündete Zigarre in der Hand, und Wilhelm starrte einfach weiter vor sich hin.

»Der Klavierspieler trifft sich mit jemandem, der ihm etwas übergibt. Wenig später steckt er der Gräfin etwas zu.« Herford betrachtete seine Zigarre, als frage er sich, was er mit ihr vorhatte.

»Und eventuell auch dem Offizier«, ergänzte Wilhelm.

»Ihre Bekannte hat Ihnen von einem Streit zwischen der Gräfin und dem Baron berichtet. Wenn ich es richtig sehe, haben die beiden den Streit beigelegt, nachdem ihm die Gräfin etwas gezeigt hatte.« Vorweg hatte seinen Schuh sauberbekommen und setzte sich wieder neben Wilhelm. »Wozu führt uns das?«

»Das werden wir sehen, wenn wir dort angelangt sind.« Herford richtete sich auf und war wieder der energische Vorgesetzte. Er riss eine Schublade auf und kramte in ihr nach Streichhölzern, die er schließlich fand und vor sich auf den Tisch legte. »Es ist wenig, aber es sind die einzigen Spuren, die wir haben.« Er biss die Spitze der Zigarre ab und spuckte sie zu Boden. »Vorweg, Sie treiben diesen Klavierspieler auf. Wilhelm, Sie werden morgen erneut den Salon aufsuchen. Wenn sich dort nichts weiter ergibt, werden Sie Ihre Suche auf die anderen Salons ausdehnen müssen, in denen die Gräfin verkehrte. Vier Augen sehen mehr als zwei, daher wäre es nicht schlecht, wenn Sie, Johann, Ihren Freund begleiten würden. Auch einen Besuch bei den Schadows halte ich für angebracht.«

»Mit welchem Ziel?«

»Die Schadows haben viel Zeit mit der Gräfin verbracht. Sie werden Ihnen einiges über ihren Charakter, ihre Vorlieben, ihre Wünsche, ihre Beziehungen erzählen können. Alles Dinge, die wir gern als sachdienliche Hinweise bezeichnen. Aus diesen Hintergrundinformationen ergeben sich häufig interessante Ansatzpunkte. Schlafen Sie sich aus, meine Herren! Und morgen mit frischen Kräften an die Arbeit.«

Wilhelm verabschiedete sich, ging nach Hause und gleich zu Bett. Er hatte die letzten Tage kaum geschlafen und konnte die Pause brauchen, ehe er sich am Abend mit Johann, Sophie und Marie unter den Linden treffen wollte.

Wenigstens etwas Gutes wird dieser Tag haben, dachte er beim Einschlafen. Ach was, *etwas* Gutes! Dass er Marie treffen und einige Stunden mit ihr verbringen konnte, war mehr als nur gut. Es war fabelhaft. Alles Weitere würde sich finden.

Übergangslos glitt er in den Schlaf, und erst einige Stunden später weckte ihn ein leises Klopfen an der Tür. Der traumlose Schlaf hatte ihm offensichtlich gutgetan, denn er fühlte sich wach und voller Energie. Der Tag schien es ihm gleichzutun, denn der graue Vormittag hatte sich in einen strahlenden Sommerabend verwandelt. Schnell schlüpfte er in seine guten Sachen, die Frau Brenke ihm zurechtgelegt hatte, und verließ bester Stimmung das Haus.

Johann und die beiden Frauen erwarteten ihn bereits an einem Tisch eines Straßencafés. Marie strahlte ihn an, und er nahm eilig neben ihr Platz. Zum Glück gab es hier eine große Tischdecke, sodass sie einander darunter die Hände reichen konnten.

Sophie beobachtete sie amüsiert. »Die frisch Verliebten. Ein wunderbarer Anblick.«

»Sieht man das?« Marie riss erschrocken die Augen auf.

»Aus hundert Schritt Entfernung«, sagte Johann und grinste.

Ein Kellner erschien und brachte Wilhelm ein Glas für den Wein, der auf dem Tisch stand. Die untergehende Sonne spiegelte sich in der Flasche, deren Inhalt schwarz erschien und sich erst beim Eingießen als rot entpuppte.

»Was gibt es Neues?« Sophie konnte sich nicht mehr zurückhalten.

»Wir gehen den Spuren nach. Insbesondere werden wir uns um den Klavierspieler kümmern. Davon abgesehen ist dieser Fall ein wahrer Albtraum.« Wilhelm schüttelte den Kopf.

»So ist es«, stimmte Johann zu. »Ein Sommernachtsalbtraum gewissermaßen.«

Wilhelm sah auf. »Ist jetzt nicht nur der Fall verworren, sondern auch dein Geist?«

»So kann man es nennen.« Johann grinste und sah zu Marie, die ebenfalls zu lächeln begann. »Ja, wenn ich es recht überlege, trifft es das Ganze ziemlich genau.«

Wilhelm sah die beiden abwechselnd an. Dann sagte er resignierend: »In Ordnung. Bitte klärt einen begriffsstutzigen kleinen Adelsmann vom Lande auf.«

Marie lachte. »*Ein Sommernachtstraum*? Shakespeare? Felix Mendelssohn? Du erinnerst dich? Wir drei haben das Stück letztes Jahr in der Oper gesehen. Wie immer ein riesiger Erfolg beim Publikum, obwohl es bald fünfzehn Jahre alt ist.«

»Ist er ein Verwandter dieser Rebecca Dirichlet, die wir gestern im Salon gesehen haben?«

»Er war ihr Bruder. Er ist mit nicht einmal vierzig Jahren kurz vor der Revolution gestorben«, warf Sophie ein.

Wilhelm verstand weiterhin nichts. Auch Johann war ihm keine Hilfe, als er hinzufügte: »Ich habe das Stück kaum verstanden. Alles ging durcheinander, laufend wurden Personen verwechselt, und eine kleine Geistergestalt spukte die ganze Zeit umher.«

»Puck«, ergänzte Marie.

Johann nickte. »Mir hat die Musik ausnehmend gut gefallen. Es war mir daher ein Bedürfnis, das Stück zu verstehen, weshalb ich bei Shakespeare nachgelesen habe, im Original gewissermaßen.«

»Ich hatte es bereits vorher gelesen«, begann Marie und ging über ein gemurmeltes »Wer hätte das gedacht?« von Wilhelm hinweg. »Und ich glaube, ich habe die Handlung noch im Kopf.«

»Ich bin sicher, ihr werdet mich nicht dumm sterben lassen«, sagte Wilhelm missmutig und trank einen Schluck aus seinem Weinglas. »Und ihr werdet mir auch erklären, was das alles mit unserem Fall zu tun hat?«

»Verwirrungen, mein Lieber«, versetzte Johann und schaute überrascht in sein leeres Glas. »Es geht um Verwirrungen. Shakespeare hat es mit diesem Stück auf die Spitze getrieben.«

»Ganz recht.« Marie legte die Ellenbogen auf den Tisch und beugte sich vor. »Also hör zu, Banause vom Lande. Wir befinden uns im antiken Griechenland, genauer gesagt in Athen, das von Herzog Theseus regiert wird, der gerade seine Hippolyta heiraten möchte.«

»Herzöge im alten Griechenland, natürlich! Tauchen auch Barone und Grafen auf?«, stichelte Wilhelm.

»Still«, sagte Marie und versetzte ihm einen Klaps auf den Arm. »Theseus will also Hippolyta heiraten –«

»War sie nicht eine Amazone?«, warf Johann ein.

Marie atmete tief durch. »Sie war sogar deren Königin. Kann ich nun mit der Geschichte fortfahren, oder möchtest du übernehmen?«

Johann wand sich unter ihrem Blick, schüttelte rasch den Kopf und beschäftigte sich mit der Weinflasche. Sophie schmunzelte amüsiert und schob ihm ihr Glas hin, damit er es füllen konnte.

Marie tat es ihr gleich und fuhr fort: »Zur Hochzeit wollen einige Handwerker ein Stück aufführen und gehen in einen Wald, um zu proben. Dort treffen sie auf Lysander und Hermia, die ins Ausland fliehen wollen, um dort zu heiraten. In Athen gibt es nämlich ein Gesetz, das es Frauen verbietet, sich den Hochzeitswünschen ihrer Väter zu verweigern. Die Alternativen sind Tod oder Verbannung, wie üblich. Der Vater von Hermia jedenfalls ist Egeus, und dieser bevorzugt den starken Edelmann Demetrius für seine Tochter, nicht den Poeten Lysander. Hermia ist mit Helena befreundet, die wiederum in Demetrius verliebt ist, dem sie vorher anverlobt war.«

»Wer von den beiden? Hermia oder Helena?« Wilhelm kratzte sich demonstrativ den Kopf.

»Helena natürlich. Helena war mit Demetrius verlobt, bis Egeus diesem seine eigene Tochter zur Frau geben will. Hör gefälligst zu, wenn ich deine klassische Bildung verbessere.« Marie musterte ihn finster. »Hermia und Lysander wollen also fliehen und weihen Helena ein. Diese erzählt Demetrius davon, um ihn zurückzugewinnen. Die beiden Herrscher des Waldes, in dem sich die Handwerker treffen, der Elfenkönig Oberon und seine Frau Titania, streiten sich derweil um ein indisches Kind. Erschwerend kommt hinzu, dass Oberon ein Verhältnis mit Hippolyta und Titania ein Verhältnis mit Theseus hatte, was sie sehr lautstark diskutieren.«

»Lockere Sitten damals, wie?«, warf Wilhelm ein. »Indische Kinder, ach, du meine Güte.«

Marie ließ sich nicht beirren. »Oberon will das indische Kind unbedingt haben und schickt nach seinem Hofnarren, dem Kobold Puck. Er beauftragt ihn, eine bestimmte Blume zu beschaffen, deren Saft eine Liebesraserei bewirkt. Wenn man ihn auf das Augenlid eines Schlafenden träufelt, verliebt sich der Betreffende beim Erwachen in die nächste lebende Kreatur, die er sieht, selbst wenn es ein wildes Tier ist. So soll Titania ihre Unverschämtheit büßen. Während Oberon auf Puck wartet, trifft Demetrius im Wald ein. Er sucht Lysander und Hermia in der Absicht, Lysander zu töten, um dann – sehr melodramatisch – von Hermia umgebracht zu werden. Helena folgt ihm, doch er weist sie barsch ab.

Der Elfenkönig beobachtet den Streit der beiden und gibt Puck bei seiner Rückkehr den Auftrag, nach einem jungen Athener zu suchen, der von einer Frau verfolgt wird. Er soll diesem etwas von dem Saft auf die Augenlider träufeln. Er selbst will Titania suchen und sie ebenfalls verzaubern. Währenddessen haben sich Hermia und Lysander verirrt. Sie bereiten ein Nachtlager, und Hermia widersteht den Annäherungsversuchen ihres Geliebten –«

»Drum lieg auf Lücke bis zur Tageswende …«, sang Johann.

»Richtiger Text, falsche Melodie«, sagte Marie. »Während sie also schlafen, findet Puck die beiden, hält Lysander fälschlich für den gesuchten jungen Athener und reibt den Nektar auf seine Augenlider. Helena verfolgt immer noch Demetrius und stolpert dabei über den schlafenden Lysander. Dieser wacht auf, verliebt sich in sie und folgt ihr durch den Wald. Kurz darauf erwacht Hermia aus einem Albtraum, stellt erschreckt fest, dass Lysander verschwunden ist, und zieht in Todesangst alleine weiter. Jetzt wird es etwas unübersichtlich.«

»Jetzt erst?« Wilhelm presste theatralisch die Fäuste an die Schläfen. »Mir brummt der Kopf bei den ganzen Namen. Wie kannst du da den Überblick behalten?«

»Eine Frau kann das«, versetzte Marie ungerührt. »Mittlerweile haben sich die Handwerker zu ihrer Probe eingefunden. Puck kommt dazu und beobachtet sie. Während einer Spielpause verwandelt er den Kopf eines der Handwerker in den eines Esels. Als dieser zu seinem Stichwort auftritt, fliehen seine entsetzten Freunde. Davon erwacht Titania, und sie hindert ihn – nunmehr verliebt – an einem Fluchtversuch. Puck berichtet Oberon von Titanias Verzauberung. Allerdings ist Puck, wie wir wissen, bei den beiden Liebespaaren ein Fehler unterlaufen, der jetzt bemerkt wird. Oberon befiehlt Puck, Helena zu holen, und wendet selbst das Mittel bei Demetrius an. Als Helena erscheint, wacht

Demetrius auf und verliebt sich in sie. Nun lieben beide, Lysander und Demetrius, Helena. Hermia kommt dazu und beschuldigt Demetrius, Lysander ermordet zu haben. Oberon erkennt das Chaos und befiehlt Puck, es rückgängig zu machen. Lysander schwört unter dem Einfluss des Zaubers Helena seine Liebe, Demetrius tut das Gleiche. Als Hermia hinzukommt, weitet sich der Streit aus, weil der verzauberte Lysander seine Geliebte beschimpft –«

»›Schwarze Schlampe, Blutegel, Brechmittel‹«, zitierte Johann.

»Danke. So genau wollte ich es nun auch nicht wissen«, sagte Wilhelm.

»So steht es im Stück«, verteidigte sich Johann. »Bei der Aufführung ging es allerdings weitaus gesitteter zu.«

»Wie auch immer.« Marie hob den Finger, und die beiden Männer verstummten folgsam. »Nachdem Helena ihrer Freundin Hermia Verrat vorwirft, geraten beide heftig aneinander. Als die vier im Streit auseinanderlaufen, unterstellt Oberon seinem Hofnarren, den Schabernack mit Absicht angestellt zu haben. Er befiehlt ihm, vor Anbruch der Nacht das Durcheinander zu beenden. Puck jagt die Paare, bis sie erschöpft nahe beieinander einschlafen, und wendet den Zauber erneut bei Lysander an –«

»Jeder Hengst kriegt seine Stute – alles Gute.« Johann grinste. »Schon gut, ich bin ja still.«

Marie seufzte. »Währenddessen hat Titania, die nur noch Augen für den Esel hat, den indischen Prinzen an Oberon herausgegeben. Zur Belohnung befreit dieser sie von der Wirkung des Liebesnektars und Puck den Handwerker von seinem Eselskopf –«

Wilhelm hob hilflos die Arme zum Himmel. »Welchen Handwerker?«

Sophie lachte. Ihr traten die Tränen in die Augen.

»Den er vorher verzaubert hat, um Himmels willen! Die

Elfenherrscher versöhnen sich jedenfalls. Am nächsten Morgen gehen Theseus, Hippolyta und Egeus auf die geplante Jagd und finden die beiden Paare, die durch den geschickt verwendeten Zauber nun glücklich verliebt sind. Theseus bestimmt, dass Demetrius und Helena ebenso wie Lysander und Hermia zusammen mit ihm Hochzeit feiern werden, und weist Egeus' Forderung nach Rache ab. Als schließlich der Handwerker auftaucht – wage es ja nicht, noch einmal zu fragen, Wilhelm! –, gibt es ein großes Wiedersehen, und die Handwerker führen ihr Stück auf. Es handelt sich also um ein Spiel im Spiel. Das beginnt mit einem missverständlich vorgetragenen Prolog des Spielleiters, diesem folgt ein Pantomimenspiel, ein Handwerker stellt eine Wand dar, ein anderer den Mondschein und so weiter und so fort. Am Ende schickt Theseus die Paare ins Bett, Puck und das Heer der Elfen räumen den Palast auf, Oberon und Titania führen den Tanz der Elfen an. Dann segnen die Elfenherrscher das Haus und die Liebespaare. Zum Schluss kommt noch einmal Puck auf die Bühne und spricht direkt zum Publikum. Er bittet es, das Stück bei Missfallen als einen Traum zu betrachten und zu applaudieren, wenn es zufrieden war.«

»Jaja, Irrungen und Wirrungen«, sagte Johann und setzte sein Weinglas ab. »Ohne nachzulesen, hätte ich das Stück nicht verstanden.«

»Vielleicht hättest du nicht schlafen sollen«, stichelte Marie. »Du hattest bereits beim ersten Auftritt von Oberon die Augen geschlossen.«

»Ich habe mich der Musik hingegeben«, verteidigte sich Johann. »Immerhin war ich damit kunstbeflissener als eine andere anwesende, wenngleich nicht genannte Person.« Er wandte sich zu Wilhelm. Dieser saß da und starrte auf einen Punkt irgendwo hinter Maries Schulter.

»Wilhelm? Haben wir dich überfordert?« Johann stieß seinen Freund an.

Nur langsam kehrte Wilhelm in diese Welt, an diesen Tisch zurück. »Irrungen und Wirrungen«, murmelte er. »Und eine Verwechslung nach der anderen. Das stimmt doch, oder?« Er setzte sich vor und sah erst Marie, dann Johann an. »Dieser Puck hat die Schlafenden verwechselt?«

Marie und Johann nickten und sahen überrascht auf den nun sehr lebhaften Wilhelm. Auch Sophie war verstummt und betrachtete Wilhelm.

»Vielleicht haben wir die ganze Zeit den falschen Demetrius gejagt? Erst die Verwirrung um die Bukowina, dann die Freimaurergeschichte, die nicht recht ins Bild passen wollte. Das war ein Spiel im Spiel, ganz wie im Stück. Jemand hat die Gelegenheit genutzt, um seine eigenen Interessen durchzusetzen, und hat uns auf eine falsche Fährte gelenkt.«

»So weit waren wir schon, Wilhelm«, sagte Johann.

»Nicht ganz. Wir haben nur in dieser Richtung nicht weiter nachgeforscht, weil wir herausgefunden haben, dass an beiden Spuren nichts sein kann. Aber jemand wollte uns das weismachen. Und warum? Weil er von etwas anderem ablenken wollte.«

»Einverstanden, aber wovon?«

»Das weiß ich noch nicht. Aber es muss irgendwie mit den Erlebnissen der Gräfin zu tun haben. Irgendetwas ist passiert, irgendetwas hat sie getan oder irgendetwas erfahren. Und ich habe das Gefühl, dass der Baron davon Kenntnis hatte und beschloss, sein eigenes Süppchen zu kochen.«

45

Sie nahmen den langen Weg zur Roßstraße. Marie hatte sich bei Wilhelm eingehakt, und sie spazierten schweigend die Linden entlang durch die klare und warme Sommernacht, vorbei an der königlichen Bibliothek und der Oper durch den Lustgarten in Richtung Schlossplatz. Johann und Sophie gingen einige Schritte vor ihnen und unterhielten sich angeregt, ab und an einen Blick zurückwerfend. Immer weniger Menschen waren zu sehen, und als sie am Schloss vorbei in Richtung Petrikirche gingen, die mit ihrem hohen Turm in den Himmel zu streben schien, waren sie so gut wie allein. Mal zog sie ihn in einen Hauseingang, mal entdeckte er eine dunkle leere Seitenstraße. Kleidung rieb sich aneinander, Finger erkundeten, Zungen berührten sich, und so kamen sie erst nach zwei Stunden vor dem Eingangsportal des Hauses von Sophies Mutter an, ein Weg, den man am Tag selbst bei stärkstem Verkehr in einer halben Stunde geschafft hätte.

Sophie und Johann hatten vor der Tür gewartet und lächelten das Paar nachsichtig an.

»Was hast du nun vor, Wilhelm? In deinem Fall, meine ich?«, fragte Sophie, ging auf Marie zu, schob deren Hut zurecht und erneuerte die Schleife in ihrem Band. Nach einem kurzen prüfenden Blick trat sie zurück und nickte zufrieden. »Jetzt bist du wieder vorzeigbar, meine Liebe.«

Marie und Wilhelm schauten sich verlegen und doch mit einer Spur Stolz an.

»Ich denke, dass wir diesen Max Neumann aufsuchen und befragen werden. Mal sehen, was dabei herauskommt.«

»Wir sind morgen Mittag zum Essen verabredet. Eine Bekannte, die auch einen Salon führt, hat uns eingeladen«, sagte Sophie. »Wir könnten die Gelegenheit nutzen und uns umhören. Vielleicht erfahren wir etwas über Beatrice.«

Wilhelm schüttelte den Kopf. »Ich bin mir nicht sicher, ob das eine gute Idee ist. Wer weiß, wer davon Wind bekommt oder eure Nachforschungen weiterträgt.«

»Ich denke, wir haben bewiesen, dass wir sehr diskret vorgehen können.« Sophie zog einen Schmollmund.

»Ja, das stimmt. Wie du und deine Mutter im Salon gehandelt habt, fand ich bewundernswert«, musste Wilhelm zugeben. »Ihr habt alles unauffällig und souverän arrangiert. Dennoch …«

»Dennoch?« Marie sah ihn von der Seite an, spöttisch, wie ihm schien. Machte sie sich über ihn lustig?

»Jemand hat eine Bombe gelegt. Warum, wissen wir immer noch nicht –«

»Deswegen sollten wir nachforschen, oder nicht?« Marie warf einen Blick zu Sophie, die eifrig nickte.

»Wir forschen nach. Damit meine ich die Polizei.«

»Oha. Das sollten also wieder die Männer übernehmen, nicht wahr?« Zog sie ihn immer noch auf, oder war sie verstimmt?

»Wir Frauen können so etwas natürlich nicht.« Marie schüttelte theatralisch den Kopf.

»Stimmt, Männer sind viel besser geeignet, sich in einem Salon voller Frauen ganz unauffällig Informationen zu beschaffen«, ergänzte Sophie. Ihre Augen glitzerten im fahlen Licht der Gaslaterne.

Wilhelm seufzte. »Was ich meine, ist, dass wir keine Ahnung haben, wer hinter dieser Sache steckt. Und vor allem wissen wir nicht, wozu dieser Unbekannte oder diese Unbekannten noch fähig sind und welche Verbindungen sie haben. Was ist, wenn sie von euren Nachforschungen erfahren? Sie haben schon einmal eine Bombe gelegt, Herrgott noch mal!« Nun war er doch ärgerlich geworden. Und wie ihn Marie auf einmal ansah!

»Ich dachte, dass die Explosion eher ein Unglück war«, sagte Sophie nicht mehr ganz so kämpferisch.

»Ja, das stimmt. Wir gehen davon aus, dass eigentlich niemand zu Schaden kommen sollte, aber sicher sind wir uns nicht. Ich will doch nur vermeiden, dass euch etwas passiert.«

»Ich bin immer für ein gutes Essen zu haben«, warf Johann beiläufig ein.

»Wie bitte?« Drei Augenpaare starrten ihn an, ungläubig, verwirrt und neugierig.

Johann hob die Arme. »Ich kann doch die jungen Damen begleiten, zum Essen morgen Mittag, und abends im Salon sind wir ohnehin zusammen. Und wenn es erforderlich ist, kann ich euch die nächsten Tage in andere Salons begleiten. Herford hat mir keine konkreten Aufgaben zugeteilt. Ich habe nichts weiter vor und bin schließlich ein angehender Schriftsteller, oder nicht?«

»Dann wäre ja für Schutz gesorgt«, sagte Sophie mit neu erwachter Energie.

Die drei richteten ihre Blicke auf Wilhelm. Dem war unbehaglich zumute. Einerseits konnte er die Gefahr nicht einschätzen, in die sich die jungen Frauen möglicherweise begaben. Er konnte nicht einmal mit Bestimmtheit sagen, ob überhaupt eine Gefahr bestand. Andererseits musste er sich eingestehen, dass sie mit Hilfe der Frauen an einem einzigen Abend mehr Informationen gewonnen hatten als in den Tagen zuvor.

»Ich weiß noch nicht, ob ich es morgen Abend rechtzeitig schaffen werde.« Wilhelm sah, wie Marie die Augenbrauen hob, und fuhr eilig fort. »Bis wir den Klavierspieler gefunden haben, dürfte es einige Zeit dauern. Und dann müssen wir ihn auch noch vernehmen.«

Marie trat einen Schritt zurück und verschränkte die Arme

vor der Brust. »Wann hattest du denn vor, mich darüber in Kenntnis zu setzen?«

Wilhelm wurde heiß. »Aber das habe ich doch gerade.«

»Hm.« Marie schnaubte, trat noch einen Schritt zurück und sah zu Boden.

Johann sah von Marie zu Wilhelm und mischte sich ein, bevor das Schweigen zur Last wurde. »Wir können das morgen doch erst einmal probieren. Ich glaube nicht, dass ein Essen gefährlich werden kann, immerhin sind die Damen ja bislang auch sehr geschickt vorgegangen. Außerdem werde ich immer dabei sein, sodass eigentlich nichts passieren kann.«

Wilhelm sah ihn zweifelnd an.

»Und wenn es dir dadurch bessergeht, können wir alle weiteren Schritte vorab besprechen«, ergänzte Sophie.

»Es geht nicht darum, ob ich mich besser fühle, sondern um eure Sicherheit. Außerdem muss ich damit rechnen, dass Franz Karl morgen Abend auch anwesend sein wird, und einen Eklat können wir in dieser Situation überhaupt nicht brauchen.« Wilhelm atmete innerlich durch. Gott sei Dank war ihm dieses Argument gerade noch eingefallen. Dass er den Salon möglicherweise verpassen würde, war ihm auch erst gerade eingefallen, wann sonst? Immerhin war er den ganzen Nachhauseweg über beschäftigt gewesen. War es zu viel verlangt, dass Marie dafür Verständnis aufbrachte?

Marie sah auf, trat auf ihn zu und legte ihre Hände sacht auf seine Schultern. »Wir werden ganz vorsichtig sein«, sagte sie leise. »Wir werden nichts tun, was uns gefährden könnte, und in Johanns Gesellschaft fühle ich mich sicher.«

»Ich mich auch«, sagte Sophie.

»Du garantierst mir, dass ihr euch sofort zurückzieht, wenn auch nur der Verdacht besteht, dass sich jemand für euch interessiert?«

Johann wusste, dass er gemeint war. »Keine Sorge, dafür werde ich sorgen.«

»Siehst du?« Marie lächelte, und ihr blauer Blick senkte sich in seinen. »Uns kann nichts geschehen. Und jetzt geh los, mein großer Polizist, und hol dir diesen Klavierspieler.« Ohne auf die anderen oder eventuelle Passanten zu achten, drückte sie ihm einen langen, leichten Kuss auf die Lippen.

Sie löste sich von ihm und nahm Sophie beim Arm. Am Portal drehte sie sich noch einmal um und sagte mit einem strengen Blick, der nur leicht durch ein Lächeln abgemildert wurde: »Und wage es ja nicht, morgen Abend fernzubleiben. Spätestens um neun Uhr wirst du an der Ecke dort drüben auftauchen. Nicht wahr, Sophie?«

Sophie lachte und öffnete die kleine Tür, die im Portal eingelassen war. »Ich werde das ganz genau im Auge behalten.«

Dann verschwanden die beiden Frauen im Dunkel des Eingangs, und die Tür schloss sich geräuschvoll.

Stille legte sich über den Platz. Wilhelm stand da und starrte auf die Tür. Ihm kam es vor, als würde er noch immer die Umrisse von Maries Gestalt sehen. Und er kam sich überlistet vor. Langsam drehte er sich zu Johann um, der ihn nachdenklich ansah. »Hoffentlich haben wir das Richtige getan, Johann.«

Johann erwiderte nichts, sondern nickte nur langsam. Sie wandten sich um und gingen in Richtung der Wallstraße, die zum Spittelmarkt führte, wo sich ihre Wege trennen würden. Zwei Kutschen näherten sich mit hoher Geschwindigkeit aus Richtung der benachbarten Loge zu den drei Weltkugeln, und in ihr Rattern hinein sagte Johann: »Du kannst dich auf mich verlassen, Wilhelm. Das weißt du.«

Wilhelm sah ihn an und nickte.

Plötzlich blieb Johann stehen. »Meine Güte, das habe ich ganz vergessen.« Er griff in die Innentasche und zog etwas hervor. »Ich habe einen Brief von meinem Vater erhalten. Anbei lag dieses Schreiben hier.« Er reichte Wilhelm einen verschlossenen Umschlag. Der sah sich um und entdeckte in einigen Schritten Entfernung eine weitere Gaslaterne, deren Licht genügen würde. Er brach das Siegel und begann zu lesen.

Verehrter Baron und Pair, geschätzter Freiherr von der Heyden, bitte gestatten Sie mir, Ihnen meinen tief empfundenen Dank für die überaus freundliche Aufnahme auszusprechen, die Sie meinem Sohn Johann im Sommer des letzten Jahres anlässlich seines Besuchs auf Ihrem Anwesen zuteilwerden ließen. Mit besonderem Interesse habe ich seine Erläuterungen Ihrer Anstrengungen hinsichtlich der Kultivierung neuer Obstsorten verfolgt, in die Sie, verehrter Baron, meinen Sohn freundlichst eingeweiht haben.

Auch ich bin in dieser Hinsicht nicht untätig, habe ich doch vor einiger Zeit schmerzlichst erfahren müssen, wie wichtig die Sicherstellung der Ernährung der Menschen ist und was passieren kann, wenn sie ausbleibt oder nur ungenügend zur Verfügung steht. Ich hatte damals in eine Eisenfabrik in Belfast investiert und mir gute Geschäfte erhofft. Doch dann vernichtete die aus Amerika eingeschleppte Kartoffelfäule einen Großteil der Ernte der Insel und nahm den Bewohnern ihr Hauptnahrungsmittel. Eine Million Menschen starben, zwei Millionen wanderten nach Amerika aus. Auch in Europa und in Preußen kam es zu Missernten, die nicht unerheblich zur Achtundvierzigerrevolution beigetragen haben mögen. Die Firma in Irland verlor viele ihrer Arbeiter und musste Konkurs anmelden. Doch nicht der finanzielle Verlust, sondern das Elend der Menschen, das ich mit eigenen Augen mitansehen musste, stand mir vor Augen. Ich war ebenso machtlos wie die englische Regierung. Daher beschloss ich, auf meinem Gut bei Hannover – klein, aber mit ausreichend Platz für einige Versuchsfelder – selbst Forschungen für widerstandsfähigere Sorten zu betreiben. Bis auf die Erkenntnis, dass Kartoffeln auf jeden Fall trocken gelagert werden müssen (eine befallene Knolle kann die ganze Saat vernichten!), kann ich zu meinem Bedauern aber noch keine Erfolge vorweisen. Dennoch werde ich weitere Anstrengungen unternehmen, um die Geißel des Hungers zu bekämpfen.

Die erforderlichen Mittel stehen mir dafür zur Verfügung. Ich leite ein Handelshaus mit Niederlassungen in Russland, Frankreich, England, Spanien und Schweden und verfüge auch in Berlin über eine Dépendance. Ich handle mit Waren aller Art und darf mit aller gebotenen Bescheidenheit sagen, dass dieses Unternehmen so viel Gewinn abwarf und weiter abwirft, dass ich zum einen erfolgreich an der Börse spekulieren und zum anderen in interessante Unternehmen in ganz Europa investieren konnte und dort zumeist Teilhaber bin. Es handelt sich um Eisenfabriken, Bergwerke, Eisenbahngesellschaften und aufstrebende Gesellschaften, die technische Neuerungen auf den Markt bringen. Auch diese Investitionen haben zumeist Erfolg gebracht, sodass ich über ausreichend liquide Mittel verfüge, um weitere Unternehmungen dieser Art in Angriff zu nehmen.

Mit großem Bedauern habe ich über meinen Sohn von dem Unfall erfahren, den Sie vor Kurzem an der Börse erlitten haben. Auch der Umstand, dass Sie, verehrter Baron, wie so viele andere Gutsbesitzer in geschäftliche Engpässe geraten sind, ist mir nicht unbekannt. Es wäre mehr als tragisch, wenn Ihr Gut aus diesen Gründen noch mehr in Schwierigkeiten geraten, vielleicht sogar Bankrott machen würde.

Deshalb wäre es mir eine vorzügliche Ehre, Herrn Baron bei der Abwehr der gegenwärtigen Gefahren zu unterstützen und Maßnahmen zu ergreifen, um die künftige Entwicklung

des Gutes in ruhigere Fahrwasser zu ermöglichen. Zu diesem Zweck erlaube ich mir, Herrn Baron zunächst 10.000 Taler anzubieten. Da ich fest davon überzeugt bin, dass die Vorhaben auf Ihrem Gut, die Entwicklung neuer Obstsorten betreffend, nicht nur wichtig, sondern auch von Erfolg gekrönt sein werden, möchte ich diese Summe, die in einem späteren Verlauf bei Bedarf noch erhöht werden könnte, nicht als gewöhnlichen Kredit verstanden wissen. Ich bin bereit, ein gewisses geschäftliches Risiko dahingehend einzugehen, dass ich die Rückzahlung der Summe nicht von der Zeit, sondern vom wirtschaftlichen Erfolg abhängig mache. Mir schwebt dabei ein Vertrag vor, der die Rückzahlung im Rahmen jährlicher Beträge in Höhe von dreißig Teilen des erzielten Gewinns regelt, bis die Schuld getilgt ist. Anschließend erhalte ich für weitere zehn Jahre jeweils zehn Teile vom Gewinn. Die Frist könnte sich verlängern, wenn wir, wie ich sehnlichst hoffe, eine Zusammenarbeit begründen könnten.
Ich hege die Hoffnung, Herrn Baron demnächst in Berlin persönlich treffen und Details besprechen zu können. Ich habe in der Zwischenzeit meine Niederlage in Berlin angewiesen, alle erforderlichen Schritte für die Vertragsgestaltung einzuleiten. Die oben avisierte Summe würde sofort zur Verfügung stehen, wenn Herr Baron bereit ist, in unserer Niederlage seine Absicht für einen verhandelbaren Vertragsabschluss schriftlich zu erklären.
Mit dem Ausdruck meiner vorzüglichen Hochachtung bin ich
Ihr ergebener
Franz Martin Schmidt

»Mit der Anrede hat sich mein Vater schwergetan«, erzählte Johann. »Er hat lange gesucht und herumgefragt, wie man ein Mitglied des Herrenhauses richtig anspricht. Ich hoffe, er hat es getroffen.«

Wilhelm sah auf. Gefühle wogten auf. Dankbarkeit, Erleichterung und Stolz auf seinen Freund wechselten sich in rascher Folge ab. »Die Mühe hätte er sich sparen können. Wir sind nicht darauf erpicht, die Etikette überall einzuhalten, wenn man von offiziellen Anlässen absieht. In privater Korrespondenz hätte ein ›Werter Freiherr von der Heyden‹ vollauf genügt«, erwiderte er betont lässig und lachte dann. »Johann, du kannst dir gar nicht vorstellen, wie dankbar ich dir bin. Du hast meiner Familie das Überleben gerettet.«

Johann hob die Hände und wollte etwas Abwehrendes sagen, doch Wilhelm ließ ihn nicht zu Wort kommen. »Ich werde gleich noch an meine Eltern schreiben und die Briefe morgen früh sofort aufgeben. Das sind wundervolle Nachrichten, und ich stehe tief in deiner Schuld.«

Johann fasste Wilhelm bei der Schulter, drehte ihn zu sich und sah ihm in die Augen. »Wilhelm«, sagte er leise und nachdrücklich, »du bist mir nichts schuldig. Wir sind Freunde, und ich werde dir immer helfen, wenn ich kann.«

46

»Laut Meldeamt gibt es in Berlin sieben Max Neumanns. Einer ist Stahlkocher, einer Handelsvertreter und ein anderer Student. Von den übrigen fehlen leider die Berufsbezeichnungen, dafür haben wir alle Adressen.«

Wilhelm und Vorweg hatten sich gegen zehn Uhr am Molkenmarkt getroffen und schlenderten nun in Begleitung zweier Schutzmänner am Schloss vorbei. Vorweg hatte ein Büchlein hervorgeholt und ging die Notizen durch, die er sich vorher im Meldeamt gemacht hatte.

»Der Student klingt doch ganz vielversprechend«, sagte Wilhelm.

»Mag sein. Allerdings wohnt er in Charlottenburg, und wenn er der Falsche ist, haben wir den gesamten Vormittag verloren. Daher halte ich es für besser, wenn wir direkt zur Oper gehen.«

Wenige Minuten später hatten sie das markante Gebäude erreicht, das mit seinen sechs Säulen zur Universität hinübergrüßte. Die Oper war 1843 komplett niedergebrannt und binnen eines Jahres durch den Architekten Langhans neu erbaut und vergrößert worden. Wilhelm war in seinem Berliner Leben dreimal dort gewesen und jedes Mal beeindruckt von den kostbar verzierten Gängen mit den großen Kronleuchtern, dem riesigen Zuschauersaal mit den roten Sitzen und der üppig verzierten königlichen Loge. Seine Familie teilte sich mit einigen befreundeten Mitgliedern des Herrenhauses eine Loge im ersten Rang rechts.

Vorweg vermied den Haupteingang und ging auf die Seite des langen Gebäudes, wo er eine Tür öffnete. »Um diese Zeit laufen die Proben, und die Tür steht für die Schauspieler, Musiker und Tänzerinnen immer offen«, erklärte er. »Ein Taubenschlag geradezu.«

Wie zur Bestätigung schlüpften zwei kleine schlanke Frauen an ihnen vorbei und kicherten beim Anblick der Uniformen. »Wollen wohl einen Tanzkurs belegen, die Herren Polizisten, was?«, fragte die Kessere der beiden.

Die beiden Uniformierten sahen sich an.

»Keineswegs, die Damen«, sagte Vorweg und zeigte seine Marke vor. »Wir sind dienstlich hier und suchen die Verwaltung.«

Die junge Frau warf einen Blick auf den Adler. »Oje, hat jemand etwas verbrochen?«

Vorweg sah sie stumm an. Schließlich zuckte sie mit den Schultern und wies nach links. »Die Treppe rauf, dann nach links und die zweite Tür auf der rechten Seite«, antwortete sie, raffte ihren Rock und stürmte mit ihrer Kollegin in die andere Richtung. Ihr Lachen verklang in der Ferne.

Eine Etage weiter oben wollte Vorweg an die Tür klopfen, fand sie aber sperrangelweit offen. Ein Mann ohne Rock stand mit hochgekrempelten Ärmeln mitten im Zimmer, umgeben von einem Haufen Papier, den offensichtlich ein Windstoß auf den Boden geweht hatte. Er drehte sich um, als Vorweg sich räusperte. »Na, das fehlte mir noch. Hat wieder irgendjemand etwas angestellt? Illegales Auftreten in einem Etablissement, Trunkenheit in der Öffentlichkeit, was ist es diesmal?« Zerstreut nahm er einen Bleistift hinter dem Ohr hervor und hakte auf einer Liste etwas ab.

»Nichts dergleichen. Wir suchen jemanden.«

»Wen?« Der Mann nahm ein Papier vom Boden auf und überflog es.

»Max Neumann ist der Name.«

»Und?« Der Mann sah auf und nahm die uniformierten Polizisten erst in diesem Augenblick richtig wahr.

»Ist er da?«

»Woher soll ich das wissen?« Der Mann wies mit großer Geste über die umherliegenden Papiere. »Ich bemühe mich gerade, die Besetzungslisten für die nächste Woche zu erstellen, was mir, wie Sie unzweifelhaft bemerkt haben, nicht gerade leicht gemacht wird. Wir haben über dreihundert Leute hier: Sänger, Schauspieler, Tänzer, Musiker, technische Angestellte, Verwaltungsmitarbeiter – glauben Sie, dass ich da alle Namen im Kopf habe?«

»Er soll wohl Schauspieler sein. Vielleicht auch Musiker.«

»Schauspieler oder Musiker, soso. Na, wenigstens sind Sie dann hier richtig. Bei den Übrigen hätte ich kaum weiterhelfen können. Irgendwo muss eine Liste herumliegen. Wie war noch der Name?«

»Neumann, Max Neumann.« Vorweg übte sich sichtlich in Geduld, während die beiden Schutzmänner stumm und reglos in der Tür verharrten.

Der Mann schüttelte den Kopf und trat an einen Schrank, dem er eine Mappe entnahm. »Neumann, der Name sagt mir im Moment nichts.« Er öffnete die Mappe, blätterte einige Seiten um und fuhr mit den Fingern die Zeilen entlang. »Ah, hier. Tatsächlich, ein Max Neumann. Gelegentlicher Schauspieler und Aushilfsklavierspieler im Apollo-Saal. Ist das Ihr Mann?«

»Schon möglich. Ist er da?«

Der Mann warf einen Blick auf eine Wand, an der unzählige Listen hingen. »Vermutlich nicht. Schauspiel steht heute nicht an, und auch der Apollo-Saal wird heute nicht bedient. Er wird also wahrscheinlich nicht da sein. Was hat er angestellt?«

»Wir benötigen seine Hilfe bei unseren Ermittlungen«, sagte Wilhelm.

»Hilfe bei Ermittlungen, aha.« Der Mann ging an den Tisch

und studierte weitere Papiere, die er hier und da mit Strichen oder Anmerkungen versah.

»Wo wäre er denn, wenn er hier wäre?« Vorwegs Geduld schien langsam erschöpft zu sein.

»Ich habe keine Ahnung«, erwiderte der Mann, ohne seine Tätigkeit zu unterbrechen. »Schauen Sie doch einmal hinter der Bühne nach, dort gibt es eine Art Kantine für die, die gerade nichts zu tun haben.«

»Und wenn er nicht dort sein sollte?«, wollte Wilhelm wissen.

»Dann probieren Sie es am besten bei ihm zu Hause«, murmelte der Mann, verglich zwei Papiere miteinander und fluchte leise.

»Gibt es eine Adresse?«

Der Mann nickte nur und reichte Vorweg, ohne hinzusehen, die Mappe, die er noch immer in der Hand hielt.

»Kleine Poststraße 2«, las Vorweg ab, als er den Eintrag gefunden hatte.

»Das ist gleich um die Ecke, Herr Kriminalsekretär«, sagte einer der Schutzmänner von der Tür.

»Dann gehen wir gleich dorthin. Falls wir ihn nicht antreffen, kommen wir wieder. Guten Tag bis dahin.«

Der Mann am Tisch nickte nur und hatte die Polizisten wohl in dem Augenblick vergessen, in dem sie das Zimmer verlassen und die Tür geschlossen hatten.

Die kleine Poststraße lag auf der anderen Seite der Spree. Die Männer mussten nur am Lustgarten vorbei über die Cavaliersbrücke gehen und dann in die Heilige-Geist-Straße einbiegen. Keine zehn Minuten später standen sie an der Rückseite des königlichen Postamts und betrachteten ein Gebäude, das sich langsam seinem Verfall zuneigte. Die Hoftür hing schief in der Angel und war nicht abgeschlossen. So stiegen sie kurzerhand die wurmstichige, knarzende Treppe empor – bis sie sich vor einer verschlossenen Holztür wiederfanden, auf die mit Kohle der Name Neumann geschrieben stand.

Vorweg lauschte. Aus dem Inneren waren tatsächlich leise Geräusche zu hören. Jemand schien umherzugehen und etwas auszupacken. Ein Stuhl wurde gerückt, und kurz darauf ertönte ein schneidendes, disharmonisches Geräusch, gefolgt von einem deftigen Fluch. Die Schutzmänner verzogen unangenehm berührt ihre Gesichter, schüttelten sich und sahen dann wieder zu Vorweg. Der musterte das Schloss, zögerte kurz, hob dann den Fuß und trat die Tür ein. Mit einem lauten Krach prallte sie an die Wand, ein Schlüssel flog ins Zimmer und blieb zu Füßen eines Mannes liegen, der sich erschrocken umwandte und fast die Geige fallen ließ, die er offenbar gerade zu stimmen versuchte.

Vorweg sah Wilhelm an, der knapp nickte. Er hatte das Gesicht und die hagere Gestalt sofort wiedererkannt.

Der junge Mann schob eine fettige Haarlocke aus der Stirn und starrte verwirrt auf die Männer. Als er die Uniformen bemerkte, wurden seine Augen groß, und er wollte aufspringen.

»Sitzen bleiben«, knurrte Vorweg, nahm selbst einen Stuhl und setzte sich gegenüber. »Max Neumann«, stellte er fest und wartete.

»Äh … ja … ganz recht. Mein Name ist Max Neumann.«

»Angestellt in der königlichen Oper und nebenher tätig als Klavierspieler in dem einen oder anderen Salon.« Vorweg ließ auch diese Bemerkung nicht wie eine Frage klingen.

»Ja, also wissen Sie …«

»Was weiß ich?«

»Also die Bezahlung in der Oper ist nicht gerade üppig, und ich verdiene mir also hier und da –«

»… etwas dazu, nicht wahr?«

Neumann nickte. »Daran ist doch nichts Unrechtes, oder?«

»Sagen Sie es mir, Herr Neumann.«

Neumann blickte verwirrt zu den Schutzmännern und Wilhelm, ehe er wieder Vorweg ansah. »Also, ich weiß nicht …«

Vorweg hob die Hand, und Neumann verstummte. »Sie scheinen nichts zu wissen. Vermutlich wären Sie erstaunt, wenn Sie erfahren würden, wie oft wir diesen Satz schon gehört haben. Oder vielleicht auch nicht. Wie auch immer. Wir können Ihnen gerne helfen. Dazu begleiten Sie die beiden Beamten hier zum Molkenmarkt und denken dort über Ihre Einkommensquellen nach, bis ich dazukomme. Und ich freue mich schon darauf, von Ihren Erkenntnissen zu erfahren. Auf nun also, Sie können die Gelegenheit ergreifen und der Polizei bei ihren Ermittlungen helfen.«

Ein Schutzmann trat auf Neumann zu und legte ihm die Hand auf die Schulter, während sein Kollege eine zerschlissene schwarze Jacke von einem Haken nahm und Neumann zuwarf. Einen Augenblick später waren sie durch die Tür und polterten die Treppe hinunter.

»Ob er mit unserem Würger-Ede verwandt ist?«, fragte Wilhelm in den Raum hinein und sah sich in der heruntergekommenen Kammer um. Links gab es offensichtlich eine kleine Schlafkammer, das Zimmer hier war Wohnraum und Küche zugleich. Für die Notdurft musste der Bewohner wohl in den Hof gehen.

»Wieso?« Auch Vorweg sah sich um.

»Nun, beide heißen Neumann.«

»Nein, dieser Neumann hier ist kein Berliner. Der Sprache nach zu urteilen, würde ich denken, dass er aus dem Norden zu uns gekommen ist.« Vorweg stand auf und trat an ein kleines Regal, das mit Büchern vollgestellt war. »Darüber hinaus ist der Name Neumann in Berlin so häufig wie Läuse im Hundefell. Sie erinnern sich, dass es allein sieben Max Neumanns in Berlin gibt? Die restlichen Neumanns füllen allein drei Seiten im Melderegister. Wenigstens liest dieses Exemplar hier.«

Sie benötigten nur wenig Zeit, um in den kleinen Räumen fündig zu werden. Unter dem ungemachten, nach Schweiß riechenden Bett mit zahlreichen Flecken auf dem grauen Laken zog Vorweg eine kleine Kiste hervor, nicht ohne zuvor das Fenster geöffnet zu haben, um frische Luft einzulassen. In der Kiste lagen drei Geldkatzen, in der sich jeweils zehn kleine Beutel befanden.

Vorweg warf Wilhelm einen von ihnen zu, öffnete selbst einen anderen und sah hinein. Dann befeuchtete er den kleinen Finger, steckte ihn in den Beutel und kostete vorsichtig mit der Zunge von der Spur weißen Pulvers, die an seiner Haut klebte. »Eindeutig dasselbe Zeug, das wir bei der Gräfin gefunden haben. Meine Zunge wird bereits taub.«

»Und jetzt?«

»Jetzt packen wir alles zusammen, gehen zum Molkenmarkt und unterhalten uns mit unserem neuen Freund.«

Es wurde Nachmittag, bis Vorweg Gelegenheit hatte, sich Max Neumann in sein Zimmer kommen zu lassen. Vorher hatte er Papiere zu lesen und abzuzeichnen, und er unterließ es nicht, Wilhelm davon in Kenntnis zu setzen, dass mittlerweile ein Großteil der Polizeiarbeit genau in diesen Tätigkeiten bestand. Und so verbrachte auch Wilhelm einige Stunden damit, Rundschreiben zu lesen, Berichte der einzelnen Reviere zu sortieren und Listen mit Fahndungsaufrufen abzugleichen.

»Spannend, nicht wahr?« Vorweg streckte den schmerzenden Rücken und stand auf. Wilhelm erwiderte nichts. Das Lesen im spärlichen Licht hatte ihn ermüdet. Vorweg öffnete die Tür und rief einen Uniformierten aus einem Nebenzimmer herbei. »Besorgen Sie uns eine Kanne Kaffee, zwei Tassen, zwei Flaschen Leichtbier und zwei Gläser. Anschließend holen Sie einen gewissen Neumann, Max Neumann, aus dem Arrest, und bringen Sie ihn her. Aber nicht, bevor die Getränke da sind.«

Der Uniformierte nickte und verschwand. Vorweg stellte einen Schemel mitten in den kleinen Raum und räumte den Tisch ab. Als er sich setzte, ging die Tür auf, und Oertzen betrat das Zimmer mit einem Tablett in der Hand. Er sah sich um. »Wie ich sehe, planen Sie wieder das Kaffeekränzchen?«

»Ganz recht, Herr Oertzen.« Vorweg stand auf und nahm Oertzen das Tablett aus der Hand. Gemeinsam deckten sie rasch den Tisch und gossen den Kaffee ein.

Wilhelm sah fragend von einem zum anderen.

»Eine Verhörtechnik, die wir uns ausgedacht haben«, erläuterte Oertzen, der den Blick bemerkt hatte. »Haben Sie den jungen Kollegen noch nicht davon in Kenntnis gesetzt?«

»Übernehmen Sie das bitte, Herr Oertzen«, sagte Vorweg, setzte sich und zog sein Notizbuch hervor.

»Gewöhnlich vernehmen wir unsere … Gäste im Verhörraum, manchmal in der Zelle. Manchmal verlegen wir das aber auch in einen Dienstraum wie diesen. Der zu Befragende muss sich dabei auf diesen Stuhl setzen, während die Polizisten ganz gemütlich Kaffee trinken und den Eindruck vermitteln, dass es sich um keine große Sache handelt und der Gast gänzlich unbedeutend und uninteressant ist. Während es sich die Beamten gemütlich machen, kann sich der Gast nicht einmal anlehnen. Das zermürbt mit der Zeit. Kaffee und Bier sind natürlich nur für die Vernehmer da, Sie verstehen?«

Wilhelm nickte. »Ich muss also nichts weiter tun, als gelangweilt herumzusitzen?«

»Ganz recht«, sagte Oertzen und ging zur Tür. »Und vermitteln Sie den Eindruck, ohnehin schon alles zu wissen. Den Rest überlassen Sie dem Herrn Kriminalsekretär.«

Kaum hatte Oertzen den Raum verlassen, zündete sich Vorweg eine Zigarre an und schlug die Beine übereinander. Wilhelm nahm eine Zeitung zur Hand. Es klopfte, und Vorweg ließ sich Zeit, »Herein« zu rufen.

Die Tür öffnete sich, der Uniformierte drückte Neumann auf den Schemel und verließ den Raum wieder.

Neumann saß starr auf der vorderen Kante und blickte unbehaglich von Wilhelm, der angelegentlich einen Artikel studierte und einen Schluck Kaffee nahm, zu Vorweg, der langsam mit dem Löffel in seiner Tasse rührte und dem Rauch seiner Zigarre nachsah, der sich an der Zimmerdecke verteilte. So vergingen mehrere Minuten, bevor der Kriminalsekretär sein Notizbuch zur Hand nahm, in ihm blätterte und schließlich fragte: »Nun, Herr Neumann, was ist Ihnen eingefallen?«

Neumann hatte offensichtlich seine Zeit genutzt und sich eine Geschichte zurechtgelegt, denn er sprach zwar aufgeregt, aber rasch und zusammenhängend. »Ich bin ein schlecht bezahlter Schauspieler und Pianist. Das Leben in Berlin ist teuer, und deshalb bin ich gezwungen, außerhalb der Oper Aufträge anzunehmen. Zum Glück kann ich regelmäßig in einigen Salons spielen und mir dadurch etwa zehn Taler im Monat dazuverdienen. Daran ist nichts illegal, zumal ich immer pünktlich meine Steuern gezahlt habe.«

Vorweg erwiderte nichts und blätterte weiter in seinem Notizbuch.

»Darf ich also fragen, weshalb ich hier bin?« Neumann schien etwas mutiger zu werden.

Vorweg lächelte ihn an. »Nein, das dürfen Sie nicht. Sie dürfen mir aber verraten, was Sie sonst noch an Geschäften tätigen?«

»Geschäfte? Aber ich –« Neumann unterbrach sich und sah Vorweg zu, wie dieser eine Schublade des Schreibtischs öffnete und ihm eine der Geldkatzen vor die Füße warf.

»Eine Einkommensquelle, die Ihnen momentan entfallen ist?«

Neumann erbleichte.

Vorweg schüttelte amüsiert den Kopf. »Es ist doch immer wieder erstaunlich, für wie dämlich uns manche Mitbürger halten. Haben Sie tatsächlich geglaubt, dass wir nichts unter Ihrem Bett finden würden?«

»Aber … Aber das ist doch ganz harmlos!«

»Harmlos?« Vorweg grinste Wilhelm an, der zurückgrinste und sich wieder in seine Zeitung vertiefte.

»Wenn es so harmlos ist, warum haben Sie dann versäumt, uns darüber in Kenntnis zu setzen?«

»Ich … Ich habe nicht daran gedacht, wirklich. Und es ist doch nur Medizin.« Neumann fing an zu schwitzen und rutschte auf dem Schemel hin und her.

»Sitzen Sie still!«, herrschte ihn Vorweg übergangslos an. Ruhig trank er einen Schluck Kaffee und sah dann wieder Neumann an, der nun starr und kerzengerade saß. »Sie bewahren also Medizin bei sich auf und verteilen sie auch, nehme ich an?«

Neumann nickte.

»Wilhelm, was sagt uns das?«

Wilhelm sah hinter seiner Zeitung vor. »Medikamente dürfen nach den einschlägigen Rechtsvorschriften nur durch Ärzte verschrieben und durch Apotheker ausgegeben werden. Eine Lieferung ist gestattet, wenn der Empfänger nachweislich in den Büchern eingetragen ist.« Er schüttelte den Kopf und blätterte eine Seite um.

»Was für ein Glück, dass wir ausgebildete Juristen in der Polizei haben«, sagte Vorweg. »Mir würden sonst die einschlägigen Rechtsvorschriften entfallen und auch die jeweiligen Strafmaße. Wie waren die gleich noch einmal, Wilhelm?«

»Drei bis achtzehn Monate Gefängnis«, erwiderte Wilhelm

hinter der Zeitung und hatte Mühe, ernst zu bleiben. »Beispielsweise, wenn Gesundheitszeugnisse unrichtig ausgestellt werden oder gar fehlen.«

»Ach ja, die Gesundheitszeugnisse. Aber die liegen ja sicher bei Ihrem Apotheker, dem Sie so freundlich zur Hand gehen. Wie lauten denn der Name und die Adresse, Herr Neumann?«

Neumann gab auf. Die Spannung wich aus ihm, er sackte auf dem Schemel zusammen und verbarg den Kopf in seinen Händen.

Wilhelm legte die Zeitung weg.

»Dann erzählen Sie mal, Herr Neumann. Und lassen Sie besser nichts aus«, sagte Vorweg ruhig.

Zuerst stockte die Erzählung des jungen Mannes, doch schließlich sprach er flüssig und klar. »Vor etwa einem Jahr hat mich ein Mann in einem Café angesprochen. Er wusste wohl, dass ich in der Oper arbeite und dort viele Menschen kenne. Und er wusste auch, dass ich in den Salons bei den feinen Herrschaften unterwegs war. Er fragte mich, ob ich mir etwas dazuverdienen wollte. Dazu sollte ich nichts weiter tun, als mit Personen, die mir erschöpft und abgespannt erscheinen, ins Gespräch zu kommen und ihnen dann irgendwann zu erzählen, dass es ein neues Mittel gibt, das aufbaut und Kraft verleiht. Leider sei es noch ganz neu, sollte ich sagen, und es gebe noch keine Vertriebswege aus dem Ausland nach Berlin, aber ich könnte immer an einige Proben kommen. Etwaige Bedenken sollte ich dadurch zerstreuen, dass das Mittel bald zugelassen werde und auch erst einmal unverbindlich probiert werden könne. Wenn es nicht funktioniere, würde das Geld zurückerstattet. Im Lauf der Zeit habe ich auf diese Weise etwa dreißig Kunden geworben, niemand hat Geld zurückgefordert, und alle haben bestätigt, dass es ihnen ausgezeichnet geht. Manche haben mich weiterempfohlen. Außerdem sollte ich sagen, dass das neue Mittel noch sehr teuer sei und nur einem ausgewählten Kreis zur Verfügung gestellt werden könne.«

»Wie teuer war es denn?«

»Ich habe die kleinen Beutel für fünf Taler verkauft, die Hälfte durfte ich behalten.«

»Und wie viel haben Sie verkauft?«

»Das weiß ich nicht mehr so genau.«

»Dann schätzen Sie.«

»Ich spiele zweimal, manchmal dreimal die Woche in den Salons, und auch in der Oper hatte ich Abnehmer. So kamen vielleicht zwei Geldkatzen in der Woche zusammen.«

»Also etwa zwanzig Taler in der Woche? Eine stolze Summe.«

»Nun ja, es ist nicht immer so gut gelaufen, vor allem nicht am Anfang.«

»In dem Salon, in dem Sie gestern gespielt haben, haben Sie auch verkauft?«

Neumann nickte.

»An wen?«

Neumann hob die Hände. »Bitte, glauben Sie mir, ich kenne die Namen nicht. Die meisten Leute dort werden doch mit einem Titel wie *Gräfin* oder *Geheimrat* oder mit *meine Liebe* und dergleichen angesprochen.«

»Eine Gräfin gehörte zu Ihren Kundinnen?«

Neumann nickte. »Man hat sie jedenfalls in meinem Beisein so angesprochen. Manchmal hat sie mir zwei oder drei Beutel auf einmal abgenommen.«

»Ist Ihnen dabei etwas aufgefallen?«

»Nein, eigentlich nichts Besonderes. Außer, dass sie auffallend hübsch war. Ach ja … und sie stammte nicht aus Berlin.«

»Sondern?«

»Österreich, ihrem Akzent nach zu urteilen.«

»Noch jemand?«

»Nein, in diesem Salon lief das Geschäft nicht gut. Nur ein Mann, vermutlich ein Offizier, hat mir ab und an etwas abgekauft.«

»Den Namen wissen Sie auch hier nicht?«

Neumann schüttelte den Kopf.

»Wie haben Sie diese … Medizin bezogen?«

»Ich habe mich mit dem Mann, der mich damals im Café angesprochen hat, regelmäßig getroffen.«

»Wie?«

»Ein Zettel steckte in meiner Tür, auf dem stand, wann ich mich wo einzufinden hatte.«

»Und wo war das?«

»An vielen unterschiedlichen Stellen, einmal sogar vor dem erwähnten Salon. Aber zumeist war es in der Umgebung der Oper.«

»Und dieser Mann hatte natürlich auch keinen Namen?«

»Doch.«

Wilhelm und Vorweg sahen ihn an. »Tatsächlich?«

»Ja, er sagte, dass ich ihn Otto nennen solle …«

Vorweg schloss die Augen, und Wilhelm hob die Brauen.

»… aber wenn ich es mir recht überlege, wird das wohl kaum sein richtiger Name gewesen sein.«

»Wohl kaum«, murmelte Vorweg. »Aber wiedererkennen würden Sie ihn?«

»Natürlich. Ganz gewiss sogar.«

Vorweg wandte sich wieder seinem Kaffee zu, und Wilhelm schloss sich ihm an.

Neumann sah von einem zum anderen. »Was geschieht nun mit mir?«

Vorweg hob den Kopf und sah ihn an, scheinbar überrascht darüber, dass Neumann immer noch mitten im Zimmer saß. »Sie gehen jetzt nach Hause. Melden Sie sich täglich auf der zuständigen Wache. Und wenn Sie eine Nachricht erhalten, lassen Sie alles stehen und liegen und begeben sich umgehend hierher. Fragen Sie nach Oertzen, haben Sie das verstanden?«

»Oertzen.« Neumann nickte. »Ganz recht.«

»Ihre künftigen Handlungen können, falls wir uns entscheiden, die Sache vor Gericht zu bringen, ganz erheblichen Einfluss auf Ihr Strafmaß nehmen, in die eine oder andere Richtung. Und jetzt verschwinden Sie.«

Verwundert sah Neumann erneut von Vorweg zu Wilhelm und wieder zu Vorweg. Dann stand er langsam auf und verschwand schnell durch die Tür.

»Was für ein Trottel«, sagte Vorweg. »Ich frage mich wirklich, wie er es geschafft hat, ein halbes Jahr lang unentdeckt zu bleiben.« Er drückte die Zigarre aus und wies auf einen beeindruckenden Aktenstapel. »Und nun, Wilhelm – darf ich Sie bitten, die beiden Flaschen Bier zu öffnen? Das macht es uns leichter, uns diesen überaus faszinierenden Rundschreiben zu widmen.«

47

Der Abend war lang geworden im Molkenmarkt, und Wilhelm musste sich schließlich beeilen, um wie verabredet um neun Uhr an der Straßenecke vor dem Salon einzutreffen. Außer Atem kam er eine Minute vor der vereinbarten Zeit an, musste dann aber doch eine ganze Weile warten, bis sich die kleine Tür im Portal öffnete und Marie und Johann auf die Straße traten. Sie schauten nur kurz in seine Richtung und gingen dann um die Ecke in Richtung der Wallstraße. Wilhelm war verwundert, zögerte kurz, sah sich um und folgte sodann. Als er an der kleinen Gasse vorbeikam, die eine der Zufahrten zum Logengebäude bildete, öffnete sich eine Tür, und Johann schaute heraus. Er winkte seinem Freund hineinzukommen und schloss hinter ihm eilig die Tür. Sie standen sich in einem dunklen Hausflur gegenüber und konnten einander selbst auf diese kurze Entfernung kaum erkennen.

Marie gab ihm rasch einen Kuss. »Es sind noch einige Gäste da, auch mein Bruder. Daher wäre es nicht gut, dich hinaufzubitten, und wir konnten auch nur unter einem Vorwand den Raum verlassen. Sophie beschäftigt derweil Franz Karl. Wir müssen uns also beeilen.«

»Das geht in Ordnung. Habt ihr etwas herausgefunden?«

Marie und Johann sahen sich an. Wilhelm hatte das Gefühl, dass dieser Blick mehr ausdrückte als die Frage, wer von beiden beginnen sollte – Unsicherheit, vielleicht sogar eine Spur von Furcht. Ihm wurde übel, Hitze stieg vom Bauch über den Hals in den Kopf. »Was ist geschehen?«

»Wir waren wie vereinbart mittags bei Tante Mathildes Freunden zum Mittagessen ...«

»Das weiß ich. Was ist geschehen?«

»Eigentlich nichts.« Marie zuckte mit den Schultern. »Wir haben uns unterhalten und uns beiläufig erkundigt, ob es etwas Wissenswertes über Beatrice gebe. Niemand konnte uns weiterhelfen.«

»Und?«

»Wir haben nicht weiter nachgefragt, die Gäste waren ohnehin mit anderen Themen beschäftigt.«

»Aber dennoch ist etwas geschehen?«

»Nicht dort. Aber vorhin im Salon.« Johann sah Marie wieder an und nickte ihr zu.

»Mein Bruder ist auf mich zugekommen und hat mich darauf angesprochen.«

»Worauf?«

»Dass Sophie und ich uns beim Mittagessen nach Beatrice erkundigt hätten.«

»Woher wusste er davon?«

Johann, der spürte, wie Wilhelm immer ungehaltener wurde, hob beschwichtigend die Hand. »Dazu kommen wir gleich«, sagte er. »Marie, erzähl bitte genau, was dein Bruder gesagt hat.«

»Er hat gesagt, dass er erfahren hat, dass wir uns nach Beatrice erkundigt haben, und dass das nicht unsere Sache sei. Solange die Polizei keine Spur habe und niemand wisse, wer hinter dieser Sache stecke, könnte Neugier gefährlich sein. Immerhin habe es eine Explosion gegeben, und man könne nicht wissen, wozu der Täter noch fähig sei.«

»Verdammt, ich habe es doch geahnt!«, fuhr Wilhelm auf. In seinem Kopf drehten sich die Gedanken.

»Pscht, nicht so laut«, sagte Johann, »der Eingang zur Loge ist gleich nebenan, und es kommen immerzu Leute.«

Wie zur Bestätigung hielt draußen eine Kutsche, mehrere Männer stiegen aus und gingen laut schwatzend die Gasse entlang. Erst nachdem sich das Portal der Loge einige Schritte weiter geräuschvoll geschlossen hatte, kehrte wieder Ruhe ein.

»Wie hat dein Bruder davon erfahren?« Wilhelm musste sich beherrschen, um leise zu sprechen.

»Erzähl, was Sophie berichtet hat«, sagte Johann.

Marie nickte. »Wir konnten uns das nicht erklären, vor allem, weil mein Bruder so überraschend auf das Thema zu sprechen kam. Erst später ist Sophie eingefallen, dass eine Frau aus dem Gästekreis die beste Freundin der Mackerodens ist.«

»Von diesem Offizier?«

»Genau. Sophie meint, dass diese Freundin es der Schwester erzählt haben muss, die es wohl ihrem Bruder berichtet hat. Und im Salon haben er und Franz Karl lange miteinander gesprochen.«

»Worum ging es dabei?«

Johann schüttelte den Kopf. »Das konnten wir nicht erfahren, wir standen zu weit weg. Mir ist allerdings aufgefallen, dass Mackeroden das Gespräch von Marie und ihrem Bruder aufmerksam verfolgt hat, wenn auch aus der Ferne.«

Marie nickte wieder, heftiger diesmal. »Franz Karl wollte auch wissen, warum Sophie und ich uns für diese Angelegenheit interessieren.«

»Und was hast du darauf geantwortet?«

Marie lächelte, wenn auch reichlich verlegen. »Ich habe mich dumm gestellt. Der Tod der Gräfin sei schließlich Stadtgespräch, und wir Frauen wären nun einmal … nun ja … neugierig.«

»Hat er dir das abgenommen?«

Diesmal war das Lächeln bestimmt. »Mit Sicherheit. Ich kenne meinen Bruder und weiß, wie ich mit ihm sprechen muss.«

Wilhelm sah zu Boden und dachte nach.

Johann schaltete sich in seine Gedanken. »Ich glaube auch, dass Franz Karl die Erklärung seiner Schwester akzeptiert hat. Allerdings …«

»Ja?« Wilhelm schaute auf.

Johann wand sich unbehaglich. »Es bereitet mir etwas Sorge, wie die ganze Sache gelaufen ist. Wenn Sophies Beobachtungen stimmen, muss Mackeroden den guten Franz Karl informiert haben. Vielleicht hat er ihm auch aufgetragen, sich zu erkundigen, und vielleicht sogar, eine Warnung auszusprechen. Die Frage, die sich mir stellt, lautet –«

»Warum tut er das«, unterbrach Wilhelm ihn. »Warum interessiert er sich dafür?«

Johann nickte und schwieg beklommen. Ihm ging auf, dass er im Grunde genommen nichts darüber wusste, ob und wie die Dinge zusammenhingen und welche Konsequenzen sich daraus ergeben könnten.

Wilhelm brauchte Bewegung und begann, in dem kurzen dunklen Flur auf und ab zu gehen. Schließlich kam er zu einem Entschluss. »Wir machen jetzt Folgendes«, sagte er bestimmt und bemühte sich, seine Stimme ruhig klingen zu lassen. Gelassenheit konnte er nicht vortäuschen, und er fand sie auch nicht angebracht. Nicht jetzt und nicht hier. »Ab sofort haltet ihr euch aus der Angelegenheit raus. Ihr werdet euch zu keinem Anlass und in keiner Gesellschaft in irgendeiner Art und Weise damit beschäftigen oder weitere Fragen stellen. Das gilt auch für Sophie. Und auch für dich, Johann. Das wäre viel zu auffällig. Habt ihr das verstanden?«

Johann und Marie nickten. Der eine verständig, da er ahnte, was im Kopf seines Freundes vorging, der die Lage als gefährlicher einzuschätzen schien als er selbst bis zu diesem Moment. Die andere verhalten und unsicher, als ob ihr noch nicht ganz klar wäre, warum Wilhelm plötzlich so energisch wurde.

»Ich werde gleich morgen früh mit Herford und Vorweg reden. Ich denke, dass wir handeln müssen – ob es eine Spur ist oder nicht. Wir müssen klären, warum dieser Mackeroden so daran interessiert ist, mehr über eure Nachforschungen zu erfahren. Solange ich keine Entwarnung geben kann, bleibt ihr immer zusammen und geht am besten auch nicht aus.« Marie wollte etwas erwidern, aber Wilhelm schnitt ihr mit einer Geste das Wort ab. »Johann, du bist mir für Maries Sicherheit zuständig. Und natürlich auch für Sophie. Du wirst sie keinen Moment alleinlassen, und selbst wenn sie den Fuß vor die Tür setzen sollten, bist du immer einen Schritt hinter ihnen. Besser wäre noch, wenn du einen Boten zum nächsten Revier schickst. Das ist sicherlich auch in Herfords Sinne.«

Wilhelm sah Johann und dann Marie lange und eindringlich an. Vielleicht war es doch angebracht, die Freunde etwas zu beruhigen. »Was geschehen ist, ist kein Beweis für irgendetwas. Wahrscheinlich handelt es sich nur um eine Anhäufung von Zufällen, die sich bestimmt rasch aufklären. Allerdings habe ich einen Verdacht oder eher eine vage Ahnung, dass irgendetwas nicht stimmt. Vermutlich irre ich mich, aber es wäre leichtsinnig, keine Vorsicht walten zu lassen. Deshalb bringst du Marie jetzt zurück, Johann. Und du verlässt als Letzter den Salon, lange nach dem letzten Gast. Instruiere den Butler, dass er die nächsten Tage sein besonderes Augenmerk auf Türen und Fenster richten soll, ohne ihm allzu viel zu verraten. Erzähl ihm, dass in den letzten Nächten eine Diebesbande in diesem Viertel unterwegs war.«

Marie und Johann sahen sich an und nickten dann. Johann öffnete die Tür und spähte in die Gasse. »Die Luft ist rein«, sagte er und trat hinaus.

Als Wilhelm Marie kurz in den Arm nahm, drückte sie ihm einen Kuss auf die Wange und sah ihm in die Augen, ehe sie sich Johann anschloss. Wilhelm war beruhigt, ein wenig zumindest, denn in ihrem Blick hatte weder Furcht gelegen noch Unternehmungslust – und das war vielleicht noch wichtiger. Marie würde dafür sorgen, dass sie und ihre Freundin in der nächsten Zeit kein Risiko eingingen.

Er folgte den beiden mit einigem Abstand und beobachtete dabei die Straße und jeden dunklen Winkel, den er ausmachen konnte. Nichts Verdächtiges war zu sehen, das Pflaster lag völlig leer im Schein der Gaslaternen, die hier in größeren Abständen standen. Als sich die Tür hinter den beiden schloss, wartete er noch einige Minuten.

Eine Kutsche erschien. Wilhelm hielt den Atem an. Der Fahrer hatte versäumt, die Lampen vorschriftsmäßig anzuzünden. Zwei Personen, ein Mann und eine Frau, traten aus dem Haus und stiegen ein. Augenblicke später wendete der Kutscher das Gefährt und fuhr mit einem lauter werdenden Rattern an Wilhelm vorbei, der sich in einem Hauseingang unsichtbar gemacht hatte. Gedankenverloren sah Wilhelm der Kutsche nach. Ihr Fahrer legte offenbar wenig Wert auf ein gepflegtes Gefährt, sonst hätte er den defekten Schmutzfänger längst repariert, der stetig gegen das Hinterrad schlug. Er wartete noch einen Moment ab, sah wie im Salon das Licht gelöscht wurde. Dann drehte er sich um und ging nach Hause.

An Schlaf war nicht zu denken. Immer wieder ging Wilhelm in Gedanken durch, was Marie und Johann erzählt hatten, doch einen wirklichen, nachvollziehbaren Zusammenhang konnte er nicht feststellen. Was blieb, war ein ungutes Gefühl, das es sich als kleiner Knoten in seinem Magen bequem gemacht hatte. Dieses Gefühl war auch dafür verantwortlich, dass er jedes Mal, wenn er einnickte, kurz darauf wieder auffuhr und sich hektisch umsah, bis er sich beim Anblick der vertrauten Balken und Möbel seines Zimmers wieder beruhigte.

An Schlaf schien also nicht zu denken zu sein. Doch als Wilhelm das nächste Mal mit einem Schrei erwachte, schien die Sonne durchs Fenster. Schweiß tropfte ihm von der Stirn, und das Hemd, mit dem er sich zu Bett gelegt hatte, klebte an seinem Körper. Zwar verstand Wilhelm sofort, wo er war, aber ebenso klar stand ihm die letzte Szene seines Albtraums vor Augen, der diesmal ein anderes Ende gehabt hatte. Die Frau, die ihn unter dem abgestorbenen Baum am See immer wortlos anstarrte, trug dieses Mal vertraute Züge, die Züge Maries.

Nachdem er zu Atem gekommen war, stand er rasch auf, legte seine Kleidung ab und wusch sich ausgiebig von Kopf bis Fuß mit dem kalten Wasser, das in einer Schüssel wie immer bereitstand. Er zog frische Sachen an, ging hinunter und warf einen kurzen Blick in die Küche. Kater Kuno schlief auf der Fensterbank, ein Zettel auf dem Tisch teilte ihm mit, dass Frau Brenke in der Nachbarschaft unterwegs sei und Kaffee im Herd warm gehalten werde. Er trank rasch eine Tasse, nahm sich ein Stück Brot und einen Zipfel Wurst und betrat zwanzig Minuten später das Präsidium am Molkenmarkt.

Herford sah überrascht auf, als er nach kurzem Klopfen das Zimmer betrat. »Was ist denn mit Ihnen los, Wilhelm? Sind die Franzosen hinter Ihnen her? Arbeitsüberlastung kann zu Wahnvorstellungen führen, wissen Sie?« Sein Lächeln erlosch. »Gibt es etwas Neues?«

»Möglicherweise. Gestern –«

»Moment, Wilhelm. Warten wir, bis Vorweg hier ist. Oertzen!«

Sofort öffnete sich die Tür, und der alte Mann steckte seinen Kopf herein. Er quittierte die Anweisung des Direktors, Kriminalsekretär Vorweg auf der Stelle heranzuschaffen, mit einem kurzen Nicken und schloss die Tür wieder.

Zwei Minuten später, Herford war noch nicht damit fertig,

seine Zigarre in Gang zu setzen, klopfte es, und Vorweg betrat das Zimmer. Er grüßte kurz und ging wie immer ans Fenster und lehnte sich mit dem Rücken dagegen.

»Also, Wilhelm, legen Sie los.« Herford musterte zufrieden seine brennende Zigarre.

»Sie wissen, dass gestern Abend im Haus der Freifrau von Auer zu einem Essen geladen wurde.« Wilhelm wartete Herfords Nicken ab und berichtete sodann kurz, was geschehen war. Herford und Vorweg wechselten einen Blick, als Wilhelm auf die Warnung von Maries Bruder kam und von Sophies Vermutungen erzählte. »Und da ist noch etwas«, sagte Wilhelm schließlich.

Herford und Vorweg sahen ihn stumm an.

»Ich habe noch gewartet, bis die Lichter im Salon ausgegangen waren.« Herford nickte, und auch Vorweg murmelte zustimmend. »Kurz davor verließen zwei Personen das Haus, ein Mann und eine Frau. Um wen es sich handelte, konnte ich auf die Entfernung bei diesem Licht nicht erkennen. Sie stiegen in eine Kutsche und fuhren davon.«

Herford zuckte zusammen, als von der Zigarrenspitze Asche auf seine Hose fiel. Leise fluchend stand er auf, klopfte seine Hose ab und setzte sich wieder. Die Zigarre legte er auf einen kleinen Teller. »Und?«

»Diese Kutsche machte ein ratterndes Geräusch. Beim Vorbeifahren konnte ich erkennen, dass der rechte Schmutzfänger an das Hinterrad schlug. Offen gestanden habe ich mir gestern Abend nicht viel dabei gedacht.« Wilhelm sah verlegen zu Boden.

Herford zuckte gleichgültig mit den Schultern, Vorweg ging vom Fenster weg und setzte sich auf einen Stuhl. »Hat man Sie gesehen?«

Wilhelm schüttelte den Kopf. »Unwahrscheinlich. Die Laternen dort stehen in ziemlich großen Abständen, und ich stand in einem dunklen Hauseingang.«

»Weiter.« Herford beugte sich vor.

»Die Sache hat mir keine Ruhe gelassen, und ich habe mir die halbe Nacht den Kopf zerbrochen, warum mir diese Kutsche so bekannt vorkam – und heute Morgen ist es mir eingefallen.«

»Haben Sie die Kutsche schon einmal gesehen?«

»Nein«, Wilhelm schüttelte erneut den Kopf. »Nicht ich, aber womöglich Annemarie.«

»Annemarie?« Herford schaute zu Vorweg, der überlegte und dann die Schultern hob.

»Annemarie ist das Zugehmädchen bei Oberst von Bardeleben«, erklärte Wilhelm. »Und dieser Oberst wohnt im gleichen Haus wie der Baron und die Gräfin. Sie hat von einer komplett schwarzen Kutsche berichtet, die oft vor dem Haus erschien und die Gräfin auslud oder mitnahm. Die Kutsche machte derart markante Geräusche, dass Annemarie immer wusste, dass es sich um genau diese Kutsche handelte, auch wenn sie sie nicht gesehen hat. Und die Kutsche gestern Abend war, wenn mich nicht alles täuscht, tatsächlich ebenfalls komplett schwarz.«

»Mackeroden?«, unterbrach Vorweg nach einer Weile die Stille, die den Raum ausfüllte.

»Vermutlich.« Wilhelm zählte auf. »Erstens: Wenn es tatsächlich die Geschwister Mackeroden waren, die ich gestern gesehen habe – und ich zweifle nicht daran, denn sie waren ebenfalls im Haus –, dann fahren sie eine schwarze, klappernde Kutsche. Zweitens: Diese Kutsche wurde häufig vor dem Haus in der Krausenstraße gesehen. Drittens: Die Warnung von Franz Karl an seine Schwester ging offensichtlich eigentlich von den Mackerodens aus – das meint zumindest Sophie. Viertens: Sophie erzählte auch, dass es Gerüchte über die Gräfin und Mackeroden gab.«

»Womit wir eine Verbindung hätten.« Vorweg stand auf, stellte sich wieder an seinen Platz am Fenster und sah hinaus. »Wer ist dieser Mackeroden eigentlich?«

»Der Name sagt mir etwas«, murmelte Herford. »Oertzen! … Schauen Sie doch einmal, ob Ihnen der Name Mackeroden im aktuellen Staatskalender unterkommt.«

Schon Augenblicke später erschien der Bürovorsteher mit einem offenen Buch in der Hand, legte es vor seinem Chef auf den Schreibtisch und wies mit dem Finger auf eine Stelle.

»Wie ich es mir gedacht habe, danke, Oertzen.« Herford gab das Buch zurück, und der alte Mann verließ wortlos den Raum.

»Dieser Mackeroden ist, wie es scheint, der Adjutant Seiner Königlichen Hoheit des Prinzen Friedrich Carl«, verkündete Herford, der plötzlich ziemlich angespannt wirkte.

»Mein Gott!« Vorweg drehte sich um und sah betroffen zu Boden. »Das verkompliziert alles.«

»Genau.« Herford stützte sein Kinn in die Hand und starrte auf die Zigarre, die weiter ungenutzt vor sich hin brannte.

Wilhelm sah von Herford zu Vorweg und wieder zurück. Beide grübelten. Schließlich unterbrach er die Stille. »Warum verkompliziert das alles?«

Herford blickte auf. »Wie Sie sicher wissen, Wilhelm, steht Prinz Friedrich Carl an Nummer vier der Thronfolge. Darüber hinaus sind alle Fälle, in die ein Angehöriger des Königshauses verwickelt ist, eigentlich Angelegenheit der Staatspolizei.«

»Die es also solche aber nicht gibt«, erwiderte Wilhelm.

»Richtig«, stimmte Herford zu. »Fälle dieser Art werden an ausgewählte Polizisten vergeben, die dann als Staatspolizei tätig werden. Dazu gehören nur wenige Männer, und der bekannteste ist Ihnen auch geläufig.«

»Stieber?«

Vorweg stöhnte, und Herford nickte. »Eigentlich müssten wir Hinckeldey informieren. Der würde uns den Fall vermutlich entziehen und Stieber übergeben.«

Vorweg schüttelte den Kopf. »Dann kommt alles an die große

Glocke. Stieber ist bekannt dafür, sein Licht nicht unter den Scheffel zu stellen.«

»Und wir haben bereits unsere Erkenntnisse über die Bukowina und die Freimaurerverschwörung nicht weitergegeben«, ergänzte Herford.

»Aber diese Spuren haben sich doch als haltlos herausgestellt«, sagte Wilhelm.

»Das spielt keine Rolle. Entscheidend ist, dass wir die Erkenntnisse nicht weitergegeben haben, und man könnte uns nach dem Grund fragen. Schlimmstenfalls zieht das eine Untersuchung nach sich, und die können wir nun wirklich nicht brauchen.« Vorweg begann, auf und ab zu gehen.

»Dennoch gibt es die Vorschriften«, beharrte Herford, wenn auch widerstrebend. »Sobald ein Mitglied der königlichen Familie –«

»Verzeihung«, unterbrach Wilhelm, »aber wir haben doch nicht den leisesten Anhaltspunkt, dass der Prinz in die Sache verwickelt ist. Selbst bei seinem Adjutanten vermuten wir es nur.«

Vorweg und Herford sahen ihn aufmerksam an.

»Nun ja«, sagte Herford und nahm nun doch einen Zug von der Zigarre. »Der Prinz hat einen gewissen Ruf.«

»Er gilt als hervorragender General und Militärexperte«, setzte Vorweg zu einer Erklärung an.

»Und er hat bereits einige bedeutende Reformen auf den Weg gebracht«, ergänzte Herford.

»Aber er ist auch für eine gewisse Schwäche für das weibliche Geschlecht bekannt«, fuhr Vorweg fort.

»Und sehr experimentierfreudig, was bestimmte Dinge angeht«, meinte Herford.

»Alkohol, Spiele und einige Spielarten der neueren … Medizin«, erläuterte Vorweg, der offenbar die Frage aus Wilhelms Gesicht lesen konnte.

»Und es könnte durchaus sein, dass Mackeroden im Auftrag des Prinzen bei der attraktiven Gräfin war, die darüber hinaus offensichtlich Zugang zur – wie haben Sie es formuliert? – *neueren* Medizin hatte«, ergänzte Herford.

»Außerdem war sie im Besitz einer Chiffrierscheibe«, rief Vorweg in Erinnerung. »Und wenn sie Zugang zum Prinzen hatte …«

»Nicht auszudenken«, stimmte Herford zu, »und allemal ein Fall für Stieber.«

Vorweg verzog das Gesicht. Wilhelm überlegte und schüttelte schließlich den Kopf. »Wenn Sie erlauben … Meiner Ansicht nach sind das nur Gedankenspiele. Denkbar? Ja. Aber auch zu beweisen oder wenigstens mit einem konkreten Hinweis verknüpft? Nein. Wie gesagt, selbst zu Mackeroden haben wir nur vage Annahmen.«

»Sie meinen also, Wilhelm«, begann Herford nach einigem Schweigen, »dass wir zu wenig wissen, um die Angelegenheit nach oben zu melden?«

Wilhelm nickte: »Und noch mehr herausfinden müssen. Melden können wir es immer noch.«

Vorweg sah überrascht auf. »Ich bin erstaunt. Noch vor einigen Tagen hat unser junger … Kollege auf der exakten Einhaltung der Vorschriften bestanden.« Er zog die Stirn kraus und räusperte sich schließlich. »Man könnte diesen Mackeroden in den nächsten Tagen überwachen lassen und feststellen, was er macht, mit wem er sich trifft und so weiter.«

Herford lehnte sich zurück und paffte. Der Gedanke schien ihm zu gefallen.

Vorweg und Wilhelm sahen sich an und warteten. Schließlich beugte sich Herford vor, legte seine Ellenbogen auf den Tisch und die Zigarre beiseite. Er war zu einem Entschluss gelangt. »Gut. Drei, maximal vier Tage, Vorweg. Nehmen Sie sich ein paar gute Leute, und überwachen Sie diesen Mackeroden. Und Sie schauen sich noch ein wenig in den einschlägigen Salons um, Wilhelm!«

Vorweg und Wilhelm erhoben sich und gingen zur Tür. Doch Herford hatte noch etwas anzumerken: »Ich halte es für angebracht, wenn auch Ihr Freund Johann an der Seite der jungen Frauen bleibt, insbesondere dann, wenn Sie nicht in der Nähe sein können, Wilhelm. Ich habe ein ungutes Gefühl und möchte nicht, dass die Damen in Gefahr geraten.«

Wilhelm nickte, und Vorweg öffnete die Tür.

»Und noch etwas, meine Herren.« Herford war aufgestanden und hatte sich die Zigarre zwischen die Zähne gesteckt. »Sehen Sie zu, dass Sie zwischenzeitlich auch einmal zur Ruhe kommen. Sie sehen nach meinem Geschmack etwas desolat aus.«

48

Zwei Tage waren seit dem letzten Gespräch im Molkenmarkt vergangen, und das brütend heiße Wetter hatte einer veritablen Regenfront Platz gemacht, die von den Berlinern zunächst begrüßt worden war. Doch kurz darauf hatte der Regen, der ununterbrochen auf die Dächer fiel und kleine Bäche auf dem Straßenpflaster bildete, die Dankbarkeit über die Abkühlung bereits fortgespült und einen allgemeinen Verdruss zur Folge, insbesondere bei den Marktbudenbesitzern, die kaum noch Kundschaft hatten. Wer es sich leisten konnte, blieb einfach zu Hause und saß das Wetter aus.

Das Wetter war auch der Grund dafür, dass einerseits Wilhelm nicht in Salons gehen konnte, weil diese allesamt abgesagt waren, und andererseits die Überwachung Mackerodens nicht recht vorankam, der sich wie alle anderen auch vorzugsweise im Trockenen aufhielt, zumeist im Schloss und in seiner Wohnung in der Dorotheenstraße 34, gleich hinter dem Ministerium des Innern. Lediglich am Sonntagvormittag war er mit dem Prinzen nach Potsdam gefahren und abends zurückgekehrt. Jedenfalls konnten das die in Zivil auftretenden Beamten in Erfahrung bringen, die unter einem Vorwand einen Hausdiener befragt hatten.

An diesem frühen Nachmittag ließ der Regen endlich nach, in der dichten Wolkendecke gab es weniger dunkle Stellen, und hier und da schien es so, als würde bald ein Stück vom freien Himmel zu sehen sein.

Wilhelm hatte den Kragen hochgestellt, sich einen Hut aufgesetzt und ging, den Mantel eng um den Körper geschlungen, rasch zum Molkenmarkt. Immer noch musste er Bächen und riesigen Pfützen ausweichen, doch immerhin war der Verkehr auf den Straßen und Gehsteigen so dünn, dass er sein Ziel ohne Zwischenfälle und halbwegs trocken erreichte.

An den Stufen zum Polizeirevier passierte es dann doch noch. Abgelenkt durch einen Passanten, der sich lautstark mit seiner Begleitung über das Wetter stritt und keinen Blick für die Umgebung hatte, trat Wilhelm in eine große Pfütze. Fluchend zog er seinen nassen Schuh aus dem Wasser und ging nach oben. Der Wachtposten, angetan mit schwarzen Schuhen, grauer Hose und langem blauen Mantel, legte grüßend die Hand an seine hohe Pickelhaube, von deren Schuppenkette und Augenschirm ununterbrochen Tropfen in den hochgestellten Kragen liefen, und hatte Mühe, sich ein Grinsen zu verkneifen. Wilhelm lächelte den Leidensgenossen gequält an, ging durch die Tür und hinauf in die Räume der Kriminalpolizei.

Herford machte anscheinend Pause und spielte an seiner Zigarre herum. Zahlreiche Akten lagen auf seinem Tisch, rechts die, die er bereits abgezeichnet hatte, links auf einem wesentlich höheren Stapel die, die noch auf die Bearbeitung warteten. Der Direktor zog eine entsprechend missmutige Grimasse, die sich jedoch aufhellte, als Wilhelm den Raum betrat und mit seiner Ankunft etwas Abwechslung in Aussicht stellte.

»Sie sind in eine Pfütze getreten«, konstatierte Herford und erlaubte sich das Grinsen, das der Wachmann vor der Reviertür nur angedeutet hatte.

Wie immer stand Vorweg am Fenster und sah hinaus. Wohnt der hier?, fragte sich Wilhelm. Dann drehte sich Vorweg zu ihm. »Neumann hat sich gemeldet. Er soll sich in zwei Stunden mit diesem Otto am Hintereingang der Oper treffen.«

Wilhelm hatte sich auf das Sofa gesetzt und betrachtete missmutig seine Schuhe, rechts den nur von Spritzwasser betroffenen, links den völlig durchweichten.

»Nur keine Hemmungen«, sagte Herford aufmunternd. »Stellen Sie die Dinger an den Ofen. Es ist noch Zeit genug, und gesunde Füße sind die wichtigste Grundlage im Leben eines Polizisten.«

»Wissen wir etwas über Mackerodens Aufenthaltsort?«, fragte Wilhelm, als er wieder auf dem Sofa saß, barfuß und mit einer Tasse heißen Tees in der Hand.

»Im Schloss, soweit ich weiß«, erwiderte Vorweg. »Das besagt jedenfalls die letzte Meldung.«

»Im Schloss ist einiges los«, ergänzte Herford. »Der König hat zu Kabinettssitzung und Kronrat geladen, alle Minister sind da, und auch die Prinzen sind vor Ort. Was sie auch zu besprechen haben, wird eine Zeit lang dauern.«

Zwei Tassen Tee und eine Zigarre später waren Wilhelms Schuhe und Strümpfe so weit wiederhergestellt, dass er sie anziehen und zusammen mit Vorweg das Präsidium verlassen konnte. Auch der Nieselregen hatte inzwischen aufgehört, und das Trottoir füllte sich wieder. Die Budenbesitzer auf dem Molkenmarkt öffneten die Läden, die Café-Betreiber stellten Stühle und Tische hinaus, obwohl noch überall Pfützen glänzten und Wasser in der Gosse gurgelte.

Vorweg und Wilhelm hatten Zeit und bummelten schweigend nebeneinander in Richtung Opernplatz, den sie kurz vor drei Uhr erreichten. Vor der Hedwigskirche, die mit ihrer riesigen Kuppel dem Pantheon in Rom nachempfunden war und halb auf das Opernhaus, halb auf die königliche Bibliothek blickte, entdeckten sie Neumann, der nervös hinter den Säulen hin und her lief.

»Hoffentlich vermasselt er das nicht«, brummte Vorweg, nahm eine Zeitung hervor und lehnte sich an eine der neuen

Annoncier-Säulen. Wilhelm ging einige Schritte weiter und spazierte zwischen den Rabatten des Opernplatzes auf und ab, ohne Vorweg und Neumann aus den Augen zu lassen, der nun jemanden entdeckt zu haben schien und langsam Richtung Oper ging.

Vorweg steckte die Zeitung weg und schlenderte zum Hintereingang, an dem ein junger Mann stand. Kaum hatte Neumann den Mann erreicht und ihm grüßend zugenickt, legte Vorweg seine Hand auf dessen Schulter. »Sie sind festgenommen und begleiten mich aufs Revier«, sagte er leise.

Der junge Mann drehte sich überrascht um und maß Vorweg mit großen Augen. Schnell aber fasste er sich wieder und entwand sich dem Griff, nur um sich Wilhelm gegenüberzusehen, der ihm seine Marke vor die Augen hielt. »Wir wollen doch kein Aufsehen erregen«, sagte er freundlich.

»Und wir helfen Ihnen sogar beim Tragen«, sagte Vorweg und griff nach dem Tornister, den der Mann über der Schulter trug. »Sie können gehen, Neumann. Aber vergessen Sie nicht, dass Sie sich täglich auf Ihrer zuständigen Wache zu melden haben.«

Neumann nickte und verschwand eilig in der Oper. Vorweg und Wilhelm nahmen den Mann, der ständig zwischen ihnen hin- und herblickte, in die Mitte und gingen an der Hedwigskirche vorbei in Richtung Werderscher Markt.

»Aber was soll …« Der junge Mann schien ein Student zu sein, jedenfalls trug er ein Band einer Burschenschaft an seiner preiswerten, aber ordentlichen Kleidung.

»Mund halten!«, unterbrach Vorweg barsch.

Schweigend hielten sie die Ellenbogen des Mannes fest, und ebenso schweigend legten sie den Weg zum Molkenmarkt zurück und stießen ihn, endlich angelangt, die Stufen empor. Sie hielten nicht am Tresen des Empfangs an.

»Registrierung erfolgt später«, rief Vorweg den Wachhabenden zu, winkte einen Uniformierten herbei und führte die Männer hinauf in sein Zimmer. Dort warf er den Tornister auf den Tisch und zog den Schemel aus einer Ecke in die Mitte des Raumes. »Setzen. Geben Sie mir Ihre Papiere.«

Während Wilhelm und Vorweg ihre Mäntel auszogen und an einen Haken hinter der Tür hängten, fuhr sich der junge Mann nervös durch die Haare und blickte mit verständnislosen grünen Augen in die Runde.

Vorweg nahm am Schreibtisch Platz und zog den Tornister zu sich. »Was haben Sie nicht verstanden? ›Setzen‹ oder ›Papiere‹?«

Der Mann setzte sich, stand sofort wieder, nestelte aus der Innentasche seiner Jacke einen Umschlag hervor und reichte ihn Vorweg. Der nahm ihn entgegen und zeigte stumm auf den Schemel. Der Mann setzte sich und legte die Hände auf die Knie.

»Gut«, sagte Vorweg leise und studierte die Papiere. Dann stand er auf und ging zur Tür, an der der Schutzmann gewartet hatte. »Schauen Sie mal im Register nach, was wir über einen gewissen Karl Ausperger haben. Student, zugereist vor vier Jahren aus Nürnberg, wohnhaft Alte Jakobstraße 50. Sieh an! Gleich ein gutes Absatzgebiet, wie?«

Ausperger sah ihn verwirrt an.

»Früher war nebenan das Kolosseum, das größte Tanzlokal Berlins. Na ja, weit vor Ihrer Zeit. Ist in den frühen Vierzigern komplett abgebrannt. Aber auch heute noch machen sich dort einschlägige Etablissements breit«, sagte Vorweg im Plauderton und ging an seinen Schreibtisch zurück. »Wollen doch mal sehen, was Sie mit sich herumgetragen haben, Karl Ausperger aus Nürnberg. Oder soll ich Sie Otto nennen?«

Ausperger erstarrte, ein wenig nur, aber Wilhelm hatte es bemerkt.

Vorweg öffnete unterdessen den Tornister, sah hinein und

legte zwei große Beutel auf den Tisch. »Was wohl darin sein mag?«, fragte er ins Zimmer.

»Zehn kleinere Beutel mit einem weißen Pulver, würde ich denken«, sagte Wilhelm.

Ausperger rutschte auf dem Schemel hin und her und fuhr sich durchs Haar.

Vorweg löste die Schnur, öffnete einen der Beutel und zählte zehn kleinere nacheinander auf den Tisch. Er befeuchtete seinen Finger und probierte eine kleine Menge des Pulvers. »Hm«, sagte er, »kommt mir irgendwie bekannt vor. Medizin, wie?«

Er sah Ausperger an, der zu Boden starrte und sich nicht bewegte.

»Was meinen Sie, Wilhelm?« Vorweg lehnte sich zurück und legte die Fingerspitzen an seine Nase. »Hat das irgendwelche rechtlichen Auswirkungen?«

»Sicher, Herr Vorweg.« Wilhelm sprach mit seinem Kollegen, als wäre Ausperger nicht anwesend. »Medizin darf nur von Apothekern oder Ärzten verteilt werden.«

»Was von beidem mag wohl unser Gast sein? Zumal er anscheinend einen großen Kundenkreis zu bedienen hat.«

Ausperger murmelte etwas.

»Wie bitte? Ich habe Sie nicht verstanden?«

»Ich bin Student.« Die Worte kamen leise und stockend.

»Student? Na, so etwas. Dann dürfen Sie doch dieses Pülverchen gar nicht vertreiben. Oder was hatten Sie damit vor?« Vorweg schüttelte leicht den Kopf. »Wie hoch wäre das Strafmaß in einer solchen Angelegenheit?«

»Drei bis achtzehn Monate Gefängnis«, erwiderte Wilhelm. Das Muster hatten sie bereits bei Neumann durchgespielt, und es würde auch hier funktionieren.

»Und das Ende der Karriere, fürchte ich«, ergänzte Vorweg.

Ausperger wurde blass. Er wollte etwas erwidern, doch in diesem Moment klopfte es an die Tür, ein Schutzmann steckte den Kopf herein und winkte Vorweg hinaus.

Vorweg erhob sich. Bei Ausperger blieb er stehen und klopfte ihm auf die Schulter. »Wer der Polizei bei ihren Ermittlungen hilft, kann vielleicht – und ich sage vielleicht – darauf hoffen, dass sie ein gutes Wort beim Staatsanwalt einlegt.«

Vorweg schloss die Tür hinter sich. Wilhelm betrachtete den Studenten, der zusammengesunken auf dem Schemel saß und nicht wusste, was er mit seinen Händen anstellen sollte. Mal fuhr er mit ihnen über sein Gesicht, mal durch die Haare, dann wrang er sie wieder in seinem Schoß. Ausperger war ein Anblick des Elends.

Die Tür öffnete sich wieder. »Wilhelm, kommen Sie bitte einen Moment?«

Sie hatten die Tür nur angelehnt, um Ausperger im Blick zu behalten. Verzweifelt, wie dieser war, ließ sich nicht abschätzen, was er tun würde, wenn er sich unbeobachtet fühlte.

»Schutzmann Gödecke hat eine Nachricht gebracht. Danach ist Mackeroden seinen Beobachtern entwischt. Anscheinend ist er mit der Kutsche ins Schloss gefahren und hat das Gebäude durch einen anderen Ausgang wieder verlassen. Wir sollten uns mit Direktor Herford unterhalten.«

Vorweg schickte Gödecke zu Ausperger hinein und ging mit Wilhelm einige Zimmer weiter, wo Oertzen sie überrascht empfing.

»Wir müssen dringend mit dem Direktor sprechen«, sagte Vorweg.

»Der Direktor hat eine Besprechung.«

»Können Sie ihn trotzdem für einen Moment herausholen?«

»Ich werde es versuchen. Einen Augenblick bitte, meine Herren.« Oertzen stand auf, klopfte und verschwand hinter der Tür. Stimmengewirr tönte dumpf aus dem Raum, schwoll an, als Herford die Tür öffnete und gleich darauf wieder schloss. Der Direktor war ohne Jacke und krempelte einen Hemdsärmel auf. »Was gibt's? Ich bin mitten in einer anstrengenden Besprechung. Der Kronrat möchte einige Informationen.«

»Mackeroden hat offensichtlich unsere Überwacher verladen.« Vorweg berichtete in knappen Sätzen, was ihm Gödecke übermittelt hatte.

»Wie sicher ist das? Das könnte doch auch ganz unabsichtlich passiert sein.«

»Ziemlich sicher. Ich habe unsere besten Männer auf ihn angesetzt. Wenn sie sagen, dass er die Überwachung mitbekommen hat, dann stimmt das vermutlich.«

Herford kratzte sich am Kopf und überlegte. »Haben Sie diesen Otto erwischt?«

Vorweg nickte. »Sein Name ist Ausperger. Er sitzt in meinem Zimmer und ist schon recht weichgekocht. Ich warte noch auf Informationen vom Melderegister.«

Herford nickte nachdenklich und kam schließlich zu einem Entschluss. »Gut. Die Sitzung wird noch eine Weile dauern. Wilhelm, Sie organisieren einen Schutzmann zu Pferde, der sich am Tor bereithalten soll, und warten dann hier bei Oertzen auf mich. Vorweg, Sie erledigen die Angelegenheit mit dem Festgenommenen. Ich fahre anschließend mit Wilhelm direkt zu Mackeroden. Wir werden ihm auf den Zahn fühlen. Falls wir ihn nicht antreffen, schreiben wir ihn zur Fahndung aus. Immerhin hat er sich einer polizeilichen Überwachung entzogen. Oertzen, meine Kutsche soll schon einmal vorfahren.«

»Der Mann ist der Adjutant des Prinzen«, gab Vorweg zu bedenken.

Herford winkte ab. »Wir machen jetzt Nägel mit Köpfen. Mal sehen, wohin uns die beiden Spuren führen werden. Vorweg, wir treffen uns morgen früh, neun Uhr, bei mir. Dann möchte ich alles wissen, was es über diesen Ausperger und seine Aktivitäten zu wissen gibt.« Er drehte sich um und öffnete die Tür. Das Stimmengewirr war nicht weniger geworden, und dichter Zigarrenrauch wehte ins Vorzimmer.

49

Es dauerte bis fast acht Uhr abends, bis Herford die Unterredung beendet hatte. Nach und nach verließen die Männer sein Büro und machten sich auf ihren jeweiligen Weg. Vorweg war noch immer mit Ausperger beschäftigt, und Wilhelm vertrieb sich die Wartezeit, indem er in den Nachschlagewerken stöberte, die in Oertzens Regalen säuberlich aufgereiht standen.

Herford betrat das Zimmer, einen Arm bereits in einem Mantel, und schritt gleich weiter in den Gang. »Haben Sie den Berittenen organisiert?«

»Jawohl.« Eilig stellte Wilhelm den dicken Band zurück, in dem er gerade gelesen hatte. »Er wartet unten am Tor, neben der Kutsche.«

»Dann kommen Sie.« Herford öffnete eine Tür und führte Wilhelm eine Treppe hinunter. Augenblicke später standen sie im Hinterhof des Präsidiums, der von einer großen Linde beherrscht wurde. Unter ihr wartete eine Kutsche.

Herford stieg ein und bedeutete Wilhelm, sich neben ihn zu setzen. Mit seinem Gehstock klopfte er ans Kutschendach. »Dorotheenstraße, schnell.«

Am Tor, das eilig geöffnet wurde, warteten reglos ein Pferd und ein Reiter. Herford lehnte sich aus dem Fenster. »Folgen Sie uns.«

Der Reiter steckte eine Pfeife ein, legte stumm die Hand an die Haube und griff nach den Zügeln. Herford schloss das Fenster, während die Kutsche durch das Tor holpernd über das Pflaster fuhr. Sie bogen auf den Mühlendamm und fuhren rasch an der Petrikirche vorbei. Hinter ihnen vernahm Wilhelm durch das Rattern der Räder leises Trappeln eines Pferdes. Stumm starrte Herford auf die Häuser, an denen sie vorbeifuhren.

»Ich werde das Gespräch führen, Wilhelm«, sagte er schließlich, nachdem sie die breite Leipziger Straße erreicht und Fahrt aufgenommen hatten. »Viel haben wir nicht in der Hand, weswegen wir versuchen müssen, den Mann aus der Reserve zu locken. Falls Ihnen etwas Hilfreiches einfällt, mischen Sie sich einfach ein.«

Wilhelm nickte. Sie waren an einer Kreuzung nach rechts abgebogen und fuhren nun auf der Wilhelmstraße in Richtung Brandenburger Tor. An ihren Augen zogen nacheinander die eindrucksvollen Palais und Gebäude der Ministerien vorbei, die in dieser Straße ihren Sitz hatten: das Ministerium des Auswärtigen, das Handelsministerium, das Staatsministerium und schließlich das Ministerium der geistigen Angelegenheiten, das mit der russischen Gesandtschaft und dem Gebäude des Generalstabs ein Karree bildete, nur einen Steinwurf vom Brandenburger Tor entfernt. Sie überquerten die Linden, und Herford ließ die Kutsche an der Artillerieschule halten.

Gemeinsam stiegen sie aus. Der Direktor bedeutete dem Kutscher, an dieser Stelle zu warten, und ging einige Schritte die Straße entlang. Das Tor der Dorotheenstraße 34 stand offen. Der berittene Schutzpolizist war abgestiegen und folgte mit seinem Pferd am Zügel. Als sie das Tor erreicht hatten, wandte sich Herford zu ihm um. »Wie ist Ihr Name?«

»Wachtmeister Trenker, Herr Direktor«, erwiderte der korpulente Schutzmann, der mit seinem beeindruckenden Schnauzbart und den rosigen Wangen einen gemütlichen Eindruck machte.

»Gut, Wachtmeister Trenker. Sie bleiben hier neben dem Tor stehen und lassen niemanden hinein oder hinaus. Verstanden?«

Trenker salutierte, band sein Pferd an einem Laternenpfahl

fest und stellte sich neben das Tor. Wilhelm und Herford gingen hinein und sahen sich um. Wilhelms Blick fiel sofort auf die Kutsche, die angespannt im Hinterhof wartete. Die Pferde waren schwarz, die Kutsche war schwarz, selbst die Einfassungen der Laternen waren schwarz. Der große Schmutzfänger auf der rechten Seite war stark zurückgebogen. Ein Mann, ebenfalls komplett in Schwarz, kaute auf einem Pfriem, striegelte eines der Pferde und sah sie finster an.

»Wer sind Sie, und was wünschen Sie?«

»Ist der Hausherr zu sprechen?«, fragte Herford und zeigte seine Marke.

Der Mann, dessen Gesicht wegen seines dichten Barts und des tief in die Stirn gezogenen Zylinders kaum zu sehen war, funkelte ihn aus dunklen Augen an. Er hielt mit seiner Tätigkeit inne, bog den Kopf nach links und spie auf das Pflaster. Er nahm einen neuen Bissen von seinem Kautabak und wies mit der Hand hinter sich. »Oben«, sagte er undeutlich und wandte sich wieder dem Pferd zu.

»Ihr Schmutzfänger ist defekt«, sagte Wilhelm.

Der Mann sah ihn nur kurz an und schob den Pfriem in die andere Wange. »Seit Wochen schon. Sind noch nicht dazu gekommen, ihn zu reparieren.«

Herford und Wilhelm gingen auf die einzige Tür zu und zogen an einer altertümlichen Klingelschnur. Eine Glocke schepperte, und Schritte ertönten. Ein Hausdiener, zwar nicht überwiegend in Schwarz gekleidet, aber mit einem ähnlich mürrischen Gesichtsausdruck wie der Kutscher, öffnete ein Stück weit die Tür. Misstrauisch musterte er die Gäste von oben nach unten.

Erneut zeigte Herford seine Marke. »Führen Sie uns zu Herrn von Mackeroden.«

Der Mann betrachtete die Marke. »Ich werde Sie anmelden. Wenn Sie bitte hereinkommen und einen Moment –«

»Nein.« Herford schüttelte den Kopf und fuhr dann energischer fort. »Sie bringen uns gleich zu ihm.«

Der Mann sah von Herford zu Wilhelm, nickte dann und öffnete die Tür ganz. »Wie Sie meinen. Dann folgen Sie mir bitte in den Salon.«

Er drehte sich um und wies mit der Hand zu einer Tür auf der linken Seite. Zwei weitere Türen befanden sich in dem Treppenhaus, das offenbar auch als Empfangsraum diente, und mochten in den Keller und die Küche führen. Stufen führten nach oben in ein vollkommen finsteres Obergeschoss. Der Hausdiener schloss die Tür, ging langsam um die beiden Besucher herum und öffnete die Tür zum Salon. Und tatsächlich: Auf einem Sofa saß der Mann, den Wilhelm zuerst auf den Stufen des Schlosses und dann in Mathildes Salon gesehen hatte. Er hielt ein Glas mit einer golden glänzenden Flüssigkeit in der Hand, hatte die Füße hochgelegt und betrachtete zwei Reisetaschen zu seinen Füßen.

»Zwei Polizisten möchten Sie sprechen, Herr«, sagte der Hausdiener.

Der Mann hob den Kopf und stand langsam auf. Zwei blaue Augen beherrschten das wohlgeschnittene Gesicht mit einem markanten Grübchen am Kinn. Mackeroden nahm das Glas von einer Hand in die andere und stellte einen Fuß vor. Seine hochgewachsene, schlanke und doch sichtlich athletische Gestalt sollte mit dieser Position offenbar besonders zur Geltung kommen. »Meine Herren?« Er hob fragend die Augenbrauen. Auch diese waren wohlgeformt.

»Polizeidirektor Herford und Kommissar von der Heyden«, sagte Herford in unverbindlichem Tonfall.

Mackeroden lächelte. »Ich weiß, wer Sie sind, Herr Direktor. Sie sind in Berlin und am Hof kein Unbekannter. Und Sie, Herr …«

»Von der Heyden.« Wilhelm antwortete ruhig. Mackeroden machte nicht den Eindruck, als habe er wirklich einen Namen vergessen, den er erst eine Sekunde zuvor gehört hatte.

»Ich bin mir fast sicher, Sie erst kürzlich gesehen zu haben«, fuhr Mackeroden fort und vertiefte sein Lächeln.

Wilhelm erwiderte nichts und nickte nur. Sie beide wussten, wann und wo sie sich zuletzt gesehen hatten.

Mackeroden drehte sich um und setzte sich in einen Sessel. Er wies mit einer knappen Geste auf das Sofa, das er eben erst verlassen hatte. »Nehmen Sie doch bitte Platz. Darf ich Ihnen etwas zu trinken anbieten?«

Herford schüttelte den Kopf. Wilhelm beschloss, sich nicht zu rühren. »Für mich nichts, danke.«

Mackeroden neigte fast anmutig den Kopf. »Martin, du kannst gehen. Bring die Sachen von oben in die Kutsche.«

Der Hausdiener murmelte ein »Sehr wohl« und verließ den Salon.

Herford knöpfte den Mantel auf, setzte sich auf das Sofa und sah sich um. »Sie wollen verreisen?«

»Nur für ein paar Tage. Eine Dienstreise an den Rhein. Der Prinz beabsichtigt, die dortigen Truppen zu inspizieren.«

Wilhelm verstand. Mackeroden hatte ihnen gerade in einem Satz mitgeteilt, in welcher Position er sich befand und dass er wusste, dass sie darüber im Bilde waren. Das Spiel hatte längst begonnen.

Herford schlug die Beine übereinander. »Was war denn heute im Schloss? Sie haben es durch die eine Seite betreten und gleich durch die andere wieder verlassen. Gab es einen Grund dafür?«

Mackeroden lächelte dünn, ein Lächeln, das die Augen nicht erreichte. »Meine Position erfordert enorme Umsicht. Und auch ein gewisses Maß an Vorsicht, gerade in Zeiten wie diesen. Wir sind zwar am russischen Krieg nicht beteiligt, aber es gibt genügend ausländische Mächte, die an Informationen kommen wollen. Daher bin ich vorsichtig, und mir ist aufgefallen, dass mir jemand folgt. Mit dem kleinen Trick am Schloss habe ich ihn abgehängt … Ach, waren das etwa Ihre Männer?«

Mackeroden schlug mit der Hand auf die Lehne seines Sessels. Etwas theatralisch, wie Wilhelm fand. Auch diese Theatralik setzte Mackeroden wohl allerdings bewusst ein, um zu zeigen, dass es ihm vollkommen gleichgültig war, ob sie seine gespielte Überraschung durchschauten oder nicht. Gleiches galt wohl auch für seine gespielte Empörung, die gleich darauf folgte und in einer kopfschüttelnden Enttäuschung endete:

»Sie haben mich überwacht? Aber warum denn? Sie hätten doch – wie jetzt – zu mir kommen und Ihre Fragen stellen können.« Mackeroden nahm einen Schluck aus seinem Glas und schlug die Beine übereinander. »Ein köstlicher Brandy. Ich kann die Herren nicht vielleicht doch überreden?«

Herford schüttelte den Kopf, Wilhelm blieb völlig reglos, sodass er mit gutem Recht davon ausgehen konnte, weder durch seinen Gesichtsausdruck noch durch irgendeine Bewegung etwas von seinen Gedanken zu verraten.

Mackeroden zuckte gleichgültig mit den Schultern, beugte sich dann vor und zwinkerte ihnen zu. »Sie wissen schon, dass es ein – wie soll ich es formulieren – heikles Unterfangen ist, den Adjutanten einer königlichen Hoheit zu überwachen?« Mackeroden betrachtete nachdenklich sein Glas. »Im Grunde ist es ein starkes Stück, das zu einer Menge Ärger führen könnte. Auf welcher Grundlage haben Sie diese Überwachung angeordnet, Herr Direktor? Ich kann mir nicht vorstellen, dass Ihre Untergebenen von allein darauf gekommen sind.« Mackeroden lächelte noch immer, der Ton aber war ebenso eisig, wie der blaue Blick hart und durchdringend geworden war.

Herford ging nicht darauf ein und betrachtete den Offizier

ruhig. »Was hatten Sie mit Gräfin Beatrice Wassilko von Kerecki zu tun?«

Wilhelm nahm zur Kenntnis, dass in Mackerodens Gesicht kein Muskel zuckte. Offensichtlich hatte er mit dieser Frage gerechnet.

Langsam lehnte er sich zurück und zog nachdenklich die Augenbrauen zusammen. »Von Kerecki? Beatrice? Nein … Ach, warten Sie. Meinen Sie die junge Österreicherin? In der Zeitung habe ich gelesen, dass sie unter tragischen Umständen ums Leben gekommen ist. Meinen Sie diese Gräfin?«

Herford sah ihn stumm an.

»Unsere Zeugen sagen, dass die Gräfin in verschiedenen Salons häufig mit Ihnen gesprochen hat. Einige Male haben sie die Veranstaltungen auch gemeinsam verlassen«, sagte Wilhelm.

Mackeroden wandte ihm den Blick zu. »Das mag sein. Ich bin häufig in Salons und habe mit vielen Menschen gesprochen. Darunter war natürlich auch die Gräfin. Wissen Sie, die Damenwelt sucht häufig meine Nähe.« Den letzten Satz hatte er leutselig an Herford gerichtet. Jetzt lächelte er entschuldigend. »Das ist nicht immer angenehm, meine Herren, in diesem Fall aber schon, denn ich muss zugeben, dass die Gräfin äußerst attraktiv und eine angenehme Gesprächspartnerin war. Und sicher habe ich sie auch zwei- oder dreimal nach Hause gefahren, die Straßen sind leider trotz Ihrer Bemühungen nicht immer sicher.«

»Zwei- oder dreimal?« Herford gelang es, in seiner monotonen Stimme eine Spur Ungläubigkeit anklingen zu lassen.

»Meine Herren, ich kann mich nun wirklich nicht daran erinnern.« Mackeroden breitete die Arme aus und verschränkte sie dann lächelnd vor der Brust.

Wilhelm ging auf ihn zu und beugte sich zu ihm hinunter, bis ihre Augen fast auf gleicher Höhe waren. »Andere können sich umso besser erinnern. Vor allem an einen attraktiven Mann, wie Sie es sind. Was meinen Sie? Wie lange wird es dauern, bis wir herausfinden, wie oft und wie lange Sie die Gräfin in der Krausenstraße besucht haben? Wie lange werden wir brauchen, bis wir Ihren gesamten Bekanntenkreis überprüft haben und wissen, wer von diesen Bekannten in letzter Zeit in der Krausenstraße gesehen wurde? Herr von Mackeroden, Sie wären erstaunt, wie viele Augen diese Straße hat und wie viel geredet wird.« Er richtete sich auf. In Mackerodens Blick schlich sich ein unmerkliches Glitzern ein.

»Sie hätten Ihre Kutsche reparieren lassen sollen. Dieser Schaden am Schmutzfänger ist doch auffällig und einzigartig«, sagte Wilhelm und wandte sich ab, um sich wieder neben Herford zu stellen. Was mochte es nur mit diesem Glitzern –

Der Tritt in seinen Rücken war schmerzhaft und kam vollkommen unerwartet. Wilhelm, dem die Luft aus den Lungen gewichen war, flog auf Herford zu und riss ihn mit sich. Kopfüber stürzten beide samt Sofa zu Boden und kamen an einem Bücherregal zu liegen, dass nun gefährlich zu schwanken begann. Rasche Schritte entfernten sich. Wilhelm konnte gerade noch erkennen, wie Mackeroden eine Uniformjacke an sich riss und durch die Tür stürmte. Er sah nach oben und streckte die Hand aus, um das Regal zu stützen.

Herford fluchte. Er hatte sich den Hinterkopf gestoßen und blutete leicht. Das Regal kippte nicht, und Wilhelm konnte wieder atmen.

»Sind Sie wohlauf, Herr Direktor?« Wilhelm griff nach Herfords Schulter. Im Hof erschollen zwei laute Stimmen, Mackeroden erteilte anscheinend Anweisungen.

»Mein Gott, vorgeführt wie die Schuljungen!« Herford lehnte sich stöhnend auf einen Arm.

»Herr Direktor.«

»Reden Sie nicht. Hinterher, und schnappen Sie sich den Burschen!«

Wilhelm sprang auf. »Sind Sie wirklich wohlauf?«

Draußen ertönte das Wiehern eines Pferdes, das zu stark am Zügel gezogen wurde. Räder rollten immer schneller über das Pflaster.

»Ja, machen Sie schon. Schicken Sie Trenker herein, ich kümmere mich um alles.«

Wilhelm drehte sich um und wollte aus dem Salon laufen.

»Warten Sie, Wilhelm.« Herford hatte einen Revolver aus dem Mantel gezogen und schob ihn mit Schwung zu Wilhelm hinüber. »Nehmen Sie das mit, das Ding ist ziemlich zuverlässig. Los jetzt.«

Wilhelm nickte kurz und stürmte aus dem Raum. Weder der Hausdiener im Treppenhaus noch der Kutscher im Hof versuchten, ihn aufzuhalten. Wilhelm lief durch die Toreinfahrt auf die Straße. Rechts in Richtung Tiergarten entfernte sich die Kutsche. Wilhelm sah sich um. Das Polizeipferd hatte sich erschrocken und tänzelte schwerfällig an der Laterne hin und her. Von der Seite kam ein leises Stöhnen. »Trenker, was ist los? Sind Sie verletzt?«

»Geht schon, Herr Kommissar«, sagte Trenker, der sich hingesetzt hatte. »Nichts passiert, bin bloß gestürzt, als ich zur Seite gesprungen bin.« Er sah sich um. »Mist! Meine Pfeife ist kaputt.« Er hielt noch den leicht rauchenden Kopf in der Hand, vom Stiel fehlte jede Spur.

»Trenker, gehen Sie rauf in den Salon, und helfen Sie dem Direktor. Wenn er Ihnen keine anderen Anweisungen gibt, begeben Sie sich zur nächsten Wache und rufen einige Männer hierher. Die Wache soll auch an alle anderen telegrafieren und Suchmannschaften zusammenstellen. Der Flüchtige ist Richtung Tiergarten unterwegs. Und seien Sie vorsichtig, da sind noch zwei Gestalten im Haus, denen nicht recht zu trauen ist.« Wilhelm half ihm hoch.

»Machen Sie sich keine Sorgen, Herr Kommissar.« Trenker streckte sich, und sein Schnauzbart vibrierte. »Die werden mich kennenlernen, mir meine Pfeife kaputt zu machen …«

Wilhelm hörte nichts mehr davon. Er hatte das Pferd losgebunden und sich auf den Sattel geschwungen. Weit entfernt sah er die Kutsche nach links abbiegen, sie musste sich also hinter das Brandenburger Tor begeben.

Das Pferd war nicht nur überrascht, sondern offenbar auch nicht mehr an schnelle Bewegungen gewöhnt. Doch Wilhelm trieb es immer weiter an, bis es in einen leichten Galopp verfiel.

Augenblicke später hatte Wilhelm das Brandenburger Tor erreicht. Nach vorn ging es nicht weiter, ein Blick nach links durch das Tor hindurch zeigte ihm, dass Mackeroden nicht in diese Richtung gefahren war. Dennoch hatte es einige Aufregung gegeben. Der kleine Platz hinter dem Tor war voller Menschen, die vermutlich zu Krolls Etablissement oder zu den Zelten strebten, und die Kutsche musste direkt durch sie durchgefahren sein. Zwei Damen waren gestürzt, und eine kleine Ansammlung kümmerte sich um sie. Wilhelm schaute nach rechts. Hier sah er die schnurgerade Straße, die mitten durch den Tiergarten bis zum großen Stern und weiter nach Charlottenburg führte. Und richtig, dort hinten, vielleicht fünfhundert Schritt entfernt, entdeckte er die Kutsche.

Ein Passant, der sich nicht zu wundern schien, dass ein Zivilist auf einem Polizeipferd saß, zeigte wie einige andere auch in diese Richtung. »Dort ist er entlang.«

Wilhelm trat dem Pferd leicht in die Seite. »Los jetzt, los!«

Zweihundert Meter weiter konnte Wilhelm auf die Mitte der Straße wechseln, denn es waren nur noch wenige Passanten unterwegs. Er ließ den Goldfischteich und die Baumschulen links liegen und näherte sich der Kutsche. Bald, nicht mehr lange, und er hätte sie erreicht.

Dann jedoch – er hatte gerade den kleinen Stern passiert – war die Kutsche plötzlich verschwunden. Wilhelm streckte sich verwirrt. Geradeaus in Richtung Charlottenburg war die Kutsche ebenso wenig zu sehen wie auf der anderen größeren Straße Richtung Bellevue. Jetzt verstand Wilhelm, warum er ihr so schnell hatte näher kommen können: Die Kutsche war langsamer gefahren, um abbiegen zu können.

Er blieb auf der kleinen Kreuzung stehen und sah sich um. Mehrere kleine Wege zweigten hier ab. Links meinte er ein Geräusch zu hören, weshalb er langsam in die Richtung ritt. In dieser Gegend standen keine Gaslaternen, und unter den raschelnden Blättern, die sich vor ihm meilenweit zu erstrecken schienen, war es mittlerweile dunkel geworden. Dennoch waren im fahlen Mondlicht frische Radspuren zu erkennen. Der Weg war breit genug für eine Kutsche, wenn sich der Fahrer vorsah, und führte vermutlich in Richtung der Rousseau-Insel. Dort gab es nur zwei kleine Brücken, wie Wilhelm wusste, der in den letzten drei Jahren viel Zeit im Tiergarten verbracht hatte, und es war noch nicht ausgemacht, dass eine Kutsche darüberfahren konnte.

Langsam ritt Wilhelm in das Dunkel und die Stille des Waldes hinein. Es war eine andere Stille als die in den Wäldern seiner Heimat. Dort war es niemals still, immer raschelte es irgendwo, oder ein Tier schrie in der Nähe. Die Stille des Tiergartens dagegen war tiefer, was wohl daran liegen mochte, dass die Musik, die von den Zelten herüberklang, die leisen Geräusche übertönte.

Wilhelm schob mit der Hand vorsichtig Zweige und kleinere Äste aus dem Weg und gelangte schließlich an eine kleine dunkle Kreuzung. Ein leises Schnauben ließ ihn erstarren. Leise stieg er ab, nahm das Pferd ganz kurz am Zügel und legte ihm beruhigend die Hand an den Hals. Langsam gingen sie vorwärts.

Tatsächlich, dort stand die Kutsche. Die Insel musste fast genau vor ihnen liegen, die eine Brücke rechts, die andere links davon, jeweils vielleicht einhundert Schritt entfernt. Auch im hellen Sonnenschein wären sie nicht zu sehen gewesen, denn dichtes Unterholz erstreckte sich heckenartig an den Wegen.

Wilhelm band den Zügel locker um einen Ast und schlich sich vorsichtig an die Kutsche heran. Niemand war auf den Wegen zu sehen, die als kaum bemerkbare helle Streifen im fast schwarzen Untergrund nur zu erahnen waren. Auch der Mond war unter diesem Blätterdach keine Hilfe.

Er schlich einmal um die Kutsche herum, niemand war da. War Mackeroden zu Fuß weitergegangen? Doch wohin? In diese Richtung gab es nur Gärten, nichts, wohin man hätte fliehen können.

Ein Zweig knackte. Wilhelm fuhr herum.

Ein Blitz, und dann gesellte sich Schwärze zur Dunkelheit des Waldes.

50

Eisige Kälte brachte Wilhelm zu Bewusstsein und fuhr mit kalten Fingern seinen Hals entlang. Gleich darauf zog sich ein heftiger Schmerz vom Hinterkopf bis an die Schläfen. Die kalten Finger lösten eine klebrige Flüssigkeit in seinem Nacken auf und kletterten langsam sein Rückgrat entlang. Wangen und Haare waren nass, Tropfen hatten sich in den Wimpern verfangen. Jemand hatte ihm Wasser ins Gesicht geschüttet, wo es sich mit Blut vermischte, das, dem Schmerz und der sich bildenden Beule nach zu urteilen, aus einer Wunde an seinem Hinterkopf getreten war. Wilhelm hielt die Augen noch einen Moment geschlossen und stöhnte leise.

»Willkommen zurück, Herr von der Heyden«, sagte eine ruhige Stimme knapp über ihm, vielleicht zwei Schritte entfernt.

Langsam öffnete Wilhelm ein Auge und blinzelte in ein fahles Licht. Auch die Augenlider taten ihm weh, und ihm war schlecht. Er beugte sich zur Seite und erbrach sich. Weit konnte er den Kopf nicht drehen, denn er stieß an seinen Arm, der gemeinsam mit dem anderen über seinem Kopf an etwas festgebunden war, das sich wie ein starker Pfosten anfühlte. Auch seine Beine konnte er nicht bewegen, dem Gefühl nach waren sie durch ein starkes Seil fest verschnürt. Der Gestank des Erbrochenen, das zum Teil auf seiner Brust gelandet war, brachte ihn in die Wirklichkeit zurück.

Anscheinend befand er sich in einer Art Schuppen. Ihm gegenüber befand sich eine verschlossene Holztür, an deren Haken zwei Arbeitsjacken hingen. Links neben ihm waren einige Gerätschaften aufgereiht, die man für die Gartenarbeit benötigte: mehrere Hacken und Schaufeln, zwei oder drei Äxte und einige größere und kleinere Sägen. Er drehte den Kopf langsam nach rechts und sah zwei, nein, drei Tische, auf denen kleine Kisten, Glasflaschen und Papierstapel lagen. Auf einem Tisch stand eine Öllampe, die zwar den Tisch beleuchtete, den Rest des Raums aber im Halbdunkel ließ, dafür aber einigen Rauch verbreitete. Neben der Lampe saß Mackeroden, ließ die Beine baumeln und betrachtete ihn interessiert.

»Ich nehme an, Sie haben Verständnis dafür, dass ich Sie ruhiggestellt habe. Ich hoffe, dass ich nicht zu fest zugeschlagen habe, denn ich muss zugeben, dass ich durchaus etwas sauer auf Sie war.«

Etwas von dem Erbrochenen war in seinen Mundwinkel gelaufen, und Wilhelm wischte es an seinem Kragen ab. Der schale und unangenehme Geschmack im Mund blieb. »Ich kann nur hoffen, dass Sie mir nicht den Schädel eingeschlagen haben«, murmelte er und versuchte, Mackeroden anzusehen. Er sah ihn nur unscharf, und die kleine Bewegung des Kopfes verursachte einen heftigen Schmerz im Nacken. Er schloss die Augen und konnte ein erneutes Stöhnen nicht unterdrücken.

Mackeroden lachte verhalten. »Das glaube ich nicht. Sie werden möglicherweise die nächsten Tage Kopfschmerzen haben, aber das sollte es dann auch gewesen sein. Sie sollten mir dankbar sein, dass ich mich zurückgehalten habe.« Mackeroden sah auf seine Hände, in denen er den Revolver hielt, den Wilhelm von Herford erhalten hatte, und winkte damit in seine Richtung. »Ein interessantes Spielzeug. Amerikanische Produktion, denke ich. Sechs Schuss, ohne nachzuladen. Könnte ein Navy-Colt sein, was meinen Sie?«

Wilhelm öffnete wieder die Augen. Langsam gelang es ihm, Mackerodens Gesicht zu fixieren und scharfzustellen. »Keine

Ahnung, habe ihn vorhin erst bekommen«, sagte er heiser und spuckte aus.

Mackeroden betrachtete ihn prüfend, stand schließlich auf und hielt ihm eine Flasche an den Mund. Wilhelm zögerte kurz und trank dann. Erfrischend kühles Wasser floss die Kehle hinunter. Mackeroden gönnte ihm einige Züge und kehrte dann wieder auf seinen Platz auf dem Tisch zurück. Wieder nahm er den Revolver zur Hand und betrachtete ihn eingehend. »Nicht zu viel trinken. Wir wollen doch nicht, dass Ihnen wieder übel wird. Wenn Sie noch einmal etwas benötigen, sagen Sie Bescheid.«

Wilhelm fuhr mit seiner Zunge durch den Mund und das Zahnfleisch entlang. Der penetrante Geschmack hatte etwas nachgelassen. »Sie haben einen Polizisten angegriffen. Wie lange, glauben Sie, haben Sie Zeit, bis die Suchmannschaften uns gefunden haben?«

Mackeroden sah auf und lächelte ihn an. »Genug, Herr von der Heyden, genug Zeit für einen kleinen Plausch, bevor ich Sie allein lasse. Wissen Sie, wo Sie sich befinden?«

Wilhelm vermied es, den Kopf zu schütteln.

»Sehen Sie? Und Ihre Kollegen wissen es auch nicht.« Mackeroden griff in die Tasche und holte eine Zigarre hervor, die er langsam mithilfe der Öllampe anzündete. »Wie sollten sie auch? Nachdem ich Sie … außer Gefecht gesetzt hatte, habe ich Sie gefesselt und geknebelt und in die Kutsche gelegt. Ihr Pferd habe ich auf den Nachhauseweg geschickt – gut möglich, dass ihm das Hinterteil etwas schmerzt. Anschließend habe ich Sie hierhergebracht und an diesen Pfosten gebunden, die Kutsche vor zum kleinen Stern gefahren, gewartet, bis keine Menschen mehr in der Nähe waren, und sie dann Richtung Belvedere gesandt. Ich nehme an, dass sie jetzt dort steht und das Pferd sich am Rasen gütlich tut«, referierte er gleichmütig. Offenbar hörte er sich selbst gerne reden.

»Anschließend bin ich hierher zurückgelaufen, habe den Knebel entfernt und gewartet. Dann ist mir die Zeit doch etwas lang geworden, und ich habe Sie mit dem Wasser geweckt. Sie sehen: Selbst wenn Ihre Kollegen sofort alarmiert wurden, genügend Männer gesammelt haben und ausgeschwärmt sind, werden sie allenfalls ein herrenloses Pferd aufgreifen und vielleicht die Kutsche finden. Und sie werden sich fragen, wo der Besitzer wohl geblieben sein wird? Richtung Borsigwerke? Auf eines der Boote? Mit dem letzten Omnibus weiter Richtung Charlottenburg? Oder ist er gar in Richtung der Zelte gegangen und dann weiter zum Hamburger Bahnhof? Letzteres dürfte wahrscheinlicher sein, meinen Sie nicht? Dabei befinden wir uns derweil am anderen Ende des doch ziemlich großen Tiergartens, ganz gemütlich und entspannt in einem Schuppen der Baumschule. Sie sehen, wir haben alle Zeit der Welt.« Mackeroden sah ihn prüfend an und hob die Zigarre. »Auch einen Zug? Wenn Sie sich in der Lage fühlen?«

Wilhelm brummte etwas, das durchaus als Zustimmung aufgefasst werden konnte. Rauchen brachte Zeit, Reden brachte Zeit. Zeit war genau das, was er jetzt brauchte.

Mackeroden erhob sich, beugte sich zu Wilhelm hinunter und steckte ihm die Zigarre für drei Züge in den Mund. Wilhelm hustete, und Mackeroden kehrte an seinen Tisch zurück. »Wissen Sie, ich muss schon bewundern, wie Sie auf meine Spur gekommen sind. Vor allem, wenn man bedenkt, wie viel Mühe ich mir mit dem Legen falscher Spuren gegeben habe.«

Mackeroden schüttelte den Kopf und lehnte sich an den Tisch. »Ich überlege gerade, ob Sie mir etwas hätten nachweisen können, wenn ich einfach die Nerven behalten und die Liaison mit der Gräfin zugegeben hätte.«

Wilhelm räusperte sich und versuchte, sich etwas bequemer hinzulegen. Waren die Kollegen schon unterwegs? Würden sie ihn finden, bevor Mackeroden zum Ende gekommen war? Der Dielenboden drückte im Kreuz, und die über dem Kopf zusammengebundenen Hände schmerzten. »Vielleicht, vielleicht auch nicht«, sagte er, so ruhig er konnte. »Wer weiß, was zum Beispiel eine Durchsuchung Ihrer Wohnung und die Verfolgung Ihrer Kontakte ergeben hätte. Aber wenn wir schon Zeit haben, warum nutzen wir sie nicht? Erzählen Sie doch einfach die ganze Geschichte von Anfang an.«

Zeit, ich brauche Zeit, dachte Wilhelm wieder. Je länger sie sprachen, desto größer war die Chance, dass er gefunden würde. Mackeroden hatte den Revolver noch immer in der Hand, und Wilhelm war sich nicht sicher, ob die Waffe nicht doch noch zum Einsatz kommen würde.

Mackeroden nickte langsam. »Warum eigentlich nicht?« Langsam auf und ab gehend und ab und an Zigarrenrauch an die niedrige Decke blasend, begann er zu erzählen. »Als Junggeselle kann ich die wenige Zeit, die mir mein Dienst lässt, auf meine Weise genießen. Theater, Oper, Klubs, Ausflüge mit Kameraden, Besuche in Salons, die eine oder andere Liebschaft, solche Dinge eben. Vor vielleicht einem halben Jahr, ich hatte gerade eine lockere Beziehung mit einer Dame beendet, bin ich Beatrice in einem Salon begegnet, und ich muss zugeben, dass ich beeindruckt war. Sie konnten sich ja sicher einen Eindruck von ihrem Äußeren machen?«

Wilhelm nickte.

»Dann werden Sie mich verstehen. Es war aber nicht nur ihr Aussehen, das sie von den anderen unterschied, es war ihre offene Art, mit Männern umzugehen. Sie war neugierig und unkonventionell, ganz nach meinem Geschmack. Und sie gab mir rasch zu verstehen, dass sie einer näheren Bekanntschaft nicht abgeneigt wäre. So haben wir uns also regelmäßig getroffen und landeten auch recht bald im Bett. Sie war eine wunderbare, einfallsreiche Gespielin, erst recht, als sie einmal dieses Wunderpulver mitbrachte. Wussten Sie, dass es erstaunliche Ergebnisse hervorbringt, wenn man es auf bestimmte Körperstellen streicht?«

»Sie war verlobt.«

»Ja, mit ihrem Baron. Ein schleimiger und unattraktiver Typ, ein selbstbezogener Lackaffe. Und, mit Verlaub, kein Vergleich mit mir. Die Verlobung hatten ihre Familien arrangiert. Beatrice war es gleichgültig, solange sie in Berlin ihren Interessen nachgehen konnte, und auch ihr Verlobter war nicht sonderlich interessiert. Erstaunlich eigentlich, bei einer solch attraktiven Gefährtin. Aber wer weiß, wo seine Vorlieben liegen … Jedenfalls hatte er nur sein Geschäft im Kopf, wollte wohl seinem Vater etwas beweisen und war auch ziemlich erfolgreich.« Mackeroden blieb vor Wilhelm stehen und sah ihn abwesend an. »Wie auch immer. Dieses Pulver war so … erfolgreich, dass ich es auch einer hochgestellten Persönlichkeit habe zukommen lassen, ein Fehler, wie ich zugeben muss. Ich selbst habe mich beim Konsum zurückgehalten, da ich aus einer gewissen Erfahrung mit Opium eine Abhängigkeit befürchtete. Diese Persönlichkeit aber fand Gefallen daran, und ich musste sie schließlich regelmäßig damit versorgen.«

»Bei dieser Persönlichkeit handelt es sich nicht zufällig um Prinz Friedrich Carl?«

Mackeroden starrte ihn stumm an. Wilhelm verstand und wechselte das Thema. »Bei der Durchsuchung der Wohnung ist uns eine Chiffrierscheibe aufgefallen, die hinter den Malutensilien der Gräfin versteckt war. Wir haben überlegt, ob sie sich nicht vielleicht auch als Spionin betätigt hat.«

Mackeroden lachte. »Und ob sie das war! Zwar war sie in dieser Hinsicht längst nicht so begabt wie bei ihren künstlerischen Tätigkeiten, aber eine Spionin war sie zweifellos. Ich habe sie einmal dabei beobachtet, wie sie nach einem nachmittäglichen Schäferstündchen meinen Schreibtisch durchwühlt hat. Ich habe so getan, als hätte ich davon nichts mitbekommen, habe später aber manchmal Unterlagen liegen lassen, die aus unserer Sicht für ihre österreichischen Auftraggeber interessant sein konnten. Ein kleines Spiel gewissermaßen, und ich wüsste nur allzu gern, was die Leute in Wien davon gehalten haben.«

Mackeroden ging wieder auf ihn zu und bot ihm die Zigarre an. Wilhelm schüttelte den Kopf und bat um einen Schluck Wasser. Mackeroden nahm einen Becher, hockte sich mit der Zigarre im Mundwinkel vor ihn hin und stützte Wilhelms Kopf beim Trinken, während er fortfuhr. »Leider hat dann ihr Verlobter von der Sache Wind bekommen. Von unserem Verhältnis hatte er ohnehin Kenntnis, und er hoffte vielleicht, es für seine geschäftlichen Bestrebungen nutzen zu können, was auch kein Problem gewesen wäre. Aber er hat sich anders entschieden, vermutlich weil er in finanzielle Not geraten ist und einen schnellen Ausweg suchte. Von der Spionage hat er nichts gewusst, zumindest glaube ich das nicht. Aber er hat von ihr erfahren, dass das Pulver auch an eine andere Person gegangen ist – ich habe das Beatrice gegenüber wohl in einer schwachen Minute ausgeplaudert. Der Baron suchte mich jedenfalls in meinem Klub auf und begann recht unverblümt, mich zu erpressen. Er forderte für sein Schweigen, dass wir seine Bemühungen um eine Schürfkonzession in Schlesien unterstützen. Das konnte ich mir natürlich nicht bieten lassen.«

Mackeroden stand wieder auf. Wilhelm versuchte erneut, sich anders hinzulegen. Das Wasser belebte ihn, vermochte aber nicht, etwas an den Schmerzen im Hinterkopf zu ändern.

»Ich habe ihn zunächst vertröstet und hoffte, dass er von seinen Forderungen Abstand nehmen würde. Aber anscheinend war der Druck, unter dem er stand, zu groß. Der Baron wurde immer penetranter, und so kam ich auf die Idee, ihm in einer provozierten Schlägerei die Grenzen aufzuzeigen.« Mackeroden schüttelte den Kopf. »Die Hoffnung war vergebens. Eines Abends suchte mich der Baron wieder im Klub auf und drohte mir ganz offen. Würde ich ihm nicht innerhalb der nächsten zwei Wochen die Konzession verschaffen oder wenigstens die Zusage darauf, würde er dafür sorgen, dass einige pikante Details über die bewusste Persönlichkeit an die Auslandspresse gelangen würden. Nun musste ich ihm eine deutlichere Warnung zukommen lassen. Ich wusste, dass der Mann im Grunde seines Herzens ein Feigling ist, und ging davon aus, dass diese drastische Warnung dafür sorgen würde, dass er mich künftig in Ruhe ließ.«

Jetzt trank auch Mackeroden einen Schluck Wasser und zog anschließend eine edel gearbeitete silberne Taschenflasche hervor. »Ein wirklich guter Cognac. Weckt die Lebensgeister. Möchten Sie?«

»Im Moment nicht«, erwiderte Wilhelm. Er musste versuchen, einen klaren Kopf zu bewahren. Sonst hatte er keine Chance, dieser Situation unbeschadet zu entkommen – zumal der Offizier inzwischen allzu viel preisgegeben hatte. Informationen, die ihn auf Jahre ins Gefängnis, wenn nicht an den Galgen bringen würden. Und da war noch immer dieser Revolver.

Mackeroden zuckte mit den Schultern, nahm einen tiefen Zug und stellte die Flasche griffbereit auf den Tisch. »Wo war ich? … Ach ja. Ich kenne einige Leute, die handwerklich sehr geschickt sind. Außerdem wusste ich, dass der Baron an diesem Tag im Büro und Beatrice bei Freunden sein würde. Das Dienstmädchen war ohnehin beurlaubt. Also haben diese Leute etwas gebaut und in der Wohnung platziert. Ich selbst konnte mich ja dort schlecht sehen lassen.«

»Doch dann kam die Gräfin vorzeitig zurück, weil sich Lida Schadow unwohl fühlte.«

Mackeroden nickte, betrübt, wie es schien. »Ich hatte keine Ahnung.«

»Wo haben diese … Leute den Sprengsatz platziert?«

»Im Arbeitszimmer, nehme ich an. Jedenfalls habe ich das so angeordnet. Der Baron sollte feststellen, dass wir ihn jederzeit und überall erreichen können.«

»Und was ist mit dem Unfall am Tag zuvor?«

»Damit hatte ich nichts zu tun.«

»Es war also ein tragischer Zufall, dass die Gräfin früher nach Hause gekommen ist? Hätte sie nicht die Fenster geöffnet, um, wie wir annehmen, den Farbgeruch zu entfernen, hätte sie die Explosion womöglich überlebt.«

Mackeroden nickte. »Ja, eine Verkettung äußerst ungünstiger Umstände. Meine Leute haben sich in der Rezeptur etwas verschätzt, und so war die Explosion größer als beabsichtigt. Dennoch wäre Beatrice nichts geschehen, hätte sie sich im Nebenraum aufgehalten. Sie hätte allenfalls Probleme mit den Ohren bekommen.« Mackeroden ließ die Zigarre fallen und trat sie mit dem Absatz aus.

Wilhelm betrachtete die wenigen glühenden Reste, bis sie langsam erloschen und zu schwarzem Staub wurden. »Und wie ging es weiter?«, fragte er. Kurz stieg Panik in ihm auf. Zeit! Er brauchte Zeit. Der Moment, an dem nichts mehr zu sagen war, rückte unerbittlich näher. Und was wäre dann? Ein letzter Gruß oder ein Schuss aus dem Revolver?

»Nun ja, es musste nun schnell gehandelt werden. Mir war klar, dass die Polizei aus der Sache nicht herausgehalten werden konnte und schnell entdecken würde, dass es sich um einen Sprengsatz gehandelt hat. Zwar war ich mir ziemlich sicher, dass der Baron nichts sagen würde, dennoch musste ich vermeiden, dass die Ermittlungen sich auf die persönlichen Umstände der Gräfin konzentrierten. Ich musste also für Ablenkung sorgen und Zeit gewinnen, um mir die nächsten Schritte zu überlegen.«

»Und für diese Ablenkung haben Sie gesorgt.«

»Und recht schnell, nicht wahr? Ich habe einige Bekannte –«

»Sie scheinen viele Leute zu kennen.«

»In der Tat. Und jede dieser Personen verfügt über besondere Fähigkeiten, die ich mir zunutze machen konnte. Einige können zum Beispiel sehr schnell glaubhafte Schriftstücke produzieren, und so habe ich mir die Sache mit der Bukowina einfallen lassen. Es war nicht schwer, innerhalb von zwei Tagen entsprechende Papiere herzustellen, zu präparieren und schließlich zu platzieren.«

»Und da kam Ihnen Ihre Bekanntschaft mit Franz Karl gelegen.«

»Brenkendorff? Aber sicher. Ich kenne ihn und seinen Ehrgeiz nun schon über ein Jahr und wusste, dass er dafür sorgen würde, dass die Dokumente umgehend an die richtige Stelle gelangten. Ich brauchte sie ihm nur vor die Tür zu legen, er würde damit schon im Ministerium hausieren gehen.«

»Sonst hatte er nichts damit zu tun?«

Mackeroden schüttelte den Kopf.

Schade eigentlich, dachte Wilhelm. »Diese Bukowina-Spur hat uns zunächst in Atem gehalten, zumal wir in den Archiven nichts gefunden haben«, gab er zu. »Aber so richtig verwundert waren wir, als plötzlich diese Freimaurerdokumente auftauchten.«

»Ein geschickter Schachzug, nicht wahr? Noch dazu mit einem vollkommen anderen Hintergrund. Ich habe einflussreiche Bekannte –«

»Noch welche?« Wilhelm atmete tief durch. Der Offizier sollte weiterreden, immer weiterreden, doch Wilhelm durfte den Bogen nicht überspannen.

Mackeroden starrte ihn an. Seine bislang ruhige Stimme bekam einen warnenden, leicht genervten Unterton. »Ja, noch welche. Diese … nennen wir sie politisch interessierten Kreise, mit denen ich ab und an zu tun habe, haben hier eine Möglichkeit entdeckt, die tragischen Umstände, wenn sie sich schon einmal eingestellt hatten, zum eigenen Vorteil zu nutzen. Ich war damit einverstanden, würde doch auch diese Spur von mir ablenken. Wie Sie wissen, ist der König oft kränklich, und es ist nicht klar, ob vielleicht in nächster Zeit ein Thronwechsel ansteht. Normalerweise würde sein Bruder Wilhelm die Geschäfte übernehmen –«

»Was aber nicht die Zustimmung dieser interessierten Kreise trifft?« Mackerodens Stimme war wieder ruhig geworden, und Wilhelm entspannte sich etwas.

»Ganz recht. Und so hat man hier eine Gelegenheit gesehen, Zweifel an der Person Wilhelms zu säen, der bekanntermaßen Freimaurer ist, ebenso wie sein Sohn. Dadurch würden die Chancen steigen, dass die Thronfolge überdacht werden könnte und eine Persönlichkeit zum Zug kommt, die den interessierten Kreisen genehmer ist. Sie verstehen?«

»Ich gehe davon aus, dass Sie darüber nicht unglücklich gewesen wären?«

»Nicht unbedingt. Für meinen persönlichen Aufstieg wäre es vorteilhaft gewesen.«

»Sie könnten der Adjutant des künftigen Königs werden, nicht wahr?«, fragte Wilhelm und schob ein Lächeln hinterher.

Mackeroden ging darüber hinweg. »Prinz Wilhelm und sein Sohn gehen nicht immer mit dem König *d'accord*, der ohnehin gegen alles und jeden misstrauisch ist. Eine andere Regierung unter einem beeinflussbaren König wäre sehr im Sinne meiner Bekannten.«

»Mir scheint, dass Sie diesen Weg nicht weiter verfolgt haben. Wir haben uns etwas Sorgen gemacht, denn wir haben die Angelegenheit nicht weitergemeldet.«

Mackeroden zuckte erneut mit den Schultern. »Vielleicht war

diese Angelegenheit dann doch zu heiß. Man konnte ja schließlich nichts nachweisen, und wenn die Fälschung aufgeflogen wäre, hätte das womöglich die Stellung Wilhelms eher gestärkt. Was weiß ich.« Er nahm einen weiteren Schluck Cognac und hielt Wilhelm die Flasche fragend hin. Der schüttelte wieder den Kopf.

»Meine Bekannten haben zwischenzeitlich einen besseren Weg gefunden, ihren Feinden am Hof und in der Regierung Schaden zuzufügen. Es sind Abschriften von Briefen aufgetaucht, die eindeutig meinen Bekannten zuzuordnen sind. Es sieht ganz so aus, als hätten Polizeipräsident Hinckeldey und der Ministerpräsident persönlich dafür gesorgt, dass Bedienstete bestochen wurden, um diese Abschriften heimlich anzufertigen und weiterzugeben. Meine Bekannten versprechen sich einiges davon, diese Bombe demnächst platzen zu lassen. Es ist damit zu rechnen, dass sie durch diese ›Enthüllung‹ mehr Einfluss beim König erhalten, denn letztendlich geht es doch nur darum.« Mackeroden veränderte seine Position auf dem Tisch. »Aber nun erzählen Sie: Wie sind Sie auf mich gekommen?«

»Eigentlich zufällig. Da alle anderen Spuren im Sande verlaufen sind, haben wir uns die persönlichen Lebensumstände von Baron und Gräfin genauer angeschaut. Beim Baron hat das bislang nichts gebracht, aber die Aktivitäten der Gräfin haben uns in die Salons geführt. Hier hofften wir auf weitere Informationen und sind auch auf mehrere Dinge gestoßen.« Wilhelm hatte beschlossen, mit offenen Karten zu spielen. »Zunächst war da der Handel mit dem Pulver, das wir bereits in ihrer Wohnung sichergestellt und analysiert hatten. Außerdem haben wir festgestellt, dass Beatrice wohl ein Verhältnis hatte, und wir wollten herausfinden, mit wem. Das und Ihre auffällige Kutsche haben uns zu Ihnen geführt. Mehr nicht.«

Mackeroden hatte sich eine weitere Zigarre angesteckt und

starrte nachdenklich in den Rauch. »Hätte ich also vorhin die Liebschaft zugegeben, wäre alles gut gewesen, und Sie hätten mir nichts nachweisen können?«, fragte er erneut.

»Vermutlich wäre das so.«

Mackeroden schüttelte den Kopf. »Ich hätte mich besser im Griff haben sollen, aber die Erwähnung der Kutsche hat mich in Panik versetzt.« Er stand auf, nahm den Revolver zur Hand und stellte sich vor Wilhelm. »Ich muss Sie beglückwünschen, Herr von der Heyden. Sie haben zu meinem Bedauern ausgezeichnete Arbeit geleistet.«

Wilhelm wurde kalt. »Wollen Sie mich jetzt erschießen?«

Mackeroden lächelte, schüttelte den Kopf und steckte den Revolver ein. »Was hätte das jetzt noch für einen Sinn?«

Er ging zur Tür und legte die Hand auf die Klinke. »Es lag nie in meiner Absicht, dass jemand zu Tode kommt«, sagte er leise, wie zu sich selbst. Dann straffte er sich. »Tja, *easy come, easy go*, wie die Engländer zu sagen pflegen. Ich werde mich jetzt verabschieden. Ein neues Leben wartet auf mich – dank Ihnen.«

»Was haben Sie jetzt vor?«

Mackeroden legte den Kopf schief und sah Wilhelm belustigt an. »Sie glauben doch nicht im Ernst, dass ich Ihnen das verrate? Vielleicht so viel: In meiner Position sollte man besser auf alles vorbereitet sein. Einen eventuell erforderlichen Abgang habe ich bereits seit Langem vorbereitet. Mein Bruder steht in dänischen Diensten, auch in Schweden werden Offiziere gesucht – oder vielleicht doch besser Amerika? Preußische Offiziere sollen dort sehr willkommen sein.«

»Nichts davon wird zutreffen, habe ich recht?«

»Wer weiß, wer weiß. Lassen wir dieses Geheimnis vorerst ungelöst. Vielleicht schreibe ich Ihnen ja einmal. Sie kommen zurecht? Dann empfehle ich mich.« Mackeroden richtete seinen Kragen und öffnete die Tür.

»Eines noch.«

Der Offizier stand schon in der Schwelle, drehte sich aber noch einmal um.

»Warum haben Sie mir das alles erzählt?«

Mackeroden sah zu Boden und dachte einen kurzen Moment nach. Schließlich sagte er ruhig: »Es sollte jemand Bescheid wissen, für den Fall, dass etwas Unvorhergesehenes passieren sollte.«

Er nickte Wilhelm zu und schloss die Tür.

51

Es dauerte bis zur Morgendämmerung, bis Wilhelm endlich gefunden wurde. Später erfuhr er, dass Herford zwei komplette Reviere und alle berittenen Polizisten zusammengezogen und in den Tiergarten befohlen hatte. Außerdem hatte er alle Ausfallstraßen sperren und die Bahnhöfe überwachen lassen. Selbst an den Schiffsverkehr auf der Spree hatte er gedacht.

Recht schnell waren das Pferd, das gemütlich über den Pariser Platz klapperte, und die Kutsche gefunden, die, wie Mackeroden vermutet hatte, am Schloss Belvedere stand. Und wie Mackeroden ebenfalls vorausgesagt hatte, waren berittene Polizisten auf die Chaussee nach Charlottenburg gesandt worden und hatten jeden Wagen angehalten und durchsucht, den sie finden konnten. Andere Polizisten prüften die Wege rund um die Ausflugslokale, und selbst an die Zollstationen flussabwärts war telegrafiert worden.

Schließlich hatte Herford, der die Suchaktion vom großen Stern aus wie ein Feldherr in seiner Kutsche leitete, beschlossen, den gesamten Tiergarten systematisch durchsuchen zu lassen. Über Stunden schlugen sich fast zweihundert Polizisten durch das Unterholz und suchten jeden bekannten Unterschlupf ab, von denen der Tiergarten reichlich aufwies.

Als die Sonne im Osten aufging und die ersten Vögel sich auf ihr Tagwerk vorbereiteten, erreichten zwei Polizisten den Schuppen, der abseits von den Gebäuden der Baumschule kaum sichtbar im Dunkel großer Bäume stand. Dort fanden sie Wilhelm, der seine Versuche, sich zu befreien, nach einiger Zeit aufgegeben hatte, schlafend vor. Mackeroden hatte ihn zu gut gefesselt.

Herford war sofort herbeigeeilt, sobald ihn die Nachricht erreicht hatte. Erleichtert, dass es Wilhelm den Umständen entsprechend gut ging, wartete er nur dessen kurzen Bericht ab und befahl, Wilhelm zu seiner Kutsche zu tragen und in die Charité zu bringen. Wilhelm protestierte und setzte schließlich durch, nach Hause gebracht zu werden.

»Das kann ich übernehmen«, sagte Vorweg, der an der Spitze einiger Polizisten dazugekommen war. Er sah Wilhelm prüfend an und nickte ihm zu. Wilhelm staunte. War das Erleichterung auf den Zügen des Kriminalsekretärs?

Herford gab einige Anweisungen, und die Polizisten zerstreuten sich. »Wir werden Mackeroden schon finden, er ist zur Fahndung ausgeschrieben und wird uns auch im Ausland nicht entkommen. Alle Hauptstädte, Häfen und Eisenbahnstationen sind informiert. Außerdem wird seine Wohnung durchsucht. Sie haben Ihren Teil getan, Wilhelm. Jetzt sind wir dran. Also los, Vorweg, bringen Sie unseren jungen Kollegen nach Hause, und kümmern Sie sich anschließend um die Fahndung. Wenn es Ihnen besser geht, Wilhelm, erwarte ich Sie in meinem Büro.«

Vorweg grinste, als er Wilhelm in die Kutsche half. »Der Direktor hat wirklich einen Narren an Ihnen gefressen, Wilhelm.«

»Tatsächlich? Halten Sie das für schlimm?« Wilhelm schwindelte es, und er war müde. Im Moment hatte er wenig Lust, sich über Befindlichkeiten Gedanken zu machen.

Vorweg sah ihn nachdenklich an und lächelte schließlich. »Es gibt Schlimmeres. Fahren wir.«

Es war spät am Abend, als Wilhelm langsam die Augen öffnete. Er lag in seinem Bett, und nur die Öllampe spendete etwas Licht. Das Erste, was Wilhelm sah, waren die altbekannten Muster, die die Risse im Putz seiner Zimmerdecke bildeten. Ihm war leicht übel, und der Kopf schmerzte ebenso wie die Handgelenke, in die das Seil geschnitten hatte. Er hatte traumlos geschlafen, so hatte die Kopfverletzung wenigstens etwas Gutes gebracht. Oder war es die allgemeine Erschöpfung, die keine Träume zuließ? Seit zwei Wochen war er kaum zur Ruhe gekommen.

Auf den zweiten Blick sah er Marie, die an seinem Bett saß. Waren ihre Augen gerötet? Genau zu erkennen war es nicht bei diesem Licht, und Wilhelm dachte auch nicht weiter darüber nach, als Marie zu lächeln begann und einen kurzen Blick zur Tür warf. Schritte kamen näher, und Johann trat in sein Blickfeld.

»Junge, Junge, was machst du für Sachen?«, sagte er und grinste schief. »Solche Alleingänge sind nichts für schwache Nerven, für meine schon gar nicht.«

Marie, die Wilhelms Hand ergriffen hatte, drückte fest zu. »Weißt du, was für Sorgen du uns bereitet hast? Nicht auszudenken, wenn dir etwas passiert wäre!« Ihre Stimme klang heiser. Die Augen schauten streng, aber der Griff ließ nach, und sie strich ihm sacht über die Finger.

Wilhelm sah kurz zu Johann und dann wieder zu Marie.

»Schön, dass ihr euch einig seid.« Wilhelm wunderte sich über seine Stimme, die ungewohnt belegt klang. Er räusperte sich. »Ich hatte wohl kaum eine Wahl. Mackeroden flüchtete, und ich war der Einzige, der ihm folgen konnte.«

Wilhelm versuchte, sich aufzusetzen, doch ihm wurde sofort übel. Marie legte erschrocken eine Hand auf seine Brust und drückte ihn ins Kissen zurück.

Johann trat näher und sah ihm in die Augen. »Du hast ganz schön etwas abbekommen. Wenn es bis morgen nicht besser wird, sollte dich einmal ein Arzt anschauen.«

»Du meinst nicht zufällig dich selbst?« Wilhelm versuchte ein Grinsen.

Johann blieb ernst und schüttelte den Kopf. »Nein. Aber ich weiß da jemanden, der sich mit solchen Dingen auskennt.«

»Bis dahin kann ich hier Wache halten.« Marie sah zwischen den beiden Männern hin und her.

Johann schüttelte wieder den Kopf. »Wilhelm braucht einfach nur Ruhe.«

»Keine Angst«, ergänzte Wilhelm, »schlafen kann ich schon allein.« Er hob die Hand, als Marie etwas erwidern wollte. »Zwar wäre es schöner, wenn du mir Gesellschaft leisten würdest, aber man kann nun einmal nicht alles haben.« Sein Lächeln war absolut unschuldig.

Marie atmete tief durch. »Du bist bereits wieder ganz schön frech – für deinen Zustand.« Sie beugte sich vor und drückte einen heftigen Kuss auf seine Lippen. »Mach das nie wieder, Wilhelm von der Heyden«, flüsterte sie zwischen seinen Zähnen.

Dann sprang sie auf, ergriff Johanns Arm und drehte sich an der Tür noch einmal um. »Morgen komme ich wieder. Und ich erwarte, dass es dir bessergeht.«

Tatsächlich ging es ihm am nächsten Morgen besser, die Übelkeit war verschwunden, die Handgelenke schmerzten nicht mehr, und auch ein leichter Kopfschmerz verflüchtigte sich, als Marie, sittsam in Begleitung von Sophie, ins Zimmer stürmte. Wilhelm sah sofort, dass etwas geschehen war. Sophie war darüber offensichtlich bereits im Bilde, teilte ihm kurz mit, dass Johann am späten Nachmittag vorbeischauen würde, und ging mit einem vielsagenden Blick sofort wieder hinaus, weil sie unverzüglich mit Frau Brenke einen kräftigenden Tee aufsetzen musste.

Kaum war die Tür geschlossen, warf sich Marie auf das Bett – und fuhr sofort erschrocken wieder auf. »Meine Güte! Entschuldige bitte. Ich habe gar nicht darauf geachtet, wie es dir geht … Wie geht es dir?« Mit großen Augen sah sie ihn an. Er griff nach ihren Schultern und zog sie sacht neben sich.

»Solange du nicht auf mir herumspringst, wird es mich nicht

umbringen.« Er zog ein nachdenkliches Gesicht und machte eine theatralische Pause. »Obwohl es eine angenehme Vorstellung wäre …«

»Untersteh dich!« Marie lachte und schlug leicht auf seine Hand.

Wilhelm nahm Marie enger in den Arm. Stumm sahen sie einen Moment an die Decke und rührten sich nicht. Schließlich legte Wilhelm den Kopf zur Seite, sog ihren Duft ein, küsste sacht die Stelle unter ihrem Ohrläppchen mit dem kleinen Leberfleck und flüsterte: »Also? Welche Neuigkeit kannst du kaum für dich behalten?«

Auch Marie drehte den Kopf und sah ihm in die Augen. Da war es wieder, dieses Strahlen, das er so sehr liebte und jeden Abend aus seinen Erinnerungen geholt hatte.

»Ich werde Hofdame. Und du weißt, was das bedeutet?«

52

Augenblicklich wurde Wilhelm heiß. Er wusste genau, was es bedeutete. Aber er konnte nicht anders, als unschuldig zu fragen. »Und was bedeutet es?«

Marie verdrehte die Augen und verzog den Mund. Wie sehr er diese Grübchen an den Wangen liebte!

»Es bedeutet, dass ich künftig in Berlin leben werde, du dum–«

Wilhelms Lippen verschlossen ihren Mund. Und es dauerte einen langen Moment, bis er ihn wieder frei gab.

»Natürlich nicht gleich, aber vermutlich ab dem nächsten Jahr«, fuhr Marie fort, die langsam wieder zu Atem kam.

»Wie kommt es?«

Marie kuschelte sich in seine Armbeuge. »Ich habe gestern noch einen Brief aus dem Schloss erhalten. Der Prinz selbst hat ihn geschrieben.«

»Hört, hört.«

»Still!« Sie legte ihm einen Zeigefinger auf die Lippen und ließ es zu, dass er auf ihm herumknabberte. »Dummerweise habe ich ihn in der Aufregung vergessen, sodass du ihn jetzt nicht lesen kannst.«

»Wie schade«, nuschelte Wilhelm.

Marie war zu aufgeregt, um darauf einzugehen. »Er schreibt, dass er unsere Gespräche genossen hat und überzeugt ist, in mir eine passende Begleitung für seine Verlobte gefunden zu haben.«

»Klingt wunderbar«, sagte Wilhelm noch immer undeutlich.

»Der Prinz hat auch seiner Verlobten geschrieben, er ist nämlich seit ein paar Wochen mit Victoria verlobt, auch wenn das offiziell noch niemand weiß. Die Verlobung soll erst bekanntgegeben werden, wenn sie siebzehn Jahre alt ist. Die Engländer stellen sich da etwas umständlich an.«

Wilhelm nahm ihren Finger aus dem Mund und betrachtete ihn versonnen. »Sie sind nicht umständlich, sie sind sauer. Sie hätten es gern gesehen, wenn wir an ihrer Seite in den Krieg gegen Russland getreten wären.«

Marie hob Kopf und Augenbraue und stützte die Schläfe mit der Hand. »Du kennst dich aus mit Politik?«, stichelte sie.

Wilhelm brummte. »Ich höre das ein oder andere. Jedenfalls sind sie trotz ihres Unmuts mit der Verbindung einverstanden. Vermutlich versprechen sie sich in der Zukunft Vorteile. Hier in Berlin war die Königin gegen diese Verbindung. Man munkelt, dass der König seine Einwilligung quasi heimlich gegeben hat.«

»Hm«, machte Marie und starrte nachdenklich an die Wand, während ihre Finger abwesend über seine Brust strichen. »Dann könnte der Empfang für die Prinzessin etwas kühl ausfallen?«

»Wenn nicht gar frostig. Ich habe auch gehört, dass der König deinem Prinzen nur neuntausend Taler jährlich zugestanden hat. Das ist nicht viel.«

»Victoria hat eine Mitgift von vierzigtausend Pfund und eine Apanage von achttausend.« Auf Maries Stirn entstand eine Falte, wie immer, wenn sie angestrengt nachdachte.

Auch diese Falte liebte er. Wilhelm nickte und gähnte. Auf einmal war er müde. »Als die Königin von der Verlobung erfahren hat, schaltete sie sich in die Bildung des kleinen Hofstaats ein und setzte dem Prinzen altgediente Chargen vor die Nase. So heißt es zumindest.«

»Jetzt verstehe ich auch die Bemerkung des Prinzen, dass sich Victoria auf eine gleichaltrige Freundin freut.«

»Ihn wird es auch freuen, hoffe ich«, sagte Wilhelm und versuchte, die Augen offen zu halten.

»Das hat er jedenfalls gesagt und auch geschrieben. Außerdem ärgert er sich, dass er mit Victoria wohl in den alten Schlossflügel ziehen muss. Stell dir vor, dort haben sie nicht einmal eine Badewanne!«

»Wie grauenvoll«, murmelte Wilhelm.

»Ich musste ihm natürlich meine absolute Verschwiegenheit zusagen, aber dir kann ich es ja erzählen, nicht wahr? Ich überlege gerade auch, wo ich dann wohnen werde. Es wird wohl ein Zimmer in der Nähe sein, aber vielleicht ziehen sie ja auch irgendwann in das Kronprinzenpalais, das sehr komfortabel sein muss. Da hätte ich dann vielleicht sogar eine kleine Wohnung, wäre das nicht herrlich? Obwohl der Prinz ja gar kein Kronprinz ist, was meinst du, Wilhelm?«

Wilhelm war eingeschlafen.

53

Drei Tage nach der Verfolgungsjagd durch den Tiergarten fühlte sich Wilhelm endlich wieder so weit hergestellt, dass er sich auf den Weg zum Molkenmarkt machen konnte. Marie und Johann waren um die Mittagszeit gegangen, und so war Wilhelm aufgestanden, hatte sich gewaschen, frische Sachen angezogen und ein kurzes Mittagsmahl mit Appetit eingenommen, was Frau Brenke sichtlich freute. Gegen zwei Uhr nachmittags, der Sommer hatte die Stadt wieder fest im Griff, ging er die Stufen zum Präsidium hinauf und begab sich ohne Umwege direkt zum Zimmer des Kriminaldirektors.

»Herr von der Heyden!«, begrüßte Oertzen ihn freudig, erkundigte sich nach dem Wohlergehen und versprach, Vorweg hinzuzuholen. »Der Direktor freut sich sicherlich, Sie munter und halbwegs gesund wiederzusehen. Er hat später auch noch etwas für Sie.« Oertzen lächelte vielsagend, klopfte an die Tür und ließ Wilhelm ein.

Herford saß hinter seinem Schreibtisch und studierte einige Akten, die sich auf dem Tisch stapelten. Er blickte auf, warf einen Stift zur Seite, kam um den Tisch herum und reichte Wilhelm die Hand, während er die Linke auf seinen Unterarm legte und drückte. »Sie können sich gar nicht vorstellen, wie erleichtert ich bin, dass es Ihnen wieder gutgeht! Ich wüsste gar nicht, was ich sonst Ihrem Herrn Vater erklären sollte.«

Wilhelm war verlegen, mit einem dermaßen freundlichen Empfang hatte er nicht gerechnet. »Nur noch eine Beule, mehr nicht. Und ich war nie wirklich in Gefahr.«

Herford nickte, klopfte ihm auf die Schulter und zeigte auf das Sofa. »Nehmen Sie Platz, Wilhelm«, sagte er, während er wieder den Tisch umrundete und sich auf seinen Stuhl setzte. »Wie Sie sehen, geht die Arbeit hier weiter.« Eine ausladende Geste über die Aktenberge folgte.

Es klopfte, die Tür öffnete sich, und Vorweg trat ein. Auch er schüttelte Wilhelm die Hand und nickte ihm zu, bevor er sich wieder an seinen gewohnten Platz am Fenster begab. Herford griff in die Tiefen seines Schreibtisches, zog eine Flasche und drei Gläser hervor und schenkte drei gut bemessene Quanten ein. Sie tranken und räusperten sich.

Herford schenkte noch einmal Weinbrand in die Gläser, wieder eine großzügige Menge, und sah Wilhelm an. »Nun müssen Sie uns aber erzählen, was im Tiergarten genau passiert ist.« Er machte es sich in seinem Stuhl bequem, und auch Vorweg beschloss, offenbar einen längeren Vortrag erwartend, sich auf das Sofa zu setzen.

»Die groben Züge des Abends, gerade des ersten Teils, kennen Sie ja bereits. So beginne ich am besten in dem Moment, da ich die Verfolgung aufnahm …« Wilhelm räusperte sich erneut und schilderte dann detailliert, was er erlebt hatte.

Die beiden Polizisten hörten zu, ohne ihn zu unterbrechen. Als er seinen Bericht beendet hatte, schwiegen sie einen Moment. »Dann war es tatsächlich so, wie wir es uns zusammengereimt haben«, meinte Vorweg schließlich.

»Abgesehen von einigen Details, die uns erst Mackeroden offenbaren konnte«, stimmte Wilhelm zu. »Ich denke da beispielsweise an die hochgestellte Persönlichkeit, die Erpressung durch den Baron, vor allem aber an die unbekannten Hintermänner, die – wie hat er es formuliert? – *interessierten* Kreise.«

Herford nahm einen Schluck aus seinem Glas. »Wir waren die letzten Tage nicht untätig, Wilhelm«, sagte er schließlich. »In dem Schuppen, in dem Sie gefangen gehalten wurden, hat man anscheinend den Sprengsatz zusammengebaut, jedenfalls haben wir entsprechende Spuren gefunden, Überreste von Knallzucker zum Beispiel. Wir haben zwei Männer festgenommen, zwei Gärtner, die gerade zur Arbeit erschienen, als Sie abtransportiert wurden. Diese beiden Männer sind ehemalige Unteroffiziere der Pioniere, haben also einschlägige Erfahrungen mit Sprengstoffen. Ob sie mit Mackeroden bekannt waren, wissen wir noch nicht. Im Verhör haben sie geschwiegen. Bislang jedenfalls. Aber es wird uns vermutlich gelingen, sie zu überführen und anzuklagen.«

»Was droht ihnen?«

»Wenn sie Pech haben, die Todesstrafe. Immerhin ist ein Mensch gestorben.«

»Dann werden wieder einmal die Kleinen gefangen, und an die Großen kommt man nicht heran«, sagte Vorweg finster.

»So sieht es aus.« Auch Herford schien darüber nicht glücklich zu sein. Er gab sich einen Ruck und fuhr aufgeräumter fort. »Wir haben Mackerodens Wohnung durchsucht. In seinem Schlafzimmer haben wir einen Beutel mit dem Pulver gefunden. Ist anscheinend sehr beliebt. Interessanter aber war der Kamin. Hier hat er Papiere verbrannt, wenn auch zu unserem Glück nicht vollständig. Einige verkohlte Reste waren stellenweise noch lesbar, und so konnten wir feststellen, dass es sich wohl um den Entwurf eines Teils der Freimaurerpapiere handelt.«

»Die er auf Anweisung seiner Hintermänner angefertigt hat«, ergänzte Vorweg. »Ich frage mich, wer wohl diese Hintermänner sein werden.«

»Ich kann mir schon vorstellen, um wen es sich handelt«, erwiderte Herford. »Und ich weiß wie Sie, dass diese Männer unangreifbar sind. General von Gerlach hat sich gestern offiziell an den König gewendet und Aufklärung darüber gefordert, warum der Ministerpräsident und der Polizeipräsident im Besitz von Dokumenten sind, die aus seinem Privatbesitz stammen. Er braucht die Geschichte mit den Freimaurern nicht mehr. Mit dem Depeschendiebstahl hat er eine viel bessere, weil wahre Geschichte, die er einsetzen kann.«

»Von Gerlach?« Wilhelm dachte nach. »Ist er nicht der Generaladjutant des Königs?«

Herford nickte. »Ebender. Außerdem steht er zusammen mit seinem Bruder an der Spitze der konservativen Fraktion am Hof. Sehr, sehr einflussreich.«

»Was der Grund ist, warum wir nicht an ihn herankommen.« Vorweg schürzte die Lippen und schüttelte den Kopf.

»Es sei denn«, sagte Wilhelm, »es gelingt uns, Mackeroden zu ergreifen. Vielleicht gesteht er im Verhör?«

Vorweg und Herford wechselten einen schnellen Blick.

»Das wird nicht mehr möglich sein, Wilhelm«, sagte Herford, griff auf einen Aktenstapel und warf ihm die *Vossische Zeitung* zu. »Seite drei, oben rechts.«

Wilhelm nahm die Zeitung und begann zu lesen.

Wie die Redaktion ergänzend zu der gestrigen Meldung erfahren hat, handelt es sich bei der am gestrigen Abend im Landwehrkanal in Höhe des Hallischen Tores entdeckten Leiche um einen Offizier der Gardedragoner und Adjutanten des Prinzen Friedrich Carl. Die Art der Verletzung und eine neben dem Unglücklichen gefundene amerikanische Schusswaffe lassen auf Selbsttötung schließen. Offenbar hat der Verstorbene angesichts seiner Spielschulden keinen anderen Ausweg gesehen, seine Ehre zu wahren, denn es ist dem Publikum allseits bekannt, dass nicht retournierte Spielschulden mit der Zugehörigkeit zu den Garderegimentern nicht vereinbar sind und die Entlassung aus dem Dienst zur Folge haben. Dem Korrespondenten dieser Zeitung gegenüber hat Seine Königliche

Hoheit Schmerz und Erschütterung zum Ausdruck gebracht und erklärt, sich um die Familie des Verblichenen zu kümmern. Seine Königliche Hoheit hat ebenfalls den dringenden Wunsch geäußert, endlich energisch gegen die unwürdige Praxis der Spielschulden und der grassierenden Ehrenwechsel vorzugehen. Die Redaktion schließt sich dieser Forderung aus vollem Herzen an und erlaubt sich die Frage, wann endlich dieser unmoralische Sumpf ausgetrocknet und die Blüte unserer militärischen Jugend in ausreichendem Maß vor den Verlockungen der Spielsucht geschützt wird.

Wilhelm sah auf. Oertzen trat leise ins Zimmer, legte ein längliches verschnürtes Paket auf den Tisch und schloss hinter sich leise die Tür.

»Haben sie Mackeroden etwa umgebracht?« Wilhelm war fassungslos. Der Mann war ihm alles andere als sympathisch gewesen. Er hatte mit dem Leben anderer Menschen gespielt, war aber am Ende immerhin bereit gewesen, seine Niederlage einzugestehen und sich nicht blind an einem Wehrlosen zu rächen. In gewissem Sinne, das musste sich Wilhelm eingestehen, verdankte er Mackeroden sein Leben. Wer konnte schon wissen, wie ein anderer Mann in seiner Situation gehandelt hätte.

»Das werden wir wohl nie erfahren«, sagte Vorweg leise. »Die Spurenlage jedenfalls deutet tatsächlich auf einen Selbstmord hin. Gut möglich, dass an Mackerodens Offiziersehre appelliert wurde und er die Konsequenzen gezogen hat.«

»Was mich an der Sache so dermaßen stört«, sagte Wilhelm nach einem Moment des Schweigens, »ist der Umstand, dass hier, abgesehen von der Bombe, überhaupt nichts Strafbares geschehen ist. Das Pulver als solches ist nicht illegal, jeder kann zu sich nehmen, was er will.«

»Obwohl es an der Zeit ist, gegen einige Missstände gesetzlich vorzugehen«, warf Vorweg ein. »Ich denke da an den übermäßigen Gebrauch von Alkohol oder Schmerzmitteln. Oder auch an die Opiumhöhlen in der Stadt. Es sind zwar nicht viele, aber ich habe die bedauernswerten Gestalten gesehen, die dort regelmäßig verkehren. Das kann man so nicht weiter tolerieren.«

»Nicht unsere Baustelle, Vorweg.« Herford sah den Kriminalsekretär milde an. »Ich sehe es ähnlich, aber unsere Aufgabe besteht darin, die bestehenden Gesetze durchzusetzen. Auch wenn es, wie in diesem Fall, kein rundum befriedigender Abschluss ist. Wollen Sie nicht dennoch einen Blick in das Paket werfen, Wilhelm?«

Wilhelm schob sein Glas zur Seite, öffnete den Knoten der Schnur und schlug das Papier auf. Der Griff eines Säbels für Offiziere der Infanterie kam neben einem kurzen Schlagstock zum Vorschein. Darunter lagen eine graue Hose und eine dunkelblaue Uniformjacke mit den Insignien eines Kommissars der Kriminalpolizei.

»Alles, was ein Kommissar braucht, abgesehen von dem ganzen Papierkram«, sagte Herford ruhig. »Ich würde mich freuen, wenn Sie diese Uniform tragen würden, wenn auch nur zu offiziellen Anlässen. Im Alltag ist Ihre Marke die Uniform. Und noch etwas: Ich habe eine Sondergenehmigung veranlasst, damit Ihre Tätigkeit bei uns als Auskultatorzeit anerkannt wird. Sie verdienen also bereits Geld, das Sie beim Bürodienst in der Justizverwaltung nicht bekämen. Nach den üblichen anderthalb Jahren können Sie Ihre Prüfung zum Gerichtsreferendar absolvieren. Dann können Sie entscheiden, ob Sie Ihr Referendariat als Hilfsrichter oder weiter als Kommissar ableisten möchten. Zweieinhalb Jahre später können Sie die Prüfung zum Assessor ablegen und entscheiden, ob Sie Staatsanwalt, Richter oder Rechtsanwalt werden wollen – oder lieber bei der Polizei, bei uns, bleiben. Sie sehen, es stehen Ihnen alle Wege offen.«

Wilhelm lief vor Verlegenheit rot an und senkte den Blick rasch auf den blauen Stoff und den Säbelgriff mit der Kordel.

»Vorweg und Sie sind ein sehr gutes Gespann, wie ich feststellen durfte. Ich weiß«, Herford hob die Hand, »Sie hatten Ihre Startschwierigkeiten und Ihre Differenzen. Das wird auch in Zukunft nicht vollständig ausbleiben. Aber Ihre Fähigkeiten, Wilhelm, und Ihre Erfahrung, Vorweg, sind eine ganz ausgezeichnete Mischung. Eine Mischung, die ich in einer kleinen Sondereinheit für besondere Fälle gut brauchen kann.«

Wilhelm sah zu Vorweg hinüber. »Dann wäre ich Kommissar, und Herr Vorweg bliebe Kriminalsekretär?«

Beide Männer sahen ihn stumm an.

»Ich möchte nicht anmaßend erscheinen, Herr Direktor, aber ich würde mich wohler fühlen, wenn diese Sondereinheit von zwei gleichberechtigten Kommissaren geführt würde.«

Vorweg blickte überrascht auf Wilhelm, aber der sah Herford in die Augen.

Herford betrachtete Wilhelm einen Moment aufmerksam und schmunzelte dann. »Ganz der Vater. Einfach ein Dickkopf«, sagte er. »Ich werde sehen, was ich tun kann. Sie können sich nicht vorstellen, meine Herren, wie schwierig es mit den Planstellen und ihrer Besetzung ist.« Er stand auf. »Ich habe noch zu tun. Es wird einige Zeit dauern, die ganzen Formalitäten abzuarbeiten. Sie, Wilhelm, kurieren sich jetzt aus und kümmern sich um den Schreibkram zur Abwicklung Ihres Studienabschlusses. Sie werden eine Reihe von Anträgen schreiben und Beurteilungen beibringen müssen. Ich lasse Ihnen alle Unterlagen zukommen. Vergessen Sie nicht, auch etwas Urlaub zu machen. Wer weiß, wann die Gelegenheit wiederkommt.«

Er trat auf Wilhelm zu und reichte ihm die Hand. »Nehmen Sie Ihr Paket. Wir sehen uns am ersten Oktober, pünktlich um neun Uhr.«

Wilhelm deutete eine Verbeugung an, schlug das Paket wieder ein und klemmte es sich unter den Arm. Dann ging er zu Vorweg. Der Kriminalsekretär sah ihn an, formulierte mit den Lippen das Wort »Schnösel«, grinste und drückte ihm fest die Hand.

Konnte man beschwingt und zugleich wie betäubt sein? Wilhelm jedenfalls hätte nicht beschreiben können, wie er sich fühlte, als er die Treppe hinunterstieg, die Eingangshalle durchquerte und hier und da ein Nicken oder einen kurzen Gruß mitbekam. Viele Gedanken gingen ihm durch den Kopf, jetzt, wo die Entscheidung gefallen war, die ihm Herford so leicht gemacht hatte. Vorweg schien ihn zu akzeptieren, sein Vater würde die Entscheidung akzeptieren, und vielleicht würde auch seine Mutter den Widerstand aufgeben, jetzt, da ihm auch der von ihr gewünschte Weg weiter offenstand.

Wilhelm verließ das Präsidium und fand sich unvermittelt im hektischen Treiben auf dem Molkenmarkt wieder. Es war Markttag. Die Frauen am Fischstand versuchten, die Bäckersfrauen zu übertönen. Zwei Männer stritten sich über den Preis einer Tabakdose, junge Damen aus gutem Haus in Begleitung ihrer Gouvernanten oder Dienstmädchen gesellten sich neben Hausfrauen und betrachteten die Auslagen in den Schaufenstern. Marktpolizisten gingen umher, prüften die Zulassungen der Händler – und vor allem ihre Gewichte – und behielten die Straßenjungen im Auge. Gleich neben dem Aufgang zum Präsidium machte ein alter Lieferant Pause, hatte seinen Karren an den Gehsteig geschoben und steckte sich eine Pfeife an.

Trotz des Lärms lag eine Beschaulichkeit über der Szene, die Wilhelm erst nach und nach aufging. Die Sonne strahlte warm, aber nicht mehr so drückend wie in den letzten Tagen. Vogelgesang war aus den Bäumen zu hören. Wilhelm verstand, dass er in diesem Moment erst mal wieder als Bürger unterwegs war, ohne Anliegen, ohne Auftrag, ohne Eile. Die letzten beiden Wochen waren da ganz anders gewesen.

Er wandte sich nach links und ging in Richtung Mühlendamm. Hier wurde der Verkehr dichter, doch störte er Wilhelm nicht, der anderen Passanten freundlich auswich und dabei überlegte, ob er die richtige Entscheidung getroffen hatte. Zweifellos hatte er das, und Herford hatte es ihm auch leicht gemacht. Natürlich wusste der Direktor um das Dilemma, in dem sich jeder frisch examinierte Student befand: Um eines Tages eine gut dotierte Stelle im Staatsdienst zu erhalten, als Professor etwa, als Richter oder Staatsanwalt, musste man die – natürlich unbezahlte – Ochsentour als Auskultator und Referendar auf sich nehmen. Nicht jeder hielt das durch, jedenfalls steckte niemand vier Jahre unbezahlte Tätigkeit einfach so weg. Wie auch immer der Direktor es angestellt hatte, die Sondergenehmigung für ihn zu erhalten – er hatte gewusst, wie er Wilhelm locken konnte. Ein Angebot dieser Art konnte er einfach nicht ablehnen. Der dringliche Wunsch seiner Eltern, dass er trotz finanzieller Schwierigkeiten eine Karriere im Staatsdienst durchliefe, war damit erfüllt – und er verfügte dazu noch über Bezüge als Kriminalkommissar, was der Familienkasse guttun würde.

Er schlenderte durch die Straßen, kaufte an einem Stand auf dem Spittelmarkt eine Limonade und an einem anderen auf dem Dönhoffplatz eine Packung Zigarren und ließ langsam die Menschenmengen hinter sich.

An der Spittelbrücke blieb er noch einmal stehen, lehnte sich an die Brüstung und starrte in die Spree. Sein erster Fall war nicht zu seiner Zufriedenheit gelöst und konnte wohl auch nicht gelöst werden. Würde das in Zukunft oft geschehen? Würde ihn das befriedigen? Obwohl die Vorfreude auf die kommenden Aufgaben überwog, musste er sich doch eingestehen, dass es ihn mehr als nur ärgern würde, ohnmächtig dabei zusehen zu müssen, wie sich einflussreiche Personen der Verfolgung – seiner Verfolgung – entziehen konnten. Einflussreiche Personen wie diese Gerlach-Brüder.

Wilhelm trank einen Schluck Limonade und sah nachdenklich auf einige Schaumkronen auf der Spree, die in den letzten Jahren immer dunkler geworden waren. Über die Brüder wusste er nicht viel. Der eine war General und Generaladjutant des Königs. Der andere war Richter, in Magdeburg, wenn er sich recht entsann, und außerdem Fraktionsführer im Abgeordnetenhaus. Das war aber auch alles, was sein Gedächtnis hergab.

Wilhelm richtete sich auf. Er würde mehr über die Brüder herausfinden, und vielleicht würde es ihm sogar gelingen, eine Verbindung zu Mackeroden nachzuweisen. Wer konnte wissen, was dann möglich war?

54

Sein Bruder war erkältet, wieder einmal, und der General machte sich nun doch einige Sorgen. Obwohl draußen die Sonne schien und die Männer, die auf der Straße vor seinem Potsdamer Haus das Pflaster entfernten, um einen Graben zu ziehen, ihre Jacken abgelegt hatten, war es im Salon kalt. Der General hatte angewiesen, den Kamin zu entzünden. Sein Bruder saß in einem Sessel dicht vor dem Kamin und hatte eine Tasse Tee in der Hand. Leise, aber unaufhörlich klimperte der Löffel am Porzellan. Trotz der Wärme, die von dem Feuer ausging, hatte er sich eine Decke über den Schoß gelegt und schlug mit der freien Hand den Kragen zusammen.

»Es hat den Anschein, als hätte man sich gekümmert?«, fragte er mit heiserer Stimme.

»Worauf spielst du an, Ludwig?« Der General hatte auf eine Zigarre verzichtet und sich ebenfalls einen Tee kommen lassen, den er allerdings mit einem Schuss Cognac versetzte.

Sein Bruder sah ihn über den Rand der Tasse hinweg an. »Es scheint mir ein glücklicher Zufall zu sein, dass Mackeroden gestorben ist, bevor seine Verbindungen zu uns publik geworden sind. Das könnte jemanden auf den Gedanken bringen, dass das nicht ganz zufällig geschehen ist. Meinst du nicht auch, Leopold?«

Der General schüttelte den Kopf. Zwar schätzte er den Scharfsinn seines Bruders, der als strategischer Kopf der konservativen Gruppierung am Hof galt, aber manchmal übertrieb er es einfach. Welche Befürchtungen hatte er?

»Mackeroden hatte mit vielen zu tun, am Hof und außerhalb«, sagte er ruhig. »Natürlich auch mit uns. Wer sollte in der Angelegenheit der österreichischen Gräfin eine Verbindung zu uns vermuten? Das ist völlig abwegig. Wie auch immer, Mackeroden ist tot. Tragisch, ohne Zweifel, für uns aber ohne Bedeutung. Jedenfalls habe ich nicht veranlasst, dass sich irgendwer *kümmert*. Die genauen Umstände werden also im Dunkeln bleiben.«

»Wir haben es auch für abwegig gehalten, dass die Polizei Mackeroden auf die Spur kommt.« Sein Bruder hustete. Er war offensichtlich noch nicht bereit, das Thema auf sich beruhen zu lassen. »Apropos – wie sind sie ihm eigentlich auf die Spur gekommen?«

»Das war wohl ein neuer Mann, den sich Herford herangezogen hat.« Der General zuckte gleichgültig mit den Schultern. »Von der Heyden ist der Name, wenn ich es recht verstanden habe.«

»Von der Heyden?« Sein Bruder stellte die Tasse auf einen Beistelltisch. Das Klappern des Löffels, hervorgerufen durch die zitternden Hände, verstummte endlich. »Der Name kommt mir bekannt vor. Sitzt nicht jemand mit diesem Namen im Herrenhaus?«

»Schon möglich.« Der General hing anderen Gedanken nach. »Vielleicht der Vater oder ein Onkel? Würde den raschen Einstieg des Mannes erklären. Details kenne ich nicht. Auf jeden Fall sollten wir ihn im Auge behalten, nicht dass er sich den üblen Elementen in der Kriminalpolizei anschließt, diesem Vorweg oder gar dem Stieber.«

Sein Bruder nickte. »Stieber ist gefährlich. Über den Beichtvater hat er eine direkte Verbindung zum König, eine Verbindung, die wir nicht kontrollieren können. Der König sieht überall Gespenster und Verschwörungen, und Stieber ist mehr als ein nützlicher Idiot, der für Spezialaufträge eingesetzt werden kann. Er ist recht erfolgreich darin, sich in den Augen des Königs unentbehrlich zu machen. Für seine Karriere dürfte er sogar bereit sein, sich mit uns anzulegen.«

Der General knurrte missmutig. »Diese ganze Hinckeldey-Herford-Polizei geht mir allmählich auf die Nerven. Erst letzte Woche haben sie wieder eine Ausgabe der *Kreuzzeitung* verboten, und auch sonst machen sie nur Ärger. Das untergräbt unsere Position beim König.«

»Vielleicht wird unsere Position gestärkt, wenn diese Sache mit den Depeschen publik wird. Ich kann mir gut vorstellen, dass Hinckeldey auch dabei seine Finger im Spiel hatte.«

»Ich überlege, was ich in der Hinsicht unternehmen werde«, knurrte der General erneut. »Sollte sich herausstellen, dass Manteuffel und Hinckeldey dahinterstecken, könnten wir, wenn wir es geschickt anstellen, zwei Fliegen mit einer Klappe schlagen. Diese Affäre ist auf jeden Fall erfolgversprechender als die Geschichte mit den Freimaurerdokumenten.«

Ludwig schüttelte sich.

Offenbar will das Fieber nicht heruntergehen, dachte der General und sah besorgt zu seinem Bruder hinüber.

Der starrte ins Feuer und kam auf das Ausgangsthema zurück: »Zumal die Freimaurerdokumente wieder auf den Fall der Gräfin verweisen würden. Gibt es da nicht doch noch lose Enden? Was ist mit dem Österreicher, diesem Baron?«

Der General schüttelte den Kopf. »Baron Mersdorf. Da wurde sich tatsächlich gekümmert, lieber Bruder. Ich habe – natürlich über einige Ecken – veranlasst, dass der Baron stillhält. Auch Mackerodens Verbindungsmann im Ministerium habe ich aus der Schusslinie genommen. Vorübergehend jedenfalls, wir werden ihn später sicher noch brauchen.«

Zufrieden lehnte er sich zurück und betrachtete wie sein

Bruder das leise Spiel der Flammen im Kamin. Eine Zeit lang herrschte Schweigen.

Schließlich griff Ludwig erneut nach seiner Tasse, das leise Klappern setzte wieder ein. »Dann lass uns überlegen, wie wir die Angelegenheit mit den Depeschen zu unseren Gunsten verwenden können.«

55

Einige Straßen weiter, in einem weniger ansehnlichen, dafür etwas ruhiger gelegenen Haus, legte Baron Mersdorf die *Vossische Zeitung* vom Vortag beiseite. Kaum ein Beitrag hatte es vermocht, sein Interesse zu wecken. Überhaupt hatte nichts in den vergangenen Tagen irgendein Interesse wecken können. Nachdem er Hals über Kopf aus Berlin geflohen war – und eine Flucht war es gewesen, das musste er sich eingestehen –, hatte er hier sitzen müssen, zur Untätigkeit verdammt und von allen Informationen abgeschnitten. Zwar hatte sein Angestellter das Berliner Büro wieder geöffnet, er war aber ansonsten keine große Hilfe gewesen. Wie auch, lief doch jegliche Korrespondenz üblicherweise fast ausschließlich über seinen Tisch. Es hatte nur einige Anfragen zu laufenden Projekten gegeben, die sein Angestellter mit Hinweis auf seine Abwesenheit beantwortet hatte. Es waren keine größeren Rechnungen eingegangen, allerdings auch keine neuen Aufträge, und es würde auch keine geben, wenn er nicht endlich wieder in den Clubs der Hauptstadt aktiv werden konnte.

Seine entfernten Verwandten hatten ihn vor einigen Tagen bei sich aufgenommen. Was sonst hätten sie angesichts seiner Geschichte auch tun sollen, nach der die Polizei ihn als Zeugen in einer Bestechungsgeschichte benötigte und in Sicherheit wissen wollte, bis die Angelegenheit vor Gericht gebracht werden konnte. Ob seine Verwandten die Geschichte geglaubt hatten? Er war sich nicht sicher. Sicher war er nur, dass sie nicht erfreut waren. Noch nie war er bei ihnen sonderlich beliebt gewesen, und daran hatte sich nichts geändert. Aber das beruhte auf Gegenseitigkeit, und im Moment zählte nur das Ergebnis. Wenigstens war er nicht wieder bedroht worden und konnte hoffen, dass irgendwann Gras über die Sache wachsen würde.

Er hatte die Notiz über den toten Offizier in der Zeitung gelesen und war sich fast sicher, dass es sich um seinen Widersacher handelte. Vielleicht war die Angelegenheit damit endlich erledigt. Ob es aber noch andere gab, die sich durch ihn bedroht fühlten? Er wusste es nicht, und das verunsicherte und ängstigte ihn immer noch. Was er aber wusste, war, dass er schnellstens wieder nach Berlin und seinen Geschäften nachgehen wollte, nachgehen musste.

Missmutig legte er das fleischige Kinn in eine Hand und starrte aus dem Fenster.

Ein Klopfen an der Tür riss ihn aus seinen Gedanken. Ein Diener trat wortlos herein, legte zwei Briefe auf den Tisch, verbeugte sich kurz und verschwand wieder. Seinem Blick nach zu urteilen, hatte er sich gerade einer lästigen Aufgabe dem Hausgast gegenüber entledigt, der den Wintergarten in Beschlag genommen hatte, in dem sich sonst die Familie aufhielt. In den letzten Tagen aber war sie auf den Salon ausgewichen.

Wie der Herr, so ’s Gescherr, dachte der Baron, nahm den Brieföffner vom Tablett und schlitzte den ersten, dickeren Brief auf. Überrascht sah er, dass sein Reisepass aus dem Umschlag fiel. Auf einem weiteren Blatt, unterzeichnet von einem Regierungssekretär im Polizeipräsidium mit einer absolut unleserlichen Handschrift, wurde ihm knapp mitgeteilt, dass er seine Tätigkeit in Berlin wiederaufnehmen könne und sämtliche Reisebeschränkungen aufgehoben seien.

Ein Grinsen erschien auf seinem feisten Gesicht. Auch wenn ein Wort der Entschuldigung von einem preußischen Beamten vermutlich zu viel verlangt war, war es doch eine gute Nachricht. Was wohl im zweiten Brief stand?

Ungeduldig riss er das Siegel ab und öffnete das Schreiben. Amtlich offensichtlich, vom Handelsministerium. Er überflog den Text, stutzte und zwang sich, langsam jede Zeile noch einmal zu lesen.

Euer Hochwohlgeboren erlaube ich mir mitzuteilen, dass dero Antrag vom 25. Oktober des letzten Jahres auf Erteilung einer Schürfkonzession in der Provinz Schlesien nochmals zur Prüfung vorgelegt und erneut abschlägig beschieden wurde. Es wurde festgestellt, dass eine Konzession in der erwünschten Form an Personen, die nicht über die preußische Staatsangehörigkeit verfügen, nicht erteilt werden kann. Ich darf Euer Hochwohlgeboren aber höflichst anheimstellen, sich mit preußischen Gesellschaften, die in der o. g. Angelegenheit in der Provinz Schlesien tätig sind oder tätig zu werden beabsichtigen, zwecks Teilhaberschaft oder Aufnahme geeigneter Geschäftsbeziehungen ins Benehmen zu setzen. Dem Vernehmen nach ist die Gründung einer Gesellschaft zur bergbaulichen Erschließung in der Provinz Schlesien durch ortsansässige Unternehmer in Vorbereitung und soll spätestens im September zum Abschluss kommen. Ich habe mir daher erlaubt, den Antrag Euer Hochwohlgeboren nebst einem erläuternden Anschreiben an das zuständige Gericht zu leiten mit der Bitte, dass die in Rede stehende Gesellschaft bis zum 20. August d. J. zwecks Regelung der erforderlichen Modalitäten mit Euer Hochwohlgeboren in Kontakt treten wird.
Ich verbleibe Ihr ergebener …

Auch diese Unterschrift, dieses Mal immerhin die eines Regierungsinspektors, war kaum zu entziffern. Aber das war unerheblich, absolut unerheblich. Lethargie und Missmut waren mit einem Mal verflogen. Er würde noch heute nach Berlin zurückkehren.

Der Baron sprang auf, griff nach der Handglocke und schellte, dass es durch ganz Potsdam zu hallen schien.

56

Franz Karl verstand die Welt nicht mehr. Er hatte sich gerade eine Schimpfkanonade anhören müssen und betrachtete nun mit rotem Kopf den Rücken des Direktors. Der hatte die Hände in die Hosentaschen gesteckt, sich ans Fenster gestellt und blickte runter auf den Pariser Platz. Ein Trupp Soldaten war dort unterwegs, begleitet von aufgeregten Schuljungen, die nicht auf die besorgten Rufe ihrer Eltern zu hören schienen.

Auch Franz Karl kam sich wie ein Schuljunge vor, ein Schuljunge, der zum Lehrer zitiert wurde, weil er beim Abschreiben erwischt worden war. Er habe die Sorgfaltspflicht verletzt, hatte ihm der Direktor an den Kopf geworfen. Er habe, ohne den Dienstweg einzuhalten, wichtige Unterlagen direkt an die Polizei gegeben und nicht einmal daran gedacht, seinen unmittelbaren Vorgesetzten zu informieren. Das ginge überhaupt nicht, hatte der Direktor gebrüllt und mit der flachen Hand auf den Schreibtisch geschlagen, auf dem kein einziges Blatt Papier, geschweige denn eine Akte lag – abgesehen von seiner Personalakte. Etwas ruhiger hatte er hinzugefügt, dass Franz Karl in sich gehen und bedenken möge, dass künftig alle Informationen vertraulich zu behandeln und keinesfalls außerhalb des offiziellen Dienstweges weiterzugeben seien. Dann war er aufgestanden und ans Fenster getreten. Seitdem wartete Franz Karl, stumm, betäubt und verängstigt.

»Ich weiß nicht, in was Sie da hineingeraten oder wem Sie in die Quere gekommen sind, Brenkendorff«, sagte der Direktor nach einer langen Pause schließlich in das Nichts der Fensterscheibe. Unten war es den Eltern gelungen, ihre Kinder wieder auf den Bürgersteig zu rufen.

»Ich …«, wollte Franz Karl ansetzen.

Der Direktor hob eine Hand, drehte sich aber nicht um.

»Die Anweisung kommt von ganz oben. Ich weiß nicht, was geschehen ist und was Sie gemacht oder nicht gemacht haben – und ich will es auch gar nicht wissen. Jedenfalls werden Sie in den nächsten Monaten Ihren Dienst in der Registratur des königlichen Kreisgerichts versehen. Ob und wie Ihre Karriere im Ministerium weitergeht, werden wir am Ende des Jahres besprechen.«

Franz Karl blieb stumm. Kreisgericht. Registratur. Was für ein Abstieg. Und warum eigentlich?

Der Direktor drehte sich um und sah ihn an. »Brenkendorff, ich bin bereits seit vielen Jahren in diesem Ministerium beschäftigt, daher weiß ich, wenn etwas im Busch ist. Sie haben Mist gebaut. Sie haben sich angreifbar gemacht, weil Sie den Dienstweg nicht eingehalten und weil Sie sich nicht rückversichert haben. Ein Anfängerfehler.«

Er schüttelte den Kopf, legte die Hände auf den Rücken und begann, seine beeindruckende Fensterfront abzuschreiten. »Vielleicht haben Sie auch den falschen Leuten vertraut, durchaus möglich, dass Sie hier zum Sündenbock gemacht werden, vielleicht, weil sich ein anderer schützen muss. Die Versetzung ist als Strafe für Ihre Vergehen jedenfalls übertrieben, ein Verweis hätte es auch getan. Was mich auf den Gedanken bringt, dass jemand daran interessiert ist, Sie aus der Schusslinie zu bringen. Und dieser Jemand ist offensichtlich sehr einflussreich, denn er ist im Gegensatz zu uns nicht auf den Dienstweg angewiesen.«

Der Direktor setzte sich wieder an seinen riesigen leeren Schreibtisch, nahm die Personalakte, unterschrieb ein Dokument und legte die Akte in eine Schublade. »Ich habe zwei Ratschläge für Sie. Erstens: Überlegen Sie künftig, mit wem Sie sich einlassen. Zweitens: Halten Sie am Kreisgericht die Füße still, und bleiben Sie unauffällig. Habe ich mich klar ausgedrückt, Brenkendorff?«

Franz Karl hatte nicht die Kraft, etwas zu erwidern, und daher nickte er nur kurz.

Der Direktor zog eine andere Schublade auf, entnahm ihr eine weitere Akte und schlug sie auf. Mit der anderen Hand winkte er Franz Karl hinaus. Die Audienz war beendet.

Franz Karl verbeugte sich und verließ das Zimmer. Draußen, auf dem langen, stillen Gang verwandelten sich Angst, Unsicherheit und Verdruss zunehmend in Wut. Wut auf Mackeroden, den er für einen Freund gehalten, der ihn aber nur benutzt hatte. Und natürlich Wut auf Wilhelm. Hätte sein Erzfeind den Fall nicht aufgeklärt, wäre alles anders gekommen. Wilhelms Karriere wäre wahrscheinlich beendet gewesen, bevor sie angefangen hätte, während er, Franz Karl, als pflichtbewusster Beamter dagestanden hätte. Wer wusste schon, wofür die Informationen, die er im Archiv gefunden und in den Gesprächen der Polizisten aufgeschnappt hatte, noch einmal gut gewesen wären.

Er ballte die Faust. Wenigstens hatten ihn seine Vorgesetzten nicht komplett fallenlassen. Er konnte froh sein, so glimpflich davongekommen zu sein, aber dennoch war es ein herber Rückschlag in seiner Karriereplanung, und wieder einmal hatte Wilhelm von der Heyden zu seinem Unglück beigetragen. Sollte das immer so weitergehen?

Nein, das wird es nicht, beschloss Franz Karl, als er mit finsterer Miene auf die Straße trat. Irgendwann würde er ins Innenministerium zurückkehren. Und dann würde er Schritte unternehmen, so viel war sicher. Welche genau? Er hatte jetzt im düsteren und langweiligen Gerichtsarchiv genügend Zeit, darüber nachzudenken.

Das Spiel ist noch lange nicht vorbei, Wilhelm. Es hat gerade erst so richtig begonnen.

57

Wilhelm drückte die Klinke in der Krausenstraße hinunter und ließ Kater Kuno ein, der seinen monatlichen Mietbeitrag vor der Tür abgelegt hatte und nun fauchend Einlass begehrte. Kaum hatte sich die Tür einen Spalt breit geöffnet, stolzierte der Kater in den Flur und überließ es Wilhelm, die Maus von der Schwelle zu entfernen.

Wilhelm folgte Kuno in die Küche und sah sich Frau Brenke und Schutzmann Grothe gegenüber, die am Tisch saßen und die Köpfe zusammengesteckt hatten. Grothe fuhr auf und brummelte verlegen etwas, das Wilhelm als Begrüßung einordnen konnte. Frau Brenke richtete ihr Haar, während ihr das Blut ins Gesicht schoss, sprang ebenfalls auf und ging zum Herd, wo eine Kanne und einige Tassen warmstanden. Wilhelm legte sein Paket auf den Tisch, setzte sich und grüßte freundlich in die Runde, amüsiert über die Verlegenheit der beiden Älteren, des bescheidenen Grothe und seiner auf Etikette und Anstand bedachten Hauswirtin.

Sieh an, Frau Brenke und Herr Grothe, dachte er und bedankte sich für die Tasse Tee, die Frau Brenke neben sein Paket gestellt hatte. Er trank einen Schluck und legte eine Hand auf das Paket. »Nun sind wir also Kollegen, Herr Grothe«, sagte er und lächelte. Er musste sich eingestehen, dass er die Verwirrung der beiden genoss, wollte aber auch ein peinliches Schweigen verhindern. »Seit heute bin ich eingestellt«, fuhr er plaudernd fort.

Grothe räusperte sich. »Dann herzlich willkommen bei der Berliner Polizei … Herr Kommissar.«

»Und Sie, Herr Grothe?« Er konnte es nicht lassen und gab sich alle Mühe, ein Grinsen zu unterdrücken. »Was führt Sie zu uns?«

Grothe sah zu Frau Brenke, jegliche Hilfe schien ihm willkommen zu sein. Wilhelm konzentrierte sich augenblicklich auf seine Tasse, während Frau Brenke aufsprang und sich an die Stirn schlug.

»Meine Güte!«, rief sie laut. »In der ganzen Aufregung habe ich vergessen, dass für Sie ein Brief angekommen ist.«

Sie ging zur Anrichte, wo tatsächlich ein Brief an die gestapelten Teller gelehnt stand. Wilhelm erkannte die Handschrift seines Vaters. Er nahm ihn entgegen und trank langsam seinen Tee aus. Über den Rand der Tasse beobachtete er, wie Frau Brenke und Herr Grothe immer wieder Blicke tauschten.

Nun gut, das reichte. Er störte ganz offensichtlich, und es war angebracht, sich zu entfernen. »Sie entschuldigen mich?«, fragte er leichthin. »Ich muss noch einiges an Korrespondenz erledigen.« Er stand auf, nahm Paket und Brief und wandte sich zur Tür.

Anders als sonst stieß er mit seiner Ankündigung weder auf Widerstand, noch zog sie die Aufforderung nach sich, doch noch einen Tee oder ein Stück Gebäck zu nehmen.

Frau Brenke und Herr Grothe, so ist das nun also. Lächelnd verließ er die Küche.

In seinem Zimmer packte er das Paket aus, stellte die Stiefel in den Schrank und hängte Hose und Jacke auf. Kurz überlegte er, wo er Schlagstock und Säbel verstauen sollte, und lehnte sie schließlich an die Stiefel. Versonnen betrachtete er seine neue Uniform einen Moment, dann schloss er die Tür.

Er ging zum Fenster und öffnete es. Gegenüber sah alles wie immer aus, nichts erinnerte an die Geschehnisse. Das Fenster war repariert, ein neuer Rahmen eingesetzt, der erstaunlicherweise genauso aussah wie die anderen. Selbst das Holz wies exakt denselben Farbton auf und auch, soweit er erkennen konnte, nicht weniger Risse in der Farbe.

Wilhelm warf einen kurzen Blick auf den schmiedeeisernen Zaun. Auch er wirkte, als ob nichts geschehen wäre. Wer würde sich noch an die junge Frau erinnern, die noch vor ein paar Tagen dort drüben gewohnt und sich auf ein interessantes Leben gefreut hatte?

Unten trat der Oberst humpelnd auf das Pflaster und begab sich vermutlich in seinen Klub. Ein Hausmädchen, das an ihm vorbeiging, blieb stehen und knickste höflich, was der alte Mann, gestützt auf einen altertümlichen Spazierstock, nicht zur Kenntnis nahm. Das Mädchen schüttelte den Kopf, ging weiter und betrat ein Haus zwei Eingänge weiter.

Wilhelm ließ das Fenster offen, zog einen Stuhl heran, setzte sich, legte die Beine hoch und erbrach das Siegel. Voller Spannung las er die Zeilen seines Vaters.

Mein lieber Junge,
wie Du Dir vorstellen kannst, war ich sehr erschrocken und besorgt, als ich hier in Rostock von Deinem Abenteuer und seinen Folgen erfahren habe, und es hat mich mehr als betrübt, in diesen Tagen nicht an Deiner Seite gewesen zu sein. Doch haben mich Nachrichten sowohl von Herford als auch von Frau Brenke und Deinem Freund Johann erreicht, die mir die Ereignisse in allen Einzelheiten geschildert, vor allem aber berichtet haben, dass es Dir gut geht. Ich bin daher beruhigt und werde Dich gleich nach meinem Eintreffen in Berlin besuchen. Vielleicht fühlst Du Dich zu einem Abendessen im Club in der Lage, und es würde mich auch freuen, wenn Johann Dich begleiten würde.
Ich weiß nicht, wie ich Dir verdeutlichen kann, wie stolz ich auf Dich bin. Die Briefe haben mir gezeigt, welchen Platz in den

Herzen Deiner Mitmenschen Du errungen hast und welchen Stand und Ansehen Du Dir erarbeitet hast. Das ist eines von der Heyden würdig! Ich bin stolz, mit welcher Bravour Du Dein Studium absolviert hast und welche Möglichkeiten Dir dadurch offenstehen.
Auch Deine Mutter, das darf ich Dir versichern, empfindet so, obwohl sie es nicht zeigt, wie Du weißt. Sie hat Deine Entscheidung akzeptiert, vorerst den Dienst bei der Kriminalpolizei anzutreten, vor allem, da eine Entwicklung, die in ihrem Sinn ist – und offen gestanden auch in meinem –, immer noch möglich ist.
Es wird Dich freuen zu hören, dass die Angelegenheiten, die mich hier in den Norden geführt haben, vor einem guten Abschluss stehen. Ich habe zahlreiche neue Kontakte geknüpft und Abnehmer gefunden. Das alles wäre aber wohl vergeblich gewesen, hättest Du Dich nicht darum gekümmert, das durch meinen Fehler verlorene Geld wiederzuholen, und hätte Johann nicht die Verbindung zu seinem Vater hergestellt. Das, und nur das, hat das Überleben des Guts gesichert. Ich bin Dir unendlich dankbar und bitte Dich, Johann mitzuteilen, dass ich in seiner Schuld stehe. Sobald es mir möglich ist (Dinner im Club?), werde ich es ihm selbst sagen.
Vor einigen Tagen hatte ich die Freude, mit Johanns Vater zu speisen. Im Verlauf des Abends sind wir zu einer Übereinkunft gelangt, die dem Vorschlag aus dem ersten Brief entspricht. Die zehntausend Taler sind bereits eingegangen, und in zwei Wochen wollen wir uns auf dem Gut treffen und weitere Details besprechen. Du und Johann seid herzlich eingeladen, die Sommermonate in Neugutzow zu verbringen. Ich erwarte Euer Erscheinen.
Nochmals: vielen, vielen Dank.
Bis bald, Dein Dich liebender Vater.«

Wilhelm legte lächelnd den Brief auf den Tisch. Dieser Tag schien nur wunderbare Dinge bereitzuhalten. Sein Blick fiel auf den verschlossenen Umschlag, den Brief des alten Schulz, der neben ein paar Büchern lag, wo er ihn Tage zuvor deponiert hatte. Er nahm ihn zur Hand und betrachtete nachdenklich die ungelenke Schrift. Sollte er ihn öffnen? Niemand würde davon erfahren. Sicher enthielt er Informationen, die Aufschluss über die Ereignisse in seiner Kindheit geben könnten.

Aber was hatte der alte Schulz gesagt? *Bitte öffnen Sie den Brief erst, wenn Sie von meinem Ableben erfahren haben.* Es wäre ein Vertrauensbruch, ohne Zweifel. Er legte den Brief zurück.

Wie es jetzt war, war es gut. Heute Abend würde er mit Marie spazieren gehen. Ganz allein.

Fakt oder Fiktion?

Bei diesem Buch handelt es sich um einen Kriminalroman. Das weckt gewisse Erwartungen hinsichtlich einer möglichst spannenden Geschichte mit zahlreichen Konflikten und Verwicklungen. Ob diese Erwartungen erfüllt wurden, können Sie, liebe Leserinnen und Leser, zweifellos am besten beurteilen. Darüber hinaus handelt es sich um einen *historischen* Kriminalroman. Auch hier gibt es Spielregeln, die es meines Erachtens einzuhalten gilt.

Zunächst sollte der Inhalt des Romans plausibel sein, was die Beschreibung der Örtlichkeiten, der gesellschaftlichen Gegebenheiten oder die auftretenden historischen Personen betrifft. Ein Beispiel: Im Verlauf der Handlung treffen der fiktive Protagonist und der ebenso fiktive Leiter der Kriminalpolizei auf den realen Bismarck. Soll Letzterer glaubwürdig erscheinen, können ihm keine Äußerungen in den Mund gelegt werden, die dem realen Vorbild nicht entsprechen. So könnte Bismarck sich ebenso wenig lobend über die Vorzüge der parlamentarischen Demokratie (er war kein Demokrat) wie über die Fortschritte auf dem Gebiet der elektrischen Beleuchtung in Privathaushalten äußern (die Kohlenfadenlampe wurde erst 1878 von Joseph Wilson Swan erfunden). Ich kann nur hoffen, dass ein kundiger Historiker, dem das Buch in die Hände fallen mag, mir meine Darstellung Bismarcks nicht zu sehr um die Ohren schlagen wird.

Der historische Kriminalroman bewegt sich immer in einem Spannungsverhältnis von Dichtung und Wahrheit, von Fakt und Fiktion. Würde er sich vollständig auf die Seite der Fakten stellen, wäre er ein Tatsachenroman; würde er zur Fiktion neigen, handelte es sich vielleicht um eine fantastische Geschichte oder eine Parodie. Alles legitim und reizvoll, aber kein historischer Kriminalroman.

Daraus ergibt sich meiner Ansicht nach auch die Pflicht des Autors, seine Leser darüber aufzuklären, wo er aus dramaturgischen, künstlerischen oder anderen Gründen in seiner Geschichte mit den tatsächlichen Umständen etwas freier umgegangen ist – *Fake News* oder *Alternative Wirklichkeiten* wären nicht nur unredlich, sondern in meinen Augen auch ein Betrug an denjenigen, die das Buch gekauft haben.

Hier nun also – in gebotener Kürze – die richtigstellenden Erläuterungen und weiterführenden Informationen, auf die Sie, liebe Leserinnen und Leser, Anspruch haben.

Preussen und Europa im Jahr 1855

Wirtschaftliche Schwierigkeiten, der Wunsch nach politischer Teilhabe und persönlichen Freiheiten, Hungersnöte und das Streben nach einem Nationalstaat (Deutschland, Italien) führten zu den Revolutionen von 1848/49, die zahlreiche Staaten in Europa erschütterten. Sie scheiterten weitgehend, hatten aber Auswirkungen. So wurden in fast allen Ländern des Deutschen Bundes Verfassungen etabliert, die demokratische Mitbestimmungsrechte enthielten und eingeschränkte politische und bürgerliche Freiheiten garantierten. Die bürgerliche Ordnung entstand und setzte sich allmählich durch, wovon auch Minderheiten wie die Juden profitierten. Allerdings hing die Nutzung der nunmehr verbrieften Rechte stark vom Geschlecht, dem Ansehen des Elternhauses, ethnischen Gesichtspunkten, Bildung, Einkommen und Vermögen ab. Der Adel behielt in vielen Ländern eine bedeutende Stellung und stützte sich zunehmend auf wirtschaftliche Grundlagen.

Die Ordnung nach dem Wiener Kongress von 1815 löste sich schrittweise auf, Kriege bildeten aber die Ausnahme. England suchte seine Vormachtstellung auf den Weltmeeren auszunutzen und trachtete danach, seine Einflusssphäre auszudehnen, und geriet damit in Konflikt mit Russland, das im Nahen Osten dieselben Bestrebungen hatte. Gemeinsam mit Frankreich unter Napoleon III. führte England auf der Seite des Osmanischen Reiches (das es bis dahin immer bekämpft hatte) den Krimkrieg gegen das Zarenreich. Preußen und Österreich verhielten sich weitgehend neutral, wobei Österreich schwankte, ob es gegen Russland in den Krieg eintreten sollte, während Preußen die Augen schloss, wenn es um Waffenlieferungen an Petersburg ging. Beide Länder hatten vor 1848 gemeinsam den Deutschen Bund geführt, Österreich als Präsidialmacht. Nach der Revolution versuchte Preußen, seine Stellung aufzuwerten und mit der Erfurter Union einen Nationalstaat zu gründen, was aber an widerstrebenden Kräften innerhalb Preußens, vor allem jedoch am österreichischen und russischen Widerstand scheiterte. Preußen hatte aber noch ein weiteres Ass im Ärmel: den deutschen Zollverein. Durch wegfallende Zölle und wirtschaftliche Vereinheitlichungen entstand seit 1834 ein Binnenmarkt, der schließlich zur Bildung der drittgrößten Industriemacht der Welt führte – unter Ausschluss Österreichs. Damit war der innerdeutsche Konflikt auf Dauer nur noch militärisch zu lösen, was unter der Regierung Bismarcks 1866 erfolgte.

Auf Basis des Zollvereins entwickelte sich Preußen zur größten Wirtschaftsmacht in Deutschland und stand an der Spitze zahlreicher Neuerungen: Massenpresse und Telegrafie, Ausbau des Eisenbahnnetzes, Dampfschifffahrt, Importe von Rohstoffen, Exporte von Fertigwaren. Universitäten legten den

Grundstein für Erfolge in Medizin, Naturwissenschaften und technischen Entwicklungen. Ländliche Arbeitskräfte wanderten in die Städte und wurden dort von den Industriebetrieben aufgenommen. Geringe staatliche Regulierung ermöglichte nicht nur das Entstehen von Kapitalgesellschaften, sondern gestattete den Fabrikbesitzern, ihre Arbeiter zu niedrigen Löhnen und teils unmenschlichen Arbeitsbedingungen zu beschäftigen. Dadurch entstand eine internationale Arbeiterbewegung, die ebenso wie die liberale und demokratische Opposition verfolgt wurde.

Berlin im Jahr 1855

Berlin war in den ersten drei Jahrzehnten des 19. Jahrhunderts noch eine beschauliche Residenzstadt. Im Zuge der Industrialisierung siedelten sich außerhalb der Stadtmauern Industriebetriebe an (Borsig 1837, Siemens 1847) und nutzten die vorhandene Infrastruktur. Die Zahl der Einwohner stieg rasant: Wohnten 1852 noch 438.000 Menschen in Berlin, waren es 1858 bereits 469.000. Knapp zwanzig Jahre später wird bereits die Millionenmarke erreicht werden. Zahlreiche Einrichtungen beförderten die Stadtentwicklung: Seit 1844 verfügte die Stadt über Gaswerke, 1850 wurde der Landwehrkanal eingeweiht, 1854 wies Berlin das größte Eisenbahnnetz Europas mit vier untereinander verbundenen Kopfbahnhöfen auf. 1856 entstand das erste Wasserwerk vor dem Stralauer Tor und bildete den Grundstein für die Kanalisation, die dreißig Jahre später über eine Million Berliner versorgen würde. Seit 1825 fuhr die erste Pferdebuslinie vom Brandenburger Tor nach Charlottenburg, 1862 waren es bereits über dreißig Fuhrunternehmen mit über dreihundert Pferdeomnibussen, die neununddreißig Linien bedienten. 1850 entstand das Haupt-Telegraphen-Amt, an das alle Behörden und die Feuerwehr angeschlossen waren. Letztere konnte auf ein umfassendes Netz von Hydranten zurückgreifen. Auch ein Massenmedium entstand in dieser Zeit (1855) – die noch heute genutzten Litfaßsäulen.

Berlin und seine Polizei

Die Berliner Polizei wurde im März 1809 gegründet. Auch heute noch trägt sie die offizielle Bezeichnung »Der Polizeipräsident von Berlin«. Zwei Jahre später entsteht die erste Kriminalpolizei mit sechs Beamten. Einen Aufschwung erfährt das Polizeipräsidium nach der Revolution von 1848. Mit etwa zweitausend Polizisten wird die – zunächst nach Londoner Vorbild sehr zivil uniformierte – Schutzpolizei aufgestellt und mit der Straßenaufsicht beauftragt. Kriminal-, Sitten-, Schifffahrts- und Marktpolizei sowie das öffentliche Fuhrwesen und das Einwohnermeldeamt folgen. Ein Oberst der Schutzpolizei verdiente dabei 1.800 Taler im Jahr, ein Schutzmann kam auf 216 Taler. Ein Polizeibeamter war rechnerisch für 346 Einwohner zuständig, in anderen Ländern war das Verhältnis weitaus günstiger. Dennoch übernahm das Polizeipräsidium immer mehr Aufgaben und war schließlich für fast alles zuständig, wofür es nicht explizit eine andere Einrichtung gab. Auch die Feuerwehr wurde in das Präsidium eingegliedert. Die Kriminalpolizei wuchs enorm: Seit 1852 gab es in den sechsunddreißig Revieren Kriminalkommissare, denen besonders geeignete Schutzmänner unterstehen und die sich mit der Überwachung verdächtiger Personen, von Landstreichern und vor allem den unzähligen Prostituierten beschäftigten. Seit 1854 standen dem Dirigenten Wilhelm Stieber zwei Hilfsdezernenten, ein Sekretär, zwei Kriminalinspektoren, ein Leicheninspektor, zwölf Kriminalkommissare und fünfzig Kriminalschutzleute zur Verfügung.

Die Kriminalbeamten waren nur mit einem Stock bewaffnet, durften sich aber privat eine Schusswaffe zulegen. Und mit wem hatten sie es zu tun? Im Jahr 1846 beispielsweise waren in Berlin 350.000 Einwohner registriert. Davon waren zehntausend Prostituierte, ebenso viele Syphilitiker, achtzehntausend »Dienstmädchen«, zweitausend uneheliche Kinder, zwölftausend Verbrecher unter Polizeiaufsicht, ebenso viele Illegale ohne Aufenthaltserlaubnis, eintausend im Arbeitshaus Internierte, siebenhundert Gefangene in der Stadtvogtei, zweitausend Insassen im Zuchthaus, sechstausend Almosenempfänger, zwanzigtausend Weber in prekären Verhältnissen, viertausend Bettler, sechstausend Kranke in der Charité. Außerdem war die Polizei für die Versorgung von zweitausend Armenkindern zuständig.

Historische Personen

Johann Friedrich Wilhelm Adolf (seit 1885 Ritter von) Baeyer
Baeyer wurde am 31. Oktober 1835 in Berlin geboren und verstarb am 20. August 1917 in Starnberg. Er studierte zunächst Mathematik und Physik in Berlin und anschließend Chemie bei Robert Bunsen (der unter anderem den aus dem Chemieunterricht bekannten Brenner zwar nicht erfunden, aber perfektioniert hat) in Heidelberg. Er synthetisierte den Farbstoff Indigo, das Patent nutzte die BASF zur industriellen Herstellung. Heute wird der Stoff vor allem zum Färben von Jeans genutzt. 1905 erhielt er den Nobelpreis für Chemie für seine Verdienste um »die Entwicklung der organischen Chemie und der chemischen Industrie durch seine Arbeiten über die organischen Farbstoffe und die hydroaromatischen Verbindungen«.

Karl Ludwig Friedrich Hinckeldey, Polizeipräsident
Von Hinckeldey (1. September 1805 in Sinnershausen, bis 10. März 1856 in Charlottenburg) war unter König Friedrich Wilhelm IV. seit 1848 Generalpolizeidirektor von Berlin. Er studierte Jura in Göttingen und Berlin und schlug die normale Beamtenlaufbahn ein. Mit seinem Amtsantritt in Berlin erwarb er sich große Verdienste: Einrichtung des Einwohnermeldeamts, Aufstellung der Berufsfeuerwehr (1851), Bau der Bewässerung (ab 1852), Einrichtung von Volksküchen, Gesindeherbergen, Bade- und Waschanstalten sowie die Reorganisation des Anschlagswesens (Litfaßsäulen). Auch die wichtige Lebensmittelversorgung der arbeitenden Bevölkerung wurde vom Polizeipräsidium aus überwacht. Hinckeldey war unbestechlich und ging gegen jede Ungesetzlichkeit vor, vor allem gegen Demokraten und die aufkommende Arbeiterbewegung, aber auch gegen die Junker, die sich selbst über dem Gesetz stehend wähnten. Dazu nutzte er ein ausgedehntes Spitzelsystem und überwachte jede Aktivität der Presse. Hinckeldey versuchte, rigorose Polizeiherrschaft und kommunale und soziale Reformen in Übereinstimmung zu bringen. Als er gegen einen Spielklub des Adels vorging, wurde er zu einem Duell provoziert, in dem er ums Leben kam. Über hunderttausend Berliner (darunter der spätere König Wilhelm) folgten seinem Sarg. Bei einer Sammlung für die Hinterbliebenen des obersten preußischen Polizisten kamen binnen weniger Tage über 10.000 Taler zusammen.

Ludwig Scabell, Feuerwehrchef
Ludwig Scabell wurde am 25. September 1811 in der Berliner Friedrichstraße geboren. Er trat in die Fußstapfen seines Vaters und wurde Bauinspektor in Liegnitz, ehe er als Betriebsdirektor die Berlin-Stettiner Eisenbahngesellschaft führte. 1851 wurde er beauftragt, eine Berufsfeuerwehr in Berlin innerhalb der Polizei-

behörde aufzubauen. Als Branddirektor gründete er in rascher Folge die ersten achtzehn rund um die Uhr von hauptamtlichen Feuerwehrmännern besetzten Feuerwachen. Die Berliner Feuerwehr war die modernste Einrichtung ihrer Zeit und wurde Vorbild für ähnliche Einrichtungen in aller Welt. Scabell verstarb am 9. Juni 1885 in seiner Heimatstadt.

Otto von Bismarck, Gesandter
Bismarck (geboren am 1. April 1815 in Schönhausen, gestorben am 30. Juli 1898 in Friedrichsruh) bedarf kaum einer Vorstellung. Er war 1855 preußischer Gesandter am Bundestag in Frankfurt am Main. Bemerkenswert in dieser Zeit ist der Gesinnungswandel, der beim späteren preußischen Ministerpräsidenten und Reichskanzler beobachtet werden kann. Bislang eher als polemischer Vertreter der hochkonservativen Kamarilla unter den Brüdern Gerlach bekannt, entfernte er sich immer mehr von diesen Positionen und entwickelte realpolitische Vorstellungen. Dem scharfsinnigen Politiker wurde klar, dass es in Deutschland keinen Platz für zwei führende Mächte geben konnte und darüber hinaus eine Einigung mit national-liberalen bürgerlichen Kreisen erforderlich war, um die Macht des Adels zu sichern. Eine Diktatur, die sich auf gottgegebene Rechte berief und die Zeit vor der Revolution wiederaufleben lassen wollte, lehnte er ab. Diese Ansichten ebneten ihm schließlich den Weg an die Macht.

Salondamen und ihre Gäste
In diesem Roman treten, wenn auch kurz und eher am Rande, bekannte Persönlichkeiten aus dem gesellschaftlichen Leben Berlins auf. Sie führten in der Regel Salons und betätigten sich zumeist auf künstlerischem Gebiet. Meist handelte es sich um Frauen, die als Salonnièren in die Geschichte eingingen.

So sang die aus jüdischem Haus stammende *Henriette Marie*

Solmar (1794–1889) in Carl Friedrich Zelters Sing-Akademie Sopran-Solopartien und konvertierte 1817 nach dem Tod ihres Vaters zum christlichen Glauben. Ab 1828 war Jette Solmar über drei Jahrzehnte lang Gastgeberin eines bedeutenden Salons in Berlin, den zahlreiche Gelehrte und Künstler frequentierten.

Ottilie Beate Gisela Walburgis von Arnim (1827–1889) war eine deutsche Schriftstellerin und das jüngste, vielleicht begabteste Kind der Schriftsteller Bettina und Achim von Arnim. Bereits mit zwanzig Jahren veröffentlichte Gisela von Arnim unter Pseudonymen ihre ersten eigenen Märchen. Lange Zeit lebte sie in einer Dreiecksbeziehung mit dem Germanisten und Kunsthistoriker Herman Grimm und dem Konzertmeister und Geiger Joseph Joachim, die erst 1859 durch die Heirat mit Grimm endete. Gisela pflegte enge Beziehungen zu Robert Schumann und dessen Frau. 1888 reiste sie nach Rom, um ein Herzleiden zu kurieren, und verstarb auf dem Rückweg in Florenz.

Rebecka Henriette Lejeune Dirichlet (1811–1858) war eine Bankierstochter und die jüngere Schwester des Musikers und Komponisten Felix Mendelssohn Bartholdy und wirkte als Salonnière in Berlin und Göttingen. Sie wurde 1816 evangelisch getauft und erhielt den Namen Henriette. Wie ihre älteren Geschwister war sie Mitglied der Berliner Sing-Akademie. 1832 heiratete sie den Mathematiker Peter Gustav Lejeune Dirichlet, der durch Alexander von Humboldt in die Familie eingeführt worden war. Sie hatten vier Kinder, darunter den Landwirt Walter Lejeune Dirichlet (1833–1887) und Felix Lejeune Dirichlet (1837–1838), der mit 13 Monaten starb. 1851 zog die Familie von Berlin nach Göttingen, wo Dirichlet bald die Nachfolge von Carl Friedrich Gauß antrat. In ihrem viel besuchten Salon wirkten unter anderem Clara Schumann, Johannes Brahms, Joseph Joachim und Karl August Varnhagen von Ense. Rebecka Dirichlet starb im Alter von 47 Jahren an einem Schlaganfall.

Felix Schadow (1819–1861) war ein deutscher Maler und Sohn von Johann Gottfried Schadow, dem bedeutendsten klassizistischen Bildhauer. Er studierte von 1840 bis 1843 in Dresden, wo sein Werk *Christus und Maria bei Martha* (heute Schloss Charlottenburg) entstand. In Berlin beteiligte er sich an der Ausschmückung der Museumshalle und den Freskenmalereien von Karl Friedrich Schinkel. Seine Schwester *Lida Bendemann (1821–1895)* war außerordentliches Mitglied im Dresdner Chorgesangverein. Robert Schumann, der bedeutendste Komponist der deutschen Romantik, widmete ihr seine *Bilder aus Osten op. 66.*

Fanny Lewald (1811–1889) war eine deutsche Schriftstellerin und älteste Tochter eines jüdischen Kaufmanns und trat 1829 zum protestantischen Glauben über. Sie besuchte eine Privatschule, ein Universitätsstudium kam für sie als Frau nicht infrage. Recht früh widersetzte sie sich einer Zweckehe, die ihre Versorgung sicherstellen sollte. Ihre ersten beiden Romane veröffentlichte sie zunächst anonym, seither bestritt sie ihren Lebensunterhalt als Autorin. Während einer Reise nach Italien lernte sie sowohl die Schriftstellerin Therese von Bacheracht kennen als auch den Schriftsteller Adolf Stahr, der allerdings verheiratet war und fünf Kinder hatte. Die Dreiecksbeziehung wurde 1852 beendet, als Stahr zu ihr nach Berlin zog. Fanny Lewald gilt als Vorkämpferin der Frauenemanzipation, da sie das uneingeschränkte Recht auf Bildung und gewerbliche Arbeit forderte. Sie setzte sich gegen Zwangshochzeiten und Scheidungsverbot ein. Zwar setzte sie sich auch mit sozialen Fragen auseinander, doch kamen Arbeiterinnen und Bäuerinnen bei ihr nicht vor. Nur mit der Lage der weiblichen Dienstboten beschäftigte sie sich. Neben ihren Romanen schrieb sie Erzählungen und Reisebilder und wertete die Ereignisse von 1848 in ihren Erinnerungen aus. Ab den 1850er-Jahren betrieb sie mit ihrem Mann einen vielbeachteten und einflussreichen politisch-literarischen Salon in Berlin. Ihre liberale Einstellung verwandelte sich mit der Zeit in eine monarchisch-konservative. Fanny Lewald wurde für ihren klaren Schreibstil gerühmt, der sich vom romantischen Stil ihrer Zeit abhob. Der Spitzname »Großer Kurfürst« ist übrigens historisch überliefert und bezieht sich ebenso auf ihre Frisur wie auf ihr zunehmend herrisches Auftreten, das sie mit ihrem Mann gemein hatte.

Freiherr von Budberg, Russischer Botschafter
Andreas Fjodorowitsch von Budberg-Bönninghausen war deutschbaltischer Herkunft und entstammte der Ritterschaft Livlands. Nach Besuch der Ritter- und Domschule in Riga und der Universität in Sankt Petersburg trat er 1841 in den russischen diplomatischen Dienst ein. 1845 zunächst als Legationssekretär an die russische Gesandtschaft beim Deutschen Bund versetzt, erwarb er sich umfassende Kenntnisse in der deutschen Frage und knüpfte zahlreiche Beziehungen in diplomatischen, wirtschaftlichen und politischen Kreisen. 1850 wurde er in gleicher Eigenschaft nach Berlin an die russische Gesandtschaft versetzt, ein Jahr später zum Gesandten befördert. Mit einer kurzen Unterbrechung in Wien blieb er bis 1862 in der preußischen Hauptstadt und wurde anschließend Botschafter in Paris. Um einer Duellforderung zu genügen, reichte Budberg 1868 seinen Rücktritt ein; im Duell wurde er leicht verwundet. In Russland wurde er Mitglied des Staatsrats. Budberg war auch als Autor tätig und gab 1872 die Korrespondenz der Zarin Katharina II. mit ihrem Gesandten in Stockholm, seinem Großvater Andreas von Budberg (1750–1812), heraus.

Dr. Wilhelm Stieber

Wilhelm Johann Carl Eduard Stieber war eine der schillerndsten Personen im Preußen des 19. Jahrhunderts. Der am 3. Mai 1818 in Merseburg geborene Sohn eines Kanzleisekretärs war von einem unbändigen Ehrgeiz erfüllt. Er studierte gegen den Willen seines Vaters Jura und finanzierte sich sein Studium durch schriftstellerische Aktivitäten und die Herausgabe eines Jahreskalenders und einer Zeitschrift. In mehrfach wechselnder Reihenfolge war er Gerichtsangestellter, Strafverteidiger, Autor, privater Ermittler und Geheimagent. Bereits früh wurde deutlich, dass er bei der Darstellung seiner Tätigkeit häufig übertrieb und sich stets ins rechte Licht zu setzen suchte. Dazu dienten ihm Kontakte zum Beichtvater des Königs, die ihn 1850 zur Berliner Polizei brachten. Europaweit bekannt wurde er durch seine Ermittlungstätigkeiten gegen den Bund der Kommunisten, bei denen er auch vor Fälschungen nicht zurückschreckte. Allerdings war Stieber ein enorm kompetenter Kriminalist und hervorragender Organisator der Berliner Kriminalpolizei, deren Chef er seit 1854 war (damit nahm er in der Realität den Platz des fiktiven Charakters Herford ein). Er setzte durch, dass alle Reviere über Kriminalbeamte verfügten, verfasste das erste Lehrbuch für die Kriminalpolizei und führte zahlreiche Sonderaufträge des Königs durch. Neben der Verwaltung des vom Konkurs bedrohten Kroll'schen Vergnügungspalastes und der Bekämpfung des Falschmünzerwesens regelte er Wechselschulden von Offizieren ebenso wie Zwangsvergleiche, die er mit polizeilichen Druckmitteln durchsetzte.

Ungesetzliche Maßnahmen (wie die Inhaftierung von Verdächtigen über die gesetzlich vorgeschriebene Frist hinaus) führten zu einem Justizskandal, durch den Stieber 1858 zu Fall kam. Das war aber noch lange nicht das Ende der Geschichte. In der Folgezeit arbeitete er als Ermittler für die russische Polizei und war später auch für Bismarck tätig, wenngleich in untergeordneter Position. Dennoch verstand er es, aus dieser Tätigkeit Kapital zu schlagen und ein selbst bestimmtes Bild in der Öffentlichkeit zu hinterlassen. Bis heute gilt er als Erfinder des preußischen Geheimdienstes, und zahlreiche Publikationen, insbesondere aus dem französisch- und englischsprachigen Ausland, verbreiten bis heute die Mär, dass Stieber am Sieg in den Kriegen von 1866 und 1870/71 einen bedeutenden Anteil hatte – was in diesen Ländern zu einer hysterischen Furcht vor deutschen Spionen führte. Dennoch gilt er zu Recht als einer der maßgeblichen Begründer der modernen Kriminalpolizei. Stieber starb am 29. Januar 1882 in Berlin als wohlhabender Mann.

Fakt am Rand: Stieber erwarb seinen Doktortitel an der Universität Jena, die damals dafür bekannt war, derartige Titel faktisch zu verkaufen. Es war nicht der erste Titel, mit dem Stieber sich schmückte. Zwar konnte er sich nun »Dr.« nennen, doch der Titel aus Jena hätte nicht gereicht, um etwa eine Lehrtätigkeit an einer preußischen Universität wahrnehmen zu können. Viele der bedeutend klingenden Titel, die Stieber im Lauf der Jahre trug, waren tatsächlich von untergeordneter Bedeutung. Ähnlich ging übrigens auch Karl Marx vor, der zeitgleich mit Stieber in Berlin studiert hatte, in Jena allerdings eine ernstzunehmende Arbeit einreichte.

Kamarilla

Im Roman treten zwei zunächst namenlose Personen auf, die die Verwicklungen des Falls für eigene politische Interessen nutzen möchten und entsprechend auf (den fiktiven) Mackeroden Einfluss nehmen. Bei diesen beiden Personen handelt es sich um den Generaladjutanten des Königs, General Leopold von Gerlach (1790 bis 1861), und seinen Bruder, den Politiker Ernst Ludwig von Gerlach (1795 bis 1877). Beide waren führende Vertreter der sogenannten Kamarilla. Dabei handelte es sich um eine mehr oder weniger lose Günstlingspartei, die zwar nicht der Regierung angehörte, aber aufgrund der Stellung ihrer Mitglieder Einfluss auf die Entscheidungen des Königs ausüben konnte. Diese »Lobbyisten« versuchten, die Zustände vor der Revolution zu restaurieren. Außenpolitisch waren sie auf Österreich fixiert, innenpolitisch suchten sie die Vormacht des Junkertums selbst, um den Preis eines Staatsstreichs zu erhalten und auszubauen. Mit diesen reaktionären Ansichten gerieten sie bald in Widerspruch zu ihrem ehemaligen Protegé und Realpolitiker Bismarck. Der Gardeoffizier Hans von Rochow, der Polizeipräsident Hinckeldey im provozierten Duell tötete, entstammt dem Dunstkreis ebendieser Kamarilla. Von Rochows Schaden war es nicht: Obwohl zu vier Jahren Festungshaft verurteilt, wurde er nach einem Jahr begnadigt und später Domherr zu Brandenburg.

Orte

Molkenmarkt
Der Molkenmarkt ist der älteste Platz Berlins, liegt in der Nähe der Nikolaikirche und war ein Markt am ersten befestigten Spreeübergang. Heute ist er ein stark beanspruchter Verkehrsknotenpunkt mit häufigen Staus. Von der historischen Bebauung ist bis auf das Palais Schwerin nichts mehr erhalten. Die Herkunft des Namens ist umstritten und wird sowohl von den Milchprodukten der ansässigen Mühlenhofmeierei als auch von »Mollen« (niederdeutsch für Mühlen) hergeleitet. Hier befanden sich die Stadtvogtei, mehrere Gefängnisse und bis zum Umzug an den Alexanderplatz auch das Polizeipräsidium mit dem Einwohnermeldeamt in einem schwer durchschaubaren Konglomerat von Häusern und Hinterhöfen. Seit 2016 plant die Stadt Berlin, den Platz angelehnt an die alte Form neu zu bebauen.

Haus der Studentenverbindungen
Die Sitte, dass studentische Corps Häuser zu ihren festen Quartieren machten, kam erst in der zweiten Hälfte des 19. Jahrhunderts auf. Bis dahin mussten sich Studenten in angemieteten Räumen der zahlreichen lokalen Wirtschaften treffen. So bezog auch das Corps Marchia (lateinisch für Brandenburg) das Haus in der Englischen Straße 14 – anders als im Roman – erst im Jahr 1909.

Königliches Schloss
Das Berliner Schloss, heute als Humboldt-Forum neu erbaut, war bis 1918 die hauptstädtische Winterresidenz der Hohenzollern und wurde 1950 gesprengt. Die jeweiligen Könige und ihre engeren Familien hatten im Schloss separate Wohnungen, während der Rest für Verwaltungs- und Repräsentationszwecke genutzt wurde, so der Weiße Saal, die Königskammern, die Paradekammern von Schlüter – und das legendäre Bernsteinzimmer, das 1716 von hier seinen Weg ins russische Sankt Petersburg antrat.

Königliche Oper
Die heutige Staatsoper Unter den Linden wurde 1743 durch den bedeutendsten Barockbaumeister Preußens, Georg Wenzeslaus von Knobelsdorff, errichtet und gehörte zu den Prachtbauten an der legendärsten Straße Berlins. Hier arbeiteten Generaldirektor Iffland, Mendelssohn Bartholdy und Otto Nicolai mit fast einhundert Musikern und zahlreichen Solisten, die Angehörige des königlichen Hausstandes waren. 1843 brannte die Oper nieder und wurde bereits ein Jahr später neu eröffnet – mit vier Rängen und annähernd 1800 Plätzen. Das mittlerweile erneut sanierte Bauwerk und sein Ensemble gehören zu den bedeutendsten europäischen Opernhäusern.

Charité

Die Charité (Nächstenliebe) ist das älteste Krankenhaus Berlins und gehört heute zu den größten Universitätskliniken Europas. Sie geht auf ein Pesthaus zurück und entwickelte sich im Lauf der Jahre aus einem Bürgerhospital zu einer der bedeutendsten Lehr- und Forschungsstätten weltweit. In der Mitte des 19. Jahrhunderts arbeiteten hier bedeutende Mediziner wie Christoph Wilhelm Hufeland, Rudolf Virchow und später Robert Koch.

Tiergarten, Zelte und Krolloper

Der große Tiergarten westlich des Brandenburger Tores ist eine über 200 Hektar große Parkanlage und diente zunächst als Jagdrevier der Kurfürsten von Brandenburg. Peter Joseph Lenné, der vielleicht bedeutendste deutsche Landschaftsarchitekt, gab dem Lustpark bis 1840 seine heutige Form, die sich an englischen Landschaftsparks orientierte. Für die Berliner Bevölkerung entwickelte sich der Tiergarten rasch zum beliebten Ausflugsziel, was auch an einigen Einrichtungen liegen mochte, die hier ihren Sitz hatten. So waren am Nordrand, an den Ufern der Spree, die sogenannten Zelte zu finden. 1745 fanden hier französische Hugenotten nicht nur Zuflucht, sondern erhielten auch die Erlaubnis, in Leinenzelten Erfrischungen anzubieten. Später siedelten sich zahlreiche Ausflugslokale an. Heute finden wir an dieser Stelle das Haus der Kulturen.

Zwischen den Zelten und dem später erbauten Reichstag, vor dem heutigen Bundeskanzleramt, befand sich der Gebäudekomplex der Krolloper. Von König Friedrich Wilhelm IV. als Ort vornehmer Geselligkeit geplant, wurde das Etablissement nach nur zehn Monaten Bauzeit unter der Federführung von Baumeister Persius und Architekt Langhans mit einem prachtvollen Ball 1844 eröffnet. Zwei Wintergärten, vierzehn anmietbare Gesellschaftsräume und drei große Säle boten Platz für fünftausend

Gäste, die sich an vierhundert Flammen der neu eingeführten Gasbeleuchtung erfreuen konnten. Albert Lortzing und Johann Strauß waren hier engagiert. Wirtschaftlich geriet das Haus immer wieder in Schwierigkeiten und wurde unter wechselnder Führung als Operntheater weitergeführt. Nach dem Reichstagsbrand 1933 machten die Nationalsozialisten die Krolloper zum Ort der Reichstagssitzungen, wo auch 1934 die erste Fernsehübertragung in Deutschland vorgestellt wurde. Nach dem Zweiten Weltkrieg waren die Gebäude schwer beschädigt und nur noch in den Sommermonaten nutzbar. Die letzten Spuren verschwanden im Herbst 1957.

Die Universität

Die heutige Humboldt-Universität trägt ihren Namen seit 1945 nach ihren Begründern Wilhelm und Alexander von Humboldt. 1809 gegründet als Alma Mater Berolinensis (Universität zu Berlin) wurde sie 1828 zu Ehren ihres Gründungskönigs in Friedrich-Wilhelms-Universität zu Berlin umbenannt. Der Lehrbetrieb wurde im Oktober 1810 aufgenommen. Die Universität entwickelte sich rasch zu einer der bedeutendsten europäischen Universitäten. Neben klassischen Fächern, wie Altertumswissenschaft, Rechtswissenschaft, Philologie, Geschichte, Medizin und Theologie wurden zahlreiche neue naturwissenschaftliche Disziplinen gelehrt. Hier waren berühmte Forscher tätig: der Chemiker August Wilhelm von Hofmann, der Physiker Hermann von Helmholtz, die Mathematiker Ernst Eduard Kummer, Leopold Kronecker, Karl Weierstraß, die Mediziner Johannes Peter Müller, Albrecht von Graefe, Rudolf Virchow und Robert Koch. Mittlerweile ist die Einrichtung weit über das ursprüngliche Gebäude Unter den Linden hinausgewachsen, über das gesamte Stadtgebiet verteilt und mit zahlreichen weiteren Institutionen verwoben, darunter die Charité oder das Museum für Naturkunde. Sie zählt in einschlägigen Rankings zu den Top-100-Universitäten der Welt.

Bukowina
Die Bukowina (Buchenland) liegt im heutigen Grenzgebiet von Ukraine und Rumänien. Hier liegen auch die zum UNESCO-Weltkulturerbe zählenden Moldauklöster. Der Landstrich war jahrhundertelang Teil des historischen Fürstentums Moldau und geriet später unter osmanische, russische und schließlich österreichische Herrschaft. Die Bevölkerung bestand hauptsächlich aus Rumänen, Ukrainern sowie deutschen und jüdischen Einwanderern. Es ist nichts über eine Freiheitsbewegung oder terroristische Gruppen bekannt.

Ereignisse und Hintergründe

Potsdamer Depeschendiebstahl
Die Verschwörer (die Kamarilla um die Brüder Gerlach) haben im Roman beschlossen, nicht mehr auf die Verfolgung der von ihnen selbst gelegten falschen Hinweise (Bukowina, Freimaurer) zu drängen, weil ihnen scheinbar ein leichterer Weg eröffnet wurde, um ihre Gegner in Politik und Verwaltung zu diskreditieren. Dabei handelte es sich um den (tatsächlich stattgefundenen) sogenannten Potsdamer Depeschendiebstahl. Zwei Kammerdiener des königlichen Generaladjutanten (General Gerlach) hatten über Monate hinweg ihrem Herrn zahlreiche Dokumente entwendet und diese verkauft. Abnehmer waren zunächst Ministerpräsident Manteuffel und Polizeipräsident Hinckeldey, die an interne Informationen ihrer politischen Gegner gelangen wollten. Nachdem die über einen Agenten vermittelten Zahlungen eingestellt wurden, arbeiteten Agent und Kammerdiener auf eigene

Rechnung weiter und flogen auf, als einige ihrer Informationen in Frankreich an die Öffentlichkeit gelangten. Davon erfuhr Gerlach, woraufhin er mit der Bloßstellung des Ministerpräsidenten drohte. Er konnte aber keinen durchschlagenden Erfolg verbuchen, da einige Abschriften bekannt wurden, in denen er sich abfällig über den König geäußert und vertrauliche Informationen an ausländische Politiker gegeben hatte – wodurch er selbst fast in den Verdacht des Landesverrats geriet. Die Angelegenheit wurde unter der Hand beigelegt.

Kokain

Dem aufmerksamen Leser wird schnell klar geworden sein, dass es sich bei dem neuartigen weißen Pulver, das in der Wohnung des Opfers gefunden wurde, um Kokain handelt. Es ist auf natürliche Weise im Cocastrauch enthalten und war tatsächlich Bestandteil von Coca-Cola, bis seine Verwendung 1914 in den USA verboten wurde. Die ersten Cocasträucher kamen um 1750 nach Europa. Wurden die Blätter gekaut, ergaben sich Symptome wie Aktivitätssteigerung, Euphorisierung oder Unterdrückung von Hunger- und Durstgefühl. Die erste Isolierung könnte durch den deutschen Chemiker Friedrich Gaedcke im Jahr 1855 erfolgt sein. Er nannte den Stoff Erythroxylin. Kokain wurde in der Folgezeit u. a. verwendet, um Morphinabhängigkeit zu behandeln, fand aber auch als schmerzstillendes Mittel und lokales Anästhetikum Anwendung. Interessant ist der Umstand, dass der Gebrauch von Drogen lange Zeit weder verboten noch strafbar war. Erst im Jahr 1930 regelte das »Opiumgesetz« den Umgang mit Betäubungsmitteln in Deutschland. Es gilt heute unter dem bekannten Namen »Betäubungsmittelgesetz« fort und stellt ein vom Strafgesetzbuch ausgegliedertes Spezialgesetz dar.

Vigenère-Chiffre
Die im Buch erwähnte Vigenère-Chiffre gibt es tatsächlich. Es handelt sich dabei um eine Handschlüsselmethode, die lange Zeit als unknackbar galt, wenn man das Lösungswort nicht kannte. In der hauptsächlich gebrauchten Form wurden die Zeichen des Alphabets in Zeilen eines Quadrats geschrieben, wobei die folgende Zeile immer um eine Stelle versetzt war. Die erste Zeile begann also mit »A« und endete mit »Z«, die zweite Zeile begann mit »B« und endete mit »A« usw. Jetzt wurde nur noch ein Schlüssel benötigt, dessen Buchstaben über die des zu verschlüsselnden Textes geschrieben wurden und so lange wiederholt wurden, bis das Ende des Textes erreicht war. Nun konnten die Geheimtextbuchstaben durch einen Kreuzvergleich in der Tabelle wie im Roman beschrieben ermittelt werden, die Entschlüsselung erfolgte auf dem umgekehrten Weg.

Die Chiffre ist auch heute noch unknackbar, wenn der Code die Länge des zu verschlüsselnden Textes erreicht und nicht mehrfach verwendet wird. So könnte als Schlüssel zum Beispiel die erste Seite eines beliebigen Buches dienen oder der Leitartikel einer Zeitung. Da dies in der damaligen Zeit aber nicht gemacht wurde, konnte der Code entschlüsselt werden – wenn auch unter erheblichem zeitlichen Aufwand. Die Lösung besteht in einem komplexen Verfahren, das vom preußischen Infanteriemajor Kasiski gefunden wurde und darauf beruht, zunächst die Länge des Schlüssels zu ermitteln und anschließend den Text mittels Häufigkeitsanalyse zu entschlüsseln.

Nähere Informationen hierfür finden sich in: F. W. Kasiski, *Die Geheimschriften und die Dechiffrirkunst: Mit besonderer Berücksichtigung der deutschen und französischen Sprache*, Berlin 1863.

Freimaurer
Bereits Friedrich der Große war Freimaurer. Dadurch hatte die Freimaurerei von Anfang an eine begünstigte Stellung in Preußen und war von Verboten geheimer Verbindungen stets ausgenommen. Auch der spätere König und Kaiser Wilhelm nahm eine führende Stellung in den preußischen Logen ein. Im Gegensatz etwa zur italienischen Freimaurerei, in deren Umfeld sich zahlreiche Revolutionäre sammelten, beschäftigten sich die Logenbrüder in Preußen eher mit philosophischen Fragen und gerieten allenfalls mit der Kirche in Konflikt. Dass die Logen auch eine Gelegenheit boten, über Standesgrenzen hinweg Kontakte zu knüpfen und Lobbyarbeit zu betreiben, mag ein Grund gewesen sein, Freimaurer zu werden. Auf der Freimaurerei basierende Verschwörungen gegen Krone und Staat sind zu keiner Zeit nachweisbar.

Geld, Verdienst und Kosten in Berlin
Die Währung in Preußen war der Taler, der sich in dreißig Groschen zu je zwölf Pfennigen teilte. Ein Taler entsprach daher 360 Pfennigen. Darauf basiert die heutige Gewohnheit der Berliner, ein 5-Cent-Stück als »Sechser« zu bezeichnen, da dieser einem halben Groschen entsprach. An Geldstücken standen zur Verfügung: Doppeltaler, Taler, 1/6 Taler, 2½ Groschen, 1 Groschen, ½ Groschen, 4 Pfennige, 3 Pfennige, 2 Pfennige und 1 Pfennig. Um 1850 betrug der Wochenlohn eines Webers zwei Taler und drei Groschen, eine Näherin kam auf achtundzwanzig Groschen, während ein Fabrikant zwischen vier- und achthundert Taler in der Woche zur Verfügung hatte. Die Arbeitszeit betrug in der Woche von montags bis einschließlich samstags im Sommer elf Stunden und im Winter acht Stunden. Laufende Kosten stellten vor allem für die unteren Schichten eine große Belastung dar. So betrugen die Wochenkosten eines Fünfperso-

nenhaushaltes etwa dreieinhalb Taler. Für die durchschnittliche Miete waren zwanzig Groschen (zuzüglich Heizkosten von fünf Groschen) aufzubringen, auch Nahrungsmittel waren teuer: drei Schwarzbrote: zehn Groschen sechs Pfennig, sechs Becher Kartoffeln: elf Groschen, eineinhalb Pfund Butter: neun Groschen, ein Dreiviertelpfund Kaffee: fünf Groschen, drei Pfund Mehl: drei Groschen sechs Pfennig, Schulgeld: vier Groschen.

Literatur- und andere Hinweise

Wer mehr über die faszinierende Zeit Preußens in der Mitte des 19. Jahrhunderts erfahren möchte, wird regelmäßig bei *wikipedia.de* fündig. Die Plattform stellt nicht nur einen wahren Wissensschatz dar, sondern ist auch ein idealer Ausgangspunkt für Streifzüge durch das Internet. Dabei mag man auf interessante Webseiten stoßen, die beispielsweise digitalisierte zeitgenössische Zeitungen und Zeitschriften bereithalten. Hier spielt die Staatsbibliothek in Berlin (*http://zefys.staatsbibliothek-berlin.de/index.php?id=list*) eine Vorreiterrolle, die unter anderem (kostenlos!) einige der bedeutendsten historischen Zeitungen im Bestand hat. Die *Vossische Zeitung* war überregional angesehen und vertrat im Wesentlichen die Positionen des liberalen Bürgertums. In ihr veröffentlichte übrigens auch Wilhelm Stieber – selbstverständlich anonym. Das konservative Pendant, die *Kreuzzeitung*, ist ebenfalls archiviert. Amüsant bis erschreckend, in jedem Fall lehrreich sind die Ausgaben der *Berliner Gerichts-Zeitung*, die zweimal wöchentlich erschien. Die *Berliner Börsen-Zeitung* (zweimal täglich) vermittelt einen Überblick über die wirtschaftliche Entwicklung, technische Neuerungen und wissenschaftliche Entdeckungen im In- und Ausland. Erhellend sind die Annoncen aus dem wirtschaftlichen Leben Berlins.

Vossische Zeitung (Berliner Zeitung von Staats- und gelehrten Sachen): http://zefys.staatsbibliothek-berlin.de/list/title/zdb/27112366/

Kreuzzeitung (Neue Preußische Zeitung): http://zefys.staatsbibliothek-berlin.de/list/title/zdb/24350382/

Berliner Gerichts-Zeitung: http://zefys.staatsbibliothek-berlin.de/list/title/zdb/24332471/;

Berliner Börsen-Zeitung: http://zefys.staatsbibliothek-berlin.de/list/title/zdb/2436020X/.

Darüber hinaus gibt es unter *https://berlinhistory.app/* ein hochinteressantes Projekt (über App-Stores auch für Smartphones nutzbar) zur Geschichte Berlins.

Berlin ist eine Stadt der Museen. Die *Polizeihistorische Sammlung* am Platz der Luftbrücke 6 hat Montag bis Mittwoch von 9 bis 15 Uhr für einen symbolischen Betrag geöffnet und ist einen Besuch wert.

Wer sich für die Lebenswelt des Biedermeiers interessiert, dem sei das Museum *Knoblauchhaus* in der Poststraße 23 ans Herz gelegt *(https://www.stadtmuseum.de/knoblauchhaus).*

Zur Geschichte der Berliner Polizei und ihres alten Präsidiums am Molkenmarkt ist zu empfehlen: *Das Polizeipräsidium am Molkenmarkt: Berliner Kriminalgeschichten aus dem 19. Jahrhundert* von Jens Dobler (2019).

In der zahlreichen Literatur über Wilhelm Stieber stellen folgende Bücher seriöse Quellen dar: *Wilhelm Stieber (1818–2018): Wie sich alternative Wirklichkeit durchsetzt – Eine Fallstudie* von Hilmar-Detlef Brückner (2018) und *Wilhelm Stieber und seine Zeit* von Michael Rieck (2018).

Wilhelm Stieber selbst ist mit *Practisches Lehrbuch der Criminal-Polizei* ebenfalls im Internet vertreten: *https://reader.digitale-sammlungen.de/resolve/display/bsb10395514.html.*

Im Internet zu finden: der wunderschöne zeitgenössische Stadtführer Berlin. Ein Führer durch die Stadt und ihre Umgebung von 1861, neu aufgelegt 1976 im Schünemann Verlag Bremen.

Danksagung

Die Erkenntnis, dass ein Buch sich nicht von allein schreibt, mag ein Allgemeinplatz sein, gewinnt für einen Autor jedoch enorm an Bedeutung, wenn er tatsächlich vor dieser Aufgabe steht.

Das Buch wäre in dieser Form nicht möglich gewesen ohne die Personen, denen ich an dieser Stelle Danke sagen möchte:

Frau Dr. Stefanie Heinen (Köln) für Mut, Weitsicht und umfassende Hilfe, die das Buch besser gemacht hat, als es ursprünglich war.

Herrn Dr. Henrik Eberle (Magdeburg) für Anstoß, Rat und Tat und überbackene Schnittchen.

Meiner Familie für Geduld, Nachsicht und den nötigen Freiraum.